回家
張慧敏
著

目錄

關於本書

本書由真人實事改編而成，在大陸出版後引起廣泛的討論，多家電視台搶購電視劇版權。全書以老兵高秉涵的人生坎坷為主線，全方位大幅度地描寫了老兵這一特殊群體的生活情景和心靈圖景。

出生於山東荷澤的高秉涵，13歲已經成為「小學兵」，在往台灣的路上幾乎丟掉半條命，輾轉抵達台灣之後，他又成了孤兒流落於台北街頭。他四處流浪，做過小販，後來在同鄉的幫助下半工半讀考上了國防管理學院法律系，畢業後成為金門駐軍軍事法庭的法官。

1973年，高秉涵退出軍伍，成為一名掛牌律師。

1979年，離家31年後，高秉涵寫的第一封家書，由台灣至歐洲、經美國寄到老家高庄，又經北京、廣州、遼源，歷時三個多月，於母親葬禮的當天抵達親人的手中。

兩岸開放後，他奔波於大陸和台灣之間，先後抱回了54個老兵的骨灰罐，幫助他們完成遺願，回歸故鄉的懷抱。

本書跨越60年，擺渡於大陸與台灣之間，有血有淚感人肺腑，既讓讀者穿越歲月體味人生，又能拂開國共歷史的滄桑一頁，直接指向人類情感內在那最為柔軟鮮亮之地……

引子

後來發生在高秉涵身上的所有故事，都與那個早晨他父親高金錫離開菏澤回鄉下的高莊有關。

那天早晨，像被一股無形的力量驅使著，高金錫覺得一定要離開，離開這菏澤城裡的宋隅首，到三十五里地外的高莊去。

共產黨和國民黨在鄉間打得激烈，他實在是不放心住在高莊的那一大家子人。再說，明天就是爺爺的百歲誕辰，他覺得自己理應為老爺子操持一個像樣的生日慶典。

昨天晚上，高金錫就向岳母大人說了自己的打算，岳母大人不同意他回去：「你回去，共產黨是不會放過你的，還是謹慎些，再觀望些時日。」

說這話的時候，岳母正站在被煙火籠罩的牌位前祭拜。繚繞的煙霧中，高金錫看見岳父大人的牌位一邊又增加了三個小牌位，上面分別寫著「宋寶真」、「高秉潔」和「高秉浩」。寶真是岳母大人的小女兒，也是他的小姨子。秉潔和秉浩都是他的寶貝女兒，也是岳母大人的外孫女。

民國十七年，宋寶真去北平讀師大，後來秉潔也跟去北平讀清華，三女兒秉浩讀的是濟南的女子師範。三個女子都是抗戰爆發那年去大後方的，後來就沒了音信。兩年前抗戰勝利，許多外出的孩子都回來了，她們還是沒有音信。

岳母堅信她們已經在戰亂中死於非命。

高金錫和他的妻子宋書玉也覺得三個女子凶多吉少。都整整十個年頭了，她們要是還活著，哪有這麼長時間不和家裡聯繫的？

這是早飯後的光景，外面正下著雪。一定要回高莊的念頭促使高金錫從堂屋客廳的棗木椅子上彈了起來。這個家不能再出任何事情了，他要瞞著岳母大人立刻回高莊，擔當起一個大丈夫的責任。

岳母大人正在院子的雪地裡餵雞。這個曾經跟隨岳父留學日本，在日本鑲過牙、穿過和服，有著非凡見識的老夫人即便是餵雞也表現出不一般的氣質和優雅。

高金錫走到岳母大人跟前，畢恭畢敬地說：「娘，等會我送春生去學校。」

春生是高金錫的長子，正月十五剛過完十一歲生日，去年在鄉下讀完初小後就考進了菏澤城裡的南華第二小學讀高小。春生是他的小名，那年在清華大學讀書回來的大女兒高秉潔抱著字典給弟弟起的學名是高秉涵。

岳母大人像是窺到了高金錫的心思：「你是不是還在想著回高莊的事？」

「不回高莊，把春生送到學堂我就回來。」

屋子裡的春生聽到了父親的話，背著書包跑出來：「爹，走吧。」

「又沒吃飯？爹等你，你回去多吃點。」高金錫說。

春生聰慧好學，五官俊朗，但整天對吃飯不上心，身體一直很瘦弱，高金錫和妻子宋書玉都為他的身體擔心。

像是有種冥冥中的預感，高金錫在岳母家的房屋前面張望了一遭。宋隅首是類似於宋家大院的另一種稱呼，菏澤城內的宋氏人大多居住在這裡。岳母家的房屋緊靠宋隅首的南大門，算得上是這一帶的豪宅。這座留下高金錫許多美好回憶的房子分前後兩個四合院，就是閉上眼，他也能想像出每個屋子裡的情形和物品的擺放位置。

高金錫站在了前院堂屋的閣樓下方。視線透過房頂，他似乎看到了閣樓上方東半邊放著的岳父早年用過的大轎、落滿灰塵的黃袍馬褂和知府帽。靠西邊的地方，堆滿了書畫及一些中文和日文書籍。這些書籍的一邊，放著妻子宋書玉少女時代時常彈奏的大風琴。

似是被一股莫名的傷感驅使著，高金錫快步上了閣樓，那些熟悉的物品一一呈現在眼前。

不知不覺間，告別的意味已經深藏其間。

看著這些物品，高金錫眼前浮現出了已故岳父大人宋紹唐的音容笑貌。

宋紹唐是清朝光緒年間的最後一批公派留學生，留學期間受孫中山進步思想影響在日本加入同盟會，成為三民主義的忠實信仰者。回國後，重視教育的岳父大人與留日同學王鴻一先生一起創辦了曹州學堂，組織領導了曹州地區的反清活動，民國元年出任東昌知府。

高金錫與岳父大人的相識，源自於岳父大人做曹州學堂督學時的一次巡視。那時，高金錫還是個不諳世事的學童。一次，未來的岳父大人去學堂巡視，得知高金錫常欠學費，就上前詢問。當得知高金錫是由寡母養育家境貧寒，就應允減免他的三年學費。後來，高金錫一直名列前茅的學習成績更得岳父大人的垂愛和照顧。再後來承蒙老人家厚愛，把高金錫招為女婿。妻子宋書玉是岳父大人的長女，小高金錫三歲，端莊秀美，知書達禮。民國十二年，宋書玉從濟南第一女子高等師範畢業回來後，就一直和高金錫一起在鄉間小學任教。這些年來，他們唯一的收穫就是培養了一批又一批的鄉村學生。

按說，以高金錫這樣鄉下教書先生的身分，共產黨是不會把他怎麼樣的。但萬事皆事出有因，高金錫躲到城裡來是因為他早年間加入過國民黨。介紹他入黨的不是別人，正是他萬般敬重的岳父大人宋紹唐。高金錫的入黨時間是民國七年，說起來，那都是三十年前的事了，有時連高金錫自己都快把這碼事忘了。

最近這兩年，時常有親近的人提醒高金錫，讓他當心點，原因是共產黨和國民黨又頂上了。說實在的，高金錫一開始並沒把這提醒當回事。他心想，自己參加國民黨的時候，共產黨還沒有成立，再說自己一沒拿過槍，二沒做過官，也就是隨大流參加過幾次聚會。高金錫印象最深的是，「凡是不對的，就要反，反才能革新，反才有生命力」。那時候他覺得國民黨的這些主張有新意，能興得開，算是個支持者。等後來國民黨和共產黨之間分分合合地鬧騰起來，他也早就到鄉下教書去了，政見的事幾乎不關心。

這幾年，高金錫也道聽塗說地知道了一些共產黨的章程，說是專為窮人打天下，身為窮人出身的他覺得這話也在理，得民心。一時間，他真分不清共產黨和國民黨究竟誰對誰錯了。他時常告誡自己，既然自己老了，分不清政見上的是非曲直，還是不要去關心這些事最好。

熟料，近來共產黨的勢力越來越大，已經遍佈鄉野，而國民黨則大多蜷縮在了菏澤城裡。一些早年間與國民黨有牽扯的人都躲了進來。在家人的勸說下，高金錫停下教書，也稀裡糊塗地住進了宋隅首的岳母家。

世事混亂，風雨飄搖。在城裡住的這些日子裡，高金錫越想越覺得自己這輩子沒做什麼虧心事，共產黨來了也不會把他當成壞人懲治。

有時候，高金錫就想，要是岳父大人在世就好了，自己一定會好好向他討教討教究竟該如何看待這國共之間的分分合合。只可惜，老人家在共產黨成立的前一年就得暴病離世了。

春生吃完飯又拎著書包出來了，高金錫陪他朝學堂的方向走去。

走出老遠了，高金錫回頭又看了一眼宋隅首的大門。風雪中，那雕滿牡丹花卉的石柱和雄壯的石獅似非凡間之物。

瞬間，高金錫體味到一種身處仙境般的虛無。

雪花落在高金錫的臉上，被他的一顆急躁的心吱地一聲就烤化了。

高金錫打定主意今天無論如何也要回高莊。

「爹！」剛拐過牆角，高金錫突然聽到後邊有人喊。

回過頭，原來是二女兒秉清和他的夫君宋守信。三個女兒中，老大老三外出求學至今生死不明，眼下頂數這個做點心生意的秉清讓高金錫安心。看見秉清和女婿都挎著藤編的籃子，高金錫知道他們是冒雪進貨去了。

「爹，你要去哪裡？」秉清和守信同時問。

高金錫說：「送你弟去學堂。」

「爹，千萬別回鄉下，聽說共產黨這些天殺了不少國民黨。」

女婿也對他說：「爹，要是高莊有什麼事，就告訴我，我去替你跑一趟。」

高金錫說：「放心吧，送完你弟我就回宋隅首。」

高金錫拉著春生走了。也是怪了，身後似是長了眼，他看到秉清和女婿都僵站在雪地裡，眼神憂慮地對著他的背影看了半天。

快到學堂的時候，高金錫在小胡同裡迎面碰上了孫大嘴。

孫大嘴三十多歲，也是個國民黨員，此時他翕動著一張凍僵的大嘴說：「高金錫，今兒城防司令部的大會堂裡有會，你去不去？」

「我有事，要回一趟高莊。」撒了一圈謊，高金錫竟然對孫大嘴說了實話。

孫大嘴僵笑著：「高金錫，你可要當心了，每次會議你都找理由不去參加，小心別人說你通共。」

「隨他們怎麼說吧，我高莊的家裡有急事。」

一片大大的雪花落在高金錫的鼻尖上，又吱地一聲化了。他不想和孫大嘴囉嗦太多，轉身就走。

孫大嘴看了一眼旁邊的春生，跑上來攔住高金錫：「讓你家秉涵加入三青團吧，我這裡有現成的表，填上就行。」

一股煩躁湧上來，高金錫打斷他：「回頭再說吧，我家春生還小。」

學堂裡響起上課的鈴聲，春生轉身跑進學堂的大門。雪地上，春生的腳步有些踉蹌，幾次都險些摔倒。

這是兒子秉涵留在高金錫腦海裡的最後印象。看著兒子的一雙踉踉蹌蹌奔跑中的腳後跟，高金錫對著兒子的背影大喊了一聲：「孩子，小心點，放學後不要忘記回家！」

高秉涵回過頭，給了高金錫一個驚恐的回眸。

這時，身後又飄來了孫大嘴的聲音：「高金錫，你這個樣子，可真是要當心了！」

高金錫回過頭，心煩意亂地看著孫大嘴。

孫大嘴用威脅的口吻說：「周老闆的下場你也不是不知道，我這可都是為你好！」

周老闆是開布莊店的，也是個國民黨員，最近他時常去鄉下，有人說他通共，大年三十讓國軍用刺刀挑了脖頸子，死在了自家年夜飯的桌子跟前。

高金錫站在學堂門前半天沒動窩，眼前似乎一下昏暗起來，心上像被壓上了一塊大石頭，有點喘不過氣的感覺。

但思量前後，高金錫覺得還是要回高莊。

出了城，走在茫茫的雪野裡，高金錫又開始替兒子秉涵擔起心來。要是他們真的去找秉涵算帳怎麼辦？霎時，高金錫的心緊縮起來。

面對茫茫雪野，高金錫嘆息：哎，九泉之下的岳父大人，恕我不恭，您當初真不該介紹我加入這個國民黨。

高金錫到高莊的時候已經過午了，那時的雪花已經變小了。

一進村子，高金錫就碰到了本家的三亂叔。三亂叔正和幾個人站在雪地裡說話，堂弟高金鼎也在。

比高金錫小十多歲的高金鼎是高莊為數不多的幾個讀完高小的人。家境貧寒的高金鼎是在高金錫的資助下才讀完高小的，因此，他對高金錫總是多了一份敬重和依賴，這從他的眼神裡能夠看得出來。後來高金鼎娶妻生子，高金錫一家也給予了不少的幫助，金鼎媳婦更是和高金錫一家處得親密。

但是，一年多之前，高金錫發現高金鼎的眼神突然在一夜之間變了，變亮了，變硬了，變得讓高金錫感到陌生了。後來他才知道有文化的高金鼎讓共產黨發展成了黨員，高莊當時唯一的一個共產黨員。

高金鼎加入共產黨之後，也曾動員過高金錫，讓他也加入共產黨。不關心政事的高金錫把這事回絕了。那時，高金錫才知道原來高金鼎一直不知道他在很久以前就已經加入了國民黨這件事。

高金錫是個老國民黨員這件事，高金鼎後來還是知道了，是黨組織告訴他的。黨組織讓他去菏澤城裡動員高金錫回來，說共產黨不會把他一個教書先生怎麼樣的。

此刻，高金錫刻意觀察了一下高金鼎的神色，沒有覺出什麼異樣。

三亂叔是個快嘴子，也是個直腸子，他一看到高金錫就說：「金錫，你說你跑個什麼勁？一沒人命，二沒血債，也不是地主老財，共產黨能把你怎麼樣？」

高金錫放下心來，解釋說：「不是跑，這些日子我是去城裡的秉清家幫忙，她家蓋房子缺人手。」說謊使高金錫感到有些不自在。

高金鼎說：「本來沒什麼事，你這麼一躲，說不定還會躲出事來。哥，不要再去城裡住了，回來該幹什麼還幹什麼。」

「不去了，秉清家的房蓋完了。」高金錫說。

高金鼎又說：「哥，你快回去吧，爺爺這幾天身子有些不妥貼，一直都在惦記你。」

聽高金鼎這麼說，高金錫的心又踏實了不少，心想：我爺爺也是你爺爺，你能把我怎麼樣？換句話說，有爺爺在，你敢把我怎麼樣？

差一天就一百歲的爺爺和九十九歲的奶奶一看到高金錫回來，高興得什麼似的。高金錫年過七旬的母親也十分高興，灶台前忙上忙下地給他做吃的。高金錫從小就失去父親，母親操勞了一輩子照顧一家老小。看著母親花白的頭髮和粗糙的雙手，他忍不住鼻子有些發酸。

母親在灶台上忙活，高金錫幫著在灶台下燒火。看看煙筒裡冒出的舒緩的炊煙，他突然心生一種安逸，覺得不會發生什麼意外的事。

和母親說著話，高金錫的心裡還惦記著妻子宋書玉和小兒子秉濤。這時書玉應該正在村子南頭的小學裡教書，秉濤也在那裡上初小，他們要到傍晚才能回來。高金錫想，今晚一定要好好和書玉說說話，有些日子沒見了，要好好聞一聞她身上的氣息。

吃完母親擀的麵條，高金錫就坐在堂屋裡和爺爺奶奶閒聊天。怕他們擔心，高金錫避開政見上的事不說，說的都是秉涵在城裡讀書的事。他一邊向老人們報告著兒子優異的學習成績，一邊又想起孫大嘴早晨在學堂門口的那些話來，臉上笑著的同時心裡又滾過一陣憂慮。

爺爺的印堂上閃著亮閃閃的光，一派祥和安康的太平景象。高金錫安慰自己，也許一切都是庸人自擾，其實什麼事情也不會發生的。

奶奶當笑話般說起了國民黨和共產黨這些天在鄉間的爭鬥：「那天在村子北邊的樹林子裡，有兩個共產黨殺了另外一個共產黨。老百姓起初還以為他們瘋了呢，怎麼自己人殺自己人？後來才知道殺人的那兩個共產黨原來是國民黨裝扮的。」

這個消息讓高金錫心裡一驚。

一邊的爺爺說：「金錫，我看等明天吃完生日飯，你還是回宋隅首再住些日子吧。」

看來爺爺並不糊塗，深知局勢的複雜和險惡。母親也說：「現在國民黨冒充共產黨，共產黨冒充國民黨，所以在外頭千萬不要亂說話。要是有人問誰好誰壞，也不要輕易表態，要說就說誰都好，就我們老百姓是孬種！」

不想再說這些傷腦筋的事情，高金錫給爺爺裝上一袋菸，和老人們商量起明天祝壽的事情。爺爺用拐杖點著地，說：「簡單吃碗麵就行了，這兵荒馬亂的，哪有那個心思？」

高金錫和母親都堅持要好好操辦一下。

正說著，大門吱的一聲響，高金鼎走了進來。高金鼎是個性格有些內向內心卻很有主意的人。這會兒，他手裡提著個大豬頭，八歲的兒子秉魁抱著一罈子白酒跟在他身後。

高金鼎什麼也不說，把豬頭往門邊牆上的釘子上一掛，之後拍拍手微笑著走進了屋子。

爺爺對高金鼎說：「這兵荒馬亂的，吃碗麵就行了，還折騰個啥？」

高金鼎這才不緊不慢地說：「爺爺，到什麼時候咱老百姓也得過咱的日子不是？明天好好操持一下，到時候幾個本家也過來，我和他們都說好了。」

看著高金鼎，高金錫又安心了許多：看來共產黨真的不會把自己怎麼樣，高金鼎是鄉里共產黨的活躍分子，他都沒把我怎麼樣，別人還能把我怎麼樣？

不一會兒，高金鼎的媳婦也來了。和高金鼎不同，高金鼎的媳婦愛說話，她一進門，屋子裡就熱鬧起來。

「爺爺，就聽金鼎的，明天咱們要好好張羅張羅，等會我去鎮上把唱曲的也先約下。在高莊，百歲老人您還是頭一個，這是咱老高家的福分！」

聽了金鼎媳婦的一席話，爺爺也高興起來。

奶奶指了一下金鼎媳婦的額頭，笑著說：「還是金鼎媳婦會說話！」又對旁邊的爺爺說：「老頭子，你也別再倔了，孩子們想張羅就張羅吧，這也是孩子們的一片心意。」

爺爺沒有再說什麼，算是表示同意。得到許可的高金鼎兩口子忙著去張羅明天的生日慶典去了。

到了快放學的光景，高金錫就朝村子南頭的學堂走去。高莊小學是幾年前高金錫和宋書玉一起創辦的，校園裡的一草一木他都熟悉。

快到學堂的時候，高金錫看見宋書玉領著兒子秉濤向這邊走來。秉濤一看見他就飛奔過來，一不小心在雪地裡栽了個跟頭。小傢伙結實，也皮實，一個打挺就從地上爬了起來。秉濤的一張臉紅撲撲的，高金錫看了分外高興。

宋書玉也走到了高金錫的面前，拍了拍高金錫身上的雪花：「不是不讓你回來嗎？怎麼又回來了？」

「回來給爺爺過生日，也想你們娘倆了。」高金錫用火熱的眼神看著妻子。

「過完生日再回城裡住些日子吧，鄉里還是不太平。」

雪花又大了起來，秉濤跑在了前面。高金錫和宋書玉也快步跟了上去。

晚飯熱氣騰騰地吃得很熱鬧。秉濤不時在屋子裡竄進竄出，拿根小棍去捅豬頭上的鼻子，爺爺奶奶不時地發出朗朗笑聲。

看著眼前的一切，高金錫想，這大概就是這些日子以來他一直渴望的天倫之樂吧。

夜裡，還是出事了。

高金錫是在睡夢中突然被人揪起來的，他感到自己握著妻子的手被幾隻冰涼的大手生生地扯開。他們把他從被窩裡拉到了地上，不等他反應過來，就又被拖到了院子裡冰涼的雪地上。

一切來得過於突然，高金錫只是感到驚愕，沒有驚叫，沒有反抗，也不感到寒冷。屋裡屋外都是妻子宋書玉的哭泣和叫聲，兒子秉濤也被嚇得大哭，母親和爺爺奶奶聽到聲音後也都驚叫著來到院子裡。爺爺剛開始時認定了這事是高金鼎幹的，上來就罵：「高金鼎，敢來抓你哥，還反了你了？！」

高金錫的母親端來了帶玻璃罩的煤油燈，搖曳微弱的光線裡並沒有看到高金鼎的身影。奶奶撲通一聲跪在地上求人放了高金錫，但來人並不手軟，一邊一個把高金錫架向門外。

突然，高金錫吃驚地發現，這兩個人竟然穿了兩種服裝，一個國軍，一個共軍。

驚愕中的高金錫大聲質問：「你們是誰？為什麼要抓我？」

兩個大漢還是不說話，只顧把他往外架。出了門，門外還有兩個人，他們一齊上來架著高金錫就跑。

高金錫覺得自己像是貼著地皮在飛，想停留片刻都不可能。他聽到哭嚎的家人已經跟到了門外，但轉瞬間那哭聲就變遠了。出了村，四個大漢在雪地上飛奔得更快了。在四個大漢的手上，高金錫覺得自己像一個旋轉的陀螺，身不由己地飛速向前滾動。他的腦子也飛速地轉動著：他們到底是哪一夥的？為什麼要抓我？把我抓到哪裡去？

突然，高金錫驚恐地想：他們會不會把我給殺了？

這樣想著，高金錫又大聲質問：「你們究竟是什麼人？為什麼要抓我？我就是一個鄉下教書先生、小老百姓，快把我放了！」

四個大漢還是不說話，硬著身子只顧往前衝。

不知飛奔了多長時間，高金錫被四個大漢像扔一攤爛布一樣扔在地上。冰涼的雪地緊貼著只穿了單衣的身體，高金錫感到一陣刺骨的寒冷鑽進心窩。然而，胳膊腿剛觸到地上，高金錫就覺得有兩個大漢上來用繩子把他捆緊了，捆好之後，又生硬地給他擺了個跪下的姿勢。

高金錫一下朦了，這不是槍斃犯人的姿勢嗎？難道他們不說半句話就要把我殺了嗎？

高金錫不甘心就這樣去做冤死鬼，嚎叫著又問：「你們到底是誰？為什麼要殺我？」

四個大漢鐵了心不理他。高金錫覺得死期近在眼前。

高金錫不想死，更擔心他死後家人的安危。瞬間，高金錫眼前劃過了家人的一張張面孔。最最令他放心不下的是住在城裡的大兒子秉涵。高金錫想：要是殺自己的這些人是共產黨，那他們也不會放過秉涵，一準會把他當成三青團員斬草除根；反過來要是殺自己的人是國民黨，那他們八成也不會放過秉涵，覺得他拒絕加入三青團一定有通共的嫌疑。

雪地上，高金錫的心徹底亂了，也碎了。

高金錫牽掛的人和事很多很多，他也不肯相信外出求學的兩個女兒會都死掉……但四個大漢已不容他再想，槍聲突然響起，一下斬斷了高金錫對家人的牽掛。

高金錫一頭栽了下去，大大的雪花落進了他開了花的腦袋上，瞬間，那雪花就被染紅了。他拼命凝聚自己的思緒，企圖戰勝已經降臨的死神，留在他腦際最後的影像竟是兒子秉涵的一雙在慌亂中疲於逃命的腳後跟。

凝視著那雙奔跑中的腳後跟，高金錫看到自己的魂魄化做一縷紫煙飛離他的塵世之軀，嫋嫋升入空中。

高金錫對著茫茫雪野嘆息：我的親人啊，縱然化做鬼魂，我還是無時無刻不牽掛著戰亂中的你們。

這一天，是民國三十六年正月十九。

上卷

1

滿身泥雪的宋書玉瘋了一般在漆黑的曠野裡四處搜尋著丈夫。她頭髮散亂，嗓子嘶啞地呼喚著丈夫的名字。丈夫被那幾個人架走之後，她就一直跟在後邊緊追，但沒跟多遠就被落下了。等出了村子，就完全沒有了丈夫的蹤影。

究竟是什麼人把丈夫抓走了，宋書玉也無從判斷。丈夫這些日子進城是為了躲共產黨，但晚上睡覺前聽丈夫說菏澤城裡的國民黨也對他不滿意，嫌他參加活動不積極，說他有通共嫌疑。

漫天的雪花迷住了宋書玉的眼睛，讓她看不清眼前的道路，丈夫被抓走也似一團迷霧，讓她辨不清究竟是什麼人所為。

事實的真相究竟是怎樣的？丈夫被抓到了哪裡？現在是死是活？此刻也許只有上天才能知道。站在茫茫雪野中的宋書玉被這突如其來的變故折磨得團團打轉。

宋書玉一邊在茫茫雪野中搜尋著丈夫的蹤跡，一邊在腦海裡理清混亂的思路。宋書玉想，眼下國民黨都躲到了菏澤城裡，這事八成是共產黨幹的。突然，高金鼎的一張臉在宋書玉腦海中劃過。她想起了一件事。就在前幾天，高金鼎領著一個穿八路制服的共產黨到學堂裡去找過她，向她詢問丈夫在城裡都幹些什麼。那時候，她心頭就蒙上了一層陰影。越想，宋書玉越覺得高金鼎告密的可能性越大。他昨天下午來過家裡，知道丈夫在家，村裡又只有他一個共產黨，不是他告的密才怪！

就這樣，宋書玉憑著自己的判斷，得出了一個結論：丈夫是讓共產黨抓走的，告密者就是丈夫的堂弟高金鼎。

事實的真相究竟是怎樣的，此刻並沒有得到證實，但宋書玉卻認定了自己的這個判斷。一想到高金鼎，她就恨得眼珠子往外竄火。在村子裡，說起來高金鼎應該是高家最近的親人了，想不到為了表現自己是個鐵桿兒的共產黨，他竟然會告發自己的堂哥。

認定了是堂弟高金鼎告的密，宋書玉就深一腳淺一腳地往村子以北五里地外的鄉武工隊趕。鄉武工隊只有兩間破草房子，宋書玉到了那裡一看黑燈瞎火的什麼人也沒有。她不死心，闖進去摸黑找了一遭，還是什麼也沒有找到。四周一片死寂，這死寂讓她產生了另外一種聯想，正是由於隊伍出動了所以這裡才會沒有人。想到這裡，她驚慌地從草房子裡衝出來就又往野地裡跑。記得丈夫是被那幾個人架著朝村子西邊走的，於是，她又連滾帶爬地來到村子西邊一點點往西找，一棵小樹、一個小土坑、一個草垛，任何可以隱蔽人的地方都不肯放過。

記得有一年夏天，兒子春生玩瘋了到了晚上還沒回家，她也是這麼去找。不光是她自己找，本家的人都讓她叫來了一起找。但這回她卻不想求任何人了。不是不想求，是不能求，她實在不知道該相信誰懷疑誰了。由於丈夫的國民黨員身分，她覺得他們家近來在村子裡成了另類，一道無形的屏障把他們一家和所有人隔離了開來。

丈夫是個好人，這她是知道的。但丈夫也的確是個國民黨員，這她也是知道的。如果自己是個男的，當初父親也一準會介紹她加入國民黨。世事變遷，人世滄桑，大概在地下的父親也不會料到，他當年自認為的一個進步之舉會給自己的女婿帶來如此大的麻煩。

要是丈夫真有個三長兩短，自己的娘家豈不成了罪人？

宋書玉惶惶地奔走在雪地裡，心頭升騰起一種從沒有過的淒涼和絕望。天一點點變亮，她向雪野的更深處搜尋著。

突然，一陣野狗的撕咬聲從遠處傳過來。宋書玉的心像被撕了一下疼痛起來，她踉蹌著步子跑過去。

眼前的一幕令她一下癱坐到了地上。這一幕註定讓她一輩子都不會忘記。

幾隻野狗正撕扯爭奪著一個人的屍首。那個人不是別人，正是自己的丈夫高金錫。

即便是做噩夢，宋書玉也沒有夢到過如此殘忍的一幕，幾個小時前還和自己同枕共眠的丈夫竟然在雪地裡成為幾隻野狗爭奪的食物。

宋書玉的額頭上瞬間冒出一層虛汗，她實在無法看下去了，虛弱的她一頭栽到了雪地上。

野狗完全無視她的存在，還在吠叫著爭食。

突然，宋書玉嚎叫一聲從地上站立起來，虛弱的她突然猛士般向那群野狗撲去。她從地上摸起一根木棍，玩命般向那群野狗掄去。她不能讓自己至愛丈夫的屍體就這樣被這群野狗糟蹋了，她要盡可能地給他留下一個完整的屍首，這是她現在唯一能為他做的。

幾隻野狗並不怕她，大有和她一爭高低的氣勢，有一隻狗甚至趁機在她的腿上狠狠咬了一口。

疼痛是鑽心的，但宋書玉卻並不感到難以忍受，她反倒希望那些野狗聯合起來一鼓作氣把她也吃了才好，那樣，她就可以不那麼心痛了。就這樣，宋書玉無所畏懼地揮舞著棍棒和幾隻野狗搏鬥。也不知道是哪裡爆發出的那麼大的力氣，那些氣勢洶洶的野狗最後都怕她了，一個個呻吟著落荒而逃。

宋書玉一下跪倒在了地上，跪倒在了丈夫身邊。

捆綁丈夫的繩子已經讓野狗撕開了，上面帶著烏黑潮濕的血跡。

丈夫的眼睛還睜著，死不瞑目的樣子。宋書玉企圖把他的眼睛闔上，但卻怎麼也闔不上。她沾著雪仔細地給丈夫擦身子，一邊擦一邊想該怎麼處理丈夫的屍首。

等擦完丈夫的身子，宋書玉已經想好該怎麼做了。她要獨自一人給丈夫舉行葬禮，一個只有她一人參加的葬禮。從附近的草垛上揭來一張席子，她把丈夫小心翼翼地包裹起來。覺得一張席子太單薄，她又找來一張席子，直到把丈夫的屍首包裹妥當。

宋書玉找到了一個滿意的地方，是一戶人家埋過紅薯後廢棄的土坑，只要稍加擴展就可以利用。選擇這個地方還有一個原因，離土坑幾公尺遠的地方有一棵高高的白楊樹，每到夏季樹下總有一片怡人的綠蔭。每次和丈夫路過這裡，他們都會在這棵樹下乘涼歇息。記得有一次，丈夫還在這樹下吟誦過陶淵明的《桃花源記》。

不知不覺間，淚水又模糊了宋書玉的雙眼。她一下跳進土坑，把自己的雙手深深地插進冰冷的泥土裡。宋書玉要用雙手給丈夫挖一個寬敞的墓穴。泥土被雪水浸濕，但由於寒冷又有些結冰，冰冷而堅硬。沒挖幾下，宋書玉的雙手就流血了。在熹微的晨光裡，那血的顏色濃黑黝亮。

看著血肉模糊的雙手，宋書玉更加用力地挖下去。她感到自己的十指變成鐵打的一般，堅硬而犀利，所到之處，無堅不摧。

把丈夫埋好之後，宋書玉沒有馬上走開。她對著這座剛剛隆起的新墳一動不動地跪了許久。沒有哭泣，沒有哀嚎，宋書玉的神情呆滯而木訥，臉上本來柔美的線條一夜之間變得堅硬。

太陽升起來的時候，宋書玉帶著滿身的血水和泥漿走回村子，手裡握著那根沾滿丈夫血跡的繩子。沒有了丈夫的村子似乎一下陌生起來。

那些早起的人們並不知道夜裡發生過什麼事，看到宋書玉這個樣子都被嚇了一跳。但迅即，高金錫的身分讓他們突然明白過來：高家出事了，出大事了！

對高家，村人們是瞭解的，高金錫並不是壞人。可畢竟高金錫是個和他們不太一樣的教書先生，當初也的確是加入了國民黨，有個做過知府的岳父，又娶了個識文斷字的媳婦，享過福見過世面當過一陣子富人。做人，不能什麼好事都佔了，風水輪流轉，十年河東十年河西，讓那些享過福的人受點罪也不是什麼壞事，要不怎麼能體現上天的公平呢？

政局動盪世事混亂，至於高金錫是讓誰收拾了，村人們也無從判斷。

村人們打量著這個一身血水、泥水的女教書先生，猜測著高金錫究竟受了什麼刑法才出了這麼多血。在村人心目中的審判裡，高金錫即便有罪也罪不足死，給他個幾十大板讓他嚐嚐過日子不光是蜂蜜和糖豆還有疼痛和不舒服也就夠了。畢竟高金錫是個對學生負責任的先生，對人也算和藹，四周八村的孩子因為有了他才長了見識有了學問。

但看宋書玉的樣子，高金錫又不像是受了一般的刑法。他們到底把高先生怎麼樣了呢？要是打壞了不能說話了那可不好，滿學堂的孩子怎麼辦？

村人們默默滿懷同情地跟在宋書玉身後，看她回家會對公婆說些什麼？

宋書玉跌跌撞撞地來到自家門口，還沒推門，就見婆婆從另一個方向衝了過來。婆婆也是一身的泥水，頭髮散亂著，跑返剛回來似的。

「找到春生他爹了嗎？」婆婆急吼吼地問。

還沒等宋書玉答話，婆婆就發現了兒媳婦身上的異樣。「金錫他怎麼了？」

宋書玉再也忍不下去，一頭撲進婆婆懷裡，哽咽著說：「他，他已經……我已經把他給埋了！」

婆婆一頭栽倒在地上。人們七手八腳地擁上來幫著攙扶。

就在這時，虛掩的大門被一陣風吹開了，門裡邊站著被這個突如其來的消息擊中的百歲爺爺。自己的生日想不到竟然成了孫子的忌日，老人怎麼也想不開，一口氣堵在心口上不來。老人感到像有一把匕首直插進了他的心窩，整個人僵在了那裡。老人大睜著眼睛，摩挲著雙手，嘴巴微微張開，似有什麼話要說卻支支吾吾地張不了嘴。眼看老人就要倒下，幾個人一齊上前把他扶到了堂屋裡的床上。已經哭了一夜身體十分虛弱的九十九歲的老奶奶看到老頭子這副樣子，也一下癱坐在地上。一個時辰不到，爺爺這個高莊唯一的百歲老人就停止了心跳，直到死的時候仍然是那副驚愕委屈、有話說不出的悲憤神情。

自從百歲老爺爺過世之後，九十九歲的老奶奶就不吃不喝，整天唸叨著已故孫子的名字。不出半個月，老奶奶也離開了人世。

奶奶離開人世的最後一句話是：「那事不可能是金鼎幹的！金錫八成是讓國軍給殺了！」

兩位老人的後事都是村裡的幾個本家招呼大夥幫著操辦的，住在宅子東邊隔著一條小路的高金龍算是個牽頭的。高金鼎也來了。高金鼎的眼圈哭得紅紅的，臉頰上掛著淚水。一看到高金鼎這副樣子，宋書玉就拿眼挖他，說狠話譏刺他。性格本來就內向的高金鼎這回更不說話了，只是低著頭幹活。高金鼎的這種態度更加堅定了宋書玉的猜測：做了虧心事，心裡愧疚又來買好，不是他幹的才怪！

高金鼎的媳婦也常常帶著幾個孩子過來，幫著幹這幹那的，熱鬧著冷清的院子。宋書玉看到她也是心裡不舒服，關了房門把她閃在院子裡。

遭了冷臉，高金鼎媳婦的臉上就有些尷尬。宋書玉的婆婆態度更直接，追著一條狗狠打：「餵大了你了，狼心狗肺的東西，殺了人，還來哭喪，快給我滾出去！」

高金鼎媳婦就寒著臉領著孩子走了，院子裡又冷清起來。七歲的秉濤百無聊賴地趴在磨台上打瞌睡。

對高家的這次血光之災，村人們的看法也不一樣。有人說是共產黨幹的，也有人說是國民黨幹的，也有的說是橫行鄉野的土匪幹的，以至於後來成了一筆糊塗帳。

但不管怎麼說，自打有了這件事，宋書玉就和高金鼎家疙瘩上了。雖然沒有足夠的事實證明是高金鼎告的密，但彼此的芥蒂卻越積越深，以至於日後終也無法化解。

2

一天傍晚，宋書玉從學堂裡領著秉濤下學回來，剛進門，婆婆就走上來說：「給春生娶一房媳婦吧！」

宋書玉一愣，在城裡讀高小的兒子秉涵滿打滿算只有十一歲，剛離開母親懷抱的奶娃子，娶的哪門子媳婦？

「娘，春生還太小，現在哪有這麼早就娶媳婦的？」

「不小了，妳爹娶我的時候也不過就十幾歲。現在咱們高家缺香火，娶門媳婦回來，也好讓咱高家的香火旺一旺。」

婆婆的心思宋書玉理解，可她畢竟是個讀書人，知道不該讓兒子這麼小就結婚，這樣對孩子的身心不好。但她也不好馬上回絕婆婆，就說：「娘，讓我想一想再答覆您。」

夜裡，宋書玉躺在床上反覆考慮著婆婆的話，越想越覺得這事不可行。打心底裡，宋書玉就沒把秉涵當個大人看，幾個月前家裡發生了那麼大的事，她都沒有讓秉涵回來，只是事後派了個親戚去城裡給娘家捎了信。出於安全考慮，她叮囑捎信的親戚，千萬不要讓秉涵回來。

處理完後事，宋書玉回了一趟娘家，抱著兒子痛哭了一場之後，又一個人回到了高莊。那天，走出宋隅首好遠，秉涵又從後面追上了她。

秉涵還完全是個孩子，比一般的同齡孩子要顯得瘦小。他眼角掛著一滴淚，板著蒼白的小臉，想說什麼又羞於表達。

宋書玉一陣心酸。兒子是個不太愛說話的孩子，小小年紀的他正承受著失去父親的悲痛。

「娘，我和您一起回高莊吧。」

「不行，你要在城裡讀書。」宋書玉硬著心腸一把就推開了兒子。

宋書玉含著淚走了，沒有回頭看兒子一眼。

村子裡早就有人嚼舌，說秉涵在城裡加入了三青團，她不敢把兒子貿然帶回鄉下，萬一兒子再有個三長兩短，她的日子可真就沒法過了。

想了一夜，宋書玉決計回絕婆婆的這個打算。

早晨，還沒等宋書玉開口，婆婆就說：「春生他娘，妳想好了吧，要是妳想好了，我抽空就去托媒。李家莊李大戶家的閨女我認識，挺出挑的一個閨女。」

「李大戶？」宋書玉不知道婆婆說的李大戶是誰。

婆婆又說：「過去是李大戶，雖說李家現在破敗了，但那閨女禮儀孝道上的規矩都懂，正好又比咱春生大個幾歲，過不了幾年妳就能抱孫子。」

娶孫子媳婦的憧憬讓婆婆淒涼的臉上蒙上一層興奮，宋書玉實在不忍心再讓她失望，就說：「娘，娶房媳婦是件大事，您得容我再掂量掂量。」

婆婆著急地說：「這有什麼好掂量的？我都七十六了，春生再不娶媳婦我這輩子就看不到曾孫子了。我這幾天就托人去說媒。」

宋書玉嘆息一聲，拉著秉濤出了門。

剛出門，就碰到了住在東邊的金龍媳婦，宋書玉把自己的苦衷說給她聽。金龍媳婦是個有些見地的女人，她聽了事情的經過，說：「其實，這也沒什麼不好，權當妳又多了一個閨女給妳當幫手。妳一天到晚在學堂裡忙，妳婆婆一個人待在家裡冷清，妳就權當找個人給她做伴。老人家這麼大歲數了，不容易。」

「那秉涵和她算怎麼回事？」

「人家老李家那閨女不也才十五嗎？我見過那閨女，長得水靈，又知書達禮的，將來配你們家秉涵綽綽有餘！」

「秉涵畢竟只有十一歲，還什麼事都不懂！」宋書玉還是有些擔憂。

金龍媳婦說：「現在是姐弟，將來是夫妻，反正你家秉涵平時又不在家，明年考初中，初中畢業後再考高中，一折騰就六七年過去了，到那時再說圓房生孩子的事不是正好嗎？」

金龍媳婦的話也不是沒有道理。這個家實在是太冷清了，能有一個貼心的和自己說說體己話的女孩子的確不是件壞事情。

晚上宋書玉剛回到家，婆婆就又跟她提這事，宋書玉就說：「娘，我想好了，您抽空去托人說媒吧。」

婆婆說：「我今兒已經托了人了，李家也馬上就回了話，人家滿口滿應地說我們高家是書香門第，不嫌棄咱！」

宋書玉感動得眼睛一熱。這老李家的確不是一般的人家，在這種時候，難得有這份肚量和氣度。

宋書玉說：「娘，那咱也不能虧待了人家，遞紅的時候多準備些彩禮。」

婆婆說：「不遞紅了，已經和李家說好了找個好日子直接迎娶。」

到底還是個孩子，表面上的熱鬧很快就讓高秉涵忘記了失去父親的悲傷。

高秉涵後來回想起自己十一歲結婚那天的情形，感到像在做一場有趣的遊戲。早晨，儀式還沒開始的時候，母親就反覆叮囑他，到時候一切都要聽李大姐的，看李大姐的眼色行事。

李大姐就是高秉涵那天要迎娶的新娘李愛之。

穿上新郎服的高秉涵越加顯得像個孩子，整個婚禮像在排練一齣戲。

李大姐做個手勢，讓他把她頭上的蓋頭挑了，他就過去給她挑了。李大姐使個眼色讓他往前走，他就跟著李大姐往前走。李大姐跪下，他也跟著跪下。大半天折騰下來，高秉涵覺得自己已經喜歡上了這個李大姐。

李大姐中等個，膚白，大眼粗眉，一笑兩酒窩，宋書玉評價說她是個心寬大氣的女孩子。高秉涵不太理解心寬大氣是什麼意思，但覺得自己能和這個姐姐玩到一塊去，和她待在一起心裡感到很舒坦。李大姐也不把高秉涵當外人，在他面前既有女性的溫柔又有大姐的威嚴。

結婚頭一天，高秉涵就和李大姐混熟了。

晚上洗完腳上床，高秉涵上不去，讓李大姐抱。李大姐二話不說，過去托著他的屁股就把他托到了高高的鏤花大木床上去。高秉涵睡不著，讓李大姐講故事。李大姐拍著他的瘦屁股就給他講起了孟姜女哭長城。

在高莊住了三天，母親就把高秉涵送回到城裡上學。高秉涵不想回，說在家和李大姐玩比上學好。母親說，以後和李大姐玩的日子有的是，先把書讀好了再回來玩。高秉涵是個聽話的孩子，告別李大姐又去了菏澤城。

一個多月後，菏澤城裡的學堂放了暑假，高秉涵又回到了高莊。這個暑假他和李大姐玩了個夠，一起下地、一起捉迷藏，有時還一起在夜深人靜的時候跑老遠下河洗澡。李大姐的身子白白的、香香的，高秉涵好想湊近了聞一聞，但李大姐卻不讓他靠近，一靠近就拿濕毛巾掄他，掄得他什麼也看不清，只覺得眼前是一片玉一樣的白。

高秉涵還和李大姐一起推碾子。碾子上放的是穀子。李大姐趕著牲口在前邊走，高秉涵拿著笤帚嘻嘻哈哈地跟在李大姐後邊掃。

路過的金龍媳婦問高秉涵：「春生，你媳婦美不美？」

高秉涵不害臊，大聲說：「美！」

金龍媳婦哈哈地笑起來。

李大姐的懷抱很溫暖，高秉涵躺在李大姐的懷抱裡很舒服。

高秉涵喜歡和李大姐一起玩遊戲，一般都是他藏起來讓李大姐找。李大姐心眼實，常常老半天找不到他，害得她滿院子亂跑叫喊他的名字。

「春生，春生！」李大姐的嗓子很脆、很甜，藏在暗處的高秉涵總是竊笑著不肯出來。

一天，母親和奶奶都不在，李大姐帶著高秉涵和高秉濤在大門外面的場院上抽陀螺。抽著抽著，住在門口對面東邊的金龍嬸和秉祥哥就從大門裡出來了，見他們玩得火熱，也加入其中，一邊的幾個孩子也都被金龍嬸吆喝過來一起玩。他們玩的是丟手絹，一圈人席地坐著，一個人拿著手絹轉圈跑，放在誰身後誰就必須馬上站起來接著跑，跑不及的被抓到就算是輸了，輸了的就要站在人圈中央學狗叫。誰都不想學狗叫，於是大家都跑得火熱。

秉祥哥跑累了，臥在金龍嬸的懷裡歇息。高秉涵也累了，就學著秉祥哥的樣子也臥到了李大姐的懷裡歇息。

李大姐身上的氣味真好聞，高秉涵貪婪地呼吸著。正在他陶醉的時候，東南邊的遠處突然響起一片密密麻麻的槍炮聲，抬頭一看，一群被驚動的鳥從遠處佈滿烏雲的天空中向這邊飛過來，大地似也有些顫抖。

就在人們驚慌失措的時候，高秉涵看到母親和奶奶回來了。母親來不及說話，拉著他們哥倆和李大姐就往村北的高粱地裡跑。奶奶是小腳，一進了高粱地就走不動了，李大姐只好背著她跑。李大姐雖是解放腳，比奶奶的腳也大不了多少，跑著跑著兩個人就一起栽到了地上。

看著奶奶和李大姐的狼狽樣子，秉涵和秉濤都想笑，但母親卻狠扯了一下他們的衣襟，讓他們一下明白了眼下的危險處境。

高粱地裡的人越來越多，人們在議論著眼下的戰局。

有人說：「國軍的彈藥足，匣子槍都是美國造，一梭子扣下去能打幾十發，我看這回夠八路受的！」

也有人說：「我看國軍沒什麼蹦躂頭，扛不住這城外的八路多，匣子槍就是再好也沒用！」

……

一陣飛機的嗡嗡聲漸漸由遠變近，人們摒住呼吸把頭緊貼在地上，生怕弄出半點動靜引來炸彈。高秉涵一不小心貼在地上的嘴巴啃了一口濕乎乎的泥巴，他拼命地往外吐，心裡詛咒著該死的飛機。

遠處又響起一陣爆炸聲，之後飛機就呼嘯著漸漸遠去了。

人們從高粱地裡鑽出來，陸陸續續地回到村子裡。剛進村子，就見一行人從東南邊的小路上抬著一個血肉模糊的人衝進村子。

「王八路受傷了，誰家有乾淨布和燒酒？快去拿來！」一個臉上沾滿血跡和泥土的漢子啞著嗓子吼，仔細一看，原來是高金鼎。

宋書玉家中有布，年初給爺爺送葬時買的白布就壓在箱子底裡，等著過周年上墳時再用。但宋書玉猶豫了一下沒吱聲，把婆婆和孩子們招呼進院子，就悄悄地把大門關上了。

李大姐說：「娘，咱家不是有白布嗎？燒酒也有一罈子！」

宋書玉沒吱聲，坐在院子裡灶台前的小凳子上，看著灶台一動不動。

門外不時傳來一些傷兵的哀號聲，宋書玉的臉使勁板著不說話。婆婆也不說話，眼睛緊盯著宋書玉。

門外又傳來一陣哀號聲，宋書玉終於坐不住了，站起身在院子裡走動著。

李大姐說：「娘，我給他們送去吧。我聽著好像那個長兩顆虎牙的小八路也受傷了，他前些天還幫我們家收過麥子哪！」

宋書玉還在掙扎，腦門上滲出細密的汗水。最後，她揮一揮無力的手說：「那妳就去送吧。」

婆婆也說：「把那些白布和燒酒都拿上！」

李大姐忙招呼著高秉涵和高秉濤去取布拿白酒，三個人忙不迭地出了大門。

聽著外面的喧鬧聲，宋書玉軟綿綿地又坐到灶台前，不由自主地把眼睛又投向了牆壁上的那塊泥巴。

那塊泥巴糊到牆上也有兩年了，但仔細看仍然能看出來是後來糊上去的。

泥巴下面埋藏著一個至今仍然沒有被證實的祕密。

兩年前秋天的一個傍晚，常到集市上賣梨的高莊村民陳四輩頂著嫋嫋的炊煙送來一封信。說信是他趕集時一個遠道來菏澤辦事的名叫王為群的人交給他的。王為群讓他把信務必交給高莊的高金錫。陳四輩一出門，高金錫宋書玉就迫不及待地把信拆了。這一看不要緊，兩口子都倒吸了一口涼氣。信是從延安捎來的，單是一看延安兩個字，兩個人就開始發矇。家裡的人信仰的都是孫先生的三民主義，對子女也是這麼教育的，怎麼會和延安的共產黨扯上了瓜葛？再看信的內容，更是丈二和尚摸不著頭腦。信是以大女兒高秉潔的口氣寫的，說是她和姨媽宋寶真以及妹妹高秉浩都在延安，還說她們都已經結婚了，女婿也都是延安的共產黨。

震驚之餘，宋書玉還是感到了一絲安慰。無論怎麼說，她們總算是有音信了，不管幹什麼只要活著就好。但這種安慰只是瞬間的，兩口子馬上聯想到這也許是個圈套，是菏澤城裡的國民黨使的圈套，想套一套他們家的底細，看看三個女孩子是不是真的去了延安，當上了共產黨。這種圈套以前不是沒有聽說過，讓你順著竿子往上爬，承認了自己家裡有人是共產黨，等證實了之後再翻過臉來收拾你。

一想到這些，兩口子的汗毛孔都打開了，越想這越像是個圈套，再一看那遒勁有力的字體，也不像是高秉潔的，兩口子更加堅信這就是個圈套。怕被人發現了不敢仔細多看，高金錫就把信一腳揣進了腳邊剛和好的泥巴裡。那泥巴是用來補爐灶的，和得柔韌油亮恰到好處。高金錫把那封可疑的信在泥巴裡滾了滾，糊到了一邊的牆上。

從那以後，兩口子就再也沒有提起那件事和那封信。

但此刻，宋書玉卻不知怎的又猛然間想起了那封信。

婆婆不知道牆上泥巴這檔事，還以為兒媳婦中了什麼魔。還沒等她說什麼，就見兒媳婦抄起燒火棍一下就把牆上的一塊泥巴捅了下來。

「書玉呀，妳在幹什麼？」

宋書玉來不及說話，用手掰著那塊泥巴仔細查看。信已經沒有了，只有一些早已漚成棕色的紙漿隱隱約約地嵌在泥巴裡。

「書玉妳找什麼？」

宋書玉抬起頭：「娘，沒找什麼，咱們做飯吧。」

正說著，三個孩子從外面蹦蹦跳跳地回來了。

秉涵說：「娘，那個受了傷的小八路真可憐，一隻胳膊斷了，腿也在流血，等會做好了飯給他送一碗吧。」

婆婆也說：「可憐見的，那孩子他媽前些日子還來看過他，央求他回去，他死活就是不回去，要是他媽知道了他這樣，該多傷心。」

宋書玉看著秉涵，眼睛裡流露出欣賞的目光。秉涵是個心善的孩子。

3

過了年，是民國三十七年，也就是西元一九四八年，局勢好像越來越趨於明朗化，共產黨勢若破竹，國民黨節節潰退。

此時，國民政府所屬軍隊及地方各級政府，已經開始陸續向長江以南撤退。魯西一帶廣大地區相繼被共產黨攻克，僅菏澤一座孤城還駐有少量國民黨軍兵力。

戰雲密佈，解放軍已經兵臨城下，隨時都有可能發起攻城之戰。

還是在春天的時候，國民政府宣布，在江南設有流亡學校，凡「淪陷區」中學以上學生前往就讀，均屬公費，並供食宿。

宋書玉是在兒子就讀的菏澤南華第二小學大門外的牆壁上看到這則公告的。當時，她就有些心動。兒子再過幾個月就考初中了，到那時也就符合公告上的條件。國民黨大勢已去，做為國民黨員的丈夫又不明不白地讓人殺了，要是兒子留在菏澤，想必也不會有什麼好處境。

可兒子只有十二歲，放他一個人去江南，又多有牽掛。宋書玉的一顆愛子之心，不知道究竟該怎樣定奪了。

放學了，兒子從學校裡跑出來。

「娘，您又來看我了，李大姐怎麼沒來？」

「李大姐在家陪奶奶和弟弟，我來給你和姥姥送些吃的。」

「娘，前幾天我和姥姥沒有吃的了，二姐和二姐夫給我們送來了糧食。柴火也沒有了，我和姥姥就去公柴儲存庫附近撿。」

宋書玉臉上又掠過一絲悲淒，內心裡就想，去南邊讀書其實並不是一件壞事，不光是安全可以保障，還可以衣食無憂。

看到一些人擠在那則公告前面看，高秉涵就問：「娘，他們在看什麼？」

宋書玉忙拉著兒子就走：「沒什麼，我們回家，今晚娘給你做胡辣湯喝，咱們吃燒餅喝胡辣湯好不好？」

事情沒有確定下來之前，宋書玉不想讓兒子知道這些事情。

高秉涵突然說：「娘，我今天挨老師的擀麵杖了。」

挨擀麵杖就是體罰挨棍子，只有犯了錯的學生才會挨棍子。

宋書玉心裡一驚：「為什麼？」

「因為題做錯了。」

「那就該挨棍子。」

「但老師只打了四下就不打了，本來他說要打五下的，另外兩個同學也都被打了五下。」

宋書玉忙問：「那後來呢？」

「我站在講台前伸手等著，同學們都擠眼讓我下去，但我沒有離開，告訴老師少打了一下，讓他補上。」

「老師補了嗎？」

「補了，但沒使勁。」

「你是個好孩子。」

「娘，您不是說做人要誠實嗎？我不想欺騙老師。」

宋書玉的眼窩又濕了，這麼一個心地純良簡單，又有些性情懦弱的孩子要是去了南方，她可怎麼放心得下？

兒子又從書包裡掏出一本書來，打開：「娘，您看！」

宋書玉一看，原來書裡精心地夾著一張照片，拿起照片一看，是一張南華第二小學排球隊的合影，合影的右下角，蹲著眉清目秀的兒子。

南華第二小學排球隊在當時的菏澤赫赫有名，宋書玉驚喜地問：「你也參加了排球隊？」

兒子用自豪的眼神看著宋書玉。

「你是主攻？還是二傳？」宋書玉又問。

兒子說：「都不是。」

宋書玉納悶：「那你幹什麼？」

兒子絲毫也不自卑地說：「我不上場，是球隊的服務員，他們都叫我『總務長』。」

「服務員？都服務些什麼？」

兒子又自豪起來：「事情可多了，賽前準備，賽中給隊員遞毛巾，賽後清潔衛生。」

兒子的話讓宋書玉又心酸又欣慰，從兒子充滿稚氣的小臉上她已經看到了一種可貴的品質：淡泊名利，勤勤懇懇，樂於助人。

她知道，無論將來兒子去了哪裡，這都是陪伴他一生的財富。

到了七月，參加完初中考試，小學的學業就算是結束了。高秉涵對姥姥說想回高莊看娘和李大姐。姥姥不讓回，說這是他母親宋書玉刻意交代過的，並說等過些天母親會親自來接他回去。

高秉涵閒著沒事，要嘛去幫姥姥撿柴火，要嘛去城東二姐家開的果子舖打下手。

七月十日這天一大早，高秉涵的小學同桌劉鳳春就來宋隅首找他。劉鳳春是安徽人，他父親劉興遠是國民黨一八一旅派到菏澤守城的五四一團的團長，說白了就是菏澤的城防司令。

劉鳳春初來菏澤時，班上的同學對這位高官子弟又羨慕又嫉妒，再加上劉鳳春有時聽不懂菏澤話，一時間很是有些鬱悶和孤獨。隨和的高秉涵卻很快就和劉鳳春成了朋友，幫助他很快適應了環境。後來，當大家知道這個高官子弟其實並無傲慢態度，相反地卻對人和藹樂於交友，也都漸漸和他成了哥兒們。

劉鳳春是個體育健將，高個子的他很快就成了學校排球隊的高手，殺球和封球又狠又準。

劉鳳春有活力，只要他一走近，隔著兩公尺遠就能感覺到他身上冒出的那股子熱氣。

劉鳳春說要請幾個同學到他家裡吃飯，並說這是他父親的意思。

城防司令部很氣派，像戰場又像迷宮，高秉涵已經和幾個同學去過好幾次了，每次都玩得很盡興。

高秉涵當然也不肯錯過這次玩耍的機會。

那天，被邀請的一共是七個孩子，他們都是劉鳳春的好朋友。

他們在城防坑道裡奔跑遊戲，玩得不亦樂乎。快到中午的時候，一個勤務兵過來說團長叫他們去司令部吃飯。

以前都是跟著劉鳳春偷偷來玩，從來沒有見過城防司令，想到馬上就要見到大名鼎鼎的城防司令了，孩子們心裡不由得有些緊張。

劉鳳春當然不緊張，他笑哈哈地說：「走吧，吃飯去。」

在高秉涵的心目中，城防司令一定是個威風凜凜，能夠呼風喚雨的大人物，心裡也不由得有些緊張，生怕自己做錯了什麼會引得司令不高興。

但通過那天的親眼目睹，高秉涵改變了自己的原有看法。

餐廳的大桌子上，擺放著豐盛的飯菜，孩子們圍成一圈坐在桌子四周。高秉涵突然想方便一下，就離席出去進了茅廁。方便完，高秉涵從茅廁裡出來，正往餐廳裡走，就見一個愁眉苦臉的漢子正在和幾個人在大廳裡聊著什麼。

高秉涵貼著牆邊走，並沒有引起幾個大人的注意，但他們的對話他卻聽得一清二楚。

那個愁眉苦臉的漢子驚慌地問旁邊的一個人：「什麼，濟寧也失陷了？」

漢子雖說愁眉苦臉，但卻是個大嗓門，一說話，唾沫星子像無數顆銀色的小劍般射出去。

「是的，國軍大多都讓共黨給滅了，剩下的不是去了南京，就是北上和濟南的弟兄們會合了。」

愁眉苦臉的漢子吼道：「媽的，這樣下去，怕是連濟南的王耀武也支持不了多久！」

那漢子更加愁眉苦臉起來，一邊的幾個人也都顯得憂心忡忡。

高秉涵聽不太懂這些話，還在惦記著大名鼎鼎的城防司令的接見，就趕忙回了餐廳。高秉涵剛坐下，門就被推開了。進來的不是別人，正是剛才那個愁眉苦臉的漢子。

劉鳳春站起來對著這個漢子叫了一聲爹。

高秉涵大吃一驚，原來剛才這個愁眉苦臉的漢子就是城防司令劉興遠。高秉涵正為自己的發現而暗暗吃驚，只見城防司令豪爽快樂地大聲笑起來：「各位小朋友，你們都是我家鳳春的好兄弟，今兒我把你們這些小秀才請來，就是想讓你們和鳳春做一輩子的好兄弟。先吃飯，等會吃完了飯就磕頭做個儀式。」

整個吃飯過程中，劉司令一直都是很高興的樣子，只有高秉涵知道他這是裝出來的。

劉司令說話時不時地爆發出陣陣朗朗笑聲，坐在他對面的高秉涵幾次被他飛濺的唾沫星子打了眼睛。

高秉涵記得，飯桌上劉司令反覆說的一句話就是：「以後你們就是親兄弟了，不論到了什麼時候都要互相扶持和提攜。」

當時，高秉涵不理解劉司令為什麼要這麼做，但後來每每回想起這段往事，心頭總能酸酸地體會到一個父親的良苦用心。

飯吃到一半的時候，一個軍官領著個十歲左右的男孩進來了。那男孩很瘦很黑，樣子可憐巴巴的，有點害羞。

劉團長看到這個孩子就問：「許副團長，你兒子？」

五四一團許副團長拉著孩子走到劉司令眼前：「不是。這是朱營長的兒子，從單縣來的，今年十歲了。朱營長去世後，這孩子他媽就帶著他改嫁了。後爹不待見這孩子，動不動就打他。朱營長的兄弟不幹，就把這孩子給偷了過來。誰知，這孩子他媽也不幹，天天哭著到朱營長兄弟家要人。怕這孩子回去了再受委屈，朱營長的兄弟就乾脆把這孩子送到了咱這裡。」

劉司令走到那孩子面前，拉起他髒兮兮的小手，問：「孩子，你叫什麼名字？」

孩子不說話，眼睛呆呆地看著破了鞋頭的腳尖。

許副團長說：「他叫朱大傑。」

「朱大傑，像個男人的名字，可你長得怎麼這麼小啊。來，大傑，咱們來和這些哥哥兒們一起吃飯。」說著，劉司令就把朱大傑拉到了桌子跟前。

一看到桌子上的飯菜，朱大傑立刻忘記了害羞，不管不顧狼吞虎嚥地吃起來。看著朱大傑這樣，劉司令不但沒有生氣，反而哈哈大笑起來。「好樣的，像你爹，能吃！」

劉司令又對許副團長說：「你是知道的，朱營長救過我的命，就讓這孩子留在這裡吧，隨便有口飯就夠他吃的。」

高秉涵拿到菏澤鄉村簡易師範學校初中部錄取通知書時，宋書玉已經打定了讓兒子隨國民黨流亡學校南下的主意。

宋書玉是硬著心腸做出這個決定的。為此，整整一個夏天，她不知道默默流了多少眼淚。

在南下求學的學生中，高秉涵是年齡最小的。南下學生中高中生居多，初中生大多是些初三的大孩子。他們生活基本能夠自理，也略懂一些人情世故，出門以後家中大人可以放心。高秉涵只有十二歲，剛考上初中還沒來得及進校門，是簡易師範學生中的一個未曾謀面的小學弟。

但思前想後，宋書玉還是決定讓十二歲的兒子南下讀書。與其說是南下讀書，不如說是南下保命。特殊的家庭背景，讓她不得不狠心做出這個決定。

促使宋書玉最後做出這個決定的是一個細節。一天，宋書玉去鎮上買東西，路過一家商舖時，一個手裡拎著幾個耿餅的孩子正從商舖裡走出來。那孩子剛出門，就有幾個孩子圍上來把他手裡的耿餅哄搶一空。不光是搶了他的耿餅，幾個孩子還圍上去把他狠狠揍了一頓。宋書玉上前去拉架，那幾個打人的孩子一點也不覺理虧，直著脖子說：「他爹是國民黨，該打！」

打人的孩子們哄笑著跑了，被打的那個孩子從嘴裡吐出了一顆帶血的牙齒，眼裡含著淚。那一刻，宋書玉心裡一陣發緊，覺得眼前的孩子一下幻化成了自己的兒子秉涵。

不能讓孩子留在菏澤，把孩子留下來就等於害了他。

宋書玉做出這個決定後就帶著秉涵去城裡報了名，回來的路上碰到了菏澤南華第二小學的女校長李學光。同在教育口，宋書玉本來就和李學光認識，又加上李學光的丈夫張文光是菏澤國民政府的縣長，宋書玉就把自己的打算說給李校長聽，想讓她給拿拿主意。

李學光也對國民黨的前景表現出一種憂慮，她十分贊同宋書玉的決定。

「去吧，讀書不讀書先暫且不談，起碼能留下一條命。這國民黨在菏澤肯定是長不了的。」

離開李學光，宋書玉的心情更加陰鬱。

一股濃濃的燒餅香味傳過來，宋書玉覺得兒子腳下的步子明顯變慢了。想到也許不久之後年幼的兒子就要離開自己獨自出門遠行，一種深深的牽掛和無奈湧上宋書玉的心頭，心境也頓時凄涼起來。

宋書玉低下頭，問兒子：「想吃燒餅嗎？」

高秉涵點了點頭。

宋書玉拉著兒子向旁邊的一家燒餅鋪走去。

菏澤燒餅不是用鐵鍋烙的，而是放在用泥巴製成的特製爐子裡烤出來的，味道香甜鬆軟，散發著一種特有的來自泥土的本色香味。

正趕上燒餅出爐，肩上搭著白毛巾的夥計哈著氣忍著熱把胳膊伸進圓圓的燒餅爐裡一個個往外掏燒餅，一邊掏，一邊吆喝：「燒餅！燒餅！饞死乾隆，羨煞神仙的燒餅出爐等你來吃了！燒餅！燒餅！正宗的菏澤燒餅！」

看見宋書玉，夥計二話不說就把一個熱乎乎的燒餅砸進高秉涵的手裡。

「宋老師，妳可有些日子沒來了，是不是最近鄉下不太平？」

宋書玉付了錢，含混地應了一聲，拉起兒子就走。高秉涵邁著快步，臉上帶著喜色，滾燙的燒餅在兩手間倒換著。

「春生，你喜歡吃燒餅嗎？」

高秉涵咬一口燒餅，看著母親說：「喜歡！」

「除了喜歡吃燒餅，你還喜歡吃什麼呢？」

「還有耿餅、核桃和大棗！」高秉涵朗朗地說。

宋書玉心裡又是一陣難言的心酸。兒子離開家鄉，就吃不到菏澤燒餅了，也吃不到菏澤的耿餅、核桃和大棗了。

「娘，您也吃！」高秉涵掰了一半燒餅遞給宋書玉。

宋書玉的眼淚都快流出來了，說了聲不吃趕忙把頭扭了過去。

南下求學之前，宋書玉又帶著高秉涵回了一次高莊。一路上，宋書玉把自己的打算好好跟兒子說了又說，生怕兒子會不從。想不到，兒子卻很聽話，一直不停地點著頭。

最後，宋書玉又叮囑兒子，回家後先不要把這個消息告訴奶奶，免得奶奶會傷心不同意。這之前，宋書玉已經和婆婆溝通過了，婆婆堅絕不同意孫子離開家鄉去南邊。沒有辦法，宋書玉只得先斬後奏。

回到家，宋書玉只是對婆婆說兒子考上了初中，回來歇幾天就回去。

當天晚上夜深人靜後，宋書玉拉著兒子去了丈夫的墳前。這是高秉涵第一次來到父親墳前，他幼小的心一下沉重起來，在黑暗中回想著父親活著時的音容笑貌。

母親說父親是讓共產黨打死的。父親那麼好的人，共產黨為什麼要打死他呢？母親還說告密的人是金鼎叔，金鼎叔平日裡和父親那麼要好，為什麼要出賣他呢？母親還說共產黨也不會放過他的，自己究竟做錯了什麼呢，怎麼共產黨連他這個小孩子也不會放過呢？

高秉涵聽說死去的老奶奶和母親的觀點不一樣，她不相信父親是被金鼎叔害死的。

父親究竟是怎麼死的，已經成了一個謎。這些問題大人都搞不清楚，十二歲的高秉涵就更想不明白。

看著黑黑的飄著玉米纓子香氣的故鄉的夜，高秉涵有些憂傷。他對著父親的墳磕了三個頭，就聽到母親對著墳中的父親說：「金錫，過兩天咱秉涵就去南京讀書了。這是他第一次出遠門，你在地下有知，一定要保佑他，千萬不能像秉潔、秉浩那樣，一去就生死不明地再也沒了音信，你要保佑他平安歸來！」

高秉涵看見母親又對著父親的墳磕了三個頭，每一次都把頭伏在地上停留許久，似乎真的聽到了父親在地下的回應。

黑暗中，高秉涵濕了眼睛。夏日夜晚的風拂過樹枝，烏濛濛的夜空讓他感到一種肅殺之氣。

早晨，天還沒亮，宋書玉就帶著幾個孩子瞞著婆婆上路了。她要讓秉濤和李大姐也去城裡給秉涵送行。

出門的時候，宋書玉又讓秉涵對著奶奶歇息的那間屋子磕了幾個頭，算是和奶奶告了別。

奶奶還被蒙在鼓裡，一直都以為宋書玉把三個孩子帶進城裡為的是給他們買新衣裳。

快過八月十五了，該換季了。昨天晚上奶奶還在囑咐高秉涵，讓他今年的八月十五一定要回高莊過。

一九四八年農曆八月初五，高秉涵在菏澤城裡宋隅首的姥姥家度過了在家鄉的最後一個晚上。

上午，早就知道高秉涵要去南京的劉鳳春前來告別。劉鳳春送給高秉涵十塊現大洋，以便他路上急用。現大洋被劉鳳春充滿活力的手握得熱乎乎的。

高秉涵想約劉鳳春一起到南邊讀書，劉鳳春斟酌了一下說：「家父讓我跟著他，等他們在這裡堅持不下去了，就會南撤，將來我們肯定是要見面的。」

想了一下，劉鳳春又說：「父親早晚會去南邊，要是有一天你到了走投無路的地步，不要忘記了去找一八一旅的五四一團。」

當時，高秉涵是把劉鳳春的這句話當成一句客套話來聽的，後來才知道其實他的命運從那一刻起，就已經和國軍一八一旅這支隊伍有了一種冥冥中的聯繫。

二姐和二姐夫也來送行，他們給高秉涵帶來了燒餅、耿餅和紅棗。

二姐夫挽著袖子問：「秉涵弟弟，你想吃什麼就說，姐夫馬上就去給你買。」

高秉涵冥想了一會說：「我想吃白米飯。」

二姐夫哈哈一笑，說：「到了南方，怕是天天要吃白米飯，要想吃上我們菏澤的燒餅可就難了。」

姥姥暗暗地抹眼淚，一邊抹眼淚一邊給高秉涵縫補褲腳。

晚飯是宋書玉和李大姐一起做的，做了很多花樣，吃飯時都擺在了高秉涵眼前。

高秉涵沒有對以後的事想太多，只是覺得眼下大家都對他這麼好，心裡很愜意。

晚上是和李大姐一床睡的，和以前一樣，他睡裡邊，李大姐睡外邊。李大姐不停地哭，她聳著憂傷的肩膀說：「春生，你要是混好了，可不能不要我啊！你要是到外頭再和別的女人好，我可饒不了你！」

高秉涵對李大姐的這句話沒什麼反應，他只是覺得李大姐身上的氣息很好聞。李大姐一哭就不好看了，他不想看到李大姐哭泣的樣子，於是就說：「放心吧，我會回來找妳的，到時咱們再藏濛濛，讓妳找不到我。」

李大姐不哭了。十六歲的李大姐比剛結婚那陣子有了一些不一樣，眼神裡帶著一種火辣辣的東西。她擰著高秉涵的耳朵，叮嚀說：「到時候你要是不回來找我，我就饒不了你！」

高秉涵還是個懵懂少年，不明白李大姐眼神裡的東西，依偎在李大姐的懷裡很快就睡著了。

次日一大早，高秉涵就被母親叫醒了。母親先是送給他一支他父親用過的派克筆，叮囑他說：「不管到了什麼時候，都要好好讀書。」

高秉涵點頭答應著，接過了那支亮閃閃的派克筆。母親又把他叫到院子裡，突然就狠下心來用戒尺抽打著他的手心，使勁擰著他的耳朵叮囑他要牢記一件事。母親告訴他一定要跟著國軍走，國軍不回來讓他也一定不要回來。

「聽明白了嗎？」宋書玉又使勁擰著高秉涵的耳朵問。

高秉涵疼得嘴都歪了，說：「知道了，跟著國軍走，國軍不回來我就不回來。」

說這話時，浮現在宋書玉腦海中的是丈夫慘死的情景。做為一個母親，她不能眼看著兒子重蹈他父親的舊轍。一邊是年幼懵懂的兒子，一邊是殘酷莫測的時局，這個心力交瘁的女人心都要碎了。

一家人在宋書玉惡狠狠的叮囑聲裡，也都醒了。

姥姥把一碗麵端過來，一家人看著高秉涵把麵吃下去，又把他送到東關的小廣場。

事先已經約定好了，去南京求學的學生們在東關的小廣場上集合一起上汽輪馬車。

汽輪馬車是家長們湊份子雇的，一共有六輛，每輛馬車上都坐著十幾個學生。臨上車時，高秉涵又被母親拉到了一邊。母親交給他一個布包，布包裡是那根曾經捆綁過他父親的帶血的繩子。母親伏在他耳邊叮囑他：「你年幼無知，出門在外要多聽老師的話，要跟著流亡學校走。如果學校解散了，你要跟著國軍走，國軍不回來，你千萬不要回來，回來就會被殺頭的。」

正說著，高秉涵聽到有人叫他，一看，原來是小學時比他高三個年級的管玉成。高秉涵和管玉成很熟，每年冬天他們都在一起打陀螺。管玉成雖然不愛說話，但他親手製作的陀螺總是轉得又穩又快。

一邊的母親又最後叮囑他：「軍帽上有個太陽的是國軍，有個五星的是八路，你可千萬要分清楚了。」

高秉涵記在心上，點頭應著。這時，他看見了一個熟人──已經在簡易師範讀初三的孔慶榮。高秉涵和孔慶榮是以前在街上一起玩時認識的，這會遇上了就顯得格外親熱。

孔慶榮臉上笑嘻嘻的，看上去像覺得這次出行很有意思。

又有一個叫韓良明的同班同學也來了。韓良明家是地主，前些天聽說他自己不想去是父母逼著他報名的。這會韓良明哭得什麼似的，一雙腳像變成了三寸金蓮，一點一點地往前挪，他父母一邊一個押著他。

韓良明的父親說：「哭什麼哭？你要是留在家裡，以後哭的時候可就多了！」

韓良明的母親把丈夫推到一邊：「瞎說些什麼，咱兒子就是去南邊讀書，什麼哭多哭少的？」

韓良明的父親又湊過來：「孩子，記著回家的路，等上完學長了本事就回來。」

他母親的眼圈已經紅了，把一個用紅繩穿的小石佛掛在了韓良明的脖子上：「明子，無論到了什麼地方，想娘的時候就把它拿出來看看，老天一定會保佑你的。」

宋書玉聽了心裡也酸酸的，她又給高秉涵整了整衣服，眼淚也不由得流了下來。

「上車了，上車了！還想不想走了？」車夫大聲吆喝。

坐在汽輪馬車上的高秉涵漸漸地遠去了。清晨朦朧的光線裡，家鄉一點一點地遠了，遠處的親人們也漸漸模糊了。

十二歲的高秉涵不曾想到，前面等待他的是無數道難以想像的生死關口。等他再次踏上家鄉的土地，竟是整整四十年之後了，到那時家鄉的親人們——奶奶、姥姥、母親——卻在夢境般的情境裡一個個消失在這片土地上。

4

高秉涵是被一陣急剎車驚醒的，睜開眼，就見一夥人拿著槍正橫在路中央的汽輪馬車前面。

「壞了，是土匪！」一邊的管玉成小聲說。

高秉涵下意識地按了按腰間裝錢的那個小布袋，頭髮立時豎了起來。

「下來，都下來！」為首的一個光著脊樑的黑臉大個子土匪把槍舉過頭頂喊道。這人的右邊臉上有道橫疤，一顆牙伸出老長，高秉涵覺得他不像好人。

聽口音，已經和菏澤有了些不一樣了，高秉涵不知道這是什麼地方。

見大家都坐在車上不動，黑臉大個子又晃著手裡的槍喊：「都聾了嗎？都給我下來！」

其他土匪也都紛紛起哄，他們有的端著槍，有的揮舞著棍棒。

一個穿一身藍粗布衣褂，看上去像個莊稼人的土匪用槍指著前邊第一輛車上車夫的鼻子說：「下來，下來，再不下來別怪我們不客氣！」

車夫無奈地收起鞭子，跳下馬車。

一支槍也指到了坐在第一輛馬車上的高秉涵的鼻子底下，又有幾個人陸續下了車，高秉涵也跳了下去。從始至終，高秉涵的手都沒有離開過褂子裡邊綁在腰上的那個小布包。

管玉成趁人不注意用手撥拉了一下高秉涵，低聲說：「快把手拿下來！」

高秉涵趕緊把手放了下來，下意識地看了一眼旁邊的一個土匪。

幾輛馬車上的學生都下了車，為首的那個大個子土匪把學生們往旁邊的一個村子裡趕。學生們看著馬車上的行李不肯動。大個子土匪說：「走吧，有人給你們看著。就那點破爛，沒人拿！」

大個子土匪不耐煩地把槍往頭頂上一舉，「叭」地放了一槍。

高秉涵周身一哆嗦，跟著人流向不遠處的村子擁去。

靠近村子有個大碾場，四周都是麥秸垛，大個子土匪把學生們引到了碾場上。碾場上已經擺好了各式各樣的馬紮凳，一看就是各家各戶湊的。學生們正納悶著，就見那個大個子土匪和一個瘦瘦的三十多歲的白臉膛漢子從一個麥秸垛後邊走了出來。

那人對大個子土匪說：「你這樣，還不把孩子們給嚇著了？」

大個子說：「大哥，幹嘛要對這幫小崽子這麼好？這個時候他們還想著去投靠國民黨，不開槍崩了他們就不錯了。」

白臉膛漢子快步走到前邊的一個高台上，對學生們說：「同學們，你們老家是哪裡的？」

管玉成站起來答道：「菏澤。」

白臉膛漢子說：「我們這裡是曹縣，離菏澤也就百十里路，趁著離家不是太遠，你們還是儘早回去吧！國民黨眼看就要完蛋了，你們沒有必要跟著他們去南京，等不久的將來把蔣軍全部殲滅了，在哪裡都一樣讀書！」

學生們一片沉默。

白臉膛漢子接著說：「要是你們實在不願意回去，那你們就去南京等著迎接我們的解放大軍吧！」

學生中間一陣竊竊私語，有些已經開始動搖。

那個臉上有疤的黑臉大個子這時從一邊衝出來，說：「大哥，不要再和這些不識抬舉的小崽子多費口舌。既然他們想去投靠老蔣就讓他們去好了，這一路上不是兵痞就是土匪，讓他們打死這些頑固不化的小王八羔子算了！」

白臉膛漢子又說：「孩子們，回家吧，最近有好幾撥孩子都讓土匪給搶了，要是趕上打仗還會有人員傷亡。你們都還小，還是回家最安全！」

「請問你們是什麼人？」一個學生站起來問。

白臉膛漢子說：「我們是這個村裡的共產黨，接到上邊的指令在這裡攔截保護你們。上邊說了，是南去還是回家隨你們的便，我們都派人護送！」

這時，有幾個婦女抬過來一桶桶小米稀飯和一筐筐大包子，走了大半天路的學生們都饞得吸著鼻子看著這些好吃的東西。

白臉膛漢子說：「吃吧，孩子們，吃完了好上路！」

吃完包子喝完稀飯，學生們回到了大路上的馬車旁。

馬車被看守的人動了地方，有幾輛已經調頭朝後了。一些學生拿上行李上了往回走的馬車，但多數學生還是打算接著往南走。

剛出家門不到一天就回去，也太沒出息了，不能回去！

「高秉涵，你回不回？」一邊的管玉成問。

高秉涵想起母親的囑咐，說：「我不回！」

「那還不快上車？」說著，管玉成把高秉涵拉上了馬車。

坐上馬車之後，高秉涵看見孔慶榮正拎著行李朝一輛往回走的馬車上爬。六輛馬車分成了兩組，四輛接著往前走，兩輛掉頭往回走。看著離自己越來越遠的那兩輛馬車，高秉涵的鼻子酸酸的。爬上馬車的孔慶榮正回頭向他招手，高秉涵的眼淚一下子就流了出來。

坐在高秉涵那輛馬車上護送他們的是那個臉上有疤的黑臉大個子，他一路上罵罵咧咧地像個話癆，不是指責學生不識時務，就是罵學生是去送死。學生們看著他手裡的那桿破槍，低著頭不敢吱聲。

快到商丘時，已經傍天黑了，老遠就隱約看見城門上插著一桿青天白日旗。大個子叫停馬車，從車上跳下來。

「前邊就是國軍的地盤了，我們沒有必要再送了。想死的接著往前走，想見到親娘的跟著我回去，是走是回隨你們的便！」

其他幾輛馬車上的護送人員也都紛紛跳下去，跟著已經扭頭往回走的大個子順著來路往回走。

一時間，馬車上分外安靜。看著一行人走遠了，馬車又吱吱地往前走去。

到達商丘城裡，天已經黑透了。聽說火車晚上靠站的多，五六十人不敢停留片刻又逃難般擁向火車站。一路上穿大街過小巷，像來了洪水又像來了隊伍，引得雞叫狗吠不得安寧。一些人家悄悄把門開個縫小心地觀看，嘴裡嘟囔一聲「窮學生」，就又把門掩上。

趕到火車站，兩個大一些的學生主動去打聽車次，不一會就回來了，二話不說抓起行李就跑，邊跑邊喊：「快點，還有十幾分鐘就開車了！」

學生們又是一陣馬不停蹄地奔跑。奔跑中的高秉涵雖然又累又餓，但由於緊張卻一點也不覺得。他大睜著兩眼，絲毫不敢懈怠，生怕自己一時跟不上趕不上火車。突然，他發現一直和自己在一起的管玉成不見了，心裡不由一陣發慌。

「高秉涵！」身後有人叫他，高秉涵回頭一看，原來是同班同學郭德河。見高秉涵四處張望，郭德河說：「別找了，先上車要緊！」

高秉涵拎著行李就往月台上衝，剛進月台，火車就喘著粗氣進了站。這是高秉涵第一次坐火車，心裡沒有絲毫激動只剩下害怕。月台上到處都擠滿了人，有難民、學生，還有一些衣冠不整的士兵。一看到那些士兵的帽子上都鑲著圓圓的小太陽，高秉涵心裡就踏實了許多。

高秉涵出了一身的汗才擠上火車。車上的人多得不能再多，插針的地方都沒有，只能一隻腳懸著，一隻腳立著。

高秉涵心裡想，等到了南京就好了。後來實在太累了，他就那麼站著睡著了。

一陣打鬧聲把高秉涵從睡夢中拉了回來，他睜開眼，只見管玉成正在人堆裡和一個人打架，兩個人臉上都掛了花。仔細一看，兩個人正在爭奪著什麼東西；再仔細一看，高秉涵大驚，原來那人拿了高秉涵的行李要下車，管玉成正拼命往回奪。

那人三十多歲，是個禿頭，矮墩墩的身材看上去非常有勁。

「這就是我的東西，你說是你的，那你叫它看它會答應嗎？」禿頭眼看就要擠到車門口了，把手裡的行李拼命往車門口拽。

管玉成急了，一手死攥著行李，一手趁機給了那人一拳：「你快給我鬆手！」

那人死活不鬆，火車眼看就要進站，車速越來越慢。手裡拿著鑰匙正要去開門的列車員分不清到底誰是小偷，也實在沒有興趣去分，就視若無睹見怪不怪地要去開門。

禿頭更加猖獗，帶著一種孤注一擲的亡命徒心理拼了命地死扯著高秉涵的行李不放。

兩人正撕扯著，行李包裡突然掉出來一個小布包。禿頭一愣，隨即問：「你說是你的，那你說這小包裡是什麼？」

管玉成被問住了，一時無語。

眾人見管玉成答不出，就認定了不是他的，紛紛跟著起哄說他是個小偷。正吵著，車門開了，禿頭趁機拖著行李往外擠。

高秉涵衝過去，大聲喊：「是我的行李，快放下。這小包袱裡包的是根繩子！」說著，高秉涵把小包袱打開了，果然一截繩子露了出來。

眾人又開始對著禿頭起哄，禿頭見大勢已去，灰溜溜地下了車。

這時，郭德河和另外幾個同學也都擠了過來，幫著把高秉涵的行李拎回來。

管玉成說：「別再睡了，看好自己的東西。南京還沒到就丟了行李，以後怎麼睡覺？」

高秉涵睜著酸澀的眼睛，替管玉成擦去臉上的血跡。窗外站牌上斑駁的「蚌埠」二字正在一點點向後移動。

高秉涵再也不敢睡了，一直睜著眼堅持到了浦口。

5

突然出現的大片水域令高秉涵眼睛一亮。

「長江！」一些同學激動地大喊。

湧進車窗的空氣也似不一樣了，濕潤柔和了許多，還帶著一絲甜絲絲的味道。再仔細看窗外的風景，更是與菏澤有著天壤之別。一個個靠近江邊的小島子都植被茂密，各式各樣的船隻穿梭在江流中，一時間激起人們無盡的遐思和聯想，不由得讓人聯想起許多詩句。書本上對「魚米之鄉」的種種描述似乎一下子都呈現在高秉涵眼前。

這時列車員播報，說浦口車站就要到了。車廂內頓時一片躁動，人們的心情大概都和高秉涵一樣，奔波數日，終點站南京終於近在眼前。

在高秉涵心目中，南京是個既安逸又安全的地方，不但不用擔心有人會殺他，還可以在大城市裡讀書。有了這兩樣，不就跟進了天堂一樣嗎？

車門終於在人們的期待中打開。高秉涵邁著已經麻木的雙腿走下車廂，他一手拎著行李，一手牢牢地抓著那根曾經捆綁過父親的帶血的繩子。

月台依然擁擠，和商丘沒有什麼兩樣，到處都擠滿了人，南腔北調的口音讓人聽了發朦。換乘輪渡過江到了南京，大街上依然是人山人海地擁擠著。坐汽車的、乘三輪的，更多的是像他們這樣的學生和難民，人們臉上的神情都惶惶的，黃昏裡找不到窩的鳥兒般惶恐。

眼看西下的太陽就要被樓房遮住，擁擠在一起的五六十個學生像旋轉的蜜蜂團一樣盲目地在大街上滾來滾去。到了黃昏，幾個大一些的學生終於帶著大夥兒找到了國民黨在南京設的流亡學生報到處。一路上都是步行，看到報到處牌子時，高秉涵感到累到快散架了。報到處也是一片擁擠的人海，讓人透不過氣來。

一不小心，高秉涵踩了一個人的腳，那人用東北話罵道：「擠啥擠，搶孝帽子啊？」

高秉涵不敢說話，緊跟著前邊的管玉成。

排了幾個小時的隊，好不容易簽完到，學生們又被指令到雨花門的邊營小學食宿。學生們長嘆一口氣，心想一路的奔波這回總算是該到頭了。

天黑了，學生們滿懷希望用殘存的一點體力支撐著自己。然而，雨花門的邊營小學似乎變得格外遙遠，怎麼走也走不到。一路上，途經幾個接待流亡學生的學校，情況並不令人樂觀。人太多了，到處都是黑壓壓攢動的人頭，像鬧哄哄的集市。

整個南京也像個巨大的鬧哄哄的集市。

邊營小學果然也是擁擠不堪。除了擁擠著的學生，根本見不到一個老師。只有十幾個光著膀子的伙夫在教室一邊的一排平房裡忙活著燒水煮飯，伺候著一撥又一撥不斷擁進來的學生。

早來的學生都擠在教室裡，有的已經展開鋪蓋睡下了，有的坐在地上愣神，還有的在大吃著飯碗裡的白米飯。

一連走過好幾個教室，每個教室裡都是滿滿的人，想找到一個寬敞點的教室把五六十號菏澤同鄉都裝進去已經不可能，最後只能一個教室一個教室地分開插進去。高秉涵跟著管玉成和十幾個人一起進了一個教室。教室裡的人看見他們進來後，都用充滿敵意的眼神看著他們。高秉涵有些膽怯，管玉成卻坦然地找了個靠邊的地方把大家安頓下來。

放下行李，留一個人守著，其餘的人就拿上茶缸飯盒去一邊的食堂打飯。打飯也要排隊，一人一勺米飯一勺湯。湯裡沒什麼實在東西，只有幾片薄薄的雞蛋腦和幾根海帶絲，米飯也不像二姐夫形容的那麼香，散發著發黴的味道。

大家把飯拿回教室，轉瞬就吃光了。郭德河還沒到教室就吃光了，吃光了之後就用勺子敲著白搪瓷茶缸直叫喚。高秉涵從行李裡掏出一個燒餅塞給他。

郭德河狼吞虎嚥地吃著：「還是咱菏澤的燒餅好吃，香！」

管玉成說：「郭德河，這才剛出來兩天，你就開始想家了？」

「不是想家，是想菏澤的燒餅。」

大家於是都盯著高秉涵的行李包。燒餅是二姐給他帶的，當時他還嫌沉不想拿，現在看來是帶少了。

高秉涵想了想，把包燒餅的那個小包拿出來，給每個同鄉都發了一個。一邊的管玉成看見了高秉涵那根一直不肯離身的繩子，就問：「拿根繩子幹嗎？還寶貝似的藏著？」

高秉涵把繩子包進布包裡，什麼也沒說。

吃完燒餅，大家打開行李就席地躺下睡了。高秉涵卻怎麼也不肯躺下去，一向愛乾淨的他沒有睡地的習慣。

管玉成睡了一會見高秉涵還坐在那裡，就問：「車上那麼能睡，這回怎麼不睏了？」

高秉涵看了看骯髒的地面，還是沒有把行李打開。

管玉成一下明白過來：「淨瞎講究，你以為這裡還是你們宋隅首呀？」

見不遠處有個長條課桌，管玉成站起來把它搬過來放在靠牆的地方：「我的大公子，你就睡這上頭吧。」

高秉涵感激地看了一眼管玉成，把行李放到了桌子上。

鋪好行李，高秉涵往上一躺，桌子剛好和他一般長。

管玉成說：「也就你躺在上面合適，換個人就不夠長。高秉涵，你真的十二歲嗎，我看你怕是連十歲都不到吧？」

高秉涵不服氣地說：「我就是十二歲，正月十五的生日都過了大半年了。」

「好了，你是個十二歲的大男子漢行了吧，快睡吧！」管玉成說。

管玉成往地上的被子上一躺，顯得更加健壯頎長。高秉涵想，自己什麼時候能長他那麼高就好了。

進入夢鄉之前，高秉涵還在憧憬著明天上課的情景。

早飯是大米稀粥加菜湯，都吃到肚子裡也就剛墊了個底。到了上課的時候，並沒有老師來，院子裡教室裡都亂糟糟地擠滿了人。傍晌午，院子裡來了一個三十多歲穿西裝的男人，一些早來的學生認識他，喊他「王管理」。王管理是教育部派來的，專門負責住在邊營小學裡的學生的生活起居。大家紛紛湊上去問他什麼時候能開課。

王管理有些不耐煩：「能吃上飯就不錯了，什麼時候開課我也說不好，那也不是我說了算的！」

聽了這話，大家都很意外。

這時就聽見一些學生用南腔北調的口音質問王管理：「說好了是來讀書的，怎麼來了卻變了卦？」

「不讀書我們來這裡幹什麼？」

「說是來上學，我們千里迢迢的來了又不開課，這不是明擺著唬人嗎？」

「就是，我們要上課！」

……

王管理招架不住，一溜煙跑出了校門，之後，一整天都不見蹤影。

邊營小學裡擁進的學生越來越多，以至於有些人睡到了走廊裡。

住進邊營小學的第二天晚上，睡夢裡的高秉涵被一陣絞痛給痛醒了，肚子裡面像有根棍在攪著似的。他爬起來跑到外面上廁所，廁所門口早已排起了長隊，每個人都抱著肚子彎著腰，一副內急難耐的神態。

好不容易挨到高秉涵，一股酸臭的大便直衝出來。一時肚子裡空了，但裡面還是陣陣的痛。蹲了一會，見別人擰著雙腿站在一邊等，他就趕忙起身出去了，誰知還沒走到教室門口，就又內急起來，痛得更加猛烈。

高秉涵再次跑回廁所，門口的隊伍比剛才更長了。看著長長的排隊大軍，高秉涵絕望了，頭上的虛汗一股股冒出來，肚子裡更是捲起陣陣難耐的絞痛。有幾個人實在堅持不住了就跑到牆角方便。高秉涵也趕忙彎著腰一溜小跑去了牆角。

生病的學生漸漸多起來，清一色的腹瀉發高燒，學校裡到處都飄蕩著生病學生的呻吟聲。

等到王管理再來時，學生們就都圍上去向他反映這一情況，要求給予治療。王管理說這是水土不服，過些天自然就好了。見學生們催得緊，他就發起脾氣來：「前方正在吃緊，傷兵一堆一堆的都得不到治療，你們在這裡有吃有喝的，不就拉個肚子嗎？忍忍就好了。」

學生們感到無望，一個個又往廁所裡跑，跑不急的乾脆就地解決。王管理看著已經變成糞場一樣的校園，捂著鼻子走了。

生病的學生越來越多，不但無人問津，學校還把每日三餐變成了兩餐，一勺米飯變成了半勺。本來就有病，又加上吃不飽，許多學生很快就爬不起來了。

高秉涵也病懨懨地站不起來，一天到晚躺在教室牆角裡的那張課桌上。他用呆滯的眼睛看著窗外，一扭頭眼前就是兩串金星。韓良明的情況也和高秉涵差不多，他本來住在別的教室裡，見高秉涵天天躺著就過來在桌子一邊的地上鋪上被子和他做伴。

韓良明特怕死，一不舒服就纏著高秉涵問他會不會死。高秉涵也怕死，從不正面回答這個問題。只有管玉成會大著聲音對他說：「死什麼死？拉個肚子就想到死？老天好不容易讓你來到世上，你還什麼貢獻也沒做，哪有這麼便宜的事？」

聽了這話，韓良明心裡踏實了些，歪著腦袋閉目養神。

見高秉涵的病情不見好轉，管玉成就出去買藥。藥店裡的藥一會兒一個價，一次比一次貴。街上的市民們也都抱怨著物價飛漲。

見管玉成給自己買來了藥，高秉涵就從腰裡的錢口袋裡摸出一個大洋給他。管玉成說：「沒用幾個錢，你不用這麼見外。」

農曆八月十一，下午三四點鐘的時候，出去閒逛的同學忽然傳回消息，說河南大學的流亡學生帶頭跑到教育部門口示威去了，並說許多中學生也摻和著去了。院子裡的學生們聽到這個消息也都蠢蠢欲動，正議論著，就見一群群的學生路過門口向成賢路上的教育部擁去。

學生們邊走邊喊：

「我們要吃飯！」

「我們要讀書！」

「我們要治病！」

……

教室裡，躺在牆角的高秉涵也隱約聽到了喊聲。

管玉成從外邊跑進來：「聽說流亡學生都去了教育部，我們也去吧，人多聲勢大！」

一些生病的學生勉強支撐起身子，茫然地看著外邊。

高秉涵也抬了抬虛弱的身子。幾天的折騰，他的身體已經非常虛弱，又加上脫水，兩個眼窩深深地陷了下去。

管玉成走過來：「走，秉涵，我來扶你！」

一行人來到了大街上。涼風一吹，高秉涵肚子裡一陣翻騰，差點吐了出來。

管玉成說：「秉涵，你的臉都白得發青了，沒事吧？」

一陣眩暈，高秉涵強撐著說：「沒事。」

6

一行人趕到教育部門口已近傍晚。小廣場上擠滿了學生，放眼望去，滿世界一片狼籍。學生們有的正在喊著口號往教育部的大門裡衝；有的像來了很久了，人睏馬乏地躺在地上歇息。有的已經沉沉睡去，彷彿四周的吵鬧聲完全與己無關。

學生們的口號聲浪一陣高過一陣，高秉涵幾個也加入其中。但剛喊了沒幾聲，高秉涵就感到體力不支，靠到了旁邊的一個石礅上。

天色越來越暗，教育部門口的學生一點也沒有減少，越來越多的學生源源不斷地從四面八方擁過來。晚上八點多，教育部先是派了一個處長出來和學生們溝通。見沒有實質性的答覆，學生們又開始喊口號，最後終於喊出來一個次長。次長說給學生們安排了一個清幽的好去處，不光有吃有住包治病，還可以馬上開課讀書。

示威請願終於有了結果，學生們總算安靜下來。不一會，就有七八輛軍用大卡車開過來，招呼學生們上車，說是現在就把學生們送過去。

餓了幾天的學生誰都想趕早去吃頓飽飯，就一窩蜂地往上爬。高秉涵體力弱，沒有趕上第一批。等到軍用卡車第二次返回來時，他才在管玉成的托舉下勉強爬到了車上。

卡車直接開到了火車站，等上了火車才知道是去鎮江。鎮江不是南京，大家又都忐忑起來。

到鎮江已經半夜了，但似乎還沒有到達目的地，學生們在幾個帶隊的引導下沒頭沒尾地往江邊趕。江水的氣息越來越濃，一股又一股魚腥味混雜著濕濕的夜風吹過來。好不容易看到了渾濁湧動著的江水，拿手電筒的那個帶隊的又招呼大家上船，說是江中央有個美麗的地方叫瓜洲，那裡才是學生們的目的地。

昏沉沉的高秉涵隱約記得古詩詞裡描述過一個叫瓜洲的地方，不知道這個瓜洲是不是書本裡的那個瓜洲。

一些船隻早就停靠在了江邊待命，像臨時雇來的，各式各樣的都有。船夫們都光著膀子坐在甲板上摔撲克，說的都是南蠻子話，語速很快且聽不懂。在夜裡聽到這樣的聲音，高秉涵感到一種身處異鄉的陌生。

學生們上了船，船隻就發出一陣突突突的聲響，吐出一種汽車後屁股裡冒出的汽油的味道。

當船隻行駛在黑黝黝的江面時，高秉涵突然看見了空中的那一輪明月。月亮很美，但這月亮卻絲毫也不能讓他高興起來。在他的眼裡，那月亮也像生了病一樣懶洋洋的。

汽油船在江裡行駛了大半個鐘點才靠岸。一上岸，就見不遠處的月光下有一大片殘破的平房。走近了就聽一些早來的學生抱怨：「還當是什麼好地方呢，不就是一個荒涼的孤島嗎？」

一個學生從一排平房的一間屋子裡突然跑出來：「哎呀！耗子！耗子！」

又有一些學生從屋子裡往外抱雜草：「這破地方，狗窩都不如，怎麼住人？」

……

看來又是個令人失望的結局，高秉涵身體虛弱得實在支援不住，就扶著一棵小樹蹲下來。他腳下似踩到了一塊有些腐爛的柔軟的木板，就著月光一看，長條形的白漆木板上寫著「鎮江水上警察局」幾個黑字。

原來，這裡是一個廢棄的水上警察局。

「別都站著呀，快收拾！」那個打著手電筒的帶隊拿手電筒往人群裡晃了幾晃，惡聲惡氣地大吼。

看見管玉成幾個進了一排屋子收拾宿舍，高秉涵也強撐著跟了去。一踏進屋門口，他就聞到一股潮濕的久已無人居住的黴味，腳下是黏滑的雜草，踩在上面滑滑的、涼涼的，讓人覺得像踩在了沼澤地裡的水草上。

打手電的帶隊過來指導，說是要先把屋子裡的青草拔掉後清理出去，再把外面已經曬乾的乾草抱進來鋪在地上。

一心想躺在床上的高秉涵問：「沒有床嗎？」

帶隊懶得回答這樣無知的問題，轉身去了別處。

學生們一直忙到傍天亮，才將一排排廢棄的屋子裡都鋪上乾草。抱完最後一趟乾草，高秉涵只覺得眼前一黑，一頭栽到草堆裡睡了過去。

早晨開飯時，管玉成把高秉涵叫醒了。高秉涵睜開眼睛，身子卻沉得怎麼也起不來。管玉成一摸，高秉涵的頭很燙，皮膚像蝦皮一樣呈現出一種半透明狀。

正好一個帶隊走過來，幾個人就把高秉涵的病情向他說了，帶隊很無奈，說：「這近處沒什麼像樣的醫院，就是有醫院我們也沒錢去看，上邊只給了少量的伙食費。」

又一個帶隊走過來：「挺挺就好了，前些天許多生病的不是都好了嗎？就是個水土不服，過幾天你也會好的。」

高秉涵突然掙扎著起來，跌跌撞撞地往廁所跑，到了廁所一小解，自己嚇了一大跳。尿液竟然是紅色的，裡面摻雜著米湯般的膿液。他不知道自己這是得了什麼病。跟進來的管玉成也看到了他尿出的紅白色的尿液，一時也被嚇壞了，跑出去叫帶隊。帶隊在外邊不肯進來，說：「過幾天就好了，沒必要這麼大驚小怪的。」

一聽這話，廁所裡的高秉涵身子搖晃了幾下差點一頭栽下去。他心裡酸酸的，兩滴淚水隨之從眼窩裡流出來。

高秉涵有種總也尿不盡的感覺，尿了一點還想尿，每次也就是那麼一兩滴。他不停地在宿舍和廁所之間奔走著，到了最後，實在支持不住，就暈倒在了廁所裡。

管玉成和幾個同鄉把高秉涵抬回了宿舍。剛進宿舍，他又想尿，但剛動了動身子就暈倒在了草堆裡。瓜洲的飯和邊營小學的飯是一樣的，都是米飯加菜湯。一連幾天，面對管玉成好不容易排隊打來的這些米飯菜湯，高秉涵一點食慾也沒有。持續的高燒和暈厥使他無法起床，躺在草堆裡不是昏昏沉睡就是囈語不斷，身上的皮膚看上去更加透明，整個人像是玻璃做的。

到後來，管玉成和幾個同鄉實在看不下去，就又去找帶隊，要求送高秉涵出去看病。帶隊被磨得沒辦法，就說：「要不你們坐渡輪帶他去鎮江的教會醫院吧，那裡看病是免費的，但能不能排上可就說不好了。」

幾個同鄉用一扇廢棄的門板把高秉涵抬上了渡輪。到了教會醫院，一個大鬍子外國大夫看到高秉涵病得這麼嚴重，就走過去先給他看。

檢查詢問一番，大鬍子外國大夫用蹩腳的中文說：「你是急性腎炎，怎麼這麼晚才來，你的爸爸媽媽呢？」

高秉涵想起已經死去的父親和遠在菏澤的母親，鼻子酸澀著說不出話。

「怎麼，難道他沒有爸爸媽媽？」外國大鬍子大夫問旁邊的幾個半大孩子。

管玉成說：「我們是學生，老家在山東。」

外國大夫轉了轉藍色的眼珠，似乎明白過來：「我知道了，你們都是遠離家鄉的孩子。」他低頭對高秉涵說，「放心吧，回去按時吃藥，只要你自己有信心，就一定會好起來的！」

高秉涵的鼻子又酸澀起來，這是感動的酸澀，他的小臉上掛滿了感動的淚水。

大鬍子外國大夫給高秉涵開了藥，讓他當場就吃了第一次藥，又叮囑他過些天再來診治。最後，大鬍子外國大夫又送給高秉涵一袋奇怪的饅頭。那饅頭黃黃的，軟軟的。大鬍子外國大夫說這是麵包，他用手撕了一塊放進了高秉涵的嘴裡。已經多日沒吃上可口食物的高秉涵攪動著已經麻木的舌頭，品嚐著這一神奇食物。突然，他皺巴巴的瘦臉上露出了微笑，感到這種甜甜的、香香的神奇食物十分好吃。

告別了大鬍子外國大夫，幾個同鄉又把高秉涵用門板抬出了醫院。

到了江邊，天色已晚，江面上已經沒了渡輪。好不容易找到個搖小舢板的，船老大竟然向他們索要一個大洋才肯把他們渡過去。

郭德河說：「要是有一個大洋，我們還不如大吃一頓！」

管玉成也說：「就是，乾脆今晚不回了，我們就痛快地大吃一頓，明天早晨有了渡輪再回！」

韓良明也同意這個想法。

於是，幾個人把高秉涵抬到了一棵繁茂的大樹下。大家湊了些零錢派管玉成去買吃的。吃了藥，高秉涵覺得身體似乎好了些。他支撐起瘦小的身子，掏出一個大洋遞給管玉成。

管玉成沒接，說：「你那裡是最後的小金庫，還是留著以備急需。」

東西買回來了，五六個人坐在樹下享用。正吃著，一個同鄉忽然發現了頭上的月亮。

「這月亮可真圓，難道今天是八月十五？」

管玉成一想，猛然說：「今天可不就是十五嗎，我們離開家已經整整十天了。」

郭德河感嘆：「才十天？我怎麼覺得長得像一輩子？」

看著空中的月亮，回想著離開家這短短十天的經歷，高秉涵想像不出今後的日子會怎樣。

月宮裡嫦娥的衣裳在高秉涵的眼裡似乎在飄動。看著嫦娥流動的羽衣，高秉涵忽然就想家了。娘和奶奶、姥姥她們這時在幹什麼呢？她們會想起我來嗎？秉濤弟弟是不是又吃上了二姐家送來的大月餅？還有李大姐，她也會在這個時候想我嗎？

忽然地，高秉涵的臉陰鬱起來。他擔心自己的病能不能好起來，將來能不能活著回家見到娘。要是自己死掉了可怎麼辦？一想到這個問題，一陣驚恐瞬間掠過了高秉涵幼小的心靈，他緊張地打了個寒顫。

月光下，高秉涵的臉慘白慘白。

7

下午，宋書玉從學校裡回來後，就開始和李大姐一起準備吃的。她們做了幾個素菜，又把二女兒送來的一隻雞也燉上了。

做這一切時，宋書玉臉上的表情是木然的。

香噴噴的雞快出鍋時，在灶台下燒火的李大姐突然說：「娘，您還沒擱鹽哪！」

宋書玉恍然清醒過來，盛了半勺子鹽撒進鍋裡。

此刻，宋書玉的心思根本不在眼前的這個家裡，她的魂早已隨著兒子飛了。

自從兒子秉涵走了之後，這些天來宋書玉的心裡一直七上八下不踏實。時局動盪，解放軍一路南下，聽說菏澤城裡的國軍也堅持不了幾天了，南京遲早也會被共產黨拿下。聽著種種傳聞，宋書玉的心情複雜到了極點。她一會慶幸把兒子送走，保住了一條命；一會又覺得南邊也不安全，把兒子送去無疑就是把他推向了一個不可測的未知。那麼小的孩子，萬一共產黨一路追到南京，那可怎麼辦？

一想到這些，宋書玉的心就跟讓貓抓了一樣地疼。

有時候給學生們上著課，宋書玉會突然被這個想法嚇傻了，半天回不過神來，不知道自己講到了什麼地方。如果是夜裡正睡著，她會一個寒顫猛地端坐起來。

「娘，都糊了鍋了，您怎麼還不盛？」李大姐又在灶台下喊。

「知道了。」宋書玉說著，手忙腳亂地把雞盛了出來。

此刻的宋書玉惦記著兒子，不知道兒子在南京生活得怎麼樣。兒子走了已經十天了，共產黨真的會一路追到南京嗎？

桌子上擺好了菜，宋書玉去叫兩位老人過來吃晚飯。

自從兒子去了南方，宋書玉就把城裡的母親也接到了高莊。老人一個人住在城裡實在是太孤單了，過來一起住也好有個照應。

宋書玉先去了東屋的婆婆房裡，婆婆正在抹眼淚。

還沒等宋書玉開口，婆婆就說：「你說春生這會在幹嗎？他能吃上月餅嗎？」

「娘，您就放心吧。他身上有錢，想吃什麼還不是由著他自己？再說了，國民政府也不會不管這些孩子的，您老就別操心傷身了，咱們到外屋吃飯吧。」宋書玉把惦念壓在心裡，故作輕鬆地說。

婆婆自言自語：「我看這國民政府，怕是也堅持不了幾天了。春生要是知道回家的路就好了。」

宋書玉的眼淚眼看就要流下來，忙轉身出去了。

穩定了一下情緒，宋書玉又去了母親住的西屋。母親正跪在地上祈禱，懇請地下的列宗列祖保佑她的外孫平安康健。宋書玉聽到，母親不光把列宗列祖懇請了，連她認為已經死去的四女兒寶真和大外孫女秉潔三外孫女秉浩幾個晚輩也一併懇請了，讓她們保佑秉涵在外平安。

母親的這些話又讓宋書玉想起了妹妹和兩個女兒，繼而又想起自己死於非命的丈夫，心裡更不是個滋味。

這個破碎的家，她一個女人家實在是支撐不下去了。

圓圓的月亮升起來時，一家人總算是坐到了桌子跟前。秉濤剛要夾菜，一隻手就被奶奶擋了回去。

奶奶說：「秉濤，去給妳哥拿副碗筷過來。」

秉濤跑去拿來一個碗和一雙筷子交給奶奶。奶奶把那副碗筷放在桌子的一邊，又拖過來一個凳子。

奶奶夾了一塊雞肉放在碗裡，又夾了一塊魚放在碗裡，之後說：「春生啊，今兒是八月十五，咱們吃飯吧。」

8

瓜洲的冬天十分寒冷。

細細的風被冰冷的江水打磨之後，就成了一把把鋒利的小刀，刺在皮膚上生疼生疼的。都說江南暖和，想不到竟是這樣一種切入骨髓的陰冷。許多學生受不了，就天天縮在草堆裡取暖。

學生們不斷地要求帶隊向教育部反映瓜洲的情況，帶隊一向都是愛理不理的。瓜洲偏遠，渡輪一天只有有限的幾趟，上千號學生想集體出動幾乎是不可能的事情。因此，學生們只好整天待在八面漏風的破房子裡聽天由命。

幾個月來，在那個大鬍子外國大夫的治療下，高秉涵的腎炎好多了，但身體仍然很虛弱，人瘦成了一把骨頭，滿臉就剩兩個大眼珠子最醒目。高秉涵的皮膚也白成了一張紙，看上去又薄又脆，風一吹，就能裂開似的。

看見高秉涵整天把一件小棉襖拽來拽去的，遮住了手腕就露出了脖子，遮住了肚子又露出了後腰，郭德河就主動提出拿他的大棉襖跟他換著穿。

知道郭德河是一片好心，高秉涵卻死活也不好意思跟他換。

「我火力壯，不怕冷。」郭德河說。

一邊的管玉成也說：「就是，秉涵，你就別客氣了。瞧你，已經瘦成蝦皮了，再一凍沒準就凍沒了。」

郭德河把自己的棉襖脫下來，光著膀子等高秉涵。

「你就快脫吧！」韓良明也在一邊勸高秉涵。

光著膀子的郭德河凍得直哈氣，高秉涵只得把自己的小棉襖也脫了。換了棉襖，高秉涵覺得暖和多了。看著郭德河穿著自己的那件小棉襖，他還是有些不忍心。小棉襖是母親做的。當時，高秉涵做夢也沒想到這件小棉襖引發出的故事，後來會讓他流了那麼多的眼淚。

高秉涵與郭德河交換棉襖的第二天，就傳來一個令人振奮的消息。帶隊說瓜洲的流亡學生要全部遷移到無錫的惠山，被編為魯南第七連中，過了年出了正月十五就在那裡復課。

一個記不清準確日子的深夜，學生們突然被帶隊的一聲吆喝驚醒，帶隊說船來了，要學生們馬上起床準備出發。

寒冬的深夜，學生們顧不上寒冷，帶著簡單破舊的行李，滿懷希望地踏上了搖搖晃晃的渡輪。

上渡輪時，高秉涵的一隻腳不小心踏空了，人一下掉下去，半截身子泡在了水裡。他死死抓住船幫，不肯落到水裡去。幸虧走在他後邊的是管玉成，生生把他拉了上來。

時間緊急，也沒有衣服可換，高秉涵只好穿著精濕的衣服上了船。等渡輪開起來後，高秉涵就覺得身上冰涼冰涼的，像掉進了冰窖裡。寒風中，他不停地打著哆嗦，身子瑟縮成一團。

到鎮江上了火車，高秉涵感到更加寒冷，上下牙齒咯噔咯噔地直打架。

根據以往的生病經驗，高秉涵知道自己發燒了。他昏昏欲睡地靠在擁擠的車廂裡，期待快點到達無錫安頓下之後好好地睡上一覺。

出門幾個月以來，每一次失望之後，高秉涵都又對未來漸漸充滿了期待，這次也不例外。在他幼小的心靈裡，總覺得好日子就在離自己不遠的前邊。

管玉成卻不這麼想。上車前，他從火車站的垃圾堆裡撿了一張舊報紙，這會沒事，就翻出來閒看。報紙上刊登著國軍「徐蚌會戰」失利的消息，字裡行間都彌漫著國軍末日將要到來的先兆。對無錫，他也不敢抱有太大的希望。

學生們都被安置在無錫惠山。成千上萬的學生分別住在半山腰上的人草庵和青山寺裡，山下的紅房子裡也住滿了人。高秉涵他們被安置到紅房子裡。幾乎是一進門，他就又一病不起了。

學生們的境況和以前沒有太大改觀，照樣是吃不飽穿不暖，上課的事情更是無人問津。

住進紅房子沒幾天，一個深夜，所有的帶隊幾乎同時消失了。早飯的時候，學生們去伙房排隊打飯時突然發現伙夫也都不見了，地上只有一口口冰冷的大鐵鍋。

學生們終於意識到一個問題：國民政府這回是徹底把他們拋棄了！

一切似乎都在意料之中，成千上萬的學生頓時做鳥獸散。

學生們的選擇基本上有兩條路，一是步行討飯回家，二是跟著國軍的隊伍繼續逃亡，去尋找下一個渺茫的安全之地。

躺在紅房子冰冷的草堆裡，身體虛弱的高秉涵對自己究竟是回是留考慮了許久。幾個熟悉的好朋友都早已拿定了主意。郭德河要跟另外幾個同鄉一起回菏澤，管玉成則想留下。大家只等高秉涵拿定主意後就各自東西。

離開家快半年了，高秉涵真想回去。但一轉念，他又記起了娘的那句話：「如果學校解散了，你要跟著國軍走，國軍不回來，你千萬不要回來，回來就會被殺頭的。」

高秉涵猶豫了。

看著門外的學生們紛紛扛著行李捲散去，高秉涵也開始起身整理東西。他又看到了那根繩子，那根捆綁過他父親的繩子。母親和奶奶說父親是讓共產黨殺的，老奶奶說父親是讓國民黨殺的，究竟父親是讓誰殺的高秉涵也搞不清楚。但有一點高秉涵是清楚的，家鄉是個兇險的是非之地，他不能回去。

這時管玉成又說：「秉涵，還是和我一起走吧，咱們去找二八五師。」

二八五師？高秉涵隱約記起了什麼。駐守菏澤的五四一團不就屬於二八五師嗎？不對，好像是一八一旅。

高秉涵問：「這個二八五師是駐防過咱們菏澤的那個一八一旅嗎？他們已經不在菏澤了嗎？」

管玉成說：「現在的二八五師就是當初的一八一旅，他們現在在蕪湖。我爹的一個朋友，現在是二八五師五四一團的團長，托人捎信讓我去找他。」

「這團長叫什麼名字？」高秉涵忙問。

管玉成說出一個陌生的名字。

看來劉鳳春的父親劉興遠已經不是團長了。臨別時劉鳳春的話又浮現在高秉涵耳邊，讓他走投無路時就去找他父親，可他父親現在已經不是五四一團的團長了，他去了找誰呢？這個他並不認識的團長會理睬他嗎？

「我一個把兄弟的父親原來在五四一團，看來現在已經不在了。」高秉涵說。

一邊的郭德河忙說：「秉涵，那你快起來，咱們一起回家，一天走幾十里，用不了多久也就走到家了。」

管玉成又問：「你認識的那個人叫什麼名字？」

「劉興遠。」高秉涵說。

管玉成忙說：「哎呀，他現在已經是師長了。你快跟我們一起去吧，大家也好有個照應。」

高秉涵有些不相信地問：「劉興遠當師長了？」

管玉成說：「這還有錯？他現在是少將師長。我爹的朋友在信裡提到過他，快起來吧，我倆一起去二八五師。」

是北上回家，還是去蕪湖投奔二八五師？高秉涵還是很猶豫，母親的話和劉鳳春的臨別贈言交替著在耳邊響起。最後，高秉涵終於做出決定，他對管玉成說：「好吧，就去二八五師。」

一聽高秉涵要去二八五師，郭德河就和其他幾個同鄉一起走了。

郭德河最後留給高秉涵的是一個背影。他的那件又瘦又小的棉襖依舊穿在郭德河的身上。只是那一眼，那件留有母親氣息的小棉襖永遠留在了高秉涵的記憶裡。那細密的針腳彷彿一針針地縫進了他的心窩裡。在無數個深夜的夢境裡，他的心靈似乎能夠感受到那些凹凸的針腳。

兩個人剛走了沒幾步，高秉涵就扭頭往山上跑。

「高秉涵，你要幹什麼？快回來！」管玉成在後邊追著叫他。

「去找韓良明。」高秉涵說。

韓良明當初被安置到了半山腰上的人草庵，他家是地主，估計他也不會回去。

到處都是下山的學生，一雙雙眼睛裡透著驚恐。看到管玉成和高秉涵這時候還上山，學生們都用奇怪的眼神看著他倆，懷疑是不是他們的腦子出了問題。

兩個人趕到韓良明的住處時，屋子裡已經空無一人，只有一些亂七八糟的東西被丟棄在地上。在屋門口，高秉涵發現了韓良明常用的那個藍布小枕頭。看來他已經隨著學生下山了。

放眼望去，漫山遍野都是學生們湧動的身影，猶如一個個掙扎在險境裡的螞蟻。

高秉涵轉身下了山。當天下午，他和管玉成一起擠上了開往安徽蕪湖的火車，打算投奔駐紮在蕪湖青陽的二八五師。

9

二八五師師部設在一座地主家的大宅子裡。剛跨上高高的門檻，高秉涵就看見披著軍裝的劉興遠正坐在堂屋的太師椅上低頭抽悶菸，他肩牌上的少將軍銜在過午的光線裡閃著暗淡隱祕的光芒。他旁邊坐著的那個人正是管玉成要找的五四一團的榮團長。

「報告師長，他們說是來找你的！」士兵報告。

劉師長和榮團長同時抬起頭來，他們看到了站在門口的這兩個半大小子。

劉師長馬上站起身走到瘦骨嶙峋的高秉涵跟前，驚訝地問：「你是秉涵？」

高秉涵說：「劉叔，是我！」

「孩子，你可是瘦多了！」

劉師長用碩大的雙手拍打著高秉涵的肩膀。隨著劉師長一起過來的還有他的發射力極強的唾沫星子。但高秉涵卻不覺得髒，只覺得親切和溫暖。劉師長的眼神裡充滿了關切，高秉涵眼窩發燙，感動得一句話也說不出來。

榮團長也認出了管玉成，一把拉過他：「你爹給我寫了好幾封信，讓我一定找到你，你總算是來了！」

劉師長又問了管玉成的情況，知道他也是菏澤來的，就順口說：「正好隊伍上缺人手，你們就都留下當學兵吧。」

榮團長說：「那就放到我們團吧，都是鄉親，遇事也好有個照應。」

管玉成看了一眼高秉涵，擔憂地說：「這些天，秉涵一直在生病，現在他還發著燒。」

劉師長大著嗓門說：「那就先讓秉涵住到你們團的醫務室，趁現在部隊沒任務，好好養養病。」榮團長答應著就吩咐勤務兵去叫五四一團醫務室的人來領人。

兩個半大小夥子都很高興，臉上露出孩子式的笑。這是幾個月來他們臉上綻放出的最燦爛的笑容。看見這笑，劉師長似乎後悔了，臉色瞬間又變得陰沉。

這神情高秉涵是如此熟悉，他忽然想起了半年多前最後一次去菏澤城防司令部玩耍時的情形。那種愁眉苦臉的神情時隔半年又回到了劉師長臉上。他沉悶地抽著菸，半天才說：「你們還都是孩子，要是能自己回家，那是再好不過的了，一旦打起仗來，跟著隊伍走，怕是會吃虧的！」

高秉涵突然問：「劉叔，鳳春呢，他不是說會一直跟著你嗎？他在哪裡？」劉師長的臉更加陰沉，半天才說：「前些日子徐蚌會戰的時候，我差點丟了性命。當時情況緊急，他和他母親就隨著大批軍眷去了廣州，好些日子沒收到他們的電報了，現在究竟怎麼樣，我也是一點不清楚。」

也許是聯想到了自己的孩子，劉師長更是堅定了自己的想法，他說：「這麼著，你們兩個在這裡住上些日子，等把身體養好了還是動身回老家。共產黨渡江是遲早的事，這一仗不會有什麼好結果，將來跟著隊伍走怕是要吃大苦頭！」

想起行李捲裡的那根帶血的繩子，高秉涵知道自己是不能回去的。但他還沒來得及細說，一個穿白大褂的醫官就走了進來。

醫官給劉師長敬了一個禮，自我介紹說叫姬尚佑。

劉師長指著高秉涵對姬尚佑說：「姬醫官，你把這個孩子帶到醫務室裡好好給他治治病，想法子儘早讓他好起來！」

五四一團醫務室是兩家連著的民房，從中間打了個門洞，一邊當病房，一邊當診室。高秉涵一住進病房就感到病好了一半，關鍵是心情好，有了著落有了家的感覺。幾間病房裡已經沒有幾個傷兵了，住的都是一般的病人，有感冒的、拉肚子的，還有一個叫周大勝的病人過小年那天去附近的村子裡找姑娘被人用鐵鉗子把命根子夾去了一半。

高秉涵和周大勝住在一個房間裡。一開始，高秉涵並不知道周大勝是因為找姑娘讓人用鉗子夾的，總以為他是打仗受了傷。

姬尚佑和周大勝是同鄉，都是靠近海邊的煙台人。

醫官姬尚佑給周大勝換藥時，高秉涵看過，的確夠瘮人的，那東西幾乎貼著根沒有了。不光是沒有了，還長了一層白色的膜，像化了膿。姬醫官把那些膿一點點沖掉，又撒上一層白粉末。

被捂著臉的周大勝疼得掙了命地嚎。姬醫官就說：「讓你再去風流？」

撒尿必須插管子，一插管子，周大勝又是一陣鬼哭狼嚎。

包上紗布之後，姬醫官才把捂在周大勝臉上的白布揪了下來。

周大勝馬上看了一眼自己已經包紮好了的下身，急切地問：「真的不礙事嗎？還有多長？以後還好使嗎？」

姬醫官說：「咱是同鄉，我騙你幹嗎？還剩下不少，肯定好使。以後別再胡做了。」

「這事也就你知我知，可不興有第三個人知道。要是師長知道了，我的小命一準不保。」

姬尚佑說：「你就放心吧，快起來回病房吧，我還要給別人換藥呢！」

周大勝躺在床上問：「每次撒個尿還得麻煩你，我這心裡實在不忍。告訴兄弟一聲，我這苦日子到底還要堅持多少天？」

姬醫官說：「拆了線就好了。這幾天你盡量少吃少喝，想小便就來找我。」

「娘的，這叫啥日子？撒個尿還得麻煩兄弟。」

「別說這些了，今兒是年三十，下午會餐時，注意不要吃喝太多，千萬注意少喝水。」

周大勝答應著從床上坐起來，一扭頭，看到了站在一邊的高秉涵。

「你，你怎麼在這裡？」周大勝驚慌地問。

姬醫官說：「別疑神疑鬼了，他還是個孩子。」

周大勝的驚慌並沒有消除，他提上褲子，用手使勁擰著高秉涵的耳朵：「小兔崽子，出去別亂說，說了把你嘴打爛！」

耳朵一陣火辣辣的疼，高秉涵掙脫開跑了出去。

帶著被周大勝擰得火辣辣的耳朵，高秉涵跑到團裡去找在那裡當學兵的管玉成。打了十多天的針，吃得也飽，高秉涵的身體比剛來時好了許多。

幾十個學兵正在一個軍官的帶領下練正步，管玉成也在隊伍裡邊。高秉涵在一邊看著他們忍不住想笑。高秉涵還在隊伍裡看到了朱大傑。朱大傑和在菏澤時有了很大的不一樣，整個人很高興，在隊伍裡跑來跑去的。

練累了，那個軍官就讓學生們到一邊的草垛上休息。管玉成跑過來一下把高秉涵按到草垛上，用手去胳肢他的胳肢窩。臉上已經有了些血色的高秉涵對著冬日的天空大笑。這是高秉涵離開家後幾個月的第一次大笑，但只笑了一半，他就突然停住了。今兒是年三十，他有些想娘，也有些想李大姐。

那個軍官走過來，上下打量著高秉涵，突然他笑著把高秉涵從草垛上拽了起來。

「你這小孩，怎麼跑這兒來了？」

高秉涵也覺得眼前這人面熟，但卻怎麼也想不起在哪裡見過。

「你是鳳春的同學吧，在菏澤你們老去城防司令部玩，有一次你低著頭瘋跑，差點撞到了我的刺刀上！」

高秉涵終於想起來了，這人姓李，叫李慶紳，劉鳳春叫他李排長。李排長在菏澤駐防時娶了個菏澤媳婦，媳婦的娘家在侯莊，離高莊很近。李排長結婚那天，恰巧高秉涵和幾個孩子一起在城防司令部玩耍，他們看到李排長讓一群鬧婚的人逼得背著新娘子到處跑。

正說著，李排長的媳婦抱著孩子過來了。

李排長向高秉涵介紹說：「這是你嫂子，這是你侄女。」他用手指彈撥了一下孩子稚嫩的臉蛋，又說，「來，給這個小叔叔笑一個。」

幾個月大的孩子果真就笑起來，那純淨燦爛的笑容讓高秉涵彷彿感到回到了高莊的街頭。

醫官姬尚佑的媳婦也抱著個幾個月大的胖小子過來了，兩個嬰孩在襁褓中對望著。太陽懶洋洋地照在草垛上，一時間高秉涵似乎聞到了高莊的氣息。

高秉涵的年夜飯是在團裡和管玉成一起吃的。劉師長和榮團長也都來了，還給他們敬了酒。說到兒子劉鳳春，劉師長喝了不少酒，後來是幾個勤務兵把他架回去的。

高秉涵回到病房時周大勝已經睡了。周大勝的呼嚕聲很響，像來了飛機。高秉涵躡手躡腳地在床上剛一躺下，周大勝卻突然從床上坐了起來。他像忘記了下身的傷，一下起猛了又被突然襲來的疼痛疼得直吸涼氣。他盡可能地叉開兩腿走到一邊的桌子跟前，端出一碗餃子塞到高秉涵鼻子底下，惡狠狠地說：「跑到哪裡去野了？快吃吧，一大碗豬肉餡餃子，上邊還壓了兩塊大肥肉！」

周大勝的樣子讓高秉涵有些害怕，他怯怯地說：「我吃了。」
「在哪裡吃的？」
「團裡的學兵老鄉那裡。」
「你個小兔崽子，來了三天就學會拉老鄉了。告訴你，共產黨眼看就要過江了，這樣的飽飯你可吃不了幾天了！」
見高秉涵不吃，周大勝就把那些餃子和肥肉風捲殘雲般扒拉了下去，撐得直翻白眼。見他一口飯卡在嗓子眼裡咽不下去，高秉涵忙給他端來了一杯水。
周大勝咕咚咕咚用水把飯送下去，拍了拍高秉涵的肩膀說：「你小子，有眼力見兒！」
周大勝的眼睛還是睜得老大，高秉涵有些怕他，就躲到床上去睡覺，誰知，周大勝卻一下把他的被子薅了下來。
「老子今天心情好，免費教你幾招逃命的招數！」
高秉涵不敢不聽，坐起來用被子把自己圍起來。
「你先說，老子這命根子能保住嗎？說了老子再教你幾招保命的招兒。」
高秉涵看見周大勝押寶似的緊盯著自己的褲襠看，明白過來他的意思，就說：「能好，一定能好的！」不知怎麼了，這會他忽然覺得這個粗魯的大漢有些可憐。
「算你小子會說話。老子活了二十多年，還沒嚐到女人的味道，要是就這麼廢了，那不是白活了嗎？再說我爹我娘也不答應呀，媳婦沒娶還沒來得及給他們留後！」
周大勝也坐到了床上，隔著紗布把褲襠裡的那團用紗布包著看不見的東西仔細擺了擺。擺好後，他抬起頭說：「言歸正傳，我來教你幾招逃命的招，要是打起仗來，很管用的！」

高秉涵看著坐在對面床上的周大勝，專注地聆聽。

突然，周大勝端起杯子又咕咚咕咚喝了幾大口水，之後一下躺在床上：「嗐，費那麼大勁幹麼？等打仗的時候你跟我腚後頭就行了。睡吧，快睡吧！」

周大勝用被子蒙上頭開始大睡。高秉涵盯著被子裡的周大勝看了半天也躺下了。

第二天，高秉涵是被一陣急促的腳步聲驚醒的。他睜開眼，就見床前站滿了人，再一看，臉都嚇青了，地上淤了一灘血，床上的周大勝已經僵了。血是從他的手腕上一點一點流出來的。周大勝應該是在清醒中死去的。周大勝下身的紗布打開著，那光禿禿的地方向他洩露了一個他原本還不曾知曉的祕密。

姬醫官似乎早有預感，悵然道：「我就知道他會很在意這件事的。」

另一個醫官伸手把周大勝睜著的眼闔上：「這人也真是較真，這年頭能保住命就不錯了，還想那麼多！」

姬醫官不忍再看下去，用布把周大勝蓋了。

幾個人平靜地把周大勝抬了出去。周大勝下身的紗布掉到了地上，看著那帶血的紗布，高秉涵猛地打了一個哆嗦。

10

正午的陽光照在高秉涵的後腦勺上。高秉涵正在院子裡刷針管。拉開針栓，把水吸進去，又推動針栓，把水滋出去。高秉涵覺得這個活很有意思，他津津有味一個又一個地刷著，神情很專注。

醫官姬尚佑似乎有意要把高秉涵培養成一個衛生員，一些日子以來不是教他打針就是教他打點滴。打針和打點滴，高秉涵都不敢，唯有刷針管是他最喜歡幹的，醫務室刷針管的活讓他全包了。

一邊的姬醫官看著高秉涵專注的樣子，就說：「你這是玩玩具呢，還是在幹活？」

高秉涵臉上露出一種孩子式的笑，手上的動作馬上快起來，把刷好的針管一個個裝進鋁質的針盒裡。正裝著，就聽耳後傳來一陣急促的跑步聲，高秉涵一扭頭，見另外一個醫官板著臉從外面跑了進來。

「上邊通知部隊半小時後移防貴池，說是共軍有渡江的跡象，快點收拾一下準備出發！」

高秉涵端起針管就往治療室跑。這個醫官接過他手裡的針管，說：「剛才碰到劉師長，他讓我轉告你，跟部隊走太危險，讓你和管玉成一起回老家。」

高秉涵十分慌亂，他匆忙捲起行李，跑去找管玉成商量。

五四一團已經出發了，高秉涵在隊伍後邊看到了管玉成。他跑上去問管玉成回不回家，管玉成搖頭說不回。

高秉涵如釋重負：「那我也不回了，咱倆一塊跟他們走。」

四月的田野裡，無頭無尾的隊伍蜿蜒著向貴池方向蠕動。

據說青陽距貴池一百多里地，走了沒多大一會，高秉涵就感到有些累，身上的汗水一個勁地往下淌，腳底下也麻酥酥的疼。

天漸漸黑了，隊伍絲毫沒有要停下來的跡象，跟在隊伍後邊的高秉涵走路的樣子已經有點變形了，他的腿一瘸一拐的，步態蹣跚，看上去像個老婦。管玉成的一張臉也木然著，也疲勞到了極限。

姬醫官對他倆說：「你們倆最好不要再跟著隊伍走了，這才走了不到一半，到了江邊更危險。你們還是離開部隊打聽著路回菏澤吧。你倆都是孩子，就是碰上了共產黨，他們也不會把你們怎麼樣的。」

高秉涵卻不這樣想，他覺得他還是要牢記母親的話。

「我能走！」

說完，高秉涵就硬撐著身子繼續往前走。

貴池終於到了，在高秉涵再也無法支持的時候。

已經是晚上九點多，江面上黑糊糊的什麼也看不見，偶爾有零星的槍炮聲傳過來，更襯托出夜幕下的冷寂和空虛。誰都感覺得到，這種表面上的冷寂和空虛正隱藏了一種巨大無形的慌亂和恐怖，每個人的心裡都慌慌的。

十三歲的高秉涵只是感到累和睏，渾身快要散架了，腳底的水泡好像已經破了，撒了鹽般鑽心的疼，此時的他就是趴到臭泥溝裡也能睡過去。

部隊還在一點點往江邊移動，說是分配給二八五師的防線就在前面。高秉涵不敢擅自停下來，隨著管玉成繼續往前走。

姬醫官又從人群中擠過來，他急慌慌地對他倆吼：「你們就別再跟著了，找死啊？你們又不是當兵的，手裡也沒有槍，沒人逼著你們上去送命！」

一聽這話，高秉涵立刻就癱到了地上。他實在是一步也走不動了。

管玉成也停下了，兩個人就近找了個小草棚鑽了進去。

草棚離江邊不遠，門衝北，一進去，高秉涵就一屁股坐到了地上。他展開被子，打算蒙頭睡一覺。被子剛打開，一陣猛烈的槍炮聲就從北邊鋪天蓋地地壓過來。緊接著又有鼎沸的人聲傳過來，天兵天將的氣勢，讓人難以辨明方向。

「不好了，共軍過江了！」有人在附近喊叫。

緊接著更加嘈雜的人聲槍炮聲一浪一浪地滾過來，和滔滔的江水咆哮在一起，衝撞著每個人的耳膜。

兩個人擠到門口一齊向江裡看去，恰好一顆信號彈在空中炸開，江面上的情形在信號彈的照射下一覽無餘。兩個人頓時被眼前的情形驚呆了。江裡佈滿了數不盡的帆船，船上站滿了士兵，他們個個手握槍械，士氣高昂，箭一般向南岸射來。

面對如此強大陣勢的共軍，國軍束手無策。剛剛趕到江邊的二八五師還沒拉開槍栓，就接到了撤退的命令，加入到國軍的撤退大潮中。黑壓壓的撤退人流海嘯一般捲過江岸。整個南岸沿線，霎時亂了。

人們擁擠著逃離江岸，幾乎是瞬間，高秉涵和管玉成就被猛烈的人流衝散了。高秉涵的所有東西瞬間就都不見了，被淹沒到人海裡了。錢袋、繩子，還有被子，這些東西在十三歲的高秉涵心目中都是些貴重物品，他擠在人流中焦急地尋找著。有一瞬間，他似乎看到了那根母親刻意讓他帶在身邊的繩子，那繩子蛇一般飛舞在人流的頭頂上，在照明彈的亮光中閃著烏亮的光，但只是轉眼間就不見了，鑽進了人流的縫隙裡。

高秉涵也跟著那繩子彎腰鑽進了人流，但他剛彎下腰就被人給擠倒了。頃刻間，無數的腳從他身上踩過去。他感覺緊貼著地面的臉頰，像隨時都會炸開的一個充足了氣的氣球。藉著再次炸開的照明彈，高秉涵看到了旁邊一個被踩得已經炸開了的人，首先鼓出來的是他的一雙眼，緊接著嘴裡噴泉一般開始向外噴著一股股的鮮血。那血噴到了高秉涵的臉上，模糊了他的視線。

高秉涵絕望地閉上了眼睛。他知道自己馬上也會和那個人的下場一樣。

內心充滿恐懼的高秉涵，忽然感到有一隻大手把他一下從地上撈了起來。

「你怎麼還在這裡？快撤！」

是劉師長的聲音。隱約中，高秉涵看見劉師長的肩上正扛著朱大傑。緊接著有一股唾沫星子噴灑到了高秉涵的臉上。站起來的高秉涵還沒來得及和劉師長說一句話，空中的照明彈就熄滅了，黑暗中劉師長又被人流衝得無影無蹤。

高秉涵再也不敢停留，隨著蜂擁的人潮漂向遠方。

11

一支秧歌隊的識字班揮舞著彩綢載歌載舞地走過街道。街上的每一縷空氣似乎都洋溢著喜慶的氣息。老人和孩子們都站在街道兩邊觀看，臉上也是喜洋洋的。

李大姐和高秉濤在街上推碾子。姐弟倆的神色與周圍的環境格格不入。李大姐有心事，她擔心高秉涵的安危。

解放軍打到南京的消息已經傳了好些天了。一些和秉涵一起去南京讀書的年輕人紛紛返回家鄉，秉涵還是杳無音信。

他會去了哪裡呢？會不會走丟了？還是遇到了什麼意外？

娘的心情一直不好，奶奶和姥姥也整天抹眼淚。

一個女孩走到李大姐跟前：「李愛之，解放軍過江了，妳怎麼不和大家一起慶祝？」

李大姐抬起頭，木木地說：「我要推碾子。」

另一個女孩跑過來，悄悄把那個女孩拉走了，邊走邊小聲地說：「她姨媽和兩個大姑子，還有她男人都是國民黨。別理她！」

李大姐的臉倏地一下就陰了，身上的血也一下變涼了。她無心再推碾子，收拾起碾台上的糧食拉著秉濤回了家。

娘去集上還沒回來，奶奶和姥姥都在屋子裡陰著臉。

秉濤跑進屋子：「奶奶，姥姥，解放軍過長江了，好些人都在大街上扭秧歌呢！」

姥姥抓過一條小手絹，把臉別過去，擦了兩把就起身回了裡屋。

奶奶沒接孫子的話，自顧自地說：「秉涵不該走的，孫莊的老孫家也是國民黨，共產黨不也沒把他兒子怎麼樣嗎？」

李大姐把簸箕放在桌子上，嘴巴張了幾下終於說：「有人說秉涵也是國民黨。」

奶奶大怒：「他一個小孩子，哪知道什麼黨不黨的？」

這時姥姥又從裡屋走出來：「國民黨裡也有好人，我就從來沒覺得妳姥爺是壞人。他辦學堂，做知府，哪件事不是為了老百姓？」

奶奶也說：「我家金錫也不是壞人，一門心思就知道教書，世上要都是像他這樣的人，那倒是好了。」

秉濤又問：「他們說姨媽、大姐三姐都是國民黨，奶奶你說她們是嗎？」

姥姥忙說：「她們都不在了。」

奶奶也說：「她們都在戰亂中死了，她們什麼黨也不是。」

不知什麼時候，宋書玉已經站在了門口。秉濤走上去問：「媽，您看見扭秧歌的了嗎？說是解放軍過江了。」

宋書玉不說話，灰著臉徑直去了裡屋。剛才在街上，宋書玉又看見兩個從南京回來的菏澤簡易師範的學生。她上前去打聽兒子的下落，那兩個孩子並不認識秉涵，她悵悵地在大街上站了許久。仗越打越凶，說是國軍要撤到台灣去，他究竟是會跟著國軍去台灣，還是已經在戰亂中死於非命？剛過十三歲生日的孩子，他會有自己的主意嗎？

宋書玉再也坐不住了，又起身來到外屋，但是一看到婆婆和母親的淒苦面容，又什麼也不想說了，只好把所有的惦記和不安都壓在了心裡。

宋書玉端起桌子上的簸箕，看了一眼李大姐，說：「愛之，做飯吧。」

李大姐跟著宋書玉來到院子裡的灶台前。

李大姐點著一把柴火放進灶膛裡，抬頭看著宋書玉：「娘，您說秉涵會回來嗎？」

宋書玉心裡一顫，說：「會的，一定會的！」

五月初的一個星期天，宋書玉和李大姐一起在院子裡拆被子，大門突然開了，金龍媳婦領進來兩個人，樣子看上去像一對母子。

那母親手裡拎著個小包袱，把那個看上去和秉涵年齡相仿的半大小子往宋書玉跟前一推，說：「快叫大娘。」

那孩子沒叫大娘，卻叫了一聲宋老師。

宋書玉一愣，仔細看這孩子就覺得有幾分面熟。再一看，一下認出來這孩子是自己的學生郭德河。郭德河和兒子秉涵曾是同班，不知道他這個時候來家裡做什麼。

宋書玉拉著郭德河的手說：「是德河啊，長高了，我都差點認不出了。」

「宋老師，這是秉涵的東西。」

宋書玉的心一下提起來：「德河，你也是打南邊回來的？」

郭德河點了點頭。

「你和秉涵在一起嗎？你見著他了？他還好嗎？他現在在哪裡？」宋書玉一下抓緊了郭德河的手，問題一個接著一個。

郭德河不知道該先回答哪一個，只是定定地看著宋老師。

一邊郭德河的母親說：「嫂子，你別急，讓孩子慢慢說。這孩子從南邊回來就跟傻了似的，一連睡了十幾天才醒過來，說是路上走了好幾個月才走回來。」

「你是什麼時候和秉涵分開的？」宋書玉又問。

「快過年的時候。那時學校解散了，大家都走散了。」

宋書玉的心一點點往下沉，她想起了兒子臨行時自己的那些叮囑。她搖著郭德河的手急切地問：「那秉涵去了哪裡？」

「他說要去找國軍，和另外一個同學一起走了。」

「找國軍，去哪裡找？」

「說是蕪湖的二八五師。」

一聽這話，宋書玉心裡五味雜陳。不錯，萬一學校解散讓孩子去找國軍是她當時的主意，可現在她忽然覺得這個主意並不好，非但不好，簡直是把兒子往死亡線上推。

宋書玉大睜著眼睛，半天沒說出話來。國軍節節敗退，解放軍步步緊追，兒子在槍林彈雨中跟著國軍走豈不是更加危險？一個十三歲的多病孩子，他的命運會怎麼樣呢？一想到這些，宋書玉簡直快要瘋了。兒子現在會在哪裡呢？他還活著嗎？

郭德河的母親把一直拿在手裡的那個包袱放在地上的席子上打開了，一件小棉襖出現在了宋書玉眼前。宋書玉一眼就認出了這件小棉襖。這是她一針一線親手為兒子縫製的小棉襖。

郭德河說：「宋老師，這棉襖秉涵穿著小了，那次趕上他發燒我就和他換著穿了。」

郭德河的母親把小棉襖往宋書玉跟前推了推：「我們把小棉襖送過來，雖說現在孩子還沒回來，看著它總歸也是個念想。」

宋書玉的眼淚一下就出來了，一把把小棉襖摟進了懷裡。

12

沒有方向，沒有目的地。沒有同學，沒有親人。十三歲的高秉涵獨自一人奔走在逃難的人潮裡，唯一牢記的是臨行時母親的那句「你要跟著國軍走」的話。

幾天來，國軍的背影就是他追趕的方向，國軍的撤退路線就是他的行進路線。

生命裡彷彿只剩下了奔走。餓了就隨便找點吃的，渴了就捧起河溝裡的水喝上一口，實在累極了就找棵樹靠著歇息一會。

離開安徽貴池一直向南，先是走了幾天平原，如今前面不遠處就是黑漆漆的大山。

黃昏時快要進山前，高秉涵追上了一支國軍。這些國軍已經變得讓他不認識了。他們舉著刺刀衝進村子哄搶老百姓的財物，遇到小夥子就抓，遇到大姑娘就往野地裡拖，使用過的物品全部搗毀。

有一個兵高秉涵像是在五四一團見過，他本想上前去和他搭訕，但見他正在搶一個老太太的幾隻雞就嚇得躲開了。

那個兵似乎也認出了高秉涵，他拎著已經搶到手的三隻雞走過來：「你在五四一團當過學兵吧？」

高秉涵不敢說話，只是點了點頭。

那兵把雞塞給高秉涵一隻：「給你。」

雞被捆綁了雙腿，在高秉涵懷裡直撲騰。

「前邊就是皖南山區了，裡邊什麼吃的也沒有，到時候餓了糊上泥巴燒燒就可以吃。」

高秉涵看看那些正忙著哄搶老百姓財物的兵問：「這都是五四一團的人嗎？」

那兵說：「誰知道，早亂套了。我是掉隊的。五四一團興許在前邊，興許早就散夥了。快逃吧，要是讓共軍追上了可沒什麼好果子吃。」

說著，那兵就把那兩隻雞塞進一個大布袋裡走了。雞不老實，在布袋裡不停地撲騰著嘎嘎叫。那兵很是惱火，把布袋使勁往旁邊的牆上猛摔了幾下，裡面的雞就沒了動靜。

高秉涵嚇得直哆嗦，懷裡的雞又是一陣掙扎，他忙解開雞腿上的繩子把牠放了。雞剛落到地上，正驚魂未定東張西望時，就被一顆子彈射中了，頃刻間倒地斃命。高秉涵被槍聲嚇了一跳，再看，一個胖子兵肩上扛著花花綠綠的衣服一拐一拐地跑過來，把那血淋淋的雞挑在刺刀上拿走了。

山路越來越難走，國軍的影子也越來越遠，有時幾天裡都見不到一個兵，路上隨處可見的是一些狼狽不堪的難民和一些隨意丟棄的衣物。

一天黃昏，走在一條山間小路上的高秉涵忽然發現走在前邊的一個背影特別像管玉成，他大叫著管玉成的名字忍著腳板的劇痛加快步伐追了上去。

那人回過頭來，並不是管玉成。高秉涵失落地一屁股坐到了路邊的石頭上。

天越來越黑，路上的難民一個個超過高秉涵艱難地往南跋涉。看一眼蜿蜒的無頭無尾的山間小路，又累又餓的高秉涵臉上一片愁苦。

突然，一陣汽車的隆隆聲從山下傳來，抬眼看去，是輛大卡車。憑著經驗，高秉涵知道這是國軍運送物資的大卡車。汽車在爬坡，又加上道路崎嶇狹窄，因此行駛得十分緩慢。

汽車越來越近，車上的兩個兵昏昏欲睡。一個大膽的念頭在高秉涵心頭萌發，來不及細想，他就彈起雙腿伸出雙手使勁抓緊了車廂。雖然車速緩慢，但憑高秉涵的身高和體力要想攀爬上去，也並非易事。他咬著牙，使出渾身的力氣死死抓住車廂不放手。汽車已經爬上山坡，車速在一點點加快，高秉涵的體力已經支撐到了極限。他下意識地閉上眼睛，不敢看到自己掉下去的那一幕。

就在高秉涵再也無法堅持要鬆手的時候，兩隻大手把他提到了車上。

高秉涵感到自己被重重地摔到了車廂裡，緊接著一個兵大聲呵斥：「你這個小孩，不要命了？」這個兵的帽子上帶著個圓圓的小太陽，他的臉也圓圓的。看著這個小太陽，躺在顛簸的車廂裡的高秉涵心裡踏實了許多。

另一個瘦子兵也醒了，他對高秉涵說：「你知道嗎？你這麼做很危險。這路的旁邊就是萬丈懸崖，只要一掉下去就會粉身碎骨！」

「你要去哪裡？」那個圓圓臉的兵問。

高秉涵答不出，就說：「我娘讓我跟著國軍走。」

車突然停住了，司機從駕駛室的窗戶裡探出頭來：「來點吃的！」

瘦子把罐頭和餅乾遞過去。司機盯著車上的高秉涵看了一眼，又把頭縮回去，汽車又在山路上向前爬去。

兩個兵也開始吃東西，也扔給了高秉涵一個罐頭和一包餅乾。好些天沒正經吃東西了，高秉涵狼吞虎嚥地吃起來。一盒罐頭和一包餅乾轉眼就沒有了。

「人不大，還挺能吃的！」那個圓圓臉的兵說。

瘦子兵又丟給高秉涵一個罐頭和一包餅乾，餓極了的高秉涵又要打開吃，圓圓臉的兵卻按住了他的手：「再吃你的胃就會被撐炸的！這可是壓縮餅乾！留著明天再吃吧！」

瘦子兵說：「跟著我們走一段你就下去吧，前面說不定正在打仗，跟著我們不是什麼好事。」

高秉涵不說話，縮到堆滿槍支的車廂的一角不去看那個瘦子兵。

「過了皖南的太平縣城再讓他下吧，怪可憐的。」

瘦子不再說話，汽車一點點刺破夜幕向前爬行。

睡夢中，高秉涵感到自己的雙臂被人提了起來。實在是太睏了太累了，最近高秉涵時常有分不清夢境和現實的時候，此刻他懷疑又在做夢，就不管不顧的又睡了過去。

身體似乎是懸在了空中，轉瞬，高秉涵就感到自己像輕輕地落進了水裡。

冰冷的河水讓高秉涵一下清醒過來，睜開眼，就見汽車正在涉水過一條淺淺的小河。

圓圓臉和瘦子正站在車上衝他招手。原來他們倆趁著過河車速緩慢，把他從車上順了下來。

那包餅乾和罐頭正漂浮在不遠處的水面上，高秉涵趕緊爬起來撲了過去。手裡抓著餅乾和罐頭，睡眼矇矓的高秉涵站在水裡黯然神傷地看著漸漸遠去的汽車。

高秉涵邁著蹣跚的步子，沿著汽車遠去的方向一點點走去。遠處，是一片黑黝黝的大山輪廓。天快放亮時，高秉涵走到一個陡峭的懸崖轉彎處，一抬眼，他被眼前的情形驚呆了。

他晚上乘坐過的那輛汽車翻了，慘狀不忍目睹。汽車從狹窄的山路上翻下去後，在半山腰處被兩棵大樹夾住了。車廂向下倒扣，那兩個押運兵隨著車上的物品一起翻進了深不見底的懸崖。司機有幸被駕駛室遮擋撿了一條性命。此時，他正對著深深的山谷愣神。

驚魂未定的高秉涵看著司機半天說不出話來。

司機也看到了高秉涵。他似乎認出了眼前的這個小孩，蠟黃著臉虛弱地說：「你小子，命夠大的！」

到底是坐了大半夜的汽車，轉過山腳，高秉涵遠遠地看到了一支騎馬的國軍。

馬是白馬，青山綠水映襯著，遠遠看上去很是壯美。但在高秉涵眼裡，打動他的不是眼前的美景，而是一種生的希望。他顧不上早已跑爛了的腳板，一瘸一拐地追了上去。

走近了，高秉涵發現滿載軍品的馬隊裡也摻雜著一些步行的難民和軍眷，這讓他很是欣慰。他緊走幾步，混進了難民群。

從難民們的交談中，高秉涵知道前邊就是可怕的馬金嶺。幾天前，高秉涵已經從別的難民那裡聽說了一些馬金嶺的情況。這是皖、贛、浙三省交界處的一片險要山區，但為了避開解放軍的追擊，這裡又成為國軍撤退的必經之地。

山間的碎石公路漸漸消失了，取而代之的是越來越陡峭的山間小路。路的一邊是山，另一邊是懸崖。起初，那懸崖是可以看見底的，山越繞越高，山套山，山連山，到了後來懸崖就深不見底了。一眼看下去，有柔軟稀疏的白霧纏繞山腰，那柔軟的背後隱藏著一種無形的堅硬與可怕。細細的小路也漸漸模糊起來，放眼望去山頭林立、峽谷峭崖，心頭是一種永遠也走不出去的絕望。

高秉涵身無長物，行動起來倒是方便，只是腳上的一雙鞋子馬上就要掉幫了，山石硌得腳鑽心的疼。他撿起一塊破布一撕兩半隨便纏裹一下，又接著走。

隨著山勢的越來越險，一些馬匹摔下了山崖。那些摔下山崖的馬匹又會把四周的人和馬也連帶下去。生命的消亡在這裡變得異常平靜和淡然，只不過是嘩啦嘩啦的一陣響，接著是些來自山谷的微弱呻吟和回聲。繼而，就什麼都沒有了。

最可憐的是那些被強迫抓來的挑夫。越走離家越遠，肩上的重負又使身體每況愈下，他們身心俱疲，愁苦滿面。

有一個軍官，抓來一個農民當挑夫幫著他老婆挑小孩和行李。那農民是出來趕集買東西的，不想就被抓來當了挑夫。挑夫一路走一路乞求軍官把他放了，讓他回家。軍官不肯放人，用槍押著挑夫繼續向前走。到了深夜，那軍官夫婦行至一處由山洪形成的水庫時，挑夫扔下扁擔奔下山坡一躍跳進了水庫。正當他奮力向對岸游去時，那軍官拿起槍向他瞄準。正要射擊，軍官的老婆把他攔住了。女人說：「讓他走吧，這個挑夫已經幫我們走過了最艱辛的路程，我們應該感謝他才是。」

軍官看了一眼老婆，又看了一眼水中的挑夫，把槍收了起來。

又一個傍晚，部隊在一處峭壁下歇息，有個挑夫趁士兵閉目養神之際，丟下重擔，拔腳躍身潛入樹木叢生的山谷裡。士兵們發現後，立刻起身對著樹叢連連射擊。崖下傳來幾聲微弱的哀號，一切又歸於沉寂。

更有一些年輕力壯的挑夫，抓來後被強行編為士兵。實在是受不了這個累，他們無數次地逃逸，又無數次地被抓回來。為了殺一儆百，一個團長把抓回來的一個逃兵親自拖到懸崖邊一腳踢了下去。

累，實在是太累了，但不能停下。也餓，但沒有吃的。天漸漸黑了，看著朦朦朧朧的山谷，十三歲的高秉涵第一次想到了死。這種墜入山谷的死的方式也不壞，那樣就可以永遠不累不餓了，腳的疼痛也感覺不到了。

高秉涵對著那纏繞著軟綿綿雲霧的山谷愣神。

忽然，不遠處傳來一個女人的哭泣。她把身子探向山谷，伸出雙手：「我的兒啊！」她的兒子已經墜下了山谷。

女人如泣如訴地哭泣著：「兒啊，你怎麼這麼不小心啊，你不知道你是媽的心肝嗎？」

高秉涵的手裡握著幾個酸棗，他默默地走到那女人面前，把酸棗遞給那女人。

高秉涵由衷地同情這個失去兒子的女人，但要把這種同情用語言表達出來卻需要一種勇氣。十三歲的高秉涵是個極其害羞的孩子，他能做到的只是攤開自己的手掌，把那幾顆酸棗遞到女人面前。

女人呆滯著雙眼看了高秉涵一眼，停留片刻，拿起一顆酸棗吃了。

女人問：「你多大了？」

「十三。」

女人說：「和我兒子一樣大，他剛才從這裡掉下去了。」

高秉涵看著山谷說不出話來。

女人又問：「你媽呢？」

「她在家裡。」

女人的眼睛落在了高秉涵的一雙用破布綁著的快要掉了幫的鞋子上。

「你媽一定很惦記你，你可一定要記著回家的路。」

高秉涵點了點頭。

女人打開包袱，裡面放著一雙鞋，她拿出來遞給高秉涵。高秉涵不好意思伸手接過來，神色侷促地看著女人。

女人說：「穿上吧，我兒子已經不需要它了。」女人把高秉涵的爛鞋幾下扯下來，把新鞋子給他穿上，然後站起身：「我們走吧。記著，你可不要忘了回家的路。」

穿上新鞋子走起來舒服多了，高秉涵感激地回頭看一眼那女人。眼前的一幕把他驚呆了，女人的身子已經飛了出去，嘴裡還在說：「兒啊，你走了，媽活著還有什麼意思？」

女人的身體拍打著山崖向下墜去，一陣撲棱棱的聲響過後女人的身影不見了，四周又歸於沉寂。

高秉涵一屁股坐到了地上。要不是腳上的一雙新鞋子，他真懷疑眼前的一切是否真實。

盯著山谷看了許久，高秉涵站起來繼續向前走去。他不想死了，他想起了自己的母親。母親一定盼望著他活著回去。還有李大姐、弟弟、奶奶和姥姥，親人的臉龐一一在他眼前掠過，他不能就這麼死了。他要是這麼死了，他們該多麼的傷心？他要堅持！

第二天快中午的時候，一層層的險峻山巒終於顯出平和明朗的眉目。有人瘋了般地哭吼：「這回可要下山了！」

高秉涵靠在一棵樹上，累昏了過去。

13

過了馬金嶺第三天的午後，前面一陣嬰孩的啼哭聲吸引了正在跋涉著的高秉涵的視線。抬頭一看，他驚喜地看見了姬醫官正站在前面不遠處的小路邊上。那哭泣的嬰孩是姬醫官的兒子。姬醫官正將孩子往媳婦的背上捆綁。

總算是看到了熟人，高秉涵心中湧上一陣激動，大喊著「姬醫官」就追了上去。

看到高秉涵，姬醫官很吃驚，問他怎麼還跟著部隊？為什麼不回家？

已經有好幾個人問過高秉涵這個問題了，他總覺得這個問題太複雜，實在說不清楚。

「部隊怕是要去台灣。你一個小孩子家，還是要趁早回去。」姬醫官叮囑。

姬醫官媳婦也說：「你大哥是國軍，我們跟著隊伍跑是沒辦法，你犯不著也跟著吃這麼大苦頭！」

高秉涵不吱聲，只是跟著姬醫官一家往前走。

悶頭走了幾里路，回頭一看高秉涵還在身後跟著，姬醫官也就隨他了。

姬醫官不能老是與老婆孩子一起走，陪著走了一程後就去追部隊。看著姬醫官越來越遠的身影，高秉涵心裡鬆了一口氣，總算沒人趕他回去了。

姬醫官的媳婦也是菏澤人，看著兩邊的甘蔗林就與高秉涵聊起了家常。

「要是在咱老家，這個時候麥子已經泛黃，再過十幾天就要開鐮了。」

高秉涵的眼前浮現出一片黃澄澄的麥田，麥田的旁邊站著的是他一個個的親人。

突然，一塊石頭把姬醫官的媳婦絆倒了，她絕望地坐在地上哭起來。她搖著蓬亂的頭髮，咆哮著說：

「這是什麼日子啊？真想一頭撞死算了！」

背上的孩子也哭起來，高秉涵趕緊揪起一根雞毛草逗弄著他。小孩不哭了，一雙清澈的眼睛盯著高秉涵手裡的雞毛草。

難民們一個個走過去，後面的人越來越少，一種緊迫感油然而生。姬醫官的媳婦艱難地從地上爬起來，聲音微弱地說：「咱們也快走吧。」

晚上宿營的地方是江西玉山縣。聽說國軍來了，老百姓大多嚇跑了，兵和難民就都住進了老百姓的房子裡。高秉涵跟著姬醫官的媳婦住進了一家農院。姬醫官的媳婦帶著孩子住裡屋，高秉涵睡在外屋的地鋪上。下半夜，村西北方向的山腳下突然槍聲大作。

高秉涵也聽到了槍聲，但他又在懷疑自己在做夢，於是翻了個身又沉沉地睡去，耳朵突然就疼起來，接著姬醫官媳婦的聲音就在耳邊爆響：「快起來，共軍來了！」

高秉涵趕緊坐了起來。這時，姬醫官也從外面趕過來，他又用繩子把還在睡夢中的孩子捆綁在媳婦的背上。姬醫官動作熟練，幾下就搞定了。用來捆綁孩子的是三根粗粗的布繩，一根攬在屁股上，一根攬在腰上，另一根圍在脖子上以防孩子的頭向後仰。

捆完孩子，姬醫官就忙著向外走，邊走邊叮囑：「部隊要順著鐵路線一直向東南方向撤退，我先走了，你們也快點動身！」

睡意瞬間就被恐怖趕跑，腦海裡只剩下恐怖和驚慌，高秉涵一軲轆從地上爬起來。

外面很黑，到處都是擁擠的人群和匆忙的腳步。高秉涵拉著姬醫官媳婦的衣服，隨著人流很快就擁上了鐵路線。鐵路上高低不平的枕木絆倒了很多人，一些人正倒在地上呻吟。走了沒幾步，高秉涵也被絆倒了，硬硬的枕木磕得膝蓋鑽心的疼。

後面又是一陣急促的槍聲，高秉涵忍著痛從地上爬起來。人們在槍聲的逼迫下瘋了一般往前擁去，轉瞬之間，就沒了姬醫官媳婦的影子。高秉涵焦急地尋找著，一不小心又摔倒了，膝蓋又是一陣鑽心的疼，用手一摸，是些黏糊糊的血。

正抱著膝蓋呻吟，一個人又結結實實地壓在了高秉涵身上，鐵軌上頓時響起一陣清脆的稀裡嘩啦的聲響。

「我的麻將，我的麻將！」那人一陣驚叫，翻身跪在枕木間撿拾著他的麻將牌。

這聲音高秉涵覺得有些耳熟，定睛一看，原來是五四一團的宋軍需。宋軍需也認出了高秉涵，催促他：「都怪你，還不快幫我撿？」

總算又遇到了一個熟人，高秉涵趕忙幫著宋軍需撿拾地上的麻將牌。撿到最後，宋軍需捧著懷裡的布包唸叨著：「九萬，我的九萬沒有了！」

高秉涵忙趴在地上找九萬，這時後邊的槍聲又密密麻麻地逼近了。

「別找了，九萬還在！」

宋軍需抱著麻將袋跌跌撞撞地向前跑，高秉涵緊跟其後。

天快亮的時候，後邊的槍聲越來越稀。在一個鐵路岔路口附近，高秉涵又遠遠地看到了姬醫官媳婦。姬醫官的媳婦不知為什麼正坐在地上哭泣，高秉涵忙走過去。

走到近前，高秉涵被眼前的情形驚呆了。放到地上的是姬醫官的孩子，那孩子通身已經變成了紫色，那根攬在脖子上的繩子已經深深地勒進了他的脖頸裡，孩子眼睛外凸舌頭外伸，已經死去多時了。

姬醫官的媳婦一邊幫兒子解著脖子上的繩子，一邊痛哭流涕。

「兒啊，都是娘害了你，三根繩怎麼偏偏就剩下了勒脖子的這一根呢？娘真是該死啊！」

宋軍需走過來勸姬醫官媳婦：「反正孩子已經沒有了，還是快些走吧。」

姬醫官媳婦又把孩子抱起來，哭著不肯走。
看著四周奔命般往前走的難民，宋軍需搖搖頭兀自走了。
高秉涵上前拉拉姬醫官媳婦的衣襟，姬醫官的媳婦抱著孩子一下站了起來。她對高秉涵說：「你先走吧，我得找個地方把孩子埋了再走！」
說著，姬醫官的媳婦就順著鐵路往回走，高秉涵幾次上前攔她都攔不住。
看著姬醫官媳婦越來越遠的身影，高秉涵在鐵路線上站立了許久。
宋軍需在遠處叫他：「快走吧，我看這個女人是著魔了。」
高秉涵擦著眼淚追上了宋軍需。
三天之後，高秉涵在浙江江山縣的峽口鎮趕上了部隊。一看到高秉涵，姬醫官就走了過來，四處看了一遭，沒有見到老婆和孩子，姬醫官的眼神馬上慌亂起來。
「他們娘倆在哪？」
高秉涵低著頭不敢回答。
姬醫官像預感到了不測，啞著嗓子大聲問：「說，他們娘倆去哪兒了？」
一邊的宋軍需眼睛看著別處，把情況簡單地對姬醫官說了說。
聽完事情的經過，姬醫官雙腿一軟癱倒在了地上。但只是片刻，他就站起來沿著鐵路瘋跑起來。
師長劉興遠走了過來，他看著跑遠的姬醫官，對身邊的兩個兵吼：「娘的，等什麼，還不去把他給我拖回來！」
兩個兵一陣飛跑，迅速追上姬醫官把他硬拉了回來。
姬醫官一下撲在地上，紅著眼睛狂嚎：「老蔣他早就跑到台灣去了，留下弟兄們在這裡替他賣命！老子不幹了！」

說著，姬醫官就又掙扎著要去找媳婦。

劉興遠擦了一把臉，唾沫星子四濺地說：「那邊早讓解放軍佔了，你去了不光人找不回來，怕是還要再搭上一條命！」

姬醫官跪在地上喘粗氣，眼珠子像要鼓出來。沉默了半天，他才從地上站起來。

劉師長說：「快上路吧，這年頭什麼事情都得想開點。」

姬醫官無精打采地匯進了隊伍裡，只一會兒工夫，高秉涵就看不到他的身影了。正惆悵著，高秉涵感到自己的細脖子被人從後邊輕輕掐住了，一陣唾沫星子隨著劉師長的話語一起傳了過來。

「秉涵啊，你怎麼還跟著部隊走，不是讓你快點回家嗎？」

高秉涵抬起頭，定定地看了一會劉師長，終於說出了那句他一直不想說的話：「我娘讓我跟著國軍走，說國軍不回去就不讓我回去。」

劉師長一愣：「為什麼？」

「我娘說我爹是讓共產黨槍斃的，我娘說我要是回去了，共產黨是不會放過我的。」

「你爹不是個教書先生嗎？共產黨怎麼會槍斃他？這是什麼時候的事？」

「前年。」高秉涵怯怯地說。

劉師長皺了皺眉頭，說：「都是內亂惹的禍！奶奶的，老蔣拉屎，別人擦腚，遭殃的都是老百姓！」

見劉師長沒再攆自己走，高秉涵就向他打問起劉鳳春的下落。劉師長嘆了一口氣，說：「還是沒有他們的消息。」

高秉涵又問起榮團長和管玉成，劉師長更是一臉無奈：「自從在貴池被共軍打散之後，一路上就再也沒有見到他們。」
這時，朱大傑從一邊跑過來。他手裡拿著一塊餅，用亮亮的小眼睛看著高秉涵，嘴角帶著一抹笑。
朱大傑的身後是五四一團的許副團長。許副團長的手裡還牽著一個五六歲模樣的小男孩。小男孩老是哭著要媽媽。後來，高秉涵才知道這個小男孩是許副團長的兒子。許副團長的妻子前幾天在逃亡的路上讓流彈打死了。
朱大傑突然跑到高秉涵跟前，把手裡的餅掰了一半遞給他。

14

高秉涵跟著隊伍走了一天，第二天，共軍就追了上來。槍聲一陣緊似一陣，人群中不斷有人冬瓜落地般悶聲栽倒下去。一些難民見此情形，馬上與國軍拉開距離，躲到一邊的莊稼地裡去了。
劉師長跑到高秉涵跟前，塞給他兩個硬饅頭，急吼吼地推了他一把，說：「你這個傻孩子，別再跟著部隊走了，保命要緊，快躲一邊去吧。」
高秉涵硬是不肯離開，生怕再和國軍走散了。沒辦法，劉師長只好猛地把他推倒在了路邊的小溝裡。高秉涵被泥溝裡的水濕了衣服，一時爬不起來，倒在溝裡掙扎著。
高秉涵看到一直跟在劉師長身邊的朱大傑這會也不知道去了哪裡。
國軍在前邊逃跑，共軍在後邊緊追，掙扎出水溝的高秉涵看著眼前的情景，扶著路邊的小樹頹然坐到了地上。

母親的話又浮現在耳邊。不行，他不能離開國軍。這麼想著，高秉涵又爬起來去追共軍。共軍追擊的方向就是國軍逃跑的方向。只要找到共軍，也就離國軍不遠了。

走到一個兩邊是山的峽谷，高秉涵看到共軍正在山谷裡歇息吃飯。沒有路可以過去，高秉涵就在不遠處躺在一塊大石頭上歇息。一陣陣的米飯香飄過來，好久沒吃東西的高秉涵聽到自己的肚子裡咕咕亂叫。

突然，一個兵向高秉涵跑了過來。高秉涵一陣緊張，身子一個勁地往後縮。

那個兵一伸手，指著高秉涵說：「嘿，小孩，我們團長讓你過去！」

高秉涵嚇得直打哆嗦，他想，難道他們已經知道了我父親是國民黨的事了嗎？他們也不會放過我嗎？

「我，我不去！」高秉涵本能地說。

那個兵不耐煩地上來擰著高秉涵的耳朵，嘴裡說：「架子還不小，我們團長請你，你還敢不去？」說著手下就加了勁，「快走吧！」

高秉涵被擰著耳朵，嘴疼得都歪了，只好跟著那個兵歪著身子來到了正在吃飯的共軍面前。

「團長，我把這個小傢伙帶過來了。」那個兵把高秉涵往一個大鬍子面前一推。

大鬍子說：「王猛，你這態度可不好啊，看把人家的耳朵都給揪紅了。」

高秉涵看著眼前的大鬍子，心裡忐忑著不知道他會對自己怎麼樣，身子一個勁地哆嗦。

大鬍子走到高秉涵跟前，拉著他的一雙乾黑的小手，問：「孩子，你的父母呢？」

高秉涵說不出話來。他不知道該怎麼對眼前的這個人說起自己的父母來。

大鬍子又問：「孩子，你家是哪裡的？你怎麼不回家？」

高秉涵張了張嘴，嗓子嘶啞著還是說不出話來。

叫王猛的那個兵這時把一碗剛盛出來的熱米飯遞給大鬍子：「團長，你的飯。」

大鬍子把手裡的米飯遞到了高秉涵的手上，說：「孩子，你吃吧。」

高秉涵驚訝著不敢接，一邊的王猛又把一個用芭蕉葉包了的米飯包塞進高秉涵手裡：「他的準備了，在這裡。」

旁邊的幾個兵一邊吃飯一邊笑著問：「團長，你是不是看著這個小孩像你兒子啊？」

大鬍子說：「我兒子比他可大多了，都十八歲了，說不定已經娶上媳婦了。」

一個兵說：「團長，等把老蔣打跑了，你就可以回家抱孫子了。」

大鬍子說：「那一天已經不遠了。」他抬起頭看著遠處，又憧憬般地說：「也不知道他們娘倆在家裡怎樣了，自從趕走了小鬼子，就再也沒有回去過。」

王猛說：「我也好幾年沒有見到我娘了，我想我要是猛地一回家，怕是連我娘都認不出我了。」

大鬍子說：「放心吧，你就是變成個老頭，你娘也會把你認出來的！」

見高秉涵還捧著米飯包，大鬍子走過來說：「哎，小朋友，你怎麼不吃啊？這可是大夥省出來給你的！快吃吧，吃完了好回家找你爹你娘去！」

話音未落，前面響起一陣馬蹄聲。一個兵從遠處飛奔而來。

「周團長，師裡急令，敵二八五師殘部企圖通過建溪向東逃竄，師長命令我團立即追擊，把他們殲滅在建甌橋以西。」

大鬍子馬上下令：「部隊立即出發！」

看著遠去的共軍，高秉涵坐在大石頭上把那包用芭蕉葉包著的米飯吃掉了。這是他第一次看見共軍，竟然和傳說中的不一樣。他沒有想到，共軍對他這樣和氣，還給他飯吃。只有那個叫王猛的兵有些討厭，被他擰過的耳朵這會還隱隱作痛。

共軍的身影越來越遠，高秉涵想起來還要跟著共軍找國軍，情急之下就猴子一樣攀上了一側的山峰。站在高高的山峰上，高秉涵看到其實共軍的行軍路線只不過是繞著山在走。他又猴子一樣飛快地下了山，竟然把共軍落在了身後。

向一個難民打聽到了建甌橋的方向，高秉涵就向那邊走去。想來想去，他還是要去找劉師長。遠遠地，高秉涵就看見國軍正在前邊向著建甌橋的方向逃竄。劉師長時隱時現地出現在人群中。

高秉涵加快步子猛追過去。

高秉涵剛剛站在建甌橋上，共軍就從後邊追了上來。一方追擊，一方阻截，子彈嗖嗖地在高秉涵頭頂上飛過。

高秉涵穿梭在彈雨中，低著頭一點一點地向對岸移動。

高秉涵走到橋中間時，驚險的一幕出現了，剛剛到達建甌橋頭的共軍更加猛烈地向剛剛過橋的國軍掃射，已經過了橋的國軍正準備用炸藥把建甌橋炸掉。

就在這時，激烈對峙的雙方同時發現了高秉涵的存在，雙方一下靜止下來。

劉師長在橋的那邊喊：「秉涵，快跑過來！」

大鬍子團長在橋的另一邊命令他的部下：「先別開槍。孩子，快趴下！」

國軍的兩個爆破手也在劉師長的阻止下熄滅了已經點燃的火柴，共軍的槍聲也停止了。

劉師長又說：「秉涵，快點跑過來！」

後邊的大鬍子團長也說：「孩子，快回到這邊來吧！」

高秉涵站在橋的中間猶豫了。最終，他還是選擇了橋對岸的劉師長。

高秉涵的一隻腳剛剛走下橋，爆破手就引爆了炸藥，隨著一聲巨響，建甌橋上升騰起一股濃濃的煙霧，煙霧淡去，建甌橋就不見了。

橋雖然沒了，但也沒能阻止住共軍的進攻，他們乘著小筏子三五成群地上了岸，對已經逃竄的國軍乘勝追擊。國軍被打得四處逃竄十分狼狽。

高秉涵看得心驚肉跳。他躲在一棵小樹下，時時被一幕幕拼殺場面嚇得閉上眼睛。

突然，高秉涵發現了劉師長的身影，正待跟過去，忽見大鬍子團長帶著幾個人在後面緊追劉師長。大鬍子手裡的槍不時地向劉師長射擊，劉師長也不時地回頭舉槍反擊。子彈在空中啾啾鳴叫，高秉涵不知道下一秒鐘會發生什麼。一時間，高秉涵的心情十分矛盾。他既希望劉師長能夠順利逃脫，又希望好心地給他米飯吃的大鬍子不要被劉師長打中。高秉涵的一顆心緊張得快要跳出來。

大鬍子離劉師長越來越近，高秉涵緊張地又閉上了眼睛。他突然聽到有人大叫：「團長！」

高秉涵驚恐地睜開了眼睛。他最不願意看到的一幕發生了，大鬍子被打中了。

第一個跑到大鬍子跟前的是王猛。王猛抱著大鬍子哭著說：「團長，你沒事吧，你可別嚇我！」

高秉涵也奔了過去，對他那麼好的大鬍子受了傷，他不能不過去。

大鬍子的左胸中了彈，血咕嘟咕嘟地往外湧。王猛站起來瘋了一般地大叫著：「衛生員。」

衛生員來了，幾下撕開大鬍子的衣服，直接用紗布堵在傷口上。但是，卻沒有用，紗布瞬間就濕透了。王猛又哭起來，衛生員的臉色十分嚴肅。

一邊的高秉涵也哭了。看到大鬍子這樣，他感到萬分傷心。

大鬍子團長看到了高秉涵眼中的淚水，他嘴唇打著顫，說：「你這個孩子，怎麼老是跟著部隊跑啊，這樣多危險啊！」

高秉涵想把心裡的話說出來，可又擔心大鬍子團長聽不明白，就傷心的又哭。

大鬍子問：「你家是哪裡的？」

「菏澤。」

「那麼遠啊，你快回家吧，你媽媽一定在等著你哪……」

大鬍子的聲音越來越小，王猛又大聲哭起來。

大鬍子又用微弱的聲音說：「我也想回家啊，想回家……」

說完，大鬍子就閉上了眼睛。

突然，高秉涵的衣領被王猛從後邊提了起來，他紅著眼睛大吼：「滾，你給我滾！都是因為你團長才會這樣的！」

高秉涵一張臉蒼白著，嚇得說不出話來。

「他還是個孩子，你衝他發什麼火？擔架來了，快把團長抬上來！」衛生員對王猛說。

衛生員又對高秉涵說：「小朋友，你快走吧，待在這裡太危險了。」

幾個人上來把大鬍子抬走了，王猛也跟著走了。

又有大批的共軍追上來，他們分頭追擊四處逃散的國軍。

高秉涵站在屍體遍佈的野地裡，顯得十分瘦小和無助。他不知道大鬍子是死是活，也不知道自己要往哪裡去。

15

天黑了，高秉涵一個人走在野地裡。

想起下午發生的事情，他還心有餘悸。大鬍子不會已經死了吧？那麼好的人，最好不要死。是劉師長把大鬍子打傷的。在高秉涵的心目中，劉師長也不是壞人，他怎麼就會下狠心朝大鬍子開槍呢？對了，是因為大鬍子拿著槍去追劉師長，想把劉師長打死。大鬍子那麼好的人，為什麼要打死劉師長呢？他們之間究竟為什麼要這樣你死我活地拼命呢？僅僅因為他們一個是國軍一個是共軍嗎？母親說父親也是讓共軍打死的，國軍和共軍之間為什麼要這樣你死我活地拼命呢？

這是高秉涵永遠也想不明白的問題。

腳底下的小路都是鵝卵石鋪成的，走了一天路的高秉涵感到疼痛正沿著腳心一點點向上傳，一步也不想再走了。那些令人百思不得其解的問題更讓他頭昏腦漲，他很想找個地方一覺睡過去，把這些令人煩惱的問題全部忘記。

模模糊糊中，高秉涵看到一座土地廟模樣的建築呈現在黑黑的夜色裡。他向那廟走了過去。

廟裡很黑，一靠近門口，就聽到裡面沙沙作響。高秉涵蹲下身子手腳並用輕輕向廟裡觸摸。摸著摸著，他發現緊挨著門檻裡邊的地方已經有人躺下歇息。裡面又是一陣沙沙作響，高秉涵想，看來裡面已經住滿了人。實在是太累了，高秉涵就貼著門檻裡邊緊挨著那個人躺下了。幾乎是腦袋一沾地，高秉涵就睡了過去。

夜裡，高秉涵噩夢不斷。每個夢都是被人追殺。他一次次驚醒，又一次次在驚厥和疲憊中睡去。

早晨，高秉涵是被別人撥弄醒的，一根棍樣的東西在他的胸前不停的顫動。高秉涵想一定是挨著自己睡的那個人醒了。他艱難地睜開眼睛坐了起來。

只向旁邊看了一眼，高秉涵就驚叫著跑開了。原來，他挨著睡了一夜的那個人竟是一具屍體，而那些被他誤認為是人弄出聲的沙沙聲只不過是一群不安分的小松鼠弄出的聲響，整個廟裡只有他一個人。

剛跑出門不遠，高秉涵就摔倒了，他來不及多想，回頭驚恐地又看了一眼那具屍體，爬起來又跑。

高秉涵的步子漸漸慢下來，腦海裡轉動的一個念頭讓他再次回過了頭。他感到那具屍體有些面熟。

高秉涵返回廟裡，定睛一看，不由倒吸了一口涼氣，地上的屍體原來是韓良明。

高秉涵一時忘了害怕，幾步奔到屍體跟前仔細端詳。沒錯，躺在地上的的確是韓良明。

高秉涵拍打著已經死了的韓良明大叫著他的名字。

一群群的蛆蟲從韓良明的眼睛鼻孔裡跌跌撞撞地爬出來。高秉涵胃裡一陣翻江倒海，接著就吐了，他哽咽著把頭扭了過去。一幕幕往事又浮現在高秉涵眼前。離開菏澤時韓良明父母送他的情景、南京雨花門邊營小學韓良明和他一起生病擠在一起的情景、在瓜洲韓良明和幾個同學陪他去教會醫院看病的情景，還有離開無錫惠山時他去山上尋找韓良明的情景……

這樣想著，高秉涵已經不再感到害怕。他撿起一根小木棍，把那些蛆蟲一點點撥拉開來，又幫著韓良明整理了一下散亂的衣服。

一根紅紅的線頭從韓良明的衣領處露出來。高秉涵用手輕輕把它拉出來，一個小石佛被拉了出來。

高秉涵記起來了，這是韓良明離開菏澤時他母親親手給他戴在脖子上的。韓良明母親當時的話語又浮現在高秉涵的耳邊：

「明子，無論到了什麼地方，想娘的時候就把它拿出來看看，老天一定會保佑你的。」

不知不覺中，高秉涵的眼淚珠子一般跌落下來。

他怎麼就死了呢？他娘那麼盼著他回去，難道他心裡不知道嗎？

他是被人用槍打死的嗎？這麼想著，高秉涵就在韓良明身上翻看著找槍眼。

韓良明不是被槍打死的，他的身上並沒有子彈穿過的痕跡。突然，高秉涵發現韓良明的脖子上有根細繩深深地勒進了肉裡。高秉涵猛地抬頭向空中看去，果然，一根細繩子懸在半空中微微搖晃著。

原來韓良明是上吊死的，繩子斷了後屍體墜落到了地上。

想到在南京雨花門邊營小學生病時，韓良明那麼怕死，高秉涵就感到十分奇怪，一個那麼怕死的人，怎麼會上吊尋死呢？分手的這些日子裡，韓良明一個人經歷了什麼？想必他一定是吃盡了世間的苦頭，苦得實在不想再活了，到了不怕死主動找死的地步。

太可憐了，韓良明再也回不了家了，再也見不到他娘了。

一條蛆蟲跌跌撞撞地又從韓良明的鼻孔裡鑽出來，高秉涵又把它撥拉到一邊。

不能把韓良明這麼扔下，要把他埋掉才是。這樣想著，高秉涵就到外邊去物色地方。

出了廟門，高秉涵看到不遠處有個小村子。他想到村子裡去借把鐵鍬，可進了村子卻發現一個人也看不到。老百姓都跑了。見一戶人家開著院門，高秉涵就進去找了把鐵鍬。

高秉涵在小廟不遠處的一條小河邊開始挖墳坑，挖了半上午才挖了有半人深。韓良明的身高和自己差不多，高秉涵就躺進去試試長短。一試，覺得伸不開腿，他就又向兩頭拓長了一些。

午後，墳坑終於挖好了，高秉涵開始想辦法把韓良明搬過來。韓良明的身子已經朽了，一搬就會碎掉。高秉涵又去村裡找來一張竹席把他捲起來拖到墳坑前。好不容易把韓良明的身子放進坑，高秉涵又想到如果一埋土勢必會迷著韓良明的眼睛，又到竹林擼了許多竹葉蓋在韓良明身上。高秉涵把韓良明脖子上掛的那個小石佛整了整，讓它端端正正地靠在他的胸口上。

第一鍬土埋下去時，高秉涵在心裡說：「你在這裡好好休息吧，再也不用害怕什麼了。」第二鍬土埋下去時，高秉涵又在心裡說：「小石佛會保佑你的，讓你在夢裡回到菏澤去見你的娘。」

到了傍晚，高秉涵才算把墳埋好了。他把鐵鍬送回到村子裡的那戶人家，又上路了。

一隻孤獨的瘸腿狗跟了高秉涵許久，見高秉涵離村子越來越遠，只得鬱鬱而歸。

遠處，太陽已經落下地平線，四周靜得可怕。高秉涵不知道即將到來的這個夜晚自己將要在哪裡度過。

16

要不是碰到那兩個逃難的，也許高秉涵就一個人回菏澤了。坐在韓良明的墳前，高秉涵就打算好了，他不再跟著國軍走了，他要回家，回去把韓良明的死訊告訴他的父母。韓良明已經死了，他的父母還不知道，他們還在等著他回去。做為韓良明的同學，他應該回去把這個真實的消息告訴他們。再說，他也不想再逃了，共產黨並沒有母親說得那麼可怕，受傷的大鬍子就是好人。也許是母親搞錯了，他回去共產黨是不會把他怎麼樣的。

但是，返回的路上，遇到的兩個人的一席話，又讓高秉涵改變了主意。

出了土地廟向西走了幾里地之後，就是一條南北路，路上稀稀拉拉地走著些難民，並沒有追擊打鬥著的共軍和國軍。

那兩個人像一對夫妻，四十多歲，男的矮胖，女的瘦高。兩個人的背上都背著個大包袱從北邊向南邊走來。

高秉涵迎著他們走了過去，與他們擦肩而過時，那個男的叫住了他。

「哎，小孩，你怎麼向北走啊？」

「我要回家。」

那個女的問：「你家是在哪裡？」

「菏澤。」

男的又問：「菏澤是什麼地方？」

「菏澤在山東。」

女的說：「快別向北走了，共產黨和國民黨正在北邊拼刀子，都紅了眼了，見人就殺！小孩也不放過！」

那男的就勢把身上的包袱往高秉涵背上一放，說：「累死我了。小孩，幫我背一會，等會遇到飯館我管飯！」

女的不高興了，說：「我的包袱沉，幫我背才是。」

男的說：「幫我背一會再幫妳，讓我歇一會，都快累死了。」

包袱很沉，裡面像放了鐵，高秉涵的腰馬上就被壓彎了。高秉涵不想跟著他們向南走，但也不好馬上說，就打算先幫他們背一會再說。

是這兩個人的對話讓高秉涵改變了回菏澤的主意。

女的哭咧咧地說：「放著好日子不過，跑到哪裡才算個頭？」

男的說：「誰讓妳爹那麼會過，攢了錢就知道買地。聽說共產黨專殺大地主，妳家兩百多畝地，妳要不走，長三個頭都不夠共產黨砍的！」

女的煩躁地說：「好啦，別說了，快走吧。」

「兩百多畝地就是大地主嗎？」高秉涵突然問。

男的煞有介事地說：「一百畝地以上都要殺頭的。」

高秉涵心裡咯噔了一下，他們家也有兩百多畝地，他要是回去，豈不是也要被殺頭？

「這是真的嗎？」高秉涵問。

女的說：「這還有假？要不我們還出來受這罪？怎麼，小孩，你們家也是地主嗎？」

高秉涵只顧低頭走路，沒有回答那個女人的問題。

高秉涵並沒有吃上那對夫妻的飯就被橫衝出來的一支國軍把他們衝散了。混亂中，那男人搶過他的包袱丟下高秉涵和他老婆一起跑了。

那些國軍拼了命地往前跑，路上的難民都嚇得躲到了兩邊的溝裡，有些來不及躲避的都被碰得東倒西歪，還有一些乾脆被撞倒了，躺在地上直哼哼。

混亂中，高秉涵想找個安全的地方躲避一下，剛要轉身，一隻胳膊就被一個國軍拉住了。

「你這小孩，走到這裡了？」

高秉涵抬頭一看，原來是前些日子在鐵軌上讓他幫著撿麻將牌的宋軍需。此刻，那裝麻將的袋子正被宋軍需緊緊地抱在懷裡。

高秉涵沒來得及回答，宋軍需就急吼吼地說：「還不快跑，共軍在後邊追上來了！」說著就拉著高秉涵一起跑。

天突然下起雨來，雨水混著汗水迷得高秉涵睜不開眼，身子也被濕漉漉的衣服捆綁著，邁不開步子。

不知跑了多久，高秉涵累得肺都快要炸了，最後崩潰般一下靠在了路邊的一堵破牆上，胸部劇烈地起伏著，熱乎乎的皮膚把雨水也暖熱了，胸口處像火燒烤著，火辣辣的疼。

見高秉涵倒下了，宋軍需也撐不住，一下癱坐在了地上。

天已經黑了，四周很靜。共軍並沒有追過來。

破牆的裡邊是一座沒有門的屋子，宋軍需抱著麻將袋一點一點摸過去。過了一會，宋軍需又出來了，罵咧咧地說：「娘的，一點吃的都沒有，餓死我了。」

後面又跟上來一個國軍，一隻胳膊用繩子吊著，像是骨頭斷了。他聽了宋軍需的話，就接著說：「到那邊村裡去找找，我也一天沒吃東西了。」

宋軍需看了眼那個國軍，問：「也是五四一團的？」

胳膊斷了的國軍說：「六零二團的，在韓家山讓共軍打了狙擊，沒剩幾個了。」說完，他就晃著那只沒斷的胳膊向村子裡走去。

宋軍需對高秉涵說：「我們也一起去看看。」

斷了胳膊的國軍從一農戶家裡出來了，氣急敗壞地說：「一粒糧食都沒有，連個人毛也找不到！」

宋軍需不說話，接著又進了一個院子。院子很大，屋子裡亮著燈。看見燈，斷了胳膊的那個國軍也緊跟過去。

宋軍需走到門口，回過頭對高秉涵說：「這家有人，來吧。」

疲憊之極的高秉涵跟著兩個人一起進了屋子。

屋子裡靠近北牆的一張小床上，坐著個七十多歲的老太太。高秉涵猛一看，還以為是自己的奶奶。花白的頭髮，清瘦的面龐，簡直太像自己的奶奶了。宋軍需進了門就開始到處翻箱倒櫃找東西，那個斷了胳膊的國軍則問老太太哪裡有吃的。

老太太的回答高秉涵聽不懂，宋軍需也聽不懂。

斷了胳膊的國軍「哼」了一聲又接著找。

高秉涵實在是太累了，他很想躺在老太太的床上歇一會。但是，他覺得自己這麼貿然地躺下去有些不妥，於是他像每次回家向奶奶行禮一樣，彎腰向老太太行了個禮，之後，就一下歪倒在了老太太身邊。

本來，高秉涵是不想睡過去的，他努力克制著自己的睡意，但這間沒有風雨的屋子似乎加重了他的困頓，不一會他就睡著了。

找了一通，什麼吃的也沒找到，斷了胳膊的國軍就有些氣急敗壞。他又追問老太太到底哪裡有吃的。

老太太板著臉回答著，宋軍需還是聽不懂。他有些納悶，就拎著剛剛翻到的一件男人的衣服問斷了胳膊的國軍：「老太太說了什麼？到底哪裡有吃的？」

斷了胳膊的那個國軍不回答，臉上的肌肉扭曲著。突然，他用那隻沒斷的胳膊順手抄起一邊的一個大秤砣狠狠地把一個空瓦缸給砸了。劈啪一聲響，坐在床沿上的老太太嚇得一哆嗦，已經進入夢鄉的高秉涵也周身猛地一顫。

老太太坐著的床底下突然竄出了一隻小狗，衝斷了胳膊的國軍狂吠著。斷了胳膊的國軍非但不害怕，臉上還綻出了一種異常興奮的笑容。他彎腰把那個大秤砣拿起來，衝著小狗的腦袋猛砸下去。小狗頓時腦漿迸裂倒在了地上。

「老太太，我們就吃狗肉了，快起來燒火！」

老太太衝下床去，用枯槁的雙手撫摸著胸腔還在起伏著的小狗泣不成聲。

床上的高秉涵隱約也聽到了一些聲響，他腦子混沌著睜不開眼，翻了個身又沉沉地睡去。

高秉涵是被一記猛棍打醒的，他感到後背一陣鑽心的鈍痛，半邊身子一下麻木了，似被人劈了去。睜開眼的瞬間，高秉涵被眼前的場面嚇呆了。

四個手持菜刀棍棒的大漢正站在床前，一門心思想殺他。阻擋四個大漢的是那個老太太。她用身子拼命護著高秉涵，不讓他們傷害到他。

四個大漢都是老太太的兒子，他們也不想傷到老太太，繞著身子和老太太爭奪高秉涵。

再一看地上，高秉涵更是嚇得靈魂出竅。原來，睡到地上席子上的那個斷了胳膊的國軍已經被老太太的兒子打死了。一邊的鍋裡還放著吃剩下的狗肉。宋軍需已經不知去向。

高秉涵的腿上又挨了一棍子，老太太就勢把他推進了裡邊的小屋裡。隔著門縫，高秉涵看到老太太拿著個小板凳坐在門口堵著，嘴裡飛速地說著一些高秉涵聽不懂的話。

天快要亮了，隔著門縫，高秉涵看到四個大漢把屍首抬了出去。

腳步聲遠了，老太太開門把高秉涵放了出來。

目睹了這驚恐的一幕，高秉涵嘴唇哆嗦著什麼話也說不出。出門之前，他對著老太太又深深地鞠了一躬。

老太太拉著高秉涵的手，示意他等一下再走。高秉涵不知道老太太要做什麼，有些驚慌地看著她。

老太太拿了個高板凳，踩上去從天花板上拿出了一個小布包。打開布包，裡面是兩塊乾鍋巴。老太太把兩塊鍋巴塞進了高秉涵的手裡，示意他趕緊離開。

看著老太太，高秉涵的眼睛濕潤了。他下意識地一下跪倒在地，顫抖著嘴唇喊了聲「奶奶」，像離開高莊給奶奶磕頭那樣，也給這個慈善的老太太磕了三個頭。

老太太揮手向高秉涵告別，高秉涵的淚水不停地流淌下來。

17

出了村子，盲目地沿著小路不辨方向地趕了幾里地，突然，高秉涵發現前邊那個人的背影有幾分熟悉，只是他的樣子有些怪，肩膀向下耷拉著，身子一歪一歪的。

那人把布袋從身前換到了肩後。一看布袋，高秉涵頓時認出了那個人，他對著那身影高聲喊：「宋軍需。」

已經換上了一身民服打扮的宋軍需聞聲回過頭來。

「你也活著出來了？」宋軍需一見高秉涵就問。

「他們要殺我，是那個老奶奶救了我。」

「老太太不讓她兒子殺你？」

「是的，她把我關在裡屋，坐在門口堵著不讓他們進。」

宋軍需愣了半天不說話。

高秉涵把那兩塊鍋巴拿出來遞給宋軍需一塊：「老奶奶送的，你吃吧。」

宋軍需拿過鍋巴，放在手裡反覆翻看著。

過了許久，宋軍需咬了一口鍋巴，說：「正睡著，就聽到一陣風般嗖嗖地進來幾個人。我還沒明白過來，肩膀上就挨了重重的一棍子。我一回頭，那個斷了胳膊的南蠻子腦袋已經搬了家。我忍著疼拼了命地往外跑。還好，他們並沒出來追我。」

又咬了一口手裡的鍋巴，宋軍需接著說：「想不到那老太太會向著你，還給你鍋巴。」

宋軍需悶著頭歪著身子往前走，一邊走一邊努力地思考著什麼。

高秉涵走上去問：「你要去哪裡？」

「剛才碰到一個兵，說是部隊都在向廈門集結。」

「你也去廈門？」

「不去廈門去哪裡？全國馬上就都讓共軍佔領了，廈門用不了多久也要被共軍佔領，留下來指定吃槍子。」

「去了廈門再去哪裡？」

「去台灣，有軍艦拉我們去台灣。」

「那我們還能回菏澤嗎？」

「能不能回菏澤那是以後的事，現在最關鍵的是要先把命保住。」說著，宋軍需又摸了摸他的麻將袋。

高秉涵站住了：「我們還是一起回菏澤吧。」

宋軍需一愣，說：「別說夢話了。你回去共軍也一樣要殺你，別看你小，只要當過國軍學兵，共軍一樣不會放過你！」

宋軍需背著他的麻將袋兀自往前走，高秉涵想了一會，只好也跟了上去。天晴了，熾熱的陽光照下來，高秉涵感到一陣陣頭昏腦漲。他想，如果現在是在高莊村頭的大榆樹下乘涼該多好。

宋軍需在前邊喊：「想活命就快點，別磨磨蹭蹭的！」

高秉涵跟著宋軍需走了整兩天，第二天傍晚在浦城遇到了一夥也是奉命向廈門集結的國軍。隊伍裡竟然有一些熟悉的面孔。一打聽，原來是五四一團的掉隊人員。

高秉涵帶著僥倖的心理用眼睛在隊伍中來回搜索著，希望能夠看到他的那幾個朋友，遺憾的是並沒有看到他們。

天黑了，部隊在一個山岡上宿營。炊事兵支起鍋灶做米粥。鍋下的火苗竄得老高，米粥在鍋裡翻滾著浪花。

剛熄火，炊事員就喊：「一人一茶缸，排隊，別著急，都有份！」

人們還是著急，一個個虎著臉往鍋灶跟前擠。那些已經打了米粥的就放鬆多了，臉上帶著滿足的神情小心地端著滾燙的米粥往外擠。高秉涵也著急，他沒有軍用茶缸，連個碗也沒有，只能湊在跟前看熱鬧。餓了一天了，他有些不甘，跑到一邊的野地裡，採了個大大的芭蕉葉過來。高秉涵想讓炊事員把小米粥給他倒在芭蕉葉上，像王猛給他包米飯那樣，哪怕是少倒一點也可以。

正往人群裡湊著，就聽見有人命令：「邊走邊吃，共軍又從後邊追了上來！」

一聽共軍來了，人群一下就亂起來。高秉涵已經放棄了喝米粥的打算，忙從人群裡往外擠。忽然，他聽到後邊的一個人「哎呀」一聲，緊接著就感到自己的小腿一陣火辣辣的疼。原來那個人摔倒了，把滿滿一茶缸米粥都澆到了他的左小腿上。劇烈的疼痛，讓高秉涵撲倒在地上。人剛倒下，後面又有一個端著米粥的人倒下來，這個人手裡的米粥正好澆在了高秉涵的右小腿上。

兩條腿像被火燒著，高秉涵跪在地上疼得直叫喚。

後面響起槍聲，人群一窩蜂地向南竄。高秉涵一時也忘了疼痛，爬起來隨著人群一起跑。

跑著跑著，又有人命令：「分兩路撤退，一路向東南，一路向西南，十天後在龍岩會合。」

散亂的隊伍分成了兩撥，高秉涵不知道應該跟著哪一撥。正在這時，宋軍需跑上來拉了一把高秉涵：

「傻愣著幹嗎？還不快跑？」

天快亮的時候，後面的槍聲漸漸沒了，隊伍在一片甘蔗林邊歇息。

被米粥燙過的小腿越來越疼了，高秉涵掀開褲腿一看，已經脫了一層皮，泛著淡淡的紅。

「你這是怎麼搞的？」一邊的宋軍需一驚。

「昨晚讓米粥燙的。」

宋軍需站起來嚷：「誰手裡有香油，菜籽油也行，這孩子的腿被燙了。」

一個倒在地上的兵嘲笑道：「香油、菜籽油，想得倒好，還豬肉大蝦呢。」

另一個兵說：「別瞎扯了，誰就是有香油和菜籽油，也早就喝了，還是用唾沫揉一揉吧，自己的唾沫也能消毒。」

高秉涵感激地看了那人一眼，吐了唾沫往腿上搓。但好像並不見效，一沾上唾沫，疼得更加厲害。高秉涵抱著雙腿打哆嗦。

「哎，黃鼠狼單咬病鴨子，你說你可怎麼辦？」宋軍需說。

五天後的一個午後，正艱難走在路上的高秉涵忽然覺得自己的小腿一陣一陣的癢，蹲下來拉開褲腿一看，燙傷的地方竟然長了蛆。拉開另一條褲腿，也是一樣的情況。那些蛆蟲在肉裡打了洞，不停地進進出出，很是自在逍遙。

宋軍需走過來一看，嚇得「哎吆」一聲，趕忙把高秉涵拉到一邊的小溪旁用水給他沖洗。附在小腿皮膚外面的蛆蟲被沖走了，裡面的也都暫時隱匿起來了。

沖完之後，露出了白白的腐肉，宋軍需撿了塊破布給高秉涵包上。

一天深夜，混亂的隊伍走進了一個叫蔣溪口的鎮子，住進一個無人的農戶家之後，就聽一個二十多歲的難民說明天可以不用走路了。宋軍霈忙上前打問有什麼好法子可以省去跋涉之苦。那難民說蔣溪口向南就是有名的南浦溪，隨便弄個竹筏木盆什麼的往溪裡一放，人坐在上面就可以自動往下游漂。

這主意不錯，宋軍霈動了心。

那難民又說：「餓了還可以撈水裡的魚蝦吃，要是再有點小酒，就更好了。」

對美味的魚蝦和小酒，宋軍霈也很渴望，但首先要找到竹筏或木盆。第二天一大早，啃了幾根甘蔗，宋軍霈就拉著高秉涵一起去找竹筏和木盆。無奈，竹筏和木盆早已成了緊俏物品，到最後他們只找到了一個大木盆。

把木盆放進南浦溪裡，宋軍霈的神色有些不好意思。他搓著胸前的麻將袋對高秉涵說：「要是有個竹筏子就好了，可以坐我們兩個人。」

高秉涵明白了宋軍霈的意思，就說：「宋軍霈，不用管我，你坐吧，我在岸上跟著你。」

又有一些找到竹筏和木盆的人紛紛奔過來，他們興致很高地把竹筏木盆放進溪流中，人一坐上去，就順著溪流漂走了。

宋軍霈又看了一眼高秉涵，說：「那我就上去了，咱們到了龍岩再碰頭。」

說著，宋軍霈就坐進了木盆裡，抓著岸邊岩石的兩手一鬆，人就飛速漂走了。

溪裡到處都是竹筏和木盆，高秉涵很快就看不見宋軍霈的身影了。沒有了宋軍霈，高秉涵感到從未有過的落寞和孤單。他跟在那幾個面相熟悉像是五四一團的兵身後，拖著沉重的雙腿向下游一點點走去。

到了傍晌午，突然就變了天。雷雨交加，狂風大作。溪流裡的水陡然升高起來，湍流洶湧，氣勢滔滔。溪裡的竹筏木盆頓時失去方向，撞擊著衝向溪流兩邊的猙獰岩石，有些竹筏木盆裡的人瞬間就被掀進了滔滔洪水之中。

高秉涵沿著溪岸一路奔走，嘴裡不停地喊著「宋軍需」，宋軍需早已經沒了蹤影。

兩天後，高秉涵到達山城水吉。聽當地人說有上百具屍體從上游漂下來，聚集在縣城附近的河岸上，高秉涵壯著膽子去查詢，裡面並沒有宋軍需的蹤影。

高秉涵正對著屍體遍佈的河岸出神，忽覺屁股上被人猛踢了一腳，一回頭，見是那幾個面相熟悉的兵正站在他的身後。

「還在找宋軍需？」一個臉上有疤的兵問。

高秉涵點了點頭。

另一個長頭髮的兵說：「別找他了，他早讓閻王爺請去過端午節了，我們親眼看見的。」

臉上有疤的那個兵說：「這老宋太自私了，昨天那盆明明是我先看到的，他偏偏跑過去爭著買，多給了人家一塊大洋。這下好了，他一頭撞到大石頭上，替我去死了。」

長頭髮的兵說：「那你應該感謝人家老宋才是。」

另外幾個兵想笑，又笑不出。

臉上有疤的兵說：「可惜了他那一副玉石麻將牌了，也陪他一起給河神進了貢。」

長頭髮的兵說：「身外之物，走吧。」

臉上長疤的兵拉了高秉涵一把，說：「和我們一起走吧，前邊就是龍岩了，那裡有不少咱們的人。」

18

一到龍岩，高秉涵和那幾個兵就被先行到達的國軍安排到一個叫白土鎮的地方，住進了一個叫阿娟的寡婦家裡。阿娟四十多歲，沒有孩子，家裡只有兩頭水牛和一小片菜地，靠出租水牛替人耕田養活自己。部隊像要一直住下去，一連幾天沒有繼續前行的跡象。

那幾個兵天天和其他人一起被帶到外面的場院裡訓話操練，高秉涵沒有事做就跟著阿娟去放牛。水牛在河裡泡澡，岸邊的阿娟就幫著高秉涵清洗腿上的腐肉。太陽下，那些蛆蟲被阿娟一個個地從肉裡撥出來，然後扔進水裡。蛆蟲沒有了，小腿上的肉也越來越少了。

阿娟不敢看，又不得不看，臉上的五官被瘆的有些移位。

「疼嗎？疼嗎？」阿娟不停地問高秉涵。

高秉涵額頭上冒著冷汗，忍痛說：「不疼，一點都不疼。」

「你這個孩子能吃苦。」阿娟說。

中午回到家，阿娟就燒了鹽水給高秉涵清洗傷口，洗完之後又用白布給他纏上。清洗之後的小腿熱乎乎的，高秉涵感到很舒服。

躺在能搖晃的竹椅上，看著低矮的天花板，高秉涵想如果能一直在這裡住下去也不錯，比跟著國軍到處跑強多了。

好是好，就是離家太遠了，見不到娘和李大姐。

高秉涵又想，等長大了些，自己回菏澤去看看，阿娟應該是會同意的。

阿娟又給高秉涵做米飯，做好了，讓高秉涵吃黏稠的，她喝稀湯。正吃著飯，院子裡的一隻雞下了蛋，咯噠咯噠地向主人報功。

阿娟放下碗，撿來雞蛋，磕進碗裡沖了蛋花端到高秉涵面前。高秉涵不好意思喝，又把碗推回去。阿娟就說：「我沒有孩子，從今以後就把你當成我兒子，要是你不嫌棄我這個媽媽，就把雞蛋花喝了吧。」

原來，阿娟也有讓高秉涵留下來的打算，高秉涵十分感動，流著淚水把雞蛋花喝了。

一晃，兩個多月過去了。一個下午，高秉涵正在山坡上放牛，阿娟急急地跑到高秉涵身邊，二話沒說，拉著高秉涵就向山的另一邊跑。

高秉涵前幾天聽阿娟說過，她姨媽就住在山那邊的村子裡。高秉涵不明白阿娟的意思，但他卻信任阿娟，什麼也不問，跟著阿娟就跑。

到了阿娟姨媽家門口，阿娟才把步子放慢了。她彎腰拉著高秉涵的兩手上氣不接下氣地告訴他一個消息，國軍今晚就要移防去廈門，她要把他藏起來，等國軍走了之後再來把他接回去。

想到逃亡路上的那些艱辛，高秉涵點了點頭。

阿娟推開姨媽家的院門，對有些耳聾的姨媽說了自己的打算。阿娟的姨媽聽明白之後，趕緊把高秉涵拉進屋子藏了起來。

高秉涵在阿娟的姨媽家藏了三天，第四天早晨，阿娟帶著滿身的水牛味來到姨媽家把高秉涵接了回去。國軍已經走了。

到了山上，高秉涵聽到山下的白土鎮那邊傳來陣陣鑼鼓聲。

「是誰家娶媳婦嗎？」高秉涵問。

阿娟說：「解放軍來了，說是解放了。」

「解放了？」高秉涵不明白解放的意思。昨天剛聽了一個女共產黨員演講的阿娟說：「解放就是共產黨再也不走了，國軍再也不會回來了。」

高秉涵似乎有點明白了解放的意思，但他一時還拿不準這個消息對他來說究竟是好是壞。共產黨再也不走了，不知道共產黨會不會殺他的頭。要是他們都像大鬍子那樣就好了。國軍再也不來了，也就是說他再也見不到劉師長和姬醫官他們了。

「你在想什麼，是不是後悔了？」阿娟搖著高秉涵的肩膀。

高秉涵忙說：「沒有，我不後悔，我上山去放牛！」

高秉涵一路跑過去，把阿娟家的兩頭水牛牽了出來。

太陽出來了，躺在河岸邊青青的草地上，看著藍藍的天空，高秉涵懷疑地想：從此以後，難道這裡真的就是我的家了嗎？

河裡的水牛伸長脖子悠閒地哞哞叫著，牠也回答不了高秉涵的這個問題。

四天後的深夜，睡在小屋裡的高秉涵突然感到嘴巴被人捂住了，硬硬的槍口頂在了他的腰上。

那人低聲說：「是我，別出聲，跟我走。」

迷迷糊糊的高秉涵覺得這聲音有些耳熟，但卻一時想不起來是誰。被那人拉著來到院子裡，高秉涵看見還有一個人在等他。

院子裡拿槍的人又用槍頂了一下高秉涵的後腰，說：「看看我是誰？你小子，害得我一夜沒睡。」

高秉涵終於聽出來了，拿槍把他從睡夢中叫醒的人原來是那個臉上有疤的兵。

「秉涵！」高秉涵又聽到一個壓低了的熟悉的聲音。緊接著，一個熟悉的身影向他奔了過來。

「管哥！」高秉涵激動地低聲叫道。

管玉成用手指了一下那個臉上有疤的兵說：「他們一到漳州，我就打聽你的下落，不想還真打聽到了。知道你留在這個寡婦家，就央告著讓他帶著我連夜來找你。」

臉上有疤的兵馬上低聲制止說：「快走吧，這裡不是說話的地方。」說著，就拉著高秉涵向外跑。

「等一等，我要對阿娟說一聲。」高秉涵突然轉身向屋裡走去。

臉上有疤的兵一把拉住高秉涵，說：「你不想活了吧？那女人起來一吆喝，我們誰都走不了，這鎮上可住著不少解放軍。」

高秉涵停下了。

管玉成也催促：「別說了，快走吧。」

高秉涵隱約見管玉成的腰裡繫著根繩子，憑著一種直覺，高秉涵把手伸了過去。「我的繩子。」他喃喃道。

管玉成趕緊解下來，遞給高秉涵。

「在青陽混亂時替你撿的，平日裡見你寶貝似的總是收藏著，就一直沒捨得扔，一直繫在腰裡替你保管著，這回算是物歸原主了。」

「謝謝你。」高秉涵說。

這根失而復得的繩子，讓高秉涵一下聯想起了許多往事。

繩子是用浸泡後的麻搓製而成的，手指觸在上面能感覺到麻皮的粗糙和韌性。高秉涵想，那紋理間滲透著父親的血。

「等有了工夫，給我說說這根繩子的來歷，為什麼要這麼珍惜這根爛繩子？」管玉成問。

形。

臉上有疤的兵催促：「好了，這裡不是聊閒天的地方，快走。」

高秉涵快步走到阿娟門前。黑暗中，他跪下去，對著阿娟的屋子磕了一個頭。菏澤的禮儀，他依然記著。磕頭時，高秉涵忽然想起離開高莊的那個清晨，對著奶奶的屋子磕頭的情形。頭挨近地面時，那遙遠的高莊的氣息似乎正從福建龍岩的泥土裡吱吱地冒出來。

19

那輛吉普車從村東開進高莊時已是午後。這一天是一九四九年十月十日，中秋節過後的第四天。有史以來，這大概是駛進高莊的第一輛汽車，村人們紛紛駐足觀看。開車的是個穿著解放軍軍裝的小青年，他把車子停在了高家的大門口。

車上依次下來三個女人，都穿著解放軍的軍裝，為首的那個年齡大一些的村人們看著面熟，長得很像村裡的什麼人。

金龍媳婦盯著這個女人左右端詳著，終於破口而出：「是春生他小姨寶真吧？和妳姐年輕時長得簡直一模一樣！」

宋寶真很多年以前來過高莊，但對眼前這個熱情的中年婦女卻印象不深。她對金龍媳婦笑笑，說：「我是寶真，妳是？」

「我是金龍家的，叫我金龍媳婦就行了。」

旁邊的那個女子突然說：「哎呀，妳是金龍嬸子呀，我是秉潔！」

另一個女子也欣喜地說：「金龍嬸子，我們都認不出妳了，我是秉浩！」

金龍媳婦驚訝地大叫：「哎呀，是你們兩個？這一走就是十多年，都長成了大閨女，我都不敢認了。」

村人們也都認出了高家失蹤了十多年的兩姐妹，爭相傳送著這個令人震驚的消息。幾乎是立刻，人們就聯想起了被共產黨槍斃的高金錫還有跟著國軍南下的高秉涵。想不到高家的兩個女兒竟然都是解放軍，要是她們早幾年回來就好了，那樣就不會發生那些慘事了。

幫著推開大門的是金龍媳婦，她大著嗓門衝進院子裡就衝北屋喊：「嬸子，快出來，快來看看是誰回來了？」

第一個從屋裡衝出來的是奶奶，她顛著小腳大叫著「春生」就站到了屋門口。

姥姥也緊跟著出來了，她也大叫「秉涵」。

站在院子裡的不是秉涵，而是三個女解放軍，兩個老太太頓時都朦了。

宋寶真衝到早已花白頭髮的母親面前，拉著她的手，說：「媽，是我，寶真，我是寶真啊！」

秉潔和秉浩也都跑到奶奶跟前一邊一個地叫著奶奶。

姥姥吃驚地一下跌坐到了一邊的一張椅子裡。奶奶則轉著圈地一會看看大孫女，一會又看看三孫女，怎麼也不相信眼前的事情是真的。

「你們還都活著呀？」坐在椅子上的姥姥如夢境中般喃喃道。

奶奶又拉過兩個孫女的手，說：「這都是真的嗎？你們真的還都活著？」

高秉潔說：「奶奶，姥姥，是我們，我們都活得好好的，本來早就該回來看你們的，只是最近太忙了。」

高秉浩問：「奶奶，爹和娘呢？還有秉涵、秉濤他們呢？」

奶奶的臉霎時就變了，淚水不停地往下流，沒了牙齒的嘴巴不停地癟鼓著，那些沉痛的事情一齊湧上來。

三個女子頓時變得神情緊張。

奶奶說：「孩子，你們回來得太晚了！」

姥姥也哭著說：「晚了，晚了，你們回來晚了！」

高秉潔和高秉浩不明白兩位老人的意思，更加緊張地盯著她們。

姥姥哭著說出了實情：「你們的爹早就沒有了，前年臘月裡的一天夜裡讓人拉出去用槍打死了，秉涵也走丟了。」

「是什麼人打死了我爹？」高秉潔顫抖著嘴唇簡直不敢相信。

奶奶擦了一把眼淚：「八成是高金鼎！」

「金鼎叔？他怎麼會？」

奶奶說：「他不是當了共產黨了嗎？妳爹是國民黨，為了顯示他的大義滅親，就告密讓武工隊殺了妳爹。」

三個女子都被這個說法驚訝得瞪大了眼睛。

姥姥說：「你們要是那時回來就好了，知道了你們也是共產黨，也許妳爹就不會被殺了。」

「荒唐，簡直太荒唐！姐夫就是個教書先生，共產黨怎麼會殺他？是不是搞錯了？」宋寶真說。

高秉潔也說：「我爹雖說是個老國民黨員，但那是很久以前的事了，他平日裡連隻雞都不敢殺，一心想著教育興國，整個身心都撲在教育上，他和那些跟著蔣介石燒殺搶掠的國民黨軍隊裡的兵痞是有著本質區別的，共產黨怎麼會殺他？」

高秉浩哭了：「一定是搞錯了，共產黨是不會殺他的！」

奶奶說：「是高金鼎告的密，他入了共產黨，為了顯擺自己有功肯大義滅親就把妳爹告發了。」

「金鼎叔？他怎麼能這麼做？」幾個人簡直不敢相信自己的耳朵。

奶奶說：「那些天妳爹一直躲在城裡頭，回來那天只有金鼎看見了他，不是他才怪了！」

三個女子又都睜大了震驚的眼睛。

這時，奶奶說：「你們的老奶奶臨走的時候說了一句話，她不相信這事是高金鼎幹的，可想來想去還是他的嫌疑最大。」

亂了，一切都亂了！

無論是誰做的，父親不在了已是事實。兩姐妹無法接受這個現實，相擁著抱頭痛哭。

過去發生的事情，已經無法得到證實。滿心回家和親人團聚的三個女子陷入到深深的悲痛之中。十多年來，她們提著腦袋在外邊鬧革命，天天盼著回家和親人團聚。如今她們真的回來了，腳下的這塊令她們朝思暮想的土地又深深傷了她們的心。

高秉潔還是不相信父親已經不在了的事實，她滿屋子張望著，希望可以看到一些父親的痕跡。

父親喜歡搭在椅子上的衣服不見了，父親那散發著淡淡菸草味的氣息也聞不到了，父親經常喜歡看的《論語》和《唐詩》也蒙上了厚厚的塵土。

高秉潔小心地把那兩本書拿起來，緊緊抱在了胸前。

父親真的走了。高秉潔又抱著頭失聲痛哭。一邊的高秉浩和宋寶真也都哭了。

忽然，高秉潔抬起頭問奶奶：「秉涵呢？」

又是一樁傷心事，奶奶忍不住又哭起來，她說：「咱家是國民黨，怕共產黨對妳春生弟下手，去年秋天妳娘就讓他跟著國軍去了南邊，後來就沒有了音信，怕是走丟了。」

「跟著國軍去了南邊？走丟了？」

宋寶真和高家兩姐妹又被這個接踵而來的壞消息驚呆了。原以為回來可以和親人團聚，想不到家中卻發生了這麼多變故，三個女子都很悲痛。

高秉潔問：「我娘呢？」

奶奶說：「妳娘帶著秉濤在小學校裡教書。」

秉浩拉著宋寶真說：「姨媽，找我媽去，問問她這一切究竟是怎麼回事？」

三個人急匆匆趕到小學校，正趕上宋書玉放學帶著秉濤剛出校門。一看到跟前的三個人，宋書玉立時驚訝得靠到了一邊的牆上，手裡的東西也撒落到了地上。猛然間，她想起了那封被用泥巴糊到牆裡的信。原來，那封信裡的內容竟然是真的，她們三個真的都是共產黨！

「晚了，晚了，你們回來得太晚了！」宋書玉一迭聲地說。

宋寶真跑過去扶著姐姐。

「姐，妳比以前老多了。」

宋書玉說：「春生回不來了，是我硬把他攆走的！你們為什麼不早點回來啊？」

秉潔和秉浩一齊問：「娘，奶奶說我爹沒了，他到底出了什麼事？」

「你爹讓共產黨殺了，金鼎告的密，就因為你爹是個老國民黨員，你們要是早點回來就好了。」

幾個女子又哭起來。

宋書玉把大女兒拉過來，又把妹妹和三女兒也拉過來，一一看著她們頭上的紅五星。

「你們真的都是共產黨？」宋書玉如囈語般問。

「姐，我們三個都是共產黨，黨齡都有十幾年了！」宋寶真說。

宋書玉忽然想起兒子秉涵離開家時她的那些叮囑。

陰差陽錯、遺憾、悔恨。一時間宋書玉的內心五味雜陳。這些年來家中發生的事情，讓她不知從何說起。而眼前突然冒出來的這三個頭戴紅五星身穿解放軍軍服的親人，更讓她感嘆世間事情的難料莫測。

用手指撫摸著高秉潔頭上的紅五星，宋書玉絕望地說：「秉涵再也不會回來了，他臨走的時候，我讓他要跟著戴太陽帽的國軍走，還交代他國軍不回來讓他也不要回來！」

幾個女子也被家中遭遇的這些陰差陽錯的悲慘故事所震驚，哭泣過後，發出陣陣嘆息。

宋書玉始終覺得自己像在做夢。

「你們真的都參加了共產黨？這一切究竟是怎麼回事？民國二十六年，你們不是都去了大後方嗎？怎麼又都成了共產黨？」

宋寶真說：「姐，這一切都怪我，怪我當初沒跟妳和姐夫說實話，咱們回家慢慢說吧。」

晚飯是李大姐張羅的。知道了李大姐的身分之後，三個剛歸來的女子又都心情沉重地想起了秉涵。

吃飯時，奶奶照例把一副碗筷放在一邊給高秉涵留著。看見那副碗筷，三個女子都鼻子酸酸的。

奶奶把一塊肉夾進那個空碗裡，嘴裡說：「春生，吃飯。」

姥姥又把一塊豆腐也夾進那個碗裡，嘴裡說：「吃吧，秉涵。」

此情此景，宋書玉再也吃不下去了，捂著臉進了裡屋。

裡屋的一角，放著姥姥為三個女子立的小牌位。宋書玉把它們一個一個都拿下來。拿到第三個的時候，妹妹和兩個女兒都跟了進來。

看著那三個木質的寫有三人名字的小牌位，三個女子都唏嘘不已。原來，在親人心目中，她們都已經死去。可見，這些年來，家中的親人為她們擔了多少心，流了多少淚。

拿著各自的牌位，三個走過槍林彈雨的女子忍不住心酸，一個個放聲痛哭。

奶奶和姥姥也跟了進來，一家人都眼圈紅紅的。

正哭泣著的姥姥突然又笑起來，把三個女子拉到自己跟前，一會摸摸這個，一會又摸摸那個。

「看見你們還都活著，我實在是太高興了！」正笑著，就又哭起來。「就是可憐了秉涵了，不知他現在究竟是死是活？」

奶奶也哭著說：「春生身子本來就不結實，不知道他能不能活下來。一想起這些，我這心就跟貓抓似的。」

宋書玉也默默流眼淚，她掀開枕頭，把兒子的那件小棉襖又拿了出來。

看著那件棉襖，一家人又哭得泣不成聲。

外屋的李大姐也在哭，哭出了聲。

奶奶忽地又帶著滿臉的淚水笑起來。她坐在床邊，拉著高秉潔的手說：「你們幾個總算是活著回來了，要不然這個家啊，真是冷清死了！」

姥姥拉著女兒寶真的手也笑著說：「這下好了，家裡的人又多了，快給娘說說，這些年妳是怎麼過來的？你們三個怎麼都成了共產黨？咱們家可一直都是信三民主義的，妳爹是在日本加入同盟會的，是咱們菏澤的第一個同盟會員，你們怎麼想著去參加共產黨？共產黨到底有什麼好？」

宋寶真還沒來得及回答，姐姐宋書玉又問：「寶真，妳參加共產黨是哪一年？是民國二十六年妳說要去大後方的時候嗎？」

面對著自己的親人，宋寶真第一次無所顧忌地敞開了自己的心扉，一幕幕的往昔歲月一一從眼前掠過。

宋寶真第一次給家人講起了自己早年參加革命的經歷。

「一九二七年，我在菏澤讀師範時，有一天，我在街頭和同學們一起聽了一個共產黨員的演說，後來我知道他是咱們菏澤的第一個共產黨支部的委員劉仰月。他還給我們傳閱刊物，有《嚮導》、《覺悟》和《新青年》。共產黨是為勞苦大眾謀幸福的，我們這些年輕的學生都覺得共產黨的主張有道理。由於年齡小，不能加入共產黨，我就和田位東等一些進步青年一起加入了共青團。」

「田位東不是咱們菏澤早期的一個共產黨嗎？後來在濟南被國民黨槍殺了的那個？」宋書玉問。

宋寶真一想起自己的戰友，眼眶濕潤了：「是他，他是個革命烈士。」

「這些事，當初妳怎麼沒有對我們提起過？」姥姥問。

宋寶真說：「我怕家裡知道了會生氣不同意。那時候，父親雖然已經過世了，但咱家依然延續的是他在世時的家風，信仰三民主義思想。殊不知，蔣介石掌權後的國民黨已經和孫先生創建的那個國民黨有著天壤之別。記得父親在世時曾經對我說過，『面對不正確的東西，就要革命』，我想他老人家在九泉之下也會理解我的。」

「那妳也應該對家裡說呀！」宋書玉有些責怪地看著妹妹。

宋寶真說：「當時不和家裡說也是怕父親的好友王鴻一先生會不同意。和父親一樣，他也是一個老國民黨員，我怕他不理解我的選擇。你們是知道的，我的學費一直都是王先生替我支付，我怕我參加共產黨這件事會讓他感到傷心。」

「那後來呢？」宋書玉又問妹妹。

「一九三二年，我在北師大讀書時得知田位東在濟南千佛山下被國民黨殺害，這使我更加認識到了國民政府的腐敗和專橫，也更加堅定了共產主義信仰。打那以後，我就開始信奉共產主義，楊霖那時在北京大學也加入了共產黨，我們倆經常一起去參加一些黨的地下工作。」

楊霖是宋寶真的丈夫，也是山東人，就讀於北京大學法商學院經濟系，當初這門親事是王鴻一先生做媒的，去北京讀書之前他們就已經結婚了。當初，宋家的上上下下都對這個女婿很滿意。

「楊霖也加入了共產黨？」姥姥驚訝地問。

一邊的高秉浩說：「姥姥，小姨夫可是咱們家的大官，在延安時，他是陝北工學分校的教務科長，後來又是延安聯防軍政治部保衛部科長，再後來又當上了第四野戰軍後勤部政治部的保衛部長。小姨夫外語好，還經常被中央領導請去做翻譯。」

老太太聽不明白這些官職，關心的只是女婿現在的情況，就問：「楊霖怎麼沒有一起回來？」

高秉潔說：「姥姥，眼下他可是個大忙人，跟著四野南下打老蔣去了，所以就派我們先來看望你們！」

高秉浩也說：「姥姥，去北京住些日子吧，奶奶也去，大家都去！」

「去北京？」奶奶問。

一聽說要去北京，外屋的李大姐和高秉濤都把頭探了進來。

高秉浩說：「革命勝利了，全國馬上就都解放了，我們也都成家了，是該讓你們過上好日子的時候了。」

「秉潔、秉浩，你們兩個也都成家了嗎？」宋書玉忙問。

秉潔說：「娘，我們都多大了，再不成家還有人要嗎？」

奶奶又問：「女婿也都是共產黨？」

宋寶真說：「我們六個都是從延安出來的，秉潔的夫婿叫朱劭天，是咱們單縣人，一九三五年從燕京大學社會學系畢業後去的延安，他剛被任命為鐵道部財務局局長兼北方交通大學校長。秉浩的夫婿叫劉泳川，東北鐵嶺人，一九三八年從上海體育大學畢業後去的延安，後來又奉命去東北打遊擊反『掃蕩』，眼下他是鐵嶺的縣委書記。」

「那你們三個在外面都幹些什麼營生？」宋書玉又問。

高秉浩說：「娘，小姨媽在延安幹的工作和您是同行，她從延安中國女子大學畢業後就做了教書先生，她可是延安八路軍幹部子弟學校的優秀教師。」

高秉潔說：「娘，秉浩隨泳川去東北打遊擊之前也是幹教育這一行的。抗日那會兒，她和劉泳川都是太行陸軍中學的教員。那時候，大樹下、打穀場、破廟、羊圈都是他們的教室，鬼子來了就打仗，鬼子走了就上課，說起來她也是桃李滿天下。」

「秉潔，那妳呢？」宋書玉看著大女兒。

性格直爽的高秉浩搶著說：「娘，大姐在延安一直工作在中央領導身邊，後來她和大姐夫又被調到西北財經辦事處，在陳雲同志手下從事財經工作，多次被評為模範工作者。」

「模範工作者？」宋書玉感到這個詞很陌生。

三個女子的傳奇經歷給老人們打開了一扇新奇的門，透過這扇門，她們第一次看到了外面的另一個世界。那個世界是她們以前所不知曉的，因此也就覺得格外震撼和驚奇。

最為震撼的是宋書玉。在鄉間，她應該算得上是個有見識有學問的女人，對國共之間的事情也算是有個大概的瞭解。在以往的歲月裡，由於家庭影響，她從骨子裡是傾向於國民黨的。但是，當身為共產黨的妹妹和兩個女兒突然站到她面前時，她感到以往的那些信仰在三個眼神明亮、神情篤定的女子面前受到了前所未有的衝擊和懷疑。

以前的固有思想被徹底打亂了，宋書玉感到心裡很亂。

姥姥大概也在想著這個問題，她看著一說起延安就眼裡放光的三個女子，問：「你們倒是要給我仔細說說共產黨到底有什麼好，看把你們三個都迷得五迷三道的。」

宋寶真說：「娘，我爹當時信奉的三民主義是積極進步的，現在我們三個人信奉的共產主義更是積極進步的！」

「照妳這麼說，國民黨沒有錯，共產黨也沒有錯，那這整天打打殺殺的，又是誰的錯呢？」老太太百思不解。

宋寶真說：「娘，三民主義和國民黨可不是一個概念，怪就怪蔣介石，他不該拉起國軍和共產黨打內戰。」

老太太還是不明白，她伸手摸摸女兒的軍服，說：「咱們這個家，說起來也是一齣大戲，這國民黨、共產黨的都佔全了。當初，你爹是國民黨的元老，菏澤的第一個同盟會會員。現在，你們幾個又都是從延安出來的鐵桿共產黨。這誰是誰非的大事我一個老婆子管不了，但不管怎麼說，我們都是一家人！我希望你們要坦坦蕩蕩做人，勤勤懇懇為國家做事。」

高秉潔說：「姥姥，我看您比從延安抗大出來的還要革命！」

姥姥又笑起來：「妳就別笑話我這個老婆子了，那延安的什麼大我是沒有去過，但咱們家幾輩子下來，認的一直就是這麼個做人的理兒。」

延安，延安。這兩個字不停地往宋書玉的耳朵裡灌。她看著妹妹，又想起了那個一直困惑她的老問題：「寶真，妳到底是什麼時候去延安的？」

剛剛跳出往事的宋寶真又沉浸到往昔的歲月之中。

宋書玉又問：「民國二十六年妳那次回來後難道不是去了大後方？妳不是說要寫信把當時在北京清華大學讀書的秉潔和在濟南女子師範讀書的秉浩也一同帶去大後方嗎？」

「姐，抗戰爆發那年我回來看妳時，其實內心早已打定了要去延安的主意，一是怕妳和姐夫不同意，二也是怕你們擔心，所以才說是去大後方。後來等我們都到了延安，知道咱們菏澤這邊國共之間一直在拉鋸，因為怕家裡受牽連，就更不能把我們的身分說出來，信也不敢從延安往家裡寄，只能一天一天地等待著，等待著革命徹底勝利的那一天。那些年，一想起家中毫無音信的親人，我們也是在煎熬中度過的。」

猛然間，高秉潔又想起了那封信，說：「娘，信我們是不敢往家裡寄，但四年前中共七大召開的時候，我曾托冀魯豫的代表王為群先生給家裡捎過一封信，你們沒收到嗎？」

一提起那封信，宋書玉又是一番遺憾和後悔，她把收到信的前後經過說了一遍。

聽說把信糊進了牆裡，幾個女子也是一陣驚愕。

造化弄人，人世間的陰差陽錯似乎都集中到了這個家庭中。

見母親又要問什麼，高秉潔打斷了她的話。

「娘，等到了北京我們再慢慢講給妳聽，把這十幾年的經歷一點不落地都告訴妳。現在還是先說說家裡的事吧，二妹秉清怎麼樣？她還好吧？」

宋書玉說：「她還在城裡住著，和妳妹夫一起開著個點心鋪，帶著兩個孩子，日子還算湊和，就是身體不太好，整天病懨懨的。」
秉浩說：「娘，明天我們要去城裡看望二姐。」
奶奶說：「去吧，她一準會高興的。她也以為你們都不在人世了，一想起你們就哭。」
宋寶真說：「也要去看看宋隅首，都離開十多年了，怕是許多人都認不出了。」
姥姥感慨：「這家到什麼時候也是家，金窩銀窩不如自己的狗窩。寶真，妳那間屋子還是妳走時的模樣。」
一邊的高秉潔說：「娘，我小姨的名字現在不叫宋寶真了，去延安後改名叫宋介了。」
「宋介？這是個什麼名？哪如寶真好聽？」姥姥說。
高秉浩說：「姥姥，您你這就不懂了，這叫化名，我也改了，叫羅偉。」
奶奶不高興了：「宋介怎麼著說也還是姓宋，妳怎麼連姓都改了？不姓高反姓羅，這是個什麼理？」
高秉潔說：「名字其實就是一個符號而已，叫什麼都無所謂的。」
「秉潔，妳也改了名字？」奶奶又問高秉潔。
高秉潔說：「奶奶，我沒有改，我還是叫高秉潔。」
奶奶說：「不改才好，反正我是不會叫你們那些奇怪的新名字的，我還是叫你們的老名，老名好。」
奶奶突然想起了什麼，顛著小腳跑了出去。不一會，奶奶端來了一簸箕家鄉特產，有耿餅、核桃，還有大紅棗。
「你們多少年沒吃咱們菏澤的耿餅了，快來吃一個。」
「還有燒餅。」姥姥也跑出去，一會兒端來了她親手做的燒餅，往每個人的手裡塞了一個。
三個女子紛紛說著好吃，心裡感到暖烘烘的。

就這樣，一個晚上，一家人笑了哭，哭了笑，悲歡離合的事情說了一樁又一樁。

「你們說秉涵他還活著嗎？他會在哪裡呢？」姥姥突然又提起了秉涵。

一想起秉涵，一家人又濕了眼睛。

最後，已經改名為宋介的宋寶真說：「既然姐夫已經不在了，姐姐年齡也大了，我們全家就都一起去北京生活吧。」

天黑了。外屋黑暗中的李大姐聽到這話猛然打了個哆嗦。已經十七歲了的她在心裡想，全家人包括她嗎？

她的夫婿秉涵此刻究竟在哪裡呢？

20

廈門東南海灘。一九四九年十月十六日凌晨。

炮聲隆隆，槍聲四起。海灘上擁來了越來越多的人。這些人少說也有二十多萬，裡面有大批撤退的國軍官兵和軍眷，更摻雜著一些難民和商人。人們驚恐地傳說著解放軍在澳頭海灘登陸的消息，翹首祈盼著由台灣海峽駛來的最後兩艘軍艦。

軍隊已經徹底失去指揮，海灘上亂成一團。

早在前一天的下午，高秉涵和管玉成一行就來到了海灘，是榮團長和許副團長帶他們一起來的。榮團長除帶來了高秉涵、管玉成和朱大傑之外，還有一些五四一團的兵。

到了海灘，榮團長讓許副團長在海灘上等他，他帶著李副官去找劉師長。劉師長本來是和他們一起來到海灘的，這會卻不見了。前幾天，劉師長收到廣州來的電報，說是還沒等到那邊的軍眷撤退到台灣，他兒子劉鳳春就得病去世了。知道這個消息後，劉師長整個人就垮了，幾次要扔下隊伍去廣州。

知道好朋友劉鳳春去世的消息，高秉涵也很難過。劉鳳春充滿朝氣和活力的身影不停地在高秉涵眼前閃現，靜下心來彷彿能感覺到他呼出的熱氣像以前那樣正吹拂著自己的頭髮。

高秉涵也不相信那麼富有青春活力的劉鳳春會病死。

突然，一股人浪襲來，茫然的高秉涵被擠出老遠。起初，他還能聽到同伴們呼喚他的聲音，後來就被鬧哄哄的人聲淹沒了。高秉涵慌忙四處張望，微微的晨曦中，那幾張熟悉的面孔瞬間消失得無影無蹤。

高秉涵勒緊捆在腰上的繩子，驚慌地穿梭在人群中，嘴裡不停地呼喊著管玉成的名字，小腿上尚沒有癒合的傷口不停地被人擠壓著，一陣陣深入骨髓的鈍痛襲上來。然而，他已經顧不上疼痛了。在這個關鍵時刻，他必須找到朋友們，和他們在一起心裡才踏實。

突然，隔著幾個人，高秉涵看到了劉師長的面孔。劉師長臉上帶著憂傷的倦容，黑黑的下眼袋像兩個黑色的布袋一樣垂在眼睛下邊。

「劉叔，劉叔！」高秉涵大喊。

劉師長聽到了高秉涵的呼喊聲，但他卻沒有力氣擠過來，他用哀傷的眼神看了一眼高秉涵。

前些日子管玉成帶著高秉涵到了漳州，和部隊會合後，就遇見了劉師長。高秉涵還記著劉師長和大鬍子團長打仗的事，有些拐不過彎來，看到劉師長覺得有點不自在。但一想到劉鳳春，高秉涵又有些同情劉師長。他發現，失去兒子的劉師長一下老了許多，高秉涵都快認不出他了。

高秉涵嘴裡一邊喊著「劉叔」，一邊向劉師長那邊擠過去。

就在這時，人群突然湧動起來，有人嚷：「來了！軍艦來了！」抬頭看去，果真就見兩艘沒有亮燈的軍艦在朦朦朧朧的清晨中悄悄向岸邊靠過來。立刻，人群就亂了。人們紛紛向軍艦擠去。隨著攢動的人流，劉師長的臉龐轉瞬又不見了。

人實在是太多了，這是來廈門接國軍的最後兩艘軍艦，人們都想搭上這趟末班船。稍不注意，前邊的人就會被後邊湧上來的人浪壓倒，一旦倒下去很快就會被踩到腳下，再也沒有站起來的可能。倒下去的人越來越多，軍艦旁漲潮的海水被染成了紅色，而那些浮在水面上的屍體又成了人們的浮橋。

帶著極其複雜的心情，高秉涵隨著人潮小心地走在那些濕漉漉滑溜溜的屍體上。每走一步，他的心就會劇烈地顫抖一次，渾身的汗毛孔也都緊張地張開來。高秉涵一抬頭看到許副團長在他面前，他的肩上正扛著他的兒子小明。高秉涵忙拉緊了許副團長的衣角。

看到高秉涵，氣喘吁吁的許副團長叮囑他：「秉涵，跟緊我，千萬不能倒下！」

高秉涵答應著跟緊了許副團長。

但走了沒幾步，一個橫衝直撞的兵就把高秉涵擠到了一邊。一開始高秉涵還能聽到許副團長呼喊他的聲音，轉瞬那聲音就被淹沒在了人海中。

不停地有人被擠倒在地上，高秉涵神色慌張地往前靠近，生怕一不小心自己也會葬身在別人腳下。這時，他看到一個扛著槍的兵在他旁邊一邊往前衝一邊哭著大叫：「老蔣，二十多萬人你只派來兩艘軍艦，你讓老子怎麼活命？」

說著，那兵就瘋了一般嚎叫著往前衝。隨著軍艦越來越近，人流也越來越擁擠，那個兵的嚎叫和衝撞並沒有收到預期的效果，他反倒被擁擠著的人流擠到了高秉涵身後。

軍艦越來越近，但高秉涵卻感到自己已經站立不穩，整個身子向前傾斜，隨時都有倒下去的可能。他知道這是生死攸關的時刻，使出渾身的力氣頑強支撐著，但是一切努力似乎都沒有用，他絕望地感到自己就要倒下去了。

就在這時，身後的那個兵又爆發出一陣嚎叫，把槍托生生地橫在高秉涵肩上，一隻腳已經踏在高秉涵肩上，企圖踩著他的肩膀登上軍艦。

性命攸關千鈞一髮之際，高秉涵忽然感到有人「啪」的一聲把橫在他肩上的那桿槍打掉了，緊接著，一隻有力的大手拉著他腰上的繩子把他傾斜的身子拉直了。

高秉涵顧不上回頭看這人是誰，就聽他說：「快上艦！」

在這個人的奮力推動下，高秉涵一下躍上了軍艦舷梯的第一個台階。險象環生，高秉涵就要登上軍艦時，又被人從一側擠了下去。幸虧那根繩子被舷梯掛住了，他才沒有掉進水裡去。關鍵時刻，又是剛才那隻有力的大手抓著繩子把他拎了上去。

等上了軍艦，高秉涵才發現救自己一命的人原來是五四一團的李慶紳排長。大恩不言謝，看著李排長，高秉涵不知道該怎麼表達自己的感激之情才好。

剛在軍艦上站穩，就見李排長縮在一邊扶著艦舷哭泣。高秉涵起初以為他哪裡受了傷，趕忙上前詢問。李排長抬起頭來紅著眼圈說：「我沒事，你嫂子和孩子都擠丟了！」

李排長哭得很傷心，他猜測妻子和剛滿周歲的女兒八成沒有擠上來。

一想到李排長的女兒那純淨燦爛的嬰孩的笑容，高秉涵就為李排長感到難過。同時，高秉涵也在替自己的那幾個朋友擔憂，不知道他們是否已經順利上了軍艦。

軍艦下方的海水裡漂浮著一具具屍體，有的還沒有完全死去，在海水裡苦苦掙扎，不停地衝軍艦上的人招手。高秉涵不忍再看，流著淚把頭扭了過去。

艦上的人越來越多，以致和剛才在海灘上一樣擁擠。大副衝過來，焦急地嚷嚷著說軍艦已經嚴重超載，令人收了舷梯。海灘上的人眼見沒了上艦的指望，擁擠哭嚎成一片。哭嚎聲中，軍艦緩緩駛離海岸。

高秉涵的心正揪著，忽聽到旁邊傳來一個女人撕心裂肺的哭聲。他扭頭看過去，就見那女人正一手抱著個幾個月大的小孩，一手使勁向岸上揮舞，嘴裡不停地叫著「孩子他爹」。再看岸邊，只見一個軍官撲通一聲跳進水裡向軍艦這邊泅渡。

軍艦離岸越來越遠，已經擠到舷邊的女人一著急竟然也跳進了海裡。

海水很深，女人一入水就沉了下去。那個正向這邊泅渡的軍官見此情景瘋了一般向這邊游過來。抱著孩子的女人又浮上來，但還沒等到丈夫游過來，就又沉了下去。那軍官游過來後瘋了一般在水裡尋找。抱孩子的女人終究沒有再浮上來。軍官從水裡露出頭來環顧四周沒有見到女人就沉下去尋找。後來，那軍官也沒了蹤影。

軍艦上的高秉涵不敢再向海裡看，用雙手把掛滿淚水和汗水的臉捂住了。

軍艦離開海岸幾十公尺遠時，高秉涵從手指縫裡看到岸上的部隊由絕望變成憤怒，他們拿起槍來不停地衝著軍艦射擊。軍艦上的人一個個倒下去。一顆子彈帶著金屬的尖利聲呼嘯而來，緊接著就發出「噗」的一聲響，像鑽進了一塊豆腐裡，旁邊的一個人應聲栽倒地上。高秉涵定睛一看，原來是剛才踩著他的肩膀向軍艦上衝的那個兵。子彈打中頭部，他當場就死了。

高秉涵倒吸一口涼氣，趕緊向後退去。

兩個兵上來一個抬頭一個抬腳，把那個中彈的兵抬起來扔進了海裡。

正混亂著，就見一隊隊拿著槍的解放軍從遠處迅速圍攏上來。

「繳槍不殺」的喊聲和著海浪聲一起傳進高秉涵的耳朵。上不了軍艦的國軍剛停止了對軍艦的射擊，追擊而來的解放軍又開始向軍艦發起了更為猛烈的掃射。軍艦上又有一些人在射擊中栽倒在地。高秉涵嚇得趴在甲板上，許久不敢抬起頭來。

兩艘軍艦在槍炮的追擊聲中，越來越快地向大海深處駛去。

槍炮聲遠了，高秉涵才敢站起身子。

大陸越來越遠，四周波濤洶湧的大海讓高秉涵一時感到從未有過的茫然和眩暈。

中卷

1

一踏上高雄的碼頭，高秉涵陡然感到腳下的大地是旋轉和傾斜的。他拖著傷口腐爛的雙腿，剛搖搖晃晃地走了幾步，一下就跪伏在了滿是水漬的水泥地上。

此刻是一九四九年十月二十二日的午後。

由於大浪和超載的原因，本來兩天就可以抵達的航程，卻用了六天多的時間。

在茫茫大海上飄搖的這些天裡，艦上缺食少水，穿梭在浪尖上的軍艦把人們胃裡的最後一點食物都顛簸出來了。在茫茫的黑夜裡，不斷有一些飽受傷痛和與親人分離的痛楚折磨的人，紛紛躍入海中，以求徹底解脫。看著那些像飢渴的魚兒一樣躍入大海的人們，高秉涵幾次也想學著他們的樣子一死了之，但一想到在家裡等候著他的母親，又打消了這個念頭。

下軍艦之前，所有軍人被通知把槍械放到甲板上。沒了槍桿做拐棍的士兵一個個雙腿發軟站立不穩，紛紛倒在碼頭上。

李排長也一下跪在了地上。聽著耳邊不斷有人呼喊親人的聲音，他又忽地一下從地上爬起來衝進人群。

「玉純她娘！玉純她娘！」

玉純是李排長女兒的名字。高秉涵眼前又浮現出那純淨燦爛的嬰孩的面容。

高秉涵也支撐著身子跟在李排長身後幫他尋找妻女。碼頭上到處都是攢動的人頭和呼喚親人的聲音。

突然，高秉涵覺得自己差點被一個飛奔著的人給撞翻，定睛一看，原來是五四一團的許副團長。許副團長一邊奔跑一邊大哭，懷裡抱著他的小兒子。

「哪裡有醫院？哪裡有醫院？」許副團長大嚷。

一個跟在許副團長身邊的兵勸他：「許副團長，孩子早就沒氣了，你就別跑了！」

許副團長大罵：「你放屁，我兒子是活的！」

轉眼，許副團長就消失在了人群裡。高秉涵愣在了原地。等他清醒過來再看，李排長也早已沒了蹤影。高秉涵慌張地在人群中亂竄著尋找李排長。

突然，大喇叭裡傳出一個陌生的聲音。

「請所有人保持安靜！」

這聲音裹挾著一種陌生的威懾。躁動片刻，碼頭上只剩下陣陣無數氣泡破裂般的微弱聲息。

那個陌生聲音又命令：「所有軍官請自行到碼頭東側集合，所有士兵請到碼頭西側集合，眷屬請先行離開！」

這聲音一遍又一遍地重複著，如同一個攪棍把碼頭上的人群攪得團團轉，整個碼頭霎時亂了。

高秉涵沒有找到李排長，內心更加惶恐。慌張之中他一下撞到了一個戴頭盔手中持槍正在維護秩序的士兵身上，那士兵定睛看了一眼高秉涵就把他向碼頭的西側推去。

就這樣，高秉涵站到了士兵的一側。

當天下午，高秉涵被軍用卡車拉到了高雄郊外的鳳山腳下。這裡是國民黨的新軍訓練基地。新軍大多是台灣本地青年，像高秉涵這樣來自大陸的都是一些年齡較小的學兵。大批學兵的擁入使原本就吃緊的新軍訓練基地變得更加不堪重負。

二十多個人擠在一間屋子裡，吃的是米湯和爛菜葉子。一端起飯碗，高秉涵就不由自主地想起了在南京雨花門邊營小學時的日子。不同的是，這裡的人說的都是大舌頭的台灣話。看著陌生的面孔，聽著似懂非懂的大舌頭話，一種悽楚孤獨躍上高秉涵心頭。

第一個晚上，高秉涵就做了噩夢。一開始，是逃命般地奔跑。跑著跑著，兩條腿就溶化了一般沒有了。沒有腿跑不動，只剩下一個軀體在焦急地滾動、吶喊。槍炮聲四起，惡人一群群從後面追上來。似追上非追上的當兒，高秉涵大叫一聲醒了。睜開眼，夜很靜。一間屋子裡睡著二十多個人，像小時候過年包餃子的擺法一樣，一個挨著一個。「餃子們」都睡得很熟，高秉涵卻怎麼也睡不著。

看著外面的寧靜夜色，高秉涵又想起了高莊的親人們。臨行的那個早晨，母親在院子裡用戒尺打著他的手心，使勁擰著他的耳朵再三提醒他跟著國軍走的情形又浮現在眼前。高秉涵想，如今他已經跟著國軍到了台灣，如果母親知道了，這下該放心了。但轉瞬，高秉涵又想，他什麼時候能夠見到娘和高莊的親人呢？

想高莊，想娘，想親人，高秉涵再也睡不著了，一直睜著眼睛熬到了天亮。

早晨喝完米湯，連長就把大家拉到操場上開始訓練。高秉涵是連裡最矮小的一個，幾次操槍槍都掉到了地上。

連長走過來，本來想一腳把高秉涵彎曲的身子踢直了，不想卻一腳踢到了他小腿的傷處，高秉涵疼得倒在地上。怕連長看到自己的爛腿，他一個跟頭又從地上彈起來。

連長對高秉涵的迅速反應很滿意，他讓高秉涵站直，讓他和手裡的槍一比高矮。和槍站在一起，那槍竟然比高秉涵微微高出一個刀尖來。

連長二話不說，把高秉涵的槍奪過去扔到一邊，拖著胳膊把他拉走了。

連長的步子很大，高秉涵不知道連長要把他拉到哪裡去，緊張得有些想哭，猜測著連長會不會找個沒人的地方把他這個沒用的人給殺了。

高秉涵想問問連長究竟要把他帶到哪裡去，可又緊張得不敢開口，只是閉緊了雙眼等待著。

一股油煙味傳過來，一睜眼高秉涵竟然站到了霧氣騰騰的伙房裡。

連長把高秉涵往炊事班長跟前一推，說：「還沒槍高，放這裡洗菜吧。」

炊事班長抖抖手上的水，指一下旁邊的一大筐青菜，說：「洗菜吧！」

連長的那一腳，讓高秉涵成了一個炊事兵。

在炊事班，高秉涵很勤快，洗菜、洗碗、揉麵、淘米，什麼都幹，開飯的時候，還主動給大家擺放碗筷。一閒下來，高秉涵就會覺得生活孤獨和無趣。沒事做的時候，他常常一個人坐在一個地方發呆。腿上的傷一直隱隱作痛，沒人的時候他掀開褲腿一看，腐爛的肌肉已經開始變黑。

一個多星期後的一個黑濛濛的清晨，平日裡出去買菜的一個兵生病了，炊事班長讓高秉涵頂替他跟著出去買菜。

菜市場很大，裡面鬧哄哄的。炊事班長買了菜，讓幾個兵往三輪車上抱。抱到第三趟時，天漸漸有些亮了。猛然間，高秉涵看到前邊不遠處站著一個熟悉的身影，仔細一眼，原來是榮團長手下的李副官。總算見到了一個大陸來的熟人，高秉涵的心激動得怦怦亂跳。

高秉涵一下衝了上去，一把拉住了李副官的衣襟。

李副官嚇了一跳，猛地從腰間拔出槍。

「是我！」高秉涵說。

李副官定睛一看，認出了高秉涵。

「你也上了軍艦？玉成和光明哭了一路，還以為你沒上來。」

「你是說，玉成和光明也來台灣了？」高秉涵激動地問。

「都來了。」李副官說。

「他們在哪兒呢？」高秉涵高興得眼裡放出光芒來。這是他來台灣這些日子最高興的時刻。

李副官說：「我們都住在設在大同學校的臨時收容所裡，軍官和軍眷都住在那裡。」

從高秉涵那充滿渴望的眼神裡，李副官明白了高秉涵的心思。李副官說：「他們兩個也天天唸叨你，要不你乾脆也過去算了。」

高秉涵看看一邊的三輪車，心裡想著鳳山的新軍訓練基地，不知道他們會不會同意他離去。

「你現在在哪裡？」李副官問。

「鳳山新軍訓練基地。」

李副官說：「這樣吧，你也不用對鳳山那邊說，現在到處都亂哄哄的人滿為患，哪裡也不會在乎少了一兩個人。明天你還在這裡等我，到時候我雇個敞篷三輪車來拉你。」

高秉涵高興得嘴唇顫抖，滿臉都是驚喜。

正在這時，抱著菜走過來的炊事班長大聲叫高秉涵，高秉涵趕忙跑過去。跑出老遠，他又回頭看了一眼李副官，李副官默契地衝他揮了揮手。

整整一個晚上，高秉涵都沒有睡好，生怕炊事班長改變了主意，第二天不讓他去買菜。

早晨四點多，高秉涵就起來了，他緊著身子盡量不打擾別人地從「餃子堆」裡抽出身。他來到炊事班，班長正往外推三輪車。

看見高秉涵，班長說：「你回去接著睡吧，小王病好了。」

高秉涵如同遭到五雷轟頂，聲音都變了，執拗地說：「班長，我要去買菜！」

班長直起身來看了他一眼，又兀自低下頭往外推三輪車。

高秉涵跟到外面又對班長說：「班長，你就讓我去買菜吧。」

班長看了高秉涵一眼，說：「讓你回去睡，你就回去睡，沒有人會因為這個殺你的！」

高秉涵一驚，不明白班長怎麼會突然說出這樣的話來。

班長說：「你天天在夢裡喊著讓別人不要殺你，現在不打仗了，不會隨便殺人的，你就放心回去睡吧，買菜回來我再叫你。」

高秉涵心裡一熱，差點把內心的隱祕說出來。有一瞬間，他甚至不想離開這裡了，不想離開這個好心的班長。

高秉涵猶豫的時候，班長又說：「好了，實在想去就去吧，你這小子是不是看上哪家賣菜的妞了？」

這時，另外幾個買菜的兵也都晃晃悠悠地過來了，高秉涵帶著一顆忐忑不安的心跟著他們出了營門。

遠遠的，高秉涵就看見了李副官和他身邊的那輛敞篷三輪車。看著好心的班長毫不知情的樣子，高秉涵的內心很忐忑。

又是和昨天早晨一樣的情形，炊事班長買好了菜，幾個兵一起往車上抱。趁人不注意時，李副官把高秉涵拉到了那輛早已恭候多時的三輪車旁邊。

「看什麼，還不快上去？」見新軍訓練基地的那幾個兵都不在，李副官壓低了聲音說。

「我——」高秉涵想說什麼，李副官卻一把將他塞進了車裡，然後對車夫叮囑：「快走，大同學校！」

三輪車吱吱地走了，炊事班長抱著一捆白菜走過來，沒有看到高秉涵，奇怪地四處張望著。從敞篷三輪車的縫隙裡看到這一幕的高秉涵流下了慚愧的淚水。他感到自己非常對不起班長。班長的身影漸漸遠了，而他卻連班長的姓氏也不知道。

半個小時後，高秉涵在大同學校的門口下了三輪車。管玉成正站在門口等他。高秉涵一下車，管玉成就衝上來，他看高秉涵的眼神如同看外星人一樣。原來，在管玉成心目中，他以為身體羸弱的高秉涵早已死掉了。

說到上軍艦，高秉涵自然想起了李排長，忙向他們打聽是否知道李排長的下落，管玉成遺憾地搖搖頭。

高秉涵又打聽劉師長和朱大傑的下落，管玉成傷感地回答說至今也沒有他們的消息。

2

看著院子裡人山人海的打飯隊伍，高秉涵聞到了豬肉的味道。已經好久沒有吃到豬肉了，高秉涵的口水都快流了出來。早晨來後的第一餐，是管玉成跟他分食的一份食物，分量很少，兩個人都吃了個小半飽。

一上午，大同學校裡又湧進了好幾撥剛登陸的軍官和軍眷，院子成了去年這個時候南京雨花門邊營小學的一個翻版。

一把把新增加的名單被塞到司務長手裡，司務長看著密密麻麻的名單，愁得緊皺眉頭。高秉涵的名字也被李副官以軍官的名義混水摸魚地加了進去。但打飯之前，又有人站在院子中央大聲通知，說今天來的人員一律不再劃入供給範圍，要自己出去找尋出路。

管玉成不想讓高秉涵再餓肚子，就拿著一張飯卡兩個飯盒去打飯。遠遠地，看著管玉成在人群裡擠來擠去的身影，高秉涵心裡忐忑著不知會有怎樣的結局。

豬肉的味道不時地飄過來。高秉涵想起了在高莊時的情形。小時候，高秉涵不是很愛吃肉，奶奶卻偏要燉大肥肉給他吃，說吃了能長膘。為了讓高秉涵吃肉，奶奶燉了許多大肥肉，讓長工們和他一起吃。聽著長工們吧嗒吧嗒的咀嚼聲，高秉涵也來了食慾。長工都是高秉涵家的親戚，農忙時一直住在家裡忙農活。他們都想到高家來打工，要是誰去年來了，今年高家忘了通知沒讓他來，他一準自己主動找上門來。高家工錢高又吃得好，不來才是頭號大傻子。長工們不光感謝高家，還連帶著城裡的宋家也一併感謝了，每次城裡的宋家來了人，高家上上下下都畢恭畢敬。

長工們都知道，要是沒有當初做知府的城裡親家的幫持，高家是買不起這麼多地的。長工們也不敢慢待一心要栽培長孫的高家祖母，因此每次陪高家長孫吃肉時大家都很賣力，嘴巴吧嗒得山響，引著高家長孫多吃一些肉。

高秉涵猛吸一口氣，豬肉的香氣又鑽進鼻孔。原來豬肉的味道是如此香美。眼前正幻化著高莊兒時的情形，對面走來了打了飯回來的管玉成。管玉成的手裡只有一份飯，另一個飯盒是空的。

「來，咱倆一人一半。」管玉成把空飯盒放在桌子上，要把自己飯盒裡的飯往高秉涵的空飯盒裡倒。飯不多，也就是一勺米飯的樣子。菜是油菜炒豬肉，豬肉聞著很香，看著很少，像星星一樣閃爍在青菜葉子上。

高秉涵把自己的空飯盒拿開了。

「不用了，我不餓。」

「瞎說什麼，早晨吃了那麼少，能不餓嗎？」管玉成說。

正爭執著，李副官也端著飯盒過來了，他也要給高秉涵勻飯。空飯盒被管玉成搶了過去，每人勻了些飯菜給他。

端著那些飯菜，高秉涵心裡不是滋味，許久都不好意思吃下去。

晚上睡覺更是一大奇蹟，所有教室都擠滿了人，男人和男人擠在一起，女人和女人擠在一起。高秉涵睡覺的那個屋子裡擠進去的人太多了，以至於人們根本無法舒展四肢，一個個蜷著雙腿人挨人斜靠著。

早晨醒來，高秉涵感到自己的胳膊腿都讓別人壓麻了，半天動彈不得。

早飯時院子裡的人好像更多了，望著那密密麻麻、吵吵嚷嚷敲打著空飯盒的人群，高秉涵臉上佈滿愁容。他覺得不能再在這裡住下去連累大家了。

高秉涵把李副官拉到一邊，問他是不是還可以回到新軍訓練基地去。李副官懊惱地一拍腦袋，說：「別提了，這兩天高雄又擁進了大批的軍人和眷屬，新軍那邊也已經封控了。」

高秉涵張著嘴巴說不出話來。

正說著，就見榮團長帶著管玉成走過來。

部隊到了台灣嚴重縮編，原來師團級的軍官淤積了一大堆，快五十歲的榮團長在這個位子已經不佔優勢，所以上邊一直沒再給他安排實際職務。事業不順，又加上一些老朋友死的死沒下落的沒下落，榮團長一直很鬱悶。

李副官把高秉涵的事告訴榮團長後，他替高秉涵想出了一個主意。

榮團長說：「秉涵，要不你去台北吧，那裡離碼頭遠，興許人能少一些。我給你介紹一個人，你去找他。這人叫馬海峰，是個少壯派團長，現在還管著事，聽說台北那邊的部隊正在招募新兵。」

管玉成說：「榮叔，那我和秉涵一起去吧。」

榮團長說：「你孬好在這裡還有張飯卡，就先讓秉涵一個人去吧，要是那裡情況好，你再去也不遲。」

高秉涵也不想讓管玉成冒險，就忙說：「我先一個人去，如果情況好，我就寫信通知你。」

早飯後，高秉涵就登上了去台北的火車。

高秉涵已經身無分文，買火車票的錢是管玉成和李副官兩個人給他湊的。臨走時，管玉成又把自己唯一的一床已經露出棉花的破被送給了高秉涵。

管玉成到火車站送高秉涵，臨進站時，又用身上剩下的最後一點錢給高秉涵買了兩個茶葉蛋。

火車啟動了，看著月台上越來越遠的管玉成，感受著手裡還散發著溫暖氣息的茶葉蛋，高秉涵的雙眼模糊了。

火車上依舊擁擠不堪，本地人和大陸人一眼就可以分得出來。

正常生活秩序被打亂了的本地人一個個變得暴躁而易怒，故意把本地話發揮到淋漓盡致，說得讓人聽不懂，話語裡夾雜著一些罵人的話。而大陸人的反應是各種各樣的，有的自卑著沉默不語，任人辱罵，有的則暴跳如雷，恨不得端起刀子就要捅人。

火車到了山間轉彎的地方，一個傷兵身子一搖晃不小心碰了旁邊的一個中年婦女。那女人嘰裡咕嚕一陣罵，最後又惡狠狠地吐詞極其清晰地罵了句「你個老芋仔」！

那傷兵始終低著頭沒敢吱聲，不想，旁邊一個身材很高臉色很黑的兵卻惱怒了，他衝過來「啪」地給了中年婦女一個嘴巴子，用純正的山東話罵道：「妳才是老黑豬呢！老黑母豬！妳以為老子想來這鬼地方？有本事妳把老子送回大陸去！」

那女人「噭」地一聲哭起來。四周人的耳膜都要被她震破了。

高秉涵躲避著這些打鬧著的人們，在過道裡找了個靠近窗戶的地方靠著，疲憊地把目光投向了窗外。

火車外邊的台灣風光與大陸迥然不同。鐵路線的一邊是汪洋大海，一邊是秀麗陡峭的山峰。但這一切卻一點也提不起高秉涵的興致，他心裡暗暗擔憂台北的那個馬團長是不是會接納他。

下午四點多，火車進了站。高秉涵用那根捆綁過父親的繩子背著那床破被晃動著瘦小的身影出了站。廣場上也是同樣的人山人海，到處都鬧哄哄的。看著這情境，高秉涵又擔憂起來。台北的情況看來也好不到哪裡去，一種居無定所的憂慮和深深的孤獨感湧上來，高秉涵的眼神裡流露出與他年齡不相符的憂鬱和不安。

到了一處不太擁擠的地方，高秉涵把被子放到地上，小心地掏出了貼身放的那個小布包，布包裡放著榮團長寫的馬團長的地址。

寫有地址的小字條被高秉涵夾在那張「菏澤簡易鄉村師範證明書」裡。這證明書是他臨離開菏澤時簡易師範發的，當時意在證明他是簡易師範的在校學生，到了南京後好憑著這一紙證明繼續他的學業。在南京書沒讀成，他卻一路漂泊到了台灣。一路上歷盡磨難，風裡雨裡，身上帶的東西所剩無幾，這一紙證明書竟被他神奇地保存下來。

此刻，看著這一紙證明，湧上高秉涵心頭的是一股股的思鄉之情。故鄉的氣息正透過那薄薄的紙張強烈地傳遞到他心頭。

小小的紙片從證明書裡滑落出來，又把高秉涵拉回到嚴酷的現實。

眼下，他要去找這個馬團長。為了活下去，他必須去。

收起證明書，拎起捆綁過父親的那根繩子，把僅有的一床破被背在肩上，高秉涵一路打聽著向字條上寫著的六張犁走去。

一挨近六張犁，人似乎一下少了很多，四周顯得異常冷清。這冷清讓高秉涵既充滿希望，又深感不安。剛在路邊看到六張犁的牌子，前邊忽然開過來幾輛呼嘯著的軍車。中間的一輛軍車上站滿了持槍的士兵，那些士兵押著一個五花大綁的人。

看著車隊呼嘯著離開，高秉涵又往前面的軍事管理區走去。

大門裡邊站著幾個正沉默著的軍官和士兵，一個個都心有餘悸的樣子。

高秉涵走到一個看上去樣子有些和善的少校跟前，問道：「馬海峰團長在這裡嗎？」

高秉涵能感覺得到，所有人聽到他這句話都一驚。

少校問：「你找馬團長？你是他什麼人？」

「是高雄的榮軍烈團長介紹我來找他的，說是這裡招新兵。」

「你以前不認識馬團長？」另一個上尉問。

「不認識，我想在這裡當新兵，我以前在二八五師當過學兵。」

少校鬆了一口氣，說：「你這兵當不成了。五分鐘前，馬團長被抓走了。」

高秉涵問：「被抓走了？被誰抓走了？難道這裡還有共產黨嗎？」

少校一笑說：「要是共產黨抓他就好了，上司懷疑他通共才被抓走的。今天算你運氣好，要是你早到五分鐘，也會一起被抓走的！」

高秉涵不解：「為什麼？」

少校說：「也會說你通共。你快走吧，走晚了說不定他們一會又來了，剛才是他們今天第三次來這裡了，凡是和他有關係的人都被抓走了。」

高秉涵趕忙轉身離去，惶恐之中的他一時忘記了自己無家可歸的淒涼處境。

3

帶著驚慌的心情，高秉涵急忙逃離了六張犁。人聲鼎沸的大街撲面而來，高秉涵才敢把腳步慢下來。天就要黑了，去哪裡過夜呢？這個非常現實的問題一下躍上了高秉涵的腦際。幾乎是立刻，四周的那些嘈雜聲都被鋪天蓋地的無助淹沒了，世界一片寧靜。天地如此寬廣，卻沒有自己的一個棲身之地。腿疼肚子餓，高秉涵恨不得立刻找個地方躺下來。

沒有東西可以吃，也沒有地方可以躺。高秉涵茫然地向前走著。人似乎越來越多，又到了摩肩接踵的地步。抬頭一看，不知不覺中，高秉涵又順著原路返回了火車站。

熙攘喧鬧的人流夾雜著小販的叫賣聲再次湧進了高秉涵的耳朵。小廣場上到處都擠滿了人，高秉涵沒有找到一個可以坐的地方，就隨著人流進了候車室。候車室裡，硬硬的長木板凳上早已沒有空位，許多人都簡單鋪點東西就席地而坐，高秉涵也找了張舊報紙把被子放在上面坐下了。

奔波了一天，高秉涵坐下來的第一件事就是把自己的雙腿伸了伸。大腿是奔波後的酸痛，小腿是腐爛肌肉的傷痛，高秉涵緊皺眉頭又把雙腿收了回來。

見高秉涵坐下，幾個頭戴紅帽身穿紅馬甲的小販立時圍了過來。

一個小販嘴裡喊道：「香菸，香菸！剛到的『黑貓』香菸！」

又一個小販嘴裡則喊道：「糖果，糖果！『福樂門』糖果！」見高秉涵沒有反應，兩個小販又擠到了別處，但那聲音卻不時地傳過來，引得沒吃飯的高秉涵更加飢腸轆轆。

坐在高秉涵不遠處的一個客人叫了一聲「盒飯」，就有一個小販飛一樣地過來了，嘴裡不停地叫著：「盒飯，盒飯！豬肉鹹蛋白米飯！」

「一個盒飯。」那客人說。

「給，六毛。」小販把用木頭片製作而成的飯盒遞給那客人。

客人把飯盒放在自己的雙腿上慢慢食用，一邊的高秉涵怎麼也收不回自己的目光，死死地盯著那木片飯盒裡的東西。

反覆使用的木質飯盒看上去很古樸，蓋子一打開，就有一股飯菜的香味傳過來。飯盒裡有米飯，米飯上面蓋著一片用醬油烹製的勾人胃口的紅色瘦肉片。瘦肉片的旁邊放著半個鹹蛋，蛋黃油汪汪的，看了讓人流口水。再旁邊是兩片切得很規整的蘿蔔片，蘿蔔片被醃製成黃白色，表面皺皺的。

高秉涵的眼睛離不開那盒飯了。突然，那吃飯的人抬起頭來和高秉涵的眼神相遇了。高秉涵做了錯事一般，立刻移開了自己的視線。

那個人又低下頭吃飯，高秉涵強制著自己不再去看他。

沒有飯吃，高秉涵就去接水喝。喝了一杯子，又喝了一杯子，到了後來，肚子裡似乎有了飽脹的感覺。

睡在高秉涵一邊的一個男人這時從地上爬起來坐著，看了一眼高秉涵問道：「天快亮了吧？」

高秉涵說：「天才剛黑一會兒。」

那男人一聽這話，就又頹然躺下，翻了個身說：「才剛黑啊，那我接著睡了。」

說著，那男人又沉沉地睡去，打著很響的呼嚕。

男人的話突然讓高秉涵感到心頭一亮，原來這候車室是可以住人的，既然這樣，自己晚上也可以在這裡歇息了。

突然地，高秉涵不再像剛才在大街上那麼感到孤獨了，看著滿候車室的人，也不像剛才那麼害怕了。

高秉涵正要把被子展開睡下，幾個身穿藍色鐵路制服的人突然出現在候車室裡。他們手裡揮舞著棍棒大聲吆喝著讓躺在地上的人離開。

看著人們紛紛向外擁去，如同一瓢涼水潑下來，高秉涵心頭頓時涼了。眼見那幾個穿制服的人越來越近，高秉涵只得抱著被子往門外跑，那個睡在地上的男人也拖著席子不慌不忙地往外走。到了門口，那幾個人的吆喝聲就聽不到了，一回頭，已經看不到他們的身影了。

那男人看了一眼還在發愣的高秉涵，說：「還愣著幹什麼？快回去睡吧，不快點可就沒地了。」

剛出去的人們又紛紛擁回來，剛剛清空的地上，瞬間又躺滿了人。

把被子鋪在地上，高秉涵卻遲遲不敢躺下。他看了一眼旁邊的那個男人問：「他們還會來嗎？」

「不來了，快睡吧，他們也是例行公事。這麼多人都無家可歸，不睡這裡睡哪裡？」

看了一眼四周，高秉涵這才小心翼翼地躺下。

早晨，高秉涵是被一個極其不耐煩的聲音給叫醒的。

「起來了起來了！打掃了打掃了！你這小孩快點起來好不好？」

高秉涵睜開眼，一個六十多歲的老頭正對著他怒目而視。這老頭也是一身的鐵路制服。一看這制服，高秉涵骨碌一下從地上爬起來。不過他馬上就放心了，老頭的手裡沒有棍棒，只有一個用久了的快沒毛了的笤帚。

原來，這老頭是候車室裡負責清理衛生的。

高秉涵見旁邊的木凳上有一個空位，忙把被子放了上去。那老頭彎下身子開始清理地上的垃圾。掃完地上的垃圾，老頭剛要轉身離去，又回頭看了一眼高秉涵，問：「你父母去哪兒了？」

高秉涵低聲說：「就我一個人。」

老頭一驚，又問：「你是說你是一個人從大陸來的？」

高秉涵點了點頭。

每當別人問及父母時，高秉涵都會覺得很窘迫。在別人看來，像他這麼大的孩子是應該和父母在一起的。可他卻沒有，這讓他感到窘迫和自卑。

聽了這話，老頭盯著高秉涵看了一會兒，然後拎著簸箕和笤帚離開了。

整整一個上午，高秉涵都徘徊在候車室裡。渴了去接水喝，餓了還是去接水喝。到了中午，忽然覺得頭有些眩暈，高秉涵知道這是許久沒吃東西的結果。在小販們「盒飯盒飯」的吆喝聲中，高秉涵背著被子走出了候車室。

小廣場上也躺滿了人，這會兒這些在露天裡睡了一宿的人們紛紛爬起來在一些賣零食的攤點上吃著東西。人們看上去都是一副面色蒼黃、睡眼矇矓的樣子。高秉涵在一個賣小油餅的攤位前站了許久又離開了，離開時他的喉結不停地蠕動著往嗓子裡咽著口水。

面對著香噴噴的油餅，身無分文的他只得離開。

圍著小廣場轉了半天，高秉涵在東南邊停了下來。他停下來的原因是他聞到了一股十分複雜的氣味，抬頭一看，一個巨大的垃圾堆橫在了他的面前。

垃圾堆裡丟棄著些花花綠綠的東西，其間也有腐爛的食物和水果。正看著，就見一個老婦拎著個垃圾桶從一邊的房子裡走過來。她把垃圾桶裡的東西都倒在了垃圾堆上，之後轉身離去。老婦剛走，就有幾隻狗熱切地撲到了垃圾堆上，在老婦剛倒的垃圾裡亂翻。一小堆米飯被翻了出來，幾隻狗狂吠著爭食。又有一個爛了一半的香蕉被翻了出來，一隻狗聞了聞走了。

那個香蕉映入了高秉涵的眼簾。等那幾隻狗走了後，他走上去撿起香蕉扒了皮吃了。

這是高秉涵今天吃的第一口食物。他能清晰地感受到香蕉正沿著他的食道一點點下滑的速度。食物落進空空的胃裡，高秉涵感到一絲欣慰。

後來的幾天裡，高秉涵是靠撿食垃圾堆裡的食物維持生計的。有一次，他竟然幸運地撿到了一張整個的油餅。看到油餅的瞬間，他怦然心動，如同第一次見到賞心悅目的李大姐時的心情一樣。

晚上睡在候車室裡，白天去垃圾堆找吃的，這似乎成了高秉涵一段時間裡的生活規律。不同的只是他越來越髒，人也越來越瘦，腿也越來越瘸。

垃圾堆裡也不是每天都會有吃的，有時一整天都找不到一點可以吃的東西。這時，高秉涵就只好餓著。

一個午後，候車室裡的人不是很多。從垃圾堆那邊剛回來，沒有任何收穫的高秉涵正空著肚子坐在木板凳上喝水。這時，那個清理衛生的老頭手裡端著一個飯盒過來了。路過高秉涵跟前，他站住了問：「怎麼，你這個小孩還在這裡呀？」

高秉涵沒有力氣回答，伸著瘦長的脖子點了點頭。

老頭把飯盒放在木凳子上打開，高秉涵看見裡面裝著米飯和青菜炒豆腐。

「來，把飯盒拿過來，我給你勻一點。」老頭對高秉涵說。

高秉涵似乎不敢相信自己的耳朵，眼睛盯著老頭不敢動彈。

「你這個孩子怎麼回事，沒聽到嗎？把飯盒拿出來，我給你勻些飯吃。今天飯打得多。」老頭拿過高秉涵的飯盒，往裡面撥了些飯。

撥完飯，老頭瘸著一條腿走了。這時，高秉涵才發現原來老頭的一條腿是瘸的。

那一刻，候車室裡很靜。看著眼前的飯菜，高秉涵許久都沒拿起飯勺來。

從那以後，幾乎每天中午，那老頭都會給高秉涵的空飯盒裡撥一些飯菜。而高秉涵也已經知道了老頭姓孔，名家臣，高秉涵叫他孔伯伯。

一天，高秉涵正在垃圾堆裡撿食物，孔伯伯趕過來拉著他就走。到了小廣場西側的一處空地上，只見幾個手裡拿著抹布的小孩子正圍著一輛鋥亮的小轎車擦拭。

孔伯伯把高秉涵推到一個四十多歲的男人跟前，說：「阿毛，以後要是有活記著點這個孩子。」

阿毛看了一眼高秉涵，說：「這孩子的腿好像有毛病。」

孔伯伯說：「腿有毛病又不耽誤幹活，他一個人在台北挺可憐的。」

這時，又滑過來一輛車，阿毛就對高秉涵大聲說：「可以啊，去擦吧。」說著就扔給高秉涵一條濕漉漉的抹布。高秉涵措手不及地接過抹布，奔向那台剛剛停下的車子。

擦一台車八毛錢，阿毛留五毛，給高秉涵三毛。

拿著第一次掙到的三毛錢，高秉涵興奮得心跳加速。這錢來得太容易了，要是一連擦兩台車，就可以買一個盒飯了。

掙了錢，高秉涵有時候會去小吃攤上買吃的。但多數時間，高秉涵捨不得隨便花錢。有一天，他用積攢的錢，給孔伯伯買了一盒「黑貓」牌香菸，高興得孔伯伯眼淚都笑了出來。

轉眼就到了十一月底，天漸漸有些冷了。雖然台北比大陸氣候溫暖，但高秉涵身上的那點單衣已經不能抵禦季節的寒冷，他每天都凍得哆哆嗦嗦的。擦車的活也越來越少了，有時候幾天都攤不上一個。

孔伯伯把自己不穿的衣服給高秉涵拿來了幾件。看著高秉涵穿著那肥大的衣服，孔伯伯無奈地搖了搖頭。

一個中午，高秉涵正裹著被子蜷縮在木板凳上打盹，孔伯伯把他搖醒了。興奮讓孔伯伯的語速都加快了。他告訴高秉涵說火車站管理處計畫招收一批小販，讓他趕緊去報名。孔伯伯還說，要是被錄用了，就算是火車站的正式員工，不光衣食有了著落，還可以有宿舍居住。

高秉涵也很激動，跟著孔伯伯就去報名。走到報名處門口，孔伯伯把高秉涵的衣領整了整，又拍了拍他有些彎曲的腰板，讓他一個人進去。見高秉涵走路有些一瘸一拐的，孔伯伯又趕緊把走到門口的高秉涵拉了回來。

「你的腿怎麼老是一瘸一拐的？你要堅持，不要讓人家看出來才好！」孔伯伯眼神裡有些擔憂。

高秉涵點了點頭，走路時盡量讓自己的腿不露出一瘸一拐的痕跡來。雖然在火車站住了一個多月，但高秉涵並沒有把自己的傷腿露出來給孔伯伯看。

報名處的桌子後邊坐了兩個人，一男一女，看上去都有四十多歲。

報名的人圍了一大堆，都是些十五六歲的男孩子，他們多數都由父母領著，眼神怯怯的。

一個哭喪著臉的男孩被父親硬推到桌子跟前。

那女人問他：「會叫賣東西嗎？」

男孩的父親說：「會的會的，他以前在家擺攤賣過香蕉。」

那男人說：「喊一聲聽聽。」

男孩不開口，他父親焦急地催促：「快喊，快喊呀！」

男孩還是不開口，父親一急之下就用腳踢他。男孩突然緊張地大哭，負責報名的一男一女都皺緊了眉頭。

男孩的父親恨鐵不成鋼地把男孩連罵帶踢地推出去，男孩哭得更凶了。

又一個男孩由母親陪著走上前去。當那個負責報名的女人讓他叫賣時，男孩聲音洪亮地和火車站裡的小販一樣一連串地叫賣起來。

女人臉上露出了滿意的微笑。但是，當進行到下一關，負責報名的男人讓他算帳時，他卻出現了不該出現的失誤，兩塊三毛加一塊七毛他說成了五塊，而五塊減一塊八毛，他又說成了兩塊兩毛。

這個男孩也被淘汰了。

輪到高秉涵了。桌子後邊的女人看了他一眼，問：「誰帶你來的？」

這是高秉涵最害怕別人問起的問題，但還是被人問起了，他看了一眼門外，說：「我自己。」

好在沒有再往下問，那女人就讓高秉涵開始叫賣。高秉涵平日裡不善言談，但這會卻壯著膽子學著候車室裡小販的語氣叫了一遍。叫賣的時候，浮現在高秉涵眼前的是平日裡掛在小販們胸前托盤裡的那些盒飯和糖果。那些盒飯和糖果對他有著超強的吸引力。他想，他一定要努力當上小販，即便是吃不上糖果，起碼也可以每天看到它們。

由於實在太想當上小販了，高秉涵的聲音有些緊張，但也算勉強通過了，那男人開始讓高秉涵算帳。這就難不住高秉涵了，先是幾毛幾塊的加減，後來又是幾十幾百的加減，等算到幾百幾千的加減時，那男人都算不過高秉涵了。

高秉涵順利地被台北火車站錄用為小販。

知道這個消息後，孔伯伯非常高興。為此，他專門把高秉涵帶回到他紹興北街的那間茅屋裡，請高秉涵吃了一頓水煮魚丸。孔伯伯單身，家裡只有他一個人。他一邊喝著酒，一邊不停地咳嗽著，還不停地誇獎高秉涵有學問。

原來，報名考試時，孔伯伯一直在門外默默地觀看著。

上班第一天，火車站管理處就給高秉涵發了小販的標誌性服飾，小紅帽和紅馬夾。高秉涵的小販編號是十六號。穿上紅馬甲，前胸後背都印著這個黃色的編號。

當上小販一星期後，一個早晨，高秉涵在大通鋪的宿舍裡剛一出門，就摔倒在了地上。原來，連日來奔走叫賣，他的雙腿病情愈加嚴重，原本已經深及骨骼的傷勢發展到了無法堅持的地步。

孔伯伯知道後，拿著高秉涵剛剛辦理的鐵路醫療卡帶他去了鐵路醫院。

醫生看到高秉涵的傷勢，嚇了一跳。他問高秉涵：「你父母呢？怎麼這麼晚了才來治療？他們簡直太不負責任了！」

從外面辦完手續的孔伯伯走到診室裡，說：「這孩子是大陸來的，就他一個人在台北。」

知道了高秉涵的情況後，醫生沉默了。

檢查過後，醫生說：「算你幸運，要是再晚來一星期，雙下肢就保不住了，現在必須馬上住院手術。」

高秉涵在醫院裡住了將近一個月，醫生幾次對他的雙小腿進行清創手術。

第一次清創手術是在硬膜外麻醉下進行的。手術台上，高秉涵在麻醉醫生的指導下使勁抱膝蜷縮著身子。當冰涼堅硬的長針迅速穿入腰椎間隙時，他不由自主地喊了一聲「娘啊」。麻藥被一點點推進體內，高秉涵感到整個下肢沉重而麻木，整個人似飄搖著要升入空中，思維也隨著身體一起扶搖直上。

那時，已經感覺不到疼痛的高秉涵就想，娘此刻會在哪裡呢？他要是能趁著這種麻藥的感覺像孫悟空那樣飛回高莊，該有多好。

4

宋書玉正在北京王府井大紗帽胡同甲四號的大女兒家裡包餃子。

大紗帽胡同甲四號是鐵道部分給朱劭天、高秉潔夫婦的住房。這是個單門獨院的四合院，一共有六間房子。院子裡有假山、魚池和帶山水畫的影壁牆。

第一次帶高秉潔來這裡看房時，朱劭天差點叫出聲來。房間太多了，有一間就夠我們住的了！他們搬進來住了沒多久就舉行了開國大典。

王府井離天安門近，步行也就十多分鐘。那天，參加完開國大典的朱劭天從觀禮台上一下來，就帶回家一大幫子延安時期的老戰友。具體有多少人他自己都數不過來，只覺得屋裡屋外全是人，沒地方坐大家就都站著。本來，那天他是想請戰友們去附近的飯館裡吃一頓的，誰知轉了幾家飯館，家家爆滿，根本就沒位子。沒有辦法，朱劭天就和高秉潔騎著自行車分頭去各家飯店搜羅包子饅頭，拿回來分給大家吃。心情舒暢的戰友們都站著吃，一邊吃一邊不停地說笑，每個人的印堂上都放著光。

突然有人說：「朱局長，有人吃豬肉包子有人吃饅頭，你這不公平啊！」

又有人說：「朱局長說了，趕明兒讓高處長星期天給我們包豬肉餃子，一桌一桌地坐著吃！」手裡拿著個饅頭在啃的朱劭天擠過來，大聲說：「沒問題，我請大家吃純肉餡的豬肉餃子。」

就這樣，宋書玉來北京後開始了漫長的包餃子工程。

一撥又一撥來自延安的女兒女婿的戰友們，給宋書玉的感覺，他們都是些好孩子。他們一個個又樸實又懂道理，性格也都很開朗，都是正派人。

來吃餃子的人裡有個戴眼鏡的，宋書玉和他聊天中知道他父親竟然也是個老國民黨員，而他自己竟然是從蔣介石的部隊裡投誠過來的。

接觸到的這些事讓宋書玉感到震驚。看來自己以前的見識真是太短淺了，高莊以外還存在著一個她以前所不知曉的大千世界。

今天的這頓餃子不是請延安的老戰友，是給高秉浩準備的送行宴。

高秉浩的丈夫劉泳川早在幾個月前就被任命為鐵嶺的縣委書記，為了解決夫妻兩地分居問題，組織上把高秉浩也調到鐵嶺那邊去工作。下午的火車，中午一家人湊在一起吃頓餃子。

剛團聚了沒幾天又要分離，兩個年近八旬的老太太都有些難過。

奶奶說：「秉浩，妳這回走了可不興又過十年再回來，我可活不了那麼久。」

姥姥則把一個自己縫的「戀家符」塞進外孫女的懷裡，說：「天天給我戴著，省得又忘了回家！」

性格開朗的高秉浩心裡也酸酸的，但她卻故意嬉皮笑臉地和奶奶姥姥開玩笑。

「奶奶、姥姥，我保證每年都回來看你們，回來就纏著你們給我做好吃的，直到把你們的小腳都累疼了！」

被大家稱為好好先生的朱劭天看見兩個老太太又要抹眼淚，就走過來安慰她們。

「奶奶、姥姥，你們就放心吧，人家秉浩是去鐵嶺做縣長夫人，受不了什麼罪，到了那邊一定是天天吃香的喝辣的。」

奶奶還是不捨得孫女走，就說：「讓妳那個劉泳川也來北京不就行了嗎，幹嘛要去那麼大老遠的地方？」

正在幫母親包餃子的高秉潔說：「奶奶，這幾年泳川一直在鐵嶺那邊鬧革命，他熟悉那邊的情況，把他留在那裡是組織的決定。」

一邊的姥姥由劉泳川又聯想到了宋寶真的丈夫楊霖，說：「還有那個楊霖，不是都打完仗了嗎？他怎麼還在南邊不回來？」

宋寶真說：「娘，您就放心吧，楊霖說他快要回來了。」

從菏澤回到北京後，宋寶真和高秉潔都轉業到了地方工作，她們都被安排到鐵道部門。高秉潔是鐵道部統計處處長，宋寶真是鐵道部印刷廠廠長。由於宋寶真的丈夫楊霖一直跟著四野在南方作戰，她一個人沒有單獨要房子，就跟著從菏澤接來的幾位親人一起住進了大紗帽胡同甲四號。看著一些戰友們都夫妻團聚了，她也盼望著丈夫楊霖能夠快一些從前線回來。

宋書玉一直低頭包餃子。不知怎麼了，此刻她有一種麻木的感覺，她一點也不覺得這次送行有多麼難分難捨。因為她心裡有底，就像大女婿說的，這個女兒出去後是不會受罪的。不打仗了，又有個當縣委書記的丈夫疼著，不需要她這個當娘的操什麼心。

眼前的場面，倒是讓她不由自主地又惦記起了兒子高秉涵。

秉浩走過來摟著宋書玉的脖子說：「娘，就您不疼我，一句話都沒有。」

宋書玉抬頭看著秉浩，說：「娘知道有人疼妳，娘不擔心妳。」

幾個孩子的面貌驚人地相似。宋書玉透過眼前的秉浩，似乎看見了秉涵。

吃完飯，宋書玉跟寶真、秉潔一起去火車站送秉浩。火車就要啟動時，她一下衝到高秉浩近前，猛地拉住了她的一隻手。

「別忘了，常回家看看。」

火車啟動了，高秉浩帶著燦爛的笑和淚水漸漸地遠了。

透過眼前越來越遠的秉浩，宋書玉似乎又看到了秉涵的瘦小身影。

一天深夜，宋書玉突然被睡在旁邊床上的婆婆吵醒了。

「紅布沒有了！不好了！掛在樹上的紅布沒有了！秉涵回不了家了！」

宋書玉趕忙拉開燈，看見婆婆已經坐了起來。

「娘，您又做夢了吧？」

和婆婆一床睡的李大姐也被驚醒了，她睡眼矇矓地從床上坐起來，說：「奶奶，您就放心吧。臨走時我親眼看了，院子裡樹上的紅布繫得緊緊的，不會掉的！」

奶奶緊張的身子這才漸漸放鬆下來，她無力地說：「不會掉下來就好，都睡吧。」

睡在另一個屋子裡的高秉潔也推門進來了，她拍著奶奶像哄小孩一樣對她說：「奶奶，那紅布在樹上呢，我夢裡都看見了。」

奶奶說：「妳真的看見了？」

「看見了，真的看見了，劭天說他也看見了。」

「劭天也看見了？看見了就好，睡吧，都睡吧。」奶奶喃喃著又躺下了。

宋書玉關了燈躺下，卻怎麼也睡不著。高莊家中院子裡樹上的那塊紅布不停地在她眼前晃動。

前些天，臨離開高莊時，婆婆按照風俗找金龍上樹把一塊長條紅布繫到了院子裡的大榆樹上。婆婆說有了這塊紅布，離家的孩子就可以循著紅布找回來。

往樹上綁紅布時，院子裡圍了好多人。已經當上村幹部的金鼎也帶著媳婦孩子來了，還給她們帶來了路上吃的蘋果和煮雞蛋。

一見高金鼎進來，宋書玉的氣就不打一處來。

不管當初的事實究竟是怎樣的，宋書玉打骨子裡認為，家中一切悲劇的源頭都是高金鼎一手造成的。要是他當初不告密，丈夫就不會被殺；丈夫不被殺，她也就不會讓秉涵去南邊；秉涵不去南邊，一家人團團圓圓的當然也就用不著往樹上繫紅布條。

宋書玉和婆婆站在院子裡拿話譏諷高金鼎，三個女子故意躲進屋裡不出來。

金鼎臉上訕訕的，有些皮笑肉不笑，見沒人理他，待了一會就走了。金鼎離開時，宋書玉讓李大姐把金鼎拿來的東西又塞給了他。

金鼎抱著裝蘋果雞蛋的籃子出門時又回頭看了一眼宋書玉，宋書玉冷著眼神扭頭不看他。

躺在北京靜靜的深夜裡，幾十年來在高莊的生活一一掠過宋書玉的眼前。自從二十二歲那年，她從濟南女子師範學校畢業後嫁到高莊，高莊就成了她生命中的一部分。做為一個從小生活在菏澤城裡知府家中的千金小姐，她一點都不覺得高莊的生活清苦，因為高莊有她深愛著的人、有她熱衷的教育事業。她的幾個孩子也都在高莊呱呱落地。高莊留下了她人生中最美好的時光。

悲傷是從民國二十六年日本人來了以後一點點滲透到骨子裡的。先是兩個如花似玉的女兒一去十年沒有音信，後來丈夫被殺，兒子下落不明。

高莊成了她的傷心之地。對高莊，她既愛又恨。高莊讓她無法忘懷，高莊讓她的心情難以平靜。

如果看不到兒子回來，她再也不願意回高莊了。

早晨吃飯時，婆婆一直沉默著不說話。宋書玉知道她還在想著高莊院子裡樹上紅布條的事，就勸了她幾句。

婆婆還是不說話，也不吃東西。

一邊的母親也和婆婆一樣沉默著不說話，像一直想著什麼心事。

吃完飯，幾個上班的都走了，兩個老人還是那麼默默地坐著。到了傍中午，宋書玉和李大姐要去廚房做飯，婆婆突然站起身來。

宋書玉聽到婆婆說：「春生他娘，我要回高莊。」

一邊的母親也緊跟著說：「書玉，我也要回宋隅首。」

這話在意料之外，又在情理之中。她太瞭解老人的想法了，知道遲早會有這一天。

宋書玉站在廚房門口，靜靜地看著自己的婆婆和母親。她想勸兩位老人，告訴她們回去和不回去其實都是一樣的，要是秉涵真的回來了就會主動找到北京來，沒有必要回老家苦等。

但宋書玉卻沒有開口，她不忍心把兩個老人的最後一點幻想打破。

婆婆以為兒媳婦不同意她回去，就接著說：「反正我是打定了主意要回去，非回去不可。妳想想，要是咱春生萬一回到家裡，一看沒人還不又得走了？我得回去等著他，今天晚上就上火車。」

宋書玉看到母親拉著婆婆的手，說：「老姊妹，咱倆想到一塊了。我回宋隅首等，妳在高莊等，這樣咱春生回來就不會撲空。書玉，妳現在就打電話讓秉潔給我倆買今天晚上的火車票。」

李大姐一個人在廚房裡忙活著，這時她突然走出來對宋書玉說：「娘，讓大姐買三張票。我也回高莊陪著奶奶一起等秉涵。」

高莊。宋隅首。落寞的院落，空寂的等待，樹上褪了色的紅布條。院子裡滄桑老邁的婆婆和母親。想像著這些悲戚的畫面，宋書玉疼痛的心又碎成了好幾瓣。

婆婆和母親年紀都大了，她實在不放心讓她們離開她單獨回去。她很想勸勸她們不要回去了，但最終也沒有開口。

宋書玉知道，無論她怎麼勸，都是沒有用的。她只能在心底裡祈求：秉涵啊秉涵，你快些回來吧！

5

小販的生活三班倒。白天不上班時，高秉涵就一個人到處閒逛。台北大大小小的街道幾乎都讓他逛遍了。

逛街的目的不是為了消費，也不是為了看景，而是為了化解那份想家的折磨。高秉涵覺得，一直走在路上，比待在大通鋪的宿舍裡一門心思想娘想家好多了。

不過，在街上也會遇到一些觸景生情的事情。比如要是看到了一個年齡和他差不多大的孩子跟在母親身後，高秉涵馬上就會聯想到自己的娘，愣愣地站在那裡發上半天呆。

當然，逛街也有讓人感到欣慰的事情。最近很多牆壁上都用白石灰刷著這樣一條標語：一年準備，兩年反攻，三年掃蕩，五年成功。

五年，不是很長的一段時間。五年之後，他十九歲，也就是說，到那時，他就可以回高莊去見自己的娘和其他親人了。

站在白石灰刷成的標語面前，高秉涵對著牆壁閉上了雙眼。

五年，快一些過去吧，高秉涵在心裡默默祈禱。

「小孩，來一個盒飯！」候車室裡，一個熟悉的聲音在高秉涵身後響起。回頭一看，高秉涵驚訝地發現要盒飯的人竟然是身著便服的李慶紳排長。

「李排長，是你啊？」高秉涵驚喜地大叫。

李排長也認出了高秉涵，他把高秉涵頭上的小紅帽摘下來搖晃著：「太好了，終於找到你了，你不知道管玉成有多惦記你。」

「怎麼，你和管玉成在一起？我給他寫到大同學校的信都被退了回來。」

李排長說：「大同學校是個臨時住處，你走後不久大家就被疏散到了各個部隊裡，我和管玉成不在一個部隊，但卻有聯繫。」

「那你把管玉成的地址給我，榮團長他們都好嗎？」

「榮團長已經退休了，大家現在的日子都比剛來時好多了。」

高秉涵突然想起了李排長的妻子和女兒，就問：「登陸那天你找到嫂子和侄女了嗎？」

李排長笑著說：「別提了，那天沒有找到，但卻在碼頭上碰到了一個同鄉，他說他在另一艘軍艦上看到你嫂子抱著孩子。」

「後來呢？」

「後來我就在碼頭上瘋找，找到天黑沒找到，第二天又接著找，直找了一個多星期才在一家小飯館的門口看到了正在討飯的她們娘倆。」說著，李排長的眼淚就流了出來。

李排長擦了一把眼淚，說：「我帶著她們娘倆趕到大同學校時，聽說你剛剛離開。現在總算好了，大家都安頓下來，不光有飯吃，還都在大陸分了地，也不用為將來回去後的日子擔心。」

「在大陸分了地？」高秉涵有些不解。

「是啊，蔣總統剛頒佈了《反共抗俄戰士授田條例》，凡是當滿兩年兵的，都發給戰士授田憑證，等以後反攻大陸成功了，就可以兌換授田證上的田地。」

「李排長，你說這反攻大陸能成功嗎？」高秉涵問。

「能，有美國人幫忙，能不成功嗎？」李排長說。

「真的？那我就可以回去見我娘了！」高秉涵很激動。

李排長陶醉地說：「到那時我就回去種地。十幾畝地，足夠我種的。我要在地裡種上麥子、玉米、高粱、黃豆和芝麻，剩個幾分再種點菜，這樣就什麼都不缺了！」

說到現在的生活，李排長告訴高秉涵他已經隨部隊換防到了台南，這次是來台北公幹，下午就坐火車返回去。

李排長還告訴高秉涵一個他意想不到的好消息，他們與劉師長也聯繫上了。劉師長已經退休，和從廣州撤退來台的妻子以及二兒子劉鳳岐住在台南。

知道這個消息，高秉涵十分高興。

中午下了班，高秉涵趴在宿舍的大通鋪上給劉師長和管玉成寫信。他把他現在的情況告訴他們，讓他們不要替他擔心。最後，他在信裡充滿信心地寫道，五年很快就會過去的，到時候他會用他當小販掙的錢買一些台灣特產帶回去，讓家鄉的親人嚐一嚐。

把信和給李排長女兒買的糖果一起交給李排長時，高秉涵心裡十分高興。和朋友們聯繫上了，他覺得自己不再孤單。

晚上，高秉涵陪去醫院看病的孔伯伯一起回他紹興北街的家。孔伯伯一邊喝著酒一邊大咳起來，臉色紫紅紫紅的。

高秉涵對孔伯伯的身體有些擔憂，就說：「孔伯伯，你以後不要再喝酒了。」

孔伯伯嘎嘎地笑著，無所謂地說：「你不用擔心我，我不會有事的！」

忽地，孔伯伯就轉了話題，他說：「秉涵，過幾年等你找太太時，一定要找個品行端正的，不要讓她半路上跟著別人跑了。我們這種人掙錢少，太太很容易變心的！」

高秉涵呆呆地看著孔伯伯，不明白他為什麼要說這些。

忽地，喝了酒的孔伯伯暴躁起來。

「我要殺了他們，我一定要殺了他們！」

高秉涵嚇得手裡的筷子掉到地上。

孔伯伯又說：「秉涵，我家阿菊就跟著別人跑了。那個男人在新加坡割膠，身上有幾個破錢，能給她買戒指，一個戒指就把她騙走了。」

孔伯伯在痛苦中沉沉睡去。

小屋裡，灰暗的燈光下，高秉涵看著外面茫茫的夜色，不明白那個叫阿菊的女人為什麼會這麼狠心。

6

一九五一年四月的一天，高秉涵在台北火車站偶然與李學光老師邂逅。李學光是高秉涵在菏澤南華第二小學讀書時的小學校長，和李學光老師的這次邂逅，改變了高秉涵一生的命運。

一年多的叫賣生涯，已經讓高秉涵變成了一個老練的小販。他頭戴小紅帽身穿紅馬甲，泥鰍一樣靈活地穿梭在候車室裡。高秉涵不善言談，叫喊的頻率不是太高，但他的雙腿卻分外勤快，身影像流星一樣到處滑動。這樣一來，高秉涵的營業額就上去了，幾乎每個月都會被評為最佳營業員，門口一側的小櫥窗裡老是貼著他清瘦面龐的照片。

高秉涵還喜歡替同伴頂班。一天，一個有事要回家的同伴讓高秉涵替他一下午，高秉涵二話不說就答應了。

正是這次替班，讓高秉涵遇到了改變他一生命運的李學光。

首先傳入耳朵的是一個溫柔而傷感的女性聲音：

「你是高家的孩子嗎？」

聽到這聲音，高秉涵周身一顫。當時，他正為一個老先生拿香菸，身後突然傳來了這聲音。他如受驚的小鹿一般立刻回過頭來，站在他身後的竟是小學時的校長李學光。

高秉涵清晰地記得，最後一次見到李學光老師是和母親在一起。那是前年春天裡的事，想不到李老師如今也到了台北。

「你是高家的孩子嗎？」李老師又問，母親一般親切的聲音。

高秉涵說：「李老師，我是高秉涵。」

李老師拉著高秉涵的手，說：「我剛才已經端量你好一會了，怎麼看怎麼覺得面熟，想不到還真是你。你母親也來台灣了？」

高秉涵說：「沒有，家裡只有我一個人來了。」

李老師默默地拍著高秉涵的肩膀：「孩子，一定吃了不少苦吧？」

第一次有人像母親一樣和他說話，一幕幕逃亡的經歷出現在高秉涵眼前，他鼻子酸澀著說不出話來。

「孩子，你怎麼做起了這個？不讀書了？」李老師又問。

「我想娘，想回家。」高秉涵答非所問。

「誰都想回去，可什麼時候能回去就不好說了。」

高秉涵想起了牆上的標語，說：「不是說五年嗎？五年成功，五年就可以回去了。」

李老師說：「傻孩子，那都是政治口號，不能當真，將來究竟能不能回家，還是個未知數。」

「李老師，你是說我們以後再也回不了家了嗎？」高秉涵眼裡露出了深深的失望。

李老師說：「孩子，不管將來能不能回家，你都要讀書。你家是書香門第，現在你正是讀書的年紀，去讀書才是你娘的心意。你娘要是知道你不讀書了，她會傷心的。」

「讀書？」

在高秉涵看來，學校生活已經離他很遠了，讓他現在回到學校去讀書很不現實。他要是去讀書，停了當小販的薪水，拿什麼吃飯、繳學費？

這時，一個人上前買糖果，李老師就說：「孩子，我給你寫個位址，等你休息的時候，到我家裡去一趟，讓我家那口子好好給你想想辦法。」

「張縣長也來台灣了？」高秉涵問。

張縣長叫張文光，是李老師的丈夫，高秉涵以前聽母親說過他是菏澤國民政府的縣長。

一聽高秉涵稱呼張縣長，李老師欲言又止，見旁邊買東西的人還在等著，她把地址寫在紙條上交給高秉涵就走了。

好不容易熬到了休息日，高秉涵按照李老師給的地址找到了她的家。李老師的家在台北郊外北投稻香裡的半山坡上。所謂的家其實就是一間用樹枝茅草搭建的草棚子。李老師在草棚子門口等著高秉涵，一見高秉涵就把他拉到一邊，指著草棚子叮囑道：「秉涵，千萬不要叫他張縣長，就叫他張叔吧。」

高秉涵點了點頭，很是不解地看著李老師。

李老師告訴高秉涵，她丈夫到了台灣後因在大陸當過國民政府的縣長被懷疑為「共匪」，抓進去大半年才剛放出來。這大半年在裡邊把身體徹底搞壞了，現在一聽到誰叫他張縣長就氣不打一處來。

高秉涵還是聽得似懂非懂，只是記住了不要叫他張縣長。

門也是草編的，一推軟綿綿的似要塌下去。進了門，就見張縣長正在屋子中央的地鋪上病懨懨地躺著。茅屋裡彌漫著一股藥的味道，張縣長不停地呻吟，好像渾身都不舒服。

看見高秉涵進來，張縣長從鋪上坐了起來，他說：「我認識你父母，他們都是讀書人。」

高秉涵挨著門口席地坐下來，李老師給他端了一杯水。杯子竟然是從老家帶來的，杯底燒製有「博山」二字。老家用的瓷器都產自博山，高秉涵記得自己家裡的瓷器底部也都有「博山」兩個字。杯子洗得很乾淨，但杯口的邊緣卻有了好幾個小豁口。想著這杯子從菏澤一路輾轉來到台灣，高秉涵內心又隱隱地開始想家。

「俺想娘，想俺家。」高秉涵說。

張縣長說：「想也沒有用，鬼才知道我們什麼時候才能回去。」

李老師也在一邊嘆息。

張縣長又說：「孩子，你父母都是教師，你應該去讀書。明天我帶你去找個人，他也是咱們菏澤人，他會幫助你的。」

正說著，三個小男孩從外邊跑進來，他們都穿得很破舊，最小的那個看上去只有三四歲的小男孩正在哭泣。

他一邊揉著眼睛一邊哭著說：「娘，我也要吃肉。」

那個大的看上去有八九歲的男孩說：「娘，老三在山下看見人家賣烤肉，就哭著說要吃肉。」

李老師把最小的那個男孩攬在懷裡，說：「咱不吃肉，娘蒸米飯，三兒和這個大哥哥一起吃米飯好不好？」

六七歲的那個男孩說：「娘，是蒸米飯還是喝米湯？我要吃蒸米飯，我要吃一大勺。」

一邊的張縣長重重地躺在地鋪上，發出的嘆息聲震動著整個茅草小屋。

第二天，高秉涵和同伴倒了班，一大早就站在火車站前的小廣場上等著張縣長。

張縣長來了，並沒有說要帶高秉涵去哪裡，只是讓他跟在他身後走。

走在張縣長身後，看著他疲憊而落寞的身影，高秉涵心裡的感覺怪怪的。在菏澤時，高秉涵隱約聽母親說過，這個張縣長殺過不少共產黨。高秉涵不明白他為什麼要殺共產黨。

高秉涵忽然覺得眼前的這個張縣長很可怕。

跟在張縣長身後的高秉涵陡然心生恐懼，擔心張縣長發起威來也會把他殺掉。

就在這時，剛走進一個小胡同的張縣長猛地回過頭來，盯著他問：「你在想什麼？」

像偷窺被人逮了個正著，高秉涵慌張得說不出話來。

但是，張縣長似乎並沒有覺察到高秉涵此時的心理活動，他關注的是小胡同道路兩邊盛開著的梅花。他拖著並不俐落的步子，走到一蓬盛開著的梅花旁，用手輕輕地撫著那些梅花說：「你知道嗎，這個季節，咱們菏澤的牡丹花也開了，要比這梅花大多了。」

高秉涵心裡鬆了一口氣，原來張縣長心裡想著的竟然是菏澤的牡丹。只是瞬間，高秉涵就覺得這個張縣長不可怕了。看著那些梅花，張縣長的眼神迷離起來，像結了一層霧。透過這眼神，高秉涵似乎也看到了家鄉四月裡盛開的那些大過碗口的牡丹花。

走到南海路，遠遠地就看到了馬路西側的科學館和歷史博物館。以前，高秉涵一個人轉的時候，曾經來過這條街，科學館和歷史博物館的對面就是台灣最好的男中建國中學。

張縣長竟然走進了建國中學的大門。

正是上課時間，院子裡沒有學生。高秉涵記得，以前路過這裡時，曾看到過那些身穿建國中學校服的學生們。他們一個個都神情自信，在他們面前，高秉涵覺得自己簡直就是個野孩子。他做夢也沒有想到過自己會走進這個校園裡來。

高秉涵叫了一聲張叔，站在門口停下了。

前邊就是建國中學的兩層紅色教學樓，典型的日式建築，有一種讓高秉涵感到陌生和不可親近的高傲感。

張縣長回過頭：「走啊，我帶你去找建國中學的劉澤民主任，他是咱們菏澤人。」

高秉涵忐忑地跟著張叔繼續往前走。

在紅樓後邊的一座木質的二層紅樓裡，張縣長找到了在二樓辦公的劉主任。一見劉主任，張縣長就把高秉涵推到了他的跟前，介紹說：「這是宋紹唐的外孫，一個人在台灣。」

一聽宋紹唐這個名字，劉主任的眼神一亮。

身材高大魁梧的劉主任聲音洪亮地問：「你父親是不是叫高金錫？你母親叫宋書玉？」

高秉涵點了點頭。

劉主任的臉上立刻綻出了笑容，他說：「孩子，咱倆可是地道的老鄉。你家是高莊對吧？我家就在你們高莊西邊五里地外的劉屯。」

劉屯高秉涵跟母親去過，村子的輪廓馬上就在腦海裡勾勒出來：「村東頭有一棵歪脖子大槐樹，樹下邊有一口井，井邊上有一個很大的大石槽。」

「對了，我小的時候經常和小朋友們一起在那個石槽裡洗澡。大人們說那水是供飲用的，我娘經常拿著棍子追得我到處跑。」

「想不到大名鼎鼎的劉校長還有這種經歷。」一邊的張縣長笑著說。在劉主任的感染下，神色抑鬱的張縣長似乎開朗多了。

聽到張縣長稱呼他校長，劉主任的神色馬上陰沉下來：「老同學，要說在濟南當聯合中學校長那會，我對國民黨那可是忠心耿耿，想不到到頭來還是照樣被懷疑為共黨間諜。你進去一回，我進去兩回。老蔣也太不仗義了！」

劉主任的一席話，觸及了張縣長的痛處，他說：「我還不也是一樣？為老蔣賣了半輩子命，把共產黨得罪得透透的，到現在卻連個混飯吃的地方都沒有。你雖說進去了兩回，但出來後好歹還給你安排了個事做，我在裡邊落下一身病，現在天天悶在家裡，都快鬱悶死了。」

劉主任長嘆一聲，摸了摸硬茬茬的頭髮：「嘿，跟著國民政府這麼多年，想想都寒心！」

張縣長忽然警覺地走到門口向外看了看，見沒人，忙回頭叮囑劉主任：「小聲點，聽說現在有專門吃告密這碗飯的。」

這些話高秉涵都似懂非懂的。他一直正襟危坐，彬彬有禮地看著兩位長者。

張縣長看了一眼高秉涵，笑說：「正事都快忘了，我今天帶秉涵來可是有事求你。」

「都是鄉親，儘管說。」劉主任揮一揮手。

「是這樣，秉涵是我那口子的學生，小學畢業考上了初中還沒來得及進校門就來了台灣。他眼下在火車站做小販，你說這麼小的孩子不上學將來可怎麼辦？我那口子知道了情況就纏著讓我找你，說是無論如何也要這孩子上學。」

劉主任說：「弟妹的主意是對的，你就放心吧，我會幫這孩子上學的。實話說吧，就是弟妹不這麼說，我也會幫這個忙的。這孩子是宋知府的外孫，我不能不幫這個忙。」

「你也認識秉涵的外公宋紹唐老先生？」張縣長問。

劉主任說：「何止是認識？我爹是宋知府的故交，我打記事起就常跟著我爹去宋隅首做客。當初要不是聽了宋知府的建議，我那土包子的爹是不會讓我上學的。」

張縣長難得地大笑起來：「這可謂是前人栽樹後人乘涼。這樣說來，我也應該感謝宋知府，要不是他老人家當初的提議，我們倆日後也不會成為六中的同學了。」

劉主任也大笑：「俗話說得好，山不轉水轉，想不到到了台灣也轉不出咱菏澤的那個圈。」

張縣長說：「這孩子已經離開學校三年了，不知道能不能跟上趟。」

劉主任說：「就讓秉涵考建國中學的夜間部，這樣並不耽誤他白天去掙錢。我現在負責夜間部，也好有個照應。」

「夜間部？」

「你可不要小看台灣學校的夜間部，上夜間部取得的學歷和日間部取得的學歷是一樣的，畢業後同樣可以考大學找工作。」

「既可以掙錢養活自己又可以上學，這倒是個好主意。」張縣長說。

劉主任扭頭問高秉涵：「秉涵，你有小學畢業證嗎？這裡考初中是很嚴格的，必須有小學畢業證。」

高秉涵窘迫地說：「我的畢業證逃難的路上丟了。」

「沒有畢業證會比較麻煩。你有其他的相關證明嗎？」劉主任問。

高秉涵猛然想起了自己來台灣時身上僅存的那張「菏澤簡易鄉村師範證明書」，就把證明書的事告訴了劉主任。

「有證明書也可以。」劉主任說。

劉主任又說：「不過建國中學可不好考，今年已經來不及了，你回去好好準備功課，爭取明年一次考上。」

張縣長說：「怎麼，還要等到明年？」

劉主任說：「明年能考上就不錯了，建國中學的分數比別的學校要高出一大截。」

張縣長說：「要不就今年考別的好考的中學吧，秉涵的年紀已經不小了。」

一直沒有說話的高秉涵此時說：「不，我還是等到明年考建國中學。」

聽高秉涵這麼說，劉主任很高興，他拍著高秉涵的肩膀：「秉涵有志氣。」

張縣長又說：「書本到哪裡去買？準備功課要有課本呀。」

劉主任說：「書本就不要再買了，就用我兒子的，他已經讀高中了，以前的課本都是現成的。」

張縣長說：「簡直太好了，這樣秉涵就不用再花錢買課本了。」

臨走時，劉主任又叮囑高秉涵，讓他休班的時候去他家，不會的功課可以請教他正在讀高中的兒子劉晉京。

跟著張縣長走出建國中學的大門，高秉涵覺得比剛才進來的時候心情舒暢了許多。不光是在台北又多了一個關心他的人，將來還可以來這所台灣最好的中學讀書。他太高興了。

此時，再回頭看身後的建國中學，高秉涵心裡升騰起一種從沒有過的親切感。

下午，回到火車站，高秉涵又收到了管玉成的來信。不謀而合的是已經換防到台南的管玉成竟然也在準備報考台南一中的夜間部。

把管玉成的來信折起來，高秉涵馬上就給他寫了封回信。信裡，他把要考建國中學夜間部的打算也告訴了管玉成。

把信裝進信封，高秉涵臉上露出了微笑。他已經很久沒有這樣由衷地笑過了。他覺得在他周圍已經形成了一個場，一個由菏澤人組成的場，同樣是菏澤人的他被包圍在這個場裡。

被一種氣息感染著，高秉涵不再像以前那樣感到孤單了。

7

推開大門，厚厚的門板下面的木栓在窩槽裡旋轉著，摩擦出高秉涵熟悉的吱吱音。院子裡的榆樹上掛著一串串的榆樹錢兒，泛著白，透著黃，看上去沉甸甸的，枝葉被墜得半低著頭。微風一吹，榆錢兒一顫一顫的，間或有幾片飄搖著散落下來。有一片落在了高秉涵的手上，他緊攏手指，感到了榆錢那種特有的質感。

這回自己真的回家了。

高秉涵笑起來，拿著建國中學的金紅色錄取通知書向堂屋走去。

「娘，我考上了！」高秉涵衝到門口大聲說。

高秉涵感到自己的心跳得很快，等待著娘從屋裡走出來。

那年，高秉涵考取了菏澤南華第二小學時，也是這樣一路跑著回家向娘報告的。娘當時正在裡屋準備教案，拿著書就笑著迎了出來。

娘沒有出來，娘不在家。

「娘，我考上了！」高秉涵又大聲說。

見還是沒有回音，高秉涵推開門一步跨進屋裡。屋裡沒有人，屋裡很黑。

「娘！娘！娘！」高秉涵不停地大聲呼喊。

「秉涵！秉涵！你又做夢了吧！」

高秉涵慢慢睜開沉重的眼皮，孔伯伯正在旁邊拿著個酒杯看著他。高秉涵掙扎著坐了起來。

上午，高秉涵正在候車室裡叫賣東西，孔伯伯拿著建國中學郵寄來的錄取通知書來找他。孔伯伯搖晃著手裡的大信封，佈滿皺紋的臉上掛滿了菊花般的笑容。

「建國中學的來信，你考上了！」

高秉涵接過信，用顫抖的手把信封拆開。果真是一紙金紅色的錄取通知書。一時間，他激動得說不出話來，把錄取通知書正面看了反面看。

幾個車站的員工也圍過來，笑呵呵地向高秉涵祝賀。

晚上，孔伯伯又把高秉涵帶到了他的小屋裡吃飯。孔伯伯很高興，不停地喝著酒。

「秉涵，上了建中，將來再考上大學，你就不愁找不到好工作。將來身後的姑娘肯定會跟了一大群，隨便你挑。來，你也喝一杯。」

孔伯伯硬把酒杯往高秉涵的嘴邊讓。盛情難卻，高秉涵只好喝了一口。

孔伯伯又說：「千萬不要娶像阿菊那樣的勢力鬼，要睜大了眼睛挑個好媳婦，到時候我去給你當參謀。」

酒很烈，只一口高秉涵就感到頭暈暈乎乎的，歪倒在一邊的床上睡了過去。

第二天高秉涵是晚班，早飯後他就出門把這個喜訊報告給了張縣長和劉主任。

張縣長和李老師夫婦已經不在北投的半山腰住了，他們在靠近市區的地方找了個小屋。知道高秉涵拿到了錄取通知書，夫婦倆高興得合不攏嘴。

離開張縣長和李老師，高秉涵又去告訴劉主任。這一年裡，劉主任的家高秉涵已來過無數次，吃過無數次劉伯母做的飯，更和劉主任的大兒子劉晉京混得很熟。

一進門，還沒等高秉涵開口，劉主任就說：「秉涵，祝賀你！你的分數是前三名！」

離開劉主任家時，劉主任問高秉涵讀書有沒有什麼困難，高秉涵說沒有，語氣很肯定。高秉涵不想再給劉主任增添任何負擔。他自信，憑著自己的努力，一切困難他都能克服。

出了劉主任的家門，高秉涵沒有直接回火車站，而是繞到了一條陌生的街道上。

錄取通知書的背面印著第一學期的學費數目八十元，八十元不是個小數目，他要想辦法在開學之前湊夠這筆錢。

跟著阿毛洗車久了，一些車主就主動把家庭住址告訴給高秉涵，讓他週末上門服務。上門洗車的錢阿毛不抽份子，趕上運氣好時一天竟然能洗三台。洗三台車能掙三塊錢，這對高秉涵來說是筆大收入。掙了錢，他都積攢起來，為的就是繳學費。一年來，高秉涵已經積攢了六十多元，正常情況下到開學應該能湊夠80塊。

這條街道都不是老主顧，高秉涵希望在這裡可以找到一些洗車的活。

看見一個院子門口停著車，高秉涵就上前去敲門。

出來的是一個四十多歲的男人，他看了高秉涵一眼，高秉涵馬上說明來意。那男人臉上現出一絲不耐煩沒有回答就轉身關上門進了屋子。

又敲開一家有汽車人家的院門，出來的是個女的，一聽高秉涵介紹自己是洗車的，也沒等他再說什麼就關上了門。

又敲開幾家的院門，還是沒有找到活。看來今天運氣不好，高秉涵悶悶地在街上站了一會就走開了。

想到中午還沒有吃東西，高秉涵來到一個小吃攤花五毛錢買了張餅，剛咬了一口，斜刺裡衝出來一個頭髮很長的小孩一把將餅搶了過去。高秉涵很生氣，抬腳就追那個男孩。男孩像個老手，跑了幾步就不跑了，站下來一個勁地朝手裡的餅上吐口水。男孩的頭髮很蓬亂，臉上的灰已經覆蓋了他原本的膚色。看著男孩那黑糊糊的小手，高秉涵站住了，他已經不打算要回自己的餅了。

男孩狼吞虎嚥地吃著，吃到一半時忽然不吃了。他從地上撿起一張破紙，把餅包起來。包餅時，男孩又回頭看了一眼高秉涵。這一眼，讓高秉涵認出了眼前這個髒兮兮的男孩竟是朱大傑。

「朱大傑，你是朱大傑？」高秉涵驚訝地走上前去。

聽到有人叫自己的名字，朱大傑愣了。他抬起頭定睛看著眼前的高秉涵，一雙小眼睛閃著亮光。突然，朱大傑露出白白的牙齒衝高秉涵笑了，他也認出了眼前的高秉涵。

「真的是你？」

朱大傑點了點頭。

「你也來了台北？」

朱大傑又點了點頭。

「你知不知道許副團長在哪裡？」

朱大傑這回指了指不遠處的一個破草棚。

高秉涵急忙跑過去。

草棚是一戶人家門前放雜物的破棚子。一個蓬頭垢面的男人，一半身子躺在草棚子裡面，一半身子躺在草棚子外面。旁邊放著個破軍用水杯，水杯裡盛著半杯大米稀飯。男人的眼睛被垂下來的頭髮遮擋著，臉上鬍子拉碴的，根本看不出他的本來面目。

朱大傑走過去把剩下的半張餅塞到男人手裡。男人拿起餅看了半天，放到嘴邊又拿開了。

男人額頭上的頭髮被風吹開了，高秉涵認出是許副團長。

「許叔，許叔！」高秉涵蹲下身子大叫。

許副團長沒有認出高秉涵，只是衝著他傻笑。

「許叔，我是秉涵，高秉涵！」

許副團長還是沒有認出他來，嘴裡嚷著：「小明，你是小明？」

小明是許副團長兒子的名字。登陸那天，高秉涵在碼頭上親眼看到小明已經死了。

這時，一邊院落裡的門打開了，一個看上去很樸實的老婦人從裡面走出來。

「你是他兒子？你可算來了，這人在這裡躺了好幾天了。」

高秉涵搖搖頭，又點點頭。

老婦人又說：「這人病得不輕，癡癡傻傻的，你快送他去醫院吧，再晚怕是保不住性命了。」

許副團長這時已經昏厥過去。朱大傑無助地坐在他旁邊。

高秉涵把許副團長拉起來，說：「走，現在就去醫院。」

高秉涵和朱大傑一起把許副團長攙到附近的一家醫院裡，醫生說許副團長是虛脫，必須馬上住院打點滴。醫生要高秉涵繳錢，高秉涵指著許副團長說他是副團長。醫生一聽這話就皺起了眉頭：「怎麼又是個大兵？這些大兵來看病從來都不拿錢，你還是先把錢拿來之後再打點滴吧。」

見沒有商量的餘地，高秉涵先回火車站拿存摺取錢。高秉涵從銀行裡取了六十元，戶頭上就剩下了個零頭。

繳了錢，醫生下醫囑給許副團長輸上了液。到了下午六點多，許副團長醒了。他很無力的樣子，看著高秉涵張了張嘴沒有說話。

醫生來病房測了血壓和脈搏，說病人已經沒有生命危險。

眼看就到了接班時間，高秉涵把許副團長交代給朱大傑，告訴他等明早下了班他再過來。

整整一個晚上，高秉涵都是在忐忑中度過的。

他想等有了時間，一定要寫信把找到許副團長的消息告訴給二八五師的那些朋友，特別是要告訴榮團長。

第二天下了班，高秉涵就去了醫院。一進病房，他呆住了，許副團長的床上已經空了。朱大傑也不見了，屋子裡空蕩蕩的。

一種不祥的預感襲上來。他急忙走到護士站裡去打問。

護士說：「你是說那個瘋子吧，他半夜跑了！」

「瘋子？我說的是二十一床的那個病人。」

護士又說：「你們家屬也真是，病人有精神病你們幹嗎要隱瞞？這下好了，病人夜裡爬起來自己跑了。」

「精神病？」高秉涵這才聯想到昨天見到許副團長時的種種跡象。

高秉涵跑出去找，找了幾條大街也沒有找到。

想到醫院裡還押著六十塊錢的押金，高秉涵就回去結帳。到了護士站一問，高秉涵大吃一驚。

護士說：「那個小黑孩出去找病人沒找著，剛才他回來已經把帳結了。」

「結了？剩下的錢呢？」

「剩了五十多塊，他都拿走了。」

高秉涵僵在那裡。

接下來的一個多月裡，為了攢足八十塊錢學費，高秉涵吃盡了苦頭。除了值班和睡覺，一有空他就跑出去打零工。除了洗車，高秉涵還去擦窗戶，給地板打蠟。只要雇主需要，他什麼都做。活不好找，有時候一連敲幾十家的門也找不到一個活。這期間，他幾乎轉遍了台北的大街小巷。為了掙更多的錢，他晚上值了班白天還要出去打零工，幾次累暈在雇主家裡。

孔伯伯成天看不到高秉涵的人影，就以為他出去玩了，問他都去了哪些地方？高秉涵沒有把自己的苦衷告訴孔伯伯，含混地說他是和老鄉一起玩了。

他不想讓孔伯伯替他操心。

第二天就要開學了，高秉涵的學費還差十幾塊。這天一大早他就出去打零工，一天下來好不容易又掙了三塊。扳著手指頭算了又算，還差十三塊。累散了架的高秉涵躺在大通鋪上看著天花板發呆。

高秉涵是晚班，躺了半個多小時就爬起來接班。候車室裡的各色人等在滿腹心事的高秉涵面前變得模糊而遙遠。

一個穿著黑色夾克的男人來高秉涵跟前買盒飯。男人的樣子很疲憊，腰上的錢包隱隱地鼓脹著。男人買了飯，剛要轉身離去，就大叫著說錢包被偷了。高秉涵定睛一看，男人腰上的錢包果然不見了，眼睛的餘光同時看見一個熟悉的身影泥鰍般在人群中越滑越遠。稍一遲疑，高秉涵就向那泥鰍般的人影追去。最近，候車室裡的乘客不時有人被盜，有乘客竟然懷疑是小販所為，搞得小販們人人自危。轉過一個牆角，又轉過一個牆角，在候車室外邊的廁所一側，一個小小的背影出現在高秉涵眼前。那背影令高秉涵心跳，他悄悄地靠過去。

長長的髒亂的頭髮，細細的脖子，黑漆漆的小手。高秉涵的心跳更加劇烈。

竟然真的是朱大傑。

朱大傑已經把錢包裡的錢拿了出來，正把空錢包往垃圾桶裡丟。

一聽到身後有動靜，錢包還沒落進垃圾桶，朱大傑就邁開步子逃竄。高秉涵一把抓住他的後衣領，把他拎了回來。

朱大傑的小眼睛裡放著困獸般的光，回頭一看是高秉涵，先是愣了一下，之後就咧開嘴巴笑了。

「秉涵哥，這裡有好幾百呢，往後咱就不愁吃穿了。」

「把錢給我！」高秉涵說。

朱大傑拿著厚厚的一疊錢不肯鬆手：「秉涵哥，那五十多塊我會一分不少地還給你。」

「許副團長呢？」高秉涵問。

「許叔死了。」

高秉涵心裡咯噔一下，他看著朱大傑：「你撒謊。」

朱大傑說：「許叔真的死了，跳海淹死了，我親眼看到的。秉涵哥，許叔不管我了，你也不管我。」

說著朱大傑的小眼睛裡流出了幾滴淚水。

高秉涵心裡不是滋味，手下不知不覺鬆了勁。

朱大傑轉動著眼珠子又說：「秉涵哥，你看這樣好不好？還完了你的錢，剩下的咱倆再平分？」

「你這是偷來的錢，必須還給人家。」高秉涵說。

朱大傑又哭了，邊哭邊使勁掙脫。高秉涵也緊抓著他不放，兩個人扭成一團。

他們正撕扯時，候車室裡衝出來一夥人，那個丟錢的男人跑在最前面。一看情形不妙，朱大傑扔了錢撒腿就跑。

錢一分不少地又回到那個男人手裡，男人拉著高秉涵的手一個勁地表示感謝。男人說錢是幾個親戚湊起來做生意的，要是這些錢找不回來，他就沒臉回家了。男人說這些話時，長長的眉毛激動得不停顫抖。

有幾個人跑去追趕朱大傑，高秉涵內心複雜。他既希望朱大傑被抓到，又擔心他真的被抓到。

那男人抽出一張五十元的票子往高秉涵手裡塞，高秉涵拒絕了。

追趕朱大傑的人陸陸續續地回來了。

沒有抓到朱大傑，高秉涵心裡一塊石頭落了地。

下了夜班，高秉涵回到宿舍，一封管玉成的信靜靜地躺在鋪上。

管玉成考取了台南一中夜間部的高中部。

高秉涵趴在鋪上給管玉成寫回信。派克筆在幽幽的燈光中閃著亮晶晶的光芒。靜靜的深夜裡，派克筆的筆桿溫潤著高秉涵的手指。

一個起來小解的同伴看見高秉涵還趴在鋪上寫東西，矇矓著眼看了他半天，之後把眼神定在了他手裡的派克筆上。

同伴說：「高秉涵，你這筆像個夜明燈，挺值錢的吧？」

高秉涵停下來，看著自己手裡的派克筆。突然，一個閃念掠過心頭，他知道學費該怎麼解決了。

第二天上午，高秉涵來到火車站後街的華陰街。當「當鋪」二字出現在眼前時，他停下了腳步。母親送他派克筆時說過的話又迴盪在耳邊：「不管到了什麼地方，都要好好讀書。」

最後又看了一眼手中的派克筆，高秉涵向當鋪走去。

跨進當鋪的瞬間，高秉涵覺得自己的心撕扯著疼了一下。

8

教室裡很靜，面容清瘦的班主任黨老師帶領幾個前排的同學在統計選票。

坐在最後一排的高秉涵看著教室和這些還叫不上名字的新同學，心裡別有一番滋味。時隔四年，小學畢業的他終於升入初中。四年前，他十二歲，是班上的老末，四年後，十六歲的他成了班上的老大哥。

班上的同學大都十三四歲，因為沒有考上建國中學的日間部，才退而求其次來讀夜間部。他們只有一個任務，那就是讀書。白天休息，晚上讀書。

高秉涵的情況和他們正好相反，以他的分數，上日間部綽綽有餘，但為了生存他只能白天上班，晚上讀書。

四年的斷檔，四年的非常經歷，十六歲的高秉涵覺得自己在這些單純的小同學面前顯得十分滄桑。旁邊的兩個同學趁老師不注意在打鬧著玩。想起自己的處境，高秉涵的心裡升騰起一種無奈和沉重。夜間部的上課時間是下午五點到晚上九點。本來今晚高秉涵是晚班，為了來上學臨時和別人換了個班。火車站小販是三班倒，平均三天一個夜班。高秉涵知道長此以往也不是個法子，但要是辭去小販的工作，光靠打零工掙的那點錢，根本無法養活自己，更不用說還要繳學費了。

曠課不好，曠工不行。高秉涵正愁眉不展著，一陣熱烈的掌聲響了起來。

只聽黨老師說：「現在我們來公布大家選舉產生的班幹部名單。」

又是一陣熱烈的掌聲。

黨老師扶了扶眼鏡，接著公布：「班長，由高秉涵同學擔任，請大家鼓掌！」

在大家的掌聲中，高秉涵站了起來。

又有一些擔任班幹部的同學相繼站了起來，他們在大家的掌聲中走到前邊發表一句話的當選感言。

高秉涵第一個發言，他說：「在座的同學都比我小，我一定要當好大家的老大哥！」

班幹部發表完當選感言，黨老師又給大家講了一些獎懲制度。講到獎學金制度時，黨老師說學校規定每學期都有一些成績優異的同學可以免繳學費，但每個班只限一個名額。

一個班一個名額，也就是說必須是班上的第一名。聽到這裡，高秉涵給自己訂了個目標，要做班上的第一名。與其說是為了榮譽，不如說是為了減免學費。

放學了。由於是第一天開學，學校門口擠了不少家長等著接自家的孩子。看到那些充滿關切眼神的家長，高秉涵心裡湧上一陣酸楚。

突然，高秉涵聽到身後有人叫他，轉過身一看，站在眼前的是劉澤民主任的兒子劉晉京。劉晉京手裡抱著一疊書。

「秉涵，這是我讀初一時的教科書，我爸讓我送給你，這樣你就不用再買新課本了。就差一本地理，你可以到牯嶺街的舊書攤上補齊。」

高秉涵接過那些書，感動得說不出話來。

這時，高秉涵看到劉主任正向他走來。劉主任說：「秉涵，一定要珍惜這得來不易的學習機會。」

高秉涵眼裡閃爍著淚花，使勁點了點頭。

「如果有什麼困難，就說，不要把我當外人。」

高秉涵又點了點頭，給劉主任深深地鞠了一躬。高秉涵不想把自己經濟上的拮据和時間上的錯位告訴劉主任。劉主任已經幫了他很多，他不想再給他添麻煩。

告別劉氏父子，高秉涵一個人走出校門。夜已經深了，同學早已經散去，四周冷清清的，只有不多的幾個人還站在不遠處的公車站等車。

建國中學距火車站有好幾站地，靠近車站時，高秉涵看見正好有一輛去火車站的公車正在減速進站。高秉涵本能地向汽車跟前跑了幾步，司機見他要上車，就停下車來打開車門等他。來到車門跟前，高秉涵猶豫了一下卻沒有上去。他不捨得花那一毛錢的車票錢。司機感到自己被戲弄了，罵了一句髒話關上車門駕車呼嘯而去。

旁邊的幾個等車的人也用奇怪的眼神看著他，高秉涵雙頰一陣發燙，抱著書低著頭向前走去。

高秉涵來台灣快三個年頭了，每當一人獨處，總是有一種深深的孤獨感莫名襲來。在這個靜靜的夜裡，看著街道兩邊清冷的攤點，他的這種感覺尤為強烈。下午出門時沒吃東西，肚子早就咕咕叫了，路過一個肉燒餅舖，高秉涵故意加快步子走了過去。他不能隨意花錢，獎學金他只能盡量去爭取，能不能拿到還不好說，所以從現在開始他就要積攢下學期的學費。

拐過街角，肉燒餅的味道終於淡了許多。突然，從後面奔跑過來一個人，一下撞在了高秉涵身上。書撒了一地，高秉涵也被撞倒在地。那人瘋了一般猛跑，後面有人大叫著追上來。

揉搓著麻木疼痛的雙手，高秉涵回頭看了一眼把他撞倒的那個人。瘦小的身影，蓬亂的頭髮，高秉涵的心頓時緊縮起來。他來不及多想，趕緊從地上爬起來撿起書走了過去。

後面追上的幾個人已經把那人按倒在地。一個人從趴在地上的那人手上搶過一串已經變了形的香蕉，狠狠地踢了那人一腳。

「天天來我的攤上偷東西，這已經是第三次了。」說著又給了地上那人一腳。

那人趴在地上不肯起來，旁邊的巡警硬是把他從地上拎了起來。

果然是朱大傑，高秉涵愣了。

「怎麼又是你？」巡警也很驚訝。

「我餓。」朱大傑可憐巴巴地回答。

被偷了香蕉的攤主惡狠狠地說：「餓就偷人東西嗎？員警，像這樣的小地痞你們不抓起來還等什麼？」

巡警說：「你問他自己，都抓進去幾次了？每次關幾天就放出來，他倒是巴不得天天在裡邊，有吃有喝還有地方住，但裡面哪裡擱得下？殺人發火的都沒地方關，何況是他這樣的小偷小摸？」

攤主說：「那也不能讓他天天這樣到處偷。」

巡警說：「他是跟著軍隊從大陸來的，就一個人，很可憐，饒了他算了。」

攤主更生氣：「原來是個『小芋仔』，我們台灣這幾年窮就窮在了這些大兵身上了。物價飛漲，日子一天不如一天。這些該死的大陸兵！」

說著，攤主又去踢朱大傑。朱大傑抱頭躲閃著。躲來躲去，朱大傑又撞在了高秉涵身上。認出眼前的人是高秉涵，朱大傑一下哭起來。

「秉涵哥！」

攤主一聽高秉涵是小偷的哥哥，又聒噪起來：「怎麼，你是他哥哥？你就教育出這樣的弟弟嗎？到處偷人家的東西！」

身穿建國中學校服的高秉涵抱著書本走到攤主跟前，向他深深地鞠了一個躬：「大叔，我弟年幼無知，一時糊塗，你就原諒他這一次吧，以後我一定好好管教他。」

攤主和巡警看到高秉涵都很吃驚。攤主說：「你真是他哥哥？親哥？那怎麼你是建國中學的學生，他是個小痞子？」

高秉涵說：「他姓朱，我姓高，我雖然不是他的親哥哥，但我們是一起來台灣的。他是一個人，我也是一個人，並無大人陪伴，所以請各位多多包涵。」

聽高秉涵這麼一說，攤主一時也動了惻隱之心，又罵了朱大傑幾句，拎著那串變了形的香蕉走了。走了幾步，他突然又折回來，來到朱大傑跟前，把那串香蕉硬塞進朱大傑懷裡。

「你看你把我的香蕉都摔成了什麼樣子？還怎麼能賣出去？」

朱大傑不知道攤主又要怎麼懲治他，不敢接香蕉。

「反正已經賣不出去了，還不快拿著？」攤主又把香蕉往朱大傑懷裡塞。

巡警反應過來，說：「這位大叔是想把香蕉送給你，快接著吧！」

朱大傑戰戰兢兢地接了香蕉。

「謝謝大叔。」高秉涵說。

朱大傑也隨著高秉涵說了聲謝謝。

巡警又把朱大傑教訓了一頓，告訴他如果再偷別人的東西就把他扔到海裡去。朱大傑抱著香蕉，眨巴著小眼睛不說話。

教訓一頓之後，巡警把朱大傑交給了高秉涵，兀自一個人拎著警棍走了。巡警剛一走遠，朱大傑立刻活了過來，他飛快地剝著香蕉皮，一連吃了兩個才抬起頭來眨巴著放光的小眼睛看著高秉涵：「秉涵哥，你上學了？」

高秉涵還板著臉：「你怎麼就是改不了呢？」

朱大傑忙把剩下的兩個香蕉往高秉涵手裡塞：「秉涵哥，你吃！」

高秉涵沒有接香蕉，又追問：「你說，你怎麼就是改不了？」

朱大傑半天不說話，小眼睛裡的光芒也暗淡下去。

「這樣下去，早晚會坐牢的。要是案子重，說不定還會被殺頭。」

朱大傑眼睛裡的光更加暗淡。過了半天，他慢吞吞地說：「秉涵哥，都是因為我太餓了，昨天沒吃東西，今天也沒有吃東西。」

「餓也不能去偷！可以打零工掙錢買東西吃！」

「我去找了，人家都不要我。」

高秉涵上下打量了一眼朱大傑：「就你這個樣子，是沒有人要你。」

朱大傑低著頭不說話。

肉餅的香味從牆角那邊拐著彎地繞過來，朱大傑乾瘦的小手撕扯著自己的衣襟。他的鼻子一吸一吸的，像要盡量多呼吸一些肉餅的香味。

「跟我來。」高秉涵拉著朱大傑就走。

來到肉餅舖前，高秉涵要了兩個肉餅，遞給朱大傑。朱大傑眼裡放著光，嘴巴高興地咧開來。等高秉涵繳完錢，朱大傑把手裡的一個燒餅遞給他。

高秉涵把燒餅推開，說：「都是給你的，我已經吃過飯了。」

朱大傑更加高興，兩手捧著肉餅邊走邊吃，滿臉的肌肉也隨之活泛起來。

朱大傑吃完了，高秉涵把他拉到一個無人的路燈下面。剛吃了肉餅，朱大傑打了個飽嗝，小眼睛亮亮的，現出一種知足的神態來。

「你晚上在哪裡住？」高秉涵問。

朱大傑對這個問題很茫然，他看著高秉涵，愣了一會說：「哪都行，你走吧秉涵哥，我也睏了。」

高秉涵猜測朱大傑八成是和他剛來台北時一樣，並沒有一個固定的住所。沒有住的地方，又沒有收入，明天餓急了一定還會去接著偷。高秉涵突然想到有個當小販的同伴前幾天不幹了，他猶豫著要不要找孔伯伯把朱大傑介紹去補這個缺。

幾次見到朱大傑，他不是偷就是搶，要是去了火車站，他接著偷怎麼辦？到時候他和孔伯伯都會受牽連。

高秉涵很猶豫。

走到一家店舖門口，朱大傑在光溜溜的台階旁停下：「秉涵哥，我就在這裡睡了，你走吧。」說著，朱大傑像小鹿一樣快樂地奔上台階。

朱大傑在台階上躺下去，又快樂地打了個飽嗝。

「秉涵哥，明天你還從這裡路過嗎？到時候我在這裡等你。」

高秉涵不說話，看著躺在地上的朱大傑。

「秉涵哥，上學好玩嗎？」

「怎麼，你也想上學？」

「我才不想上呢，關在屋子裡不讓出來多難受？在菏澤時，劉叔送我去上學，我上了半天就跑回來了。」

「就想去偷？」高秉涵有些不耐煩。

「只要有吃的，我就不去偷了，讓人抓到了還得挨打。秉涵哥，你能天天給我買兩個肉餅吃嗎？」

高秉涵說：「想的倒好，起來！快起來！」

朱大傑不知道高秉涵要做什麼，勉強從地上爬起來。

高秉涵又猶豫了。

朱大傑又要躺下去。高秉涵說：「你肯去火車站和我一起做小販嗎？」

「做小販？我？」朱大傑臉上顯出驚訝的樣子。

「怎麼，你不肯去？」

朱大傑的眼神暗淡著：「他們不會要我的。」

「跟我走。」高秉涵拉著朱大傑就走。

高秉涵把朱大傑帶到了紹興北街。一走近孔伯伯的門口，屋裡就傳過來一陣孔伯伯的咳嗽聲。遲疑了一下，高秉涵上前敲門。

高秉涵把朱大傑的情況對孔伯伯說了，孔伯伯只看了一眼朱大傑，就啞著嗓子吼：「看你這個髒樣子，還不快進澡池子泡個澡，要不然誰肯要你？」

「我現在就帶他去泡澡。」高秉涵拉著朱大傑就走。

「把頭也給我剃了。」孔伯伯在後邊嚷。

9

高秉涵是在朱大傑當上小販四個月後離開火車站小販這個崗位的。這一切都緣於他給管玉成寫的一封信。雖然和管玉成不住在同一個城市，但共同的求學經歷卻使他們倆的交往十分密切。高秉涵把管玉成當成自己的榜樣和大哥，遇到什麼困難都對他說。

上學幾個月來，最讓高秉涵頭疼的事情有兩件，一是錢不夠花，二是時間緊張。

由於要完成作業，出去打零工的時間少了，所以進項也就大不如從前。進項少了，花錢的地方卻多了。不要說學校裡這樣那樣的繳費了，光是一頓晚飯，就耗掉高秉涵許多積蓄。每天晚上四節課，一般是兩節課之後的七點鐘在學校裡吃一頓飯，同學們吃的都是自己帶的便當，每個同學的便當盒不一樣，裡面的內容也不一樣。很多同學的便當盒是父母體現愛心的一個表現，裡面裝著這樣那樣的美味。高秉涵的便當盒卻從來都是千篇一律，三兩米飯，兩根蘿蔔條。三兩米飯兩根蘿蔔條是他從火車站的職工食堂裡買的。職工去職工食堂就餐是免費的，但卻不允許帶出去，因此高秉涵只有買了帶到學校吃。

就是這三兩米飯兩根蘿蔔條，一個月下來也要用去高秉涵好幾塊錢。每每吃飯的時候，高秉涵就躲在教室的一角。他不願意讓別人看到便當盒裡那點寒酸的食物。時間久了，同學們還是都知道了高秉涵的情況，他們把魚塊肉塊往高秉涵的便當盒裡塞。每到這時，高秉涵既心存感動又羞於接受。

最讓高秉涵頭疼的還是時間問題。老是和別人換班，到後來連他自己都羞於啟齒了。高秉涵在信裡把自己的這一苦衷告訴了管玉成。管玉成回信說有辦法，說他會在寒假來台北一趟，帶他去找一個人。

期末考試成績出來了，高秉涵如願成為班裡的第一名。知道成績的那天他簡直快高興瘋了。放學時，劉主任也來向他表示祝賀。

好事一件連著一件。放寒假的第二天，管玉成從台南趕到台北。管玉成也獲得了下學期的獎學金，兩人心頭都很輕鬆。管玉成一邊在台南的一個部隊裡服役，一邊讀夜間部，經濟上比高秉涵要寬鬆一些。他請高秉涵去士林小吃街吃了頓大餡餃子，同時還邀請了孔伯伯和朱大傑。朱大傑一看到香噴噴的餃子，頓時高興得咧開了嘴。

「玉成哥，你不要回台南了吧，就在這裡住下來，天天請我吃餃子。」

大家都笑起來。

孔伯伯說：「大傑啊，你什麼時候能把這個『吃』字忘掉就好了。」

高秉涵打趣說：「民以食為天，大傑把這句話記得最牢！」

當上小販後，朱大傑倒是不偷不搶了，但身上的毛病卻養了一大堆。最突出的一點就是貪吃，掙了錢什麼也不幹，全都吃了。拿到了頭一個月的工錢，他竟然一次買了十多個肉餅回來，壓在枕頭底下晚上睡一覺起來吃一個。除了貪吃，他還跟孔伯伯學會了喝酒，一開始是孔伯伯勸他喝才勉強喝一點，到後來他就主動要著喝，再後來動不動他就拎著個酒瓶主動去敲孔伯伯的門。孔伯伯想有個酒伴，可看著年紀輕輕的朱大傑這樣無度，也替他著急。他勸過朱大傑學高秉涵去讀夜校，也勸過他趁著年輕去學門手藝，但朱大傑統統聽不進。

這會，孔伯伯又說：「大傑，你要向這兩個哥哥學習。他們一個是高中生，一個是初中生，將來肯定會有大出息的！」

已經胖了不少的朱大傑眼睛顯得更小了。他拍拍鼓鼓的肚子，瞇著小眼笑瞇瞇地說：「孔伯伯，你就別勸我了，我不是讀書那塊料。」

「你這樣，將來肯定會後悔的。」孔伯伯說。

朱大傑說：「只要有飯吃，我才不後悔！」

回到宿舍裡，坐在鋪上，高秉涵問管玉成明天要帶他去找誰。

管玉成還是話很少，化繁就簡地說：「你就不用管了，明早帶你去一個叫北投的地方。」

北投？高秉涵想起了曾經住在北投半山腰的張縣長夫婦，可他們早就搬到市裡來了，前些天高秉涵去看過他們，張縣長和李老師都在一所中學裡找到了差事，日子比先前好了許多。

「去北投找誰？」高秉涵忍不住問。

「去了就知道了。」管玉成說。

高秉涵突然笑了，說：「管哥，我覺得你就像台機器。」

「機器？」

「做事有板有眼，一是一，二是二，多一句話也不想說，不是機器是什麼？」

管玉成突然明白過來：「你這傢伙，諷刺我。」

「我可不敢諷刺你。」

「好了不說了，快睡吧。」

真躺下了，卻睡不著。一邊的朱大傑早已沉入夢鄉。

「問你個事？」管玉成問。

「你這機器還有事問我？什麼事？」

「你那繩子還在嗎？」

「繩子？」

「對，就是我幫你撿到的那根繩子。」

「在。」高秉涵說。

這一年多時間，高秉涵既忙生計又忙學習，幾乎把那根繩子忘記了。

「在哪兒？我想看看。」管玉成問。

高秉涵從鋪上坐起來，彎腰從床底下拉出一個藤編的破箱子。箱子是高秉涵從垃圾堆裡撿的，用來裝一些個人雜物。高秉涵打開箱子，把那根繩子拿出來。

在箱子裡悶了這麼久，繩子似乎比以前柔軟了許多，摸上去軟乎乎的。看著繩子，高秉涵又想起了自己的父親和母親，心情難以平靜。

管玉成把繩子拿過去，在鋪上一圈一圈盤起來。繩子被盤成了一個圓圈，像條靜臥著的睡眠中的蛇。

「能告訴我這繩子的故事嗎？」管玉成第一次主動扯起一個話題。

往事一齊湧上來，高秉涵一件一件說給管玉成聽。從父親的身世說到父親不清不楚的冤死，又從母親的痛不欲生說到臨行時的叮囑。這根捆綁過父親的血繩引領著他把令人揪心的家事回想了一遍。

高秉涵看著鋪上盤著的那根繩子久久不能平靜。他說：「管哥，將來我回去後一定要找到殺害我父親的兇手，替我父親報仇！」

管玉成把繩子拿起來，用手指反覆摩挲著。過了半天，他說：「秉涵，你知道看到這根繩子我會想起什麼嗎？」

「什麼？」高秉涵看著管玉成。

「想起我家的酒坊，和我家院子裡的那些酒罈子。」

「酒坊？酒罈子？」高秉涵很是不解。

高秉涵知道管玉成家是開酒坊的，他以前去過管家的酒坊。酒坊裡到處彌漫著一股香香的酒糟味。管家的酒坊是菏澤城裡最大的酒坊，管玉成的父親樂善好施，又擅長結交朋友以酒會友，在菏澤一帶頗有名望。

「酒釀好了裝進罈子，就會用繩子捆起來，一個一個地排在後院的牆角裡，捆罈子用的就是這種繩子。如果有人來買酒，就會拎著罈子蓋上捆成十字花的繩結把罈子提起來。捆繩子是有技巧的，罈子底和罈子蓋上的十字花要在正中間才行，那樣拎起來才能保持罈子不歪酒不灑。有一次，我爹讓我幫他捆繩子。剛開始捆了幾個還算認真，後來累了我捆得就又鬆又不規矩。正趕上一個人來買酒，上去一拎酒罈子就歪了，酒也灑了，一院子的酒味。我爹罵我，那買酒的卻大笑起來，一個勁地說好酒好酒真是好酒！」

高秉涵聽得入神，似乎自己又到了管家的後院。

「真想聽到我爹罵我的聲音。」管玉成突然說。

高秉涵說：「我也想我娘。」

「不知什麼時候才能回去，真是想家啊！」管玉成說。他不停地用手摩挲著那根繩子，彷彿那繩子可以讓他嗅到故鄉的氣息。

坐火車去北投只需大半個小時。到了北投一出站，管玉成就打聽政工幹校的地址。高秉涵索性不再多問，只顧跟著管玉成走。政工幹校座落在山腳下的復興崗，遠遠看過去很是清幽。

到了大門口，管玉成掏出士兵證，說是去衛生所會個老鄉，哨兵登記後放了行。

進到院子裡，就聞到一股濃濃的腐臭味。房屋的樣子也都十分古怪，是一排一排的木屋，屋前豎著大大的木頭廊柱。每一根廊柱都斑駁陸離，像被什麼東西啃過。

兩個人一路打聽著去了衛生所。一進門，高秉涵就在醫生值班室裡看到了一張熟悉的面孔。

「姬醫官！」高秉涵驚喜地走過去。

原來管玉成帶他找的人是姬尚佑醫官。

管玉成說：「姬醫官，這就是我給你介紹來的衛生員。」

姬醫官看了一眼高秉涵，馬上認出了他：「小高，是你呀？」

高秉涵有點發呆，管玉成這才把事情的原委告訴他。

原來，姬醫官最近和台南的幾個五四一團的老相識聯繫上了。通信中，透露他這裡有個二等兵的衛生員空缺，管玉成一知道這個消息後立刻就想到了高秉涵。政工幹校衛生所的衛生員是常白班，下午下班比較早，正好適合高秉涵晚上出去上學。

姬醫官向他們介紹了衛生所的情況，又帶著高秉涵和管玉成圍著政工幹校轉了一圈。姬醫官介紹說，政工幹校以前是日本人廢棄的賽馬場，相當一部分房屋都是馬廄改造而成。

說起那段逃亡經歷，姬醫官的神情一下變得黯然。自從兒子死了之後，他就再也沒有見到過妻子。姬醫官至今還是一個人。

來到一個櫥窗前，裡面貼著蔣中正的照片。姬醫官說那是年初一月六日政工幹校第一期學生開學典禮時的照片。高秉涵看著櫥窗裡的蔣中正發呆。櫥窗裡的蔣總統正站在台上慷慨激昂，高秉涵想像不出蔣總統在這樣的場合會說些什麼。

三天後，高秉涵的身分正式由火車站的小販變成了政工幹校衛生所的衛生員。一個多月以後，他已經成為一個業務熟練的衛生員，扎針、打點滴，樣樣精通。

高秉涵白天是軍營裡的兵，晚上是建國中學的學生。一會穿兵服，一會著學裝，北投火車站的女檢票員們搞不清高秉涵到底是幹什麼的，每次遇到他都會用探究的眼神打量他。

10

領到第一個月的薪水，高秉涵躲在宿舍裡算了一筆帳。

每個月的薪水是九塊錢，比做小販時少了好幾塊。北投距台北有二十多公里，天天去上學憑空又多出來一筆交通費。零買票不划算，一張火車的月票卡就要花掉六塊錢，薪水只剩下三塊。人在北投，當兵的平時又不能隨便出去，只能利用星期天出去做零工。做零工的時間少了，掙的錢自然也就不如以前多。算來算去，一個月的錢所剩無幾，應付各項開支難免會捉襟見肘。

高秉涵的校服已經又小又破，本來他打算再買一套，現在看來這個計畫近期無法實現。入學以後，別人都是兩套校服，高秉涵只買了一套，髒了就星期天洗洗，到了下周接著穿。要是趕上天不好，衣服乾不了，他就只有穿著濕衣服去上學。

當然，來政工幹校也不是沒有好處，除了解決了時間衝突問題，上學帶的便當也不用再花錢買。午飯時對炊事班長說一聲，可以在食堂裡隨便裝點。雖說沒什麼好吃的，但白米飯和大白菜從來都是不缺的。

權衡利弊，高秉涵對眼下的生活很知足。

門被突然推開，和高秉涵住一個屋子的衛生員王二金拎著一兜剛買的橘子回來了。看見高秉涵拿著錢愣神，王二金一撇嘴，嘲諷地說：「又算帳？」

高秉涵似是而非地點了點頭，把錢收起來。

王二金把橘子往床鋪上一扔，拿起一個扒開了邊吃邊說：「放著好好的日子不過，上的哪門子學呀？」

就這個問題，高秉涵已經不想再和王二金爭論，他把校服放進臉盆，端著去了洗漱室。

不知是怎麼了，王二金就是看不慣高秉涵去讀書，整天找茬，不是到所長那裡去告他的狀，就是把一大堆活都推給他。注射室裡只有他們兩個衛生員，高秉涵不想和王二金鬧得太僵，可好幾次都到了忍無可忍的地步。即便這樣，高秉涵也還是一忍再忍，不想和他撕破臉。

一次，教育長王升上校因感冒發燒來衛生所打點滴，正趕上高秉涵在注射室裡當班。王教育長覺得高秉涵的靜脈針扎得又穩又準還不疼，就當場表揚了他幾句。王二金知道後不舒服，到處說高秉涵拍馬屁，臭顯擺。當王教育長再來打點滴時，高秉涵就趕緊躲進了別的屋子不出來。王二金親自給王教育長扎針，也許是由於太緊張，竟然三次都沒有扎上。

王教育長捂著被扎了三針的胳膊，操著江西口音說：「還是叫小高來給我扎吧。」

王二金拉著臉，不得不去叫來了高秉涵。

高秉涵又是一針見血。王教育長對這個面目清秀的小衛生員更是讚不絕口。扎上了針，王教育長就和高秉涵閒聊起來。怕旁邊的王二金有感覺，高秉涵不敢多說一句話，王教育長問一句，他就答一句。

聊著聊著，王教育長偏偏問到了王二金的心痛處。

「小高，有沒有出去讀書？」

高秉涵看了一眼旁邊的王二金，說實話王二金會不高興，不說實話撒謊又不是他的習慣。他遲疑著不肯回答。

這時，正好姬醫官進來了，他替高秉涵回答了。

「秉涵考取了建國中學的夜間部，正在讀初中一年級，上個學期考了班裡的第一名。」

王教育長笑著說：「那好啊，年輕人就是要多讀書，多讀書將來才能有大作為！」

一邊的王二金再也聽不下去，端著治療盤快步走了出去。

從那以後，王二金處處和高秉涵過不去。每天下午下了班，無事可做的王二金早早地就把覺睡足了。高秉涵晚上十點多放學回來剛要躺下睡覺，王二金總會弄出這樣那樣的動靜來。

對這一切，高秉涵總是一忍再忍。他記得母親曾經說過一句話，「拿在手裡的石頭不要輕易扔向任何一個人，任何一塊石頭一旦扔出去就再也別想收回來。」

高秉涵剛進到洗漱室，王二金也拿著個臉盆跟進來。他吹著口哨，在一邊洗一條毛巾。

突然，正在洗校服的高秉涵發現自己的校服出了問題。上衣的後背上被菸頭燙了幾個醒目的圓圈。再翻看褲子，前邊的膝蓋處也被燙了幾個圓圈。

面對這些醒目的圓圈，高秉涵氣朦了。新仇舊恨交織在一起，高秉涵真想衝過去一拳把他打倒在地，然後再痛痛快快地給他幾個嘴巴子。心中的怒火噌噌地往上竄，高秉涵隨時準備出擊。

王二金似乎也意識到了此刻面臨的危險，幸災樂禍的口哨聲戛然而止。母親的告誡又在耳邊想起，高秉涵低下頭，接著洗衣服。他的動作有些不耐煩，把衣服沖洗乾淨，端著臉盆邁著倉促的步子衝了出去。

身後的口哨聲再也沒有響起來。

11

出了火車站，高秉涵就覺得黑暗中有個人影在後面緊緊尾隨著他。回頭仔細看了一眼，像個小孩。高秉涵故意跑了一段，那人也跟著跑，他慢下來，那人也跟著慢下來。

高秉涵又拐了幾個彎，一回頭，見那人一直跟著他。

已經晚上十點多了，出了北投鎮，沒有路燈的田野灰茫茫的，遠處的山巒一片漆黑。經歷了逃難時期的無數個夜晚，高秉涵早已不怕走夜路。但此時他心裡卻有些不安，不知道身後的這個人為什麼會在深夜裡一直尾隨著他。

走到一處民宅的牆角拐彎處，高秉涵又緊跑了一段，等拐過牆角後就悄悄地停下來。他聽到後面那人也在跑，氣吁吁地喘著氣，腳步疲憊而慌亂。

高秉涵突然問：「你幹嘛總跟著我？」

那人嚇一跳，站住了。

「我也要走這條路回家。」

是個小孩，看上去只有十二三歲的樣子。

高秉涵鬆了一口氣，問：「你也住這裡？」

「就住那邊的山腳下。」男孩回答。

這時，高秉涵從男孩的校服上隱約看到了「建國中學」幾個字。這回吃驚的是高秉涵：「你也在建國中學讀書嗎？你叫什麼名字？」

男孩說：「我讀初一，叫高虎雄。我知道你讀初二，叫高秉涵。」

高秉涵更為驚訝：「你怎麼知道我的名字？」

高虎雄說：「光榮榜上看到的。」

「你多大？」高秉涵又問。

「十二。我還知道你住在政工幹校裡面，要是我阿爸生病不來接我，我就跟在你身後走，跟在你身後走不害怕，我已經跟了你好多次了。」高虎雄說。

高秉涵笑起來，他有點喜歡上這個小朋友了。

「那就走吧，我送你回家。」高秉涵說。

高虎雄的家在政工幹校西邊，中間隔著一條小河。到了政工幹校門口，高秉涵沒有直接進去，而是一直把高虎雄送到家門口。

夜色中，高虎雄家的院牆上垂吊著星星般密密麻麻的喇叭花，那喇叭花應該是黃色的，但在夜色裡變成了天上星星一樣的顏色。一陣陣的幽香隨著夜氣鑽進了高秉涵的鼻孔。

把高虎雄送到大門口，高秉涵轉過身走了。聽到高虎雄推開院門的聲音，他忍不住又停下了腳步。回頭看著高虎雄家已經關上的大門，高秉涵恍若站在了高莊的自家門口。有家是多麼幸福啊！想起遙遠的高莊和高莊的親人，高秉涵又變得落寞。他緩緩地轉過身離開了高虎雄的家門口。

第二天放學後，高秉涵剛一出校門，高虎雄就背著書包從一邊默契地笑著跑過來。高虎雄的一顆牙齒剛掉，還沒有長出新牙來，笑的時候樣子很可愛。

火車到了北投快進站了，高虎雄對著月台上的一個人招手。

「那是我阿爸。」高虎雄向高秉涵介紹。

車剛停穩，高虎雄的父親就走了過來。他看上去五十多歲，臉色紫黑，喘氣的聲音比拉風箱的聲音還要大。

「謝謝你昨天送虎雄回家。」一句話沒說完，高虎雄的父親又咳嗽起來，喘息的聲音也更大了。

「我這氣喘病，天一涼就發作，真是沒辦法。」

高秉涵說：「大叔，那你以後就不要專門跑來車站接虎雄了，反正我和他一路走，順便把他送回家就是。」

高虎雄的父親臉上綻出感激的笑容來，但轉瞬，就又把臉板起來。

「還是不用麻煩你了。」伴隨著一陣喘息聲，高虎雄的父親拉著高虎雄走了。

身後的高秉涵覺得，這個老人的性格真是很怪。

聽說高秉涵晚上送山腳下老高的兒子回家，衛生所的醫生們都提醒他要當心。

「那家人最討厭我們大陸來的人，有一次我散步路過他們家門口，離著老遠他們就把大門給關上了。」

「關大門還是好的，有時候那老頭還嘴裡不乾不淨地罵人。」

「老頭的那幾個兒子，除了那個上學的小兒子之外，其他幾個都對咱們很仇視。」

「你最好離這家人遠一點，和他們走近了沒好處。」

在火車站見到高虎雄父親時的情形又浮現在眼前，高秉涵也覺出了他神情中的那種敵意。

再到晚上，遇到高虎雄的父親沒來接他，高秉涵就有些猶豫，還送不送他？他擔心和高虎雄走近了真的會給自己帶來什麼麻煩。但是，一看到高虎雄面對茫茫黑夜那種害怕的樣子，他又改變了主意。只要高虎雄的父親不來接高虎雄，他就把高虎雄送到家門口。

但有一點，高秉涵做到了，那就是他從來都不進高家的院子，盡量迴避著不見高虎雄的父母，只負責把高虎雄送到家門口。

高虎雄家門口的小河上沒有橋，不下雨時小河裡的水不深，可以踩著河裡的大石頭過去。要是遇上下雨，河水漲了，過河就很困難。有一天晚上回來時，剛下過雨的河水高出來很多，小個子的高虎雄根本無法過去，是高秉涵蹚著水把高虎雄背過去的。高秉涵幾次差點摔倒，衣服濕了，腳也拐了，但卻始終沒有讓高虎雄離開他的後背。

這一幕，被河對岸的高虎雄父親看到了，老人被深深地感動了。他對大陸人一向冷漠，似乎還一下無法自然面對這個也是來自大陸的孩子。黑暗中，他默默地站在遠處沒有過來，一直看著高秉涵把自己的兒子送到院門口。

高秉涵的身影已經消失在了河對岸的夜色裡，老人又在黑暗中站了好久。

台灣本地人有吃「拜拜」的習俗，每逢紅白喜事或各種節日，家中都要宴請親朋好友。大家聚在一起，或團拜或慶祝，或祈福或祭奠，凡在一個「拜拜」裡吃過飯的，都不是外人。

一天晚上，放學回家的路上，高虎雄邀請高秉涵星期天到他家去吃「拜拜」，說是他二哥要結婚了，家裡要做好多好吃的東西。

「我要去台北辦事。」高秉涵遲疑了一下說。其實，他也真的要去台北辦事，去打零工。

高虎雄的臉上顯出一絲失望。

「是我媽媽讓我叫你的。」

「回去謝謝你家伯母，我星期天真的有事情。」高秉涵說。

高虎雄第二次邀請高秉涵去他家吃「拜拜」是幾個月後的春節。這一次高秉涵又拒絕了。他說他要在衛生所值班，離不開。

到了正月十五，又是吃「拜拜」的日子，高虎雄又來請高秉涵。這回不光是高虎雄一個人，他的父親也一起來了。

一進高秉涵的宿舍，高虎雄父親的臉上就掛滿了真誠的微笑，他對高秉涵說：「我家虎雄真是沒有用，一次也沒有請到你。今天我這個老頭子親自來請你。」

正在寫作業的高秉涵趕忙站起來。

「大叔，您坐。」

高虎雄的父親笑著說：「果真是個懂事的孩子，虎雄回家老是提起你，一開始我還不相信大陸來的兵裡頭會有你這樣的好孩子，現在我總算信了。走，今天無論如何要到我家去吃『拜拜』。你姓高，我也姓高，咱們都是一家人！」

不愛說話的高秉涵羞澀地笑著，更讓高虎雄的父親覺得這個大陸來的年輕人和他以前所接觸到的那些兵痞不一樣。

「好，大叔，我去！」高秉涵說。

後來，和高虎雄家裡的人熟悉了，高秉涵才知道高虎雄家以前吃過國軍的虧。

一九四五年日本投降後，政工幹校就住進了一批國軍。那些國軍作風相當散漫，經常去老百姓的地裡偷東西。高家在房後的山坡上墾出一塊菜地，地裡的黃瓜、番茄大多被那些傍晚出來散步的兵摘走了。一次，幾個兵正在他們家的菜地裡偷黃瓜，被恰巧路過的高虎雄大哥逮著了。面對高虎雄大哥的質問，幾個兵不僅沒有悔過之意，還把高虎雄的大哥按倒在菜地裡毒打、羞辱了一頓。

從那以後，大陸兵在高家的印象就壞了。他們發誓，再也不和這些沒教養的大陸兵打交道。

沒料到，自從高虎雄認識了高秉涵之後，他們又對大陸兵有了新的看法。後來，當高虎雄的三個哥哥也和高秉涵熟悉了後，他們也想不到大陸兵裡還有像高秉涵這樣知書達禮的好孩子。

清明節時，高秉涵又被高家請去吃「拜拜」。高家在外邊做生意的親戚也都回來祭祖。其中就有高新平。高新平是高虎雄的堂弟，年紀和高虎雄差不多，也在讀初中，他的父母在台北開了一家很大的石棉建材廠。高新平圓腦袋，小平頭，性格十分活潑，很快就和高秉涵玩熟了。

一筆寫不出兩個高字。高家上山祭祖，高秉涵也被叫上一起去。跪在墳前磕頭時，高秉涵恍若感到回到了高莊的祖墳前。

後來，高秉涵漸漸和高家熟了。高家把他當成了自家人，他也把高家當成了自己的家。高秉涵叫高虎雄的母親乾媽，也叫高新平的母親乾媽。後來，每逢城裡的高新平家做「拜拜」，城裡的乾媽也會邀請高秉涵。要是高秉涵有事去不了，台北的乾媽就會批評北投的乾媽，質問她為什麼不把高秉涵帶去？而沒有見到高秉涵的高新平就會一整天不高興。

城裡的乾媽稱呼高秉涵是「那個大陸的孩子」，如果沒有見到高秉涵，她就會說：「那個大陸的孩子怎麼沒來？」

高虎雄的母親說：「秉涵有事情來不了。」

城裡的乾媽就說：「秉涵？是涵養的涵嗎？那個大陸的孩子的確是個有涵養的好孩子。」

天漸漸熱起來，如果下午沒事，高秉涵早早地就會去高家院子裡的大樹下和高虎雄一起做作業。到了四點，天涼快些，作業也寫完了，他們就一起出門去上學。

一天，高秉涵和高虎雄正在大樹下寫作業，高虎雄的母親在廚房裡為高虎雄準備晚飯。她烙了餅，又炒了兩個菜，往便當盒裡裝時，發現菜炒多了，便當盒放不下。

高虎雄的母親順口說：「秉涵，把你的便當盒拿出來，也給你加點菜。」

高秉涵一愣，支吾著不想把自己的便當盒拿出來。高虎雄的母親以為高秉涵和她客氣，就主動把他的便當盒從書包裡拿了出來。

一打開高秉涵的便當盒，高虎雄的母親驚呆了。因為天氣炎熱，便當裡的飯早已發餿，白米飯被湯湯水水的大白菜浸泡得發了酵，別說吃了，聞著也覺得心裡不舒服。

「秉涵，你一直吃這樣的飯？」高虎雄的母親問。

高秉涵有些尷尬，故意裝出一副無所謂的樣子：「反正中午已經吃飽了，晚上湊合著吃一點就行。」

這樣的晚飯高秉涵已經吃了一年多，雖然難以下嚥，雖然胃裡有時會隱隱作痛，但他從來也沒有當回事。

高虎雄母親眼裡含著淚把高秉涵便當盒裡的飯菜全都倒進了豬食盆，又給他裝了一份和高虎雄一樣的便當。

從那以後，每天下午做便當時，高虎雄的母親都會多做一些，裝兩份一模一樣的便當。有時候，碰上高秉涵有事去不了高家，高虎雄就會把裝好的便當給高秉涵捎過去。

12

高秉涵正在宿舍裡做功課，王二金吹著口哨走了進來。再過兩個月就要初中畢業了，高秉涵的學習壓力很重。由於精力過於集中，王二金的口哨聲並沒有影響到高秉涵，他仍然伏案做功課。

「一會兒開官兵大會。」王二金走到高秉涵身邊大聲說。

王二金的一條腿不停地晃悠著，臉上顯得很興奮。平日裡王二金很少主動和高秉涵說話，高秉涵不知道今天是刮了那陣風。

「什麼會？」高秉涵抬起頭問。

王二金笑了笑，神祕地說：「等會去了自然就知道了。」

正說著，外邊響起了緊急集合的哨子聲，衛生所所長在外邊喊：「集合了，全體人員到禮堂開大會。」

高秉涵闔上書本走出宿舍。

排隊去禮堂的路上，高秉涵小聲問一邊的姬醫官是什麼會，姬醫官說他也不知道，只是聽說很緊急。

進了禮堂，氣氛很緊張。學校的領導全來了，正生病的王升校長神色嚴肅地站在前面。王升剛剛由教育長升為校長，工作繁忙又加上新近喪偶，身體不是很好，最近一直在打點滴。王校長白天忙工作，下班回家後還要忙家裡的五個沒娘的孩子，打點滴一般都在晚上十點以後。王校長點名讓高秉涵去給他打點滴。每天晚上放學後，高秉涵都會按時去給王校長打點滴。

走過王校長跟前時，王校長把高秉涵叫住了，讓他散會後到他辦公室去一趟。

坐到座位上後，高秉涵心裡一直忐忑不安。又不是打點滴時間，王校長這時找他幹什麼？神色還那麼嚴肅，難道這次會議會與他有關？不會吧，自己又沒犯什麼錯誤，有什麼事情會與他一個小兵有關呢？

會議終於開始了，由王校長親自主持。他說召開這個緊急會議是上邊的統一佈置。會議主要有兩項內容，一是傳達一個緊急通報，二是傳達一個緊急通知。

通報的內容大家都很意外，說是國防部在台北市的一家夜間文化補習班裡偵破了一起共黨間諜案。為首的李某是從大陸來台潛伏的共黨分子，他出資開辦了一家夜間補習班，然後利用辦補習班的機會搜集情報並在學生中發展黨員。間諜案暴露後，李某被逮捕，目前案件正在審理中。

通報讓高秉涵感到很震驚，也讓他聯想到許多事情。當共產黨的金鼎叔告密，共產黨殺死了他父親，從這一點上說他是恨共產黨的。但大鬍子團長的形象又深深地印進了他的腦海中，已經成了共產黨的化身，一提起共產黨，高秉涵馬上就會想起他。

高秉涵腦海裡一片混沌，在這個問題上，他又一次陷入了迷茫。

這個被通報的李某是不是像大鬍子一樣的人呢？台灣是國民黨的天下，他為了共產黨的事業，不顧個人性命，共產黨勢必會有吸引他的地方。

共產黨到底靠的是一種什麼力量吸引了他呢？高秉涵找不到答案。

教育長又開始宣讀緊急通知，剛聽了個開頭，高秉涵的心就緊了，終於悟出了這次會議與他這個小兵之間的關係，腦海裡的問題也由宏大混沌一下變得具體而清晰。

與高秉涵有關的事情就是他不能外出上學了。

教育長在台上宣讀：「……禁止官兵到營外參加各種名目的補習班，以免受共黨不良思想之感染……」

正是衝刺階段，再過兩個月就要參加競爭激烈的高中考試，這時停課如何是好？

高秉涵的腦海一片空白。前些天，即將高中畢業打算報考大學的管玉成在信中鼓勵他將來也要考大學，要是自己連高中都考不上，何談將來的大學？

考不上大學，先不要說會影響自己以後的前途，也對不起那些一直鼓勵支持自己上學的前輩和同鄉，更對不起母親。

這可如何是好？坐在陰沉的禮堂裡，高秉涵心急如焚。

會議結束了，高秉涵心事重重地去了王校長辦公室。

王校長的臉色還是很蒼白，他坐在辦公桌前等高秉涵。

喊過報告來到王校長跟前，高秉涵問王校長是不是現在要打點滴。在王校長面前，高秉涵一直都有些緊張，說話也總是十分急促和慌亂。

王校長說：「今天叫你來不是為了打點滴，坐下慢慢說。」

高秉涵沒有坐，不安地站在那裡。晚上出去上學的事王校長是知道的，不知道他會怎樣批評自己。

王校長問：「你很喜歡讀書？」

高秉涵如實回答：「喜歡。」

王校長又說：「喜歡讀書是件好事，還是那句話，年輕人多讀書將來才會有出息。我小時候也喜歡讀書，但那時家裡條件不好，只上了個師範，沒有接著讀大學，所以現在一直很後悔。」

高秉涵有些摸不著頭腦，他不知道王校長是想繞彎子批評他還是鼓勵他。

王校長突然問：「小高，剛才的會你是怎麼想的？」

「我？」

「今天晚上還去上學嗎？」王校長又問。

高秉涵看著王校長，不知怎麼回答才好。

王校長從辦公桌前站起來，快步走到高秉涵跟前：「小高，給我說實話，你是不是真的很喜歡讀書？」

高秉涵堅定地回答：「喜歡！」

王校長突然笑起來，說：「小鬼，我就知道你會這麼回答的。好了，沒事了，你回去吧，晚上放學回來不要忘了給我打點滴。」

高秉涵有點朦：「校長，你是說我晚上還可以出去上學？」

王校長說：「可以去，因為我知道你讀書的學校是台北的著名公立學校，那裡是不會有共黨間諜的。但有一條你要記住了，我破例讓你出去讀書，並不是徇私情。你要把書讀好，將來為國家效力。」

「是。」高秉涵說。

回到衛生所，高秉涵看到王二金早已經在宿舍等他了。一看到高秉涵，王二金就說：「怎麼樣，今天晚上咱們約幾個人打牌吧？」

高秉涵說不打，說著就把先前放在桌子上的書本又拿了起來。

王二金又恣意地吹起口哨來，進進出出地把門摔地山響。

事情並沒有就此結束。

一週後的一個晚上，高秉涵剛放學回來，就被一直等在走廊裡的姬醫官截住了。姬醫官惶恐地告訴高秉涵，下午國防部來了幾個人專門調查他。

「調查我？國防部？」

姬醫官說：「有人把檢舉信寫到了國防部，檢舉你不服從管理還是我行我素地到外面去上課。」

高秉涵嚇得瞪大了眼睛。

「是教育長帶他們來的，找所長瞭解了半天情況才走。聽我的，以後不要再去了。讀書事小，要是為這事讓國防部盯上麻煩可就大了。」

離開姬醫官，高秉涵來到治療室為王校長準備液體。

自己外出讀書的事一定給王校長添了不少麻煩。一想到這裡，高秉涵心裡就感到非常不安。他滿懷歉意地端著治療盤來到王校長家。王校長正在給他的小兒子補習功課，看到高秉涵來了，就說：「小高，今天晚上你都學了些什麼？」

高秉涵說：「王校長，我還是不要去上學了吧。」

王校長說：「為什麼不去，難道你信不過我這個校長嗎？」

「我出去上學會給您添麻煩的。」

「不就是一封檢舉信嗎？我已經替你做了擔保。我向他們保證，共黨間諜案一定不會在你高秉涵身上發生，要是發生了，一切後果由我王某承擔，你只管把書讀好就是！」

高秉涵低下頭開瓶蓋，一滴淚水落在他的手背上。

王校長又說：「小高，怎麼哭鼻子了？這可不像一個男子漢的做風！」

「校長，我一定會好好讀書的。」

「這就對了。還有一件事我要叮囑你，你還不是黨員吧？最近就寫一份入黨申請書。你們年輕人，不光要把書讀好，也要有為黨國獻身的精神。」

高秉涵又一個想不到，他支吾著答應了。

王校長又叮囑：「小高，這事可不能含糊，既然我們吃的是黨國的飯，就要為國軍效力。」

「是。」高秉涵答。

一個月後，高秉涵被批准加入國民黨。拿到黨證的那天，他將如學生證一般大小的黨證翻來覆去地看了好幾遍。

翻開黨證的第一頁，是總理孫中山先生的遺像。孫先生正用深邃安詳、篤定傷感的眼神看著他。遺像兩邊是孫先生的那句名言：革命尚未成功，同志仍須努力。遺像的下邊是用小字印著的總理遺囑，高秉涵一個字一個字地看著：余致力國民革命，凡四十年。其目的在求中國之自由平等。積四十年之經驗，深知欲達到此目的，必須喚起民眾及聯合世界上以平等待我之民族，共同奮鬥。現在革命尚未成功，凡我同志，務須依照余所著《建國方略》、《建國大綱》、《三民主義》及《第一次全國代表大會宣言》，繼續努力，以求貫徹。最近主張開國民會議及廢除不平等條約，尤須於最短期間，促其實現，是所至囑。孫文。中華民國十四年二月二十四日。

看完遺囑，高秉涵頓覺心情沉重。把目光移上去再看總理的遺像，他猛然發現總理的眼神中和遺囑的字裡行間都彌漫著一種深深的傷感和不甘。

國民革命，民主自由，喚起民眾，朦朧的兒時記憶中，這些字眼是外出讀書現在已經不在人世的小姨媽和兩個姐姐以前常掛在嘴邊的話。

高秉涵內心忽然升騰起一種強烈的欲望，他很想瞭解眼神憂鬱傷感的已故總理的生平事蹟。他究竟是一個怎樣的人呢？聽說當年外祖父留學日本時就是因為崇敬他才加入的國民黨，後來父親也是這樣。

又翻過一頁，是總裁蔣介石先生的肖像。蔣總裁的眼神和孫總理相比有了很大的不一樣。他緊閉雙唇，目光專注，目光裡有一種特有的陰鷙和果決，更有一種不成功便成仁的孤注一擲和兇狠。

肖像下面是總裁制訂的十二條黨員守則，高秉涵一條一條地讀下去：

1、忠勇為愛國之本。
2、孝順為齊家之本。
3、仁愛為接物之本。
4、信義為立業之本。
5、和平為處世之本。
6、禮節為治事之本。
7、服從為責任之本。
8、勤儉為服務之本。
9、整潔為強身之本。
10、助人為快樂之本。

11、學問為濟世之本。
12、有恆為成功之本。

高秉涵覺得，蔣總裁的黨員守則每條都是向善向上的美德，但看後卻顯得大氣不足，矯情有餘，很像他在火車站當小販時背誦過的員工服務守則。

閉上眼睛，高秉涵像漂遊在無邊的海上，一種茫然油然而生。想到自己已經是一名國民黨黨員，高秉涵覺得不可思議。對那些大而空的政治問題，他絲毫也沒有興趣，那個世界距離他生活的世界太遙遠了。睜開眼睛，第三頁和總裁肖像對應著的是自己的照片。看著照片中的自己，高秉涵又發了好一會的呆。他覺得和總裁的眼神相比，自己的眼神顯得單純而空洞，刻意梳理的成熟型的「飛機頭」帶著一種故作老成的幼稚和可笑。合上黨證，那些大而空的政治問題彷彿一下子離自己很遠很遠了。

高秉涵又回到現實之中，考試在即，他又抱起了身邊的書本。

13

台上的黨老師剛公布完旅遊地點，同學們就歡呼雀躍起來，整個教室快樂得像要炸了。

隨著同學們的歡呼聲沉下去的是高秉涵的一顆心。對這次畢業前夕按學校規定組織的一日旅遊，他一點也不渴望，相反，如果可以選擇不去，他寧肯不去。但黨老師說了，不能請假。

高秉涵不想去的原因是因為沒有錢。

幾個月來學習緊張，高秉涵已經好久沒騰出時間出去做零工了，這個月的薪水發下來買完月票和紙筆，身上只剩下了最後的一元錢。

星期天，高秉涵帶著這最後的一元錢和同學們一起登上了去新店的火車。難得有這樣放鬆的時候，同學們都很高興，每個人都帶了許多好吃的，一上火車大家就說說笑笑地打開書包拿出來吃。高秉涵也帶了書包，但他的書包裡什麼也沒有裝。

高秉涵來到車廂靠窗的一角坐下來，一直看著外面。

浮現在高秉涵眼前的是在老家讀書時出去春遊的情形。那時，高秉涵在同學中算是家境好的，每次春遊母親和奶奶都會給他準備一大堆這樣那樣的好吃的，常常把包塞得滿滿的，背在肩上壓得他的肩膀疼。到了遊玩地點，好像主要任務不是遊玩，而是要把那些東西趕快吃掉。每次外出春遊回來，高秉涵都被撐得肚子疼。

此刻，高秉涵摸了摸空蕩蕩的書包，心中感慨萬千。

到了新店，同學們一起去參觀碧潭。看著同學們喜氣洋洋的樣子，高秉涵怎麼也高興不起來。眼前的歡快場面總讓他想起家鄉和親人，而那一切又是遙不可及的。在同學們歡快的笑聲裡，一抹淡淡的傷感總是停留在高秉涵心頭，揮之不去。

中午吃飯時，同學們拿著父母給的零花錢奔進大街上的一個個飯店。

帶著僅有的一元錢，高秉涵不好意思和同學們一起進飯店，他朝著街道的盡頭走去。兩邊的店面越來越冷清，人也越來越少。在一家小食店門口，高秉涵站住了。他看到小食店門口的招牌上寫著這樣的字樣：

白米飯：一元。

小菜：兩元。

湯：免費。

高秉涵掏出了口袋裡僅有的一元錢，走進了這家小食店。

小食店裡有十幾張桌子，由於便宜，差不多快坐滿了。

台子上放著一盆米飯，旁邊放著兩溜十幾個各式各樣的小菜，有炸雞腿、滷豆腐、五香茶蛋，還有油炸花生米、清炒小油菜等。

來到台子前，高秉涵說：「來一碗米飯。」

中年男人模樣的小食店老闆拿過碗盛上米飯，遞給高秉涵，順口問：「要什麼菜？」

「不要了。」高秉涵不好意思地說。

老闆好奇地看了一眼高秉涵，把手裡的米飯遞給他。

高秉涵把米飯放在靠牆角的一張桌子上，又來到台前的免費湯桶跟前盛了一碗免費的海菜湯。

吃飯時，高秉涵覺得一屋子的人似乎都在看他。特別是那個老闆，看他一眼，還要和旁邊的一個廚師嘀咕上幾句。高秉涵聽不清老闆說些什麼，只覺得自己的兩頰發燙。

早晨出來得早，高秉涵沒吃早飯，這會感到肚子很餓。為了填飽肚子，高秉涵站起來又去盛了一碗免費湯。面對那些看他的好奇眼神，高秉涵想：我又沒偷，喝免費湯又不犯法，就讓你們看吧。

剛把勺子放進桶裡，老闆就過來了。高秉涵心裡忐忑著，不知道老闆要幹什麼。

老闆把高秉涵手裡的碗要了過去，說：「孩子，我給你盛點雞蛋湯吧。」

拿過高秉涵手裡的碗，老闆給他盛了一碗翻著金黃色蛋花的雞蛋湯，又順手端過一個小盤一起遞給了高秉涵，小盤裡放著一個油亮亮的炸雞腿。

高秉涵愣住，看著老闆說不出話來。

「孩子，快趁熱吃吧。」老闆說。

高秉涵的眼睛濕潤起來，他模糊著眼睛端著蛋湯和雞腿回到飯桌旁邊。

來到桌子跟前，高秉涵更加吃驚，原本只有一碗米飯的桌上又多出了幾個小菜盤，每個菜盤裡的菜都滿滿的沒動過筷子。

旁邊的一個客人說：「孩子，吃吧，這是剛才一個客人專門點了送你的。」

高秉涵的淚水再也止不住，眼前豐盛的飯菜在他眼前一點點變得朦朧。他對著眾人無言地深深鞠了一躬。

考試安排在週末的白天，高秉涵被安排到成功中學考試。

一大早，學生們就來到學校，黨老師簡單說了一下注意事項，大家就往成功中學那邊趕。

一幫家長早已等在了校門口，都是來接孩子去考試的，有開車的、騎摩托車的，還有一些騎著破舊的單車。家長們的眼神都一個樣，充滿了期盼，眼睛一眨不眨地看著校門口，見自己的孩子出來了，臉上頓時綻放出燦爛的笑容。

看著這些家長的眼神，高秉涵心頭一番酸楚。建國中學離成功中學有好幾站地，他不捨得花錢坐公車，只得加快了步子快些趕路。

剛走了沒幾步，一輛的士「刷」的一聲停在他身邊。

「小弟弟，上車吧。」的士司機搖下車窗玻璃對他喊。

「不坐。」高秉涵搖搖手。

後面的車窗玻璃也搖下來了，劉主任從車窗裡探出頭：「秉涵，我和李老師今天陪你去考試，快上車。」

高秉涵仔細一看，後座上真的坐著李學光老師。李老師綻放出慈母一樣的笑容看著他：「秉涵，快上車。」

高秉涵知道打計程車要花很多錢，就說：「叫車太貴了，我自己走路去就可以。」

劉主任說：「秉涵，這是張縣長的計程車公司的汽車，專門來接你考試的，你就不用再客氣了。」

李老師也說：「秉涵，快上車，不要遲到了。」

高秉涵不再堅持，打開前門坐到了司機旁邊的位子上。這是高秉涵第一次坐的士，街道兩邊的房屋、樹木飛速地向後掠過。

高秉涵回過頭：「李老師，張叔開的士公司了？」

李老師說：「是咱們菏澤同鄉湊錢開的這家的士公司，你張叔只不過是個牽頭的。」

李老師遞給高秉涵一盒清涼油，說：「這個你拿著，天熱了就在眼角塗一點，能提神。」

中午，劉主任和李老師一起請高秉涵到小飯館裡吃飯。一連三天的考試都是這樣。最後一天考完試，一個同學問高秉涵：「是不是你母親從大陸來台灣了？」

高秉涵一愣，模稜兩可地點了點頭。

考完試，高秉涵也沒敢停下學習。他從劉晉京那裡借來了高中課本，開始預習高中課程。初中三年六個學期，除了第一學期沒有獎學金外，班裡其他五個學期的獎學金都讓他一個人拿了。到了高中，學費增加了一倍，他還是要靠拿獎學金才能讀高中。因此，從現在開始，他就必須朝著這個方向努力。

每天下午三點多，高秉涵下了班就會去高虎雄家和他一起在大樹下溫習功課。

考完試一個月後，高秉涵拿到了建國中學高中部的錄取通知書。收到通知書的當天，管玉成的信也到了。管玉成已經考取位於岡山的空軍航空機械學校。信中，管玉成邀他去台南遊玩。

休假期間，高秉涵約上朱大傑一起坐火車去台南看管玉成。

三個兒時的夥伴在台南的照相館裡照了張合照。

定格的瞬間，高秉涵猛然意識到，距他們一起坐汽輪馬車離開家鄉的那個清晨，已經過去了整整七個年頭。

管玉成又帶著大家去拜訪了劉師長。劉師長住在眷村用泥巴和竹子搭成的房子裡。看到高秉涵和朱大傑都有了生活著落，劉師長由衷地替他們感到高興，把家裡唯一的一隻雞殺了招待他們。

14

事後，李大姐才意識到，其實奶奶對死是有預感的。

二十二歲的李大姐卻對奶奶的死沒有預感，她覺得八十三歲的奶奶是老得有些神道了。

八十三歲的奶奶已經很老了。她骨瘦如柴，頭髮全白，滿是皺紋的枯瘦臉龐白成紙一樣的顏色。奶奶的雙手總在不停地顫抖，十根手指也瘦成十根慘白的細棍，彷彿一不小心就會斷開。從早到晚，奶奶顫抖的手裡一直拿著高秉涵以前玩過的一個陀螺。那用木頭削成的陀螺已經讓奶奶的手摸得發出黑亮的光來。

二十二歲的李大姐已經到了女人的成熟期。她身材飽滿，顏面放光，雙頰一年四季都泛著紅。李大姐性情溫和，面容沉靜，目光中有一種本分女子的沉穩和淡定。

這天早晨，奶奶起來後的第一句話就是：「春生媳婦，去買兩尺紅布回來，要那種帶亮光的緞子布，撐時候，放個幾年也不會褪色的那種。」

李大姐答應著，把兩根黑色的大辮子撩到身後，說等吃了早飯就去鎮子上買。

李大姐給奶奶準備了早飯，掛麵加蛋湯。看著碗裡的飯，奶奶沒有吃，奶奶說心口不舒服，喝碗白開水空空肚子就好了。

奶奶已經空了好幾天的肚子了，只喝一些白開水，但奶奶的精神頭卻很足，所以李大姐也沒有把這當回事。

李大姐給奶奶端來了白開水，等水涼下來後奶奶就端起來一口一口地喝下去。奶奶喝水時，李大姐似乎聽到了水一點一點從奶奶的食管流下去的聲音。

放下碗，奶奶用深邃的眼神看了一眼李大姐：「春生媳婦，妳快去買布吧。」

李大姐買了布回來，奶奶又讓她去喊金龍叔。不用說，李大姐也猜想得到，奶奶一定又是讓金龍叔幫著上樹往樹梢上掛紅布。

金龍叔扛著梯子來了，一進院子就把梯子靠到了那棵大榆樹上。奶奶從屋子裡出來了，她臉色蒼白，但卻精神矍鑠。兩尺紅布已經讓奶奶裁成了兩塊。她把一塊遞給了金龍叔，一塊小心地收起來放進了懷裡。

金龍叔接過紅布仰臉看著樹梢上飄舞的紅布，說：「嬸子，這紅布不是掛得好好的嗎？明年再換都行。」

「還是換了吧，這回是緞子的，撐得年頭長。」

為了讓老人滿意，金龍叔不再堅持，把樹梢上的那塊紅布換下來。

金龍叔走了，奶奶又喝了些涼白開水。喝完，奶奶突然對李大姐說了一件讓她覺得很吃驚的事。

奶奶說：「春生媳婦，妳陪我去一趟城裡。」

「去城裡？」

「去宋隅首。」奶奶說。

在李大姐的印象中，奶奶一輩子都沒去過菏澤城，怎麼現在突然想起來要去城裡？況且城裡已經沒有什麼親戚了，她去城裡找誰呢？

住在城裡宋隅首的姥姥兩年前生病去世了，宋隅首的房子已經分給了別人。二姐秉清去年也得暴病死了，二姐夫帶著兩個孩子已經回了老家。

「奶奶，城裡遠，好幾十里地，咱還是不去吧，有什麼事，您交代給我，我去辦就是。」

「我要親自去才行。」奶奶果決地說。

最近奶奶時常會把一些事情搞混，李大姐擔心奶奶已經忘記了姥姥和二姐秉清已經去世的事，就說：「奶奶，姥姥和二姐都不在了，咱們還是不要去了。」

「去。越是她們不在了，我才越是要去。」

拗不過奶奶，第二天李大姐還是陪著奶奶上了路。

李大姐是用手推車推著奶奶去菏澤城的。三十五里路，走了一整天。

進了城，趕到宋隅首，天已經傍黑了。

奶奶一輩子都沒有來過宋隅首的親家家。李大姐卻看到奶奶下了車直奔姥姥家以前的院子，像有什麼人在前面給她帶路。

李大姐吃驚地跟過去，奶奶已經站到了姥姥家院子裡的大榆樹下。

李大姐一下就明白了奶奶的用意。

果然，奶奶從懷裡掏出了那塊紅緞布。

「奶奶！」

李大姐趕忙奔過去，她擔心姥姥屋子裡住的新主人看到奶奶往樹上綁紅布會覺得不吉利。

「春生媳婦，去找個人幫忙，把這紅緞子掛到樹上去。」

李大姐哭了，說：「奶奶，我們還是回去吧，春生要是想回來，就是不掛紅布他也會回來的。」

奶奶說：「春生媳婦，春生會回來的，妳不去，我去。」

正說著，房子的男主人從屋裡出來了，女主人也跟著來到院子裡。這對夫妻李大姐以前認識，他們也認出了李大姐。

李大姐上前說明來意，想不到這夫妻倆竟然十分理解，男主人扛來梯子，主動上樹把紅布掛在了樹上。

男主人從樹上下來時，天已經黑了，那原本火紅色的緞子布像一團黑色的火苗飛舞在灰黑色的天空中。

第二天回到高莊，奶奶原本矍鑠的精神一下就垮塌了，臉色也變得更加蒼白。奶奶還是只喝水，不吃飯。

到了晚上，奶奶忽然又來了精神，她給自己換了一身乾淨衣服，又梳了頭。最後，奶奶躺在床上對李大姐說：「春生媳婦，睡覺前，我交代妳個事，一定要記牢。」

李大姐給奶奶端來了疙瘩湯，奶奶用手一擋，說：「傻孩子，不用了。我要說的是，不管發生了什麼事，都不要驚動北京的妳姐和妳婆婆，高莊這塊地兒讓她們傷了心，我知道她們再也不想回來了。」

「奶奶，您都好幾天沒吃東西了，快把疙瘩湯喝了吧。」

「春生媳婦，給我拿碗水。」奶奶說。

奶奶只喝了一口水就又躺下了。躺下之後，奶奶又叮囑：「春生媳婦，這往後，那緞子布，妳要勤看著點，別讓它掉了。」

一邊的李大姐答應著也躺下了。

第二天早晨，李大姐做好飯叫奶奶吃飯時才發現奶奶已經死了。奶奶的身子已經僵硬，眼睛還大睜著，和姥姥死的時候一模一樣。

經歷了姥姥死時的情形，李大姐面對死去的奶奶並沒有過多的緊張和恐懼。她用手把奶奶的眼閤上，又拿一張白紙把奶奶的臉蓋了，然後去叫金龍叔。

剛要出門，身後有什麼東西響了一下，李大姐回頭一看，是奶奶一直拿在手裡的陀螺掉在了地上。李大姐把陀螺撿起來放進口袋裡。

走在路上，李大姐才明白了奶奶昨天晚上話裡的意思。李大姐打算聽從奶奶的囑託，一個人給奶奶送葬。

就這樣，在幾個本家的幫助下，李大姐一個人給奶奶送了葬。

埋葬了奶奶出了頭七，李大姐就坐火車再次去了北京。

出了站，她一路打聽著從火車站走到了王府井大姑姐的家中。

李大姐沒有事先找人寫信告知婆婆她要來北京是有原因的。在李大姐心目中，她的丈夫高秉涵興許早就從南邊回來了，而且極有可能就藏在大姑姐的家中不願意回高莊。她要來個突然襲擊，看看高秉涵到底是不是藏在了房子寬敞的大姑姐的家裡。

李大姐是黃昏時推開大姑姐家院門的，她看到的第一個人是婆婆宋書玉。

「娘，俺來了。」李大姐說。

正在院子裡收衣服的宋書玉看著突然出現在面前的兒媳婦大吃一驚，她似乎意識到了什麼，馬上問：「妳奶奶呢？」

李大姐平靜地說：「奶奶走了。我找金龍叔和幾個本家把她老人家安葬了。」

宋書玉一下跌坐到地上。

李大姐上前把婆婆拉起來：「娘，奶奶去世前交代過，說不管發生什麼事都不要驚動你們，說高莊讓你們傷心了，不想讓你們再回到那個傷心地。」

宋書玉很吃驚，原來她的心思婆婆竟然明白。

來到屋子裡，李大姐把每個房間都查看了一遍。每推開一個房門，她的眼睛就會亮一下，沒有發現高秉涵的身影，眼神就暗淡下去。

把每個房間都看了一遍，李大姐又來到婆婆跟前。

「娘，秉涵還沒回來？」

宋書玉點了點頭，用手絹擦著眼睛。李大姐發現婆婆的眼睛是紅的，不是那種一時的紅，是一種年積月累的紅。

婆婆和奶奶一樣，也是整日生活在淚水裡。

晚上，大姐秉潔一家下班回來了。聊天過程中，李大姐得知姨媽宋介已經搬出去住了，心裡就又有了希望，高秉涵會不會住在姨媽家？

李大姐請求大姐夫朱劭天帶她去姨媽家。朱劭天叫了車與岳母和高秉潔一起帶著李大姐連夜趕到了五棵松的姨媽家。

姨媽宋介此時是中央軍委子弟學校的校長，李大姐一行來到時，她正在家裡批改學生作業。看到這個正處在女人青春時期的外甥媳婦，她心裡很愧疚。

進到屋裡，李大姐照例把每個屋子都推開門看了，依然沒有高秉涵的身影。推開最後一間屋子時，李大姐看到姨夫楊霖正躺在床上。

姨夫坐了起來，看著李大姐。

「愛之，妳坐。」姨夫的樣子有氣無力。

李大姐已經聽婆婆說了，姨夫去朝鮮打仗，回來後就累病了，最近一直在家裡休養。

李大姐對這個懂外國話的姨夫很敬重。她聽婆婆說姨夫是因為懂外國話才會在朝鮮累病的，每抓到一個美軍的俘虜，都要由他這個志願軍政治部保衛部部長親自審問，有時候一個晚上要審100多個美國鬼子。姨夫是因為說話太多而累病的，因此李大姐不敢和姨夫多說話，她想退出房間讓姨夫好好歇著。

姨夫卻說：「愛之，妳坐下，姨夫想和妳說幾句話。」

婆婆、姐姐和姐夫也都進來了，他們都用一種很特別的眼神看著李大姐。這些充滿憐惜的眼神讓李大姐受不了，她低下了頭。

姨夫說：「愛之呀，妳回去找個人家結婚吧，秉涵怕是一時半會兒回不來。」

李大姐抬起頭，抓著一根大辮子說：「那你是說，秉涵以後還會回來？」

「我不是這個意思，我是說我們都不知道秉涵究竟在哪裡，是不是還活著？我看他怕是八成回不來了。妳不用再等他，回去找個婆家結婚吧。」

宋書玉走到李大姐面前，拉過她的一隻手，輕輕地撫摸著。宋書玉什麼也沒說。

李大姐猛地抬起頭，看著婆婆，問：「娘，我聽您的，您說我該怎麼辦？」

宋書玉看著李大姐不知道該怎麼開口，只覺得對不起這個閨女。

「娘，您說我究竟該怎麼辦？」李大姐眼淚汪汪地看著宋書玉。

宋書玉嘴唇劇烈抖動著，說：「孩子，妳就當我的閨女吧，咱不等秉涵了，妳要是想在北京找婆家，娘幫妳！」

說完，宋書玉失聲哭起來，李大姐也傷心地哭了。

李大姐在北京住了些日子就回菏澤了。臨走時，宋書玉要給李大姐兩千塊錢。李大姐不要。李大姐說：「娘，您要拿我當親閨女看，我就不能要這個錢。」

就這樣，李大姐回到菏澤後又住到了她的娘家李家莊。

到了年底，宋書玉又給李大姐寄錢，地址寫的是李大姐的娘家。但過了沒多久，錢卻退了回來，匯款單上寫著查無此人。宋書玉托人一打聽，傳來了個更讓人傷心的消息，說是李大姐回去後不久父母就相繼去世了。她父母是因為扛不住批鬥上吊自殺的。李大姐葬完父母，就沒了音信。村裡人也不知道她去了哪裡。又過了幾個月，又傳來消息，說是有人看見李大姐在菏澤城跳河自殺了。

知道這個消息後，宋書玉不知哭了多少回。每次一想起來，她就覺得滿心愧疚。要是兒子好好的回來了，哪裡會有這樣的悲劇？

這樣想著，宋書玉就又在心裡呼喚兒子。

兒子啊，你究竟在哪裡呢？你還活著嗎？

15

十九歲的高秉涵從外表上看仍然像個小男孩。他身材清瘦，膚色白淨，面龐端正瘦削，一雙深陷在眼窩裡的眼睛帶著一種永遠也無法抹去的憂鬱。說話時，他的樣子顯得誠懇而規矩，但神情裡卻總有幾分拘謹和膽怯。

上了高中，有時談起將來的理想，幾個同鄉前輩建議他將來去做教師。李學光老師覺得高秉涵去做小學教師最合適，他性格溫和，不容易發火，一定能和小孩子們打成一片。

將來幹什麼，高秉涵並沒有具體打算，過慣了苦日子的他覺得只要能掙錢養活自己就行。

高中的日子依然清苦。第一個學期是沒有獎學金的，為了攢夠第一個學期的學費，高秉涵整整一個暑假不停地出去打零工。到了開學，學費還是不夠。關鍵時候，最瞭解他狀況的管玉成給他寄來了三十塊錢。對老朋友的幫助高秉涵感激萬分，但自尊心極強的他在很短的時間內就把這筆帳還上了。

高秉涵已經學會了替別人考慮問題，不想拖累別人。從離開家鄉到現在，他已經接受了無數人的關照和幫助。沒有這些人的關照和幫助，他就活不到今天。他已經欠別人的太多太多，現在他已經長大成人，能自己解決的問題，就絕不輕易麻煩別人。

從高中開學的第一天起，高秉涵就像讀初中時一樣，盯上了班裡唯一的一個獎學金名額。然而，他越來越覺得在班裡保持第一名不是件容易事。光是數學，就夠他折騰的。

同桌的馬志玲數學成績出奇的好，每次考試分數都比他高出一大截。

為了提高自己的數學成績，高秉涵在課後經常向馬志玲求教。要是沒有時間，高秉涵乾脆把馬志玲的數學作業拿回去，仔細地研究他做題的每一個步驟，通過看這些步驟理清他的思路。

一天下午，去上學的高秉涵剛一走出政工幹校，就看到原本晴朗的天突然變了。一片烏雲壓過來，天色瞬間灰暗起來，涼颼颼的風裹挾著幾片樹葉打在高秉涵臉上。他趕緊從書包裡掏出那個自製的雨衣披在身上。

雨點重重地打在身上，狂風掀著他的衣角，高秉涵抓牢身上的自製雨衣縮著身子向前走。夏季的台灣極容易刮颱風下暴雨。前幾天外出打零工，一陣旋轉的龍捲風把高秉涵的雨衣旋到了天上。一時還沒有買雨衣的錢，他就用衛生所包紗布的塑膠膜縫了一個雨衣。

雨越下越大，雨水順著接縫處一點點往裡滲，不一會，高秉涵的身上就濕了。趕到學校，雨還在下個不停。走進教室的高秉涵把塑膠膜收起來走到座位坐下。

高秉涵打開書包一看，壞了，裡面的書本全濕了，馬志玲的數學作業本也濕了一半。高秉涵趕忙向馬志玲道歉。

馬志玲看著高秉涵手裡的塑膠膜，什麼也沒說。

高秉涵以為馬志玲生氣了，又一番道歉，並說回頭還他一個新作業本。

馬志玲還是不說話，把塑膠膜從高秉涵的手裡拿過去，展開來細看。塑膠膜雨衣是由一塊塊一尺見方的小塑膠膜拼接而成。

「這是你的雨衣？」

「是我自製的。」高秉涵不好意思地說。

馬志玲說：「看你這粗針大線的，不漏雨才怪。」

「回去我再好好縫一縫。」高秉涵說。

「不用縫了。」說著，馬志玲把自己嶄新的雨衣推到了高秉涵眼前。

「送給你用吧，最近雨水很多，天氣預報說明天還會有大雨。」

高秉涵忙把雨衣推回去：「你剛買的新雨衣怎麼好送給我？還是你留著自己用。」

馬志玲又把雨衣推過來：「說送給你就送給你，你不要這麼不給面子好不好？」

高秉涵說：「如果你有不用的舊雨衣可以拿來給我用，這新雨衣我怎麼好意思收？」

馬志玲說：「舊雨衣我早就扔了，這就是我的舊雨衣，你拿著用吧。」

高秉涵還是不肯拿，馬志玲說：「高秉涵，你要是不拿，往後可別怪我不借給你我的作業本。」

高秉涵只得收了馬志玲的雨衣，內心充滿感激。

過了十多天，高秉涵去馬志玲家和他一起做數學作業。

馬志玲的父母來台之前都是上海的生意人，做建材生意，到台灣後重操舊業，開了一家建材店。建材店生意興隆，家裡的日子過得很紅火。馬志玲是家中的長子，父母對他期望很高，從不讓他亂交朋友。

高秉涵是第一次到馬志玲家，馬志玲的母親一直在觀察他。

從書包裡往外掏書本時，高秉涵不小心把前些天馬志玲送他的那件雨衣也帶了出來。一看到那雨衣，馬志玲母親心裡暗暗吃了一驚。這不是前些天兒子聲稱丟了的那件新雨衣嗎？沒錯，正是那一件。馬志玲的母親心裡泛起了嘀咕，這雨衣怎麼到了這個孩子的書包裡？

「志玲，這雨衣怎麼和你丟的那件雨衣一模一樣？」她忍不住問兒子。

馬志玲一愣，高秉涵也一愣。

馬志玲站起來把母親拉到外屋，把事情的前前後後對母親說了。

等馬志玲母親再回到房間時，高秉涵看到她的眼圈竟然紅紅的。

寫完作業，高秉涵要回去，馬志玲的母親死活要把高秉涵留下來吃飯。吃飯時，她不停地給高秉涵夾菜，用母親一樣慈愛的眼神看著他。

高秉涵走時，馬志玲的母親送給他一疊新衣服——一套馬志玲沒穿過的新校服，兩件新襯衣，還有一套西服。

高秉涵再三推辭，卻無論如何也沒有拗過這位熱情的母親。

「孩子，你是個自強自立的好孩子，我家志玲和你做朋友，我放心。」

那一刻，高秉涵覺得心裡暖暖的。

高秉涵後來報考的是軍事院校，這與他高三時的一場大病有關。

一天晚上，正在上課的高秉涵突然感到胃疼。一開始是鈍鈍的疼，可以忍受，到了後來，胃裡就像著了火，一口血吐出來，疼得他昏過去了。

老師和同學連夜把高秉涵送到醫院，醫生的診斷讓所有人都大吃一驚。

高秉涵患的是重度胃潰瘍。一個十幾歲的孩子，患上這麼嚴重的慢性胃病，實在是不多見。

高秉涵卻對這個診斷一點也不吃驚。這些年來，生活一直拮据，吃飯從來都不規律，飢一頓飽一頓，胃疼對他來說早已是家常便飯，只是平日裡能忍就忍了，不聲張而已。

聽說高秉涵病了住進了醫院，管玉成利用週末專程從岡山趕來看他。說起幾個月之後的大學考試，管玉成建議高秉涵報考軍事院校。

「軍校不用交學費。要是你還像現在這麼辛苦下去，恐怕等不到大學畢業就會成為一個病夫。」

劉主任也同意管玉成的觀點。

「秉涵，這些年你吃的苦太多了，是該好好調養一下身體了，年紀輕輕的可不能把身體搞垮了，沒有健康的身體做本錢，讀再多的書也是一事無成。」

知道高秉涵生病，很多朋友都來看他，病房裡總是這個走了那個來。醫生感到很奇怪，不是說這人是個孤兒嗎？怎麼這麼多親戚來看他？

高虎雄和他的爸爸媽媽拎著飯盒剛走，孔伯伯和朱大傑就來了。孔伯伯是高秉涵隻身來台北後認識的第一個人，他一直對孔伯伯當初對他的幫助心存感激。有很多次，高秉涵都想請孔伯伯到士林街去好好吃一頓，孔伯伯不去，說等他大學畢業後掙了薪水再去也不晚。

孔伯伯臉色黑紫，還是不停地咳嗽，朱大傑不停地為他拍打後背。

孔伯伯說：「秉涵，你可要把身體養好了，我還等著你大學畢業後掙了錢請我去士林街好好吃一頓呢！」

朱大傑也說：「秉涵哥，不要忘了也帶上我。」

高秉涵看了一眼朱大傑，說：「放心吧，誰不知道你是個貪吃鬼，敢不請你嗎？」

朱大傑長高了，臉上也有了肉，只是一點也不講究穿戴，看上去有些邋裡邋遢的。

說到填報大學志願，高秉涵說已經考慮好了，就考國防醫學院，學個醫生的手藝將來不愁找工作。孔伯伯對高秉涵的這個想法很贊同，說：「太好了，等你當了醫生，我生了病，就去找你看。」

話題又扯到朱大傑身上，孔伯伯說：「大傑啊，你看秉涵這麼有出息，你也快去讀書吧。」

朱大傑笑笑，說：「孔伯伯，我不是讀書那塊料，在火車站跟著您幹有口飯吃，我就很知足。」

「那也要趕緊去學個技術，總不能當一輩子小販。你呀，就是不如秉涵有遠見，我最放心不下的就是你。」

「孔伯伯，我不是答應了嗎？明年我就去學開車。」

「學開車也不錯，好好掙錢，將來娶個媳婦過日子。」

朱大傑指了指自己的鼻子，笑說：「就我？誰會嫁我這個沒爹沒媽又沒房子的窮光蛋？」

孔伯伯說：「不用擔心沒有房子，要是你不嫌棄，將來就把新娘子娶到我那兩間小屋裡，到時候我住火車站的宿舍。」

朱大傑說：「那怎麼能行？」

孔伯伯說：「雖然沒有舉行什麼儀式，但誰都知道你們倆是我的乾兒子。秉涵不用我操心，你的事我不能袖手旁觀，遺憾的是我這輩子沒混出個什麼名堂來，家當少得可憐，就是咽了氣也給你留不下什麼像樣的東西。」

高秉涵說：「孔伯伯，你能在我們最落魄的時候，給予我們幫助，就已經讓我們感激不盡，應該我們掙了錢孝敬您老人家才是。」

孔伯伯說：「秉涵，你老是說自己不會說話，我看你最會說話了。」

朱大傑說：「孔伯伯，秉涵說的是真心話，所以就變得會說話了。」

高秉涵說：「就是，我的話是真心的。孔伯伯，等我以後和大傑都能掙錢了，一定天天請你去士林街下館子！」

朱大傑說：「秉涵哥，到那時我們就不去士林街了，要去就去中山北路的大飯店。」

「好，去大飯店。」高秉涵說。

孔伯伯笑起來，病房裡的氣氛很歡快。

孔伯伯的臉倏地又黯然下來，過了許久又說：「你們找老婆一定要找個好女子，切莫找個貪財鬼！」

高秉涵和朱大傑都知道孔伯伯又想起了那個負心的阿菊。

天有不測風雲，高秉涵出院半個月後的一個晚上，朱大傑突然來到學校把他從課堂叫了出去，朱大傑說孔伯伯在自己家中因心臟病過世了。

朱大傑哭得淚人一般，高秉涵聽到這個消息頓時驚呆了。

三天後，高秉涵和朱大傑都以孔伯伯義子的身分出現在葬禮上。見慣了人間生死的高秉涵又一次被失去親人的悲傷籠罩著。初來台北時，貧病交加的他在火車站討生活的一幕幕淒慘情形浮現在眼前，沒有孔伯伯的關照，他就活不到今天。可如今自己還沒有來得及報答孔伯伯，他就永遠離開了。

看著孔伯伯的遺體，遺憾如潮水般陣陣襲上心頭。

葬禮進行到一半，一個女人哭著來了。她近五十歲的樣子，清瘦臉，黃面皮，哭得有些虛情假意。火車站的員工們說這就是離開孔伯伯多年的阿菊。

員工們說，阿菊這時出現，目的很明確，就是看上了孔伯伯的兩間破房子。

阿菊衝到靈柩前，拍著孔伯伯的棺木哭道：「老公啊，你怎麼說走就走了，扔下我一個人可怎麼辦？」

高秉涵驚呆了，覺得這個女人太無恥。他憤憤地看著她，不知怎麼辦才好。

正跪在棺木前磕頭的朱大傑一下從地上跳起來。他一把揪住那個女人的頭髮，罵道：「哪裡來的野女人？快給我滾！」

阿菊忽地撒起潑來，哭罵道：「你是哪裡來的小流氓？我哭我的老公礙你什麼事？」

「妳老公？誰是妳老公？」朱大傑揪住她的頭發問。

知道內情的人都覺得這女人可惡，也就沒有人上前勸架。

阿菊衝朱大傑吐了一口吐沫，又哭罵道：「老公，這是哪裡來的小流氓，你也不出來管一管？」
高秉涵剛要上前勸解朱大傑，只見惱羞成怒的朱大傑從腰裡掏出一把水果刀向阿菊的胸前連刺數刀。
阿菊瞬間跌倒在地，眾人一看事情鬧大了，趕忙圍上來。
「刺到心臟了，怕是要出人命！」
「快點報警！」
……
高秉涵被這突然的變故驚呆了，再看朱大傑，早沒了人影。
阿菊被人送進醫院，匆匆趕來的員警沒有抓到朱大傑。孔伯伯的葬禮在一片混亂中草草收場。
已被那個去新加坡割膠的男人拋棄的阿菊沒有死，她在醫院躺了整整一星期後脫離了生命危險。孔伯伯的所有遺產都被變賣做了她的醫療費。
這件事發生後，朱大傑就沒了音信。高秉涵曾多次尋找他，終也沒有結果。
每當路過士林小吃街時，高秉涵都會想起孔伯伯和朱大傑，想起在醫院的病房裡他們一起說過的話。他多麼想請他們兩個人到這裡大吃一頓，可如今這一切都已成為夢想。
人生無常，物是人非。高秉涵憂鬱的臉上又添一絲傷感。

16

一九五七年四月底的一個午後，當高秉涵在政工幹校的宿舍裡，用一支殘破的圓珠筆在第二志願一欄內寫下「國防管理學院法律系」一行字時，不善言談的他一點也沒有意識到，將來自己竟然要和法律打一輩子交道。

其實，那時高秉涵已經打定了主意去學醫，填個法律專業只不過是履行程序。

兩個月後，高考剛一結束，高秉涵就收到了管玉成發來的一封邀請函。在台灣，大學生大學畢業時校方會邀請每個學生的一名家人到學校參加畢業典禮。管玉成和高秉涵一樣，也是流落到台灣的孤兒，在他的心目中，高秉涵是他唯一的親人。

那天，高秉涵被安排由台北的松山機場搭乘軍用飛機飛往岡山。這是高秉涵第一次坐飛機，他感到十分新鮮和興奮。

一到岡山，高秉涵就從管玉成那裡聽到一個好消息。管玉成被分配到了台北的桃園機場，以後他們可以經常見面了。

畢業典禮上，被評為優秀學員的管玉成十分激動地從校長手裡接過優秀學員證書和畢業證書。典禮一結束，管玉成就跑到高秉涵面前，把證書遞到他的手上。

管玉成眼裡含著淚，激動得久久說不出話。

「管哥，祝賀你！」

感情很少外露的管玉成抬頭看了一眼天空，忍住淚水，說：「秉涵，要是我爹我娘也能看到這些就好了。」

是啊，人們總是希望能和至親一起分享成功的喜悅，高秉涵又何嘗沒有這樣的感受？自己馬上也要上大學，要是母親能親眼看到這一切，該有多好！

半個月後，高秉涵意外地收到了國防管理學院法律系的錄取通知書，他以三分之差與國防醫學院失之交臂。

幾乎所有的朋友都對這個錄取結果感到意外。

「高秉涵，你當法官能行嗎？當法官可是要有一副好口才。」

本來打定了主意去學醫，高秉涵對這個錄取結果也很意外。

只有王升校長鼓勵他。

按照政工幹校的慣例，凡是調出本校的軍官，都要由校長親自陪同吃一次早餐，以示送別。

高秉涵報到的前一天，王校長一走進送別的小餐廳，就吃驚地問：「小高，怎麼今天坐在這裡的是你？」

高秉涵向王校長報告了自己被國防管理學院法律系錄取的事。

「小高，你終於修成正果，祝賀你！不過你為什麼不報咱們學校？咱們學校有政治、新聞等六個系可選，也都是不錯的專業。我看著你在這裡長大，這裡從伙夫到校長都是你的同事，在這裡上學是不會讓你吃虧的。」

「我口才不好，做一個政工人員一定要有好口才，可我就是不會說話，所以沒敢報考咱們學校。」

「當法官也要有好口才。」

高秉涵又把自己當初想上醫學院，因意外上了法律系的事向王校長說了。王校長聽後開懷大笑。

「小高，不用擔心，我王升當初也是個不善表達的人，現在大家都說我很會說話，這是後天訓練出來的！你考慮好了，要是想把志願調到咱們政工幹校就找我。不過法律也是個很有前途的專業，我尊重你的選擇。」

輾轉思考了一個晚上，高秉涵不打算換專業。

第二天一大早，高秉涵打好背包去位於台北市東邊的國防管理學院報到，出門時，正好王二金出操回來了。王二金順便給高秉涵買回來一些水果，他很不自然地對高秉涵笑著。

「這是我給你買的水果，路上吃。以前我有些地方做得不對，請你原諒。」

高秉涵指了指王二金的桌子，說：「我也給你留了禮物。」

王二金往桌子上一看，原來是高秉涵用過的教科書，高高的疊了兩大疊。

「謝謝，以後我會向你學習的。」

高秉涵去和王校長告別，到了辦公樓才知道王校長有事去了新竹，和教育長握別後就一個人走了。

走在政工幹校的校園裡，高秉涵仔細地打量著四周的一切。不知不覺間，高秉涵到政工幹校已經六個年頭了。六年裡，政工幹校發生了翻天覆地的變化，由當初臭氣熏天的賽馬場變成了如今的美麗校園，他自己也由一個不諳世事的少年變成了一個大學生。想到這些變化，高秉涵覺得步履輕盈，渾身充滿了力量。

管玉成畢業典禮時說過的話又浮現在高秉涵耳邊。是啊，要是母親能看到這一切該有多好！母親那麼希望他成才，如果知道他考上了大學肯定會笑得合不上嘴。

娘，我考上大學了！高秉涵在心裡對母親說。他的眼裡隱隱地含著淚，內心又喜悅又酸楚。

道路兩邊油綠的芭蕉葉在秋風中搖曳著，似乎明白了高秉涵的心聲。

剛一出政工幹校的大門，高秉涵就愣住了。

眼前竟然站了一幫送他的朋友，有高虎雄一家、姬醫官和專程從桃園機場趕來的管玉成。

看著這些沒有血緣關係的親人，高秉涵感動得流下了熱淚。

17

高秉涵一走進管玉成宿舍，就覺得他的神情有些詭異。

管玉成的臉上藏著笑，又不好意思笑出來，有些羞澀有些得意還有一些按捺不住的躁動。

高秉涵讀書的國防管理學院距桃園軍事機場只有一個小時車程。上了大學之後，他幾乎每週都要來管玉成這裡。整個桃園機場都讓他轉遍了。後來實在沒有地方可轉了，他們倆就到附近的鎮子上去玩。

高秉涵問：「管哥，這麼高興，今天我們去哪裡？」

管玉成越加不好意思。

「你怎麼了，你不是說你是架按部就班的機器嗎？怎麼一下變得這麼扭扭捏捏的，都不像你了？」

管玉成的臉竟然一下紅起來。

高秉涵更加摸不著頭腦。

「走吧，我們出去玩去。」高秉涵說。

管玉成說：「今天我們不出去了。」

「不出去？上週你不是說要把機場附近的幾個鎮子都走遍嗎？」

「不去了，今天我們去石工家做客。」

「石工？就是你們中隊的那個姓石的機械師？」

管玉成的臉又是一陣紅：「是的，今天我們去他家。」

「去石工家做客有什麼可臉紅的？」

管玉成的臉更紅了，高秉涵覺得不對勁，就問：「到底是怎麼回事，你今天怎麼這麼奇怪？」

「是這樣……」

「到底怎麼了，急死我了。」

「別人給我介紹了一個女朋友，就是石工的大女兒石慧敏，聽說是石工專門托人介紹的。」

高秉涵吃驚地問：「石工讓你做他的女婿？你見過他女兒了？」

管玉成點了點頭。

「做什麼的？」高秉涵問。

「在台中農大讀大二，後年畢業。」

高秉涵說：「也是個大學生？太好了！」

「人也長得端莊大方。」管玉成說。

高秉涵笑著說：「看你那害羞樣兒，就知道這個石小姐一定錯不了！」

石工的家住在機場附近的眷村裡。走在路上，看著管玉成的興奮神情，高秉涵忍不住又想起了李大姐。李大姐的事情高秉涵從來沒有對管玉成說起過。

「管哥，你說我們到底什麼時候能回大陸？」

「回大陸？你怎麼突然說起了這個？」

「你在這邊娶了媳婦，老家的人都不知道，多不好！」

「大陸那麼大，台灣這麼小，我看反攻大陸幾乎是沒有希望的事。」

回不了大陸，就見不到李大姐。見不到李大姐，就等於沒有老婆。高秉涵默默地想著心思。

「秉涵，你也二十多了，也到了談朋友的時候，我替你物色著點，遇到合適的就給你介紹。」

被人觸到了內心難言的隱祕，高秉涵的神情變得極不自然。

「不用了，我不想在台灣結婚。」

處在興奮中的管玉成沒有發現高秉涵的異樣。

眷村是一片用泥巴和竹子蓋成的平房。房屋之間到處開放著紅色的雞冠花，雞仔們歡快地穿梭其間，陽光下的花朵上飛繞著辛勤的蜜蜂。

看到一家門口停靠著一輛髒兮兮的小汽車，高秉涵馬上聯想起以前為了攢學費挨家敲門攬零活的情形。

「管哥，看到這個小汽車你會想到什麼？」高秉涵問。

「我會想，將來有了錢我也要買一輛，你想什麼？」

「你猜？」

「猜不到。」

「我忍不住想敲門，問問主人要不要洗車？」

管玉成默默拍了拍高秉涵的肩膀，說：「那樣的苦日子總算過去了。」

一走進石家的院子，高秉涵覺得滿院都是人，非常熱鬧。石工有六個女兒，一個兒子，他們神情各異地依次排成一隊。石工和他的太太陸阿姨站在旁邊一一給大家做著介紹。排在第一個的是大女兒石慧敏，她樣子有些拘謹，幾乎一直抿著嘴唇低著頭。石慧敏後邊是二女兒石慧麗，上初三的石慧麗和姐姐不一樣，她用清澈的眼神很大方地看著眼前的兩個年輕人，臉上帶著看熱鬧的輕鬆笑容。後邊的幾個女孩子看上去都是小朋友，她們覺得這個場面很好玩，一直嘰嘰喳喳地小聲說笑。

管玉成也很拘謹，故意不看石慧敏，可眼神躲來躲去最後還是落在了石慧敏身上。意識到自己在看石慧敏，他又趕忙把眼神移開，臉上的神情變得更不自然。

石工的兒子最小，一看就是個調皮鬼。他跑到大姐石慧敏身後，一把把她推到管玉成跟前，之後做著鬼臉嬉笑著看著他們倆。

陸阿姨一把推開小兒子，說：「祥麟，快寫作業去！別在這裡沒禮貌！」

祥麟說作業早就寫完了，話音沒落就又帶著興奮的神情湊過來圍著管玉成和高秉涵打轉。

石工指著高秉涵問：「玉成，這就是你常向我提起的秉涵吧？好精神的小夥子！」

上了大學之後，身材瘦小的高秉涵彷佛一夜之間長高了，氣色也比以前好了許多。高家的家族特徵在他身上一點點顯現出來，瘦高的身材，清秀端正的五官，深陷的眼窩，挺直的鼻樑，謙和的氣質。這一切都讓人覺得他是個踏實正派的年輕人。

管玉成說：「是的，秉涵是我在台灣最親的親人，我們從小一起長大，後來又一起來台灣的。」

陸阿姨用讚賞的目光看著高秉涵：「秉涵，玉成說了你的經歷，你們都是了不起的年輕人。」

看得出來，石家夫婦都對高秉涵的印象很好。

高秉涵平日裡害怕見生人，但這會卻有一種在自己家裡的感覺，他說：「陸阿姨，玉成是我的榜樣，我每走一步都是在向他學習！」

石工讓大家進屋吃午飯，祥麟第一個衝到飯桌跟前。

陸阿姨是四川人，做得一手好菜。孩子多，日子肯定不寬裕，但一桌子看上去既經濟又實惠的家常菜讓人感覺到女主人的能幹和賢淑。

主打菜是擺在桌子中間的一大盤豬腳燉花生米。紅紅的帶著亮光的豬腳被切成一塊一塊的，看著很吊人胃口。

祥麟忙夾了一塊豬腳放進管玉成碗裡，又夾了一塊放進高秉涵碗裡。

祥麟的舉止和平時不太一樣，一家人都很欣喜地看著他。

石工說：「我們祥麟從來不給別人夾菜，看來他對你們這兩個大哥有好感。」

祥麟說：「大哥哥，吃完飯和我一起打陀螺好嗎？」

高秉涵和管玉成忙答應了。

石工給管玉成和高秉涵倒了些酒，也給自己倒了一大杯。一口喝下酒後，石工抱怨說：「這台灣的酒，就是沒有勁，比我們河北的老白乾差遠了。」

一喝酒，話題自然就扯遠了。等大家都下了桌，三個男人還談興正濃。

話題轉到了石工的經歷上。石工是河北景縣人，一九三八年，十六歲的他初中畢業後因家境貧寒去當了國民黨的空軍，先是在南京的機場服役，抗戰時又被調防到四川的涼山。抗戰期間，石工經常隨飛機到緬甸境內投放軍用物資。說起那段經歷，石工感慨萬千。石工說，有一次碰上日軍襲擊，飛機掉在了大山裡，他險些送了命。

說起那次空難，石工忍不住又提起了徐達輝。

石工說：「徐達輝比我大兩歲，遼寧人，大個子，人很仗義，但很懶、不講究，所以一直沒娶上媳婦。我倆住一個宿舍，成天讓他的臭襪子熏得夠嗆。說實話，我挺煩他的。但是，在那次空難中，站在機艙口的徐達輝卻先把我推出了艙門。俗話說，關鍵時刻見人心，那節骨眼上他把唯一的活路讓給了我，真令我感動！」

「徐師父沒出來？」高秉涵問。

管玉成多次聽石工說起過這個徐達輝，他替石工回答：「出來了。」

石工說：「徐達輝是個動作俐落的人，把我推出來後，他也緊跟著跳了出來。說實話，要是他先跳傘，我未必能在飛機失事前跳出來。我倆落在岩石上，都摔暈了，等地面部隊把我們救過來，才知道其他機組人員全都遇難。後來，我倆跟著地面部隊長途跋涉，總算又回到了涼山的基地。一進家門，你陸阿姨就把剛剛出生半個月的慧敏塞進了我的懷裡。那一刻，我在心裡發誓要感念徐達輝一輩子！」

「徐師父也來台灣了？」高秉涵問。

石工一聲嘆息，臉上滿是遺憾。

管玉成說：「徐師父在泰緬邊區。」

高秉涵聽說過泰緬邊區這個地方，知道是撤離大陸時一部分被共軍打散的國軍賴以藏身的泰緬邊境地區。

「他不是跟著你一起回涼山了嗎？怎麼又去了泰緬邊區？」

「說來話長。抗戰後國民黨設在涼山的空軍基地撤銷後，我們又換防到南京。一九四九年春天撤退時，我奉命帶著全家搭乘飛機來了台灣，徐達輝本來也要來台灣的，可臨走的前一天，他又接受緊急飛行任務隨飛機去了昆明，不料正趕上天氣不好飛機在昆明耽擱了幾天，誰知這期間解放軍就過了長江。徐達輝只好留在當地，後來解放軍南下大西南，他又隨著國軍九十三師逃到了泰緬邊區。」

高秉涵問：「這幾年我們不是派飛機去泰緬邊區接過來不少人嗎，徐師父怎麼不回來？」

石工說：「接過來的都是些當官的，要不就是老弱病殘，像徐達輝這樣還能打仗的，是沒有資格回來的，蔣總統把他們留在那裡成立了『反共救國軍』。」

「反共救國軍？」

石工嘆息一聲說：「我看這是蔣總統的一廂情願，就憑那區區幾萬人，能成事才怪了。」

高秉涵突然問：「石叔，你說我們還能回大陸嗎？」

「難。」石工說。

還在想著徐達輝的石工又說：「我們即便回不了大陸，也總是生活在自己的國土上，徐達輝他們可就慘了，大陸回不去，緬、泰政府又不待見他們，爹不疼娘不愛，那種日子不好過。」

陸阿姨又說：「這徐達輝也是個死心眼，那麼多人都繞道來了台灣，他也偷著跑來就是。」

石工說：「你以為他們可以隨便行動嗎？泰、緬政府給他們劃了個很小的活動範圍，就限定在那一小片邊境叢林裡，靠個人的力量，是出不來的！」

想著這個與自己並不曾相識的徐達輝的人生命運，高秉涵的心情十分沉重。他的思維也一直停留在那片陌生的亞熱帶異國叢林裡。

「兩位哥哥，你們為什麼還不出來打陀螺？」正在外面玩耍的祥麟滿頭大汗地衝進來問。

管玉成忙笑著起身出去打陀螺。

高秉涵感慨地想，與徐達輝相比，自己已經非常幸運了。正如石工說的那樣，他怎麼著也是生活在自己的國土上。

當時這樣感慨著的高秉涵，並不曾料到有朝一日他會以一種他所料想不到的身分，去面對這個叫徐達輝的人。

18

大四剛開學，高秉涵陷入到一種從未有過的矛盾痛苦中。他的內心甜蜜中伴著痛苦，整個人要裂開一般。

這種奇特的感覺，源自石家二女兒石慧麗投向他的一個明亮而溫情的眼神。那一刻，二十五歲的高秉涵第一次被一個年輕女性的眼神擊中了。他內心一直平靜的情感湖泊像不經意間被人投進了一顆巨石，泛起層層波瀾，一股從沒有過的甜蜜湧上心頭。但緊接著，這種甜蜜感覺就被痛苦所替代。石慧麗那明亮而溫情的眼神勾起了高秉涵許多聯想。他先是想起了李大姐，接著又想起了家鄉和母親。一番聯想過後，高秉涵原本甜蜜的內心瞬間變得沉重而複雜。

最初給高秉涵撮合這門親事的是石慧敏。石慧敏大學畢業後就和管玉成結了婚。被分到桃園農校做教師的石慧敏很會說話，總是在不經意間把想說的話說出來。

有一次，高秉涵到管玉成和石慧敏桃園農校的小家裡做客，石慧敏說：「秉涵，以後去我家你可要注意形象了，我爸媽可是有意讓你和玉成成為連襟！」

高秉涵的臉一下紅了。

一邊的管玉成附和說：「我和秉涵本來就是兄弟，要是成為連襟就是親上加親。」

後來，再去石家，一看到石慧麗，高秉涵就覺得心慌氣短，不敢面對她那清澈的眼神。給石慧麗輔導功課時，他再也沒了以前那種平靜心情。

前些天，石慧麗接到國防醫學院護理專業大學錄取通知書時，陸阿姨做了一桌子拿手菜宴請大家。吃完飯，石慧敏把石慧麗從椅子上拉起來，說：「天氣這麼好，妳和秉涵還不出去轉轉？」

陸阿姨也說：「慧麗，人家秉涵一直給妳輔導功課，妳現在考上了大學，是該帶妳師父出去放鬆放鬆。」

於是，石慧麗從椅子上站起來，略顯羞澀地向高秉涵投來了那個致命的眼神，之後朗朗地說：「高哥，咱們走吧！」

那一刻，二十五歲的高秉涵感到自己被這個比他小七歲的小女孩徹底俘虜了，內心又甜蜜又感動。矛盾和痛苦也從那一刻起在心裡同時滋生了。再到週末時，高秉涵就不敢去石家了。他想往前走，又害怕往前走，心思複雜得無法對人言說。

幾天前，管玉成打來電話，說石慧麗再過幾天就要去國防醫學院報到，這週末約好一家人聚一聚。高秉涵當時答應了，可後來又犯起了猶豫。

要是他和石慧麗再向前發展，菏澤的李大姐怎麼辦？

到了週末，高秉涵只好食言。他不敢去石家，躺在宿舍的床上輾轉反側，痛苦而懶散。

九點多，高秉涵端著臉盆去洗漱間洗漱，剛出門，就聽到站在走廊電話機旁邊的同學葉潛昭大聲喊：「高秉涵，你的電話！」

高秉涵嚇了一跳。

「你的電話，桃園機場的，快來接！」

高秉涵急步走過去，一個勁地用手向葉潛昭比畫，意思是讓葉潛昭告訴對方他不在。

高秉涵和葉潛昭的關係一向很鐵。葉潛昭腦子好使，平時不怎麼用功，可每次考試一樣能考高分數。這樣，葉潛昭就對老師平時留的作業有些不屑，但不做又不行，所以常請高秉涵代勞。當然，這是他們兩個人之間的祕密。

此時拿著話筒的葉潛昭沒明白過來高秉涵的意思，又大聲說：「高秉涵，你衝我做鬼臉幹什麼？你的電話！」

高秉涵把嘴巴貼到葉潛昭的耳邊小聲說：「就說我不在！」

葉潛昭一愣，馬上對話筒說：「高秉涵不在，你哪位？」

旁邊的高秉涵緊張地看著葉潛昭，不知道能不能應付過去這一關。

突然，耳朵對著話筒的葉潛昭臉上的神情變得尷尬起來，他把話筒一下塞到高秉涵的手裡：「別裝了，他知道你就在旁邊！」

無奈，高秉涵只好接過話筒。

管玉成在電話那端吼：「高秉涵，這星期你還是不打算到我這邊來是不是？你這人怎麼回事？婚姻這事是自願，沒人逼你，不論同意還是不同意你給個囫圇話好不好？說吧，到底同意還是不同意？要是不同意我現在就告訴石慧麗，讓她對你徹底死了心！」

高秉涵沉默。

「高秉涵，你搞什麼鬼？你怎麼不說話？」

高秉涵支吾著不好表態。

「高秉涵，別這麼吞吞吐吐的好不好？我在家裡等你，一小時之內不來，我就當你不同意！」

五十分鐘後，高秉涵趕到了管玉成夫婦桃園農校的家。

一見高秉涵，管玉成就質問：「說吧，到底怎麼回事？」

高秉涵一五一十地把埋藏在心底多年的那個祕密說了出來。說完後，他緊張地看著管玉成和石慧敏的反應。

一直板著臉的管玉成聽完之後突然哈哈笑起來。

「高秉涵呀高秉涵，我還當是你有什麼難言的生理疾病呢，就為這點事？」

「這事還不夠複雜？我和李大姐都拜堂十四年了！」高秉涵說。

「這有什麼複雜的？拜堂十四年了又怎麼樣？你也不想想，你和李大姐拜堂時只有十一歲，這種婚姻根本就是名不副實！」

「那也算是結過婚的人了，說不定李大姐還在老家等著我。」

「秉涵，你算算李大姐今年多大了？要是我沒算錯的話，她今年應該是二十九歲，你這麼多年和家裡失去聯繫，她一個黃花大閨女能等到現在嗎？就是她想等，你母親又忍心讓她等嗎？說不定現在她早就是幾個孩子的媽媽了。」

高秉涵無語。

管玉成又說：「你再看看現在的形勢，反攻大陸只不過是句空話而已，回老家根本就是無望的，那些在老家結過婚甚至有了好幾個孩子的人都又重新結了婚，像你這種完全形式上的婚姻就更沒必要等下去！」

高秉涵還是無語。

管玉成問：「秉涵，現在我只問你一句話，你要說實話，你喜歡慧麗嗎？如果喜歡就沒有什麼可猶豫的，老家李大姐的事情大家都可以理解；如果不喜歡，那就另當別論，強扭的瓜不甜，誰也不會勉強你。」

一邊的石慧敏緊盯著高秉涵，看他的表態。

管玉成又問：「到底喜歡還是不喜歡？慧敏也不是外人，你就實話實說。」

高秉涵說：「我就是怕我配不上慧麗。」

「喜歡還是不喜歡？不要繞彎子！」管玉成又問。

「喜歡！」高秉涵說。

管玉成笑了，說：「我要的就是你這句話，慧麗那邊我負責對她說，李大姐的事情我想她也不會在意的。」

門突然被推開，石慧麗從外邊走了進來。十八歲的石慧麗此刻顯得異常老成而篤定。她徑直走向高秉涵，說：「秉涵，以後我會對你好的！」

高秉涵感動得眼睛一下濕潤了。這是他第一次為愛情流下淚水。

當天晚上，一回到國防管理學院的宿舍，同室好友葉潛昭就審問他到底犯了什麼事？惹得那個人在電話裡發那麼大的脾氣，等高秉涵把事情的經過說了一遍，葉潛昭也哈哈大笑起來。

「高秉涵，我算是看透了，你是個對愛情忠貞的人，這個石小姐跟了你將來是不會受委屈的！」

有幾年相識經歷做基礎，高秉涵很快就和石慧麗陷入到熱戀之中。他們幾乎每個週末都約會。高秉涵溫和寬容，石慧麗理性善良，兩個人很少有摩擦。

知道高秉涵有胃潰瘍，怕餓，學醫的石慧麗就從中醫老師那裡討來了一個偏方。她專門縫製了一個巴掌大的小布兜，把裝滿花生米的小布兜裝在高秉涵的口袋裡，告訴他餓了就吃上幾顆。高秉涵試了試，還真管用。從此，裝滿花生米的小布兜就成了高秉涵不離身的一個物品。

轉過年來，高秉涵畢業前夕，在管玉成的提議下，高秉涵和石慧麗找了個週末訂了婚。訂婚那天天氣很熱，在石家做客的高秉涵一不小心拎起了自己的一條褲管，一邊正在擇菜的六妹石慧珠忍不住驚叫了一聲。

慧珠的叫聲引來了大家的目光。高秉涵小腿上深深凹陷下去的黑色疤痕呈現在大家的眼前。

石慧麗第一個跑過來，看著高秉涵腿上的傷疤，她驚呆了。她用顫抖的手把高秉涵的褲腳撩起來。看著令人揪心的傷疤，石慧麗流淚了。她下意識地把高秉涵的另一個褲腳撩起來，一樣的凹陷進去的黑色傷疤，一樣的令人揪心。石慧麗咬著嘴唇不讓自己哭出聲來。

石工和陸阿姨看著高秉涵腿上的傷疤，也都很震驚。

陸阿姨含著淚，用手撫摸著高秉涵腿上的疤痕，說：「秉涵，要是你母親看見你的腿傷成這個樣子，她會心疼死的。」

石工的聲音因為難過而有些變調，他說：「秉涵，以後天氣涼的時候，你要買個大一些的護膝套在腿上，要不你的腿會疼的。」

一直愣在那裡的高秉涵被眼前的情景感動哭了。他俯身扶起未來的岳父岳母，用顫抖的聲音叫了他們一聲爸爸媽媽。

一家人在淚水中露出了欣喜的微笑。

那一刻，高秉涵覺得自己在台灣有家了。

19

經過一夜航程，天亮時分，凸出海平面的金門島終於出現在了高秉涵的視野中。他激動得站在甲板上，把目光投向西方。

看到了，終於看到了！高秉涵的心激動得快要跳出來，眼裡流出的淚水被肆意的海風吹得滿臉橫流。

令高秉涵如此激動的不是近在咫尺的金門島，而是與金門島一海之隔的中國大陸。

高秉涵被分配到距金門島還有半個小時航程的小金門，下了登陸艇，又換上輪船，半小時之後，小金門近了，大陸也更近了。

大陸的山，大陸冒煙的煙囪和工廠，大陸的房屋……

隔著波濤洶湧的海，近在咫尺又遠在天涯的中國大陸在高秉涵的視野中是搖曳而跳躍的，似乎被一層薄紗籠罩著，越想看真切越是看不真切。

小金門對面是大陸的廈門。十多年前，高秉涵正是從那裡踏上登陸艦來台灣的。那片土地是與家鄉的土地連在一起的，家鄉的土地上有年邁的娘，有父親的墳，有正宗的菏澤燒餅，那裡才是自己真正的家。

百感交集的高秉涵，久久地把目光停留在那片既熟悉又陌生的土地上，無數關於家鄉的遐想在心頭升騰。隔著縹緲的海，高秉涵似乎嗅到了一縷家鄉的氣息。

那氣息中夾雜著香噴噴正宗菏澤燒餅的味道。

不知不覺間，高秉涵的淚水又流了出來，雙眼再次變得模糊，但他的目光卻依舊捨不得離開那片既遙遠又近在咫尺的土地。

畢業分配前夕，得知小金門三零三師軍法組有一個分配名額，高秉涵馬上就報了名。小金門是離老家最近的地方，如果能分到那裡，就等於離老家又近了一步。

金門是前線，對人員的要求格外嚴格，既要品學兼優，又要政治可靠。但金門又是個艱苦的地方，遠離城市，戰事緊張，許多同學並不願意到這裡來工作。

幾乎沒有什麼競爭，高秉涵如願了。

走下軍艦，首先映入高秉涵眼簾的是海灘上的一座座圓形碉堡。碉堡是用水泥澆灌而成，看上去像一片巨大的灰色森林。每座碉堡面向大海的方向都開著數十個小視窗，部隊正在訓練，一支支烏黑的槍從小視窗裡探出來，指向大陸。

看著一個個烏亮的槍口，高秉涵頓時心情沉重。一股泛著腥味的海風吹來，意念中產生的那縷家鄉的氣息頓時四散開去，任憑怎麼聚神凝思也無法搜尋回來。

來接高秉涵的是軍事法庭的鄭組長。鄭組長五十歲左右，敦實的身材，黝黑的面孔，操一口福建話。一問，才知道鄭組長就是對岸的廈門人。

軍事法庭和駐軍的其他一些機關單位，都設在距離海岸線遠一些的太武山下。鄭組長帶著高秉涵繞過碉堡森林來到了周邊的一片空地，沿著空地上的一條小路向山腳下的另一片碉堡群走去。

聽說高秉涵是山東人，鄭組長就提起了山東煎餅和大蔥，並說師機關灶上有個炊事員也是山東人，自製了個攤煎餅的鐵鏊子可以做煎餅。高秉涵說魯南人喜歡吃煎餅和大蔥，他的家鄉是魯西的菏澤，喜歡吃燒餅。

鄭組長介紹說軍法組一年到頭也碰不到什麼大案子，多是些小偷小摸的事，根本不需要開庭。他要高秉涵做好充分思想準備，沒事幹，日子很無聊。

「那我可以看書。」高秉涵說。

鄭組長一笑，說：「看來你還真是個書蟲子。」

鄭組長告訴高秉涵，他已經看了他的檔案結語，優點是愛學習，缺點是太愛學習。

聽了這個評價，高秉涵也笑了。

走著走著，耳邊突然傳來一陣細細的尖厲聲響。高秉涵以為是自己的耳朵出了問題，趕忙搖搖頭，但那聲音依舊存在，且越來越大、越來越近。

突然，那尖厲的聲音變粗了，原本的尖細裡瞬間長出了許多枝枝杈杈的刺，撲撲棱棱的，像就在頭頂。再一看，高秉涵驚呆了，一個看上去籃球大小的紅色火球正從海上向這邊旋轉著飛過來。高秉涵本能地趴在了旁邊的一條水溝裡。他趴下的剎那，紅色的火球在不遠處爆炸了，頃刻間，四周歸於一片寂靜。

鄭組長還站在小路上，看著在溝裡抱著頭的高秉涵，笑著說：「現在共軍已經不向這邊打實彈了，這是宣傳彈，快起來吧。」

高秉涵從溝裡回到小路上，見一個軍官帶著幾個兵向宣傳彈爆炸的地方跑過去。他們每個人的手裡都提著個大袋子，把被風吹散在四處的宣傳單撿進袋子裡。

一陣風把一張宣傳單刮到高秉涵眼前，他彎腰撿起來。還沒來得及看上一眼，一個兵就氣喘吁吁地跑過來從他手裡把宣傳單奪走了。

鄭組長說：「宣傳單不能看。」

高秉涵好奇地問：「上面都寫了些什麼？」

「還能有什麼，無非是些勸降的話。」

看一眼不遠處碉堡上的那些面向大海的黑洞洞的槍眼，又看一眼那些四處飛舞的宣傳單，高秉涵愣愣地原地站了許久。

法庭也是一座碉堡。與其他碉堡不同的是，法庭的碉堡是方形的。鄭組長介紹說一層是法庭，二層是宿舍。一走進碉堡，高秉涵就感到四周陰森森的，灰色的牆壁看上去濕漉漉的泛著潮。法庭裡孤零零地擺放著幾張桌子，上面蒙著一層厚厚的塵土。

來到二樓，鄭組長把高秉涵帶到最靠裡邊的一個小單間。房間不大，一張桌子一張床，剩下的地方僅夠一個人來回走動。牆壁也是灰色的水泥牆，靠西邊的牆上同樣有個一尺見方的用來當槍眼的窗口。

鄭組長站在門口，指了指旁邊的幾個關著的屋門，說：「小高，咱們師軍法組加上你一共四個人，都住在這裡，你一個，我一個，還有檢察官小王和書記員小劉。你是唯一的法官。這會小王和小劉還在會堂參加學習。你先收拾著，我去去就來。」

鄭組長走後，高秉涵放下行李來到窗前把目光投向窗外。這裡雖離海遠了些，但卻依舊可以模模糊糊地看見遠方的大陸。

一陣海風從小小的視窗裡吹進來，家鄉的氣息又一次在思鄉的意念中飛抵心間。高秉涵面對那小小的視窗，看著遠方模模糊糊的大陸，獨自一人細細地在心頭品味那一份思鄉的情愫。

20

來小金門三個多月後的一個秋天傍晚，吃過晚飯的高秉涵與王檢察官和書記員小李一起正在海邊散步，忽然，一隊神色慌張的憲兵向海邊跑過去。

「是不是又有人自殺？」書記員小李說。

在金門戰區，自殺是經常發生的事。金門駐軍五個師，總兵力達十萬多人。這些官兵大多來自大陸，思鄉是他們的一種集體病。

整日目睹與大陸的緊張局勢，回鄉的希望眼見越來越渺茫，絕望之極，有些人就選擇了自殺。自殺的方式是多種多樣的，有的墜海，有的上吊，有的乾脆在訓練時故意對著自己的腦袋開槍。

王檢察官看著那些憲兵，說：「我看不像有人自殺，有人自殺哪裡會出動這麼多全副武裝的憲兵？」

定另有情況。」

正議論著，又有一隊兵跑過來，然後在海灘上四散開來，像在搜尋什麼。

高秉涵問一個兵：「你們找什麼？」

兵說：「失蹤了一個兵，懷疑是逃跑了。」

「逃跑了？會不會也自殺了？」高秉涵問。

那個兵回答：「帶走了一些吃的東西，不像自殺。長官命令我們嚴密搜索。」

「這個兵是哪個師的？」王檢察官問。

「三零三師。」說完，那個兵就向遠處走去。

書記員小李驚訝地說：「啊？咱們師的？要是被抓回來，那我們就有活幹了！」

王檢察官說：「你就放心吧，這人肯定不會活著回來，要嘛逃跑成功，要嘛成功自殺。」

「為什麼？」高秉涵問。

「你想想，即便是逃跑不成功，回來也不會有他的好果子吃，一旦逃跑失敗，他肯定會自行了斷。」

天漸漸黑了，海灘上佈滿了搜索的人群，到處都是匆忙移動的身影和晃動著的手電筒。心裡想著那個逃兵的命運，高秉涵再也沒了散步的心情，謊稱有事先行離開了王檢察官和書記員小李，一個人向山腳下的方形碉堡走去。

睡覺之前，散步回來的王檢察官來到高秉涵的房間。王檢察官說那小子運氣不錯，至今生不見人死不見屍，大概是逃跑得逞，說不定已經到了廈門了。

王檢察官和高秉涵住隔壁，中間的牆壁是鐵皮的，不隔音。晚上高秉涵聽到王檢察官又在偷聽中共的電台，中共播音員斷斷續續的聲音隨著刺刺啦啦的電波不停地傳過來。

「國軍同胞們……你們已經陷入絕境……唯一的出路是放下武器回到祖國的懷抱裡來……」

高秉涵失眠了。

在島上，偷聽中共電台的人很多。剛來島上不久的一天晚上，高秉涵去鎮子上的澡堂洗澡，回來抄小道路過一片榕樹林時，碰到一個兵正坐在地上靠著一棵大樹偷聽中共電台。遠處海邊旋轉的探照燈隱隱約約地掃射在那個兵的臉上，高秉涵發現那個兵一臉的憂傷和絕望。那是個上等兵，三十歲上下的樣子。

當時高秉涵忍不住也駐足聽了起來：「你們已經孤立無援，家鄉的親人在等待著你們，放下武器投入到祖國的懷抱是你們唯一的出路……」

突然，那個兵發現了身後的高秉涵，他警覺地一下從地上站起來，用惶恐的眼神看著眼前身穿中尉軍服的高秉涵。

那個兵想家，高秉涵又何嘗不思念故鄉？

高秉涵又失眠了，直到天快亮了才沉沉睡去。高秉涵做了一個夢，夢裡，他也成功地逃跑了，先是回到了廈門，之後又一路走回菏澤，見到了娘和李大姐，也聞到了剛出爐膛的燒餅的香味。吃著燒餅，看著一邊的娘和李大姐，高秉涵高興得哈哈大笑。正笑著，弟弟秉濤走過來在一邊推他，讓他帶他出去玩。高秉涵身子一晃，懷疑自己是不是真的回到了老家？忽然，他覺得自己像漂在茫茫的大海上，眼前的親人一下都不見了。海風拍打著海浪，高秉涵急得大哭。

「高秉涵，你怎麼哭了？快起來，有案子了！」

高秉涵睜開眼，站在他面前的是一副匆忙神情的王檢察官。

「有案子？」高秉涵一個激靈從床上坐起來。

王檢察官說：「那個兵被抓回來了，這會正在憲兵的看守所關著。組長接到戰區軍法處命令，讓我起訴，你當主審。」

「我當主審？」高秉涵幾乎不相信自己的耳朵。

「這麼重大的案子，肯定要組成合議庭，鄭組長要擔任審判長，主審法官除了你沒有第二個人選。你就知足吧，第一次接案就是個大案！」

想起昨天晚上王檢察官的分析，高秉涵問：「他怎麼讓活著抓了回來？」

「別提了，這個兵真夠傻的，他不知從哪裡搞到一個汽車輪胎，趁人不注意就坐著輪胎下了海。在海裡游了一夜，天快亮時他自己還以為到了廈門，看見岸上的人影開口就說，『我是咱們廈門人，從小金門跑過來的』。」

「他是廈門人？」

「是啊，他以為看到海岸就是到了家，誰知道游了一夜隨著旋轉的海水又游了回來。」

高秉涵的心一點點地往下沉，心中暗暗生出一種痛惜和遺憾。

王檢察官急火火地下樓了。

高秉涵站在原地愣了半天後，帶著一種極其複雜的心情往一樓去，剛下樓，就見鄭組長帶著一種嚴肅的神情從外面回來了。

鄭組長走到高秉涵和王檢察官跟前，說：「金門戰區已經把這個案子報告給國防部，國防部的答覆就八個字：嚴懲不貸，殺一儆百。」

高秉涵的心一下揪起來：「要判死刑？」

「上邊已經定了死刑的調子，審判只不過是走個過場，上邊的意思是從嚴從快，不出一週就要結案！」

高秉涵臉色變得慘白。

鄭組長開始佈置任務。他命令小王抓緊時間把起訴書寫出來，讓高秉涵抓緊時間預審，瞭解一下基本情況，後天組成合議庭開庭審判。

佈置完任務，鄭組長看見高秉涵還在那裡發呆，就問：「小高，你怎麼了？」

「組長，能不能換個人當主審？第一次接案子，我怕我不行。」

鄭組長認真地看了一眼高秉涵，把他拉到一邊小聲說：「我知道你心裡是怎麼想的，你同情他是不是？我和他都是廈門人，我比你更同情他，可同情又有什麼用？上邊已經定了調子，我們只不過走個程序。」

高秉涵低著頭不說話。

「小高，我理解你的心情。誰都想回家，內心裡誰都有他的這種衝動，可現在的政治形勢就這樣，胳膊擰不過大腿，我希望你不要把個人情緒帶到工作中來。你還年輕，那樣對你不好。」

高秉涵看著鄭組長。

鄭組長又說：「好了，快去與看守所聯繫提審，現在我們能做的就是讓他沒有痛苦地走完最後一程。」

「是。」高秉涵低聲答應。

門外響起一陣鐵鏈碰擊水泥地板的聲音。那聲音有些疲憊。正在軍法組辦公室看卷宗的高秉涵一下從椅子上站起來。他幾步走到門口，看到戴著手銬腳鐐的鄭鳳生在兩個全副武裝憲兵的押送下從外邊走進來。

與鄭鳳生目光相對的瞬間，高秉涵呆住了。鄭鳳生原來就是那個在榕樹下偷聽中共電台的上等兵。

鄭鳳生似乎也認出了高秉涵，但他臉上沒有表情，只是嘴角露出一抹無所畏懼的笑。

在海水裡掙扎了一夜，鄭鳳生的樣子顯得十分疲憊，眼神散亂著沒有精神。但他的眼神裡卻沒有畏懼，流露出的是一種無奈和乏力，像病了的樣子。

高秉涵指了指一邊的審訊席，對鄭鳳生說：「坐。」

鄭鳳生拖著沉重的腳鐐走過去坐在硬硬的板凳上，兩位全副武裝的憲兵一左一右面無表情地站在他的身後。等鄭鳳生坐定，一個憲兵把椅子上特製的護欄鎖嘩噠一下放了下來。

高秉涵端了一杯水放到護欄鎖上邊的橫木檔上，輕聲說：「喝水。」

鄭鳳生愣了一下，抬起頭看了一眼高秉涵。

高秉涵說：「按照司法程序，我要詢問你一些問題。」

「可以。」鄭鳳生的回答十分乾脆。

「你叫什麼名字？」

「鄭鳳生。」

「出生年月？」

「一九三一年七月十八日。」

「籍貫？」

「廈門。」

「廈門的什麼地方？」

「靠近海邊的一個漁村。天氣好的時候，站在海灘上可以看到我們村子。」

「家中成員？」

「只有一個偏癱的母親，我是獨子，父親早已過世。」

「來台灣前你的職業？」

「漁民。」

「怎麼當兵的？」

鄭鳳生的呼吸突然粗重起來，他急促而憤懣地說：「被抓來的！那天我去海上打漁，回家後發現母親病了發高燒，我去鎮上給她買藥，買了藥還沒到家就被抓了！都這麼多年了，我也不知道母親是死是活。母親只有我一個兒子，她腦中風半邊身子癱瘓了，生活根本無法自理。」

鄭鳳生越說越激動，最後哭著說：「母親就我一個兒子，你說我能扔下她一個人不管嗎？……」

高秉涵心裡一顫，打斷了鄭鳳生：「昨天晚間你抱著輪胎到海裡做什麼？」

「我想游回廈門的老家，去看我母親。」

高秉涵的心裡又是一顫，接著問：「你母親今年多大年紀？」

「如果她老人家還健在，應該是七十三歲。蔣總統說等五年就可以回家，現在已經等了十幾年了還沒看到希望，要是再等個十幾年我母親怕是十有八九不在了。」

「你知道你的這種行為是犯罪嗎？」

「知道。」

「什麼罪？」

「投敵罪！」

「那你為什麼還要這樣做？」

「這樣做起碼有一半見到母親的希望，不這麼做，就一點希望也沒有。」
「什麼時候有這個打算的？」
「自從幾個月前部隊換防到金門，我就一直有這個打算。無論如何我都想嘗試一回，要不然部隊一旦換防離開金門，就又沒有機會了。」
「投敵罪會判死刑的，你現在不後悔嗎？」
「不後悔。」
「難道你不怕死？」
「不怕！」
「為什麼？」
鄭鳳生用眼睛直視著高秉涵，說：「見不到母親，不能盡孝，對我來說生不如死！」說完，鄭鳳生絕望地閉上了眼睛。
鄭鳳生被帶走了。看著鄭鳳生離去的身影，聽著他腳下沉重的鐵鏈聲，高秉涵的內心久久無法平靜。一周之內，鄭鳳生就會被執行死刑，從這個世界上永遠消失。他再也見不到他的母親了，他的母親假如還活著，同樣再也見不到他了。
而他的一切罪過竟然是因為要回家看望母親。
探母有罪？
捫心自問，這實在是一件讓人無法想明白的事情。
無限的傷感湧上心頭，高秉涵頹然坐在椅子上。
三天後的法庭上，鄭鳳生依舊對自己的行為坦誠不諱。三人合議庭由鄭組長、高秉涵和師裡的一個分管軍事的副師長組成。三個人都沒見過如此沒有分歧的庭審，審判很快結束。

整個審判過程，雖然高秉涵一直端坐在審判席上擔任主審法官，但晃動在他眼前的卻是母親的影子，眼前的一切似乎離他十分遙遠。

審訊結束，三人合議庭依照國防部軍法局早已定下的調子對鄭鳳生宣判了死刑。

鄭組長宣讀判決書時，聲音低沉，神色黯然，而臉色慘白的高秉涵則幾乎快要暈厥過去，旁聽席上的官兵一片唏噓之聲。

然而，這一切都無法阻止鄭鳳生邁向死亡的匆匆腳步。

行刑時間定在凌晨。

當高秉涵和軍法組的幾個同事趕到看守所時，鄭鳳生的面前已經擺好了飯菜和一瓶五十八度的金門高粱酒。

看到高秉涵的瞬間，鄭鳳生的眼神亮了一下。「高法官，我想求你一件事。」

高秉涵一愣，下意識地看了一眼身邊的鄭組長。

鄭組長點了點頭，扭頭對鄭鳳生說：「你講。」

鄭鳳生從靠近胸口的口袋裡掏出一個塑膠袋。他把塑膠袋打開，裡面是兩個小紙包。

鄭鳳生拿起一個紙包，說：「這是我十三年前去鎮上給我母親買的藥，是最有效的西洋藥片，藥店的先生說很管用。」

鄭鳳生把藥重新包起來遞給高秉涵，緊接著又把另外一個紙包打開。「這張紙上寫的是我家的地址，還有我母親的名字。」

在場的人都不明白鄭鳳生的意思。

這時，只聽鄭鳳生又說：「高法官，請你把這兩個紙包一起放進一個瓶子裡，把瓶子放入大海，說不定能漂到對岸，會被誰撿到交到我母親的手上。」

聽到這裡，在場每一個人的眼睛都濕潤了。

高秉涵剛接過紙包，鄭鳳生突然給他跪下了。高秉涵趕忙把鄭鳳生扶起來。

一邊的憲兵說：「鄭鳳生，時間到了，快進餐吧。」

鄭組長拿起筷子遞給鄭鳳生，說：「小鄭，多吃點肉。」

王檢察官把那盤紅燒肉端到鄭鳳生面前。

看著眼前的飯菜，鄭鳳生臉上的表情很木然。

鄭組長又把那瓶金門高粱酒打開遞給鄭鳳生，說：「小鄭，喝點酒吧。」

鄭鳳生把目光落在眼前的酒瓶上。

「喝一點吧。」高秉涵說。

突然，鄭鳳生接過了鄭組長手裡的酒瓶，仰起頭張開嘴猛灌。咕咚咕咚的聲音迴盪在碉堡裡，像一個渴極了的人在往嘴裡灌白開水。

喝完之後，鄭鳳生說：「再來一瓶。」

等憲兵又拿來一瓶金門高粱酒時，鄭鳳生已經一頭栽倒在地，醉得人事不省，兩個憲兵上來把他架了出去。

按照規定，高秉涵必須到現場，但他走到離行刑處還有幾百公尺的地方就再也不肯往前走了。

這是一片靠近山坡的榕樹林，秋季的野玫瑰靜靜地開放在黎明前的山坡上。高秉涵扶著一棵樹站住了。靜靜的樹林裡，忽然升騰起了他的心跳聲，那心跳聲如同漸行漸近的潮汐一般，咆哮的聲響越來越大，似要把他淹沒了。

帶著一種異常惶恐的心情，高秉涵遠遠地看著那團晃動著的越來越遠的人影，仔細地從人群中分辨著鄭鳳生的身影。到最後，什麼也看不見了，視野裡只剩下一片模模糊糊的黑色在晃動。

高秉涵再次聽到了發自自己胸腔的鋪天蓋地的心跳聲，他知道鄭鳳生的生命時間已經進入了秒針倒計時。

隨著遠處那聲沉悶槍聲的響起，十三歲就目睹過無數死亡的高秉涵猛然倒在山坡上。

那一槍彷彿打在了他的心上。

當天傍晚，高秉涵一個人來到海邊。他把裝著兩個紙包的漂流瓶放進了大海。

漂流瓶在海浪的追逐下越漂越遠。高秉涵一直緊盯著它，直到漂流瓶消失在視野之中……

21

春節前的一天，高秉涵坐在方形碉堡一樓的辦公室裡閱讀石慧麗的來信。來金門之後，高秉涵和石慧麗之間信件頻繁。雖然不在一地，但兩個人的感情卻不斷升溫。

遙望大陸和閱讀石慧麗的情書是高秉涵生活中的兩大主題。

石慧麗在信裡說她在台北市內湖區的一個小胡同發現了一家菏澤燒餅鋪，是烤的，很香，應該接近菏澤燒餅的味道，並說等高秉涵換防出來，一定要帶他去吃一次。

在高秉涵眼裡，石慧麗是個單純善良的小女孩。他為自己能夠找到這樣一個女孩做女朋友而知足。石慧麗還告訴高秉涵說姐姐的寶貝女兒出生了，長得很像管玉成。

高秉涵很高興。管哥不光有了自己的小家，還有了可愛的孩子。

高秉涵正笑著，桌上的電話響了。他拿起話筒，裡面有個陌生聲音說：「請找高秉涵。」

高秉涵忙說：「我就是。」

「我是王多年，請你速到戰區司令部我的辦公室，碼頭有船隻等你。」

「是。」高秉涵緊張地答應。

王多年是大名鼎鼎的戰區司令，高秉涵不敢有絲毫懈怠，放下電話，就急忙向碼頭跑去。坐在船上，高秉涵的心裡直犯嘀咕，他只是在會堂的主席台上見過王司令，自己一個小法官和他素來沒有交往，他點名找他幹什麼？

來到位於大金門的戰區司令部，王司令的祕書已經在門口等他。

來不及細說，高秉涵就被祕書帶到了王司令的辦公室。一推開門，高秉涵就愣住了，站在他面前的竟然是王升將軍。前些天，高秉涵從報紙上看到王將軍升任國防部總政治部作戰部主任，想不到自己竟然會在這裡見到王將軍。

看著發呆的高秉涵，王將軍笑著從椅子上站起來。

「小高，你可是變化不小，看上去更像個軍人了。」

高秉涵給王將軍敬了個禮，激動得什麼話也說不出來。

王將軍轉身對王司令說：「王司令，小高是我的忘年交，工作上的事咱們就先聊到這裡，我和小高出去轉轉，順便敘敘舊。」

王將軍對金門的地形似乎比高秉涵還要熟悉。離開戰區司令部，他就帶著高秉涵沿山邊一直往北走。出了碉堡區，眼前是一片山崗。

半山崗上有個亭子，是專門為于右任先生修的紀念亭。亭子旁邊的石碑上刻著他生前廣為流傳的那首思鄉詩：葬我于高山之上兮，望我大陸。大陸不可見兮，只有痛哭。葬我于高山之上兮，望我故鄉。故鄉不可見兮，永不能忘。天蒼蒼，野茫茫，山之上，國有殤。

看著石碑上于先生的千古絕唱，王將軍無語。

過了一會兒，王將軍直起身，拿起掛在胸前的望遠鏡朝大陸方向望去。

看了許久，王將軍自言自語地說：「過了廈門，一直往西走，就是閩西，再往西，就是我的老家了。」

王將軍久久不肯把望遠鏡移開，等到移開時，高秉涵發現將軍的眼裡竟然含滿了淚。

「校長，你也想家嗎？」

「人同種，書同文，車同軌，這是我們中華民族從老祖宗那裡傳下的規矩，我怎麼能不想家呢？」

高秉涵說：「我也天天想家，想我母親。」

說到母親，王將軍再也忍不住了，眼裡的淚水不停地往外湧。他忽然跪在地上，從口袋裡掏出一卷冥幣點燃，衝著大陸的方向磕了三個頭。

一邊磕頭，王將軍一邊低聲唸叨：「母親，請原諒兒子的不孝，兒子不能回老家為母親送終，這裡是離老家最近的地方，兒子就在這裡向您老人家謝恩賠罪了。」

跪在地上的王將軍久久不肯起來，高秉涵走過去把他攙扶起來。

王將軍哽咽地說：「小高，我失態了。前幾天從一個香港朋友那裡知道，我母親上個月十七日在老家去世。她老人家含辛茹苦把我養育成人，我卻不能給老人家送終，我心感慚愧！」

山崗後面不遠處有一座不大的媽祖廟，臨近傍晚，清幽的門口見不到一個人影。兩個人向廟裡走去。

王將軍取過一束香來到祭台前點上，神情肅穆地在祭台前又磕了三個頭。

高秉涵聽到王將軍低聲唸叨：「母親，我一定會回去的，到那時我再到墳前去看望您老人家。」

天已經有些濛濛黑。兩個人一走出廟門，就看到王多年司令帶著一行人在不遠處恭候王將軍。

一看到王將軍，王多年司令迎上來熱情地說：「王主任，該吃飯了！」

王將軍也用洪亮的聲音答應著，神色和剛才完全判若兩人。

王司令邊走邊向王將軍彙報著島上的防禦工事和人員戰鬥力，兩人談笑風生地下了山。

晚飯後，高秉涵在招待所王將軍的房間裡待了很久。當他問及何時能夠反攻大陸時，王將軍的神色又歸於肅穆。

王將軍說：「這是一個長遠的計畫，但無論如何，我們總是要回去的。」

22

一九六六年秋，高秉涵隨三零三師換防到高雄，石慧麗也已從國防醫學院畢業被分配到高雄陸軍第二總醫院。兩個相戀已久的年輕人相聚在高雄。經過了幾年的馬拉松式戀愛，兩個人都想到了結婚。

高雄是高秉涵一九四九年最初在台灣登陸的地方，這裡有一大批同鄉前輩好友。

已經退休的榮團長開了個小飯館補貼家用。高秉涵結婚前的一個週末，榮團長把幾個同鄉約來一起為他祝賀。

酒過三巡，廚子把烤燒餅的大爐膛從後院推過來。一看那熟悉的大爐膛，高秉涵頓時眼睛亮了，幾步走了過去。爐膛熱騰騰的，散發著熱氣。

廚子開始從爐膛裡往外掏燒餅，一個個泛著黃色帶著熱騰騰香氣的餅被放進藤編的筐子裡。榮團長趁熱抓起幾個，一一塞進大家的手裡。

榮團長忍著燙，說：「嚐嚐，看看是不是老家的燒餅味？」

高秉涵接過餅，咬了一口大嚼著：「香！」

「好吃！」李慶紳也說。

李排長早已經是李營長了，但高秉涵還是習慣親切地稱他為李排長。

操著一口台灣話的李慶紳的女兒李玉純被手裡的燒餅燙得受不了，一下把餅放在了眼前的盤子裡：「榮伯伯，這麼燙怎麼吃啊？」

榮團長說：「玉純，這妳就不懂了，這燒餅就是要吃熱的。」

李玉純已經長成了亭亭玉立的大姑娘。看著眼前端莊美麗的玉純，高秉涵想起了當年在蕪湖的那個襁褓中的嬰孩。說起往事，幾個人忍不住又是一番感慨。

話題又回到燒餅上。榮團長說：「這餅香是香，卻怎麼也不是咱老家的那個味。」

高秉涵說：「榮叔，你說這是怎麼回事？我看這爐子可是和咱老家的爐子一模一樣。」

玉純問：「榮伯伯，菏澤老家的燒餅到底是什麼味道？我爸和我媽也是整天地唸叨！」

榮團長說：「咱菏澤的燒餅，是天底下最好吃的燒餅，一含到嘴裡，餅就能化掉一樣，好咬！」

李排長搶過說：「不光好咬，還吃著香，那種香帶著咱們老家槐樹花的香味！」

高秉涵說：「還有一種香噴噴的土坷垃味！」

榮團長說：「我算是想明白了。你們想，這爐子雖說一模一樣，但用的不是咱老家的土；這麵雖說也是上好的白麵，但也不是咱老家那塊地裡長出來的；還有這水、這發麵引子，還有柴草也都不是咱老家那塊地裡出來的，所以無論怎麼做都做不出那個味！」

玉純搖著李慶紳的胳膊問：「爸，你什麼時候能帶我回老家吃正宗的菏澤燒餅？」

一句話說得大家都傷感起來。

正傷感著，一邊的黑白電視裡突然傳來一陣嘈雜聲。高秉涵扭頭一看，是電視台轉播的香港電視台報導大陸「文化大革命」的錄影。

一群口中喊著「破四舊」口號的紅衛兵衝進一座房子，把好好的家具砸了，又把一些古書和古字畫抱到院子裡點火燒了。鏡頭在一本《論語》書上停頓了好一會，直到那本書被熊熊大火吞沒。不可思議的是旁邊的那些身穿軍裝，胳膊上帶著紅袖箍的年輕人卻一個個開懷大笑……

看到這些令人匪夷所思的場景，高秉涵感到很不理解。蔣總統正在大力推行「中華文化復興運動」，大陸怎麼正好倒著幹？

又一個畫面切換出來。幾個被剃了陰陽頭的人，讓一群紅衛兵小將押到高高的主席台上當眾跪下，小將們給他們帶上白紙做的高帽子，畫上難看的臉譜，振振有詞地對他們進行批鬥……

畫面停留在一個人臉上，榮團長和高秉涵同時認出了這個人。「哎呀，這不是撤退時在徐州和我們二八五師交火的周炳興嗎？他可是個鐵桿的共黨分子，帶著一個團差點滅掉了我們一個師。奇怪，他怎麼也會被批鬥？」

「大鬍子團長？原來他並沒有被劉師長打死呀！」高秉涵大叫。直到這時，高秉涵才知道大鬍子團長叫周炳興。

從榮團長那裡，高秉涵又知道了一些大鬍子團長的事。原來周炳興是二八五師的夙敵，幾次交火二八五師都吃虧不小。想不到這樣一個鐵桿的老共黨如今也會受到批鬥。

李慶紳說：「我看共軍算是完蛋了，自己人和自己人幹上了，這麼一來，說不定我們反攻大陸還真有希望。」

榮團長臉上露出笑容，說：「這話有道理，他們內部越亂，我們就越有回去的希望。」

電視畫面不停地切換，貼滿標語的牆壁、被扳倒的孔子塑像、浩浩蕩蕩的遊街隊伍……

高秉涵更加感到不可思議。

電視上關於大陸「文革」的報導結束了，幾個人又談起了高秉涵的婚禮。聽高秉涵說要在台北舉行婚禮，榮團長就說：「秉涵，娶媳婦是件大事，依咱們老家的風俗要把新媳婦從娘家接到婆家來。你就一個人，在台北也沒有房子，我看這樣，結婚那天我們菏澤同鄉出份子在台北大賓館給你包個大套間當新房，到時候我們這些婆家人都去給你湊熱鬧！」

高秉涵忙說：「榮團長，不用這麼麻煩，還是一切從簡。」

榮團長說：「就這麼定了，哪怕只是住一個晚上也算是圓滿了儀式，咱山東人講究這個！」

一週後，高秉涵的婚禮在眾多菏澤同鄉和台灣朋友的參與下如期舉行。婚禮現場設在桃園空軍基地的一家叫「雄鷹」的大飯店。婚禮主持由劉澤民主任和李學光老師兩人擔任，現場十分熱鬧。

婚禮上，來了許多菏澤同鄉。最令高秉涵驚喜的是，劉師長也來了。身體不佳的劉師長原本一直住在台南，最近隨到台北工作的二兒子劉鳳岐遷居到台北。

一見高秉涵，劉師長就向他打聽朱大傑的下落。高秉涵如實相告。

「都是讓我慣壞了，是我害了他！」劉師長說。

滿臉歡喜的石慧麗走過來給劉師長敬酒，劉師長感慨地說：「秉涵、慧麗，今天是你們倆大喜的日子，咱們不說這些不高興的事，祝你們白頭到老，早生貴子！」

又轉到一個桌上，小倆口給這桌上的客人敬酒。高秉涵發現這桌上坐著一個他不認識的人。這人東北口音，緊鎖眉頭話不多，只顧喝酒很少吃菜，與周圍環境格格不入。等離開桌子，高秉涵問石慧麗這是誰？石慧麗說是徐達輝伯伯。

「徐達輝？泰緬邊境的哪個徐伯伯？」

石慧麗點點頭。

高秉涵驚喜地問：「徐伯伯也想辦法來台灣了？太好了！」

石慧麗說：「他身體不好，有腸結核，藉著治病的理由搭乘空軍基地的飛機來的。」

「治好病也不用回去了？」

「不回了。」石慧麗答。

高秉涵說：「太好了，找時間我們請徐伯伯吃飯。」

還有好幾桌客人等著要敬，石慧麗把高秉涵拉走了。

回頭又看了一眼徐達輝落寞的身影，高秉涵猛然覺得他完全像個局外人。

婚禮結束後，菏澤同鄉把一對新人送進賓館的套間，幾個半大孩子依著菏澤風俗擁進新房鬧了好一陣子的洞房。

客人離開，已經是晚上十點多。想著白天熱鬧的婚禮場面，高秉涵一點也不睏。石慧麗也沒有睡意，她羞澀地看著高秉涵，問：「秉涵，你在想什麼？」

高秉涵攬過石慧麗的肩膀，說：「我在想，要是我娘看到今天的場面就好了。」

其實，內心裡，高秉涵不光想到了母親，還想到了李大姐。臨離開菏澤最後那個晚上的情形又浮現在眼前。當時躺在他一邊的李大姐說過的話又在耳邊響起：「春生，你要是混好了，可不能不要我啊！你要是到了外頭再和別的女人好，我可饒不了你！」

李大姐當時的眼神幽幽的，帶著期盼帶著火，帶著一個女子的癡心和遐想。

高秉涵不知道李大姐是不是還在等他，要是還在等他，他豈不成了一個負心人？一想到這些，原本甜蜜的心情就變得亂糟糟的。

窗外的椰子樹在微風中不停地搖曳，高秉涵的內心甜蜜而煩亂。

一邊的石慧麗看出高秉涵有心事，關切地問：「秉涵，你是不是想起了什麼傷心事？給我說說好嗎？」

高秉涵忙說：「沒什麼，真的沒什麼。」

在高秉涵眼裡，石慧麗是個善解人意的小妹妹，他不忍心在這種時候把自己這麼複雜的心思說出來攪亂她甜美純淨的內心。

石慧麗說：「秉涵，你睏嗎？」

「不睏。」

石慧麗故作狡黠地一笑，說：「那我帶你去個地方好不好？」

高秉涵驚奇地問：「這麼晚了，去哪兒？」

石慧麗拉著高秉涵的胳膊，說：「去了你就知道了。」

此時的石慧麗嬌羞迷人，高秉涵內心湧上一陣陣男人的衝動，但一想起李大姐，頓時又感到萬分愧疚。為了掩飾自己的複雜心理，高秉涵索性跟著石慧麗出了賓館大門，上了一輛計程車。

計程車在石慧麗的指點下向內湖區開去。十月的夜晚，清爽的夜風從車窗裡吹進來，看著馬路兩邊的夜景，高秉涵感慨萬千。轉眼間，來台灣已經十六個年頭。十六年裡，他從一個懵懂少年成長為一個自食其力的法官，現在又娶了媳婦成了家。他是靠無數人的幫助和自己的不懈努力才一步步走到今天的。

「秉涵，馬上就要到了，這個地方你一定會喜歡的。」石慧麗說。

突然，車子出現了異樣，一個急剎車，猛地停靠在了馬路邊。

「秉涵？你是高秉涵？」開車的司機突然回過頭大聲問。

惶恐之中的高秉涵一下認出了坐在司機位子上的朱大傑。

「你是大傑？朱大傑？」

「高哥，是我，我是大傑！」

朱大傑這個名字石慧麗以前聽高秉涵說過，她也被眼前這意外的邂逅所震驚。

看著石慧麗身上的紅色嫁妝和胸前戴著的鮮花，又看了一眼高秉涵身上嶄新的藍色西服，朱大傑說：

「高哥，今天是你們大喜的日子？天底下的事情難道真的會有這麼巧？」

「是，我倆今天剛結婚。大傑，今天婚禮上劉師長還問起你。」

「劉師長？他在哪裡？」

「他現在也搬到台北了。」

「劉大爺住在台北？太好了，告訴我地址，我明天就去看望他老人家。」

高秉涵說：「明天我陪你一起去。」

「太好了！」朱大傑說。

「大傑，還是說說這些年你是怎麼過來的吧？那年你跑了，都快急死我了。」

朱大傑眨巴著小眼睛笑起來：「嘿，別提我那事了，讓嫂子知道了不好。」

一邊的石慧麗這會兒才插上話，她婉約地笑笑，說：「前邊小胡同裡有家山東菏澤燒餅店，你們哥倆不妨到那裡要幾個小菜邊吃邊聊。」

一聽說要去吃飯，朱大傑的經典性神情又流露出來。他閃爍著亮晶晶的小眼睛，一連聲地說好。

想起過去的事，又想起眼前的意外邂逅，高秉涵開懷地使勁拍打著朱大傑的肩膀。

「高哥，你現在做什麼工作？是不是發大財了？」

高秉涵笑著說：「發什麼大財？還在部隊上效力。」

下了車，石慧麗在前邊帶路，高秉涵和朱大傑在後邊跟著。

高秉涵忍不住問：「這些年，你到底去哪兒了？」

朱大傑小聲說：「別提了，高哥。那事出了以後，我真以為把那壞女人捅死了，嚇得跑到山裡一躲就是好幾年。我在一個橘子園裡打工，後來在一張東家孩子包書皮的舊報紙上看到那女人沒死，就去高雄混日子。先是打零工，掙了點錢就去學開車，前些天才剛到台北來。我總覺得在台北開車說不定會碰到你，這不真碰上了。」

聽說高秉涵眼下在高雄的部隊服役，朱大傑說：「哎喲，這不是弄擰了嗎？我來了台北，你又去了高雄。」

溫暖。

高秉涵說：「我在高雄待不長，過個一年半載還要換防。」

進了胡同，遠遠地就看見有個菏澤燒餅的燈箱招牌在夜色裡亮著。看著那招牌，高秉涵心裡湧上一陣

來到燒餅店門口，見已經打烊了，石慧麗就走上前去，伸手輕輕敲著門，說：「老伯阿婆，我是慧麗，請開門！」

裡面一陣窸窸窣窣的響聲，接著傳來一個沙啞的婦人聲音：「是慧麗呀，等一下！」

朱大傑說：「是咱們菏澤人。」

門開了，一個六十多歲的老婦人出現在門口，她的身後站著一個俐俐落落的大個子老伯。

石慧麗拉過高秉涵，說：「老伯，阿婆，這就是我常給你們說起的秉涵，你們的菏澤老鄉！」又指了一下朱大傑，「這是朱大傑，也是菏澤的！」

老伯阿婆忙把幾個人讓進屋子。

來到屋子裡，石慧麗笑著開玩笑說：「老伯，阿婆，今天我帶他們倆是來吃燒餅的，麻煩你們了。不過，今天是我先生請客，咱們讓他付雙倍的價錢！」

老伯和阿婆也看出了今天是石慧麗大喜的日子。老伯說：「姑娘，難得妳能在這個時候光顧我家小店，這個客我請了！」

阿婆推了一把老伯，說：「快生爐子去，都是一家人，什麼錢不錢的。我洗洗手揉麵，準保一會兒就讓你們吃上熱乎乎的菏澤燒餅！」

高秉涵還在金門時，石慧麗有一次偶然經過這條胡同，看見「菏澤燒餅」幾個字就走了進去。由於正和高秉涵談戀愛，石慧麗對山東菏澤這個地方也有了感情。凡是高秉涵常提起的家鄉特產，她都格外留

心。那次，她在這家小店裡買了兩個燒餅，一嚐，果然好吃，就和老伯阿婆攀談起來。老伯阿婆知道石慧麗的男朋友是菏澤人，對她格外熱情，向她說起很多菏澤特產。後來，石慧麗一路過這裡，就進來和老伯阿婆聊一會，時間長了就成了熟人。

不一會，一爐子菏澤燒餅就出爐了，阿婆又炒了幾個小菜，幾個人圍著桌子吃起來。

雖然這裡的燒餅和榮團長飯店裡的燒餅差不多，都不是地道的菏澤味兒，但高秉涵的心裡卻湧出陣陣香甜。這是個讓他終生難忘的夜晚。朦朧的燈光下，高秉涵看到坐在他對面的石慧麗臉上放射出一種從沒有過的美麗光彩。

新婚之夜，高秉涵又做夢了，又一次睡夢裡回家。他剛進門，還沒來得及和母親打聲招呼，就又被人猛地丟到了茫茫大海上。他又一次哭著從夢中驚醒。

這是石慧麗第一次知道高秉涵做噩夢，被吵醒的她坐起來憐惜地把丈夫搖醒。

看著眼前的石慧麗，又看一眼外面的茫茫夜色，高秉涵說：「對不起，我又做噩夢了。」

新婚第二天，高秉涵陪著朱大傑去了劉師長家。劉師長一見到朱大傑，什麼也沒說，先是給了他兩個實實在在的耳刮子，接著又一腳把他踹跪到了地上。

做完這一切，劉師長拿了個板凳坐下，問朱大傑：「知道我為什麼打你嗎？」

「知道。」朱大傑說。

劉師長又問：「知道我是替誰打你嗎？」

朱大傑抬頭看了一眼劉師長答不上來。

劉師長說：「我是替你爹打你，替他管教你！要是我再像以前那樣慣著你，怕是你早晚會把自己送到監獄裡去。你也快三十歲的人了，不能再由著自己的性子混帳下去。從今天開始，我把你交給秉涵，秉涵的學問你學不來，但必須跟著秉涵學做人！」

一會打罵，一會又好言相勸，最後劉師長對高秉涵說：「秉涵，你不是去參加了個什麼『聖道會』嗎？從今天開始，那個會要是有活動，你就帶上大傑一起去，把我們老祖宗的那些好品行也傳授點給他。」

高秉涵忙答應著。

出了劉師長的家，朱大傑就問高秉涵：「高哥，劉師長說的那個『會』究竟是個什麼『會』？要是我們去參加人家能管飯嗎？」

高秉涵說：「你去免費聽課，人家還得管你飯？你還講理不講理？」

朱大傑說：「不管飯我哪有閒工夫去聽他們瞎胡扯？」

高秉涵說：「聽不聽由你，劉師長要是問起來，我如實告訴他就是。」

「別別，千萬別告訴他我不去。」

「那你就得去。」

「那你先告訴我這個『會』都講些什麼？」

高秉涵說：「是『中華聖道會』，主要講授孔孟學說，是宣傳儒家思想的。」

「高哥，你說慢點，誰的什麼說？什麼思想？我一個字不識能聽明白嗎？」

高秉涵說：「你不用著急，孔孟學說是我們老祖宗傳來下的傳統文化，都是些做人的基本道理，一聽就明白。」

第一次聽完課，高秉涵請朱大傑吃速食。出了速食店剛走出一段距離，朱大傑就拉住高秉涵往他的口袋塞了個東西。高秉涵掏出來一看，嚇了一大跳，原來是飯館裡裝雞精的一個小瓶子。

朱大傑很得意地說：「我拿了兩個，送你一個。」說著，朱大傑從口袋裡又掏出來一個。

結婚一個星期後，高秉涵對石慧麗說要請徐伯伯吃飯。石慧麗的回答令高秉涵分外吃驚。

石慧麗說：「請不了，徐伯伯走了。」

「走到哪裡去了？」

「又回泰緬邊境了。」

「為什麼？不是說那裡很苦嗎？他怎麼又回去了？是不允許在這邊待嗎？」

「不是。」

「那為什麼？」

石慧麗回答：「徐伯伯說那邊離大陸近些，將來回老家方便。」

高秉涵無言。

23

高秉涵剛一走近自家的小屋，就聽到屋裡傳來石慧麗的聲音：「我哪敢欺負他呀？姐，我有那麼不講理嗎？」

原來是大姨子石慧敏來高雄了。高秉涵停下腳步，只聽石慧敏說：「就妳那要強的脾氣，結婚時間長了難免會和秉涵發生摩擦。咱媽說了，秉涵是個老實人，妳可要收斂著點，不能在人家面前耍霸道。」

石慧麗覺得更加冤枉：「姐，聽妳這話，好像我天天給秉涵氣受似的，妳也太主觀武斷了吧？不信等秉涵回來妳問問他？」

石慧敏笑了，說：「我這不是給妳打個預防針嗎？其實這也不光是我的意思，主要是受老爸老媽的囑託，就是提醒妳要對秉涵好一些。他那麼小就離開家一個人出來闖天下，真是不容易，妳要時時處處體諒他。」

石慧麗說：「知道了，我又不是妖魔鬼怪，不要這麼囉嗦好不好？」

高秉涵推門進去：「慧敏姐，妳來了？」

石慧敏站起來：「我去台中參加校慶會，順路來看看你們。」

石慧麗說：「秉涵，你說句公道話，結婚後，我有沒有欺負過你？一家人都擔心我欺負你，你說說看我究竟是不是個惡老婆？」

高秉涵笑著說：「當然不是，我老婆是天下最溫柔乖巧的女人。」

石慧麗說：「又沒正經，姐，不要理他，我倆說話好了。」

高秉涵說：「慧敏姐，妳也不要欺負管哥，管哥也是個老實人。」

石慧敏說：「我還敢欺負他？他的性格你又不是不知道，死倔，認準的事情從來都是說一不二，他不欺負我我就算燒高香了！」

高秉涵說：「管哥那是有性格，有性格才能成大器，你可要遷就著他一點。」

一邊的石慧麗附和：「就是，妳要對管哥好一些，不要和他擰著來。」

石慧敏突然說：「怎麼你倆合在一起教育我？我到你們這裡是來受批判來了？」

三個人一起笑起來。

高秉涵說：「你們倆繼續聊著，我去做飯犒勞二位。」

石慧麗說：「還是我做吧，免得姐姐回去告狀說我欺負你。」

結婚幾個月來，在高秉涵心目中，妻子石慧麗不是個不講理的女人，但也絕不是個肯吃虧的女人。她要強、理性、能幹，什麼事情都打理得井井有條。結婚後沒有房子，他們就在高雄陸軍第二總醫院不遠的這個棚戶區租了一間小房子。雖然房子不怎麼好，但愛乾淨的石慧麗卻整日把小屋子收拾得溫馨潔淨，讓人感到心情愉悅。

在醫院裡，石慧麗是個技術精良的護士，一碰到難題護士長就把她推出來。特別是扎靜脈針，無論遇到多麼隱蔽細窄的血管，她都能一針見血。也許是太有名氣了，石慧麗無法接受失敗。一次，高秉涵發現下班後的石慧麗哭著回來了，就問她怎麼回事。原來有個晚期癌症病人血管不好找，護士長就派她去，結果扎了兩針沒扎上，被病人家屬數落了一頓，最後是護士長把針扎上了。石慧麗不能原諒自己的失敗，整整哭了一下午，一邊哭一邊在自己胳膊上練扎針。

石慧麗不乏善良，但這種善良是有前提和尺度的。一個星期天，高秉涵和石慧麗去逛街，在路口一角遇到了一個乞討的殘疾流浪漢。三十多歲的流浪漢看上去很可憐，衣服破舊頭髮散亂，兩條胳膊都沒有了，袖管空蕩蕩地甩著。石慧麗沒猶豫就把一張十元台幣放進流浪漢眼前的盒子裡。不料，當高秉涵和石慧麗逛了半天街回去再次路過那個路口時，他們卻看到了意想不到的一幕。那個沒有雙臂的乞討者為了捍衛自己的地盤和另一個也來這裡乞討的少年發生了爭執。爭執中，兩人大打出手。沒有雙臂的乞討者一開始是用腳踢，打不過，乾脆就把原本掖在腰裡的雙臂抽了出來。他極其殘暴地對那少年一陣拳打腳踢，少年不一會就倒下了。見此情景，高秉涵氣不過，就和幾個人一起上前指責那個冒充殘疾人的乞討者。那人對著眾人大罵，關你們什麼屁事？說著，那人把衣服搭在肩上就要走。正在這時，一輛警車開了過來，車上下來兩個員警把他帶走了。

事後，高秉涵才知道是石慧麗報的警。他覺得石慧麗不免有些小題大做，認為對這種人教訓他幾句就夠了。

石慧麗卻說：「你還有沒有原則？他不僅欺騙眾人不勞而獲，還對同伴下手兇狠，被員警抓走是他罪有應得！」

初夏的一個週日早晨，石慧麗剛一起床，就伏在床前乾嘔。正在穿衣服的高秉涵以為石慧麗病了，嚇得趕忙湊過去詢問怎麼回事。

做護士的石慧麗抬起頭，笑著說：「你要做爸爸了。」

高秉涵一愣，轉瞬明白過來，他一把攬過石慧麗激動地說：「真的嗎慧麗，太好了，我們要有孩子了！」

高秉涵滿臉喜悅，雙眼放光。

石慧麗站起來拿著臉盆毛巾去門外的自來水管洗漱，回來時，就見高秉涵坐在床邊愣神。

「秉涵，你怎麼又不高興了？」

高秉涵猛然醒過來：「沒有不高興，我是想，如果我娘和我奶奶知道了這件事，該不知會有多高興！」

石慧麗默默地把手搭在高秉涵的肩膀上。

沒結婚之前，高秉涵經常會想家。那時他想，也許等結了婚就不會像一個人時那樣飽受思鄉之苦了。

殊不知，結了婚有了自己的小家，也一樣想家，一樣傷感。思鄉好像已經變成了心靈上的一道陳舊而無法癒合的傷痕，一碰到合適的契機那傷痕就會自動裂開，就會流血，就會疼痛。

一九六八年三月三日，石慧麗在高雄陸軍第二總醫院產下一男嬰。當護士小姐把身上沾著胎質哇哇大哭的兒子塞進高秉涵懷裡時，看著這個流著自己血脈的小生命，他像被電擊了一般愣在了原地。神使鬼差般，他又不可遏制地想起了老家和母親。凝神看著眼前的這個小生命，他似乎看到了某些明顯的家族性特徵，深陷的眼窩，挺直的鼻樑。看著看著，高秉涵的腦海裡幻化出一副畫面，已經長大了些的兒子臉上帶著頑童的笑容正奔跑在家鄉的原野上。兒子身上穿的是家鄉孩子常穿的粗布衣，留著家鄉孩子常留的鍋蓋頭。

想到這，高秉涵抱著兒子奔跑起來，他跑到樓房西側的一塊空地上，面朝西北方把兒子高高地舉過頭頂，大聲說：「娘，您有孫子了！」

醫生護士們都驚訝地跟過來，看著眼前的這一幕。

高秉涵給兒子起名高士瑋。

士瑋長到一歲多，高秉涵的部隊換防到了后里，又有了身孕的石慧麗只好把士瑋送到台北的娘家。

一家三口人三個地方，惦念孩子的夫婦倆把不多的薪水幾乎都鋪在了鐵路上。這種情況一直維持到一九七〇年春節。

過年的時候，高秉涵夫婦倆回台北休假。每年春節，高秉涵除了去看望同鄉外，還有一個法定的活動，就是要組織初中、高中和大學的三場同學會。一九七〇年春節的大學同學會上，一直在日本留學的葉潛昭恰巧趕回來參加了。

正是這個葉潛昭，改變了高秉涵一家的生活境地。

當瞭解到高秉涵一家的處境後，葉潛昭當場表示要幫他這個忙，把他和妻子都從外地調回台北來。高秉涵雖然知道葉潛昭的父親是國防部的高官，但他也沒有太當真，以為葉潛昭只不過隨便說說。誰知，幾個月後，在后里三零三師軍法組做法官的高秉涵竟然接到了一份國防部的調令。而在高雄陸軍第二總醫院的石慧麗也接到了國防部直屬醫院的調令。

一家人終於在台北相聚。

時隔不長，石慧麗又生下女兒高士佩。

七〇年代初，台灣興起了留學潮。有遠見的父母都相繼把兒女送到國外留學。說起孩子未來的教育，高秉涵夫婦倆忍不住有些擔憂。以他們兩個人的經濟收入，是負擔不起孩子高昂的留學費用的。

正在這時，一個機會悄然降臨到高秉涵身邊。

從日本拿到博士學位的葉潛昭，回來後也被分到國防部工作。聰明而富有開拓精神的葉潛昭不甘心在四平八穩的國防部裡了此一生，他時常激情四射地鼓動高秉涵和他一起出去開律師事務所，見大世面掙大錢。高秉涵一直有些猶豫。他的境況雖然不是大富大貴，但也衣食無憂，和初來台灣流落街頭的處境相比好了不知多少倍。

一天，葉潛昭下班後用車把高秉涵拉到了一處繁華地帶的寫字樓下。原來，葉潛昭已經遞交了退伍申請，並悄悄買了這座寫字樓裡的幾間房，要開律師事務所，辦公設施也置辦好了，只差掛牌營業。

看完葉潛昭的辦公室，高秉涵又被拉到了隔壁的一間屋子裡。

「秉涵，這是我專門為你佈置的辦公室，你看看要是有什麼不合適的儘管說。」

事情來得突然，高秉涵一時拿不定主意。

葉潛昭又領著高秉涵來到了旁邊的一個大辦公室，裡面有七八張桌子，桌子上的辦公用品也都佈置齊全。

葉潛昭說：「事務所馬上就要開業，雇了幾個律師，我對他們不摸底，急需你這個老同學在這裡先給我撐著，等到你將來掙了錢有了實力，隨時都可以出去另立門戶，到時候我一定不攔你！」

分手時，葉潛昭再三叮囑高秉涵，讓他仔細考慮他的真心邀請。

回到家，高秉涵就把事情對石慧麗說了。

正在給第三個孩子士琦餵奶的石慧麗思忖半天，說：「去了也不是壞事，以咱們倆現在一個月不足一萬塊錢的收入，將來是負擔不起三個孩子的學費的！」

一九七三年春節過後，高秉涵向國防部提出退伍申請。不久，申請獲批，律師證也考下來了，他成了葉潛昭律師事務所的一名掛牌律師。

知道高秉涵做了律師，一些熟人都很吃驚，總覺得不善言談性格內向的他和人們心目中口齒伶俐無理狡辯三分的律師不沾邊。幾個長輩同鄉甚至擔心他能不能靠這個行當吃上飯。事實證明，高秉涵是個出色的律師。一連接了幾個案子，他的當事人都勝訴了。

當月，高秉涵在事務所的幾個同事中拿了最高的薪水，是在軍隊當法官時的五倍。

但接下來的一個案子，讓高秉涵陷入了深深的苦惱中。

一個姓翁的裝修公司老闆請他做辯護律師，但看過案子的卷宗，高秉涵很猶豫。起訴翁老闆的是火車站附近剛落成的天成大飯店。天成大飯店聲稱，翁老闆在其承包的天成大飯店裝修工程中存在大量偷工減料行為。

通過翻閱資料，查看現場，高秉涵得出一個結論，這個翁老闆確實存在一定問題。

幾次開庭，高秉涵都是在一種極其矛盾和猶豫的心情中度過的。他既希望自己的當事人能夠勝訴，又想維護法律的公正和尊嚴。就是在這種矛盾和猶豫之中，高秉涵迎來了他律師生涯中的第一次令他深感不安的判決。

偷工減料的翁老闆勝訴，而吃了虧的天成大飯店反倒敗訴。

天成大飯店的董事長是位六十多歲的白髮老先生，叫何朝家。聽到宣判結果的瞬間，何老先生無奈而怨憤地瞪了高秉涵一眼。那一眼令高秉涵深感不安，他慚愧地低下頭。何老先生被兒子攙扶走了。看著何老先生落寞的身影，高秉涵內心更加不安。

人走光了，在旁聽席上旁聽的葉潛昭鼓著掌走過來。

「秉涵，你的辯護可謂天衣無縫！」

「這樣的勝訴讓我良心不安！」高秉涵說。

葉潛昭說：「用行話講，你是走進法律的陰影裡去了。不過，這是沒有辦法的事，既然做律師，維護當事人的利益就是我們的天職。案子結了，就不用再想那麼多了。」

高秉涵抬起頭：「我們維護的應該是當事人的合法權益。」

「你這個書呆子，只要有官司接，有律師費掙，管那麼多幹嗎？」

說著，葉潛昭拉著高秉涵就走。

回家的路上，高秉涵被翁老闆截住了，說是要請他吃飯。高秉涵本來不想去，但經不住翁老闆的死磨硬纏，還是去了。飯局設在一個飯店的大包間裡。

贏了官司，翁老闆很高興，山珍海味叫了一桌子。

他把一個超大的鮑魚推到高秉涵跟前，說：「高律師，你不知道這場官司對我來說有多重要，要是輸了，現在手裡的幾十個工程也就保不住。這下好了，真是太感謝你了！我已經對葉主任說了，律師費給雙倍！」

高秉涵說：「翁老闆，我看以後你還是老老實實把工程做好才是。這麼下去不是個長法，下次如果再碰到這樣的事情可就不一定有這麼幸運了。」

翁老闆以為高秉涵是在賣關子，就說：「高律師，我已經想好了，就請你做我們公司的常年法律顧問。至於薪水，你先說個數。」

「常年法律顧問，我看還是等以後再說吧。」

翁老闆以為高秉涵還是賣關子，就不經意地笑笑說：「聽你的，這件事咱們回頭再說，先吃飯！」

高秉涵吃不下，好不容易堅持到了要走的時候，翁老闆神色詭異地把他又按回到椅子上。

「高律師，你先等我一會，我去去就來。」

說著翁老闆就和他的司機開了門先走了。

高秉涵起初摸不著頭腦，還以為翁老闆是結帳去了，等了一會兒見翁老闆沒來，就站起來要走。正在這時，包間裡的一個不太顯眼的門輕輕地開了，裡面走出來一個年齡在二十歲上下，樣子清純但不失豔麗的女子。

高秉涵嚇了一跳，忙說：「妳是誰？怎麼會在這裡？」

女子嘴角笑笑，有幾分羞澀地說：「是翁老闆讓我在這裡陪你的。」

說著，女子就上前來拉高秉涵。

「高哥哥，翁老闆讓我把你陪好，請到這邊屋子裡來吧。」

高秉涵的臉一下就紫了，呼吸也急促起來，抓起包奪門而逃。高秉涵下了樓，忽聽翁老闆在後面喊他，一回頭，見翁老闆從車子裡鑽出來。

翁老闆跑上來：「哎呀，高律師，你怎麼這麼快就出來了？我付過費了，你可以待到明天早晨再離開！你不用擔心，這個小姐很乾淨的，上個月才剛出道！」

高秉涵站住，怒視他：「你把我當成什麼人了？」

翁老闆一愣，說：「怎麼，高律師，難道你……你……」

「我走了！」高秉涵說。

翁老闆追上來拉著高秉涵：「高律師，你給我幫了這麼大的忙，我一定要感謝你。你說吧，你有什麼愛好，我一定滿足你。你要是喜歡『同志』，也是沒有問題的，我去給你找個『同志』來！」

「你……你想到哪裡去了？」高秉涵氣得不想再解釋，轉身走了。

第二天一上班，葉潛昭大笑著走進了高秉涵的辦公室。「秉涵，你可真是個書呆子，那麼好的事怎麼嚇跑了呢？」

高秉涵大驚：「怎麼，你知道？」

葉潛昭大笑：「翁老闆也叫我了，我怕壞了你的好事，所以沒敢去，沒想到你竟然跑了。」說著葉潛昭又笑。

「說說，你到底是怎麼想的？我真是佩服你的定力！」

高秉涵說：「這有什麼好說的。那麼做，一是對不起慧麗，我也怕得上性病。又沒有什麼感情，就為麻醉那麼幾分鐘，不值得！」

葉潛昭臉上調侃的笑容漸漸隱去，他走到高秉涵跟前，拍著他的肩膀：「老同學，老弟真是佩服你！」

在葉潛昭的律師事務所幹了一年後，高秉涵有了自己單幹的打算，但苦於一時沒有足夠的錢買寫字間，事情只得先擱置起來。

一九七四年春節，高秉涵與高虎雄一起去給建國中學的老師拜年。出了劉澤民主任的家，坐在公車上路過火車站時，新開的一個叫「站前大廈」的樓盤吸引了高虎雄的目光。他拉著高秉涵去看，高秉涵以為高虎雄要買房就跟著去了。

樓盤很搶手，多數房子都已售出。在售樓小姐的引領下，高虎雄看中了六層的一間二十一坪的房子。經過一番討價還價，售樓小姐答應以一百零五萬售出這套房子。

高虎雄問高秉涵：「高哥，你說這間房子怎麼樣？」

「不錯。」高秉涵由衷地說。

高虎雄大學畢業後一直在銀行工作，應該有些積蓄，高秉涵只是不知道他要買這間房子派什麼用場。

「既然不錯，那高哥你就把合約簽了吧。」

高秉涵愣了，說：「不是你買房嗎？你又不是不知道，我剛在士林區買了一個小兩居，錢都花光了，哪還有錢再買房？」

高虎雄說：「高哥，這是我替你物色的律師事務所。這地方離火車站近，離法院也近，做律師事務所再合適不過。你就下決心買了吧，要不過幾天房子賣完了就沒機會了。」

「我也知道這個地方好，可我哪有那麼多錢？實在買不起。」高秉涵說。

「我借給你。」

「你有這麼多錢？」高秉涵吃驚地問。

「不都是我自己的錢，一部分是我的，還有一部分是一些親戚托我存在銀行裡的，反正他們現在也不花，先取出來用著，回頭連本帶息還給他們就是。」

高秉涵很感動：「虎雄，你就那麼信得過我？」

「咱倆十幾歲就認識，你是什麼人我還不知道？要是連你都信不過，這世界上我還能信得過誰？」

高秉涵覺得這是件大事，就對高虎雄說要回去和石慧麗商量商量。正說著，又有一個來看房的，也是一眼就看中了六層的這套房。

「小姐，這套房子我們簽了。」高虎雄搶先一步說。

簽完合約，下了樓，高秉涵還和做夢一樣。翻出家底也不過只有幾萬塊錢，卻一下簽了一百多萬的買屋合約，他不知道石慧麗會不會同意。

回到家對石慧麗說了，石慧麗先是震驚，後是感動。她說：「秉涵，雖然你在台灣沒有親兄弟，但我覺得你的這些朋友真是比親兄弟還親。」

第二天去售樓處付完款，高秉涵就給高虎雄打了個借條。高虎雄接過借條，二話不說，拿起打火機打著火把借條燒了。

高虎雄說：「高哥，咱們之間還用得著這個嗎？」

24

「高秉涵律師事務所」開業這天，站前大廈的樓門口擺滿了鮮花，很多親朋好友都來捧場，場面異常熱鬧。

剪綵儀式後，大家在一樓餐廳用餐。

高虎雄帶來了堂弟高新平。高新平已經是台灣三愛電子公司的總經理，他當場表示要聘請高秉涵做他公司的常年法律顧問。高中同學馬志玲也和高秉涵簽訂了聘他為常年法律顧問的協議。馬志玲已經繼承父業，成了擁有數萬員工的元大財團總經理，旗下有房地產、證券公司等若干企業實體。

看到此情此景，幾個菏澤同鄉長輩都為高秉涵感到自豪和欣慰。

劉師長說：「秉涵，光是你這兩個朋友公司裡的事情就夠你做的了。」

高秉涵四處看了一圈，把劉師長拉到一邊：「劉叔，大傑怎麼今天沒來？我也給他寄了請柬了，該不會又惹了什麼事吧？」

前些天，朱大傑因為搶活和另一個計程車司機發生衝突，爭打之後兩個人都受了傷。那人把朱大傑告上法庭，高秉涵好不容易才幫他把事情平息了。

劉師長說：「我也有些日子沒見大傑了，那孩子不省心，到現在也沒娶上個媳婦，快四十了還是單身一人，以後老了可怎麼辦？」

正說到這兒，前來祝賀的葉潛昭過來把高秉涵拉走了。

葉潛昭說：「秉涵，有眼力，這地方真的不錯，以後業務肯定錯不了！」

「潛昭，離開你的事務所自己單幹，你對我沒意見吧？」

葉潛昭笑著說：「秉涵，你不會把我想像得那麼狹隘吧，我有那麼狹隘嗎？」

說著，兩個人笑起來。葉潛昭忽然想起什麼似的說：「對了，天成大飯店的祕書小姐找到你了嗎？」

高秉涵一驚：「天成的祕書？她找我幹什麼？」

「我也不知道，到事務所找了好幾次了，問她找你幹什麼也不說。你最近當心點，估計他們是對上次的那個判決不服。」

一想起那個不公正的判決，高秉涵的心不免有些內疚。

葉潛昭說：「秉涵，你的心腸太好，這樣是做不了大事的。」

高秉涵不說話。他知道每個人的價值觀念不一樣，看問題的角度也不一樣，很多事情是無法解釋也解釋不清楚的。

開業幾天後的一個下午，外出取證的高秉涵回到事務所剛坐下，祕書小姐就通報說有天成大飯店的客人來訪。

是福不是禍，是禍躲不過。高秉涵讓祕書把客人請進來。來人是何老先生的兒子和天成大飯店的祕書小姐。何老先生的兒子自我介紹說他叫何文雄，是天成大飯店的董事。高秉涵看到何文雄臉上帶著善意的微笑，不像是來找他算帳的，不禁有些疑惑。正疑惑著，就聽何文雄說：「家父讓我來，是想請高律師到我家去做客。」

高秉涵說：「何先生，上次的官司抱歉了，做客我就不去了，請代我向何老先生鄭重道歉。」說著高秉涵站起來，向何文雄深深地鞠了一躬。

何文雄突然笑起來：「家父果然沒有看錯人，他說只憑高律師那天的一個眼神，就知道高律師是個有正義感的人。」

高秉涵更加疑惑，猜不出何文雄的真正來意是什麼。

何文雄說：「道歉就不用了，家父一定要見你，他老人家有話要當面對你說。」

高秉涵感到自己沒有臉面去見何老先生，就藉故說自己有事，去不了。雙方僵持著，何文雄就給了祕書小姐一個眼色。祕書小姐心領神會地打開公事包，從裡面拿出一紙合約遞到了高秉涵手上。

高秉涵一看，愣住了，原來天成大飯店竟然要聘請他做飯店的常年法律顧問。這是高秉涵事先沒有預料到的。何老先生的大度令高秉涵十分感動，但他還是覺得這事有些不妥，就竭力推辭。無奈，何文雄不達目的不甘休，最終還是把高秉涵給硬拉了去。

何老先生在天成大飯店最好的餐廳包間裡宴請高秉涵。見何老先生確實是出於一片真誠，也是為了彌補前面官司所留下的遺憾，高秉涵答應了何老先生的請求，簽約成為天成大飯店的法律顧問。

簽訂合約時，何老先生的孫女也就是何文雄的女兒何千玉一直在桌子跟前玩耍。不到三歲的何千玉對這個高伯伯十分有好感，等他一簽完合約，就坐在了他的腿上不肯下來。

看著何千玉天真可愛的小臉，高秉涵當時並沒有意識到，從此之後高、何兩家就結下了不解之緣。

一連許多天，高秉涵一直惦記著朱大傑，給他的計程車公司打了幾次電話都沒人接。這天下午，忙完事務所的幾件事，高秉涵想親自去那家計程車公司看看，剛要出門，桌子上的電話響了。

祕書小姐拿起電話聽了一下對高秉涵說：「是位女士找你。」

高秉涵回到辦公桌前接過話筒，裡面傳來一個女聲。「高大哥，是我，李玉純。」

原來是救命恩人李排長的女兒李玉純。「玉純，有什麼事情嗎？儘管說！」高秉涵關切地問。

李玉純長嘆一聲：「又有許多客戶欠款，還有一些假支票，真拿這些人沒有辦法！」李玉純的語氣裡透著無奈。

一年多前，李排長退伍後帶著全家老小到台北開了家牛肉批發店。生意不錯，最多的時候一天能批發幾萬斤牛肉。生意大了，但問題也漸漸多起來，有一些不守信用的客戶不是拖欠賴帳就是拿假支票矇騙人。知道高秉涵做了律師，每當出了這樣的問題，李排長就帶著在批發店管財務的女兒李玉純來向高秉涵求助。高秉涵每次都不遺餘力地去追討欠帳，盡力把損失降低到最低程度。

高秉涵讓李玉純到事務所來，電話那端的李玉純有些支吾。高秉涵沒有想太多，就在外邊約了一家小茶館見面。

高秉涵趕到茶館時，李玉純已經在一個光線幽暗的靠牆角的地方坐下了。看到李玉純的第一眼，高秉涵大吃一驚。只見她臉上到處是被毆打過的痕跡，一隻眼睛腫了，四周泛著青，下巴上還有一道紅紅的傷痕，整個人情緒十分低落。

以前每次和高秉涵聯繫，都是李玉純陪著父親一起來，這次卻只有李玉純一個人，高秉涵向四周張望著。

李玉純說：「今天，我一個人來的。」

高秉涵在李玉純對面坐下：「玉純，妳的臉是討債讓人打的嗎？如果是這樣，我們一定饒不了他們。」

李玉純搖搖頭。

「那這是怎麼搞的？」高秉涵問。

「他打的。」李玉純說。

「是妳丈夫？」

李玉純點了點頭，眼淚一串串滴落下來。

「怎麼會這樣？」

李玉純抬起頭，用淚汪汪的眼睛看著高秉涵，委屈地說：「他老是喝酒，喝了酒就回家打人。以前以為等有了孩子就好了，不想現在有了女兒，他反倒更能耍酒風，不問青紅皂白動不動就是一陣拳打腳踼。」說著，李玉純傷心地抽泣起來。高秉涵一時不知該怎麼勸她才好。

高秉涵把話題轉到那些壞帳上：「玉純，帳單帶了嗎？」

李玉純從包裡拿出一疊帳單，說：「一共十八張，共計金額幾十萬。高大哥，每次都麻煩你，真是不好意思。」

高秉涵收起帳單，說：「都是一家人，不用說這種客氣話。回去告訴妳父親，這些帳我會儘快討回來的。」

兩個人又閒聊了一會就分手了。看著李玉純離去的背影，高秉涵憐惜地想，等有機會一定要好好教訓一下那個動不動就打人的臭小子。

25

卞永蘭離開台灣的前一天，朱大傑突然出現在高秉涵面前。當時，高秉涵正在事務所打電話通知一些住在近處的同鄉給卞永蘭送行。

說起來卞永蘭應該算是高秉涵的學姐，她也是李學光老師的學生。高秉涵是通過李學光老師和她相識的。

卞永蘭這次離開台灣是隨丈夫去阿根廷定居。

一些年來，在菏澤同鄉中已經形成了一個不成文的規矩，凡是同鄉，不管誰家有事，大夥都會自發地聚在一起幫著張羅。有的原本關係密切，有的原本壓根就不認識。但不管認識不認識，只要一聽說是菏澤同鄉，彼此的關係就會被神奇地拉近。同鄉們聚在一起，說的都是老家的土話。這時候，人人都刻意把老家的土話往地道裡說。一屋子人說的都是菏澤土話，恍若回到了家鄉一般。

送別卞永蘭的聚餐會幾天前已經搞過，高秉涵這次是通知住得近的幾個同鄉明天去機場送行。

自從高秉涵有了自己的事務所，這裡就成了同鄉聚會的一個地點。有了事情，同鄉們也習慣通過高秉涵通知大家。早晨一上班，高秉涵就開始打電話，告知同鄉們卞永蘭明天要出境的消息。

最後一個電話還沒打完，朱大傑就進來了。高秉涵倉促地把事情說完，放下電話迎上去。

高秉涵吃驚地打量著朱大傑：「大傑，你怎麼成了這個樣子？這些日子你去哪了？」

朱大傑變化很大，整個人又瘦又黑，小了一大圈。

朱大傑看了一眼旁邊的祕書小姐，有些遮掩地說了聲等會再說。高秉涵猜測著朱大傑一定是又惹什麼事了，就把祕書小姐支了出去。

祕書小姐剛出門，高秉涵就衝朱大傑問：「說吧，又惹了什麼事？」

朱大傑頹然倒在一邊的沙發上，抱頭沉默著。

「究竟幹了什麼事？這回真殺人了？」

朱大傑抬起頭：「你才殺人了！」

「那是怎麼了？」

朱大傑絕望地說：「高哥，我們再也回不了老家了，回不去了！」

高秉涵一下被說愣了：「大傑，你究竟惹了什麼事？說出來我替你參謀參謀，興許還有救。」

朱大傑說：「前些天我去了香港，想從那裡偷渡回大陸，但沒有成功。」

高秉涵吃驚地看著朱大傑：「你說什麼？慢點說！」

「我偷渡回大陸，想去看我娘，但那邊的人不讓我回去。」

「大傑，你慢點說，從頭說！」

朱大傑講述起他的這次沒有成功的偷渡經歷。

「一天夜裡睡到半夜，我突然醒了。我想起了我娘，眼前老是我娘那淚汪汪的雙眼。說實在的，小時候，我一直為她改嫁的事記恨她，現在想想，不管怎麼說她都是我娘。我一心想回去看她。聽說有人能從香港的沙頭角偷渡回去，我也起了這個念頭。」

高秉涵驚訝地看著朱大傑。

「我向公司請了長假，然後買了機票去香港。到了香港，我天天在沙頭角一帶轉悠。幾天後，才知道要想過去並不是一件容易事。陸地相通的地方，員警都把得很嚴。碼頭上的船隻也檢查得十分嚴格，根本就沒機會。」

「後來，我在碼頭上遇到一個人，他也在那一帶轉了幾天了，一聽他的口音，就對他的目的猜了個八九不離十，一打探，果真和我一樣，也是想偷著回去看看的。那人對我說，有一個辦法可以過去，就是上貨船，等貨船到了海上再下海游過去。他說他的幾個朋友都是這麼過去的。後來又有幾個人湊過來打探，大家都是從台灣過去的，都想走這個路子回大陸。」

「找到貨船了？」

「等了一個星期，好不容易才和一個貨船的船老大聯繫上，他答應每人收我們十萬港幣，把我們帶到離大陸最近的地方把我們放下去。」

「後來呢？」

「別提了，差點沒死在船上。裝船時，船老大讓我們扮成裝卸工，後來就借機躲在裝貨物的船艙裡不出來。我們以為裝完貨物馬上就會出港，誰知船在碼頭上一停就停了兩天。天熱，又沒有吃的喝的，等船隻啟動時，有兩個人已經沒氣了。好不容易到了下海的地方，又趕上個大白天，還沒上岸，就讓那邊的解放軍給截住了。」

「他們不讓上岸？」

「岸倒是上了，可把我們帶到一個哨所後就一直有幾個人拿槍看押著，任憑怎麼央求也不讓我們離開半步，更別說回老家了。」

「沒能回去？」

「他們和香港員警聯繫上，就把我們遣送回了香港，香港員警又把我們送上了回台灣的飛機。」

高秉涵嘆息一聲坐到椅子上，湧上心頭的是潮水般的絕望和悲涼。母親的身影似乎隨著腦海中的潮水越來越遠。

第二天，去機場送卞永蘭時，朱大傑也跟著去了。

路過安檢口，安檢人員覺得卞永蘭手裡提的一個沉甸甸的袋子十分可疑，要求打開檢查。一打開，袋子裡竟然裝了滿滿一袋子土。

卞永蘭流著淚說：「我們全家移居海外，不知此生能否再看到中國？台灣是中國的土地，我帶上這袋子泥土，想家時就看一看，聞一聞……」

聽到這裡，同鄉們都流淚了。

下午的太陽懶洋洋地照進法院的律師休息室，等待開庭的律師們正用閒聊打發著無聊的時光。

見高秉涵走進來，清瘦身材鼻樑略有些歪斜的王律師腦海裡立刻就冒出了一個有趣的話題。他問坐在旁邊的一個律師：「晚上的聚會咱們去哪兒？」

那個律師說：「不是說好去『小茉莉』的嗎？你怎麼這麼健忘？」

王律師馬上話鋒一轉看著高秉涵說：「『小茉莉』是個好地方，高秉涵你是不是又要缺席？」

高秉涵在長椅上坐下，說：「我又不會喝酒，還是你們去吧。」

王律師說：「高秉涵，這就是你的不對了。以前你有欠債不參加也就罷了，現在你是咱們中間掙錢最多的，怎麼還是這麼摳門？」

另一個律師也說：「高律師人家是潔身自好，你就別勉強他了。」

王律師臉上帶著狡黠的笑，說：「不行，今天晚上怎麼著也得把高律師拉了去。」

一直坐在一邊看報紙的葉潛昭這時走過來對高秉涵說：「秉涵，晚上一起出去放鬆放鬆吧，又不是拉你跳火坑。」

葉潛昭把那張報紙順手放在一邊的長椅上，高秉涵看到報紙的一角又一次刊登著蔣總統病重的消息。

「小茉莉」是家遠在郊區的酒樓，不光有酒，還有會唱歌的貌美年輕小姐。客人們一般在樓上吃完飯，就到地下室的包房裡去唱歌。

一行七個律師一進包房，就有七個小姐小鳥一般飛進來。這個晚上，幾個律師默契著一心要改變一下高秉涵的生活方式。在他們的觀念中，高秉涵是個沒活明白的不開竅的男人。

王律師把眾人推開，說：「大家謙讓一下，讓高秉涵先來。」說著，他把七個小姐都推到了高秉涵面前。

「我又不會唱歌，還是你們唱吧。」說著，高秉涵就退到後邊坐到了靠牆的沙發上。

王律師不肯甘休，又把小姐們攏到高秉涵面前，讓他挑一個。

葉潛昭看到高秉涵一臉的窘迫，不忍難為他，就拉過一個穿黃紗裙的漂亮小姐，把她按坐在高秉涵身邊的沙發上：「就是這個了，好好唱歌吧。」

其他幾位律師很快就各自拉著一個小姐坐到四周的沙發上。坐下之後，在一片嬉笑中，小姐們很快就都換防到男士們的大腿上。

身著黃紗裙的小姐也趁勢坐到了高秉涵的腿上。不曾想，高秉涵卻一下站了起來。黃紗裙小姐差點摔倒，感到很沒面子，臉上訕訕的。

王律師忙說：「愛莉小姐，你可千萬不要生氣，我們這位高先生是第一次來你們這裡，他還不習慣，能不能讓他習慣這裡，就看妳的了。」

叫愛莉的小姐馬上笑了，說：「我說呢，原來這位大哥是個生人。」說著，就上去拉著高秉涵又在沙發上坐下了。

這當兒，有兩個律師已經帶著兩位小姐出去了。

王律師說：「愛莉，今天晚上如果妳能把我們這位先生帶出場，我保管付妳雙倍的錢！」

愛莉雙眼閃著亮光：「王哥，你的話可當真？」

王律師說：「當然了，我哪次說話不算數了？」

在嚶嚶的歌聲中，愛莉向高秉涵展開了猛烈的攻勢。她先是想收復失地重新坐到高秉涵的腿上去，無奈高秉涵已經有了準備，把兩隻胳膊支在腿上用雙手托著下巴，愛莉幾次嘗試都沒有成功。

愛莉又出一招：「高大哥，咱們兩個一起出去轉轉吧，地下室都快憋死人了。」

「就在這裡坐著吧，我已經習慣了。」

愛莉還是不肯甘休，又端來一杯酒，放到高秉涵的嘴邊：「高大哥，咱們喝酒，這是正宗的法國威士忌！」

高秉涵說：「妳就不用費口舌了，我是不會出去的，出場費多少，我可以付給妳。」

愛莉如同受了侮辱，她一下站起來坐到王律師的身邊去：「王哥，你這姓高的朋友是不是那方面不行呀？要不然就是一個『同志』？」

一邊的葉潛昭一聽這話，不客氣地反駁：「你他媽才『同志』呢。『同志』還能生出三個孩子來？」

深夜，王律師無功而返。回去的路上，喝多了酒的王律師指著高秉涵的腦門說：「高秉涵，我算是看透你了，簡直是頑固不化！枉做台灣男人！」

高秉涵訕訕地笑著，表示歉意。

其實，高秉涵也想讓自己的生活變得輕鬆一些。可不知怎麼了，生活中總有一種淡淡的憂傷情緒籠罩著他。

剛才在愛莉小姐的嚶嚶細語聲中，浮現在他腦海中的是那則報告總統病重的消息。繼而，由這則消息，高秉涵又聯想到了幾個月前元旦時，由副總統嚴家淦代為宣讀的總統宣言《告全國軍民同胞書》。宣言中，病重的蔣總統信誓旦旦地宣稱要「捍衛民國，再造民國」，「迎接一切挑戰」，最後高呼「反攻復國勝利成功萬歲」。

高秉涵忽然有些可憐起這位固執而一廂情願的老人來。

中共已經和美國關係緩和，連他這個小律師都能看得明白，反攻大陸已沒有絲毫可能，病魔纏身的蔣總統卻還活在「光復」的幻想與不甘裡。

高秉涵回到家已經深夜，石慧麗還沒有睡。一進門，在醫院做護士長的石慧麗就對高秉涵說：「院裡的特別護士打來電話，總統已經於二十三點五十分去世了。」

高秉涵看了一下牆上的掛曆，這一天是一九七五年四月五日。

次日，高秉涵帶著三個孩子到離家不遠的小公園散步。玩滑車時，一個和士琦差不多的小女孩不停地叫著奶奶。一邊的老夫人面帶微笑地答應著。

兩歲的士琦突然問：「爸爸，我奶奶在哪裡？」

高秉涵說：「奶奶在大陸菏澤的高莊。」

「奶奶怎麼不來和我們一起玩？」士琦又問。

高秉涵答：「將來我們回去看奶奶，奶奶年齡大了，走不動了。」

五歲的女兒士佩問：「那我們什麼時候回高莊？你不是說高莊的燒餅特別好吃嗎？我想吃！」

高秉涵又答：「很快的，我們很快就會回高莊的。」

兩歲的士琦又問：「很快有多快呀，就像去姥姥家一樣快嗎？」

高秉涵答不出了。

士琦的小手搖著他的胳膊不停地追問。

此時，旁邊的一家小店裡，傳出了鄧麗君那委婉柔美嗓音唱出的《母親，妳在何方》：

雁陣兒飛來飛去白雲裡
經過那萬里可曾看仔細
雁兒呀我想問你
我的母親可有消息

秋風那吹得楓葉亂飄蕩
噓寒呀問暖缺少那親娘
母親呀我要問您
天涯茫茫您在何方
明知那黃泉難歸
我們仍在癡心等待
我的母親呀等著您
等著您等您入夢來
兒時的情景似夢般依稀
母愛的溫暖永遠難忘記
母親呀我真想您
恨不能夠時光倒移
……

聽著聽著，高秉涵的眼淚流了下來。一邊的士琦使勁搖著他的手問：「爸爸，你怎麼流淚了？是眼睛裡進了沙子嗎？」

26

一晃又是幾年過去了。

這期間，高秉涵的小家發生了很大變化，三個孩子都上學了。高秉涵的律師名氣越來越大，成為島內知名律師，妻子石慧麗也事業有成當上了某國防醫院的護理部主任，家裡的住房也由原來的小兩居換成了大四居。

但這一切並沒改變高秉涵一貫的憂鬱心情。隨著物質生活水準的不斷提高，他不但沒有因此變得輕鬆愉快，內心反倒越來越焦灼不安。

隨著年齡的不斷增長，高秉涵對大陸的思念與日俱增。故鄉已經變成一幅記憶中的黑白畫。而那根放在地下室保險櫃裡的麻繩，也已經成為故鄉的一個象徵，他時不時地會打開來捧在手裡嗅一嗅、聞一聞。

生活中，許多細小的事情都能突然引發起高秉涵無法遏制的思鄉情緒。一首歌、一段旋律，一些諸如「故鄉」、「母親」的字眼都能突然讓他浮想聯翩、淚水漣漣。

有一次，高秉涵夫婦做為家長被邀請去女兒學校觀看演出。當女兒和幾個小朋友在台上合唱《甜蜜的家庭》這首歌時，台下的高秉涵一聽歌詞就忍不住淚流滿面，搞得旁邊的石慧麗十分不好意思。

為了排解、慰藉自己的思鄉之苦，高秉涵找人給父親做了一個真人般大小的銅像，擺放在半透光的地下室裡。父親的樣子是他憑著記憶向雕塑師口述的，做出來之後和父親在世時竟然出奇的相像。沒事時，他就會進去看一看，摸一摸。站在稍遠一些的地方，眼窩深陷的父親正在幽暗的光線裡翹著小鬍子向他走來，擺動的雙臂似乎裹挾起一股家鄉田野間的氣息。

高秉涵也越加惦記起大陸的母親。如果母親還活著，應該是八十六歲的老人了。

不能再等了，再也等不起了，他必須千方百計和大陸的親人取得聯繫。他時常這樣警醒自己。可面對現實，他又顯得那麼無能為力。

為了感受家鄉的氣息，沒事時，他經常會去兩個地方溜達，一是眷村，一是「榮民之家」。

數不清的眷村在台灣是一大風景。凡是有軍營的地方，旁邊不遠處就一定會有眷村。眷村是自發而生的，最初的眷村是軍用帳篷搭建的，後來眷村房屋的牆壁就改成了竹子和泥巴，再後來就變成了磚瓦水泥。演變到現在，眷村裡的房屋已是千奇百樣，幾乎集聚了大陸各個地方的不同房屋風格。一代又一代的老兵子女已經使眷村越來越台灣化，但走在眷村各式各樣的房屋之間，依然可以在街頭巷尾猛然聽到零星的鄉音。

眷村是個永遠都不會與台灣社會完全一致的地方，這裡充斥著大陸的各地方言，這裡是高秉涵尋求心靈寄託的地方。

「榮民之家」是高秉涵另一個常去的地方。

進入七〇年代，當年的老兵漸漸走向老邁。從事體力勞動為生的老兵已經無法養活自己。政府為贍養老兵修建的「榮民之家」在台灣島內各個角落拔地而起，平均每個縣都有三五個。「榮民之家」裡的老兵十之八九都是些沒有家室的單身老人。他們雖衣食無憂，但眼神裡永遠都填滿了遠離故土的憂傷和茫然。

高秉涵每次走進「榮民之家」，都有一種找到同類的感覺。

每天深夜，高秉涵都會在書房裡冒著雨點般的電磁干擾聲偷聽大陸中央人民廣播電台的對台廣播。

大陸政治氣候的任何一點變化，他都洞察秋毫、瞭若指掌。

福特總統訪華，美國承認「台灣是中國一部分」，毛澤東去世，大陸改革開放，鄧小平聲明希望用和平方式解決台灣問題但不做不使用武力的承諾，中美建交聯合公報發表……

世事變遷，斗轉星移，對海峽兩岸關係異常敏感的高秉涵似乎從中洞察出一絲契機。

他在焦灼中期待著奇蹟的發生。

臨近一九七九年元旦的一天。這是一個極其平常的日子，早晨高秉涵去上班，一出電梯，就見一個一隻眼睛包著紗布的老婦人正站在律師事務所門口。老婦人的腿有些瘸，走起路來一拐一拐的。

「我在報紙上見過你，你就是高律師吧？」嘴唇乾枯的老婦人用焦急的語氣說。

「我是高秉涵。」

老婦人焦急地說：「高律師，你是大律師，快救救我兒子吧，只有你能救他了！」

高秉涵把老婦人讓進屋子，又給老婦人倒了一杯水。

老婦人包著眼睛的紗布還在往外滲血，高秉涵問她這是怎麼回事？

「讓我兒子打的。」老婦人說。

讓兒子打了還要救兒子，高秉涵有些不理解，就問：「您有幾個兒子？」

老婦人說：「一個，我只有一個兒子。高律師你一定要救救他！」

高秉涵越聽越迷糊，就說：「您老人家別著急，請慢慢說。」

原來，這老婦人姓劉，一個人守寡靠給人洗衣服把兒子養大。叫劉海的兒子不爭氣，不光不去做工，還整日裡不是賭博就是酗酒。昨天深夜，劉海在外面喝多酒了回來，因為母親開門遲了些就掄圓了胳膊把酒瓶向母親砸去。酒瓶打在了劉老婦人的右眼上，眼球當場就碎了，流出一汪帶血的水。鄰居聽到劉老婦人的慘叫後趕來幫她報了警。劉海被員警抓進看守所，劉老婦人也被人送進了醫院。

聽說劉海要被判刑，劉老婦人剛包紮完就偷著從醫院跑了出來。她不想讓兒子被判刑，被兒子打瞎了一隻眼睛的她要把兒子救出來，帶著迫切的救子心情慕名來找高秉涵。

聽劉老婦人講完案情，高秉涵對劉海可謂恨之入骨，希望他最好永遠待在裡面不要出來。他說：「出來了說不定還會去惹事，您都這麼大年紀了還要掙錢養活他，讓他待在裡邊算了。」

劉老婦人剩下的那隻眼睛立刻流出傷心的淚水來，她說：「高律師，你就行行好救救他吧，怎麼著他也是我身上掉下來的肉。其實，不喝酒的時候，他還算是個好孩子……」

可憐天下父母心，高秉涵沉默了。

劉老婦人又用被堿水泡得蒼白皸裂的手拿出一疊錢，放到高秉涵的桌子上：「高律師，我有錢，付得起律師費，請你一定要救我兒子出來，我不能看著他在裡邊受罪，求求你了……」說著，老婦人竟然給高秉涵跪下了。

高秉涵沒了退路，只得接下這個案子。

第二天高秉涵去看守所取口供，剛走出事務所，就見劉老婦人已經在樓下等他了。劉老婦人手裡拿著一包東西，被報紙卷成一個筒，讓高秉涵帶給看守所裡的兒子。

高秉涵接過來一看愣住了，原來是一瓶散裝的米酒。

「您怎麼還給他帶酒？」

劉老婦人用手捂著傷眼，說：「高律師，你不知道，我兒子沒有酒就活不成，還是讓他少喝一點吧。」

寒風中，看著眼前的這位貧窮滄桑的母親，高秉涵一下聯想起了自己的母親。

站在母親當年的角度設想一下，為了讓他活命，在當時那種動盪不安的時局中毅然讓他獨自南下，這是怎樣一種絕決、偉大而又牽腸掛肚的母愛啊。這些年來，母親一直沒有自己的音信，她該怎樣擔憂？

不能再等了！再也等不起了！那個聲音又在心頭響起。

一邊的劉老婦人這時說：「高律師，你一定要把我兒子救出來，無論怎樣，他都是我的兒子，到什麼時候，我都不能不管他！」

高秉涵把手中的酒瓶拿好，說：「請您老人家放心，我會盡力的。」

到了看守所，見到劉海，高秉涵首先把那個酒瓶擺在劉海面前。「這是你母親讓我捎給你的。」

看到酒瓶，劉海周身一顫，接著慚愧地低下頭。

「知道嗎？你母親的一隻眼球已經摘除了。」高秉涵輕輕地說。

劉海痛苦地捂著頭。

「被你打瞎了眼，還一心想著要救你。」

「請不要說了！也不要救我出去！你走吧！」劉海煩躁地抬起頭。

「你不出去，你母親怕是活不長了。」高秉涵說。

劉海惶恐地抬起頭來。

「你母親說一定要救你出去，你不出去，她就無法活下去。」

劉海呆呆地看著高秉涵，眼淚一點一點地眼睛裡滲出來。他重重地把拳頭打在鐵窗上，手上滲出血來。

「你要考慮好了，想悔過自新出去好好孝敬你母親，還是想在裡面看著你母親因為惦記你而焦急地死去？」

「高律師，我能出去嗎？」劉海問。

「能，但在法庭上，你必須保證出來後要孝敬母親，不要再像以前那樣混帳下去。」

眼淚悄悄流過劉海的臉頰：「我一定做到！」

高秉涵說：「你都三十歲了，還能有這樣一個老母親為你操心，我真是羨慕你呀！」

這回，淚水流過臉頰的是高秉涵。母親的面容又一次掠過腦際，他再也克制不住自己的情緒，滿臉淚水橫流。

元旦的前一天，劉海酒後傷母一案開庭。在高秉涵和劉老婦人的積極爭取下，劉海獲得緩刑。

元旦這天吃完晚飯，高秉涵不經意地把劉海的案子對石慧麗說了。石慧麗聽後刻意地看了他一眼，之後也似不經意地說：「秉涵，給菏澤的媽媽也做個銅像吧，這樣你就可以天天看到她了。」

到底是多年的夫妻，石慧麗一眼就看到了高秉涵的骨子裡。

「過了這個年，我娘就八十七了！」高秉涵長嘆一聲，幽幽地說。說著，高秉涵拿著調頻收音機去了地下室。

剛打開收音機，刺刺啦啦的干擾電磁聲中傳出一個高昂親切的女聲：現在全文播報全國人大常委會《告台灣同胞書》。

親愛的台灣同胞：

今天是一九七九年元旦。我們代表祖國大陸的各族人民，向諸位同胞致以親切的問候和衷心的祝賀。

昔人有言：「每逢佳節倍思親」。在這歡度新年的時刻，我們更加想念自己的親骨肉——台灣的父老兄弟姐妹。我們知道，你們也無限懷念祖國和大陸上的親人。這種綿延了多少歲月的相互思念之情與日俱增。自從一九四九年台灣同祖國不幸分離以來，我們之間音信不通，來往斷絕，祖國不能統一，親人無從團聚，民族、國家和人民都受到了巨大的損失。所有中國同胞以及全球華裔，無不盼望早日結束這種令人痛心的局面。

我們中華民族是偉大的民族，佔世界人口近四分之一，享有悠久的歷史和優秀的文化，對世界文明和人類發展的卓越貢獻，舉世公認。台灣自古就是中國不可分割的一部分。中華民族是具有強大的生命力和凝聚力的。儘管歷史上有過多少次外族入侵和內部紛爭，都不曾使我們的民族陷於長久分裂。近三十年台灣同祖國的分離，是人為的，是違反我們民族的利益和願望的，絕不能再這樣下去了。每一個中國人，不論是生活在台灣的還是生活在大陸上的，都對中華民族的生存、發展和繁榮負有不容推諉的責任。統一祖國這樣一個關係全民族前途的重大任務，現在擺在我們大家的面前，誰也不能迴避，誰也不應迴避。如果我們還不儘快結束目前這種分裂局面，早日實現祖國的統一，我們何以告慰於列祖列宗？何以自解於子孫後代？人同此心，心同此理，凡屬黃帝子孫，誰願成為民族的千古罪人？

近三十年來，中國在世界上的地位已發生根本變化。我國國際地位越來越高，國際作用越來越重要。各國人民和政府為了反對霸權主義、維護亞洲和世界的和平穩定，幾乎莫不對我們寄予極大期望。每一個中國人都為祖國的日見強盛而感到自豪。我們如果儘快結束目前的分裂局面，把力量合到一起，則所能貢獻於人類前途者，自更不可限量。早日實現祖國統一，不僅是全中國人民包括台灣同胞的共同心願，也是全世界一切愛好和平的人民和國家的共同希望。

今天，實現中國的統一，是人心所向，大勢所趨。世界上普遍承認只有一個中國，承認中華人民共和國政府是中國唯一合法的政府。最近中日和平友好條約的簽訂，和中美兩國關係正常化的實現，更可見潮流所至，實非任何人所得而阻止。目前祖國安定團結，形勢比以往任何時候都好。在大陸上的各族人民，正在為實現四個現代化的偉大目標而同心戮力。我們殷切期望台灣早日回歸祖國，共同發展建國大業。我們的國家領導人已經表示決心，一定要考慮現實情況，完成祖國統一大業，在解決統一問題時尊重台灣現狀和台灣各界人士的意見，採取合情合理的政策和辦法，不使台灣人民蒙受損失。台灣各界人士也紛紛抒發懷鄉思舊之情，訴述「認同回歸」之願，提出種種建議，熱烈盼望早日回到祖國的懷抱。時至今日，種種條件都對統一有利，可謂萬事俱備，任何人都不應當拂逆民族的意志，違背歷史的潮流。

我們寄希望於一千七百萬台灣人民，也寄希望於台灣當局。台灣當局一貫堅持一個中國的立場，反對台灣獨立。這就是我們共同的立場，合作的基礎。我們一貫主張愛國一家。統一祖國，人人有責。希望台灣當局以民族利益為重，對實現祖國統一的事業做出寶貴的貢獻。

中國政府已經命令人民解放軍從今天起停止對金門等島嶼的炮擊。台灣海峽目前仍然存在著雙方的軍事對峙，這只能製造人為的緊張。我們認為，首先應當通過中華人民共和國政府和台灣當局之間的商談結束這種軍事對峙狀態，以便為雙方的任何一種範圍的交往接觸創造必要的前提和安全的環境。

由於長期隔絕，大陸和台灣的同胞互不瞭解，對於雙方造成各種不便。遠居海外的許多僑胞都能回國觀光，與家人團聚，為什麼近在咫尺的大陸和台灣的同胞卻不能自由來往呢？我們認為這種藩籬沒有理由繼續存在。我們希望雙方儘快實現通航通郵，以利雙方同胞直接接觸，互通資訊，探親訪友，旅遊參觀，進行學術文化體育工藝觀摩。

台灣和祖國大陸，在經濟上本來是一個整體。這些年來，經濟聯繫不幸中斷。現在，祖國的建設正在蓬勃發展，我們也希望台灣的經濟日趨繁榮。我們相互之間完全應當發展貿易，互通有無，進行經濟交流。這是相互的需要，對任何一方都有利而無害。

親愛的台灣同胞：

我們偉大祖國的美好前途，既屬於我們，也屬於你們。統一祖國，是歷史賦予我們這一代人的神聖使命。時代在前進，形勢在發展。我們早一天完成這一使命，就可以早一天共同創造我國空前未有的光輝燦爛的歷史，而與各先進強國並駕齊驅，共謀世界的和平、繁榮和進步。讓我們攜起手來，為這一光榮目標共同奮鬥！

《告台灣同胞書》已經播報完了，高秉涵還呆呆地愣在那裡。他不捨得把收音機從耳邊移開，似乎有些懷疑剛才那些溫暖話語的真實性。

電話鈴聲不停地響起，又一次次停下。

隨著又一陣電話鈴聲的響起，石慧麗扶著樓梯走了進來。

「秉涵，都是菏澤同鄉打來的，快接！」

高秉涵衝到電話旁邊，拿起話筒，是劉師長。八十三歲的劉師長在電話裡激動得泣不成聲：「能回家了！我們能回家了……」

電話一個接著一個，同鄉們相互報告的都是同一個消息：能回家了，大陸允許我們回家了！

高秉涵激動地趴在書桌上哭起來，這是他盼了多少年的事情，今天終於盼到了，大陸首先伸出友好和平之手，回歸指日可待！用不了多久，他就可以回老家山東菏澤去見他年邁的娘了！

整整一個夜晚，高秉涵激動的無法入眠。

然而，事情並不像人們想像的那麼簡單。台灣當局的態度沒有因為《告台灣同胞書》發生任何變化，絲毫也沒有開放兩岸的跡象。幾個月過去，充滿期盼和希望的人們漸漸又陷入了無止境的絕望和無奈。

到了夏天，高秉涵接到一封來自世界法學會的邀請函，通知他於九月到西班牙參加第九屆世界法學會。

高秉涵似乎從中又看到了一絲希望，因為他得知這次法學會也有大陸的法學界人士參加。收到邀請函的當天晚上，高秉涵連夜寫了一封信，打算到時候伺機交給大陸的代表，讓他們把這封遲到的家書帶回大陸。

高秉涵在家書中寫道：

親愛的娘：

兒提起筆，真不知該從何處說起，熱淚擋住了我的視線，久久無法下筆……

首先請娘和奶奶、姥姥接受我在遠方的一拜，並叩祝三位老人家和二姐秉清、二弟秉濤，平安健康。

兒於一九四八年八月六日和娘泣別後，如今已逾三十一年，但希望家裡的老幼親人都還健在。

兒現在工作生活在台北，已經成家立業，並且有了三個子女，生活很美滿，請不要惦記。

在這段漫長且無止境的流浪歲月裡，我之所以要艱苦奮鬥地活下去，就是為了有朝一日能夠再見到我娘一面，絕不會像小姨寶真、大姐秉潔、三姐秉浩一樣，在抗日戰爭爆發時，就一去生死不明……

娘，我會活著回來，我也深信我一定會見到我健在的親娘。娘，您一定要等我回來！娘，我渴望著您的回音！

叩祝

平安、健康

不孝兒秉涵（春生）叩上

一九七九年八月二十日

裝好信，寫信封時，高秉涵為難了。離開老家時，還沒有郵遞區號一說，他不知道老家的郵遞區號是多少，更不知道三十年來老家行政區變化後的確切地址該怎麼寫。思量再三，高秉涵在收信人地址一欄寫下了「山東菏澤市西北三十五里地處高莊」，收信人寫的是母親宋書玉。當「宋書玉」三個字在靜靜的暗夜裡呈現在信封上時，他的心又莫名其妙地撕扯著疼了一下。

高秉涵度日如年地等待著出發的日子。

然而，到了臨出發前一天的九月五日，高秉涵突然被通知去司法院接受出行前政治洗腦教育。會議由司法院祕書長親自主持，氣氛十分嚴肅。

高秉涵粗粗流覽了一下參加會議的人員名單。三十個人中，有法官、檢察官、大學校長、法學教授、律師，其中相當一部分人都有一定的行政職務。

三十個人被分成三個組，高秉涵被任命為一組組長。

祕書長先說了這次洗腦教育的必要性：「各位一定要謹防中共的懷柔統戰手段。在統戰方面，中共向來是有縫必鑽有孔必入的。」

接著祕書長又公布了「六不准」原則：「司法院規定，遇到大陸人員，一律不接觸、不招呼、不交談、不交往、不合作、不合照。一旦發現有違紀者，當予以嚴懲。有公職的開除公職，無公職的予以重罰，吊銷從業資格。情節特別嚴重者採用法律手段制裁。」

會議室的空氣十分緊張，大家都摒住呼吸緊盯著台上的祕書長。

祕書長又宣布：「組長的首要任務，是負責監督組內人員一律不允許與大陸人員有任何方式的交流。組員之間也有相互監視監督的權利和義務，可採取各種方式對違規行為進行舉報和揭發。」

聽到這兒，高秉涵下意識地看了一眼坐在他旁邊的東吳大學校長、法學教授端木凱老先生。老先生戴著一副老花鏡，剛才進門時高秉涵還覺得老先生慈眉善目的，但這會兒，高秉涵卻感到老先生隱藏在鏡片後面的眼神裡，有一種捉摸不定的閃爍和異樣。

祕書長最後又苦口婆心地囑咐大家：「為了在座各位的切身利益和身家幸福，請各位一定要牢記『六不准』原則，希望每個人都能安全去順利回！萬萬不可大意！」

走出司法院會議室，九月溫暖的陽光照在身上，但高秉涵卻覺得渾身涼颼颼的。

27

飛機從台北起飛後剛一升到空中，大陸的河山就出現在舷窗右下方。坐在飛機右側的人不由自主地探頭向窗外看。

天氣很好，河山清晰。

法學會代表一大半都是當年從大陸來台灣的，又大多是第一次離境。舷窗右下方的祖國山河對他們有著難以言說的吸引力。

坐在機艙左側的人也反應過來，一個個顧不上顛簸，紛紛快速解開安全帶來到廊道上向外張望，生怕錯過這個遙望祖國大好山河的機會。

高秉涵也搖搖晃晃地離開座位站到廊道上向外觀望。

每個人都很激動，眼睛裡閃爍著光芒，但卻沒有一個人敢用言語表達自己的這份激動。

看見人們都站到了飛機的一側，空姐趕忙過來提醒大家注意安全，勸大家坐回到座位上去。人們顧不上勸阻，還是把目光貪婪地投向右側的窗外，直到舷窗下面變成了一望無際的藍色海洋。

代表團途經雅典，在雅典觀光一天。中午大家到雅典大飯店吃飯，面對眼前的異國風情都很興奮，一個個談笑風生地進了餐廳。剛進飯店，就見不遠處的一張桌子前坐著一桌子進餐的中國人。不知是出於一種什麼心理，大家的神色瞬間都緊張起來，連說話的聲音都壓低了。

那邊的人也在朝這邊觀看。幾個人還衝著寫有「中華民國」的會旗指指點點。

代表團分成三桌就餐，飯菜上來後，大家都悄沒聲息地進餐，生怕弄出一點聲響來。

吃了一會，坐在高秉涵旁邊的端木凱老先生小聲說：「說不定是些日本人。」

沒有人接話，大家似乎鬆了一口氣。

老先生的話音剛落，旁邊的桌子邊突然站起一個人，手裡拿著幾瓶酒向這邊走過來。桌子上的其他幾個人也都站起來向這邊走過來。

高秉涵既緊張又興奮地看著走過來的幾個人。

寫給母親的那封信此時正躺在飯店的旅行箱裡。高秉涵想，如果此時信在手上就好了，他可以伺機交給大陸的同胞們，讓他們代為轉寄給母親。

為首的那人四十多歲，額頭光亮，臉上帶著微微的笑。

來到桌子跟前，那人說：「同胞們，我們幾個是咱們中國駐雅典大使館的工作人員，歡迎你們有時間回大陸觀光！」

三張桌子的人沒有一個人敢接話，大家都傻傻地看著他們。

那人舉了一下手中的酒瓶，笑著說：「這是咱們中國的名酒五糧液，一桌一瓶請大家品嚐。」

酒瓶遞了過來，竟然沒有人敢上前去接。

高秉涵很著急，覺得這樣太不風度，但一想起司法院祕書長的洗腦教育，猶豫了半天也沒敢伸手把酒瓶接過來。

那人並不介意地微笑著，把三瓶酒分發到了三個桌子上。

桌上的酒瓶立刻成了一個危險物品般被大家躲避著，甚至不敢多看一眼，一個個緊斂聲息只顧低頭吃飯。

雖然都低著頭，但旁邊桌子上大陸外交官們的一舉一動卻都映進了每個人的眼裡。

十多分鐘後，大陸的幾個外交官吃完飯從桌子跟前站起來。離開飯店時，他們微笑著向這邊道別，大家這才抬起頭來看著他們離去，臉上都是木木的。

看著他們離去的身影，高秉涵感到十分悵然。

幾個大陸外交官剛一出門，端木凱校長就把酒瓶拿了起來。他把酒瓶放在手裡仔細看著。

「好酒！」

大家還是都不吱聲，幾個吃得快的相繼離開了飯桌。

最後，桌子前只剩下了端木凱和高秉涵。旁邊的兩張桌子前也都沒了人，三瓶五糧液還都原封不動地放在桌子上。

端木凱對高秉涵說：「小高，這些人都是頭上有烏紗帽的，不敢拿這個酒。你是律師，你不怕，把這三瓶酒拿上，留著晚上喝。」

高秉涵看著端木凱，不敢輕舉妄動。

端木凱站起身，把另外兩張桌子上的酒拿過來，連同桌子上的一瓶酒一起裝進一個袋子裡。

「你不拿我拿。我這把老骨頭了，不怕，回不了老家，能喝上一點老家的酒也算是不枉此行。」

說著，端木凱拎著裝了三瓶五糧液的袋子向外走去。高秉涵猶豫了一下，趕忙上前接了過來。

晚上吃飯時，端木凱把三瓶五糧液分發到了三張桌子上。大家爭先恐後地喝了。

從來不喝酒的高秉涵也喝下了滿滿一杯。

吃過飯，一出飯店，就見一個七八歲的漂亮小姑娘正從飯店門口經過。高秉涵從來沒有見過這麼漂亮的小姑娘。他忙把相機遞給一個同伴，叮囑他說：「幫個忙，給我和這個外國小姑娘拍個照。」

說著，高秉涵就笑著向那個小姑娘走去。

不想，那小姑娘卻突然說：「你才是外國人呢。這裡是雅典，我就是雅典人。」

高秉涵一愣，接著就笑起來。旁邊團裡的一些人也都紛紛過來和小女孩合照。

合完影的高秉涵問：「小姑娘，妳怎麼會說漢語？」

小姑娘仰著頭回答：「我在北京出生的，我爸爸是外交官。北京很漂亮，你們是從北京來的嗎？」

「不是。」高秉涵說。

「那你們是從哪裡來的？是不是上海？上海也非常漂亮！」

「也不是。」高秉涵又說。

小姑娘似乎很失望，背著書包走了。

西班牙馬德里國會大廈附近的一個叫希爾頓的大飯店，就是第九屆世界法學會的召開地點。希爾頓大飯店是美國人經營的一家世界連鎖店，服務水準堪稱一流。

一報到，大家就發現了一個問題，會務組把大陸代表和台灣代表當成了一個團隊的兩個地區，所有活動都安排在一起。住宿在一個樓層，吃飯在一個餐廳，討論發言也被安排在一個組。

看著對門和隔壁住著的進進出出的大陸代表，高秉涵又驚又喜。趁同屋的端木凱老先生不注意，他把那封一個多月前就寫好的家信悄悄從箱底的夾層裡取出來，放進貼身的口袋裡，試圖伺機交給大陸同胞捎回大陸。

然而，會議剛開始，空氣就驟然緊張起來。

起因是會務組把台灣代表團代表胸前的名牌打錯了，英文名牌上打的不是「中華民國台灣」，而是「中國台灣」。

怕擔責任的台灣代表團團長不幹了，幾次情緒激動地去找會務組交涉，終於在開會的第二天把胸前的名牌都改成了「中華民國台灣」。

這樣一折騰，大家又都緊張起來，誰也不敢貿然與大陸代表接觸。一看到大陸代表，都會遠遠地躲開。

在別處可以躲開，電梯裡是躲不開的。早晨起床後，大家都出去做運動，進了電梯，不論看到哪個國家的代表，都會微笑著說聲「早晨好」，但一見了大陸的代表，身子立時就繃緊了，緊貼在電梯的牆壁上。

高秉涵也曾在電梯裡遇到過大陸代表，但都和同伴在一起。他渴望的單獨相遇一直不曾出現過。

會議上，幾乎所有活動都是集體出動，單獨行動的機會幾乎沒有。四天的會議轉眼就過去了兩天，想到那封還沒有交出去的信，高秉涵很著急。

大會發言時，高秉涵的前排坐著一個大陸代表。這位代表姓楊，是位來自東北的檢察長，他的發言給高秉涵留下了深刻的好印象。

這位檢察長的發言題目是《如何通過法律途徑走向世界和平》。他首先客觀地評價了大陸的法律進程，說大陸目前的法律進程還處在起步階段，很不完善，與世界發達國家存在很大差距。

大陸代表敢於這樣檢討自己，高秉涵感到耳目一新。

大會的專職攝影師給這位正在發言的大陸代表拍照時，坐在後排的高秉涵側著身子把自己擠進了鏡頭裡。

發言結束，掌聲四起。高秉涵也不由得鼓起掌來，但很快他就發現身邊的台灣同伴們都沒有鼓掌，他也只好停下來。

四周熱烈的掌聲伴著全場代表的驚奇目光一齊壓過來，高秉涵感到非常尷尬。

正在這時，一個美國代表走過來，問：「難道楊先生的發言不夠精彩嗎？你們為什麼不給他一點掌聲呢？」

台灣代表更加尷尬。那一刻，高秉涵不知道自己的目光往哪裡看才好。

休會時，高秉涵在走廊的牆壁上看到了那張與大陸代表的合照，趁同伴們不注意，他趕忙把那張照片取下收藏起來。

直到散會，高秉涵的那封信還是放在他貼身的口袋裡沒有送出去。用手摸一摸已經變軟了的信封邊緣，高秉涵感到十分沮喪。

返回時途經英國逗留了幾天。一天晚上，同屋的端木凱老先生感冒了。高秉涵放棄了外出看電影留下來陪伴老先生。

吃下一片高秉涵遞過來的藥，又喝下一杯高秉涵端過來的水，老先生啞著嗓子對高秉涵說：「信沒有送出去吧？」

高秉涵一驚，呆呆地看著端木凱。

端木凱又說：「沒有關係的，我給你個地址，回台灣之前，你把信裝進信封寄到我在美國的兒子那裡，他看到你的信會幫你轉寄回大陸的。大陸的回信也可以先寄到我兒子那裡，然後我兒子再轉寄給你。」

高秉涵臉上的表情由詫異轉為驚喜：「真的嗎？那樣真的可以嗎？」

「這是他最近常幹的事，錯不了的！」

高秉涵激動得語無倫次：「早和你老人家聊聊就好了。我這信都寫好了一個多月了，一直在找機會，可又總是害怕……」

端木凱說：「誰都有家，想家是沒有罪的！」

想家是沒有罪的！這話說得多好啊！是啊，想家是人的天性，想家怎麼會有罪呢？

第二天上午，高秉涵利用大家去大英博物館參觀的時間，偷偷去了一趟設在大英博物館旁邊的一個小郵局，把那封信寄給了端木凱的兒子。

信落入郵筒時，高秉涵彷彿聽到了一聲娘的呼喊。

28

學生們在凹凸不平的操場上做廣播體操時，身著橄欖色工作裝的郵遞員騎著車子進了呂陵公社中學。郵遞員剎住車，一手扶著車把，一手伸出去猛敲了幾下傳達室的破玻璃窗。

轉瞬，嘴裡叼著一頭粗一頭細自製旱菸的看門老李頭推門出來了。

郵遞員從掛在自行車一邊的橄欖色帆布兜裡拿出一遝報紙遞給老李頭。

剛把報紙遞出去，郵遞員的腳下就發了力，自行車一下滑出老遠。老李頭拿著報紙轉身回屋，但還沒有關上門，已經出了大門的郵遞員又剎住車回過頭來喊他。

「李頭，還有一封信，沒地投，也擱你這吧。」

老李頭邁著蹣跚的步子又走出來：「什麼叫擱我這兒，誰的信？」

郵遞員說：「知道是誰的就好了，拿了有一陣子了，就是找不到地方投，咱們公社根本就沒有高莊這個村。」

郵遞員遞過來的信封很大，趕得上一般信封的三四個。

「高莊？我看看。」老李頭接過信，拿在手裡翻看著。

「怎麼還有這麼多的洋字碼？」

「美國來的。李頭，先擱你這兒吧，學校裡人多，說不定有誰會認識這個宋書玉。」說著，郵遞員騎上車一溜煙走了。

老李頭回到屋子裡，拿著信封仔細地看著上面的漢字，自言自語道：「菏澤西北三十五里地處高莊，宋書玉收。」

看畢，他又把信封舉起來對著門外的太陽光照了照，似乎想探究一下這個來自美國的大信封裡究竟裝著些什麼祕密。

一看桌子上的鬧鐘，該上課了，老李頭趕忙把信放下到外面打鈴。打完鈴回到屋子裡，想到大門外街口上那個賣散裝酒的該來了，老李頭就端著搪瓷缸子出去打酒。臨出門，他把那封來自美國的信順手擱到了屋外的窗台上。

一連放了十幾天，並沒有人來取。

下雨了，雨把信淋了。信髒了，折了。

進出門口時，老李頭偶爾會注意到那封信，但也只是看一眼就把目光移開了。

又過了些天，請假在家忙秋收的高秉魁老師騎著車來上班了。高老師給老李頭帶了些地裡的紅薯，一進校門就把紅薯拎進了傳達室。

看見紅薯，老李頭笑著道了謝。

高老師說：「謝什麼謝，自家地裡長的，多得是！」

老李頭拿起一個紅薯，掰開一看，紅心的：「你們高孫莊的紅薯都是紅心的，吃起來甜！」

「地好，長出來的紅薯就是甜。」說著，高老師就出了門。

高老師給老李頭送紅薯是有原因的。高老師住的高孫莊離學校遠，每天來上班都要晚那麼幾分鐘。上課倒是不耽誤，耽誤的是早自習。學校規定早自習之前所有老師必須到校，負責在門口記錄遲到人名的就是這個老李頭。

高老師剛出門又轉身回到傳達室。「李大爺，要是早晨我……」

老李頭明白高老師的意思，一擺手：「別耽誤上課就行，讓校長揪住可就不好說了。我這裡你不用操心。」

高老師放心了，轉身出去。就在他身子似轉非轉時，一眼看見了放在窗台上的那封樣子怪異的信。

「呵，這麼大的信封！」高老師下意識地咕噥了一聲。

「美國來的，找不到主，是封死信！」

大概是「美國」兩個字刺激了高老師的某根神經，他伸頭看了一眼那封信。也就是粗粗地看了一眼，高老師的目光馬上不經意地收了回來。美國那地沒熟人，信不是他的，看仔細了也沒用。

走了幾步，高秉魁停住了。信封上的那個名字他似乎有些眼熟。

腦子裡的某根神經似乎被什麼東西觸動了，高秉魁轉身急忙向窗台走過去。當高秉魁看清楚收信人是「宋書玉」三個字時，忍不住驚訝地叫出了聲。

老李頭從屋裡奔出來：「怎麼？高老師你認識宋書玉？」

「她是我嬸子！在北京住著呢！」高秉魁說。

老李頭似乎一下反應過來：「高莊，高孫莊，我怎麼就沒有想到呢？」

「我們村以前叫高莊，那年和東邊的孫莊合成了一個村，後來就叫高孫莊了。」

「多虧是你看到了，要不還不誤了大事？你嬸子是什麼人，她怎麼會認識美國人？」

高老師也納悶，又低頭看信。的確是放在外面的時間長了，信封的一頭已經開了口。輕輕一抖，裡面的信瓤就掉了出來。

高老師把信瓤從地上撿起來，展開來匆匆掃視著。看到落款時，高秉魁又驚訝地大叫：「天哪，我哥他還活著？」

「你哥？你哥是誰？」老李頭問。

高秉魁來不及回答，出了門騎上車向二十里地外的高孫莊奔去。

自行車瘋狂地在田埂小路上顛簸著，高秉魁的內心一片凌亂。這個在村人眼裡早已經死了，讓孀娘傷透了心的堂哥竟然還活著，不僅活著，而且還成家立業生活得很幸福。

孀娘一家人的經歷簡直太傳奇了。兩個堂姐當初也是多少年沒有音信，逢年過節的時候，奶奶和孀娘每回都忘不了給她們燒香送冥錢。解放那年，想不到，兩個姐姐都活著回來了，還都成了解放軍。記得當時孀娘和奶奶高興得什麼似的。可惜奶奶已經去世了，要是奶奶還活著，知道秉涵哥活著，不定高興成什麼樣子。

奶奶不在了，孀娘跟著兩個堂姐一直住在北京。高秉魁恨不能一下子就回到家裡，把這個消息告訴父親。父親知道這個消息後，也一定會高興的！

多少年來，父親一直覺得對不起孀娘一家人。孀娘一家人也把父親當成導致伯父死亡的告密者仇恨著。當初，伯父死了後，秉涵哥又因為伯父的死而被孀娘不得不送到南方。父親和孀娘家的積怨似乎越積越深，以至於孀娘和兩個堂姐離開高莊後再也沒有回來過。

這些年來，這件事一直是父親心頭的一塊痛，一塊無法解釋，越解釋越解釋不清的痛。

高秉魁依稀記得，伯父剛出事時，村子裡就有一些風言風語，猜測是父親告的密。母親聽到這些風言風語就回家質問父親。夫妻倆為此差點打了起來。

母親說：「你賣誰不行，偏偏賣你一個爺爺的哥？你還有一點人性嗎？」

父親不是個愛說話的人，聽了這話就抱著頭躲到了牆角裡。

短短的時間裡，伯父死了，老爺爺老奶奶也死了，母親痛心疾首，每天都帶著他和兩個弟弟去孀娘家幫著張羅一些事情。一心痛恨著父親的孀娘並不領情，每次都用冰冷的臉色把他們逼走。

高秉魁記得，母親每次從嬸娘家回來後都要衝父親發一通火，而父親每次都會抱著頭一副很痛苦的樣子躲到牆角裡。後來，秉涵哥就被嬸娘送走了，再也沒了音信。

知道秉涵哥走了的消息後，母親又和父親大鬧了一場。母親一邊哭一邊用笤帚疙瘩抽打著父親的後背。父親照例不吱聲。母親邊哭邊指責父親：「你怎麼能這麼歹毒？你說在這個莊上，還能有誰家比我們和金錫家更近？你害死了他還不算，如今春生又沒了下落，你就不怕老祖宗在地下饒不了你？」

父親照例不吱聲，不過這一次父親流淚了。

看見了父親的眼淚，母親並沒有停下手來，她只是愣了一下，之後手裡的笤帚疙瘩就雨點般落到父親的後背上。她覺得自己的話很到位，戳到了父親的痛處。她接著罵：「還有臉哭？你不是要革命嗎？你不是要大義滅親嗎？你怎麼不把我們娘幾個也都賣了？把我們幾個也都殺了算了！」

父親突然咆哮起來，他迎著雨點般的笤帚疙瘩梗著脖子大聲吼叫：「我沒有出賣高金錫，沒有！」

母親最後的一笤帚疙瘩打在了父親的鼻子上，瞬間，血從父親的鼻孔裡湧出來。

母親繼續追問：「你真的沒有告訴任何人？」

父親又抱著頭蹲下了，他眼前的地上瞬間就積了一灘血。

「你敢說你真的沒有告密嗎？」母親接著追問。

父親抬起頭，臉上的神情扭曲著，極度痛苦的樣子。

「還是說了是不是？」母親步步緊逼。

父親低下頭，哭起來，很痛的哭。這是高秉魁第一次也是唯一的一次見到父親哭。

父親說：「說是說了，但我的確不是故意的，沒想到會發生那麼嚴重的後果。那天我去鎮上給爺爺買生日禮物，在鎮上遇到了武工隊的周隊長，他問起村裡的情況，我就順口把金錫回來的消息告訴他。出事後，我問是不是他派武工隊幹的？周隊長說沒有，他也不知道是誰幹的。事情就是這樣，不信妳自己可以去問周隊長。」

母親愣住了。

父親又流著眼淚說：「一筆寫不出兩個高字，老高家一連出了這麼多事，妳當我這心裡好受嗎？」

父親乾嘔起來，臉上顯出痛苦的神情，緊接著，他嘴裡噴出一口血。母親驚叫一聲扶住了父親。

父親用手推開母親：「不用管我，還是讓我死了算了。」

父親又開始吐血，母親嚇得也哭起來。

一幕幕往事浮現在高秉魁眼前。他把車子蹬得更快了。

如今秉涵哥終於有了音信，父親和母親知道後一定會高興壞的。

自行車把大門一下撞開了，扔下車子，高秉魁拿著信闖進了父母的屋子。

母親正在縫補衣服。高秉魁說：「娘，秉涵從台灣來信了，他還活著！」

高秉魁的母親像被雷擊了，傻了一般緊盯著兒子，半天才哆嗦著嘴唇說：「你說什麼？春生來信了？他還活著？」

高秉魁忙點頭回答：「秉涵哥活著，他在那邊成了家，還有三個孩子，日子過得很好！」

高秉魁看到母親像一下沒了力氣，癱坐到了地上。

母親哭著說：「我的老姊妹啊，這下你總該高興了，咱家春生還活著！」

高秉魁知道母親說的老姊妹指的是嬸娘宋書玉。

母親突然想起什麼似的，一把從高秉魁手裡抓過信向裡屋跑去。高秉魁也跟著進了裡屋。

母親把父親從床上搖醒了，又拿了那信在父親眼前晃動。

「老頭子，春生活著！春生還活著哪！他來信了！」

高秉魁看到患腦血栓後遺症的父親被這個消息驚呆了，他看著信，瞪著眼睛說不出話。母親趕忙把信攤開來放在床上，讓父親看。看著看著，父親的嘴裡咿咿呀呀地嚷嚷著什麼。由於著急，父親的眼珠子往外凸脹著。

患病後的父親雖然說不出話來，頭腦卻還十分清醒。高秉魁像以往那樣趕忙拿來紙和筆讓他把要說的話寫下來。

父親哆哆嗦嗦地在紙上寫下了這樣幾個字：快把信轉給你嬸。

高秉魁也想到了要儘快把這封信轉寄給嬸娘，可他並不知道嬸娘現在的地址。

高秉魁拿過筆在父親的那行字下面又寫上幾個字：不知道嬸娘的地址，寄哪裡？

父親又咿咿呀呀地一陣嚷，接過筆寫道：寄中組部宋任窮同志，讓他轉交高秉潔。

看到這行字，高秉魁有些驚訝，但轉瞬一想，父親不愧是個老黨員，他的想法是對的，中組部是管幹部的，一定可以查到堂姐高秉潔的地址，大姐收到了，也就是嬸娘收到了。

當下，高秉魁就給中組部部長宋任窮寫了封短信，懇求他幫助查找堂姐高秉潔的下落，並懇請他把高秉涵的家信轉交給高秉潔。

拿著信，高秉魁騎上自行車親自趕到菏澤最大的郵局，用雙掛號把信寄了出去。

29

這是一座哥特式小洋樓，座落在廣州市沙面大街的一條幽靜的胡同裡。

早晨吃過早飯，丈夫又像以往那樣把一小盒藥丸和一杯水擺在了高秉潔面前，之後坐在她的對面耐心地看著她把藥丸吃下去。

這是已經出嫁的學醫的女兒們交給丈夫的法子，讓丈夫每天監督她吃藥。

高秉潔自從一九六二年因肺結核切除了六根肋骨和半個肺之後，這些年來她就一直靠藥物維持著肺功能。肺切除手術是在武漢協和醫院做的。當時高秉潔跟隨朱劭天剛從北京調到武漢工作。朱劭天任武漢大學黨委書記，高秉潔任武漢大學近現代史教研室主任。

高秉潔肺切除後併發哮喘，久治不癒，一遇到冷空氣就發作。又加上「文革」那陣子經常受批鬥，幾次命懸一線，差點踏上了黃泉路。

改革開放以後，因為身體的原因，高秉潔向組織申請調到氣候比較溫暖的廣州工作。丈夫朱劭天為了照顧她也調到廣州工作。如今朱劭天是廣東省外事辦主任，高秉潔是廣州市委宣傳部祕書長。

吃完藥，高秉潔拎上公事包和朱劭天一起出門上班，朱劭天叮囑她：「別忘了給孩子姥姥寄錢。」兩輛公車已經等在大門外面，高秉潔上了來接自己的那輛「桑塔納」，朱劭天也上了他的「紅旗」車。車子魚貫駛出胡同。

看著車窗外面深秋的景色，高秉潔的腦海裡一下填滿了母親的身影。

再過一星期，就是母親的八十八歲生日。

「文革」期間，高秉潔姐妹倆和姨媽宋介都受到了不同程度的波及。特別是姨媽一家發生了很大變故，一生對共產黨堅貞不渝的姨夫楊霖被打成反動特務，不堪受辱自殺了。幾個家庭都處在動盪之中。那些年裡，母親一直跟著在遼源地名辦公室工作的弟弟生活。

粉碎「四人幫」後，生活重新穩定下來，母親一直在幾家輪流居住。但最近一兩年，母親卻哪裡也不肯去了，一直住在弟弟秉濤那裡。高秉潔休假去看望母親時，勸母親到廣州住上一陣子，母親總是以這樣那樣的理由拒絕。高秉潔知道母親的心思，母親是怕死在了外面。在母親的內心，只有兒子的家才是自己人生終點的歇息地。

高秉潔記得，母親的最後一次出行是前年夏天。那次她和妹妹高秉浩把母親帶到北京的小姨家。一天，母親趴在陽台上看著南方問：「現在坐火車回菏澤得多長時間？」

菏澤是母親的傷心地，母親以前說自己這輩子都不會再回去了，但高秉潔知道，其實在母親心裡，菏澤是讓她永遠也無法忘懷的地方。

姨媽宋介說：「現在的火車快，一個晚上就到了。您要是想回去，我和秉潔、秉浩陪您。」

聽了姨媽的話，母親的眼睛一亮，臉上帶著一絲嚮往的笑，但瞬間母親的眼神就暗淡下來，幽幽地說：「還是算了吧，老家也沒什麼親人了。」

母親的話讓大家又想起了那些傷心事，大家都緘默其口。

「也不知道宋隅首現在什麼樣了。」過了會，母親又自言自語地說。

母親的思緒大概又從那些傷心的事情上跳到了她豐富多彩的少女時代。一層嚮往的笑浮現在母親蒼老的臉上，高秉潔想像不出呈現在母親腦海中的是一副怎樣的生動畫面。

對於老家，高秉潔也一直都很懷念，但一想到回老家後那種無法迴避的觸景生情，又每次都斷了回去看看的念頭。

讓老家活在自己的記憶裡也許更好一些。

七點五十分，高秉潔走進了自己的辦公室，剛在桌子跟前坐定，手裡拿著一份電報的收發員就走了進來。

「祕書長，有您一封電報。」

高秉潔接過電報一看，是弟弟秉濤發來的。秉濤有事從來都是寫信，發電報這還是頭一次。高秉潔心裡立刻有了一種不好的預感，收發員剛出去，她就把電報拆了開來。

只見電報上赫然寫著：母病危，速來。

高秉潔趕到遼源時，母親已經進入彌留之際。

姨媽、妹妹和妹夫已經先行到達。他們守在母親的床前，眼睛都哭得紅紅的。

看到母親沒有去醫院，高秉潔有些不高興。

她掩飾著自己的這種不快，幾步走到母親床前，拉著母親的手一聲聲地呼喊著。

母親沒有反應。高秉潔的眼淚瞬間流了出來。

一邊的弟媳婦說：「娘一會清醒一會迷糊，大姐妳先坐下歇一下。」

高秉潔沒有坐，她把弟弟拉到門外，問他為什麼不把母親送到醫院去。一肚子委屈的高秉濤正要辯解，高秉浩和丈夫劉泳川紅著眼圈走過來。

高秉浩說：「不怪秉濤，是娘自己要回來的，她說在家裡的床上躺著才能看到高莊的事兒，娘說要回去找爹和秉涵。」

「娘是老糊塗了，你們也跟著糊塗嗎？」高秉潔說。

高秉濤哭著說：「醫生說了，娘是癌症晚期消耗性疾病，沒救了，我想讓娘走得心安一點，所以就盡量滿足她的要求。」

三姐弟正爭執著，弟媳婦梁桂蘭跑了出來。

「娘醒了，娘說她看見大哥了。」

幾個人轉過身就往裡屋跑，正在這時，身後的姨媽宋介突然輕喝一聲：「都回來。」

姨媽說：「你們的娘想秉涵想了一輩子，到現在還覺得秉涵活在世上，到了這個時候，你們就成全她的這個想法吧。」

幾個人都愣了，不明白姨媽的意思。

宋介看了一眼高秉濤，接著說：「秉濤，你冒充秉涵，讓你娘走得安穩些。這口氣她已經挺了好幾天了，實在是太累了，別讓她再這麼辛苦地挺著了。」

姨媽正說著，高秉潔就聽屋子裡傳來了母親含混的聲音。

「春生，春生……」

幾個人向屋子裡擁去。

「春生，春生……」母親又在隱約地呼喚。

高秉濤奔到母親床前跪下，哽咽地說：「娘，我回來了，我是春生啊。」

說著，高秉濤握住了母親正四處亂抓的手。

神智恍惚的宋書玉一下就安靜了，她用已經失明了的眼睛看著眼前的高秉濤，聲音微弱斷斷續續地說：「春生，你可回來了。這下我就放心了。這些年，你一個人在外邊是怎麼活下來的？你不知道娘有多操心，娘一想到你就心如刀絞。這回好了，娘總算看到你了……」

過了許久，宋書玉用手去摸高秉濤的手。找到高秉濤右手的食指後，她就用兩個手指細細地摸。

「春生，瞧你手上的這塊小疤還在上面呢。你知道這個小疤是怎麼留下的嗎？」

幾個人都淚流滿面。高秉濤忍不住哭出聲來。

這個典故母親已經說過無數遍了，所有親人都耳熟能詳。

高秉濤哽咽著說：「娘，那是讓鏊子燙的。」

宋書玉泛著白霜的蒼老的臉上露出了一絲笑，又斷斷續續地說：「對了，就是讓鏊子燙的。那是你三歲多的時候，有一回你奶奶在攤煎餅，一滴麵糊滴到了鏊子上，你忙著去往下揭，一伸手就把手指肚沾到了滾熱的鏊子上。」

床上的宋書玉又沒了聲息。

又過了許久，宋書玉說：「誰家在攤煎餅，麥子、高粱雜貨麵的，真——香——啊——」

幾個人都壓抑著心頭的悲傷，但哭泣聲還是不時地爆發出來。

宋書玉把頭歪到了一邊，又用微弱的聲音說：「我看到你爹了，他一個人正坐在樹下看書呢——他好孤單啊……」

宋書玉又沒了聲息。幾個人都強忍著不讓自己哭出來。高秉濤忍不住，幾步奔到了屋子外邊拍著牆壁痛哭。

當天晚上，宋書玉咽了氣。

收拾遺物時，高秉濤媳婦在母親的枕頭皮裡發現了高秉涵以前穿過的那件小棉襖。原來，母親這些年來每天晚上都枕著這件小棉襖睡覺。母親一刻也沒有停止對秉涵的思念。母親總以為兒子還活在世上。

然而，在姐弟們的心目中，那個失蹤了多年的高秉涵是不可能還活在世上的。他和父親一樣，已經濃縮成了家譜上的一個歷史符號。

看著這件走過內戰硝煙的小棉襖，宋介淚流滿面。這件小棉襖讓她聯想起了太多太多的事情。她想起了國共無休止的紛爭，想起了十年「文革」，想起了心愛丈夫的慘死。國事，家事，一齊湧上心頭。這個從延安寶塔山下走出來的老革命一時間百感交集。

高秉濤的妻子梁桂蘭把那件小棉襖拿起來，說：「和娘一起火化了吧，讓娘可以天天看著它，這樣就等於天天可以看到大哥了。」

和高秉濤結婚後，梁桂蘭只是在照片上見到過這個大哥。但這些年來，她在婆婆經年不停的唸叨聲裡，也早已經熟悉了這個大哥。

宋介把小棉襖接了過去：「還是留著它吧。」

說著，宋介就把小棉襖用包袱包起來放到了一邊。

做夢也夢不到的事情發生在葬禮之後的當天下午。

火葬場的小窗口裡，高秉濤把母親的骨灰盒接了出來。母親的骨灰是熱的，隔著骨灰盒高秉濤隱隱地感覺到了。這熱熱的骨灰又激起了高秉濤失去母親的悲痛。他抱著骨灰盒悲傷地哭著。

焚燒完花圈和挽聯，一行人坐著一輛麵包車回家。汽車裡，高秉濤一直緊緊地抱著母親的骨灰盒。恍惚中，母親一直以來的那種淒苦神情似乎映現在眼前的骨灰盒上。定睛仔細再看，骨灰盒上暗暗的花紋告訴高秉濤，母親帶著永遠的遺憾已經離他們遠去了。母親再也回不來了。

回到家，高秉濤剛把母親的骨灰盒安頓好，妻子梁桂蘭就把他單位的一個同事領了進來。

高秉濤的同事送來的是一份發給他的加急電報。電報是廣州的大姐夫發來的。

高秉濤把電報拆開，只看了一眼，就驚訝地大叫一聲，活見鬼般把電報扔到了地上。

一家人都十分不解地看著高秉濤，高秉濤大瞪著雙眼，一句話也說不出。

高秉潔把電報撿起來，掃了一眼，也立刻瞪大了驚訝的眼睛。

家人紛紛傳看著這份電報，一個個都感到震驚萬分。

朱劭天的加急電報很簡單：昨收到秉涵弟從台灣來信，他還活著，現已成家。

電影裡的事情，怎麼會突然就發生在現實裡？一家人面面相覷，都懷疑眼前的事是個不真實的夢。

這時，高秉濤的同事又對他說：「你大姐夫還給單位打了個電話，說是這幾天要把一封台灣的來信轉寄過來。等收到了，我再送過來。」

一切都是真的，高秉涵還活著！

這是個天大的喜訊！但也暗含著天大的遺憾！

一直盼望兒子回來的宋書玉剛剛撒手人寰，她失蹤多年的兒子就冒了出來。天上人間，陰陽兩隔，母子間就這樣永遠失之交臂！

最先哭起來的是宋介。想起三天前姐姐彌留時的情景，她覺得自己釀成了一生中最大的一個錯誤。這個理性了一生，連丈夫「文革」時被迫害致死都沒有大哭過的女人，此時卻號啕大哭起來。

命運弄人！一家人還沉浸在失去親人的傷悲之中，又傳來了另一個親人還活在世上的喜訊。

全家人一起抱頭痛哭，誰也說不清這究竟是悲傷，還是喜悅？

30

等待了好幾個月，期盼中的家信卻一直沒有收到。

每天上午十點鐘，高秉涵都會放下手頭的事情，鑽進電梯去一樓的大廳。來到一樓，他箭一般射出電梯，直奔郵櫃，打開信箱，急切地拿出信件報紙翻看著。

然而，每次都是失望。

一天，高秉涵打開信箱，終於看到信箱裡放著一個來自美國的米白色大信封。驟然間，他心跳加快，呼吸急促，一把就把信抓到了手裡。可是，仔細再看下面的落款，高秉涵失望地發現，原來信是一個去了美國多年沒有聯繫的同學寄來的。

一天天過去，高秉涵的心被這種交替著的期盼與失望反覆折磨著。

他寢食難安、坐臥不寧。

隨著大陸和美國的建交，越來越多的人用「信中信」的方式和大陸的親人取得了聯繫，不時傳來同鄉們找到大陸親人的消息。

離家多年的人們積壓已久的鄉情終於找到了一個小小的噴發口。

岳父也和河北景縣老家的親人聯繫上了，但岳父的父母早已不在人世，給岳父寫回信的是他的弟弟。收到信後，岳父一個人躲到屋子裡大哭了一場。

一想到奶奶、姥姥和母親的年齡，高秉涵內心更加焦灼不安，原本就有胃病的他一點食慾也沒有，一七五公分的身高體重還不到一百斤。

年初二，是石慧麗幾個姐妹回娘家的日子。在岳父家的新房子裡，管玉成把高秉涵拉到了陽台上。一到陽台，管玉成眼裡強忍著的淚水就狂湧出來。已經升任空軍總司令部飛機修護處處長的管玉成哭得像個孩子。原來，就在前一天，管玉成接到了老家的妹妹從美國轉來的第一封家信。妹妹在信中告訴他，父親已經不在人世。想著老家的酒坊，想著在酒坊裡為兒女忙碌了一輩子的父親，想到父親離世時自己這個長子竟然不在身邊，管玉成傷心的淚水怎麼也忍不住。

一邊的高秉涵也不停地流眼淚。他沒有勸管玉成。他知道，每一個離開家鄉這麼多年的人，都需要一次這樣的痛哭。

妹妹在信中告訴管玉成，母親健在。他多麼想一下子就回到母親身邊去看望她老人家，可這一切都是不可能的。管玉成唏噓不已，百感交集。

飯好了，石慧麗打開陽台的門叫他們吃飯，看到兩個大男人都在抹眼淚，又悄悄地退回去了。聽到聲音，管玉成匆忙抹了一把眼淚。他讓高秉涵別著急，說下回寫信讓他妹妹到高莊跑一趟。

還沒等管玉成的妹妹回信，高秉涵就收到了第一封家信。

高新平醞釀已久的去新加坡開辦企業的計畫終於實現了，動身那天，高秉涵與高虎雄一起去機場送行。從機場回來已經接近中午，高秉涵請高虎雄去站前大廈附近的一個飯館裡吃飯。

吃完飯，高虎雄跟著高秉涵來到了六樓的律師事務所。一進門，高秉涵就看到了祕書小姐放在桌子上的報紙和信件。

報紙的上面又是一個米白色的美國大信封。

高秉涵像有某種預感，幾步奔到桌子跟前。

發信人一欄是端木凱兒子的地址。高秉涵的心跳驟然加快，他用顫抖的手撕開信封，把信扯了出來。

一邊的高虎雄也意識到了這封信的非同一般，在旁邊默默地看著他。

高秉涵用直勾勾的眼神看著信箋。

秉涵弟你好！

收到你的信全家人如同做夢一般，不敢相信這一切會是真的！

一看這個開頭，高秉涵也有一種做夢的感覺，不知道寫信的這個人是誰。他移開目光，趕忙去看下面的落款，落款處竟然寫著「大姐秉潔」的字樣。

大姐秉潔不是早就死了嗎？她怎麼會給自己寫信？這究竟是怎麼回事？高秉涵匆匆接著往下看。

知道你還健在，我們簡直是太高興了！姨媽和三妹也高興得都哭了。

高秉涵又是大吃一驚。姨媽和三姐竟然也還活著。奶奶、姥姥祭拜她們的情形又浮現在眼前。高秉涵覺得自己的腦子徹底亂了，懷疑自己是不是在做夢。

但是，也告訴你一個很不幸的消息，母親去世了。我們是在她老人家的葬禮那天知道你還活著這件事的。

看到這裡，高秉涵只覺得天旋地轉，像腦袋被人狠狠地猛擊了一棍。世界上怎麼會有這麼巧合的事情？盼望了幾十年，到頭來只是晚了一步，他就和母親陰陽兩界，失之交臂。

高秉涵的心一下抽起來，眼淚如同斷了線的珠子般往下落。他忍不住失聲痛哭。自己最惦念的母親不在了，他再也沒有機會見到母親了！他在心中吶喊，老天！祢也未免太殘酷了！

　　這是一件非常遺憾的事情，母親直到臨走的時候，還一直都在唸叨你，不肯閉上眼睛。

　　家裡現在一切還好，就是大家都居住得很分散。姨媽在北京，我在廣州，秉浩在瀋陽，秉濤在遼源。

高秉涵一邊哭一邊往下看。

　　秉涵弟，如果你能早一些和家裡聯繫上就好了，要是母親知道她日夜思念的兒子還活著，她會高興得閉不上眼睛的。奶奶和姥姥也是在對你的萬般惦念中離開人世的，奶奶去世前常年在院子裡的樹上掛著紅綢布，祈禱你不要忘了回家的路。還有，秉清也在解放初期因病去世了。

奶奶、姥姥和二姐也都不在人世了，高秉涵已經十分脆弱的神經又一次被失去親人的痛苦所擊垮，更加痛心地哭泣著。

一邊的高虎雄束手無策，不停地給他遞著紙巾。祕書小姐和幾個年輕的律師都悄悄地退了出去。

　　秉涵弟，現在大陸已經改革開放，一切都在發展變化之中，政府歡迎台胞能夠回來省親，姐姐希望能夠早日見到你。期盼著！

大姐秉潔

一九七九年十一月十日

看完信，高秉涵悲喜交加。家信給他帶來了幾位親人去世的噩耗，也帶來大姐、三姐和姨媽健在的喜訊。原本在世的親人一個個死去，原本已經死去的親人卻又神奇地復活。他給母親的信親人們竟然會在母親的葬禮上收到，世界上怎麼會有這麼巧合殘酷的事情？

高秉涵痛苦、惋惜，幾近崩潰的邊緣。

母親的離世讓高秉涵痛苦和震驚，大姐、三姐和姨媽的死而復生更讓高秉涵感到不可思議。高秉涵很小的時候，離家求學的她們就沒了任何音信。這期間經歷了八年抗戰，三年內戰，直到一九四八年高秉涵離開家鄉時，她們仍然沒有任何音信。在兵荒馬亂的年代裡，三個年輕女性十幾年無影無蹤，在家人看來，她們一定凶多吉少，十有八九已經不在人世。

高秉涵清晰地記得奶奶和姥姥逢年過節時祭拜她們的情形。

高秉涵心頭突然產生了一絲懷疑，這個大姐是真的嗎？

他又把信從頭到尾看了一遍，越看越覺得不真實。特別是後面的幾句話，怎麼看怎麼像個共產黨官員的口氣。頓時，他對眼前的這封信警覺起來。

高秉涵把信遞到一邊的高虎雄手裡，讓他幫著分析分析。

看過信後，高虎雄也哭了。他哽咽著說：「秉涵，你要是早一點和家裡聯繫上就好了。」

高虎雄的話並沒有打消高秉涵心中的疑慮，他還是覺得這個大姐的身分有些值得懷疑。

晚上回到家裡，高秉涵把信和自己的懷疑對石慧麗說了。石慧麗建議高秉涵去找張縣長，讓他幫著分析分析。

高秉涵覺得這是個好辦法，就開車帶著石慧麗一起去了張縣長家。

張縣長看過信後立刻做出了自己的判斷：

「有兩個可能，一是你這個姐姐是假的，給你寫這封信的目的就是想騙點錢財。現在大陸還不富裕，不少人都把台灣人當成了大富翁，沾邊不沾邊的都想往上靠。第二種可能你這個姐姐是真的，不但是真的，還是個在大陸混出點名堂來的中共高官。」

高秉涵一愣。張縣長接著說：「你想呀，你不是說你大姐是抗戰那年失蹤的嗎？活到現在只能說明一個問題，那時候她去參加了共產黨。那時候的共產黨混到現在肯定是個老資格，吃的住的不但不會比你差，說不定還會比你強。」

張縣長分析得有道理，但張縣長的分析卻讓高秉涵更加疑惑。

從外祖父到父親，一家人都是國民黨員，父親還因為他的國民黨身分而喪了命，大姐怎麼會成了一個共產黨呢？他更無法斷定這個大姐究竟是真是假了。

後來，高秉涵又陸陸續續地接到了三姐秉浩、弟弟秉濤和姨媽的來信，但這一切並沒有徹底打消他的疑慮。

在這段時間，已經取得阿根廷護照的卞永蘭回大陸探親前繞道來台灣做短暫停留。

卞永蘭要回老家菏澤探親的消息很快就在同鄉間傳開了。她來台北那天，不光住在台北附近的同鄉來了，住在台灣中南部的一些同鄉也聞訊趕來了。這麼多人，高秉涵的事務所裡根本坐不下，只好把大家帶到了一個同鄉在萬大路開辦的幼稚園裡。

手拿記事本坐在小板凳上的卞永蘭被同鄉們圍得水泄不通，大家紛紛託付她一些需要辦理的事情。有的是打聽親人的消息，有的是捎帶家鄉的特產，還有的讓她去菏澤城裡拍些老景點的照片回來。短短一個下午，卞永蘭厚厚的記事本上記滿了同鄉們各式各樣的囑託。

高秉涵也託付卞永蘭兩件事，一是讓卞永蘭去一趟廣州，二是讓她帶些家鄉的泥土回來。

高秉涵委託卞永蘭去廣州，是想讓她替自己看看這個死而復生的姐姐究竟是真是假。思索再三，高秉涵提了八個問題，讓卞永蘭見到姐姐後一個一個地提問她。高秉涵知道，這些問題只有他的親姐姐才可以答得出來。

高秉涵順手寫出了八個問題及其答案。

1、「高秉涵」這個名字是誰起的？什麼時候起的？

答案：大姐起的，暑假時起的。

2、我們家院子裡有棵什麼樹？在院子的東邊還是西邊？

答案：一棵老榆樹，在院子的東邊。

3．媽媽的後背上有一顆很大的痣，是黑色的還是紅色的？

答案：紅色的。

4．父親喜歡放在床頭的書是什麼？

答案：《唐詩》和《論語》。

5、三爺的外號叫什麼？

答案：「三亂」爺。

6、姥姥家在什麼地方？

答案：菏澤城裡的宋隅首。

7、過去你老是說姥姥的身上有一種味道，是什麼味道？

答案：炒芝麻的味道。

8、姥姥家的門板上雕著什麼花？

答案：沒雕花，雕的是竹子。

卞永蘭接過去一看，忍不住笑了，說：「高律師，你這招一準錯不了，是真是假，一試就知道了。」

第二天，卞永蘭離開台灣去了香港，之後從香港轉道回大陸。

卞永蘭帶走了同鄉的囑託，也把無盡的期盼種植在大家的心窩裡。而對於高秉涵，卞永蘭此行就更為重要。他很快就可以知道廣州的這個大姐究竟是真是假。

31

一個月後，卞永蘭到達她離開大陸前的最後一站——廣州。

一到廣州，卞永蘭就住進了白天鵝大飯店，到房間後的第一件事就是撥打高秉潔的電話。

一聽到對方那熟悉的鄉音，卞永蘭心中的疑慮頓時打消了一半。

高秉潔和卞永蘭約定半個小時後在大飯店見面。放下電話，卞永蘭迫不及待地來到一樓的大廳裡等候。

十多分鐘後，一輛轎車停靠在飯店的門口。車上走下來一個六十多歲的女性。只看了一眼，學醫出身的卞永蘭就認定了眼前的這個女人就是高秉涵一奶同胞的親姐姐。

太像了！眼前的這個人和高秉涵簡直太像了！

但是，為了穩妥起見，回到房間，卞永蘭還是把高秉涵準備的那八個問題一一向高秉潔提了出來。一問一答，準確無誤。沒有思考，沒有遲疑。一切都是生命記憶中的信手拈來。

回答到最後一個問題時，兩個人都笑起來了。

高秉潔說：「我這個弟弟，真不愧是做律師的，他很會取證啊！」

高秉潔把卞永蘭接到家裡，兩個人又整整聊了一個下午。高秉潔把這些年來家中親人的一切情況都告訴了卞永蘭，而卞永蘭也把她所知道的高秉涵的一切情況都告訴了高秉潔。

知道高秉涵離家後的那些曲折和艱辛，高秉潔唏噓不已。而卞永蘭瞭解到高秉潔姐妹當初參加共產黨時的傳奇經歷，也充滿了驚奇和感嘆。

卞永蘭在廣州停留了兩天，等到離開時，她已經對高家的事情瞭若指掌。

臨走，高秉潔夫婦去機場送卞永蘭。看到卞永蘭從飯店房間的壁櫃裡搬出那麼多的大包小包，高秉潔感到非常不解。卞永蘭告訴她，那都是同鄉們讓她帶的家鄉特產。頓時高秉潔被深深感動了。

高秉潔也托卞永蘭給高秉涵捎去了兩樣東西。一件母親枕頭底下的小棉襖和一本父親以前放在床頭的線裝書《論語》。

高秉涵親自到機場去接卞永蘭。

見到高秉涵，卞永蘭的第一句話就是：「看到你大姐的頭一眼，就知道她和你是從一個窯裡燒出來的，你們長得太像了！」

聽了這話，高秉涵心裡如同吃了蜜一般。回飯店的路上，他迫不及待地向卞永蘭打聽她去拜訪大姐的經過。

大姐竟然真的是個老共產黨員，廳級幹部，有小車坐，有洋房住。雖然張縣長早就這樣預言過，但聽親眼目睹的卞永蘭親口說出來，高秉涵還是感到萬分驚奇和震驚。

高秉涵心目中幾十年前的死神，竟然復活成共產黨的高官！這一切簡直太不可思議了。他想起了一句話：歲月弄人，人生如夢！

在高秉涵的心目中，大姐的人生經歷是傳奇而神祕的。

同樣讓他感到驚奇的還有三姐和姨媽，卞永蘭說她倆也都是抗戰時期的老共產黨員，都是從延安出來的。

一切是那麼不可思議，一切又都是那麼真實。

這還是高秉涵第一次在內心裡把自己與共產黨聯繫在一起。家族中竟然有三位親人都是共產黨的老黨員，這個新情況不得不讓他對共產黨有了一種全新的理解和認識。原有的理念瞬間混亂起來，需要重新思考和定位。但有一點是明確的，此時此刻，高秉涵心中萌發出一個強烈願望，那就是想儘快和大陸的親人們見上一面。

到了飯店，卞永蘭從包裡翻出了大姐給高秉涵捎來的那兩樣東西。一看到這兩樣東西，高秉涵思緒萬千。破舊的小棉襖讓他想起了那段不堪回首的逃亡歲月。而那本放在父親枕邊的《論語》，就更讓他感慨萬千。封面早已發黃，書頁也被歲月侵蝕得失去了韌性。但輕輕翻動書頁，簌簌的響聲中會散發出老家屋子裡的氣息。高秉涵貪婪地呼吸著。一時間，他彷彿又回到了很久很久前的老家。

卞永蘭從大陸來台的第二天，同鄉見面會再次舉行。

高秉涵連夜負責下通知，幾乎所有能聯繫上的同鄉他都通知到了。

見面會還是設在同鄉在萬大路開辦的幼稚園裡，整個大教室裡都擠滿了人。

有一些人高秉涵認識。比如張縣長夫婦、劉澤民夫婦，以及劉師長、榮團長、李排長等。他跑上前去招呼他們，給幾個老人找座位。管玉成和朱大傑也來了。他們兩個一個是官職在身，一個是忙於生計，一般情況下很少來參加同鄉會。

更多的同鄉高秉涵不認識，但只要對方一開口，就知道是同鄉。只要是同鄉，距離似乎一下子就被拉近了。

屋子裡坐滿了人，卞永蘭被大家簇擁到台上講鄉情。聽完鄉情報告，大家又開始傳看卞永蘭在菏澤城裡拍的照片。大家三個一夥、五個一堆地在照片上尋找著菏澤老城的影子。

老家變了，變得讓大家都認不出了！

大家唏噓不已，感慨不斷。

看完照片，又開始分發家鄉的特產。每戶燒餅一個、耿餅三個、山楂和紅棗各五粒。終於見到了正宗的家鄉特產，但沒有一個人捨得把這些東西吃下去。大家都拿在手上，放在鼻子跟前不停地聞著。

聞著聞著，每個人的腦海裡就映現出不同的家鄉記憶來；聞著聞著，思鄉的淚水就濕了眼睛；聞著聞著，家鄉的親人就浮現在了自己的眼前。

最後分發的是家鄉的泥土。

對於遠離家鄉的人來說，鄉土是最珍貴的東西。鄉土代表著真正的故鄉和家園，是根，是源！是永遠也無法割捨的情之基礎！

鄉土不同於紅棗燒餅，不好分發，於是大家委託做律師的高秉涵執行這一重要任務。為了公允起見，高秉涵找來一個湯勺，每戶一湯勺。

分得泥土的同鄉都小心地用紙張把泥土包裹起來，揣進懷中。

一位八十多歲的老先生拿到泥土後，還沒來得及包裹好，剛出門就被刮來的一陣風給刮跑了。老先生一下跪在地上，失聲痛哭。

故鄉泥土的散失終於引發了老先生的思鄉之情。他一邊撿拾著地上的泥土，一邊號啕大哭。最後，高秉涵徵得了同鄉們的同意，又勻給老先生一勺泥土，才把痛哭的老先生勸住了。

回到家中，高秉涵把分得的燒餅、耿餅、山楂、紅棗等食品都放在桌子上，讓大家品嚐。石慧麗和孩子們看到這些東西，誰也不肯伸手去拿。

他們知道，在高秉涵心目中，這些東西是故鄉的象徵，早已經超出了它們原有的食用價值。他們不忍心把這些東西吃掉。

高秉涵把一勺泥土分成兩份。半勺用塑膠袋包好放進了地下室的保險櫃，另外半勺用茶水沖了，品嚐著慢慢喝了下去。

32

卞永蘭帶來的消息讓高秉涵十分激動。他震驚、興奮、歡喜，一連好幾個晚上都睡不著覺。暗夜裡，他思前想後，輾轉反側。家族中親人們悲歡離合的場景一幕幕從眼前掠過。想著如今與自己隔海相望而不能團聚的大陸親人，他又百感交集，感慨萬千。

以後的日子裡，在三姐和弟弟的來信中，高秉涵瞭解到大姐的身體不是太好，他害怕再發生「晚了一步」的遺憾。高秉涵日夜焦慮不安，迫切希望能夠儘快地投入到祖國大陸的懷抱，與親人相聚。

然而，當大陸改革開放已經走過了幾個年頭之後，就兩岸問題，台灣當局依舊沒有任何鬆動的跡象。高秉涵心急如焚，對親人與日俱增的思念讓他更加消瘦和憔悴。

大陸的親人也思念惦記著高秉涵。特別是大姐高秉潔，自從收到高秉涵的第一封來信，她就整日把這個台灣弟弟掛在了嘴邊。她想起了許多小時候的事情。這個弟弟曾經是家中長輩們的心肝寶貝，也是母親晚年最大的牽掛，如今長輩們都已經離世，她做為家中的長女更應該擔當起親人之間聯絡的橋樑，讓高家兄弟姊妹的這份親情傳承延續下去。

回首往事，最後一次也是唯一的一次見到這個弟弟時已經是四十多年前的事。那是一九三七年夏天，在清華大學讀書的高秉潔回老家高莊度暑假。

高秉潔一進高莊的村子，就見家人早已站在村頭等著迎她。母親懷裡抱著弟弟，那是她第一次見到這個當時只有一歲半大的弟弟。弟弟的樣子十分可愛，白白淨淨，大眼睛，高鼻樑，一看到人就張開嘴巴笑個不停。

當時弟弟只起了小名春生，還沒有正式的學名，在父母的指派下，高秉潔翻了好幾天的字典為弟弟取了「高秉涵」這個名字。

暑假快要結束離開高莊時，已經走出家門好幾華里的高秉潔突然又跑了回去。一進院子，高秉潔就把弟弟抱了起來。她在弟弟的額頭上親了又親。弟弟咯咯地對著她歡笑。

不曾想，那竟然成了她對弟弟最後的記憶。

彈指間光陰已經過去了四十多年，如今自己已經變成了一個老婦，當年牙牙學語的弟弟不知變成了什麼樣子？

她迫切希望早日見到這個分別已久的一奶同胞弟弟。

幾經申請和磋商，去香港的簽證終於辦了下來。高秉潔與高秉涵約定，姐弟倆於一九八一年七月九日在香港會面。

知道這個消息後，台北的高秉涵又激動得幾夜睡不著覺。

盼星星，盼月亮，終於盼來了姐弟相見的這一天。

清晨一大早，高秉涵和石慧麗一起帶著三個孩子去了機場。在新加坡經商的高新平也參加了這次會面。他已經先行到達香港並在綠園大飯店替高秉涵姐弟預訂好了房間。

上午九點鐘，高秉涵一家到達綠園大飯店。

由於大姐年事已高，又加上身體虛弱，因此事先大家商量好高秉涵不到人員混雜的九龍火車站迎接大姐，免得大姐在沒有急救設備的火車站由於過度激動而發生意外。負責去火車站接大姐的是高秉涵在香港工作的一個叫徐培德的中學同學。

午後時分，按時間推算大姐乘坐的從廣州開往九龍的火車應該快要到站了。即將到來的姐弟會面讓高秉涵坐立不安。他幾次按捺不住激動的心情要親自去火車站接站，都被石慧麗勸住了。

下午兩點鐘，一直等候在大廳裡的高秉涵一家終於看到徐培德陪同一老一少兩位女士走了進來。

高秉涵激動地迎上去，不知怎麼稱呼才好。

正在這時，徐培德把大姐拉到高秉涵跟前，介紹說：「秉涵，這是你大姐！」又一把拉過高秉涵，向大姐介紹說：「大姐，這就是妳的親弟弟高秉涵！」

一邊的服務生被這貌似荒誕的介紹方式搞糊塗了，一個個面面相覷，不明白為什麼親姐弟倆還用別人來介紹？

親人終於活生生地站在了自己眼前，高秉涵再也無法控制住自己的情緒，他和大姐擁抱在一起，喜極而泣。

所有的話語一齊湧上心頭，高秉涵一時間卻什麼也說不出來，只覺得千言萬語此刻都化作了一股股的熱流，堵在胸口悶悶地壓得自己喘不過氣來。

陪大姐一起來的是她的小女兒朱北力。看著眼前突然冒出來的這個舅舅，朱北力也高興得忍不住淚如泉湧。

石慧麗和三個孩子也都哭了。

在場的每一個人都被這個場面感動得流下了熱淚。

高秉潔上次見到弟弟是一九三七年，那時弟弟還是個剛會走路的幼兒。隔了整整四十四個年頭，高秉潔終於再次見到了自己的弟弟。這是姐弟倆有生以來的第二次會面。相聚時間雖短，但一奶同胞的血緣親情是無法割捨的，更充滿了言語無法解釋的奇妙和玄奧。

當年牙牙學語的幼兒已經變成了中年漢子。高秉潔從這個中年漢子身上看到了神奇的家族遺傳。父親一樣深陷的眼窩、挺直的鼻樑，母親一樣清秀的臉龐和棱角分明的嘴唇。

她懷疑眼前的這一切會不會是個夢，於是伸出雙手不停地撫摸拍打著弟弟的身子，觸摸著他的臉龐。一切都是真的，一切都是活生生的現實！

高秉潔含著淚水滿足地笑了。

看到高秉涵的三個孩子，高秉潔更是驚喜萬分。她從孩子們充滿稚氣的臉上，也看到了高家血統的神奇延續。撫摸著三個孩子的臉蛋，她不停地說這是我們高家的人，高家的後代。

高秉涵和大姐高秉潔在綠園大飯店裡相聚了五天。四十四年的分別，五個日夜的相聚。高秉涵變成了一個小弟弟，不捨得離開大姐半步。

大姐最關注的是高秉涵離開家鄉後的經歷。當高秉涵把一切說給大姐聽時，淚水一次次濕了大姐的眼睛。她不停地傷心、嘆惋和感慨。

弟弟能夠活下來是一個奇蹟，弟弟能夠成材更是一個奇蹟。

說到那段殘酷的戰爭，高秉涵把自己佈滿疤痕的漆黑小腿露出來給姐姐看。

看到弟弟身上的傷痕，高秉潔失聲痛哭。弟弟的身上記錄了戰爭的殘酷，弟弟今天能夠站到自己眼前更是人世間真善美的寫照。她感謝所有幫助過弟弟的在世和已經不在世的人們。

姐弟倆有著說不完的話，他們一起憶往昔，展未來。家族中不管是在世的還是已經不在世的，幾乎所有的親人都被他們請出來說了個遍。

此刻，陰陽兩界、天上人間，在姐弟倆的心目中已經變得沒有區別。他們堅信，已經去了天國的親人一定會看到人間這令他們備感欣慰的一幕。

高秉涵問到了他一直十分牽掛的李大姐。得知李大姐已經去世的消息，他忍不住扼腕嘆息。

高秉涵最感興趣的還是兩個姐姐和姨媽戰爭年代的那段不可思議的人生經歷。與當初自己被動地南下求學相比，她們的人生更壯烈更輝煌也更加富有傳奇性。從和大姐的聊天中，高秉涵進一步加深了對共產黨的認識和理解。這是身為國民黨員的他第一次從以往固有的思維模式中跳出來，站在一個全新的角度審視兩黨間這些年來的打打殺殺與分分合合。

高秉涵覺得，與說不清理還亂的家事相比，紛繁的國事不知要複雜龐大多少倍，絕不是他這樣的小人物所能輕易理解和把握的。但家事往往又是國事的縮影。在他們這個大家庭中，有國民黨的老同盟會員，也有從延安出來的共產主義忠實信仰者。儘管當初彼此的追求不同，信仰不同，但有一點是無論如何都改變不了的，那就是彼此間的那份血濃於水的親情。

看著大姐已經花白的頭髮，高秉涵心中只有一個想法，他祈望在有生之年多一些和親人相聚的日子，更祈望能夠回老家看看，至於那些大是大非的政治問題，壓根就不是他這樣的小人物所應該考慮的。

時隔一年的一九八二年夏天，高秉涵與親人再次在香港團聚。這次相聚，除了大姐之外，還有從東北專程趕來的三姐高秉浩和弟弟高秉濤。

在高新平和徐培德的安排下，四姐弟依然在綠園大飯店的大廳裡碰面。一見面，四姐弟就擁到一起哭個不停。

在場的每一個人都為他們的經歷感到心酸和欣慰。

最先冷靜下來的是大姐高秉潔。她說：「我們姐弟見面一次不容易，不要讓哭泣佔去太多的時間。」

一行人來到房間，剛坐下，想起母親的高秉濤就又哭起來。他奔到高秉涵跟前拉著他的手說：「哥，你要是能早點和家裡聯繫上就好了，娘到走的時候還一直唸叨你。」

母親晚年一直跟弟弟高秉濤住在一起。高秉濤告訴高秉涵，每逢除夕母親都以淚洗面，在無盡的牽掛和惦念中度過。

高秉濤給高秉涵帶來了母親生前用過的幾樣東西。一床方格床單，一條用鉤針織成的白枕巾，還有一副老花鏡。

高秉涵二話不說，對著這些東西就磕頭。在後來的日子裡，高秉涵把母親用過的這幾樣東西一直當珍寶一樣珍藏著。無論是遇到地震，還是碰上發大水，他首先想到的就是母親曾經用過的這幾樣東西。

姐弟四人在綠園大飯店住了七天，他們在一起盡情地訴說相思之苦，談國情，說家事，彷彿有著永遠說不完的話題。

但是，有一個問題高秉涵一直有些不解。那就是一說到老家高莊，兩個姐姐和弟弟都三緘其口，似有什麼難言之隱。

姐姐們不在時，高秉涵問過弟弟高秉濤。原來，姐弟幾個至今還對父親的死有些想不開，覺得那裡是塊傷心地。

讓高秉涵吃驚的是，自從一九四九年姐弟三個離開高莊之後，除了弟弟回去過有限的幾次，兩個姐姐竟然一次都沒有回去過。

大陸的姐弟三人離開香港的前一天晚上，新華社駐香港分社的肖錦哲先生請大家用餐。飯桌上，高新平主動問起了大陸的改革開放政策能不能長久。

高新平這些年來一直在新加坡開辦企業，可最近新加坡的經濟不景氣，他一直有另闢蹊徑投資的計畫和打算。泰國和大陸都是他考慮的投資方向，可又都有些猶豫。泰國政局不穩定，又擔心大陸的改革政策隨時會剎車，所以一直舉棋不定。

高秉潔聽了高新平的一席話，對他說：「鄧小平改革開放的步子一旦邁出去，是絕對不會走回頭路的。這一點，我敢拿性命做擔保！」

這話從老共產黨員高秉潔的嘴裡說出來，高新平有些心動。

高秉潔當下向高新平發出邀請，要他去改革開放的最前沿廣州親自考察一下，感受一下大陸改革開放的新氣象。

一邊的肖錦哲先生也向高新平介紹了大陸對台商的優惠政策。高新平更加心動，當下和高秉潔訂下了去廣州考察的時間。

分手的時間還是到了。高秉涵到九龍火車站給姐弟們送行。

一想到不知道何日才能夠相聚，四姐弟在月台上又抱在了一起。

在高新平和列車員的催促下，高秉涵不得不鬆開了緊握著的親人的手。

火車啟動了，月台上的高秉涵百感交集。此刻，他最大的願望就是能夠跳上火車，和姐弟們一起回到大陸、回到家鄉去。

然而，那是不可能的，他只有默默地滿含著淚水看著載著親人的火車一點點遠去。

火車上的兩個姐姐和弟弟也悲痛欲絕，他們衝月台上的高秉涵使勁揮舞著雙手，似要把高秉涵的樣子牢牢記在心頭。

火車漸漸地遠了，親人的影子也漸漸模糊起來。高秉涵傷心落魄地看著即將消失在視野中的火車。

火車不見了，姐弟們的身影不見了，眼前的鐵軌靜靜地向遠方無盡地延伸著。

看著火車消失的方向，月台上的高秉涵在心中吶喊，究竟什麼時候才可以真正回到自己的故鄉？

下卷

1

一九八七年初春的一個午後，天陰。寂靜的五指山國軍公墓，原國軍一八五師師長劉興遠的葬禮正在進行之中。

人群中的高秉涵走神了。他並沒有聽清司儀對劉師長的那些冠冕堂皇的蓋棺定論，眼前不停地晃動著三十八年前逃亡路上劉師長的身影。

司儀下令棺木入土，承載著劉師長遺體的棺材被緩緩放入墓穴。

第一鍬土落下去時，高秉涵淚如泉湧。

又一個老兵離去了。這葬滿國軍老兵的五指山又多了一個漂泊的遊魂。

幾年來，高秉涵已經數次來過這裡。老兵們漸漸逝去，那些一八五師的老相識一個接著一個地邁向這人生的最後一站。

葬禮結束，老兵們並沒有急著下山，而是在山上東一群西一群串門似的看起了老朋友。

放眼望去，山坡上的國軍公墓像一眼看不到盡頭的大社區。成千上萬個墳墓被一條條縱橫交錯的柏油馬路頗有條理地劃分開來，逝去的老兵們按照將、校、尉、兵的軍銜依次分區排開。大理石墓碑上照片的旁邊雕刻著逝去老兵的姓名、生卒年月和軍銜級別。每一塊墓碑都濃縮著一個老兵的生命歷程。

高秉涵沿著墓碑之間的柏油馬路默默地向山上走去。他身後跟著表情木然的朱大傑。

兩個人攀上山頂，國軍公墓盡收眼底。

初春的風微微拂過山峰，朱大傑問高秉涵：「高哥，你在想什麼？」

高秉涵說不上自己此刻在想什麼，只是覺得思緒煩亂。

朱大傑說：「你知道我在想什麼嗎？我在想，比起那些早就死在戰場上的老兵，這裡的老兵算是幸運的。他們有墓碑，有同伴，還有人經常來看他們。」

高秉涵說：「可他們永遠也回不了家，永遠也見不到家鄉的親人了。」

朱大傑默然。

現在朱大傑已經很少再想回家的事。幾年來，他托人給老家先後寄了幾封信，都沒有回音，他猜測母親十有八九已不在人世。既然母親已經不在，自己回去也沒有什麼太大的意義。

遠處傳來一陣響聲，一個看守公墓的年輕軍人騎著摩托車向這邊駛來。他停下摩托車向高秉涵和朱大傑大聲詢問，問他們是不是找不到要祭拜的人了，如果是那樣可以到門口的登記處去查詢，並說電腦裡有每個老兵的資料，瞬間就可以查出每一個老兵墓穴所在區、排的準確位置。

高秉涵謝了那位年輕軍人，說不用。

年輕軍人騎上摩托車瞬間遠去。

四周一片寂靜，只有靜靜的山風吹拂著剛剛發芽的樹木和山巒。對著眼前無數的墳墓，高秉涵微微閉上眼睛。恍惚間，在這縹緲而真實的寂靜裡，他覺得墓碑下的老兵一個個復活了。他們忽而光著腳丫嬉戲在童年時代家鄉的田埂上，忽而穿梭在炮火硝煙的戰場上，忽而奔走在逃亡的荒野裡，忽而又老態龍鍾地行走在台北喧鬧的大街上……

歲月流逝，老兵們最終一個個迷失在了霧一般的歲月裡。劉師長走了，榮團長走了，姬醫官也走了……微風拂過，人生如夢，淚水再一次濕了高秉涵的雙眼……他使勁閉上眼睛又慢慢地睜開，此時，他似乎聽到漫山遍野的老兵們正在地下一齊吶喊出一個聲音：我要回家！

這聲音讓高秉涵心驚肉跳，也讓他哀婉惆悵。

晚上，高秉涵回到家中時，紮著圍裙的石慧麗正把最後一個菜端到桌子上來。剛剛退休的石慧麗把全部心思都放在了家務上。她的全部任務就是把老公和三個孩子伺候好。

夫妻倆早在幾年前就商量好了，孩子的教育不能馬虎，三個孩子的大學都要到國外去讀。大兒子高士瑋馬上就要高中畢業，出國留學的事情眼看就擺在眼前。

高秉涵想讓兒子學法律，將來子承父業，但兒子卻打定主意要去法國學習飯店管理。石慧麗和兒子談了幾次，兒子都不改初衷。今天她一個人跑到幾家出國留學機構考察了一遭，也覺得兒子選的那個大學和專業不錯。飯店管理在台灣是個新興而時尚的專業，將來的就業和效益都不會太差。唯一覺得遺憾的是學費有點貴，下面還有兩個孩子緊接著也要出國，家裡的開銷會越來越大，石慧麗擔心丈夫會不同意兒子的選擇。

石慧麗抬頭對剛進門的丈夫說：「秉涵，我今天出去考察了一天，覺得士瑋的選擇還是不錯的。」

高秉涵的思緒還在靜靜的五指山上，他含糊地應了一聲，就進了洗手間。

丈夫這些年不容易，家裡所有大的開銷都仰仗他在事務所的收入，自己的那點工資只夠一家人吃吃飯。如今房子換了，車買了，再往下就是三個孩子的留學費用。剛才見丈夫有些帶搭不理，石慧麗猜測丈夫不同意兒子的選擇。什麼都可節省，只有孩子的教育費不能節省。石慧麗打算還是說服丈夫同意兒子去法國留學。

石慧麗愛乾淨是出了名的，這會見高秉涵的一雙鞋上沾滿了泥巴，就走過去幫著清理。剛擦了兩下，石慧麗停了下來。她猛然記起，丈夫今天又去五指山了。

自己怎麼把劉師長的葬禮給忘了？石慧麗有些自責。

丈夫每次去五指山參加葬禮，都會事先告訴她。石慧麗也曾跟著去過兩次，後來就懶得去了。可劉師長和別人不一樣，他對丈夫有恩，她理應去送他一程。

見丈夫出來了，石慧麗說：「光想著孩子留學的事了，就把劉師長的事給忘了。」

高秉涵說：「我一個人代表了，那種地方去多了心情不好。」

在高秉涵看來，石慧麗已經做得很好了。她從來不干涉他和老兵們的交往和接觸。這些年來，事務所已經名副其實地成了那些孤寡老兵維權的一個法律援助機構，許多老兵的案子他都是在不收任何報酬的情況下接手的。石慧麗從來沒有說過一個不字。

高秉涵知道，對大陸，很小就跟著父母來台灣的石慧麗和自己的感受不一樣，她對老家幾乎沒有什麼印象，因此也就沒有太多的鄉愁和鄉思。她能容忍自己這樣，已經很不容易。很多大陸兵結婚後，妻子根本不允許老公和大陸的同鄉聯繫。

想到這裡，高秉涵就問：「慧麗，剛才妳說士瑋要去哪裡留學？」

石慧麗答：「他還是想去法國學習飯店管理。」

高秉涵希望兒子學習法律，但前提是要符合兒子自己的興趣和愛好，他不想勉強兒子學他不喜歡的專業。既然兒子一再堅持要學習飯店管理，他也會支持的。

高秉涵說：「那就學飯店管理，只要他考慮好了真心喜歡，我們就支持。」

丈夫同意兒子學飯店管理，石慧麗心頭一陣輕鬆。她把辛苦了一天的丈夫按到餐桌前的椅子上，招呼三個孩子過來吃飯。

轉眼，廳裡就熱鬧起來。石慧麗一邊給大家分筷子，一邊對大兒子說：「你老爸也同意你去法國留學。到了那邊可要好好學習，不要荒廢了學業。」

高士瑋高興地對旁邊的弟弟妹妹說：「我先去那邊打下基礎，到時候你們倆也去法國和我會合。」

對音樂有著濃厚興趣的高士佩說：「我才不去法國呢，我要去日本學習音樂。」

高士琦說：「我也不去法國，我要去澳洲學習傳播學。」

石慧麗調侃說：「你們三個人去三個國家，到那時，咱們家還不成了聯合國？」

高士佩調侃說：「那老媽妳就是聯合國祕書長。」

一家人哈哈大笑。

高秉涵又說：「只要你們有理想，不管去哪裡留學，我和媽媽都會支援的，但你們永遠都不要忘記自己是中國人……」

高士瑋把父親的老生常談接過來，說：「老爸，你就放心吧，我們還不會忘記我們是山東菏澤人！」

高士佩說：「老爸你煩不煩呀，不是在說留學的事情嗎，怎麼又扯到了老家的事情上來？」

高士琦說：「如果有機會，我真想去看看老爸說的那個菏澤到底是什麼樣子。」

高士瑋說：「我看不管菏澤是什麼樣子，在老爸的心目中都是世界上最美的地方，因為那裡是老爸的老家。」

高秉涵笑著說：「還是士瑋最瞭解老爸。」

石慧麗催促：「快吃飯吧，再不吃，菜都涼了。」

這天晚上，高秉涵又做了噩夢。這是他自從和大陸的親人見面後第一次做這樣的噩夢。夢裡，他又是返鄉未果，半路上被人揪起來一把丟進了縹緲的大海裡。高秉涵又一次在噩夢中哭醒。

石慧麗坐起來，又是憐惜又是氣惱地把他拍醒。

高秉涵捂著胸口說：「慧麗，將來我死了，就托人把我的骨灰帶回菏澤去。」

「你瞎說什麼？」石慧麗更加使勁地拍打著高秉涵的後背。

高秉涵這回徹底醒了，他抱著自己的雙膝，幽幽地說：「又做回老家的夢了，真想回去看看。」

2

這天下午，李玉純去離家不遠的位於衡陽路的一家銀行存錢。錢是高秉涵大哥幫著催要的一些死帳。在李玉純心目中，她早已把高秉涵當成了一個可靠的老大哥，無論遇到什麼事情都要找高秉涵說一說。

存了錢走出銀行，李玉純打算拐個彎去站前大樓事務所看看高大哥。

一靠近站前廣場，李玉純就發現有一群人正在廣場上圍觀什麼。走到近處一看，人群中間站著一個老人，身上套了件白襯衣，襯衣的前面寫著「想家」，後面寫著「媽媽我好想您」。

一打聽，才知道這位老人是個老兵，在街上請願要求政府允許他回大陸探親。

李玉純馬上聯想到了自己的父親，頓時同情起眼前的這位老人。圍觀的大多是些年輕人，他們分成兩派，一部分對老人表示理解和支援，另一部分則指責老人是通共行為。

老人剛發表完演說，就有一個衣著時尚的年輕女子走上前說：「老伯，你的心情我們可以理解，可你也要站在政府的角度想一想。」

老人回說：「這位小姐，請問如果妳是我的位置，幾十年沒有老家親人的音信，妳會怎麼樣？難道妳一點都不想老家的親人嗎？」

年輕女子無言以對。

老人又說：「孩子，是人都會想家；要是不想家，那他就不算是個人了。」

老先生的口才夠厲害。

正在這時，李玉純聽到旁邊的幾個年輕人吵鬧著要去報警，她擔心老人會遭遇什麼不測，趕緊跑進站前大樓去叫高秉涵。

一聽說有老兵請願，高秉涵忙放下手頭的事情下樓去廣場。剛出大樓，高秉涵就看見一輛警車呼嘯著駛去，圍觀的人們漸漸散去。他向圍觀者一打聽，才知道剛才請願的那個老兵讓員警當成瘋子帶走了。從一個路人那裡，高秉涵知道這個老兵叫何文德。

一九八七年春天，何文德的名字就這樣進入到高秉涵的生活中。

正是從那一天開始，高秉涵開始從各種媒體上密切關注著這個叫何文德的老兵。

幾天後，高秉涵從一家香港報紙上看到，何文德是湖北房縣人，十七歲離家當兵，其後轉戰大半個中國，一九四九年隨國民黨軍隊來台灣，一九六五年退伍。後來，何文德曾托人從海外轉信回大陸老家，但海外友人轉寄來的他母親的回信與照片卻始終沒有收到過。他判定家書一定是遭郵檢扣留。後來母親去世了，給何文德留下了終生的遺憾。他一心想回老家給母親的墳添一把土，於是毅然發起返鄉運動。

高秉涵還瞭解到，為團結老兵，何文德經常出入老兵聚居的「榮民之家」和「榮民醫院」，散發印有鼓動老兵返鄉探親的傳單。為此，他常常遭到便衣員警的毆打。何文德的妻女勸他放棄這種有可能招來殺身之禍的危險做法。但何文德卻豁出去了，為了不連累妻女，他毅然與結婚十五年的妻子辦了離婚手續，又立下遺囑，然後依然走上街頭，為爭取老兵返鄉探親奔走呼號。

何文德最初使用的是「返鄉運動促進會」的名義，還打過「退伍軍人聯誼會」和「抗暴義士」的橫幅。當別人問到這些組織的發起人和成員組成時，何文德說：「其實就我一個人，自己和自己聯誼。這些名稱是用來嚇唬國民黨的。但只要我們老兵團結起來，就一定能夠取得成功！」

一九八七年五月二日，倒班休息的朱大傑風風火火地來到了高秉涵的律師事務所。

「高哥，何文德帶著好幾百名老兵在街上發傳單，咱們也去看看吧！」

「走！」高秉涵一把推開手中的文案。

國父紀念館前已是人山人海。老兵們都身穿白襯衫，襯衫上印著血紅色字樣，前面是「想家」，後面是「媽媽我好想您」。

高秉涵和朱大傑也都要了件白襯衫套在身上，隨著老兵們一起吶喊。

一個又一個老兵衝上臨時搭起的講台發表演講。

一個戴著眼鏡的老兵說：「我們這些大陸退伍老兵，當初對國民黨都是忠心耿耿，之所以會演變成今天的怨聲載道，主要有兩個原因，一是國民黨在物質上虧待我們，台灣社會的貧富懸殊令我們感到十分寒心，這種日子再也不能延續下去了！」

一陣海浪般的掌聲。

老兵接著說：「第二個原因更令我們這些背井離鄉的老兵在精神上感到極度痛苦。三十多年了，政府一直堅持違反人性的政治政策，不讓我們與大陸的親人聯繫。幾十年來，我們把對親人的無限思念壓在心底，只有在黑夜的夢裡，我們才有機會與親人團聚。多少人沒來得及見到家人就客死他鄉。當年的六十萬老兵，如今只剩下不到四十萬。我們老了，不能再等了，我們要回家！我們要見老家的親人！」

無數人跟著吶喊：「我們要回家！我們要見老家的親人！」

又一個老兵站出來說：「出來這麼多年，我連父母是生是死都不知道。我只求政府能讓我回去，如果父母還在就為他們奉上一杯茶；就算父母已經不在了也好為他們獻上一炷香。」

老兵說著說著就說不下去了，蹲在地上抱頭痛哭。

高秉涵感到自己周身的血都在沸騰，忍不住高呼：「這位老哥說得太好了！回家看望親人，這是做為人的基本訴求，也是無法抵擋的訴求！全世界的中國人都可以回到家鄉去，唯有台灣的中國人不能。這不公平，我們要回家！」

老兵們又跟著吶喊：「我們要公平！我們要回家！」

高秉涵在人群裡看到了何文德，他手裡打著一面旗子，旗子上赫然寫著「外省人返鄉探親促進會」。旗子周圍，簇擁了無數個白髮蒼蒼的老兵。

高秉涵又大聲說：「回家是我們每一個中國人最迫切的夙願，是我們心靈深處最人性最本質的願望，也是任何人都無法阻擋的！我們要回家！」

高秉涵的演講引起無數老兵的共鳴，吶喊聲一浪高過一浪。

國民黨一貫堅持的與大陸之間「不妥協、不接觸、不談判」的「三不」政策受到前所未有的考驗。

當天下午，高秉涵剛回到律師事務所，就看到屋子裡擠滿了菏澤同鄉。患過腦中風的張縣長說話已經有些含混，他顫抖著嘴唇說：「秉涵，不愧是做律師的，你說出了大家的心聲！」

晚上一回到家，高秉涵就接到了管玉成的電話。已晉升為空軍後勤部少將參謀長的管玉成雖然不能上街請願，但卻從內心關心這件事。管玉成告訴高秉涵一個令人振奮的消息，蔣經國的英文祕書馬英九正在起草《民眾赴大陸探親問題之研析》，老兵們返鄉探親指日可待。

高秉涵異常振奮。

剛放下話筒，高秉涵又接到岳父打來的電話。年過七旬的岳父在電話裡用顫巍巍的聲音說：「秉涵，要是老兵再請願，不要忘記通知我。」

時隔八天，五月十日母親節這天，老兵們再次走上街頭在「國父紀念館」前發起「遙祭母親」儀式。無數老兵紛紛傳唱《母親妳在何方》這首歌。老兵們在淒美的旋律中把積壓了幾十年的思鄉之情盡情地釋放出來。一時間，哭號聲如洪水般淹沒了整個街面。

六月二十八日，老兵們又一次走上街頭，以《想回家，怎麼辦？》為題發起請願活動。數萬名老兵一致要求當局儘快打開兩岸探親通道，結束因政治分裂帶來的民族悲劇，迫切希望國民黨當局不要成為製造民族分裂的罪人。

七月七日，又有大批老兵聚集在台北國民黨中央黨部樓前請願。這些老兵情緒激昂地要求與國民黨高層官員對話，強烈要求解決問題。

除了要求當局允許返鄉探親之外，老兵們還提出三項要求：一是恢復終生俸或生活補助費；二是「戰士授田證限期收購」；三是要求老兵退輔會追補歷年「三節」的慰問金。

年邁的李排長在女兒李玉純的攙扶下也來到請願現場，老先生手裡拿著當年國民黨政府頒發的「授田證」哀嘆：「再不解決授田證，我都要帶著它入土了。」

高秉涵腦海裡忽然閃現出一九五一年他在火車站當小販時遇到李排長的情形。當年李排長談到「授田證」時的激動話語猶在耳邊：

「到那時我就回去種地，十幾畝地，足夠我種的。我要在地裡種上麥子、玉米、高粱、黃豆和芝麻，剩個幾分再種點菜，這樣就什麼都不缺了！」

蒼狗白雲，世事變遷。耳邊迴響的是當年李排長充滿憧憬的話語，眼前的李排長卻已是白髮蒼蒼的耄耋老人。一時間，高秉涵感慨萬千。

高秉涵在人群中看到了岳父，年過七旬的岳父在岳母的攙扶下也來參加請願。人群中還有不少菏澤同鄉。大家都在為回家這個共同目標而奔走呼號。

看著眼前的宏大陣容，做了十五年律師的高秉涵預感到海峽兩岸具有劃時代意義的一刻已經為時不遠。

一九八七年七月二十一日，與其父親蔣介石一樣，一直對大陸懷有濃重思鄉情結的蔣經國在民眾的強烈要求下，不得不撇開黨派政見，順應民意，做出六條指令：

一、戰士授田應做更清楚明白的說明；

二、退除役官兵難能可貴，猶憶橫貫公路預算不足，榮民們說沒有錢也要修好公路，余亦說榮民如沒有飯吃，願把我的一碗飯分給榮民；

三、政府始終和榮民在一起，講明白，說清楚，照應做的去做；

四、做一長期的判斷與計算，盡量幫助榮民做到足衣足食才心安理得；

五、少數破壞政府與榮民關係者，應以同情心處理，而非法律問題；

六、國防部與輔導會是整體的，應合力推動退除役官兵輔導。

這番話是蔣經國對向他彙報榮軍工作的「國軍退除役官兵輔導委員會」主委張國英講的。講這番話時，蔣經國正重病纏身。透過他那憂鬱的眼神，張國英似乎能窺視到深藏在他內心深處的那份難以言表的對大陸故土的無限思念，也可以感受到他對當年追隨蔣氏父子從大陸逃亡到台灣的老兵們的憐惜之心。十月十五日，「內政部長」吳伯雄奉蔣經國之令宣布民眾赴大陸探親實施辦法：同意「除現役軍人及公職人員外，凡大陸有三親內血親、姻或配偶的民眾」，均可於十一月二日起向台灣紅十字會登記申請回大陸探親。

至此，台灣長達三十八年之久的「戒嚴令」終於解除，政治讓步於鄉情。

十一月二日，台灣紅十字會開始受理探親人員登記。

那一天，高秉涵也去了。

預定上午九時開始登記，但剛過淩晨時分，紅十字會門口就已經人山人海。三時三十分，紅十字會大門提前開啟，為這一天等待了幾十年的人們潮水般一擁而入。

排了一整天的隊，傍晚時高秉涵終於拿到了那張探親登記表。填好表，交到旅行社，三個月內「探親通行證」就可以審批下來。

一九八八年一月，何文德率領的第一個由十四人組成的回大陸探親團剛剛出行，就傳來了蔣經國在台北士林官邸因突發心臟病病逝的消息。

正焦急等待著「探親通行證」的高秉涵，得知這個消息後感慨萬千。

蔣經國先生曾在自己的日記裡寫道：離別時，雖未流淚，但悲痛之情，難以言宣。溪口為祖宗廬墓所在，今一旦拋別，其沉痛之心情，更非筆墨所能形容於萬一。誰為為之，孰令至之？一息尚存，誓必重回故土。來到台灣，雖偏安一隅，局勢岌岌可危，但蔣氏父子的「人在台灣，心在大陸」的意識相當明顯。在統治政策和建設方針上，蔣氏父子幾乎一切都以「反攻大陸」的理念鋪路，絕不容異己反對。

大陸始終是蔣氏父子深切懷念的地方。在蔣介石身上，思鄉情結表現得尤為明顯。他把化不開的鄉情含蓄地寄託在所居官邸及行館的設計上，要求有類似故鄉浙江奉化的景致。台灣人人皆知的「大溪慈湖」就是蔣介石寄託無限鄉思的一個地方。此地原名碑尾，位於桃園縣大溪鎮與復興鄉交界處。蔣介石初來此地，認為大溪的秀麗山巒，宛如奉化家鄉的山水之美，因此特別喜愛這裡。同時，為了感念母親王太夫人的慈愛，故將「碑尾」改成「慈湖」，在此建立總統行館，常常駐足於此。而這裡，也變為日後安置蔣介石父子遺體之處。除了大溪慈湖外，「涵碧樓」也是蔣介石生前時常前往的行館。「涵碧樓」位於台灣中部，是國際馳名觀光景點。日月潭名勝之一「慈恩塔」，為日月潭最高點，採中國寶塔式建築，共分九層，塔頂三層為蔣母王太夫人的紀念室，也是為感念母恩而設，可見蔣介石對於無法回鄉探視先妣，感到萬分愧疚。此外，蔣介石還仿北京故宮外觀建圓山飯店，飯店內雕樑畫棟，金碧輝煌，是當時世界十大著名飯店之一。在教育上，蔣介石更是不斷地灌輸「台灣民眾根在大陸」的理念，在學生對自己家鄉尚還一知半解時，就要求他們對大陸省分地形倒背如流；在國文課本上，則提供蔣母教誨自己的文章供學生背誦。他甚至壓抑台灣當地通行的閩南語，成功地推行了能溝通兩岸民眾的國語，這使得兩岸間雖然有著漫長的隔絕，卻讓台灣民眾對大陸沒有想像中的陌生，兩岸民眾間仍然存在著共同的文化血脈。

然而，歷史卻和這對懷有極其複雜思鄉情結的父子開了一個不大不小的玩笑，使這對「人在台灣，心在大陸」的悲情父子自一九四九年春天，在浙江溪口過完最後一個大年夜離開故土後，再也沒有踏上故鄉的土地一步。

從此，悲情的蔣氏父子將在歷史的歲月中漸行漸遠，怕是只有在天國中才能踏上日思夜想的故鄉土地了。

誰為為之，孰令至之？

這是一個高秉涵無法回答的問題。

兩岸禁令的解除，在台灣社會引起了一場不小的波動。那些日子，紅十字會、旅行社、機場，到處都雲集著興奮地等待著回家探親的白髮老人。雖然他們有著各自不同的人生境地，操著大陸不同地區的方言，但有一點卻是相同的，那就是他們都有一雙對回家充滿了嚮往和渴望的眼神。

這些已經走到人生暮年的老兵慶幸總算在有生之年等到了這一天。

但一些住在「榮民之家」的老兵又被接踵而至的新問題難住了。由於沒有過多的經濟收入，他們因湊不夠探親費而無法成行。他們眼睜睜地看著別人高高興興地返鄉探親，愈加被心頭積壓多年的思鄉之情煎熬得焦灼不堪。

一時間，台灣社會許多愛心人士向老兵們伸出了援助之手。他們發起了各種協助老兵返鄉的募捐活動。演藝界人士舉行義演，工商界人士踴躍認捐，藝術家慷慨捐出作品義賣，籌募活動如火如荼。這些募款，攤到老兵們身上，雖不能讓他們衣錦還鄉，卻也能幫助一些囊中羞澀的老兵踏上回家之路。

終於可以回家了，本來是件天大的喜事，但當喜事突然降臨到這些風燭殘年的老兵身上，也誘發出了一些樂極生悲的事情。一些老兵由於承受不住這突如其來的喜訊而突發心腦血管疾病。一時間，台灣各大醫院紛紛爆出一些老兵猝死的病例。

拿到探親登記表的第二天早晨，高秉涵正在家裡吃早飯，電話響了，接電話的石慧麗說是李排長的女兒李玉純打來的。

高秉涵拿過話筒，就聽李玉純用沙啞的聲音說，半個小時前，她的父親因心臟病突發去世。發病之前，他剛剛拿到回鄉的機票。

聽到這裡，高秉涵手裡的麵包一下滾落到地上。

也有一些有家不敢回的。張縣長和劉澤民主任就是這種情況。

動身之前，遍佈島內的菏澤同鄉又自發地召集了一次同鄉會。同鄉中，高秉涵是第一個回鄉的，大家紛紛委託他辦理這樣那樣的事情。

這次聚會，張縣長和劉澤民都來了。他們還請來了已經九十高齡的菏澤籍靳鶴聲老先生。對靳老先生，高秉涵早就久仰大名。靳老先生早年留學日本，獲商學學士學位，後來一直是國民政府的省部級財政官。

從劉澤民主任那裡，高秉涵知道靳鶴聲是個善良而樂於助人的人。劉澤民給高秉涵講過這樣一件事。有一次他去靳鶴聲家做客，正要吃飯時，門鈴響了。打開門，是一個衣衫襤褸的老者。老者操著蘇北口音，偏說自己是菏澤人，請求靳鶴聲資助點錢給他做為回高雄的路費。靳鶴聲二話沒說，就讓妻子把家裡僅存的留著買菜用的兩百元錢給了他。老者只想要點錢做為路費，並沒有留下來吃飯的打算。靳鶴聲卻說：「你既然連坐車回高雄的錢都沒有，也一定沒錢吃飯，那就坐下來吃完飯再上路吧。」說著，就讓妻子給老者盛了碗飯。

靳老先生是坐著輪椅來的，輪椅一側還掛著氧氣袋。身為「國大代表」的靳老先生由於身體原因已無法回鄉，老家已無親人的他用顫抖的聲音委託高秉涵一件事，讓他把老家故居的房子拍一張照片帶到台灣來。

朱大傑則委託高秉涵去他的老家單縣打探母親的下落。雖然不敢抱太大希望，可他仍然不肯放棄這最後的機會。

張縣長和劉澤民也委託高秉涵回老家後幫著去探望老家的親人。高秉涵不理解前些日子曾經那麼積極參與請願活動的他們為什麼不親自回去看看。當高秉涵把這個疑問說出來時，張縣長和劉澤民的回答都有些吞吞吐吐。

高秉涵正在納悶，就聽張縣長咕嚕了一句：「當初幹了那些事，怕是共產黨不會輕易放過我們。」

3

高秉涵沒有猶豫就把大陸之行的第一站選在了菏澤高莊。

當他把自己的這個打算告訴給弟弟高秉濤時，兄弟倆在電話裡爭論起來。高秉濤認為，高莊雖然是老家，但那裡已經沒有什麼親人，去不去已經沒有太大意義。高秉濤給高秉涵計畫出一條路線，先飛瀋陽看三姐，再去北京看姨媽，最後去廣州看大姐。

高秉濤還計畫，哥哥在大陸的最後一站應該是廈門。到時候，他要帶著哥哥去給母親上墳。

高秉濤已經在一年前辭去公職到廈門高新平投資的一家企業做了主管，全家都已遷往廈門。來廈門時，高秉濤把母親宋書玉的骨灰也帶到了廈門。他在郊區一個風景清幽的墓園裡買了一個墓穴，把母親安葬在那裡。

聽了高秉濤的計畫，高秉涵基本表示同意，但他只提出一點，那就是他要把大陸之行的第一站放在老家菏澤高莊。

見說服不了哥哥，高秉濤只好同意，但他在電話裡叮囑哥哥千萬不要把先回高莊這件事告訴給兩個姐姐和姨媽。

「為什麼？」高秉涵不解。

「她們要是知道了，恐怕不會同意你回去。」

高秉涵更是不解，又問為什麼。

高秉濤有些吞吞吐吐地說：「高秉魁他爹高金鼎還活著，看見他們一家心裡彆扭。」

高秉涵終於明白了兩個姐姐這麼多年沒有回高莊的真實原因。

對高金鼎，高秉涵心裡也有恨。殺父之仇，怎能不恨？但他覺得這與自己回高莊沒有關係。高莊是故土，是生命之根。無論如何，他都要回高莊，只有回了高莊，才算是真正回過家，才能了卻這麼多年來的思鄉之情。

高秉涵問弟弟：「秉濤，你不是也回過高莊嗎？也是瞞著她們嗎？」

高秉濤說是。

「那你就陪我再偷著回去一次吧。」高秉涵說。

就帶孩子回老家的問題，高秉涵和石慧麗發生了爭執。以石慧麗的意思，就他們夫妻兩個回去，孩子們都在上學，請假回去影響學業。高秉涵堅絕不同意，他說三個孩子必須一個不少地都跟他回去。高秉涵的態度很強硬，夫妻倆為此吵了起來。

結婚這麼多年來，這是高秉涵第一次對石慧麗發火。石慧麗讓步了。

讓步了的石慧麗調侃說：「秉涵，我看你是著魔了。」

高秉涵也覺得自己像著了魔。自從回家的日子訂下來，他就一直處在興奮狀態，夜無眠食無味，幹什麼都沒心思，恨不能一步就跨到高莊去。

臨出發的前一天，管玉成夫婦來了。

管玉成是在職的少將參謀長，暫且沒有回大陸探親的資格。他帶了許多禮物托高秉涵轉交給他的母親。他還讓在美國留學的兒子給母親捎來一件在台灣買不到的防寒羽絨服。

見管玉成撫摸著羽絨服久久不肯離去，高秉涵就說：「你說你當這個官有什麼好的？連自己的親娘都不能回去看！」

管玉成無奈地說：「再過幾年，等退了休就可以回去了。」

一九八八年四月二十日，天濛濛亮，興奮得一夜未眠的高秉涵就帶著妻子兒女出門去了機場。先飛香港，又轉機飛濟南。下午七點鐘飛機在濟南降落。

已經先行到達濟南的高秉濤來機場迎接哥哥一家。兄弟兩個在家鄉的土地上見面，別有一番感慨，兩個人緊緊擁抱在一起。

歸鄉心切，他們包了一輛麵包車，連夜奔向菏澤。

到達菏澤已是晚上十點多。車門一打開，剛下車的高秉涵就激動地一下蹲在地上。他抱著頭，淚水直流，激動的心情難以平復。

回家了！時隔四十年，終於回家了！

這不是夢，是真的，是活生生的現實！

高秉涵把妻子兒女安頓在曹州賓館，迫不及待地和弟弟一起披著夜色叫車去了宋隅首。

一切都變了，昔日的宋隅首已經在現實中找不到絲毫影子，到處是新修的樓房和大路。他們在一座樓房的後面找到了當年姥姥院子裡的那棵大榆樹。

兄弟倆站在已經被當做古樹保護起來的榆樹下久久不肯離去。

回到賓館，高秉涵怎麼也睡不著覺，跑到弟弟的房間裡一直和他聊到深夜。

高秉涵從弟弟那裡瞭解到，原來的菏澤縣城是菏澤地區所在地，菏澤地區下轄九個縣，原來的菏澤縣是菏澤地區九個縣當中的一個。

好不容易熬到了天亮，一家人匆匆吃過早餐就雇了一輛麵包車直奔魂牽夢繞的老家——高莊。

汽車出了市區沿著鄉間公路一直向西北方向行駛。夜裡剛剛下過雨，道路兩邊的柳樹上吐露著嫩綠的柳芽，田間是綠油油的麥苗。

高秉涵被故鄉的田園景色迷住了，他恨不能一下子就插翅飛到高莊。

路過賈坊中學，弟弟介紹說這是距高莊最近的鄉鎮中學，高莊的孩子們都在這裡讀書。賈坊中學傳來家鄉學子琅琅的讀書聲，這聲音勾起了高秉涵無限的遐想，他想起了自己在家鄉讀書的童年，也想起了一直做鄉村教師的父母。

下了公路，道路越來越泥濘，車速也慢下來。高秉涵心急如焚。

車子穿過一個村莊，高秉濤指著前邊不到一華里的一個村子對高秉涵說，前面的村子就是高莊。

高秉涵忽然有一種害怕的感覺。他讓司機把車子停下，想穩穩神。

高莊掩映在一片初春的嫩綠裡，如夢如畫。

看著不遠處的小小村落，高秉涵覺得自己的心怦怦直跳，手不停地抖，既興奮又緊張。

坐在後座的小兒子士琦問：「爸爸，你不是想快些回到高莊嗎？為什麼要停下來？」

高秉濤提議讓哥哥一個人先走回村子，看看是不是還有人能認出他來。

高秉涵下了車，一個人向村子走去。

村子越來越近，高秉涵感到自己越來越緊張。他不知道進了高莊要去哪一家，也不知道有沒有人能認出他來。

「近鄉情更怯，不敢問來人」。高秉涵感到宋之問這句流傳千古的詩簡直就是為他而作。

為了緩解自己的緊張心情，高秉涵沒有直接進村子，而是圍著村子走了一圈。

高莊變了。四十年前的村子裡，自家的磚泥房子算是最好的了，如今全村都變成了混磚到頂的瓦房。

高秉涵一邊在村邊的小路上行走，一邊四處打量著村子的變化。走到村子西頭，對面突然走來一位古稀老人。老人土布衣褂，手拿菸袋，看著身穿西裝的高秉涵，上前問：「你是外鄉來的吧？你要找誰？」

高秉涵自己都不明白是怎麼想的，竟然脫口說了句：「我要找春生。」

老人仔細地看了一下眼前這個穿著洋派的外鄉人，遺憾地說：「春生早就不在了，他很多年前就死到外鄉了。」

這時，高秉涵忽然從這位古稀老人的臉上看出了當年三亂爺的影子，於是又脫口說：「那我就找三亂爺。」

老人一驚，托著菸袋警覺地問：「你是誰？」

高秉涵再也綳不住了，迎上去握著三亂爺粗糙的大手說：「三亂爺，我就是春生啊，我沒有死！」

三亂爺大吃一驚，拉著高秉涵的手，不停地左看右看：「哎呀孩子，幾年前曾聽秉魁說你還活著，我還以為他說夢話呢。原來是真的！你真的還活著！」

三亂爺激動得眼圈紅了，高秉涵也哭了。

三亂爺是村裡高家的長輩，高秉涵當即跪下給三亂爺磕了個頭。三亂爺忙把高秉涵扶起來。這當兒，高秉濤帶著石慧麗和孩子們一起過來了，村子裡的鄉親也都一齊圍了上來。

三亂爺把高秉涵介紹給大家，當鄉親們知道眼前這個身穿藍色西裝打著紅色領帶一身洋裝的人就是高秉涵時，都表現出萬般的驚訝和震驚。他們紛紛上前和高秉涵握手相認。

所有人都對不上號了，高秉涵努力在記憶庫中搜尋著以往的記憶。當介紹到五輩、糞叉子這些小時候一起爬樹的童年玩伴時，高秉涵仔細端量半天才會在他們的臉上找到一點被深埋在歲月底下的印跡。

正寒暄著，一個身穿夾克衫，看上去和地道的村裡人穿戴不太一樣的中年人走過來。他擠到高秉涵跟前，拉著他的手說：「哥，咱回家去。」

直覺告訴高秉涵，這人應該是中學教師高秉魁。

果然，那人一邊拉著高秉涵一邊說：「哥，我是秉魁，咱回家坐！」

和高秉魁一起來的還有兩個人，高秉魁介紹說那是他的兩個弟弟高秉秋和高秉禮。

事情有些突然，高秉涵看了一眼旁邊的高秉濤。高秉濤冷著臉，把頭別到了一邊。想起父親的死，高秉涵一時心中也不能平衡，但眼前的情形又讓他抹不開面子，躊躇之中他就在高秉魁的拉扯下向村裡走去。

早就聽弟弟說大隊已經把自家老房子的位置分給高秉魁家做了地基，但走進院子的瞬間，高秉涵感到還是不能適應這個事實。

看著眼前既陌生又熟悉的院落，高秉涵百感交集。他努力搜尋著當年的印記，卻越看越覺得陌生，唯一熟悉的是院子裡的那棵老榆樹。

聽秉濤說，奶奶和李大姐曾在這樹上綁了紅布等他回來。可如今，自己回來了，奶奶早已不在人世，李大姐也已質委塵沙、芳骨仙去。

用手輕輕地撫摸著蒼勁的樹幹，淚水又一次濕了高秉涵的眼睛。

高秉濤、石慧麗和孩子們這時也讓鄉親們簇擁著進了院子。

就在這時，屋子裡突然傳來一陣咿咿呀呀的聲音，再一看，一個老太太正攙扶著一個耄耋老人艱難地從屋裡往外挪。老人站不住，一下坐到門檻上。

高秉魁驚慌地一個箭步跑過去：「爹，你怎麼下床了？」

高秉涵周身一顫。無疑，眼前的這個白髮蒼蒼的老人就是高金鼎。看著這個傳說中的殺父仇人，高秉涵內心極其複雜。

高金鼎已經很老了，有著明顯的腦血管疾病後遺症，只見他嘴歪眼斜，四肢強直，嘴裡說不出一句囫圇話。但高秉涵卻能從高金鼎的神情上判斷出，看到他回來，老人很驚喜。這種驚喜不是偽裝出來的。

高金鼎一手撐著門檻，一手向高秉涵伸過來。心情複雜的高秉涵在矛盾和猶豫中走了過去。

高金鼎咿咿呀呀地拉過高秉涵，二話不說，就扒拉著他左耳朵後邊的頭髮看。突然，他指著連高秉涵自己都不知道的他耳朵後面的一顆痣咿咿呀呀地大叫起來，之後就抱著高秉涵大哭。

一邊的高秉魁說：「我爹說你真的是秉涵，不是冒充的！」

金鼎嬸子也一把鼻涕一把眼淚地哭起來：「秉涵哪，你總算是在我們活著的時候回來了。你能活著回來，我們老倆口到了那邊也好對祖宗交代了！」

不會說話的高金鼎一個勁地點著頭。他哭一陣，就把高秉涵推開來，仔細地看一番，拍打一番，像生怕眼前的高秉涵再跑了似的。

說不清緣由，高秉涵突然就被眼前的情景感動了。看著眼前的這位記著自己耳後有一顆痣的耄耋老人，那些家族中說不清理還亂的恩恩怨怨，彷彿一下子淡了許多。

高秉涵撲進高金鼎的懷裡大哭。

看著哥哥的這種表現，一邊的高秉濤臉上不是個樣兒。他一把就把高秉涵從地上拉起來，把他推搡到了一邊。

看見高秉涵的膝蓋上沾了草屑，高秉魁剛上小學的小女兒豔菊走過來用小手幫他拍了拍，高秉涵感動地把她抱起來親著她的小手。

高金鼎夫婦看到了石慧麗和三個孩子，又激動地和他們打招呼。

看著高秉涵的三個孩子，高金鼎伸出大拇指，高興地比畫著什麼。

高秉魁指了指三個孩子，給石慧麗翻譯：「我爹說，他們都是我們老高家的人！看見老高家的人這麼有出息，他心裡很舒坦！」

趁著高家父子和石慧麗及幾個孩子說話的當兒，高秉濤把高秉涵拉到一邊，小聲提議：「等會我們不要留在這裡吃飯，到街上的小飯店裡去吃。」

高秉涵答應著，也覺得自己剛才的舉動有些莫名其妙。

一家人都還記著的仇，到了他這裡，真的就可以一筆勾銷了嗎？按說，父親當年被殺之後最直接的受害者就是他，如今他這麼不記仇是不是太少心缺肺了？

一時間，高秉涵心裡很亂。

高秉涵正亂著心思，高秉魁的媳婦就帶著兩個弟媳婦從外面走了進來。她們手裡大包小包地拎著些吃的，像把半個集市都搬了回來。

幾個媳婦忙著上灶做飯，高秉魁過來把高秉涵兄弟倆讓進屋子裡。

「到家了，好好吃頓家鄉飯。」高秉魁說。

金鼎嬸子則說：「好不容易回來一趟，在家裡好好住上些日子。」

一邊的高金鼎也咿咿呀呀的，不停地點著頭，對老伴的話表示贊同。

高秉魁的媳婦拿了一些菏澤特產放在桌子上，一一給大家分發，有燒餅、耿餅、核桃和大棗。

終於又看到了地道的家鄉燒餅，高秉涵接過來使勁咬了一口。

4

自從進了高莊，石慧麗的心情就發生著微妙的變化。她先是驚訝於鄉親們的淳樸和熱情，繼而又失望地發現了高莊的那些讓她無法忍受的生活習俗。

一進村，她就看見到處是些散養的畜生和家禽。狗趴在路邊打瞌睡，豬哼哼著到處溜達，一群群的鵝伸長了脖子跟在人的後面跑，雞則飛上牆頭不安分地東張西望。

這樣的衛生環境，太容易傳播疾病了。

雖然衛生環境不好，但這裡總歸是丈夫的故鄉。丈夫是在這塊土地上走出去的，沒有這塊土地，就沒有丈夫。這樣想著，石慧麗說服自己要調動起最大的耐心容忍這一切。

要容忍的事情很多，其中也不乏一些忍無可忍的。上廁所就是一件讓她實在難以適應的事情。所謂的廁所就是用磚頭在牆角壘起來的一個一平方公尺見方的露天小方框，兩面靠牆，沒有門，中間一個坑，兩邊鋪著幾塊磚頭。第一次進去還沒來得及方便，石慧麗就跑了出來。一是覺得太髒，二是覺得廁所沒有門心裡不踏實。憋了一會憋不住了，石慧麗就叫來高秉涵為自己站崗。高秉涵招之即來站在旁邊把守，但沒等石慧麗方便完，高秉涵就被一撥剛進門的鄉親拉走了。石慧麗正擔心時，一陣吧嗒吧嗒的腳步聲裹挾著一陣風向廁所這邊襲來。

石慧麗一陣緊張，還沒等她反應過來，只見一個影子閃進來。倒不是人，是一頭跑來尋糞吃的威猛的豬。石慧麗嚇得靈魂出竅，提著褲子從廁所裡跑了出來。

高秉涵正被鄉親們簇擁著，看到石慧麗這副狼狽樣子，趕緊上來搭救。他趕跑了豬，重新把石慧麗推進廁所裡。

蹲在臭氣熏天的廁所裡，石慧麗對這個叫高莊的地方產生了厭煩。

高莊的飲用水也不是自來水，而是每家每戶用壓水井從幾公尺深的地下壓出來的。用這樣的水洗手，石慧麗擔心會越洗細菌越多。

看著興奮得兩眼放光的高秉涵，石慧麗勸告自己，再堅持堅持，這一切很快就會過去的。

石慧麗知道，丈夫對高莊的思念是真真切切的，但她同時也堅信已經習慣了台灣生活的丈夫無法適應這裡的生活。他們來這裡只是為了圓一個多年的夙願。回去之後，他們很快就會回到舊有的生活軌跡當中。不同的是，經過了這一次返鄉，丈夫再也不用像以往那樣整日神不守舍地想家了。

然而，到了吃飯的時候，又發生了一件料想不到的事。這件事讓石慧麗覺得在高莊簡直一刻也待不下去了。

一桌子豐盛的飯菜擺在了院子裡的大榆樹下，還沒等人靠近，一群雞就爭先恐後地跳上去搶食。秉魁媳婦趕忙上前去攆，還沒吃盡興的雞一個個憤怒地撲騰著翅膀逃離現場。

石慧麗走近飯桌一看，碗盤裡撒了一層細細的羽毛碎屑。本來就對高莊的水質存有極大疑慮的石慧麗更是一點食慾也沒有了。

石慧麗觀察了一下三個孩子，她看到三個孩子手裡的燒餅都只是輕輕地咬了一點，拿在手裡只不過是做做樣子。

好不容易堅持到下午，石慧麗找了個機會小聲提醒高秉涵晚上回菏澤城裡住，明天再回來。不曾想，石慧麗的話被金鼎嬸子聽到了，她顛著小腳走到高秉涵跟前，指了指剛剛收拾出來的東屋，說：「秉涵，到了家，就住上一陣子，東屋的床還是你小時候睡過的那張大木床。」說著金鼎嬸子就拉著高秉涵去了東屋。

果然是自己睡過的那張鏤花大木床。高秉涵忍不住想起了和李大姐結婚時她托著自己的屁股上床的情景。床舊了，看著也沒以前那麼高了。高秉涵輕輕撫摸著床沿上的鏤花，過去的一幕幕又在眼前浮現。

金鼎嬸子說：「那年，紅衛兵破四舊，屋裡的東西差不多都讓燒光了，你金鼎叔唯獨想辦法把這張床留了下來。他把這鏤花床圍成了個糧倉，床的兩邊一邊貼上『毛主席萬歲』，一邊貼上『共產黨萬歲』，上面的橫樑上貼的是『革命糧倉』。他說萬一將來春生回來了也好留個念想。」

光線有些昏暗的屋子裡，高秉涵流淚了。他對金鼎嬸子說：「嬸，我今晚就在這個床上睡。」

夜裡，高秉涵又做夢了。夢裡，他回到了高莊，又是在夢做到一半的時候突然驚醒了。高秉涵一下從床上坐起來。他告訴自己，這回是真的回來了。看著窗外高莊的月光，用手輕輕觸摸著鏤花床，高秉涵重新進入夢中。

高秉涵睡得很香甜。

第二天上午是祭祖。

來之前，高秉涵兄弟倆就商量好了，要把當年父親被草草掩埋的屍骨找出來，埋在爺爺奶奶的墳包旁邊。等到了祖墳場，兩兄弟才意外地發現父親的墳早就被移了過來。

祖墳在高秉魁家承包的地裡，鄉里不讓埋大墳，但一個個的小墳包還是清晰可見，每個墳包前都有一個石刻的墓碑。墳包四周是青青的麥苗，收拾得一棵雜草也沒有。

剛過完清明節，每個墳包前面都有焚燒過的冥幣紙灰。看著父親墳包前那攤黑色的紙灰，高秉涵很是感慨。

回高莊的消息事先並沒有告訴高秉魁幾兄弟，難得他們還記著給父親燒紙祭奠。

拿著鐵鍬的高秉魁一邊給墳包培土一邊不經意地說：「那年我爹帶著我們兄弟仨找了好幾天才把大爺的屍骨找到，一家人總歸是要在一起的。」

點上香，擺上供品，高秉涵率先對著先人跪下了。後面的石慧麗和孩子們也都一一跪下。磕頭時，高秉涵在心裡說，爹、爺爺奶奶、老爺爺老奶奶、各位列宗列祖，我回來看你們了！

在父親的墳墓前，跪在地上的高秉涵久久不肯起來。透過那小小的墳包，他似乎又看到了很多年前自己與父親分別的一幕。

那天早晨，他被父親推進了南華小學的大門。踉蹌之中，他看到了父親那充滿憂慮的眼神。

高秉涵此刻在心裡大聲告慰父親：「爹，時隔四十年，兒子活著回來了！從此以後，您老不用再惦記兒子了，兒子生活得很好，兒子給爹把孫子也帶回來了。」

接下來的幾天，高秉涵夫婦在高秉濤的帶領下去串親戚。

先是到村裡的幾個本家去拜訪，遇到老人和孩子，高秉涵都給他們送紅包，長輩和同輩給兩千，小孩子給一千。

面對高秉涵這種分外大方的撒錢，一向節儉的石慧麗並沒有站出來反對。她覺得這是應該的。

他們還專程去看了以前和父母關係最親密的金龍叔的兒媳婦秉祥嫂子。

金龍叔夫婦和秉祥哥五〇年代就去世了，秉祥媳婦改嫁到了外村。見到秉祥嫂子時，老太太正在屋前曬太陽。老太太已經認不出高秉涵了，當高秉涵自報家門時，老太太的眼淚忍不住吧嗒吧嗒往下掉。

高秉涵也給了秉祥嫂子一個兩千元的紅包，老太太死活不要。她慚愧地說：「沒給秉祥生個兒子，我對不住你們老高家！」

拉著秉祥嫂子蒼老的雙手，高秉涵淚流滿面。

回來的這些天，高秉涵一直盤算著要去李家莊一趟。他想去打聽一下李大姐的下落，可又怕說出來石慧麗會不高興。正在高秉涵琢磨著該怎麼開口時，石慧麗先發話了。

從秉祥嫂子家一出來，石慧麗就主動提議：「我們去李大姐的村上找找李大姐吧，說不定她還在什麼地方活著呢。」

三個孩子也都知道這個李大姐是父親小時候在大陸娶的媳婦，就開玩笑說：「媽咪，要是找到了李大姐，妳可就成了二房了。」

石慧麗笑起來，說：「你們小毛孩子知道什麼，這位李大姐可是你們老爸的紅顏知己！」

一邊的高秉濤也笑起來，覺得嫂子很大度。

一行人來到李家莊。李大姐家的老房子已經不在了，老地基上後蓋的房子裡住著一戶王姓人家。一打聽，這家三十多歲的新主人壓根就不知道李大姐這個人。

又打聽村上一些上了年紀的老人，他們雖然知道李大姐這個人，但都說她早就不在人世了。

高秉涵滿懷傷感地離開了李家莊。

又去看管玉成的母親。八十八歲的老人家總認為管玉成不在人世了，要是兒子還活著，怎麼能不親自回來呢？高秉涵夫妻越解釋老太太越懷疑。後來老太太是哭著把他們送走的。

離開高莊時，高秉涵也給高金鼎一家送了紅包。怕高秉濤不同意，高秉涵故意趁高秉濤不在時把幾個紅包分別送給了金鼎嬸子和高秉魁三兄弟。

看見這一幕，躺在床上的高金鼎又咿咿呀呀地嚷起來。

金鼎嬸子明白老頭子的意思，於是就把紅包一一收攏回來，又交給了高秉涵。

「秉涵，這紅包你收回去，出門在外不容易。現在家裡不缺吃不缺喝，日子過得很自在。只要你記著這裡是你的家，勤回來看看，我們就知足了。」

高秉涵不接，金鼎嬸子就把紅包塞給了石慧麗。

石慧麗以為老太太只是謙讓一下而已，接過紅包後又一一發給了幾個媳婦。誰知，轉眼間，幾個媳婦又都把紅包交到了金鼎嬸子的手上。

老太太似乎累了，一下坐在了椅子上。

停頓了一會，老太太慢慢地說：「秉涵，有些話這些年一直憋在心裡頭，趁你還沒走，嬸子想和你好好嘮一嘮。」

高秉涵吃驚地看著金鼎嬸子，預感到金鼎嬸子所要觸及的那個敏感話題。

回來的這幾天，大家都對父親被殺這個話題很迴避。想不到，臨走時，金鼎嬸子會主動扯到這個話題上來。

金鼎嬸子彈了彈身上的灰塵，慢慢地說：「那天早晨，一聽說你爹出了事，我就跟著金鼎瘋了一般往你家跑。老爺爺和老奶奶受不了這個打擊，也跟著走了，高家一下少了三口人，大災啊。頭幾天裡，我光是傷心了，沒顧上想別的。後來就聽到些風言風語，說是金鼎告的密，共產黨才把你爹抓去殺了。一聽這話，我心裡那個氣呀，什麼黨不黨的我不管，一家人怎麼能這麼禍害一家人？金鼎一回家，我就問他究竟是怎麼回事？你金鼎叔是個悶葫蘆，抱著頭什麼也不說。一看他那樣，我覺得八成沒有冤枉他。想到金錫大哥往日裡對我們的種種好，我這心裡那個愧啊。我打金鼎，罵他恩將仇報狼心狗肺。不曾想，你金鼎叔也哭了。我拉著幾個孩子去你家，他也跟在後面。你娘不給好臉，我就覥著臉該幹什麼幹什麼。我不恨你娘，要是換了我，我也會那麼做的。我恨的是金鼎，有時候連殺他的心都有。知道你去了南邊那天，我又忍不住問他，為什麼要告密？你金鼎叔終於說出了實情。原來那天下午他去鎮子上給老爺爺置辦生日禮物時遇到了武工隊的周隊長，兩個人閒聊天，你金鼎叔順口就把金錫回來的消息告訴了他。出了事之後，金鼎去找周隊長，周隊長說事情不是他們幹的。周隊長後來當上了公社書記，我也去問過他，他也是這麼說的，事情就這麼成了迷頭案。但不管怎麼說，我和你金鼎叔都覺得對不住你們家，特別是對不住你，讓你那麼小小的年紀就流落在外幾十年。知道你現在過得這麼好，我打心眼裡為你高興，為我們老高家高興。當初你爹是國民黨，你金鼎叔是共產黨，什麼黨不黨的我不明白，我只知道進了這個門我們就是一家人。」

說著，金鼎嬸子站起來把紅包又塞進了高秉涵的口袋裡。

「我和你金鼎叔都這把年紀了，不圖別的，就希望你心裡不要裝著恨和不自在，不管走到哪裡，都記著這裡是你的老家，沒事的時候就回來看看。」

一席話說得大家鴉雀無聲。

高秉涵的心窩裡湧上一腔感動，他奔到金鼎嬸子跟前，拉著她的手激動地說：「嬸，到什麼時候我都記著這裡是我的家。」

床上一直靜靜躺著的金鼎叔此刻也老淚縱橫。高秉涵不知說些什麼安慰他，匆忙奔過去跪下給他磕了一個頭。

假如說以前高秉涵還對這個叔叔有些怨恨的話，那麼此刻那些怨恨都隨著金鼎叔臉上的那些淚水消失了。

直覺告訴高秉涵，金鼎叔當年絕不是置父親於死地的人。父親究竟死於誰手也許是個永遠的謎，是那個動盪時局中的一個陰差陽錯。做為父親的長子，雖然他很想搞清楚真正的殺父仇人是誰，但也應該化解這種無謂的家族怨恨，不能讓這種仇恨延續下去。

想到這裡，高秉涵說：「金鼎叔，過去的事情我們就不要再提了。我相信一切都是誤會，我們永遠都是一家人，我們都要向前看。」

金鼎叔緊緊握著高秉涵的手，不停地點著頭。

離開高莊，高秉涵一行又在菏澤城裡的曹州賓館住了幾天。

入住曹州賓館的當天傍晚，高秉涵一個人外出散步，剛走進一條胡同，迎面急匆匆奔過來一個白髮蒼蒼的老頭。老頭衣著齷齪，臉上帶著嘻嘻的傻笑。原來是個瘋老頭，高秉涵趕忙躲著他走。

誰知，高秉涵越是躲他，老頭越是往他身邊湊。一開始，老頭用嬉笑而不經意的眼神看著高秉涵。看著看著，老頭的目光專注起來。

突然，老頭驚恐地抱著頭蹲在了地上，嘴裡不停地嚷著：「鬼！鬼！你是鬼！」

高秉涵看了看老頭，沒太在意，轉身走開了。

剛走了兩步，身後就傳來了一聲呼喊。這聲呼喊把高秉涵驚呆了。

「高金錫！你給我停下！」

高秉涵僵住了。他猛然明白過來，這個人把他當成他的父親高金錫了。這個念頭在腦海裡一產生，高秉涵馬上明白過來，這個人是父親當年的熟人。

想到這裡，高秉涵問：「請問你是？」

白髮蒼蒼的老頭一本正經地說：「怎麼，高金錫，你連我都不認識了？我是孫大嘴！」

「孫大嘴？」

高秉涵猛然想起來，父親最後一次送他去學堂上學的那個清晨的情形。原來眼前的這個人竟然是當年勸他參加三青團的孫大嘴。真是個奇蹟，孫大嘴居然還活著，算來他應該快有八十歲了。

正想著，就聽孫大嘴又笑嘻嘻地說：「高金錫，不聽好人言吃虧在眼前吧？那天早晨我讓你去城防司令部參加集會你偏不去，到頭來怎麼樣？還是和開布莊店的周老闆一個下場，讓國軍給抹了脖子吧？」

高秉涵說：「怎麼回事？請您慢慢地說。」

孫大嘴猛然奔跑起來，一邊奔跑一邊大喊：「鬼！鬼！」

高秉涵上去緊追，可拐了幾個彎後，就不見了孫大嘴的影子。

高秉涵不再追了。他站在原地待了許久。父親當年的死的確撲朔迷離，母親認為父親是讓共產黨殺的，而這個已經瘋了的孫大嘴又說父親是讓國民黨殺的，看來這真是一個迷頭案。

經歷了這麼多事情，到了這把年紀，高秉涵反而把父親當年的死看得淡了。他覺得，父親的死就是當年動亂時局的一個陰差陽錯。到現在，是該放下這些事情的時候了。

這樣想著，高秉涵走出了小胡同，來到了外面的大街上。

第二天，一家人去城東北的趙樓觀賞名揚天下的牡丹花。站在看花台上，看著五顏六色爭奇鬥豔的萬畝牡丹，石慧麗臉上露出了難得的欣喜。自從退休之後，石慧麗就自修國畫。為了畫牡丹，她曾經登上阿里山去觀賞那裡的牡丹神韻。如今看了菏澤牡丹，才真正體會到「曹州牡丹甲天下」。

正是觀賞牡丹的最好時節，穿梭在一望無際的牡丹園裡，千姿百態的牡丹花美不勝收，石慧麗盡可能把眼前的美景拍下來，留著以後描摹用。

後來的幾天時間裡，高秉涵每天都出去幫同鄉辦事，幾乎跑遍了菏澤地區的九個縣。石慧麗則帶著孩子們在城裡閒轉。轉到後來，實在沒有地方可轉了，就在賓館裡睡大覺。晚上，高秉涵回來時，石慧麗就說：「我把這輩子缺的覺都在菏澤補上了。」

奔波了一天的高秉涵把一天的收穫告訴石慧麗，拿出剛洗出來的同鄉親人的照片給她看。

臨離開高莊的最後一天下午，高秉涵一回到房間就把一張老太太的照片拿出來，讓石慧麗猜猜是誰。

石慧麗說：「該不會是李大姐吧？」

高秉涵說：「這是大傑的母親。」

石慧麗驚訝地拿過照片：「真的嗎？」

「當然是真的了，你看朱大傑和她長得多像？」

石慧麗仔細端詳，果然很像。

高秉濤告訴石慧麗，一開始他們找了好幾個地方都沒有結果，是大哥一再堅持才最終找到了朱大傑的母親。

石慧麗很感慨，覺得自己的老公很善良，她很想誇一誇自己的老公，一張嘴，卻神使鬼差地說出了這樣一句話：「這菏澤，朱大傑回來還是蠻有意義的。」

高秉涵聽出了石慧麗的話外話：家鄉已經沒有親人，他回來是沒有意義的。

其實，這些天高秉涵也曾在心裡想過，這次之後，也許以後就不會再回來了。年齡大了，回來一趟看看也算是了卻了多年的心願。

離開山東之前，一家人又去曲阜參觀了「三孔」，沿鐵路線北上泰安遊覽了泰山，之後便按照高秉濤事先的計畫先到瀋陽看望三姐，又進北京拜見姨媽，之後去廣州與大姐相聚。石慧麗和孩子們對這幾個城市的印象都很好，但高秉涵卻總有一種做客的感覺。

夜裡，躺在北京姨媽家寬敞整潔的房間裡，高秉涵腦子裡浮現出的是高莊充滿鄉村情趣的街景。他覺得高莊街頭的那些雞鴨豬狗，都像是自家養的寵物一樣，和他有著一種天然的貼合和親切。

離開大陸的最後一站是廈門。

埋葬母親骨灰的墓園的確是個風景清幽的地方，但跪伏在母親墳前的高秉涵分明替母親感到一種深深的寂寞和孤獨。

環視四周墓碑上那些陌生的名字，高秉涵想，母親在這裡太孤單了。

一邊的高秉濤並沒有覺察到哥哥的這種心思，他說：「哥，不管走到哪裡，我都會帶上咱娘的。」

離開母親的墳墓，回首漸漸被淹沒在墓群中的母親的墓碑，高秉涵彷彿看到白髮蒼蒼的母親正含淚仙遊在半空中依依不捨地望著他。

母親太孤獨了。

高新平邀請高秉涵去龍岩參觀他新投資的一家水泥廠。在龍岩，路邊的水牛讓高秉涵觸景生情。他想起了阿娟，四十年前要收他為乾兒子的那個阿娟。高新平知道高秉涵是個知道感恩的人，就親自駕車帶著他去尋找阿娟。無奈時過境遷，又加上不知道阿娟的真實姓名，最終悵然而歸。

回到台北士林區家中的當天晚上，石慧麗在洗手間待了一個多小時才出來。戴著浴帽的石慧麗剛一出來，就催促著高秉涵快進去，要他把在高莊沾上的雞屎味徹底洗掉。

樓上孩子們的洗手間裡，也傳來一片嘩嘩的流水聲。

高莊又變得像夢一樣遙遠了。也許以後真的不會再回去了，高秉涵想。

5

回台北的第二天，同鄉們就自發地來到了高秉涵的事務所。當高秉涵把一疊疊照片傾瀉在寫字桌上時，屋子裡一下炸開了鍋。

老家傳遞來的資訊不一樣，每個人臉上的反應也就不一樣。有的哭，有的笑，有的是一會哭又一會笑。

高秉涵穿梭在同鄉中，剛剛安撫完了這個，又去安撫那個。

靳老先生顫抖的手裡拿著幾張從不同角度拍攝的老屋照片。他用驚詫的神情審視著自家的老屋。老屋已經坍塌了，剩下的只是半邊殘牆。看著那半邊殘牆，坐在輪椅上的靳老先生擦著涓涓流淌的淚水。突然，老人似乎從那半邊殘牆上尋找到了某種熟悉的印記，那印記讓他回想起了什麼溫馨往事，他的嘴角露出一抹充滿童真的笑意。

張縣長左手拿著的是弟弟一家的全家福。照片上，他只認識弟弟一個人。弟弟的面孔當然也是陌生的。但他還是能夠在弟弟的臉上找到他所熟悉的那種家族中的特有表情。看著弟弟一家的全家福，張縣長臉上露出了欣慰的笑容。拿在張縣長右手上的是內弟一家的全家福。這個內弟一直都是老伴李學光的牽掛。如今，內弟有了下落，老伴卻早已不在了。想到老伴，想到這種永世的分離，張縣長臉上的笑容又被憂傷覆蓋了。

朱大傑已經認不出自己的母親，高秉涵把他母親的照片挑出來交到他手上。

看到照片的第一眼，朱大傑呆住了。母親的生活境地讓他心酸。照片上的母親手拄拐杖站在一間低矮破舊的屋子門口，隱約可以看到屋子裡陳舊的桌子和凌亂的床。聽高秉涵說母親改嫁後的老伴已經去世多年，膝下沒有別的兒女，眼下年近八旬的老母靠微薄的政府救濟艱難度日。

看著照片，朱大傑萌生出一個想法。他要回老家定居，讓年逾古稀的老母親過上幾天好日子。

劉澤民主任對著一張照片長久地發呆。照片上是個村子的遠景，一片柳樹掩映下的村莊，村莊的四周是麥子地。這是他老家的村子。老家已經沒有親人，高秉涵就把村子的遠景拍下來。

……

到了傍晚，同鄉們一個個都走了。看著空空的屋子，如釋重負的高秉涵感到從沒有過的疲憊。

高秉涵病了。他感到渾身無力，精神倦怠，什麼東西也吃不下。石慧麗見他有些咳嗽和流鼻涕，就給他吃了些感冒藥。過了兩天，感冒好了，但先前的那些症狀卻更加明顯。人一點點瘦下來，站到體重秤上一稱，竟然不到九十斤。

石慧麗心疼起來，親自跑到事務所，告訴幾個年輕律師，事務所最近的事情就交給他們了，高秉涵病了，要好好在家裡調養一陣子。

為了讓丈夫儘快恢復健康，石慧麗每天都想著法子給丈夫做好吃的。

石慧麗在廚房裡給高秉涵燉烏雞湯，一邊燉一邊跑到客廳裡和躺在沙發上的高秉涵閒聊天。她說：「你這病我怎麼想怎麼都覺得奇怪，親人見著了，盼了多少年的老家也回了，所有的心事都了了，心情該好起來才是，怎麼反倒生起病來？」

高秉涵也覺得奇怪，怎麼說病就病了？渾身像抽了筋，一點力氣也沒有。該不是真得了什麼大病吧？

石慧麗給高秉涵端來烏雞湯，還沒喝，只是聞了聞他就乾嘔起來。

石慧麗似乎意識到了什麼，驚慌地問：「你很討厭油膩的東西是不是？」

高秉涵似是而非地點了點頭。

石慧麗說：「一準是在高莊感染上B肝病毒了。」

第二天一大早，石慧麗就把高秉涵硬拉到醫院裡，開了一大疊化驗單，把高秉涵從頭到腳查了個遍。結果出來了，除了胃潰瘍的老毛病，並沒有發現什麼新問題。

石慧麗放下心來，說：「看來就是回老家累的，好好調養些日子就好了。」

高秉涵生病的日子裡，石慧麗悄悄拿上婆婆的照片去藝術雕塑公司也給婆婆塑了一個銅像。把銅像請回來那天，石慧麗一同買回來了許多香。

那天，她點上一炷香，對著並不曾見過面的公公和婆婆拜了拜，之後把香插進香爐轉身對高秉涵說：「以後我們可以在這裡祭拜父母，你也不用再那麼辛苦地回老家了。」

高秉涵點頭答應著。

石慧麗說得也對。老家回了，親人也都見了面，如今又給母親塑了像，要是想爹想娘了，就在這裡拜一拜，心意到了也算是盡了孝心。

又十多天過去了，高秉涵的病情還是不見好轉。除了原有的那些症狀外，又多了個頭暈頭疼的毛病，白天不睡覺，晚上睡不著。

眼見著高秉涵一天天萎頓下去，石慧麗心急如焚。孩子們一進門，她就提醒他們小聲點，別吵著老爸。

一時間，家裡的氣氛很沉悶。

晚上睡不著覺的高秉涵，常常會一個人遊蕩到院子裡看著茫茫的夜空發呆。

寂靜的夜裡，繁雜的思緒被一點點聚攏起來，水波一樣漸漸在腦海裡蕩漾出一個幾十年前的故鄉的夜。

那是八九歲的時候，躁動的夏夜裡，高秉涵和幾個小夥伴一起奔走在村子外邊的小樹林裡捉螢火蟲。每捉到一個，一聲炫耀的尖叫就會把夜幕刺得一陣震顫。捉到最後，就會有人提議看誰捉得最多。不用一隻隻去數，只需跑到村子西頭的井邊，輪流拿著裝有螢火蟲的玻璃瓶往井口裡一伸就能準確地得出結論。誰的最亮，就是誰捉得最多。

通常是糞叉子捉得最多，多得可以照得見井底裡的水紋。糞叉子會高興地對著井底發出大笑。那笑聲反射回來變成一陣陣聲波衝擊著大家的耳膜。

高秉涵被多年前糞叉子的笑聲驚醒了。

這次回鄉，糞叉子見到了，那口井也見到了。糞叉子老得已經讓他認不出了，井也早已變成了廢井，淹沒在一片雜草中。

老家變了，和記憶中的那個老家不一樣了。

門吱地一聲開了，石慧麗披著披肩走進院子。她走到高秉涵身邊，什麼也不說，只是握緊了丈夫的手。

思緒瞬間從幾十年前的高莊回到現實之中。

「明天我去事務所上班，回屋吧。」高秉涵站起來說。

第二天早晨，高秉涵硬逼著自己喝了一碗稀粥。

吃完飯，高秉涵要去事務所，怕堅持不下來，他刻意沒開車，步行去了地鐵站。剛一進站，面對眼前嘈雜的人群，高秉涵就覺得頭暈目眩直冒虛汗。他堅持著坐了兩站，實在堅持不下去，渾身無力得像隨時要倒下去。距火車站還有兩站，他覺得再不下車怕要昏厥過去，只好從車廂裡走出來。

坐在地鐵站的長椅上歇了半個多小時，高秉涵勉強打起精神回了家，一進家，就一頭栽倒在床上。

坐在床邊的石慧麗很擔憂地看著丈夫，做了多年護理部主任的她觀察不出丈夫的病因究竟是什麼。

一個下午，石慧麗陪將要去法國留學的士瑋出去購物，高秉涵一個人昏昏沉沉地睡在沙發裡。流淌在腦海裡的思緒是凌亂而黏稠的，一會是如夢境般的現實，一會又是如現實般的夢境。間或醒過來，覺得眼前的天花板如天穹一般遙遠而不真實。

閉上眼睛，瞬間就覺得自己的一雙手又被臨終前的劉師長抓住了。

劉師長對他說：「回不了家了，真想回家呀。」

大睜著眼睛的劉師長的手在一點點的收縮用力，像他一浪高過一浪的鄉思。

劉師長的老家在安徽。高秉涵雖然沒有去過安徽，但早已在劉師長的經年嘮叨中，知道了那個一到春天就被油菜花圍起來的美麗村莊。

生命一點點逝去。劉師長的手也在對家鄉的思念中一點點鬆弛下來。高秉涵發現，他的手背上留下了幾條深深的印痕。

高秉涵知足了，在有生之年，他見到了親人，見到了高莊，也見到了祖墳。一個多年離開家鄉的人，有機會站到祖墳跟前是件幸福的事情。雖然這幸福裡夾雜著憂傷和惆悵，卻也有一種為漂泊的靈魂找到歸宿的妥貼和踏實。

混沌中，高秉涵對自己說：「你也該知足了，有多少人都沒有等到這一天，你卻等到了。這輩子再也沒有什麼遺憾了。只等著自己死了，讓家人把骨灰送回老家去，躺在老家的祖墳裡，讓那種實實在在的妥貼和踏實滲到細碎的骨渣裡。」

懵懂之中，忽然傳來一陣電話鈴聲。

高秉涵搞不清楚這聲音來自夢境還是現實。他不理會，繼續讓自己的思緒在現實與夢境中穿梭。

電話還在固執地響，高秉涵閉著眼睛摸起了話筒。

不是夢境。電話裡傳來一個操著老家鄉音的陌生女人的聲音：「請問您是高秉涵同志嗎？」

「同志」這個稱呼讓高秉涵覺得有些意外，由此他判斷出對方應該是剛從大陸來台不久。他睜開眼睛用混沌的語氣說：「我是高秉涵，請問妳是哪一位？」

話筒裡的女人突然傷心地哭起來，這哭聲讓高秉涵頓時清醒了，他一下從沙發上坐起來。

女人說：「高同志，我叫王梅秀。我是從我父親的電話本上看到你的號碼的，我父親叫王天朋，他……他……」

「他怎麼了？」高秉涵問。

「我父親出事了，你能不能來一趟？」

高秉涵對王天朋這個名字不是很熟悉。話筒裡的女人還在哭泣。

高秉涵急忙問：「你在哪裡？」

女人把地址告訴給高秉涵。

不管是否認識是否熟悉，一聽到那熟悉的鄉音，高秉涵馬上就替這位女士著急起來。他說：「好，妳等著，我馬上就過去。」

扣上電話，高秉涵站起身來，一陣眩暈突然襲來，他這才想起自己的身體狀況。但此時他已經顧不了那麼多了，忍著眩暈和無力，高秉涵換上衣服拿起公事包就出了門。

6

做小學教師的王梅秀是幾個小時前從桃園機場下飛機的。那時候，王梅秀還陶醉在即將與父親相聚的喜悅裡。

身穿一套藍色西裝的王梅秀，懷裡抱著一個粉色毛絨布娃娃興沖沖地來到了機場出口處。已經整整四十年沒有見過父親了，怕相互認不出，王梅秀三天前在電話裡和父親商定下飛機抱著布娃娃在出口處等他。

來到出口處，王梅秀急切地用目光四處搜尋著父親王天朋。

布娃娃是父親從台灣寄給她的。

當時，一看到布娃娃，年近五旬的王梅秀頃刻間淚流滿面。

布娃娃勾起了她太多的記憶與憂傷。

一九四八年中秋前夕，父親帶著七歲的王梅秀去趕集。回去的路上，王梅秀用羨慕的眼神看著旁邊的一個小女孩懷裡抱著的布娃娃。

王天朋看到了女兒的羨慕眼神，就拉著王梅秀要返回集市。他也要給女兒買一個布娃娃。然而，還沒等走到集市，就遇到了一群正在抓丁的國民黨兵。七歲的王梅秀親眼看到父親被抓走了，小小年紀的她哭成淚人。

很多年裡，一直都沒有父親的消息，王梅秀和母親相依為命。直到今年年初，她突然收到了父親從台灣寄來的一封信和一個布娃娃。令人遺憾的是一直等著父親的母親三年前去世了。王梅秀寫信把這個消息告訴了父親。一連很多天，都沒有父親的消息。王梅秀知道父親肯定是得知母親去世的消息傷心了。她又一連給父親寫了幾封信，懇請他老人家回老家看看女兒和外孫。父親答應了，只是提出一個要求，讓王梅秀到台灣來接他。

王梅秀明白父親的心思。父親是想讓她來看看寶島台灣。王梅秀欣然答應了。

三天前在電話裡，當王梅秀把航班號和降落時間告訴父親時，異常興奮的父親囑咐她一定要在出口處等著他。可現在飛機已經降落了快兩個小時了，還是沒有見到父親的蹤影，王梅秀焦灼不安。

抱著布娃娃在出口處又等了一個多小時，還是沒有看到父親，王梅秀就上了一輛計程車，按照父親寫信的地址找到了父親的住處。

找到了街道和門牌號，王梅秀下了車。

父親的家門竟然是虛掩著的，一推就開了。難道父親記錯了日子？院子裡開著大片大片的月季花，很美很安靜。忽然有股異味飄過來。看見側面的一個屋子開著門，王梅秀就進去了。是廚房，很凌亂的樣子，像正收拾著就忽然停下了。

王梅秀有一種朦朦朧朧的不祥，疾步離開廚房去了主屋。

剛走到門口，王梅秀驚呆了。父親歪靠在沙發上，那姿勢像保持許久了。

父親的臉已經有些變形，手是黑色的。味道是從父親的身上散發出來的。

「爹！」王梅秀被眼前的情形嚇傻了，扔下手裡的提包撲到父親身邊。

父親已經過世很久了。

王梅秀承受不了這個結局，忍不住哭出聲來。哭聲驚動了四周的鄰居，陸陸續續地進來幾個人。

「怪不得這幾天沒見王伯。」

「他說女兒要來，我還以為他帶著女兒旅遊去了。」

「都是因為太高興了。」

……

附近診所的一個醫生來了，他說王梅秀的父親至少去世三天了，死亡原因很可能是急性腦溢血。聽到這個消息，王梅秀難過得幾乎昏厥過去。三天前，正是她把拿到機票的消息告訴父親的日子。是自己害了父親！

原本的父女團聚變成了給父親送葬，王梅秀怎麼也接受不了這個事實，她撲倒在父親身邊大哭起來。

鄰居們嘆息著一個個離開，傷心欲絕的王梅秀這才猛然意識到一個問題，她在台灣除了父親之外一個人也不認識，來的時候帶的錢不多，如今她連給父親辦葬禮的能力都沒有。叫天天不應，叫地地不靈，舉目無親的王梅秀陷入了絕境。

茶几上有個電話號碼本，王梅秀下意識地拿起來翻看。這些人應該是父親生前認識的朋友，眼下她只有向他們求助了。這樣想著，王梅秀抱著一種試探的想法拿起了話筒。

電話號碼本上的第一個名字叫林樹旺，打過去之後是個台灣年輕女子的聲音，當王梅秀說出要找林樹旺時，對方忽然沉默了。過了許久，對方說難道妳不知道嗎？我爺爺去世好幾年了。

第二個名字叫周海運，王梅秀打過去之後電話裡傳來的是一陣語音播報，機主已經停機。

第三個名字是高秉涵，一連響了好幾聲都沒有人接。就在王梅秀要扣下電話時，電話終於通了，聽上去竟然也是老家的口音。激動之中的王梅秀一下不知道該怎麼表達自己的意思才好，她急忙把自己的身分說了。扣了電話才意識到說了半天竟然沒提父親已經去世的消息。

放下電話，王梅秀就想，這個人真會來嗎，就算來了會管她的事嗎？剛才的那些鄰居不是都看了看就回去了嗎？這樣想著，王梅秀心裡又沒底了。她想再打幾個電話試試，但是還沒等她拿起電話，院子外面就傳來了幾個人的說話聲。

王梅秀急忙放下電話來到屋門口。院子裡站著兩個員警和一個便衣，穿便衣的那人四十上下，長著一張女人般的瘦削臉。瘦削臉一看到王梅秀，就驚訝地問：「請問妳是誰？」

王梅秀忙說：「我是王天朋的女兒王梅秀，我父親去世了。」

瘦削臉的臉色有些變，說：「我是榮民輔導處的工作人員，剛才接到電話知道王老先生過世了。現在請您馬上離開，我們要按照規定查封王老先生名下的財產。」

「查封財產？」王梅秀不明白瘦削臉的意思。

高個子員警不耐煩地說：「法律規定，凡是單身榮民去世，他的財產都歸政府所有。」

沉浸在喪父悲痛之中的王梅秀，壓根就沒有想過財產問題，但她卻覺得眼前的事情有些荒唐，於是說：「我是王天朋的女兒，我父親還沒下葬，財產怎麼就成了政府的了？」

瘦削臉拉著臉說：「我們已經查看了王老先生的兵籍簿，他來台灣時尚未成婚，怎麼就有了妳這個女兒？」

矮個員警又說：「妳這個女兒早不出現，晚不出現，偏偏在王老先生剛剛過世的時候出現，你不覺得這一切太過於巧合嗎？」

一席話把王梅秀氣矇了，事情本身已經夠讓她傷心的了，和父親分別了幾十年，眼看就要團聚，看到的卻是父親冰冷的屍體，如今連女兒的身分竟然也要遭到懷疑。

可面對眼前的三個人，初來乍到的王梅秀不知道該如何反駁才好。她覺得自己很委屈，也很憤怒，於是不管三七二十一退回到屋子裡就把房門鎖上了。

外面的人不停地拍打著房門讓她把門打開。低頭看到的是父親的遺體，思前想後，王梅秀覺得老天對她太不公平，忍不住悲從中來，撲在沙發上放聲大哭。

正一片混亂時，高秉涵一陣風似的進了院子。

一看到拿著封條的員警和那個身穿「榮民輔導處」工作服的瘦削臉，高秉涵馬上明白發生了什麼事。

又一個老兵離世了。

一問，果然是，去世的老兵就是王天朋，電話裡那個女人的父親。

瘦削臉聽說高秉涵是死去老兵的同鄉，忙向他求助。他把情況大致介紹了一下，請求高秉涵幫助說服裡面的王梅秀把門打開。

得知王梅秀剛從機場趕過來，高秉涵激憤地說：「你們也不想想，這位女士幾十年沒有見到父親，一下飛機就面對這個場面，她該多麼傷心。你們不覺得這樣做很無情嗎？」

高個員警說：「我們也管不了那麼多，只是照章辦事。」

矮個員警接話說：「這個時候突然飛出來個女兒，誰知道她是真是假？」

瘦削臉則辯解：「我們也不是胡來，一切都是按法律規定辦事。來之前我們已經查了，王老先生的兵籍簿上並沒有記載他在大陸有婚史。婚都沒結，又怎麼會冒出個女兒來？」

對新頒佈的老兵繼承法，高秉涵是仔細研究過的。大陸子女每人只能繼承兩百萬台幣，剩下的都要交政府。如果這位叫王梅秀的女子，不能證明自己是王老先生的女兒，怕是連兩百萬也難以繼承。但直覺告訴高秉涵，這位王女士應該就是王天朋的女兒。

高秉涵說：「如果王天朋不是王女士的父親，她會千里迢迢地到這裡來嗎？而且來之前，她也不知道會發生這樣不幸的事情。」

瘦削臉看著緊閉著的房門，不耐煩地說：「至於她是不是王天朋的女兒，不是你我口頭說了算的，要有過硬的證據才行。在沒被認定之前，我們只能照章辦事。」

高秉涵說：「其實這很好證明，科學會告訴我們事實真相的，假的真不了，真的假不了。」

瘦削臉盯著高秉涵，意識到眼前的這個看上去弱不禁風的瘦子像要節外生枝：「科學？什麼科學？」

高秉涵說：「親子鑑定。我要代王女士向法院提起訴訟，幫她申請親子鑑定。只要做了親子鑑定，一切都會真相大白。」

想著這麼一折騰又會平添出許多的煩瑣，瘦削臉的臉拉得更長了，他用極不耐煩的眼神瞪視著眼前的這個瘦子，氣哼哼地說：「有這個必要嗎？兵籍簿上的資料都是王天朋親筆填寫的，難道還會有假？」

高秉涵不慌不忙地笑了一下，說：「這在老兵中是一種普遍現象，是特定歷史原因造成的。當時很多老兵都不敢填寫自己的真實情況，是怕老家的親人受牽連。」

瘦削臉更加不耐煩：「不管怎麼說，這位王女士現在必須離開這裡！」說著，他更加起勁地拍打起房門來。

高秉涵說：「先生，你不用這麼激動，正因為意見不統一，所以才更有必要做親子鑑定。」

瘦削臉愍了半天沒說話，突然盯著高秉涵問：「你這人是做什麼的？」

「我是律師，也是一個老兵。」高秉涵說。

瘦削臉一怔。

就在這時，門突然開了。紅著眼睛的王梅秀站了出來，她感激地看著高秉涵，說：「高同志，我同意做親子鑑定。」

王梅秀剛才在屋子裡，聽清楚了高秉涵和瘦削臉的所有對話。她覺得這位操著家鄉口音的高同志，說出的每一句話都讓她感到溫暖，孤獨悲傷的她覺得有了依靠。一聽到高秉涵提到「親子鑑定」這個詞，她頓時感到眼前一亮。儘管這是她第一次聽到這個詞，但卻一下就理會了這個詞的意思。沒錯，就做親子鑑定，她是父親的親生女兒，她的血管裡流淌著父親的血液，假的真不了，真的假不了。

一股腐臭的氣息順著房門飄出來，高秉涵看到了歪靠在沙發上的王老先生。只一眼他就認出來這個王老先生和他是在同鄉會上見過面的。印象裡，王老先生是個不太愛說話的人，老是悶悶地坐在屋子的一角。

這一刻，高秉涵流淚了，但他馬上又把自己的眼淚收了回去。此時，他心中陡然升起的悲憤已經遠遠超出了悲傷。一個離開家鄉幾十年的父親，眼看就要與女兒相聚，卻又撒手西去。女兒來到身邊，竟然連身分也得不到承認。這一切太不公平也太讓人難以接受了。他要用法律的武器替已經不能開口說話的王老先生討回公道，也要替王女士找回她的女兒身分。

瘦削臉掩著鼻子，說：「做親子鑑定也要先把遺體運到殯儀館，你們先讓開一點好不好？」

兩個員警在瘦削臉的招呼下皺著眉頭憋著呼吸，拿著折疊擔架車和屍袋進了屋子。

高秉涵把王梅秀往一邊拉了拉，用盡可能地道的家鄉話說：「我是高秉涵，也是咱們菏澤人。事情既然已經這樣了，妳也別太傷心，親子鑑定結果一出來，就一切都清楚了。」

王梅秀有些窘迫地說：「來的時候，父親不讓我帶太多的錢……」

高秉涵馬上意識到了王梅秀的窘境，就說：「這個妳不用擔心，王老先生是榮民，他的後事榮民輔導處會出資辦理。至於打官司的費用，我先替妳支付。」

正說著，兩個員警把王老先生的遺體抬出來放到了院子外面的警車上。一看這情景，王梅秀忍不住又跟上去扶著車門哭起來。

抬出遺體，兩個員警又不動聲色地給屋子的大門換了鎖貼了封條。

警車開動之前，高秉涵向瘦削臉出示了自己的律師證，再次向他強調了要依法做屍檢的事。瘦削臉冷著臉答應了。瘦削臉說他們要先把王老先生的遺體送到殯儀館，取完標本後再確定葬禮時間，時間確定後會即時通知他們，王梅秀可以以死者朋友的身分前去參加葬禮。

死者朋友？這個稱呼又讓王梅秀一顆破碎的心揪著疼了一下。但她已無意再爭論什麼，眼睜睜看著載著父親遺體的警車呼嘯著離去。

一個小時後，高秉涵把王梅秀帶到了距他事務所不遠的天成大飯店。這些年來，高秉涵一直是天成大飯店的法律顧問，為飯店挽回了許多經濟損失。高秉涵和天成大飯店一直保持著很好的合作夥伴關係。

高秉涵帶著王梅秀在大廳裡辦住宿手續時，正碰上天成大飯店董事何文雄從樓上下來。高秉涵向何文雄介紹了王梅秀的情況。何文雄二話沒說，就對正在辦手續的服務員說：「不用收這位女士的錢了，記在我的名下就可以了。」

安頓好王梅秀回到家中，天已經黑了。

高秉涵一推開門，就看到石慧麗正要換鞋子出門。看到高秉涵，石慧麗擔憂地說：「你去哪兒了？幾個孩子都出去找你去了！」

「碰到個案子，我出去了一下。」高秉涵說。

「案子？你身體這個樣子，還接什麼案子？」石慧麗說。

高秉涵把事情的前前後後說了。石慧麗一聽，也義憤填膺地替王梅秀抱不平。但一聽說是告「榮民輔導處」，石慧麗很有些顧忌：「這可是和政府過不去，你就不怕惹麻煩？」

高秉涵的眼睛裡閃著炯炯的光，語氣鑿鑿地說：「不怕！」

看著丈夫的眼神，石慧麗似悟到了什麼，她忽然說：「高秉涵，我看你的病是好了。我總算知道什麼能治你的病了，只要是能為你的那些同鄉辦事，你就沒病了！」

高秉涵拍了拍自己的身體，忙碌了一個下午，的確沒有感到累。他也覺得這一切很奇怪。

7

第二天一大早，高秉涵就來到了事務所。

一路上，他感到雙腿輕捷，頭腦清晰，前些天的疲憊和乏力已經被這起「確認父女關係」的案子沖得無影無蹤。

坐在久違的辦公桌前，高秉涵第一件事就是拿起紙筆寫起訴書。起訴書寫好了，看看牆上的表還不到八點鐘。

高秉涵帶著起訴書到天成大飯店找到了王梅秀。看著起訴書上寫著的「確認父女關係存在」幾個字，王梅秀說：「高律師，我怎麼想怎麼都覺得眼前的這一切像個荒唐的夢。七歲那年我是眼睜睜看著父親被抓走的，父親是為了給我買布娃娃在半路上被人抓走的……」

高秉涵看了一眼放在床上的那個布娃娃。

王梅秀又說：「這個布娃娃是今年春天父親寄給我的，大概我在他的印象裡，一直都是個七歲小女孩的模樣吧。」

說著，王梅秀把布娃娃拿起來抱在了懷裡：「本來我們一家三口的日子過得好好的，父親就那麼生生地被抓走了，家也被拆散了。父親一走就是幾十年。幾十年裡，母親一到傍晚就癡癡地對著門口看，雖然母親什麼都不說，但我知道母親是在等父親。父親是個不光彩的國民黨兵，母親要把她對父親的思念悄悄地藏在心裡。母親保留了一張全家福，每每深夜睡不著覺的時候就拿出來端詳。母親最終也沒有等到父親，三年前的一個深夜她老人家拿著那張全家福去世了。」

王梅秀又哽咽起來。

高秉涵勸慰王梅秀不要太傷心。

王梅秀抬起紅腫的眼睛，問高秉涵：「高律師，你和我父親很熟悉嗎？這些年來他一個人是怎麼過來的？他時常提起我和母親嗎？」

高秉涵和王天朋不熟，但他還是說：「我和王老先生是在同鄉會上認識的，他生活得還可以，經常提到妳和妳母親。」

王梅秀又感嘆：「要是他們都能活到現在該多好，哪怕過上一天團圓日子也好。」

九點鐘，高秉涵帶著王梅秀來到了法院。

接待高秉涵的是一個年輕法官，剛受理完案子，他就在第一時間打電話通知了「榮民輔導處」，讓他們配合案件審理。

法院指定「台大醫院」為這起「確認父女關係」案做親子鑑定。十點鐘，「台大醫院」的兩名檢驗員在法醫的陪同下去殯儀館提取標本。與此同時，王梅秀也在法醫和「榮民輔導處」那個瘦削臉的陪同下去「台大醫院」抽血樣。

瘦削臉和前一天一樣，還是滿臉例行公事的冷漠和不耐煩。

面對瘦削臉的冷漠和不耐煩，王梅秀帶著凜然和絕決的神情把胳膊伸進了取血窗口。針扎下去的瞬間，王梅秀覺出一陣快意。她盼著早一點出結果，以此來證明她是父親的親生女兒。

血一點點流進針管。看著那殷紅的血，高秉涵的心情十分複雜。一時間，他想了很多。海峽兩岸隔絕幾十年，造成了數不清的骨肉分離的人間悲劇。他堅信，任何東西都割捨不斷兩岸親人間的血脈親情，更無法改變這對父女間的血脈淵源。

取完標本的第二天，高秉涵陪王梅秀去殯儀館參加王老先生的葬禮。遺體告別後，王梅秀來到火化窗口等著領取父親的骨灰罐，想不到，又遭到了「榮民輔導處」的拒絕。理由仍然是無法確定她就是王天朋的女兒。「榮民輔導處」來了兩個人，除了那個瘦削臉之外，還來了一個姓周的四十歲上下的科長。周科長看上去性情溫和，聲稱對王梅秀的心情十分理解，但在骨灰罐的歸屬問題上，也是毫不鬆口。

周科長解釋說這也是沒有辦法的事，只要法院一天沒有判決王梅秀勝訴，骨灰罐的管理權就歸「榮民輔導處」。保管好沒有親屬「榮民」的骨灰罐是「榮民輔導處」義不容辭的職責。他耐心地把可以帶走「榮民」骨灰罐的幾個條件一一對王梅秀說了，一是要有死者生前被公正過的委託書，二是死者的直系親屬，三是受死者直系親屬委託。這三種情況，具備任何一個都可以。

王梅秀拿出了父親給她寫的兩封信，說自己就是王天朋的女兒，當然應該屬於直系親屬。周科長接過信看了看又還給她，說僅憑這一點，並不能證明他們的父女關係，因此她就不能抱走王天朋的骨灰罐。

雙方正爭論著，視窗裡面傳出一個聲音：「王天朋家屬在嗎？請過來領取骨灰。」

王梅秀一下奔到窗口，把父親的骨灰罐抱在了懷裡。骨灰罐正散著溫熱，已經哭乾了淚水的王梅秀又一下淚如泉湧。她要把父親的骨灰帶回老家，和母親葬在一起。祖墳上的親人都是夫妻合葬，她記得母親彌留之際，最大的恐懼就是到了那邊沒人做伴。她要了卻母親的遺願，讓離家幾十年的父親重新回到母親的身邊。

王梅秀堅信，這也是父親的遺願。

然而，周科長並沒有因此而放棄自己的職責，不管王梅秀怎樣乞求，他最終還是按照「榮民輔導處」的工作規定把骨灰罐帶走了。

眼睜睜地看著父親的骨灰被人抱走，王梅秀悲憤交加。此刻，她已經哭不出來了，只是把嘴唇咬得出血。

半個月後，法院開庭審理這起「確認父女關係」案。高秉涵以原告律師的身分出庭。

由於這是島內第一例起訴「榮民輔導處」的案件，庭審現場不僅吸引了許多老兵和民眾，還來了許多記者。一些菏澤同鄉也聞訊而來，開庭前他們紛紛上前給王梅秀和高秉涵鼓勵。

開庭了。高秉涵和王梅秀胸有成竹地坐上原告席。這些天來，在高秉涵的啟發下，王梅秀讓丈夫在老家又搜集了兩份關鍵性的證據。三天前，王梅秀的丈夫把兩份證據用特快專遞寄到了高秉涵的事務所。一份是王梅秀的叔叔保管了多年的王家家譜，一份是父母當年結婚時的登報聲明。

庭審過程出奇地簡單，並沒有事先想像的那麼曲折複雜。兩份文字材料和「台大醫院」的親子鑑定結果都完全支持王天朋與王梅秀女士的父女關係。在這些不容置疑的事實面前，「榮民輔導處」的委託律師並沒有提出異議。法官做出判決：王梅秀確係王天朋老先生的親生女兒，王梅秀勝訴。王梅秀以王天朋女兒的身分繼承遺產兩百萬，王天朋的骨灰罐由王梅秀管理。

剛走出法庭，高秉涵和王梅秀就被記者團團圍住。勝了官司的王梅秀並沒有表示出太多興奮，她說：「我是王天朋的女兒，這是不爭的事實，我只是在盡一個女兒應盡的孝道，儘快讓父親回家。」

高秉涵說：「我是一個律師，也是一個老兵，為這些死去的老哥討回公道是我的職責。」

第二天，台灣各大報紙紛紛報導了這起案例。《島內第一例老兵家屬狀告「榮民輔導處」》的大標題下面是高秉涵站在法庭上的照片。

高秉涵被冠以「老兵代言人」這一稱呼，成了島內媒體爭先報導的人物。

報導登出來的當晚，高秉涵就接到了靳鶴聲老先生的電話。電話裡，靳老先生告訴高秉涵，他要請遍佈全台的同鄉吃飯，委託高秉涵負責召集大家。

高秉涵說：「全台的同鄉？那可不是一個小數目！」

靳老先生強調：「沒有關係，你儘管下通知，人來得越多越好。」

王梅秀回大陸的前一天，三百多菏澤同鄉在天成大飯店聚會。舉杯之際，靳老先生說出了久藏在心底的話。

「各位同鄉，我們來台灣已經整整四十個年頭。這些年來，在台灣我一直覺得自己是在做客，怎麼也無法找到那種落地生根的感覺。人不能忘本，飲水要思源，我們的『本』和『源』就是我們的『根』，就是我們的老家！現在兩岸關係有了鬆動，我們要和老家多聯繫，不要忘了老家，也不要讓老家忘了我們！」

靳老先生的話說到了大家的心坎裡，大家一起鼓掌。

靳老先生建議成立菏澤同鄉會，提議大家以投票的方式選舉出「同鄉會會長」。他當場宣布要為同鄉會捐出一百萬台幣，做為同鄉會的活動基金。

一聽說要成立同鄉會，同鄉們又都爭先叫好。

「早就該成立了，人家青島、煙台、臨沂還有淄博都成立好幾年了。」

「我們雖然沒有正式成立同鄉會，但我們同鄉的聚會也不少。」

「還是正式成立同鄉會更好一些，大家可以以同鄉會的名義統一組織結伴回家，來回也好有個照應。離開老家這麼多年，一個個又都老眼昏花，單槍匹馬的回去怕是連家門都摸不到。」

……

放下酒杯，大家開始投票。令高秉涵驚訝的是，他竟然以全票通過，被大家選為會長。當然，這其中也包括王梅秀的那一票。

面對突如其來的「會長」一職，高秉涵感到有些措手不及。

輪椅上的靳鶴聲說：「秉涵，大家的眼光是對的。我們這一輩的人，走的走，老的老，就是有這個心思也不具備這個體力。這是個為同鄉服務的活兒，你年紀輕，又是律師，你就把這個責任擔當起來吧。」

一邊的張縣長也說：「秉涵，兩岸已經開放了，同鄉們返鄉探親，非常需要有同鄉會召集大家結伴同行。你可不要把這個會長當成個官來看，這是個勞心、勞力又貼錢的苦差事，就辛苦你了。我們大家都支持你。」

聽大家這麼一說，高秉涵反倒不好推辭。他微笑著端起一杯紅酒，給大家深鞠一躬。

「在座的各位大多數都是我的老哥和長輩，當初，要是沒有諸位同鄉的提攜和幫襯，就不會有我的今天。能為同鄉們服務是我的榮幸，我會盡力的，以後有用的著我的時候，請各位儘管吩咐！」

說完，高秉涵把杯子裡的酒喝了。紅酒滑過嗓子眼的瞬間，高秉涵看到了在人群中正對著他咧嘴開懷大笑的朱大傑。

朱大傑前些天說要回大陸定居，不知道他是否最後拿定了主意。見朱大傑走過來，高秉涵就問他：「大傑你考慮好了沒有？到底是回去定居還是回去探親？」

朱大傑說：「回去定居。我回去的第一件事就是買一套三居室，到時候專門給你留一間，你回去探親可以住在我家裡。」

大家熱情高漲，紛紛商量著同鄉會該組織些什麼活動。有人說要定期組織回鄉探親，也有人說要和老家的政府部門取得聯繫為老家搞一些公益性活動。經過討論，大家一致同意把每年探親的日子定在四月牡丹花開時節。

直到這時，高秉涵才猛然意識到一個問題，回鄉恐怕是他以後的家常便飯。不知道石慧麗知道了這個消息，會是怎樣的反應？

8

朱大傑想來想去，還是決定自己先走。同鄉會要等到明年春天再組團回鄉，他覺得太漫長了，等不及。他不忍心讓母親在沒有暖氣的小屋裡再熬一個冬天。

勞動合約期滿的最後一天，朱大傑買了一週後的機票。利用吃中飯的時間，朱大傑把計程車停靠在西門町附近，到商場裡為母親買禮物。

穿梭在一個又一個的商場裡，朱大傑滿腦子都是回鄉的念頭。

聽說朱大傑要回鄉長期定居，一些同鄉表示不理解。一個在台灣成了家有了孩子的同鄉勸他：「想老家是真的，誰都想家，但老家的生活條件畢竟趕不上台灣，又沒有健保制度，生了病還要自己掏腰包。還是把家安在台灣，想家了就回去看看，這樣更划算。」

朱大傑和這個同鄉的想法不一樣。這些年來，他朱大傑在台灣一直沒娶到老婆，也沒有優越的職業，既不是可以被政府養起來的「榮民」，也不具備什麼特別的一技之長，回鄉定居贍養母親是他最好的選擇。這些年來，除了被幾個虛情假意的女人騙去一些錢財之外，靠開計程車，朱大傑也有了百十萬的積蓄。這點積蓄在台灣算是窮人，連一套像樣的房產都買不到，但回老家就不一樣了，聽說大陸消費低，把這些錢兌換成人民幣買套房子剩下的錢也夠維持一般生活。如果想錦上添花，就買輛便宜車接著開出租。聽說不少像他這樣在台灣找不到老婆的光棍都在大陸找到了年輕漂亮的老婆。如果有可能，他也想找個女人好好過日子。

這樣想著，朱大傑不光給母親買了禮物，還來到珠寶櫃前給未來的老婆買了項鏈和戒指。出了商場，朱大傑剛坐進計程車，就看到了那個站在車前衝他招手的女孩。當時，朱大傑已經從瞬間昏暗下來的天色中看出了暴風雨的苗頭。

本來，朱大傑想收車回家的，他在猶豫著要不要打開車門。

一陣涼風刮過，女孩的衣裙在風中劇烈地抖動著。女孩抱著不少東西，一臉的焦急。就要離開台灣了，朱大傑的心忽然變得柔軟起來。他用游移的手打開車門。

女孩剛上車，雨點就劈裡啪啦地打到車玻璃上。

女孩說要去汐止。一聽汐止，朱大傑又猶豫了。汐止在台北市的西北角，路遠不說，一下雨路上就積水，他擔心去了回不來。但是，還沒等朱大傑開口，風夾雜著更加密集的雨點一齊向車子砸下來。

女孩子很聰明，似看出了朱大傑的猶豫，馬上用乞求的語氣對朱大傑說：「老伯，你可不要說不去喲。你要是不去，可就害慘了我了。」

朱大傑的心又柔軟起來。車子迎著風雨滑了出去。

女孩子誇張地說：「老伯，你真是個好人，謝謝你！」

朱大傑忍不住笑起來。一時間他覺得有些恍惚。人這一輩子可真夠快的，想想自己剛來台灣時的事情就跟昨天似的，那時候他還是個小孩子，想不到一轉眼就成了老伯。

雨越下越大，前擋風玻璃上的雨刷器轉得飛快，路上的車輛越來越少。

女孩子沒話找話地說：「老伯，你幾個孩子？他們都是做什麼的？」

女孩說這話的時候車子正路過南港。朱大傑突然想起二十多歲的時候，他第一次談戀愛的那個女人就住在這一帶。女人當時口口聲聲要嫁他，給他生兒子，可後來有一天當他把一個結婚戒指戴到女人手上時，女人才大笑著告訴他說自己是個妓女。

如果那女人不是妓女，如果他們兩個真的結了婚，那他的孩子也該二十多歲了。

朱大傑略一停頓，用拉家常般的語氣隨意說：「兩個。」

女孩問：「男生還是女生？」

朱大傑說：「老大是男生，老二是女生，和妳的年齡差不多。」

「老伯你好福氣啊。」女孩子恭維道。

「什麼好福氣？這麼大年紀了還要跑計程車，命苦！」

被那個女人騙過之後，朱大傑就變得對女人格外小心了，也曾一度發誓不再找女人，但日子久了還是無法排解心中的寂寞，就又犯了老毛病。那些年裡，朱大傑掙的錢除了吃飯穿衣，幾乎都花到了女人身上。但到頭來，卻沒有一個女人肯和他有結果。朱大傑總結了一下，覺得之所以會這樣，都是因為他沒有文化沒有好工作的原因。高秉涵就是一個對照的好例子。如果還有下輩子，朱大傑一定會選擇去上學。

「老伯，你家裡幾口人啊？」

朱大傑扭過臉看了一眼坐在副駕駛位子上渾身散發著香氣的女孩。

「老爸、老媽，還有老伴，再加上兩個小兔家，當然是六口人了。」朱大傑回答。

有幾個和朱大傑相好的女人一開始都是朱大傑的乘客。他扭過臉來看著身邊的這個女孩，對她似是而非地曖昧地笑了笑。

女孩沒有覺察出朱大傑神色裡的曖昧，接著問：「老伯，你家孩子都是做什麼的？」

後面傳來一陣喇叭聲，朱大傑看了一眼反光鏡，同時也看到了自己花白的頭髮和蒼老的容顏。他馬上慚愧地收起自己的非分之想，像一個被生活所累十分無奈的父親那樣說：「老大出國留學了，老二才剛上大學。」

「老伯，你真是好福氣！孩子都這麼有出息，將來就等著享清福了！」

路面上已經積了厚厚的一層水，大概離排氣管的高度不遠了。要是排氣管裡進了水，車子就沒法開了。

「小姐，妳快到了吧？」朱大傑問。

女孩說：「快了快了！老伯，你可要好人做到底喲！」

「放心吧，我會把妳送到家的。」

朱大傑按照女孩子的指點一直把她送到了一座住宅樓下，才掉頭往回開。

雨還在不停地下著，朱大傑放下女孩子剛往回開了沒多遠車子就熄了火。他一看，車子正停在一個積水很深的水坑裡，如果不及時出來說不定一會兒就把發動機淹了。發動了幾次都沒著火，朱大傑只好冒雨出來推。一個人好不容易把車子推到一個地勢高一點的地方，車子還是發動不著。沒有辦法，朱大傑只好鎖上車門，拿著雨傘跑到路邊的大樹下等著雨停。

雨越下越大，風也越來越急，被風裹挾著的樹葉像鞭子一樣抽打在身上。

朱大傑凍得直打哆嗦，猶豫了好幾次也沒敢進停靠在路上的車子。

前些天，公司裡出了個事故，一個計程車司機送完客人後也是遇上了大雨，車子開不動他就躲在停靠在路上的車裡避雨。就在他避雨的時候，後面突然撞上來一輛大卡車。計程車司機和計程車瞬間就被撞碎了。

合約期的最後一天，家中還有老娘在等他，朱大傑可不想做那樣的傻事。

等了一個多小時，雨總算停了，朱大傑這才鑽進汽車發動車子向市區開去。

回到家裡，朱大傑凍得上牙直打下牙。

七月的天氣，不該這麼冷呀，怎麼就這麼冷呢？

朱大傑趕忙把機票從包裡拿出來。他把機票小心地壓在了桌子的玻璃板下面，與母親的那張照片並排放在一起。

到了夜裡，朱大傑感到更冷了，又不停地咳嗽起來。他爬起來找出體溫計一量，發燒了，體溫計快到頭了。

好不容易熬到天亮，朱大傑拿上健保卡就近去了家小診所。醫生問了他的發病經過，很容易就做出了感冒的診斷。醫生說沒關係吃點藥再輸幾天液就好了。

見朱大傑有些咳嗽，醫生建議朱大傑拍個X光片，看看肺裡有沒有炎症。

醫生想了想又說：「昨天才淋了雨，晚上才開始發燒的，肺裡不一定有問題，拍不拍都行，老伯你自己拿主意吧。」

朱大傑猶豫了一下說：「還是拍吧。」

X光片報告出來後，醫生告知朱大傑，他的感冒只是症狀，真正的發病原因是因為肺上有一片陰影，目前還無法確診，建議他到大醫院去診治。

朱大傑帶著轉診單來到了中興醫院。醫生拍片後很快就確診了，醫生想與朱大傑的親屬談，讓他把親屬找過來。

朱大傑當時想到了高秉涵，但他還是說：「我是大陸來的，單身一人，沒有親屬。」

醫生斟酌了一下說：「你的肺上長了個東西，需要馬上做手術。」

朱大傑直截了當地問：「你是說我得了肺癌？」

醫生微微皺了皺眉，斟酌地說：「看上去不像，但也不能完全排除，要把腫物拿出來做了切片才能定性。」

「怎麼這麼麻煩，太麻煩了！」一想起家裡壓在玻璃板下的機票，朱大傑心裡很煩躁。

醫生說：「你考慮一下，最好馬上住院手術，拖得越久對病情越不利。」

朱大傑問：「手術後要多久才能出院？」

醫生說：「順利的話，也就半個多月吧。」

出了診室，朱大傑坐在醫院外面小花壇邊的椅子上愣了一個多小時的神。看著來來往往的人，他感到從沒有過的孤單和失落。

吃了藥，已經不發燒了。朱大傑如同夢遊一樣走在大街上。公司那邊已經合約期滿，朱大傑把工錢結了，他可以安心地去住院治病了。

但朱大傑卻無法安心。如果留下來手術，機票作廢了不說，好不容易申請下來的三個月期限的「返鄉探親通行證」也會作廢，回家不知道要拖到什麼時候。不留下來治病回去也是麻煩，大陸那邊醫療費是個人自理，萬一剛回去就發病怎麼辦？

朱大傑舉棋不定。

他開始抱怨起那場雨來。要是沒有那場雨就好了，無論病情怎樣嚴重，只要自己不知道就不算是病。那該死的雨和該死的感冒！朱大傑低聲詛咒。他像個無頭蒼蠅一樣遊竄在台北熙攘的大街上。

第二天，朱大傑做出決定，先手術，手術之後再回大陸。住進醫院之前，他把所有的事情都處理好了，又去重新申請了一次「返鄉探親通行證」。他計畫好了，打算一出院就直接回老家。

辦事向來喜歡我行我素的朱大傑，沒有把自己生病的事告訴高秉涵。他不想讓朋友替他擔心。

9

九月初，把士瑋送上了去法國的飛機，高秉涵才算是消停下來。

從機場回來的路上，高秉涵突然想起了朱大傑。朱大傑說要回大陸定居，怎麼一直沒動靜？

高秉涵把自己的疑問說給石慧麗，石慧麗說：「那個二桿子，說不定不打招呼就自己回去了！」

高秉涵覺得不太可能。

回到家，高秉涵把電話打到了朱大傑的公司，公司說朱大傑已經合約期滿辭職了。高秉涵又把電話打到朱大傑的住處，房東說朱大傑已經退房離開了。

看來這個朱大傑還真是不辭而別了。想想朱大傑以前的種種鬼魅行為，高秉涵也就不覺得奇怪。

一天晚上，高秉涵和石慧麗一起外出散步，兩個人又提起了朱大傑。

石慧麗說：「這個朱大傑，也太不像話了，回去這麼久了連個電話也沒有。」

高秉涵則想起了朱大傑那年在孔伯伯葬禮上刺傷人的事情，暗暗猜測著他是不是又捅了什麼簍子。

散完步剛進家門，女兒士佩就急匆匆地衝到客廳裡說：「老爸，中興醫院來電話，說在那裡住院的朱大傑叔叔要見你。」

「朱大傑？中興醫院？」高秉涵有些摸不著頭腦。

「醫院讓你快點去，說要是晚了就見不到了。」女兒又說。

石慧麗意識到了事情的嚴重性，催促丈夫：「快走吧，還愣什麼神？」

高秉涵剛發動著車子，石慧麗就打開車門坐到了副駕駛的位子上。夫妻倆風風火火地往座落在市區南部的中興醫院奔去。

朱大傑住在胸外科。高秉涵和石慧麗找到病房裡時，朱大傑已經說不出話來。他大睜著眼睛一直看著門口，見高秉涵進來了，臉上露出一絲欣慰。

眼前的情景讓高秉涵十分意外，他不知道這些天朱大傑身上到底發生了什麼事。他一下奔到朱大傑身邊，拉起他的手使勁搖晃著。

「怎麼了大傑？你怎麼躺在了這裡？我還以為你早回菏澤了呢！」

朱大傑使勁張著嘴巴想說話，可怎麼也說不出來。

一邊的醫生把一捲錄音帶和一張存摺遞到高秉涵手上。

高秉涵剛剛拿過錄音帶和存摺，朱大傑就閉上了眼睛，兩滴大大的淚珠從他青黑色的眼窩裡流了出來。

醫生宣布朱大傑死亡。醫生告訴高秉涵，說朱大傑一直在等他，現在終於看到他了，所以就心安地去了。

一切來得過於突然，高秉涵覺得像做夢一般。

看著病床上骨瘦如柴已經死去的朱大傑，高秉涵問：「他什麼病？兩個月前還好好的，怎麼說死就死了？」

醫生問：「你是他什麼人？怎麼到現在才來？兩個月裡一直就是他一個人在醫院裡，身邊沒有一個人。」

高秉涵流著淚說：「對不起，我是他哥。他是什麼病？」

「晚期肺癌。手術時發現已經大面積轉移，因慢性消耗而死。病例上有詳細記載，如有異議可以隨時查看。」

石慧麗拿起了放在一邊急救車上的病例，一頁頁翻看。過了一會，她把病例放下，小聲對高秉涵說：「正常死亡！」

高秉涵還是覺得這一切來得過於突然，他捶打著自己的頭，悲痛地看著床上的朱大傑。

一邊的醫生說：「節哀。你弟弟看上去很信任你，一直都在等著你來。把他交代的事情辦好，對他來說就是最大的告慰。」一說完，醫生走出了病房。

高秉涵拿過床頭上的答錄機，把那捲錄音帶放進去，輕輕按下播放鍵。

房間裡響起朱大傑的聲音：

高哥，不好意思，到臨了還要麻煩你。我的身體是真不行了，看來是堅持不到回家的那一天了。想想這輩子真是覺得冤，都堅持到現在了，還是沒能親自回家看看。興許這就是天意吧。高哥，不管怎麼說，我還是想回去。所以，等我走了之後，麻煩你把我的骨灰帶回老家。活著回不去，死後能夠回到老家也算是一種落葉歸根。我回去的事情，不用告訴我娘，免得她老人家傷心。請把我的骨灰撒到她老人家住的村子四周，也算是我回去陪她老人家了。另外，存摺上剩的一百萬塊錢，你代我處理。留五十萬給我娘養老，再拿出來四十萬給我老家鄉鎮上的中學當作教育獎勵基金。這輩子沒唸書是我最大的遺憾，我要為老家的孩子們做點事。最後剩下的十萬就算老弟付你的律師費了。老弟這輩子欠你的人情實在不少，這回怎麼著也不能再欠你了。高哥，麻煩了。

高秉涵和石慧麗都哭了。幾個戴著口罩進來整理遺體的護士也都紅了眼圈。

三天後的下午，高秉涵和石慧麗在殯儀館發生了一場爭執。他們爭執的是要不要把朱大傑的骨灰罐帶回家。

高秉涵要抱回家，石慧麗不同意。

高秉涵說：「最多也就在家裡放個十天半月的，『返鄉探親通行證』一批下來，我就把他送回去。」

石慧麗說：「放在家裡不好，就放在骨灰塔，走的時候來取就是了。」

高秉涵說：「還是抱回去吧，反正也沒幾天。放在這裡，存也麻煩，取也麻煩。」說著，高秉涵抱著朱大傑的骨灰罐就往停車場走。

石慧麗生氣了，她上前攔住高秉涵：「高秉涵，你還講理不講理了？有你這樣隨隨便便就把骨灰罐往家裡搬的嗎？你不害怕，我和孩子們還害怕呢！」

高秉涵把骨灰罐放進後備箱：「大傑又不是外人，我們是一起長大的兄弟，有什麼害怕的？」

高秉涵沒聽石慧麗的，他最終還是把朱大傑的骨灰罐帶回了家。

到了家，石慧麗有些賭氣，躲在臥室裡不出來。五點多孩子快放學時，石慧麗走出來對高秉涵說：「我希望這是第一次，也是最後一次。現在求你快把骨灰罐放到地下室，免得一會孩子回來嚇著他們。」

高秉涵也不想嚇著孩子，起身把骨灰罐搬到了地下室。

給大家做完飯的石慧麗並沒有吃飯，一個人躲在臥室裡看電視。

女兒士佩跑去問媽媽為什麼不吃飯，石慧麗謊稱胃不舒服。

晚上，高秉涵是在地下室的小床上睡的。臨睡前，他對著朱大傑的骨灰罐說：「大傑，委屈你了，先在這裡待幾天，過些日子我就陪你回老家。」

回大陸的前一天是個週日，下午，正在客廳裡打電話的高秉涵忽然聽到地下室傳來了女兒的一聲驚恐的尖叫。他和石慧麗同時意識到發生了什麼問題，急匆匆往地下室跑。

兩口子來到地下室，女兒已經嚇得癱倒在地，雙眼還驚恐地盯著桌子上的骨灰罐。

石慧麗忙拉起女兒：「不怕，不怕，明天妳爸就把它送走了。」

扭過頭，石慧麗瞪著高秉涵質問：「把孩子嚇成這樣，這會你該滿意了吧？」

第二天為了趕飛機，天還沒亮高秉涵就出門了。出門之前，他專門走進女兒的房間給還在熟睡的女兒掖了掖被子。高秉涵一走出女兒的房間，石慧麗就小聲對他說：「快去快回，以後再別攬這樣的事情了。」

高秉涵沒有把這次回鄉的消息告訴廈門的弟弟。去濟南機場接他的是一個叫沙德庭的人。

沙德庭是菏澤縣政協文史委的主任，幾個月前他曾給高秉涵去過一封信。信中，他說文史委要編寫一本《鄉人萍蹤》的書，希望高秉涵能把個人資料提供給他。高秉涵馬上回了信，並寄去了自己的個人資料。知道高秉涵是同鄉會的會長，沙德庭又通過高秉涵和在台的其他菏澤籍同鄉取得了聯繫。

一來二往，兩個人就在信裡熟悉了。雖然沒有見過面，但沙德庭給高秉涵的印象很好，覺得他是個厚道務實的本份人。

下了飛機，離出口處還有一段距離，高秉涵就憑著一種直覺在人群中認出了沙德庭。上前一問，果然是。

沙德庭四十上下，中等身材的他有著一張黝黑的面孔和一副老家人特有的憨實神情。他說話語速很慢，慢得有些近似木訥。但這種慢得近似木訥的話語中讓人覺出一份周全和穩重。所有這些特點，都讓高秉涵覺得這是個可以信任的人。說了沒幾句話，他就在心底裡認定了這個朋友。

沙德庭還是個幽默的人。他的幽默深藏在他的木訥和穩重裡，猛地反應過來，讓人忍俊不禁。

見高秉涵抱著十多公斤重的骨灰罐，沙德庭忙上前接過去。他說：「高會長，你歇歇，我來和這位同鄉聊聊天。」

高秉涵愣了一下，才反應過來，他也對著已經被沙德庭接過去的骨灰罐說：「大傑，這是咱老家的沙主任，你們認識一下。」

來接高秉涵的車是輛「桑塔納」，回去的路上沙德庭告訴高秉涵，這是菏澤縣委書記賈學英的專車，是縣裡最好的車。

一聽說自己坐上了縣委書記的專車，高秉涵的心情頓時變得有些複雜。

多少年來，對共產黨，對共產黨政府，高秉涵從骨子裡一直都是有些排斥的。自從與姨媽和兩個姐姐聯繫上之後，他的觀點在不經意間發生了一些改變。但對老家的政府部門，他的心裡還是沒有底。此刻，要是用四個字來概括他的心情，那就是「既怕又敬」。

「縣委書記知道我這個人？」高秉涵意外地問。

沙德庭說：「高會長，賈書記知道你受同鄉囑託專程回來送骨灰罐，十分感動，好幾天以前就交代說要用他的車來接你，他還說抽空要好好和你聊聊，問問有什麼困難需要縣裡出面幫著解決的？」

話聽上去很感人，但高秉涵心裡還是有幾分忧。

令高秉涵意想不到的是，他前腳剛到賓館，賈書記就後腳趕來看他了。一進房間，賈書記就看到了放在房間窗台上的骨灰罐。他走上前去對著骨灰罐深深地鞠了一躬。

這個躬讓高秉涵心中為之一動。

賈書記看上去是個三十多歲的敦實幹練的年輕人，小平頭，滿臉的誠摯和關切，一點也沒有官架子，像鄰家的一個熱心的小老弟。

短短幾分鐘的接觸，高秉涵原有的戒備心理一下子就沒有了，和這位年輕的家鄉父母官聊起了家常。

看到高秉涵很瘦，賈書記就說：「高會長，你太瘦了，這次回來可要多吃點家鄉的飯菜，好好養一養。」

高秉涵說自己的胃在戰亂時搞壞了，無論吃什麼都胖不起來。

瞭解了高秉涵少小離家時的曲折經歷，賈書記連連感慨。

高秉涵給賈書記介紹了在台灣的同鄉的情況。他說同鄉們都到了風燭殘年的歲數，大家都想在有生之年回老家看看，還把同鄉們打算明年春天組團回鄉的事情也告訴給賈書記。賈書記當場表示，家鄉熱情歡迎台胞回鄉探親定居，考慮到菏澤距機場較遠，承諾到時一定派車去機場接機。

賈書記的一席話讓高秉涵覺得心裡暖融融的，原有的那份「怵」早已化為烏有。一時間，他覺得老家好，老家的人更好。

晚上，賈書記在賓館裡宴請高秉涵，縣委副書記李春林、縣政協付炳堯主席和沙德庭作陪。席間，高秉涵和賈書記更是聊得投機。高秉涵覺得賈書記是個思想超前、品德正直的好幹部。而賈書記對高秉涵的評價也頗高，認為他是個愛鄉重情誼的老大哥。

談話間，高秉涵忽然想起了臨來時張縣長的囑託，就向賈書記介紹了張縣長的情況，詢問像他這樣的人是不是也可以回來探親。

賈書記笑笑，說：「度盡劫波兄弟在，相逢一笑泯恩仇。」

賈書記又說：「老哥，過去的事情已經過去了，血脈是割捨不斷的，家鄉歡迎他回來省親。」

高秉涵笑了。他替張縣長高興，更佩服眼前這位精幹的縣委書記的眼界與膽識。透過這位元縣委書記的一言一行，他認識了他以前所不瞭解的共產黨。大姐說的沒有錯，鄧小平的改革開放不是一句空話。

第二天，沙德庭陪同高秉涵去朱大傑的老家單縣。他們先去鎮上把那筆朱大傑臨終前交代的錢款以朱大傑的名義捐給了中心小學。不過高秉涵捐的不是四十萬，而是五十萬。他沒有收取朱大傑給他的那筆律師費。

下午，兩個人趕到了朱大傑母親居住的村子。在村外，高秉涵把朱大傑的骨灰撒到了陽光下秋天的田野裡。村人們看見這個像在播種一樣的外鄉人感到十分奇怪。之後，人們又看到這個外鄉人徑直去了孤寡老太太朱媽媽的家。這時，人們忽然明白了什麼，心裡不由得揪起來。

朱媽媽家的房門虛掩著，高秉涵剛一敲門，老太太就以一種和她的實際年齡不相符的敏捷動作出現在門口。看到高秉涵，朱媽媽愣了一下，馬上往他身後看。朱媽媽看到的是沙德庭。雖然四十年沒有見到兒子，但她卻斷定眼前的人不是她兒子。

「大傑沒和你一起回來？」朱媽媽問。

高秉涵臉上帶著笑，眼神卻有些迴避。他告訴朱媽媽，朱大傑的合約還沒有期滿，所以還要拖上一陣子才能回來，他這次回來是受朱大傑之託給朱媽媽送錢來的。

看著存摺上那長長的一串數字，朱媽媽很茫然。「我一個孤老婆子要這麼多錢幹什麼？大傑到底還得多長時間才能回來？」

「快了，我下次回來一定叫上他。」高秉涵的聲音已經有些異樣，但他還是強撐著走出朱媽媽的家，高秉涵一直不敢回頭。他害怕朱媽媽看到他眼圈裡的淚水。

快拐彎了，高秉涵忍不住還是回了一下頭。朱媽媽還站在門口，秋風吹拂著她蒼白乾枯的頭髮。高秉涵含淚笑著向朱媽媽揮了揮手。他不知道以後還有沒有勇氣來看她，到那時他又該怎麼說？

回大陸之前，高秉涵又回了一趟高莊。站在高莊的街道上，他又感受到了那種心靈上的妥貼。黃昏裡，家家戶戶冒出的炊煙散發著一種古樸與親切。

和上次回來有所不同的是，金鼎叔已經去世了。晚上睡在東屋裡，高秉涵竟然無夢。

10

第一次率團返鄉後，高秉涵就想為家鄉做點實事。家鄉還不富有，他想以自己的微薄之力為家鄉的建設添一塊磚加一塊瓦。

這一想法的產生是因為他被家鄉人民對台胞的熱情厚愛感動了。

一九八九年四月，高秉涵帶領三十八人的探親團踏上了返鄉的路程。雖然這已經是高秉涵第三次回大陸探親，可他卻比以往任何一次都要緊張。三十八人的探親團除了他和張縣長的三個兒子稍稍年輕一些，其餘人年齡都在七十上下，團裡的高血壓、糖尿病患者就有十多個。

張縣長的三個兒子一起跟團回來，是為了護送父母的骨灰回鄉。

去年秋天，高秉涵從大陸回到台北的當天就聽到張縣長去世的消息。張縣長去世後，他兒子在他枕邊發現了一封沒有寫完的信。信是寫給菏澤縣政府的，詢問像他這樣的人是不是也可以回去探親。

又晚了一步，張縣長帶著遺憾走了。

高秉涵忽然想起一件事。一九五一年春天，張縣長帶他第一次去建國中學的路上，看到路邊盛開著的梅花，張縣長停下來說：「我們菏澤的牡丹比這梅花可要大多了。」

想起張縣長當時的神情，高秉涵頓生傷感。張縣長再也無法看到菏澤的牡丹了。葬禮上，張縣長的大兒子找到高秉涵，說父親去世前一再交代，生是菏澤人，死為菏澤鬼，委託高秉涵一定要把他們夫妻的骨灰帶回老家去。高秉涵答應了。張縣長和李老師都是他的恩人，讓兩位恩人葉落歸根、魂歸故里是他的責任。

但張縣長的小兒子卻不同意，他說：「把爸爸媽媽送回大陸，以後每年清明節我們去哪裡祭拜他們？」

老二也說：「要是把父母的骨灰送回大陸，每年回去掃墓不方便，還是等以後再說吧。」

老大脫口說：「父母生前做夢都想回老家，要不就把兩位老人家的骨灰一邊存放一半。」

菏澤是老家，是根。台灣是生活的地方，子孫後代都在這裡繁衍，兩邊都難以割捨。高秉涵覺得一邊存放一半不失為一個折中的好方法。

於是，就有了張縣長三個兒子的此次之行。

出行之前，八十三歲的劉澤民被兒子劉晉京用輪椅推著來到機場。看見拿著大包小包的同鄉，劉澤民笑著說：「回家了，我要回家了！」

劉晉京告訴高秉涵，父親已經有些癡呆，但父親聽說同鄉會要組織回家，就一直不停地唸叨著也要回家。父親的身體已經不允許他再出遠門，所以他只好帶著父親到機場轉一圈。好在，父親的思維已經混沌，到了機場就以為自己也要回老家了。

劉晉京推著父親在候機室裡轉了幾圈，之後就把父親推回去了。高秉涵把父子倆送出候機大廳時，聽見劉澤民坐在輪椅中快樂地笑著說：「秉涵，快到家了，咱們去村頭看看那棵歪脖子樹還在不在？」

看著劉晉京正在外面把笑嘻嘻的父親往汽車上搬，高秉涵心中的蒼涼難以言說。

在香港倒機要等八個小時，看著同鄉既疲憊又興奮的神情，高秉涵忍不住有些隱隱的擔憂。三十多個人的吃住行不是一件小事，大家又都上了年紀，萬一有個什麼閃失他無法向其家人交代。

其實，出行前高秉涵做了充分準備。一系列的手續自不必說，光是和老家的聯繫就有無數次。老家那邊的聯繫人高秉涵認準了沙德庭。他委託沙德庭把事情彙報給縣裡的賈書記，又委託沙德庭幫著預訂賓館、訂餐、接機送機等事宜。

沙德庭在電話那端一一應答著，說一切都沒有問題，他會盡心去辦理。

儘管這樣，高秉涵心裡還是沒有底。

飛機在濟南降落後，高秉涵一手攙扶著一個老人，一手舉著「山東菏澤旅台同鄉會探親團」字樣的團旗招呼大家走下飛機。

臨近出關處，高秉涵老遠就看到了沙德庭在向他招手。和沙德庭一起來接機的有七八個人。沙德庭介紹說他們分別是菏澤地區統戰部的領導和菏澤縣對台辦的同志。他們一齊擁上來幫著各位同鄉拿一些大件行李。

沙德庭告訴高秉涵，縣裡派來的專車早已等在外面，只等各位同鄉上了車就可以啟程回鄉。

回鄉的第二天上午，菏澤縣主要領導在同鄉們下榻的天香村賓館舉行隆重歡迎儀式，賈書記致歡迎詞，熱烈歡迎旅台同鄉回到故鄉。縣長楊永昌先生向各位同鄉介紹了家鄉新貌。

之後十餘天的探親時間裡，高秉涵一行受到了家鄉親人的熱情接待。他們應邀先後參加了菏澤地區第二屆海外聯誼會，一年一度的牡丹花會，還參觀了高秉涵的母校原菏澤簡易師範——現在的菏澤一中。每到一處，都場面熱烈。考慮到同鄉們年事已高，縣裡還給探親團派了保健醫生。

參觀一中時，正趕上下雨。一進校門，就看見上百名學生正站在雨中等著迎接旅台同鄉。見此情景，同鄉們邁著老邁的步子，心疼地上前把淋成落湯雞般的學生們攬在懷裡。

見此情景，張縣長的三個兒子也被深深地感動了。

返台的前一天，在同鄉們的一致提議下，高秉涵向家鄉有關人士發出隆重邀請，為感謝家鄉親人的熱情接待舉辦一次答謝晚會。

答謝晚會上，面對旅台同鄉感謝的話語，賈書記謙遜地說：「旅台同胞遠離家鄉幾十年，無論從什麼角度講，家鄉人都應該盛情款待。家鄉的經濟還不發達，在接待上還存在著許多不盡如人意的地方，希望各位鄉親多多體諒！」

說到同鄉會每年定期組織同鄉返鄉探親一事，賈書記當場表態：「今後凡我旅台鄉親返鄉探親，不論是集體來還是個人單獨來，家鄉方面都免費接送到機場。」

話音剛落，同鄉們就熱烈地鼓起掌來。

感動之餘，高秉涵心頭又有一種深深的不安。自己離開家鄉幾十年，不僅沒有為家鄉做出過一點貢獻，倒給家鄉添了麻煩。

正在高秉涵暗自內疚時，一個同鄉提議以同鄉會的名義為家鄉的教育事業捐款。這個提議剛一出口，就獲得了所有同鄉的一致擁護。大家決定捐款一百萬台幣。

高秉涵腦子裡忽然一個閃念：要是能夠在家鄉設立一個同鄉會辦事機構，與家鄉保持密切聯絡，既可以吸引一些有能力的同鄉為家鄉投資，又可以方便同鄉回來探親，豈不是兩全其美？

高秉涵把自己的這個想法剛說出來，立即獲得了同鄉們的一致贊同。同鄉們認為，這個提議符合海峽兩岸菏澤人的共同心願，對於增進瞭解擴大交流，加深鄉情和親情，促進祖國和平統一，必將發揮積極作用。

當高秉涵和同鄉們把這個想法說給賈書記後，賈書記馬上就表示同意。

這個辦事機構設在哪裡？一時成為晚宴上的一個焦點問題。各位同鄉暢所欲言各抒己見。有的說設在縣委統戰部，有的提議設在對台工作辦公室，還有的提出設在縣政府的僑務辦公室或祖國統一聯誼會。

高秉涵說：「我看設在政協的文史委比較合適。文史委是搞地方歷史資料研究的，文化氛圍濃，政治色彩淡，同鄉們容易接受。」

同鄉們也紛紛表示贊同。

賈書記說：「設在哪裡都是一樣的，如果高會長和諸位同鄉覺得設在文史委合適，那我們就設在文史委。」

縣政協主席付炳堯帶頭向諸位同鄉舉杯祝賀，晚宴進入高潮。

看著眼前的熱烈場面，高秉涵發誓一定要為家鄉做點事，否則就太對不起家鄉人民對台胞的一片熱忱。

11

兩岸開放後，「台商」一詞成了兩地一個新的時髦語。不計其數的台商紛紛跨過海峽到大陸投資，而大陸各地也紛紛出台優惠政策吸引「台商」前來落戶，從而達到經濟上的雙贏。

「台商」一詞讓高秉涵想到了自己的好朋友高新平，繼而又把高新平與老家菏澤聯繫在了一起。

那年，高新平在香港綠園大飯店和高秉涵的大姐見過面後不久，夫妻倆就帶著七十多歲的老母到大陸考察了一遭。他們先後去了廣州、上海、蘇州、無錫、南通、南京和北京。祖國大陸遠沒有他們想像的那麼落後，到處都呈現出一種蒸蒸日上的改革新氣象。

一遭轉下來，高新平徵求老母親的看法，老人說：「在自己的國家裡做事，總比去泰國好！」

回去之後，高新平就啟動了他在大陸的投資計畫。他的投資方向傾向於三個方面，建材、電子和飯店。短短幾年時間，他的一系列以「三德興」命名的企業就遍佈東南沿海。這些企業發展勢頭迅猛，業績優良。良好的企業形象使高新平贏得了一定聲譽，他當選為廈門第一任「台商會」會長。江澤民總書記和李鵬總理先後到他的企業參觀視察。

高秉涵從和高新平的交談中，瞭解到他有向內陸地區繼續擴大投資的打算。既然高新平要投資，自己何不說服他去菏澤投資？在菏澤投資，就是對家鄉的貢獻。有投資，就有回報，高新平也不會吃虧的，一舉兩得的事，何樂而不為？

高秉涵越想越激動，一把就抄起了桌上的電話。接通高新平的電話，高秉涵非常激動地對他說了自己的想法。

聽完高秉涵的話，高新平說：「我正計畫著在內地開幾家大的連鎖飯店，這倒是個機會。」

一聽這話，高秉涵更加激動，連聲說：「太好了，太好了！」

高新平又說：「開飯店也是要看條件的，我現在還不能答覆你，要先去考察了之後才能決定。」

六月的一天，高秉涵從香港飛到廈門，與高新平一起到機場接他的是弟弟高秉濤。

高秉濤是高新平企業裡一個子公司的主管。他對高秉涵這麼頻繁地回老家很是不理解。中午吃飯時，趁高新平去洗手間，高秉濤對高秉涵說：「哥，才一年多時間，你這已經是第四趟回老家了，跑得夠勤的。」

「老家總歸是老家。」

「可老家已經沒有什麼親人了，回去還有什麼意義？姨媽和兩個姐姐都上了年紀，你要是真有工夫，還不如常去看看她們。」

「姨媽和姐姐都是血肉親人，我當然要經常去看望她們，可力所能及地為家鄉做一些事情也是我們這些身在異鄉的菏澤人應盡的義務。」

「都是些不相干的人，我看完全沒有必要。」

「怎麼能這麼說話？無論如何那都是我們的老家！」

趁高新平不在，高秉濤小聲說：「哥，你以為董事長真會看上菏澤那窮地嗎？」

高秉涵一驚，盯著高秉濤問：「菏澤怎麼了？他為什麼會看不上？」

高秉濤說：「哥，你要搞清楚，投資不是扶貧，是要考慮經濟回報的，就菏澤那地……」

說到這兒，見高新平回來了，高秉濤把話打住。

發現兄弟倆的神情有些不對勁，高新平打著哈哈說：「吃菜吃菜！」

高秉涵一下沒了胃口。

來之前，在高秉涵的感覺裡，高新平這次去菏澤考察是不存在任何懸念的，可聽了弟弟剛才的一番話，心裡一下沒了底。

高秉涵來之前，已經與菏澤的賈書記說了招商引資的事。賈書記聽說有台商來考察投資，在電話裡高興得直叫。要是到頭來事情成不了，可如何向賈書記交代？

擔心歸擔心，思前想後，高秉涵還是覺得這次考察結果不會太讓他失望。怎麼著和高新平也是這麼多年的朋友了，他還能不給自己點面子？

下午四點的飛機。上了飛機，高秉涵就開始向高新平介紹菏澤的自然人文情況。在高秉涵的描述裡，菏澤是牡丹之鄉，人傑地靈，是個投資的好去處。

已經鋪了不少攤子，在資金運轉上略顯緊張的高新平早就看出了高秉涵一心想為家鄉做點事情的心思。他想，只要菏澤具備基本的條件，他就會考慮投資。畢竟高秉涵和他是這麼多年相互扶持的患難朋友，考慮經濟回報的同時，也不能不考慮人情面子。

沙德庭和台辦主任剛把高秉涵和高新平接到賓館，賈書記就帶著縣裡的四大班子來看望他們。菏澤縣城同時也是菏澤地區機關所在地。考慮到這一點，賈書記又把這件事專門向地區領導做了彙報。地區領導知道後也很重視，專門派出分管招商引資的謝副專員與賈書記一起陪同高新平參觀考察。一天下來，高秉涵感覺良好。他覺得菏澤人的熱情一定會打動高新平的。這次考察應該會有個好的結果。

晚上，謝副專員代表菏澤地區隆重宴請他們。九點多鐘，兩個人剛一回到房間高秉涵就迫不及待地問：「怎麼樣？投資的事是不是可以考慮？」

高新平沉吟片刻，之後來到窗前向樓下張望了一下，見謝副專員和賈書記的車子已經駛向了冷冷清清的街道，這才回過頭對高秉涵說：「抱歉了高哥，這個地方的確不適合修建大飯店。」

高秉涵有些意外：「為什麼？」

「你聽我慢慢對你說。」

高秉涵盯著高新平，不知他要說出什麼理由來。

「你先說今天晚上我們吃得怎麼樣？」高新平問。

「吃得當然不錯啊，山珍海味都有了。」

「是不錯。再請你回答一個問題，你知道我們今晚這一桌花了多少錢？」

是謝副專員設宴宴請，高秉涵根本就沒有想過這個問題：「多少錢？」

「飯吃到一半時，我趁去洗手間的時候，專門到吧台問了一下，我們這一桌是三百七十八元人民幣。」

高秉涵有些不相信：「這麼便宜？」又解釋說，「謝副專員請客，說不定飯店看他的面子打了折，象徵性地意思一下。」

高新平說：「我也有一點這方面的懷疑，不過這個問題很容易就可以得到證實。」

「怎麼證實？」

高新平拉著高秉涵就往外走：「這好辦，去那家飯店換個樓層再原封不動地把剛才的飯菜點一遍。」

高秉涵覺得這麼做有些荒唐，但想了想又覺得有道理，就跟著高新平去了。

來到飯店，換了個樓層找了個包間坐下，高新平按照剛才的飯菜又點了一遍。點到一半時，服務員就提醒說不要再點了，這些已經足夠他們兩人吃的了。高新平說還有幾個人一會來。聽了這話，服務員才按照高新平的意思把所有的飯菜都點齊了。

飯菜剛上齊，高新平看了高秉涵一眼，就說有急事要馬上離開，通知服務員結帳。

看著滿滿一桌子飯菜，服務員驚訝地說：「不吃了？」

高新平說：「免費送給你們服務人員吃吧，我們真的有急事。」

服務員一邊把一張三百七十八元的帳單拿給高新平，一邊用非常不解的眼神看著眼前這個行為古怪的南方人。

「怎麼樣？我沒說錯吧？」剛出門，高新平就問高秉涵。

高秉涵沒吱聲。

高新平說：「如果你覺得這是個例，我們可以再去一家飯店比較一下。」說著，高新平又拉著高秉涵上了一輛三個輪子的計程車。上了車，高新平對計程車司機說，把他們拉到城裡最好的飯店去。那司機停下想了一會，指著他們剛出來的那家飯店，說：「這家飯店就是我們菏澤最好的飯店。」

「這是菏澤最好的飯店？」高新平反問。

司機說：「當然了，這種地方也就是你們這些外地人能吃得起，我們本地人是從來都不會進去的。」

司機的話讓高秉涵的心涼了半截。他對高新平說：「不用去別的地方了，還是直接回賓館吧。」

到了賓館門口，高新平給了司機十塊錢轉身要走，司機著急地把高新平叫住了：「老闆先別走，還沒找給你錢呢。你給我的是十塊，我得找你八塊錢。」

找過錢的司機開著車走遠了。高新平掂著手裡的一把零錢說：「你坐過這麼便宜的計程車嗎？」

高秉涵覺得自己非常愚蠢。以前只想到了老家人的熱情和淳樸，怎麼就沒有從消費的角度來考慮這個問題呢？

一回到房間，高新平就說：「菏澤是個缺乏消費群體的小城市，不知你注意觀察了沒有？這裡很少有外地流動人口，城裡的人口數量絕對不會超過五萬，開著車子繞城一周怕是連半個小時都不用。不要說在這裡修建五星級大飯店，就是一般的飯店怕也不會有太多的客人光顧。」

高新平說的句句都是實情，高秉涵無法反駁。

高新平又說：「高哥，雖然我能理解你想為家鄉做點事的一片苦心，可這裡實在不適合修建五星級大飯店。非常抱歉，這件事只能等以後時機成熟再找機會。」

高秉涵十分沮喪，不知道說什麼才好。

高秉涵突然又說：「新平，投資大飯店不適合，那你看看別的方面呢？只要能投資，什麼專案都是一樣的。」

「其實這個問題我早就想過了。你知道，除了飯店，我還做電子和水泥，可這兩個項目在這裡也絲毫不佔優勢。電子這東西要紮堆生存，主產區在廣東和江浙，在這裡建一個孤零零的電子廠顯然不是明智之舉，而水泥廠據我觀察這裡已經飽和了，如果硬要投資也會是死路一條。」

高秉涵沉默。

高新平說：「菏澤人很熱情，我也感到過意不去。但以目前菏澤的實際情況，的確不適合在這裡投資五星級大飯店。聽賈書記說菏澤有豐富的地下資源，高哥，你看這樣行不行，等我生意做大些，再來這裡投資礦業怎麼樣？」

高秉涵還是沉默。

高新平又說：「高哥，這次來菏澤的所有招待費都由我出，另外再送些禮物給他們。」

這並不解決什麼根本問題，高秉涵內心很沉重。

第二天，高新平把自己的想法如實對謝副專員和賈書記說了。之後，高新平就先離開了菏澤。

送走高新平，高秉涵自己又回了一趟高莊。又趕上下雨，從公路通往村子的那條小路依然泥濘不堪。

到了家，見高秉涵情緒不高，金鼎嬸子和秉魁弟就問他是不是投資的事情不順利？

高秉涵一驚，一問才知道，原來鄉親們已經從當地的報紙上知道了他帶台商來家鄉考察投資的事。

事情沒成，還鬧得沸沸揚揚的，一時間，高秉涵覺得很慚愧。

為了彌補內心的愧疚，這次回高莊，高秉涵做出兩個決定：一是捐款二十萬人民幣修建村子到公路之間的那條小路；二是以後凡村子裡的學生考上中學，學費都由他支付，要是考上大學，他一次性獎勵人民幣五千元。

高秉涵沒有太多的錢，他只能在小範圍裡做些公益性的事情。雖然錢不是很多，但他已經盡了他最大的能力。

沙德庭陪高秉涵去做的這兩件事。目睹了高秉涵對家鄉的一片真心，沙德庭頗有感觸地說：「高會長，如果你要是個企業家，我看回不了幾趟老家你就破產了。」

高秉涵走時，賈書記帶著縣裡的四大班子來送他。上車前，賈書記說：「高會長，雖然這次的事情沒成，但我還是要代表家鄉父老感謝你。我知道你心裡一直都裝著咱菏澤，難得你有這份心，你已經盡力了。」

高秉涵眼裡含著淚花上了車。車子開出去老遠，高秉涵對身邊的沙德庭說：「賈書記是個有胸襟的人。」

沙德庭說：「他是被你的胸襟感動了。」

回到台北的第二天，高秉涵就去郵局把三十萬人民幣寄給了沙德庭。沙德庭會按照他的囑託把錢分發到事先說好的各個地方。

走出郵局，看著台北街頭熙熙攘攘的人流，有一瞬間高秉涵感到十分困惑。

聽著街道兩邊音箱裡聲嘶力竭的搖滾，高秉涵想：自己做這一切究竟是為了什麼？那個他生活了僅僅十二年的地方在他心目中真的有那麼重要嗎？放著好好的日子不過，整天來回瞎跑還要搭上這麼多錢，是不是自己真的有毛病？

腦海裡又浮現出了老家的種種情形。高莊的一幅幅畫面連同高莊的那股特有氣息又一起湧到眼前。而這一切後面永遠屹立在心頭的是已經不存在了的宋隅首和自家的老屋。它們已由有形化做無形，連同那古老的氣息一同被雕刻印染到心上，永遠也無法抹去。

一種難以割捨的親近感，無法遏制地從骨子裡生發出來。那顆拳拳之心再一次被鄉情溶化得炙熱而柔軟。

走在台北街頭，瘦弱的高秉涵顯得老邁而落伍。看著眼前的滿目繁華，他在心裡給了自己一個回答：老家是生命的源頭，是心靈的歸宿，老家永遠難以忘懷，為老家做事，值得！

12

高秉涵進門時，已經做好了晚飯的石慧麗正對著幾張存摺犯嘀咕。

自從士瑋出國之後，家裡的錢就像流水一樣花出去。眼看著後面的兩個孩子又要出國，這樣的花錢速度可怎麼了得？

石慧麗原本打算，一邊供三個孩子出國留學，一邊省吃儉用積攢個百十萬。孩子們都大了，士瑋眼看就到了成家的年紀，她想在附近新建的社區再買一套房。

存摺上的錢在飛速遞減，她有些擔憂三個孩子要是都出了國，錢會不夠花。

看著看著，石慧麗突然發現了一個問題。一段時間以來，存摺上的錢基本是只出不進，處於淨流出狀態。

石慧麗很快就為這種現象找到了答案。丈夫老是往老家跑，事務所的案子少了好幾成，不影響收入才怪。

找到了原因，石慧麗就有些不理解。丈夫也真是，老家回去一趟看看就行了，他卻在一年多的時間裡來回跑了好幾趟。來回跑花錢不說，還耽誤了事務所的事情，一裡一外地一折騰，加起來就不是一個小數目。過日子哪能這麼胡折騰？等丈夫回來一定要好好數落數落他。正發著狠，就聽到了外面響起了開門聲。石慧麗放下存摺忙去開門。

門剛打開，石慧麗就愣住了。想不到高秉涵又抱了一個骨灰罐回來。

原本就有幾分氣惱的石慧麗更加惱怒，她說：「這又是誰呀？你怎麼又把這種東西抱到家裡來？」

聽到聲音，士佩和士琦也從房間裡出來了。一看到爸爸手裡的骨灰罐，正吃冰棒的士琦一下就把嘴裡的東西全都吐了出來，捂著嘴跑著去了洗手間。士佩掩著臉，聲嘶力竭地吼：「爸，別把這個放在家裡好不好？晚上我會睡不著覺的。」

高秉涵不說話，兀自低著頭抱著骨灰罐去了地下室。

也許是骨灰罐的原因，大家的食慾都受到了影響。看著剩下的一桌子飯菜，高秉涵感到有些內疚。自從把朱大傑的骨灰送回老家後，就不斷地有一些同鄉找高秉涵委託自己的身後事。有的是讓他等自己百年之後把骨灰帶回老家，有的是找他代辦遺產繼承上的事情。

委託高秉涵辦理這些事情的同鄉大多是單身。

旅台同鄉中，相當一部分都是單身老人。兩岸開放後，一些單身同鄉選擇了回大陸安度晚年。但還有一些同鄉或是因為故里已無直系親屬，或是因為經濟上的原因，仍然留居台灣。這些單身同鄉都到了風燭殘年，生活孤單，思鄉心切。靈魂深處，他們都有一個共同的想法，那就是即便活著不能回去定居，死了也要魂歸故里。身為同鄉會會長和律師的高秉涵，自然就成了這些同鄉委託身後事最合適的人選。

面對同鄉的委託，高秉涵無法拒絕，也不忍拒絕。

家人的這種反應，是高秉涵早就料到的。他把這個骨灰罐的主人——那個叫王士濤的老人——的故事講給他們聽。

「王老先生在老家原本有妻子和兒子。幾十年來，王老先生一直堅信他終究是要回老家的。所以，王老先生一直是一個人生活。為了妻子和兒子以後的生活，他沒有住進『榮民之家』享清福，而是到建築工地到處打零工。幾十年裡，王老先生積攢下了一些辛苦錢。誰知，兩岸開放了，王老先生得到的卻是一個噩耗，妻子和兒子早在五〇年代就已經離開了人世。這個消息讓王老先生一下垮了。不久，王老先生就被查出了癌症。得知自己患了癌症，他就把我叫到了醫院。王老先生把財產全部贈送給了老家的敬老院。王老先生還委託我一件事，那就是希望死後能夠魂歸故里，希望我能夠把他的骨灰帶回老家去。前天我接到醫院的電話趕到王老先生病房時，他已經不能說話，但神志還很清醒。他用力拉著我的手，用無奈和懇求的目光注視著我。我知道他的心思，就對他說，老哥，你放心，我一定會把你送回老家的。王老先生頻頻點頭，不一會就去了。我是會長，又是律師，你們說這事我能不管嗎？」

兩個孩子默默地回屋去了。

石慧麗不再說話，只顧低著頭收拾碗筷。

過了許久，石慧麗抬起頭說：「這可是最後一次，以後再也不要把這種東西往家裡抱了，不吉利！」

高秉涵沒有覺得不吉利。骨灰罐是沒有生命的，但他卻感到那是一個個活著的靈魂。他想，他是誠心誠意要把同鄉送回家，幫助同鄉了卻落葉歸根的心願。他覺得，無論同鄉是化做鬼還是化做神，如有在天之靈，都會保佑他。

屋子裡很靜，兩個孩子悄無聲息地待在各自的屋子裡。

洗完碗，石慧麗擦著手來到高秉涵跟前，懇求他說：「秉涵，以後真的不要再把骨灰往家裡搬了。」

「好的。」

雖然答應了，但高秉涵心裡卻知道自己根本無法做到。

王士濤老先生的骨灰罐是高秉涵抱回來的第二個骨灰罐，但卻不是最後一個。在後來的日子裡，已故同鄉的骨灰罐就成了高秉涵家中的常客。這個送走了，那個又來了。要是別人突然問起高秉涵究竟把多少同鄉的骨灰送回了老家，怕是連他自己也無法一下回答出來。掏出記事本，數一數上面密密麻麻的名字，他會說出一個準確的數字。但那數字時常在變，一開始是十幾個、二十幾個，後來是三十幾個、四十幾個……

歲月在流逝，數字在遞增。每一個骨灰罐都凝聚著一段凋謝在異鄉的生命對故鄉的無盡思念。

剛開始時，骨灰罐在家裡是不積壓的，來一個送一個。到了後來，高秉涵發現一個一個地送根本來不及，所以只好趕攢一起送。拿回來的骨灰罐先放在地下室裡存著，積攢幾個之後一起送。有一回，趁著帶團回鄉探親，高秉涵一次就往老家帶回了五個骨灰罐。

往家裡抱得多了，家人倒慢慢習慣了，不習慣的是鄰居。

大家都住在一座樓裡，想著晚上睡覺時，不遠處還躺著幾個被裝在骨灰罐裡的靈魂，有人不由得會頓生恐懼，心裡瘆乎乎的。

鄰居們輪流跑來抗議，碰到高家的人就發些冷言冷語的牢騷。有一次，去一個鄰居家找同學玩的高士佩哭著回來了，說同學的奶奶說她晦氣，身上沾著死人的氣息。

再往後，鄰居們也都習慣了，覺得這是高律師的職業所為，吃的就是這碗飯，受人之托，不得不為之。

骨灰罐帶得多了，連海關的小姐都認識高秉涵了。她們先是驚，後是敬，說高秉涵是個積德之人，下輩子一定會有好報。

高秉涵帶骨灰罐回鄉，也發生了一些意想不到的事情。一次，過海關時，安檢人員對高秉涵懷裡的骨灰罐起了疑心。這個瘦老頭，怎麼會有這麼多親人的骨灰往回送？是不是打著送骨灰的幌子幹些不可告人的勾當？安檢人員懷疑他販毒。於是，骨灰罐被抱進了安檢室，動用了數種高科技儀器精密檢測，最後得出的結論的確就是一罐骨灰。安檢人員把骨灰罐還給高秉涵時，眼裡的疑惑似乎更多了。

又有一次，高秉涵送一位同鄉的骨灰回鄉。由於在香港轉機時臨時被通知換機，到達濟南的時間提前了一個多小時。高秉涵沒有來得及通知接機人員，只好在濟南機場多等了一會兒。想不到的是，他上洗手間的時間裡，放在窗台上的包裹在布袋裡的骨灰罐被人當成什麼值錢的東西偷走了。一看骨灰罐丟了，高秉涵頓時頭上冒出了一層汗。

高秉涵一邊嘮叨著「老哥對不起，快到家了我又把你搞丟了」，一邊趕緊報案。機場廣播室馬上播出了這條遺失消息。播音員反覆重複一段話：「哪位同志在衛生間外面的窗台上撿到一個布兜，請馬上送到值班室，布兜裡裝的是一位台灣老兵的骨灰罐。這位老兵離開家鄉幾十年，生前最大的願望就是死後能夠魂歸故里，請撿到者一定把這位老先生的骨灰罐送到機場值班室。」

一個小時之後，高秉涵被通知去值班室領取失而復得的骨灰罐。機場值班室工作人員告訴高秉涵，幾分鐘前，他們在值班室門口發現了這個骨灰罐。

高秉涵帶回來的骨灰中，有一部分在大陸有直系親屬。這些人的遺屬一般對骨灰比較重視，有時會專程趕到機場迎接已故親人魂歸故里。有一次，高秉涵抱著一個叫岳敬齋的老先生的骨灰罐從機場剛出關，就有兩個老家農村模樣的漢子對他跪下了。高秉涵問兩位都是岳老先生的什麼人，其中一個五十多歲的漢子指著骨灰罐說他是我舅，另一個年輕些的漢子則指著骨灰罐說我是他孫子。

這種情況下，高秉涵無須再多操心，只管把骨灰罐交給死者親屬，就算完成了任務。

更多情況下，高秉涵帶回來的骨灰沒有人認領。這些去世的同鄉在大陸已經沒有直系親屬，一些遠房親屬一是由於血緣太遠沒有太深的感情，二是由於不能繼承遺產，所以也就懶得去理會骨灰罐。遇到這樣的情況，高秉涵只好按照同鄉的生前交代或是把骨灰放進骨灰塔，或是把骨灰撒到他原籍的村子四周。

不知什麼時候，高秉涵往回抱骨灰罐的事連同他撒骨灰罐的照片一起被當地的一家報紙刊登出來。從那以後，不光台灣那邊的同鄉找他委託一些身後事，大陸這邊的鄉親也來找他。有的讓他代為尋找台灣的親人，有的委託他幫助辦理老兵的遺產繼承手續。

高秉涵每次回大陸，消息總是很快地就會傳出去。早晨起床一開門，門口總是排著長長的隊。

這些事情佔去了高秉涵的大量時間。高秉涵很忙碌。

在相當長的一段時間裡，對高秉涵的這種忙碌，石慧麗一直保持著沉默。

石慧麗真正開始反對高秉涵往大陸送骨灰罐，是在高秉涵發生了那次險情之後。丈夫的命都快搭上了，她不能再袖手旁觀了。

那次，高秉涵受已故同鄉李恩津的大陸遺屬之托，去花蓮的一個軍人公墓領取李恩津的骨灰罐。石慧麗也跟著去了。她想趁此機會去看望一個年輕時的閨中密友。

台北到花蓮乘飛機只需四十分鐘，高秉涵和石慧麗商量好，取完骨灰罐當天再返回台北。到了花蓮，夫妻倆約好了下午的見面地點，石慧麗就被女友接走了，高秉涵一個人搭乘公車去公墓領取同鄉的骨灰罐。

台灣地少山多，為了節約土地，公墓一般都設在山上。李恩津的骨灰罐就安放在山上的軍人公墓裡。從市區到公墓的山下有兩個多小時的車程，下了公車，高秉涵又換乘計程車向山上的公墓奔去。剛走了一半的路，就變天了，頃刻間下起了大暴雨。山高路陡，盤山公路隨時都有塌方的危險。怕出危險，計程車司機只好把車停下來。高秉涵等不及，就一個人步行冒雨上山。等他趕到山上的公墓，找到唯一的值班人員辦完手續領取到骨灰罐，天已經擦黑了。

雨似乎小了些，高秉涵站在公墓大門口的牆簷下向通往山下的路上張望。路上連個計程車的影子也看不到。

下班時間到了，值班員騎著沒有後座的摩托車下了山。下山前，他對高秉涵說，等到了山下，他會告知山下的計程車司機上來接他。

但很快，高秉涵就意識到這個晚上是不會有人上山接他了。他要一個人在山上熬過這一夜。雨又大起來，越來越大，出奇地大，整個天地像被浸泡到了水裡。

狂風暴雨中，高秉涵抱著同鄉的骨灰罐在墓地裡蹲了整整一個晚上。

怕淋濕了骨灰，高秉涵一直緊緊地把骨灰罐護在胸前。雷聲不斷，大雨傾盆，面對黑漆漆的墓地，高秉涵心生恐懼。他對懷中的骨灰罐說：「老鄉，趕上這麼個大雨天來接你，真是委屈你了。不過你放心，我一定會把你順利送回老家的。」

和老鄉說著話，高秉涵才感到心頭輕鬆了些。

次日，雨停了，但上山的路全被雨水沖垮了，汽車根本上不來。直到中午，接到那位墓地工作人員報警的花蓮救險中心才開著直升機把高秉涵從山上救下去。

又餓又累被凍得哆哆嗦嗦的高秉涵剛一爬上直升機，飛行員就盯著他懷裡的骨灰罐問：「這是你家的老人吧？」

聽高秉涵說懷裡抱的是大陸同鄉的骨灰時，機組人員臉上都顯出了驚訝的神情。

山下的石慧麗也是徹夜難眠。她擔心高秉涵的生命安危。看到一夜之間憔悴了不少的高秉涵，她心疼得一下撲了上去。

晚上回到家，高秉涵把骨灰罐剛放到桌子上，石慧麗就對他說：「秉涵，這個好人咱不當了，咱不能為當好人搭上一條命。」

高秉涵無力地說：「我沒想著要當什麼好人，只是看著同鄉不能葉落歸根，我這心裡不好受。」

石慧麗拍了拍高秉涵的肩膀，說：「你呀你……」

13

一九九八年四月，六十二歲的高秉涵第十次率團返鄉探親。在這次返鄉探親的隊伍中，有個叫齊美智的女士。

齊美智比高秉涵年長幾歲，是個地道的台灣人。這次齊美智隨探親團回大陸是要了卻丈夫臨終前的一個遺願。

齊美智的丈夫叫李家明，早在七〇年代初就因病撇下妻女去世了。

幾個月前，李玉純把在老年大學裡剛認識不久的齊美智帶到了高秉涵的事務所。

齊美智走進事務所的第一句話就是：「高律師，你一定要幫我找到她。」

齊美智要找的這個「她」是丈夫在大陸的前妻。

齊美智並不知道丈夫老家的確切地址，只知道丈夫的老家在山東泰山腳下的桃花峪。

事情還要從頭說起。

一九六〇年春天，齊美智經人介紹與李家明相識。那時，李家明已經退役，在台北的一家房地產公司上班。接觸了幾次之後，齊美智對李家明的印象還不錯，於是打算交往下去。但她卻摸不透李家明的心思。李家明話不多，每次見了她都很周到，齊美智卻總是能在這種周到裡感到一種淡淡的距離與生疏。

齊美智以為李家明對自己不滿意又不好意思說，於是，到了週末就不再主動去找他。誰知，兩個星期後的一天，剛下班走出紡織廠門口的齊美智看到李家明正站在遠處等她。

當時，天上正下著小雨。沒有打傘的李家明站在雨地裡顯得很憂鬱。齊美智趕忙拿著傘迎了上去。

「你怎麼這麼傻呀，都淋濕了！」齊美智說。

李家明用一隻大手一下就握緊了齊美智的手：「我有話要對妳說。」

齊美智感到李家明的手是冰冷的。

那天，在一家小咖啡館裡，李家明告訴齊美智，他在大陸已經有妻子，並且還有兩個兒子，問她在意不在意這件事？

雖然早就想到了李家明會有婚史，但齊美智還是有點矇。她說要回去想想再給他答覆。

想了一個星期，齊美智主動去找了李家明。她告訴李家明，說她不在乎他以前的事情。

一個月後，他們結婚了。

婚後的李家明從來都不曾在齊美智面前提及前妻和兒子，但齊美智還是很快就知道了丈夫的前妻以及兩個兒子的名字。她是在丈夫的夢話裡知道的。丈夫的前妻叫劉仙玉，兩個兒子一個叫大壯一個叫二柱。

幾年後，他們的女兒出世了。小日子過得也算其樂融融。日子一天天過去，齊美智總能感覺到丈夫悄悄掩埋在內心深處的那種不快樂。她當然知道丈夫不快樂的原因，但卻從不主動提起。

有一次，給丈夫洗衣服時，她發現了一張照片。那是丈夫以前的一張全家福。丈夫和他的前妻一人懷裡抱著一個胖小子。四個人都是一副笑瞇瞇的表情。照片已經很久了，被丈夫拿去壓了膜。

既然丈夫不想讓她看到這張照片，齊美智也就裝作沒看到。她把照片又悄悄地放了回去，沒有給丈夫洗那件衣服。

又一個晚上，齊美智哄孩子睡著後來到客廳。客廳裡的電視還在響著，丈夫卻低著頭專注地看著什麼。她走到丈夫身後一看，原來丈夫在看那張照片。一時間，齊美智不知道該怎麼反應才好，躡手躡腳地又折回臥室。

齊美智說，結婚後，他們夫妻倆一次也沒有正面談起過李家明在大陸的妻子和兩個孩子。婚後第八年，李家明因為肝病去世了。彌留之際，李家明終於從自己的貼身口袋裡掏出了那張照片。他把照片塞到齊美智的手裡，說了最後的一句話：「一定幫我找到他們，我要回家……」

齊美智說，這些年來，她一直忘不了丈夫臨終時的這句話和丈夫當時的那種眼神。現在女兒大了，兩岸也開放了，她要趁著自己還能動，找到丈夫的前妻和那兩個孩子，給丈夫的亡靈一個交代。

四月的桃花峪漫山遍野開滿了桃花。一走進這個寧靜的小山村，齊美智心裡就升騰起一種無法形容的親近感。剛走到村頭，就看見一棵大樹下扔著一個廢棄的大碾子。雖然碾盤已經不見了，但碾子仍然光滑鋥亮，像塗了一層黑黑的油。伸手摸了摸，光滑的碾子透著一股清涼。齊美智就想，劉仙玉一定也摸過這個碾子。

村子裡很少有外地人進來，幾隻狗不停地對著他們狂吠。

陪齊美智一起來的是高秉涵和沙德庭。

見從一戶人家裡走出來一個身穿藍粗布褲褂的老頭，沙德庭上前遞給他一支香菸。老頭接過香菸並沒有吸，而是把它別在了自己的耳朵上。

「大哥，跟你打聽個人。」沙德庭說。

「打聽誰？這莊小，總共也沒幾十戶人家，只要是這個莊上的，沒有我不認識的。」

齊美智激動地掏出了那張照片，上前遞給了老頭。

老頭接過照片，仔細地看。看了半天，老頭抬起頭說：「這不是老李家的家明嗎？他還活著？」

高秉涵來不及解釋，問：「他的家人還住在村子裡嗎？你能不能帶我們去拜訪他們？」

老頭頓時皺起了眉頭，把眼前的三個人看了一圈，回答說：「李家明的老婆孩子早就不在村子裡住了，剛解放那會就搬走了。」

齊美智問：「他們搬走了？搬到了哪裡？為什麼要搬走？」

老頭說：「李家明是國民黨，他家裡人的日子能好過嗎？要是不搬走，怕是早就沒命了。」

齊美智著急地問：「為什麼？這與他的家人有什麼關係？他的家人到底搬到什麼地方去了？」

沙德庭把齊美智拉到一邊，自己走上前，問：「老大哥，你說的這些事我都明白，我就是想問一句，李家明的老婆孩子都去了哪裡？」

老頭還在用好奇的眼神看著齊美智，大概在猜想這個操著奇怪口音的女人與李家明是什麼關係。

高秉涵走上前去，用坦率的語氣把齊美智和李家明的關係介紹了一下，又把李家明臨終時的交代也對他說了。

老頭沉默片刻，低沉著聲音說：「聽說他們娘幾個去了濟南，後來就沒了消息。」

沙德庭又問：「李家明在村上沒有別的親人嗎？」

老頭搖了搖頭：「沒有了，他的父母早就不在了。」

齊美智又問：「老先生，那他們在濟南哪裡你知道嗎？」

老頭又搖了搖頭。

高秉涵問：「他們是不是在濟南有什麼親戚？」

老頭說：「當初好像聽說家明媳婦的表哥在濟南千佛山下開染坊，姓畢，別的就不知道了。」

離開老頭，三個人又走訪了幾戶人家，得到的資訊如出一轍。

過午時分，三個人離開了桃花峪。路過那個廢棄的碾子時，齊美智又走過去摸了摸。站在碾子前，她的臉上顯出一副深深的遺憾和傷感。

回台那天，高秉涵和齊美智又到濟南的千佛山一帶去尋找劉仙玉的下落。當年的老街坊早就搬遷了。幾經周折，他們總算從一個烤紅薯的老太太那裡打聽到一點消息。很多年前，開染坊的老畢家的確住進了一個帶著兩個兒子的寡婦。有人說這寡婦是畢染坊的表妹，後來又有人說這寡婦是個國民黨的老婆。再後來，這寡婦就在一夜之間不見了。幾十年，一直都不曾再露面。

問畢染坊去了哪裡？烤紅薯的老太太擦了一把鼻子，說：「還能去哪裡？去閻王爺那裡報到了唄！」

又問畢染坊的後人，得到的回答同樣讓人失望。畢染坊只有一個兒子，叫畢宇春。畢宇春原本在一個小印刷廠裡上班，改革開放後下海了，先是把老婆孩子扔在家裡一個人去南方做生意，後來生意大了，就把老婆孩子也都接了去。一開始，逢年過節一家人還回來看看，這幾年一直沒回來，以後是不是回來也是說不準的事。

烤紅薯攤前圍過來一群中學生買紅薯，老太太沒有工夫再扯閒篇，就說：「要不你們到印刷廠再去打聽打聽，興許他們知道得多一些。」

離飛機起飛時間還有三個小時，抱著最後一線希望，他們來到了畢宇春工作過的那家小印刷廠。

印刷廠的廠長姓安。安廠長把他們當成了畢宇春的親戚，一看到他們就氣哼哼地說：「你們回去告訴畢宇春，別以為我們找不到他就沒事了，讓他快點回來交房子，別佔著茅坑不拉屎，再不交廠裡就要強行開鎖了！」

齊美智嚇得一哆嗦。高秉涵的心也涼了半截。原來廠裡也不知道畢宇春的下落。再看廠長那副氣勢洶洶的樣子，兩個人轉身就要走。

走了沒幾步，高秉涵又停住了。他們又回到了廠長的那間八面透風的辦公室。

安廠長一看到眼前的兩個人，就又沒好氣地說：「我還要為幾十號人的吃飯操心！你們別老煩我好不好？」

高秉涵說：「我們不是畢宇春的親屬，我們是從台灣來的台胞，我們找畢宇春是想向他打聽一個人。」

安廠長一愣，馬上說：「是台胞啊？不好意思，剛才我還以為你們是畢宇春的親屬來和我演雙簧呢。這小子發了財還老佔著廠裡的一套房，沒房住的職工都有意見，實在是對不住了！」

說著，安廠長命人給高秉涵和齊美智沏茶，高秉涵說不用，他們馬上就要去機場。

高秉涵簡單說了他們要找的那個劉仙玉和齊美智的關係，又說了畢宇春和劉仙玉的關係，目的只有一個，那就是一旦有了畢宇春的消息就即時通知他們。

安廠長聽明白了事情的原委，十分感動地對齊美智說：「大姐，妳是個講情分的人，這麼大老遠地從台灣跑來找丈夫的前妻，妳放心，一旦有了畢宇春的消息，我一定在第一時間通知妳！」

高秉涵把自己和齊美智的電話號碼都留給了安廠長，想了想又把沙德庭辦公室的電話也寫上了。

出了印刷廠，走出老遠，高秉涵一回頭，見安廠長還站在門口向他們招手。

14

二〇〇〇年四月初的一個夜晚，剛剛擔任中華孔子聖道會會長的高秉涵正在家中準備講稿，突然接到了岳父的電話。年近八旬的岳父用焦灼的語氣讓高秉涵速到家裡去一趟。

半小時後，高秉涵和石慧麗一起趕到了岳父家，來開門的是那個三十幾歲的菲傭，並沒有看到岳父和岳母的影子。

高秉涵習慣地向洗手間看去，裡面果然晃動著岳母的身影。

岳父進入老年後，添了個便祕的毛病，常常在洗手間裡一蹲就是半個多小時。岳父每次蹲廁所，岳母都會站在一邊陪著他。

高秉涵剛坐下，管玉成夫婦也緊接著來了。一問，也是被岳父叫來的。

高秉涵很納悶。把兩個女婿一起傳了來，岳父到底有什麼重要的事情要他們做呢？洗手間的門緊閉著。屋子裡很靜。

管玉成把不滿三歲的孫女小米西也帶來了。小米西懷裡抱著個坦克車，打開開關，把坦克車放在地上，坦克車轟鳴著在客廳裡馳騁起來。伴隨著轟鳴聲，小米西唱道：「打北京，打北京！我們打北京……」

小米西的聲音稚嫩而含混，她唱的詞並沒有引起管玉成的注意，但高秉涵卻聽得很清楚。

他把小米西拉到懷裡，問：「米西，為什麼要打北京？」

小米西大聲說：「北京壞！」

家人這才聽清楚小米西的話，幾個人一齊看著她。

高秉涵又問：「米西，北京怎麼壞了？」

小米西說：「中國那麼大，可是他們還要吃掉我們，所以我們就打他！」

高秉涵說：「我們台灣本身就是中國的，是中國的一部分。」

小米西又大聲說：「不對，我們幼稚園的老師說了，我們不是中國，我們就是台灣！」

坦克車跑了，小米西一邊唱著「打北京」，一邊去裡屋追她的坦克車。

石慧敏氣惱地追進裡屋，緊接著裡屋傳來兩聲巴掌響。

「你個小毛孩子，瞎唱什麼？」

小米西委屈地哭了。她說：「這是老師教給我們的，為什麼不讓唱？」

石慧麗走進裡屋，把小米西抱出來：「小孩子知道什麼？你打她有什麼用？」

石慧敏說：「聽說連中小學的教科書也改了，《台灣歷史》和《中國歷史》分開講，將《台灣歷史》完全獨立於《中國歷史》之外。」

高秉涵臉上露出憂慮：「兩岸關係剛剛緩和了一些，想不到現在又這樣。」

管玉成也憂心忡忡地說：「李登輝的『台獨』意識一天比一天明顯，不知道陳水扁上台後會不會還是這樣。」

兩岸開放後，在軍隊任職的管玉成一次也沒回過老家。就在去年，等了他大半輩子的老母親帶著終生的遺憾離開了人世。知道這個消息後，管玉成跑到高秉涵家裡大哭了一場。管玉成委託高秉涵回去代他給老母親送終，替他盡孝。

大陸是根、是本，是無法割捨的血緣親情。他打算等明年一退休，就回老家好好住上一陣子，給父母的墳上添鍬土、燒炷香。現在，眼看著李登輝生生要把台灣從中國分出去，他怎麼能不憂心忡忡？

洗手間的門嘩啦一聲響，岳母扶著步履蹣跚的岳父從裡面走了出來。

顫顫巍巍的岳父手裡拿著一張地圖。指著地圖上的一個地方，岳父說：「『大其力』在這個地方，我來指給你們看。」說著，岳父將地圖放在了管玉成和高秉涵的眼前。

大其力？高秉涵對這個地方很陌生，他不知道岳父要說些什麼。

這幾年，岳父的腿和聽力都不行了，和他說話要大聲吆喝他才能聽得到。雖然腿腳不好聽力也退化了，但岳父說出的話卻極富跳躍性。如果把岳父的思維軌跡比成潛伏活躍在水底的魚，那麼他說出的話就是那魚偶爾浮上水面吐出的氣泡。這個氣泡和那個氣泡之間常常差了十萬八千里。和他交談，不能著急，往往要前後順序顛倒著聽，另外還要加上一定的揣摩和推測，最後才能捕捉到深藏在他心底的想要表達的真實意思。

地圖被放在了茶几上。一看是張緬甸地圖，高秉涵幾乎立刻就聯想到了一個人——徐達輝。高秉涵不明白的是，徐達輝不是在金三角的中心區美斯樂嗎？岳父怎麼又扯到了大其力？

這些年來，岳父和徐達輝一直有書信來往。高秉涵總是能從岳父的嘴裡聽到徐達輝的一些消息。從岳父斷斷續續的描述裡，高秉涵知道徐達輝一直跟著國軍在美斯樂混生活。八〇年代美斯樂的國軍被解除武裝後，他就娶了個在美斯樂賣茶葉的緬甸女子。夫妻倆一起在美斯樂賣茶葉，一直沒有生育，日子過得很清貧。

印象裡，逢年過節，岳父都會給徐達輝寄去一點錢，而徐達輝也會寄來一些山貨，有木耳、乾菇和一種紫色的地耳。每次收到這些山貨，岳父都會給大家分一些。吃著緬甸特產，高秉涵的心裡不是個滋味，眼前總會浮現出一個漂泊在異國的老兵的身影。

大概七八年前，岳父為了探訪老友，參加旅遊團去過一次美斯樂。回來之後，岳父一直很沉默。家人問起，他就一句話：「徐達輝活得不容易。」

高秉涵的目光越過岳父那多皺蒼白的手指，終於在地圖上的泰緬邊境線上看到了緊挨著美斯樂的大其力三個字。他發現，美斯樂在泰國境內，而大其力則屬於緬甸。

岳父說：「徐達輝來信說，他已經不在美斯樂賣茶葉了，回到距美斯樂二十多里地的大其力去了。」

在高秉涵的心目中，徐達輝無論是生活在美斯樂，還是居住在大其力，都沒有什麼本質上的不同。

高秉涵不知道岳父最終要表達的是什麼意思，他抬起頭用探究的眼神看著岳父。

一滴口水從岳父的嘴角流出來。那口水像一根飄忽的銀絲一樣垂下來，但岳父卻絲毫沒有覺察到。

高秉涵扯過一塊餐巾紙幫岳父擦了。

就在這時，岳父顫抖著嘴唇說：「我知道他做夢都想回東北老家看看，都八十了，再不回去，怕是以後沒有機會了。」

大家的目光一齊聚集在岳父身上。

岳父又說：「沒有子女，又沒有錢，靠他自己的能力是回不了老家的。」

大家的目光緊盯著老爺子，知道接下來才是他真正想說的話。

「秉涵，你是律師，又對大陸熟悉，我想只有你才能幫助徐達輝圓這個夢。你去陪他走這一程好不好？不管花多少錢都由我包了。」

高秉涵對岳父的這個提議感到有些意外，他有些驚訝地看著老爺子。在場的幾個人也都感到很驚訝。

岳母事先也不知道岳父的想法，她驚訝地說：「怪不得這幾天你老是拿著這張地圖不撒手，原來是在琢磨這件事！」

想到以前自己不能回老家的那份焦灼與煎熬，又想到徐達輝對岳父的救命之恩，高秉涵說：「沒問題，我抽空去把他接到台灣來，然後陪他回東北老家走一趟。」

管玉成看了一眼高秉涵，說：「怕是沒有那麼簡單，你要知道徐老先生是個沒有國籍的人。」

沒有國籍？一個人怎麼可以沒有國籍？高秉涵第一次正視這個問題，他覺得這個問題很荒誕。

石慧敏說：「沒有國籍，就不能出境，更無法坐民航的飛機。」

岳父說：「何止是不能坐飛機，怕是連那個美斯樂山包都無法走下去。」

「那怎麼辦？」高秉涵問。

岳父說：「我瞭解過了，可以從中緬邊境線上過去。」

石慧麗大驚：「爸，你說的容易，邊境線哪裡是那麼好過的？徐伯伯都八十了，秉涵也六十好幾，又加上人生地不熟，說不定會走丟的。」

石慧敏也說：「就是。那是個三不管地帶，到處都是毒販子和賭徒，治安狀況肯定好不了，還是要慎重一些。」

早就有所考慮的岳父這時又把目光投向大女婿管玉成。在家裡，誰都知道管玉成有個姓吳的緬甸朋友。那吳先生以前在軍隊供職，退出現役後去金三角做生意。吳先生曾經來台灣做過茶葉生意，還來家裡做過客。

不等岳父開口，管玉成就明白了岳父找他來的目的，於是趕忙表態：「車的問題我來想辦法解決。」

高秉涵也表態：「爸，請你老放心，我去幫徐伯伯圓這個夢。」

高秉涵說的是真心話。一想到許多年前徐達輝在他婚禮上的落寞身影，他就感到心裡酸酸的。他要幫老人實現這個願望，無論路途怎樣遙遠和艱辛，他都要去。

15

五月中旬的一天，高秉涵乘坐飛機到了曼谷。

在曼谷買了五點飛往清萊的機票後，高秉涵住進了一家飯店。進到房間，他按照管玉成事先給他的電話號碼聯繫上了美斯樂的吳先生。管玉成已經事先把事情對吳先生說了。所以，吳先生一上來就啞著嗓子說：「你到了美斯樂再和我聯繫，找去邊境的車比花錢找女人還容易。」

這個吳先生高秉涵以前見過一面，印象裡嗓子沒有這樣啞，說話也不是這樣隨便。

高秉涵一愣，又一想，這也許是吳先生的本來風格。

吳先生好像很忙，一邊用漢語和高秉涵在電話裡說著話，還一邊用緬甸語和旁邊的什麼人聊著什麼。

高秉涵一心想著過境的事兒，因兩眼一抹黑不瞭解地形，於是又問哪條線路好走一些。吳先生說：「當然是小猛拉了，那邊就是中國的打洛口岸，車子可以直接開到版納的景洪。」

高秉涵還想問一下從美斯樂到邦康或是猛拉要幾個小時，但那邊的吳先生卻一句話擋過來：「等你到了美斯樂再說，我把你送去就是！」

吳先生的口氣似乎有些不耐煩，但總歸是聯繫上了。

高秉涵本來想睡一會，攢攢精力，卻怎麼也睡不著。打開窗戶，不遠處有一座金碧輝煌的廟宇，裡面傳來咿咿呀呀的佛樂。看上去大街上交通擁擠，空氣渾濁。

飛機到清萊上空已經是下午四點多。窗外是丘陵和大片大片的農田，不似曼谷附近亂糟糟的城鎮和工業區。

走下飛機，撲面而來的是安詳、清風和綠色。高秉涵覺得這是一種接近國界的感覺。走在陽光充足人煙稀疏的街上，高秉涵感覺像走在國內的一個鎮子裡。人們說的最多的是漢語，商鋪門上的招牌一邊是漢文一邊是泰文。

最後一班發往美斯樂的車已經開走，高秉涵只得在清萊停留一個晚上。

住進一個小飯店，高秉涵又開始和吳先生聯繫，電話那端卻沒有人接。高秉涵頓時感到心裡虛空起來，預感到這次行程恐怕不是事先想像的那麼順利。

正焦急著，一個穿著花花綠綠民族服裝的女孩子笑嘻嘻地走進來。女孩子說著很流利的漢語，一副天真爛漫的樣子。她問高秉涵晚上打算去哪裡遊玩？晚飯吃沒吃？如果沒吃她可以帶他去夜市吃特色小吃。小姐坦誠地說她收費不貴，只要十個泰銖的車錢。車就等在飯店門前，隨上隨走，方便得很。

高秉涵沒有遊玩的心思，但飯還是要吃一點，於是就給了小姐十個泰銖，跟著她走出飯店上了一輛觀光車。

車上除了高秉涵外，還有三個乘客，聽口音都是台灣人。

「老伯，你是哪裡人？」車子剛開啟，那個女孩子就用清澈的目光看著高秉涵問。

高秉涵笑笑，說：「中國山東人。」

「真的？」女孩子的眼睛頓時亮起來，「我們周老闆的父親也是山東人。」

高秉涵心裡一動：「你們老闆的父親？」

「對呀，我們老闆的父親是國軍九十三師的老兵，他老家是山東的。」

高秉涵心裡又是一動：「九十三師的老兵？他是山東哪裡人？」

女孩子說：「是哪裡我就記不太清楚了，但他說話和你很像的，不信等會我帶你去見他，他有時候也會來夜市。」

一想到說不定可以通過這個九十三師的後代提前瞭解一些美斯樂的情況，高秉涵就說：「那好，等會你帶我去見他。」

高秉涵花了二十個泰銖吃了一碗咖哩飯，女孩子就帶他到了旁邊一條街上的玉器店。沒有在店面裡停留，他們直接去了後院的屋子。屋子裡擺放著一個桌子，桌子上擺放著茶壺和茶杯。女孩對著二樓吆喝：「周老闆，來山東老鄉了。」

瞬間，一個男子就從屋子裡走出來。這男子四十出頭，身材高大魁梧，梳著黝黑的背頭，一副氣宇軒昂的神態。與其說是個老闆，不如說更像個訓練有素的軍人。

「老鄉，你是山東哪裡人？」周老闆說的果然是山東話。

「山東菏澤。」

周老闆馬上說：「哎呀，真是巧了，我父親是肥城人，真正的老鄉呀。」

「聽說尊翁也是九十三師的？」高秉涵問。

「是呀，打打殺殺的吃了一輩子的苦，到了我這輩兒，雖然沒見過家鄉但見了老鄉卻格外親。」

「尊翁還健在？」

「在，出去散步去了，一會就回來。」

「等他回來我可以和他聊一會嗎？」

周老闆說：「好啊，他最喜歡和老家來的人聊天了，只是很少有老家的人到這裡來。來，老鄉，請喝茶。」

說著那女孩子就去沏了一壺茶。

喝著茶，聊了幾句鄉情，高秉涵就想打聽一些關於美斯樂和九十三師的情況。可他的話卻趕不上周老闆的語速快。不等他開口，周老闆就以一種關切的語氣迅速把談話引到了另外一個話題上，他提醒高秉涵：「老鄉，到這邊旅遊，千萬注意不要上當受騙買了假玉。」

高秉涵說：「不會的……」

沒等高秉涵說完，周老闆又說：「這裡到處都是假玉，要是沒個明白人還真是不行。看在山東老鄉的份上，我來教你怎麼識別假劣玉器。」

正說著，剛才那女孩子已經用托盤把幾件玉器托到了周老闆面前。

周老闆拿起一個色彩斑斕的鐲子往地板上一磕，頓時，玉鐲碎成幾截，碴口處透著粗糙：「老鄉，這種是大理石做的，一個泰銖都不值，但很多地方都要價兩百銖。」他又拿起一個翠綠的「翡翠」鐲子，往茶几上輕輕一磕，也是一下碎成幾截，周老闆又說：「老鄉，這種東西是玻璃做的，頂多半個泰銖的成本，可很多人卻情願花一百泰銖寶貝似的買回去。」

高秉涵明白了周老闆的把戲，他慢慢地從桌子跟前站起來。

「你真的是九十三師的後代？」

周老闆一愣，說：「這還有假？」

「我看你不像。」說著，高秉涵就要走。

周老闆忙對高秉涵說：「老鄉，別著急走，我讓你見識一下什麼是真正的好玉。」

已經顯出滿臉商人氣的周老闆吆喝那女孩子把好玉拿上來時，高秉涵說：「我不是來旅遊的，我也不會買玉，你就不用費心了。」

周老闆愣了：「那你來幹什麼？這麼大老遠的？」

高秉涵說：「我到大其力找一個九十三師的老兵，帶他回老家探親。他做夢都想回老家看看。」

周老闆有些發愣。這當兒，又一個女孩子帶著一個客人進來了。

這個女孩子和剛才帶高秉涵來的那個女孩子一樣，一進來就對周老闆吆喝，說是來老鄉了。不過，這個女孩子說的不是山東老鄉，而是湖南老鄉。

周老闆看了高秉涵一眼，馬上用湖南口音招呼新來的客人：「老鄉，你是湖南哪裡人？」

高秉涵再也待不下去，轉身走了。他感到一種深深的悲哀。他斷定這個周老闆根本就不是什麼九十三師的後代，只不過是個功利的小商販罷了，說不定還會是個大陸過來的生意人。

高秉涵是走著回到飯店的，想著九十三師的名頭已經成了人們用來兜攬生意的幌子，心裡不是個滋味。

晚上睡覺前高秉涵又打吳先生的電話，還是沒有人接；第二天早晨起來接著打，依然沒有人接。

高秉涵知道吳先生指望不上了。

16

早晨結完帳，高秉涵拎著手提包從飯店裡剛一出來，就看到了昨天晚上的那個周老闆。高秉涵的第一反應是麻煩來了。早就聽人說金三角的商人難纏，這回還真讓自己碰上了。

周老板正坐在一輛「皮卡」車的駕駛座上，一手扶方向盤，一手吸菸。他的眼睛微微瞇著，臉上帶著莫測的笑。

躲是沒有用的，高秉涵迎上去：「周老闆，找我嗎？是不是還想讓我買你的玉？」

周老闆像已經等了一會了，他把手裡的菸頭扔掉，問：「你要去哪裡？」

高秉涵看著周老闆，說：「怎麼，又想著掙我點車錢？」

周老闆像受了委屈，解釋說：「不是的。昨天你不是說要去美斯樂嗎？我可以捎你一程。」

高秉涵不相信會有這樣的好事，就說：「不用了，我還是去坐巴士吧，很方便的。」

說著，高秉涵拎著包走了。

「等一等。」周老闆在後面大聲喊。

高秉涵回過頭。

周老闆看著他，高秉涵發現那眼神裡有一種他陌生的東西：「你真的是為一個九十三師的老兵而來？」

「是的。」

「今天去美斯樂？」

「是的，到了美斯樂再倒車去大其力的孟西寨。」

「那就請上車吧，我可以順路把你捎到美斯樂，不收錢，真的。」

「為什麼？」

「我父親也是九十三師的老兵。」

高秉涵站著不動。他不知道周老闆是不是又在演戲，一時間很猶豫。他既擔心自己的安全，又不想錯過一次和九十三師後代聊天的機會。

周老闆說：「昨天你說的那句話，讓我一個晚上沒有睡好覺。」

「哪句？」

「你說你是為一個老兵而來，要帶他回老家看看。你的話讓我想起了我的父親。」

「你父親？」

「我父親已經不在了，很多年前就不在了。」

高秉涵想起昨天周老闆的話，就說：「他老人家昨天不是還在散步嗎？」

周老闆低頭看著方向盤，不好意思地笑笑，說：「那都是生意上的說詞，在這個地方做生意不容易的。」

不知什麼原因，高秉涵覺得自己開始有些相信周老闆了，但他嘴裡卻說：「誰知道你的話是真是假？」

周老闆說：「家父已經不在了很多年了，他死在緬甸的大山裡。」

「他是怎麼死的？」

「為毒販武裝押運鴉片被另一夥毒販偷襲而死。」

高秉涵聽說過國軍九十三師的那段經歷，那應該是九十三師逃離大陸最初來到金三角那些年的事情。

周老闆接著說：「那麼多人，總是要活命的，在段希文將軍的帶領下，為了生存他們什麼都做過。」說起這些，周老闆的眼裡透出一種掩飾不住的無奈和傷感。

一輛巴士在高秉涵身邊停下來，車子前面分別用泰語和漢語寫著「美斯樂」。一個小夥子站在車子門口把半邊身子探出來對著高秉涵招呼：「美斯樂去嗎？單程兩百銖。」

高秉涵衝小夥子擺了擺手，拉開周老闆的車門上了車。

周老闆發動「皮卡」，一股山間的清風從視窗衝撞進來。

「相信我的話了？」周老闆問。

「你的眼睛告訴我，你沒有撒謊。」高秉涵說。

「你貴姓？能告訴我你是從哪裡來的嗎？」

「我姓高，從台北來。」

「我還以為你是從大陸來的呢。」周老闆的眼神似乎有些失望。

車子一直沿山爬行，兩邊的山越來越陡峭。金三角的中心，國軍九十三師的最後棲息地——美斯樂，一點點近了。

這支國軍殘部的經歷，高秉涵臨出發前才通過一些資料有了一個大概的瞭解：

這是一支匆忙逃離家園的軍隊。為了在異域的土地上站穩腳跟，他們和緬軍作戰，和泰軍交鋒，最終蝸居在泰國邊境的這個叫美斯樂的山包上。為了生存，他們曾經種毒、販毒，與當地毒販結下無數恩恩怨怨。為了取得國籍，他們又為泰國政府賣命，與反政府武裝決一死戰。但能夠取得國籍的人只是極少數，多數人仍然是持有「山民證」的難民。這些沒有國籍的人不可以離開美斯樂半步，一旦下山就會有泰國員警干預。這支殘軍的活動引起了蔣介石的注意。為了建立一塊「反攻大陸」的基地，蔣介石曾經給這支殘軍提供過一些補給。但隨著蔣介石的仙逝，來自台灣的補給就此中斷。

九十三師成了一個名副其實的棄兒，由一支沒有國家的軍隊演變成了一群沒有國籍的人。

一邊的周老闆還在追問：「你真的是為一個九十三師的老兵而來？」

高秉涵向周老闆說了此行的目的，也說了自己和那個叫徐達輝的老兵之間的淵源。

聽說徐達輝是遼寧人，周老闆慨嘆：「那麼遠啊，太遠了。」又說，「老兵們沒有不想家的，有很多人都帶著這種遺憾離開了人世。」

那也曾經是高秉涵親身體會過的一種心境。他太理解這種心境了。

突然，一片紅雲在不遠處的一個山包上飄忽而現。

高秉涵輕聲叫道：「罌粟！」

周老闆嘴角露出一絲不屑的笑：「那不是罌粟，是美人蕉！」

車子駛近那片紅雲，路邊開放著的果然是大朵花瓣的美人蕉。

周老闆又說：「罌粟現在政府已經不讓種了，要種也不敢在離公路這麼近的地方種。」

又回到了老兵的話題上來，高秉涵問：「你父親是山東人還是湖南人？」

周老闆又不好意思地笑了一下，說：「我父親是雲南騰衝人，他活著的時候幾乎每年除夕夜都偷著回家看我的爺爺和奶奶。這裡的雲南老兵沒有幾個沒回過家的。中國沒開放那些年，父親每次回去都冒著一定風險，怕共產黨抓他。有時候母親勸阻他，對了，我母親是泰國人，但父親卻說，就是死也要回去陪父母過年。」

「現在你經常回去嗎？」高秉涵問。

「經常回去，回去看親戚，老家有一大幫親戚，要不然我就不會留在這裡了。」

原來，周老闆做為九十三師後代曾經被選送到台灣讀過大學，學的是經濟，回來後他可以去曼谷或者是別的地方找工作，可他最終還是留在了距老家最近的地方——美斯樂，為的就是能夠時常回老家看一看。

周老闆說他在清邁和清萊開著幾家玉器店，幾個兒女也都在美斯樂做著與旅遊有關的生意，目前生活還可以。

周老闆還說雖然他們一家人現在都已經取得了泰國國籍，可還是覺得自己是中國人。他告訴高秉涵，生活在美斯樂的華人，不管是否取得泰國國籍，一年到頭大家過的都是中國的傳統節日。

一個小時的路程很快就要過去了。車子開到段將軍茶館時，周老闆建議高秉涵到了美斯樂後，先去參觀兩個地方再去大其力。高秉涵問哪兩個地方？周老闆說一個是段將軍墓地，一個是美斯樂文史館。

下車時，高秉涵塞給周老闆兩百個泰銖。周老闆死活不要，高秉涵悄悄地把兩百泰銖塞到了「皮卡」車的座位底下。

高秉涵剛走了沒幾步，周老闆的車又追上來：「高先生，去緬甸那邊的車不好找，要不要我幫你？」

「你認識那邊的人？」

「我兒子跑客運，和那邊的司機熟。」

「那真是太麻煩了。」高秉涵感動地說。

周老闆讓高秉涵先去參觀，他等會帶著緬甸司機去文史館找他。

告別了周老闆，高秉涵打聽著路去了村子西邊的他那翁山。怕耽擱時間，高秉涵在段將軍墓地停留的時間很短。有兩件事讓他感到十分震撼。一是那個一直為段將軍看守墳墓的老兵。老兵叫黃家福，已經年過七旬，他個子瘦小，滿臉黝黑的皺紋，身穿破舊的美軍軍服，頭戴鋼盔。自從段將軍去世後，他每天都來無償地看守著段將軍墳墓。高秉涵上前和他搭話，問他為什麼要數十年如一日這樣做。老人說：「如果沒有段將軍，我們這些人就不可能活下來。」

再就是墳墓的朝向。高秉涵發現，段將軍的墳墓是面朝北方的。再仔細一看，整個他那翁山山巔，北方，是所有國軍九十三師老兵墳墓的唯一朝向。

北方，祖國的方向，所有中國人無法忘懷的祖國！

那一刻，高秉涵的鼻子酸澀了。

這群流浪的中國人，無論他們過去做過什麼，當兵打仗，抗日殺敵，內戰外戰，反攻大陸，龍蛇爭霸，販運毒品……但他們最後的精神家園和靈魂歸宿只有一個——中華大地！

離開他那翁山來到文史館，見周老闆還沒來，高秉涵就走了進去。旁邊的工作人員介紹說新的文史館正在修建，這只是個小型的資料室。屋子裡有些擁擠，導遊帶著一撥又一撥的遊客不停地進進出出。

高秉涵正看著牆上的圖片，一個導遊小姐帶著幾個大陸模樣的同胞走了進來。導遊小姐只說了一句開場白，就把高秉涵吸引了過去。

「各位來自中國，請不要介意我所說的話，因為這段歷史不能迴避。」

導遊小姐的臉上帶著一種輕鬆和幽默，只聽她用調侃的語氣說：「當年，共產黨和國民黨在建國的問題上意見不統一，於是開打起來。國民黨打不過共產黨，被迫逃到了台灣島，我們的上輩也就退守到了這裡。泰國是我們現在的家，但我們永遠都是中國人。現在中國強大了，台灣人又回到大陸做生意，我們真誠地為兩岸關係的融洽感到高興。沒有動亂的日子是老百姓盼望的，要是兩岸統一了，我們也就回家了。」

那幾個大陸模樣的同胞愣了片刻，然後紛紛鼓掌。

一邊的高秉涵也趕忙鼓掌。

過午時分，周老闆帶著一個膚色黝黑的緬甸小夥子來到文史館門口。緬甸小夥子開著的也是一輛「皮卡」車。

周老闆告訴高秉涵，有兩種方案可供他採納，一是坐小夥子的車去大其力的孟西寨，找到老人後再搭乘長途班車去通往中國版納的打洛口岸。另外一種方式是包車，小夥子可以先把高秉涵送到大其力的孟西寨，定好出發時間再把他們一直送到三百多公里外的打洛口岸。

緬甸小夥子收人民幣，去孟西車費只要二十元，去打洛口岸則要五百元。

高秉涵選擇了包車，他不能讓一個八旬老人去擠長途班車。

告別周老闆，坐在顛簸的「皮卡」車上，美斯樂文史館漸漸變遠。突然，一群穿著寫有「興華小學」字樣校服的孩子從旁邊的學校裡衝出來擁到文史館門口。孩子們清亮的童音在異域的美斯樂上空響起：「鋤禾日當午，汗滴禾下土。誰知盤中餐，粒粒皆辛苦。」

孩子們又朗誦：「床前明月光，疑是地上霜。舉頭望明月，低頭思故鄉。」

高秉涵笑了，笑容在臉上綻放時，眼淚也一同流了下來。

想不到開「皮卡」車的緬甸小夥竟然認識徐達輝，說以前徐達輝在美斯樂賣茶葉的時候經常搭乘他的車。

緬甸小夥說：「老伯前些年很能幹的，每天都在美斯樂的街上穿著一身舊軍裝賣茶葉。這幾年跑不動了，就很少看到他了，偶爾會看到他去美斯樂寄信或買東西。」

「寄信？他都給誰寫信？」高秉涵故意問。

「給老家寄，給台灣的朋友寄。不過聽老伯說老家的信每次都寄不到。」

「為什麼？」

「老家的地名改了，老家的親人一直收不到他的信。」

徐達輝老家的地址的確改了。出發前，高秉涵曾經委託瀋陽的三姐幫著查了，徐達輝以前的村子早就搬遷了，原來的村名「旱鴨子窩」早已改名為紅旗屯。

聽說高秉涵是來帶徐達輝回老家探親的，緬甸小夥說：「老伯要是知道了，一準會樂瘋的！」

緬甸小夥告訴高秉涵，幾年前有個中國記者來觀光，知道老伯的事情後，表示回去要聯繫人資助老伯回老家。

「後來呢？」高秉涵問。

「老伯白高興一場，後來那個記者就沒了消息。」

「皮卡」車穿過一個冷冷清清的鎮子，緬甸小夥說這就是大其力。過了大其力，山勢越來越陡峭，路也變得越來越窄。

拐過一個植被格外茂密的山包，緬甸小夥指著不遠處半山腰上的一個寨子，對高秉涵說：「這就是孟西。」

顯然車子無法開上去，高秉涵下了車。

和緬甸小夥約好了第二天見面的時間，高秉涵一個人向山上走去。看著越來越近的寨子，高秉涵心潮起伏。他想像不到當自己把回鄉的消息告訴徐達輝後，老人會怎樣激動。

為了給老人一個驚喜，高秉涵沒有讓岳父把這件事情先告訴他。

此刻高秉涵懷疑這樣做是不是明智？他擔心八十歲的老人承受不了這個突如其來的喜訊。

有幾個只穿著褲衩的孩子在村邊玩耍，高秉涵上前詢問徐達輝的家住在哪裡？孩子們睜著眼睛用茫然的眼神看著他。高秉涵這才明白過來這些孩子聽不懂漢語。

見對面走過來一個端著籮筐的中年女人，高秉涵又上前去打聽。膚色黝黑的中年女人奇怪裡看了他一眼，問：「你是那個要帶他回鄉的記者嗎？」

高秉涵想起了剛才緬甸小夥對他說過的話，忙說：「我不是記者，我從台灣來。」

「你來晚了，他回不了了。」

高秉涵感到周身的血管一下縮緊了：「怎麼了？」

中年婦女騰出一隻手指了一下村外的山，說：「他上山了。」

中年婦女用更加奇怪的眼神看著高秉涵說：「回不來了，他十幾天前去世了，埋到山上去了。」

「上山了？他什麼時候回來？」

那一刻，高秉涵覺得眼前一下子黑了。

端著籮筐的中年女人把高秉涵帶到了徐達輝的家。徐達輝的家是兩間山坡上的草房子。一個身材矮瘦，膚色枯黃，頭髮灰白的老太太正坐在門口的小板凳上用木然的表情看著外面。

端籮筐的中年女人告訴高秉涵，這是徐達輝的老伴。

當高秉涵把自己介紹給老人時，老人半天沒有說話。過了許久，老人的眼裡溢出了兩滴渾濁的淚水。

在徐達輝的家裡，高秉涵看到了一本中國地圖冊。把地圖一拿起來，書頁竟然自動地就翻到了遼寧的那一頁上。

高秉涵發現，遼寧那一頁紙是地圖冊上最陳舊的一頁。看著地圖上那些密密麻麻的文字，高秉涵的眼睛模糊了。

徐達輝的老伴把高秉涵帶到了徐達輝的墳上。一走近墳包，高秉涵的淚水就嘩嘩地流了下來。他又看到了一座面向北方的墳墓。

半個月後，已經回到台北的高秉涵獲悉：剛剛上任的陳水扁，下令把「總統府」牆上懸掛的「三民主義統一中國」的牌子摘了下來。

次日，高秉涵和妻子石慧麗帶上黨證一起去了位於中山南路「總統府」對面的國民黨中央黨部。接待他們的是一個長髮披肩的文靜小姐。高秉涵把兩個黨證一齊交給她，說這樣的黨還是退了的好。

不斷有要求退黨的人走進大樓來上交黨證，小姐嚴肅著不說話，只是把黨證小心地收起來，放進一邊的大皮箱裡。

17

隨著歲月的流逝，一年一度隨探親團回鄉探親的同鄉越來越少。同鄉們大都已經七十開外，想跑也跑不動了。還有一些像高秉涵這樣歲數稍小一點的同鄉則認為，間隔幾年回去一趟看看就可以了，每年跑身體吃不消。

終於，二〇〇三年的春天，探親團只剩下了高秉涵一個人。

這些年來，高秉涵已經對回鄉形成了一種依賴症。一段時間不回去，他就覺得心裡少了什麼，空落落的。

雖然沒有同鄉報名和他一起回鄉，高秉涵依然要回去。

要回去，就要有站得住的理由給老伴告假。兩個需要他往回送的骨灰罐是理由，還有一個理由暫且不能對石慧麗說。於是，高秉涵打算先不把探親團只有他一個人的事告訴老伴，給她來一個蒙混過關。

知道高秉涵又要回鄉，石慧麗的確有些不高興。她的不高興是因為高秉涵回鄉的日子和天成大飯店的三十年店慶衝突了。

天成大飯店的董事何文雄已經成了高秉涵的親家，大兒子高士瑋留學回來後娶了何文雄的女兒何千玉。兩家原本就是多少年的至交，成了親家後更是親上加親，飯店裡無論搞什麼活動，高秉涵夫妻倆都是不可缺少的座上賓。

這次店慶很重要，石慧麗非常希望丈夫能夠留下來。

這天晚飯後，石慧麗再次問丈夫：「你到底是參加店慶，還是回菏澤？」

高秉涵已經把不參加店慶的事向親家和兒媳婦作了解釋。一聽說要帶團回鄉，他們都表示理解。見高秉涵不回答，石慧麗又追問：「快說，到底是去還是留？」

高秉涵回答得有些結巴，說：「我還是回去吧，那邊都知道了我要回去，再說我還要帶團。」

一聽這話，石慧麗不打算繞彎子，直接戳穿高秉涵：「帶什麼團，我早打聽了，除了兩個骨灰罐，不就你一個人嗎？」

高秉涵一怔，謊話被戳穿，臉上有些過不去。

高秉涵這次回鄉，除了那兩個骨灰罐之外，還有另一個原因。這個原因是瞞著石慧麗的。

這些年來，高秉涵瞞著家人在老家做了很多事。有些是事先已經打算好的，有些則是回鄉後觸景生情憑著當時的一腔熱情做出的臨時決定。

為賈坊中學捐獻桌椅的事就屬於後者。

由於父母都曾是鄉村教師，高秉涵對老家的鄉村學校總是投以格外的關注。

早在幾年前，繼捐助獎勵高莊籍學生之後，高秉涵就和賈坊中學簽署了一份協定，每年由他出資一萬元，用做學校的教育獎勵基金，獎勵那些品學兼優的三好生。

每次回鄉，高秉涵都會抽出時間去賈坊中學看一看。上次回鄉時，他發現剛剛修建的教學樓裡，用的還是一二十年前的老桌椅，很多張剩下了三條腿，要用磚頭墊著才能立得住。還有一些桌椅的腿是用繩子和布條綁著的，一鬆開就散了架。高秉涵問一邊的常雙建校長，蓋樓的錢都花了，為什麼不一起把桌椅也換了？常校長尷尬地笑笑，說光是蓋教學樓就把錢花光了，實在沒有錢再買桌椅，只能等以後有了錢再說。

來到教室裡，看到那些被捆綁成五顏六色的殘廢桌椅，高秉涵再也沉不住了。

他當時就表態要捐助三萬元人民幣為所有教室換上新桌椅。

前些天，沙德庭打來電話，訂製的桌椅已經做好了，近期就可以投入使用。為了感謝高秉涵對家鄉教育事業的支持，賈坊中學的常校長執意要搞一個剪綵儀式，邀請高秉涵出席。當時還不知道天成大飯店要搞店慶的事，高秉涵一口答應了。答應了的事就不能食言，這是高秉涵的一貫作風，所以他必須回去。

高秉涵這次回鄉，正是為了剪綵這件事。

見高秉涵無力反擊，石慧麗又苦口婆心地說：「人家都是回去個一兩趟，圖個新鮮，看看老家是個什麼樣也就行了，誰像你，老是這樣跑來跑去的，把錢都扔到了飛機上！」

一聽妻子提到錢，高秉涵就想起在家鄉的那些林林總總的捐款，他不敢在這個話題上多停留，支吾著說：「其實，機票是用不了幾個錢的。」

石慧麗馬上說：「機票花不了幾個錢？那這些年你究竟把錢花到哪裡去了？難道真像士佩說的那樣，你在那邊有了相好的？把錢都花到了她身上？」

一聽這話，高秉涵反倒坦然：「這個妳可以盡情調查，我高秉涵是什麼人妳到現在還不明白嗎？」

石慧麗當然不相信高秉涵是那樣的人，那只不過是女兒和爸爸之間的玩笑話。但家裡這些年來的確沒有積攢下什麼錢，這不由得讓她感到很惱火。在同學中，和她差不多條件的，到了這個年紀，哪個不存下個幾套房幾台車的？只有他們家，這十幾年根本沒什麼大變化。大兒子士瑋結婚時拿出全部家當才勉強買了個小三居，女兒士佩結婚的陪嫁也很一般，害得她在眾人面前沒面子。

前些年三個孩子都在國外留學，沒攢下錢情有可原。現在士瑋和士佩都工作了，在悉尼大學讀博士的士琦一邊讀書一邊勤工儉學，也不需要花家裡太多的錢，怎麼家裡的積蓄還是不見多？左算右算，石慧麗都認為家裡不該這麼「窮」。

石慧麗原來一廂情願地認為丈夫把錢花到了機票上，現在看來不太對頭，機票才幾個錢？唯一的解釋是丈夫把錢花到了不該花的地方。雖然不知道究竟花到了哪兒，但她卻肯定一定是花到了老家。

想來想去，石慧麗得出一個結論，導致家庭收入減少的根本原因是丈夫的這種無休無止的返鄉。做為一個家庭主婦，她不能再這樣聽之任之下去。

也不單單是為了錢，石慧麗還擔心高秉涵的身體。奔七十的人了，身子骨瘦得像個搓衣板，路上萬一有個閃失怎麼辦？

想到這裡，石慧麗就說：「不管怎麼樣，這次都要聽我的，你不能回去。」

就在這時，一個意想不到的電話來了。

高秉涵拿起電話，話筒裡傳來一個陌生的聲音。聽了半天，高秉涵忽然明白過來，竟然是濟南的那個印刷廠廠長打來的。

高秉涵馬上興奮起來。

事情過去了兩年，齊美智要找的人終於有了消息。

高秉涵的聲音立即亢奮起來，他對著話筒吼：「什麼？他過些日子還要離開濟南？他姑媽還活著？太好了！好的，好的，我馬上通知齊女士，我們抓緊時間趕到濟南去！」

石慧麗以前聽高秉涵說過齊美智的事，一聽這話，她也關注地豎起了耳朵。

放下電話，高秉涵對石慧麗說：「齊美智尋親的事有消息了，我得馬上帶她回濟南去找她老公前妻的那個親戚。」

石慧麗看了高秉涵一眼，沒有說話。高秉涵知道回菏澤的事石慧麗算是同意了，心裡不由得輕鬆起來。

高秉涵知道，石慧麗雖然厲害，但卻心地善良。

士瑋和士佩去機場送高秉涵。兩個骨灰罐，士瑋拎一個，士佩拎一個。

上巴士時，士佩怕不小心摔了骨灰罐，就緊緊地把骨灰罐抱在懷裡。想著幾年前士佩在地下室被骨灰罐嚇得跌倒在地的情景，高秉涵又感慨又欣慰。孩子們大了，懂事了，也理解了他對老家的那一片眷戀之情。

到了機場，高秉涵看到齊美智已經到了。她女兒李暉這次也跟著一起回去，李暉的懷裡抱著父親的骨灰罐。

安檢時，女兒士佩把高秉涵叫住了。她往父親的口袋裡塞了一小包生花生米，然後伏在父親耳邊低聲說：「出門的時候，媽咪讓我交給你的。」

18

這個下午，泉城廣場南端的「避風塘」茶館顯得十分清淨。坐在茶館一角一張桌子後面的畢宇春眼睛直瞪瞪地盯著門口。他雙臂交叉著抱在胸前，臉上木然著沒有表情。

其實，此時畢宇春的心情十分複雜。

這是一次沒有徵得表姑同意的約會。訂下來之後他又有些後悔。表姑不同意只是畢宇春後悔的一個原因，除此之外，為了等待這次約會，他足足在濟南多停留了一個星期。在蘇州的一家製鞋廠做小老闆的畢宇春十分明白時間就是金錢的道理，因此幾天來一直有些焦灼不安。

畢宇春之所以留下來，只是為了滿足自己的一點好奇心。和表姑一樣，他也對即將就要出現在自己面前的這對台灣母女沒什麼感覺。豈止是沒什麼感覺，簡直還有些憎惡。

那天，從廠長那裡知道了這件事，他的第一感覺是震驚，摸摸臉，看看天，感覺還是很震驚。離開印刷廠，他馬上叫車去了長清。長清是濟南西邊的一個郊區縣，表姑住在長清縣南部的山區裡。進了院子，畢宇春看見表姑正在院子裡晾曬紅棗。表姑一看見他就滿臉帶笑地迎上來。畢宇春忙不迭地把消息告訴給表姑：「姑，台灣的姑父有信了。」

表姑一聽這話馬上就僵住了。

七十五歲的表姑頭髮早就全白了，一縷花白的頭髮垂下來遮住了她的半邊臉龐。畢宇春發現，表姑那只露在外邊的眼睛裡露出一種驚愕。

「怎麼，那死鬼還活著？」

畢宇春這才意識到自己的表達有問題，忙又解釋：「姑父早就不在了，是他在那邊娶的老婆回來了，還帶回來個閨女，說是要和你一起把姑父的骨灰送回老家去。」

表姑的臉一下就拉長了，眼神裡先是悲哀和傷痛，接著又噴出憤怒和怨恨。

「我不去見她，就告訴她我也早死了！」說完，表姑顛著小腳進到屋子裡。

表姑的激烈反應是畢宇春事先沒有料到的。

看著表姑的背影，畢宇春這才開始站在表姑的角度去考慮這個問題。他很快就理解了表姑。

表姑這一生實在是太坎坷了，不幸的事情一件接著一件。而所有的不幸，都與她的那個叫李家明的國民黨丈夫有關。

因為她的國民黨丈夫，表姑帶著兩個年幼的兒子背井離鄉。後來，又是因為那個國民黨丈夫，表姑在濟南待不下去，只好隨便跟了一個賣核桃的老頭來到了這長清的大山裡。但她的那個國民黨丈夫的陰影卻無論如何也甩不掉，如同一個不祥的魔咒一樣緊隨著她，不論走到哪裡都無法擺脫他所帶來的厄運。

最後終於引發了那件讓表姑一生都心痛不已的事。

一九六七年秋天，表姑家比畢宇春大兩歲的二表哥二柱剛滿十九歲。剛剛高中畢業的二表哥一心想去當兵。查體政審，一切都很順利，後來發了新軍裝，就等著帶兵的一聲令下坐上火車去北京的部隊。二表哥驗的是北京的警衛兵，說是去保衛中南海。

然而，出發的前兩天，二表哥的事有了變故。那個原本很看好二表哥的帶兵的來家裡告訴表姑，說二表哥的當兵資格被取消了。表姑知道原因，什麼也沒說就悲愴著一張臉進了屋子。

當時不在家的二表哥也很快就從村裡人的嘴裡知道了這件事。晚飯二表哥沒有吃，他把自己一個人關在屋子裡。到了第二天中午，見二表哥的屋子裡還是沒有動靜，表姑推門去叫他。門推不開，當時還在世的賣核桃的表姑父用腳把門揣開了。於是，表姑看到了她一生中最不願意看到的一幕：二表哥上吊自殺了。

二表哥的自殺，讓表姑幾近崩潰。一連好幾年，她幾乎不說話。直到後來大表哥大壯生了孩子，表姑抱上了孫子，這才又漸漸開口說話了。

如今，眼看著一切都過去了，年邁的表姑已經把那些不愉快的事情埋進了深深的歲月裡。不料想，生活中憑空裡又出現了這對能勾起她許多傷心事的台灣母女。

面對這對突然到來的台灣母女，表姑怎麼能心情平靜？

畢宇春跟著表姑來到屋子裡，表姑正背對著他。畢宇春發現，表姑的肩膀不停地抖動著。

畢宇春安慰表姑：「沒關係，我不去見她們就是了，反正她們又不知道你的地址。」

表姑轉過身，眼睛裡滿是淚水。

「這個死鬼，就是死了也不肯放過我，到了這會兒還讓台灣的小老婆來禍害我。你說上輩子我到底做了什麼孽？」

畢宇春發現，表姑眼裡除了原有的憤怒和怨恨，又多了一種妒忌和仇視。

畢宇春安慰表姑：「姑，你放心，我一定不把你的情況透給她們。」

表姑還是無法平靜下來。她坐在板凳上，一邊嚶嚶地哭著一邊還在歷數著姑父的種種不是。

說。

「這個死鬼，他倒是逍遙了，在那邊又娶小老婆又生閨女，家裡人為他吃盡了苦頭……」

表姑正哭訴著，大表哥進來了。畢宇春小聲對大表哥把事情說了。大表哥始終板著臉，一句話也不說。

臨走的時候，畢宇春和表姑及大表哥就這事達成了一致，對台灣來的這對母女避而不見，隨她們怎麼去折騰。

畢宇春剛走出門，表姑又從院子裡追出來，惡狠狠地說：「告訴那個台灣女的，就說我早就死了！」

晚上回到濟南，畢宇春又接到了安廠長打來的電話。安廠長告訴他台灣的那對母女再過四天就來濟南，讓他隨時準備帶表姑來和這對母女見面。

安廠長最後說：「瞧瞧，人家台灣大姐多講情意，丈夫都死了這麼多年了，還要親自把丈夫的骨灰送回來，夠味！」

換到台灣女人的角度上來考慮這個問題，畢宇春覺得安廠長說的也在理。是啊，大老遠的抱著個骨灰盒來了，這個女人到底圖個什麼呢？不就是想讓姑父魂歸故里嗎？

這樣想著，同情表姑的同時，畢宇春又多了一份對這個未曾謀面的台灣女人的同情。同情之餘，對這個千里迢迢抱著丈夫骨灰罐回大陸的台灣女人，畢宇春又產生了一種實實在在的好奇。

正是因為這份好奇，才有了今天茶館裡的這次見面。

說是等四天，實際上到今天畢宇春已經整整等了一星期了。本來就心情複雜的畢宇春顯得更加不耐煩。他直直地盯著門口，如同一隻盯著耗子的貓。

就在這時，放在桌子上的手機響了。

高秉涵一行晚到濟南三天是飛機的原因。那天到了香港後，由於濟南大霧無法降落，他們臨時換成了飛鄭州。從鄭州去菏澤比去濟南近，高秉涵臨時決定先回菏澤把其他事情處理完再去濟南。

與以往不同的是，這次高秉涵一行一下飛機就被媒體盯上了，是兩個菏澤電視台的青年記者。來接他們的車也是電視台派的，說要全程拍攝，製作一期專題節目。

看著老是對著自己的鏡頭，高秉涵很不習慣。

到了菏澤，高秉涵先去賈坊中學剪了綵，又把兩個骨灰罐送進骨灰塔。忙完這些，兩天時間過去了。直到今天早晨，高秉涵才抽出一點時間回了趟高莊。再過些日子就是八月十五，堂弟高秉魁陪他一起到祖墳上燒了紙。沒來得及吃午飯他就返回菏澤叫上齊美智娘倆往濟南趕。

汽車快到泉城廣場時，高秉涵掏出手機給事先約好的畢宇春打了個電話。聽說畢宇春已經到了，高秉涵連連抱歉說馬上就到。

畢宇春一眼就認定了進來的這群人是來和他見面的，又一眼就從人群裡認出了滿頭花髮的齊美智和她的女兒。

但畢宇春的感覺很不好。不是對來自台灣的齊美智母女感覺不好。彼此還沒有搭話，談不上感覺好不好。讓他反感的是那一男一女兩個記者，一進門就對著他喊哩喀喳一通照。這種照讓他覺得這些人是在作秀，同時也讓他回想起自己的一段不太光彩的歷史。那年，因為想節約成本他生產了一批鞋底超薄的膠鞋，後來被消費者投訴就有記者來曝光，也是跟著他這樣喊哩喀喳一通照，搞得他像個過街老鼠一般無處躲。

一時間，似乎又重溫了那種過街老鼠的感覺，畢宇春站起身用手遮住臉，怒聲問：「照什麼照？有什麼可照的？」

剛剛來到桌子跟前的高秉涵和齊美智一愣，趕忙讓記者別再拍了。

但為時已晚，只聽畢宇春留下句「我姑媽早就不在人世了」便揚長而去。

剛剛走進茶館的一行人全都傻了眼。

齊美智反應過來後急忙跟到外面追，剛出門，就看見載著畢宇春的那輛計程車魚兒一樣溜走了。

茶館裡的幾個人也都緊跟出來。高秉涵一邊衝已經遠去的計程車招手，一邊大喊「畢先生」。

「車號，車號，記住車號！」電視台男記者小鄭大叫著。話音未落，載著畢先生的計程車一拐彎就不見了。

19

剛要下班，安廠長的手機響了。他打開手機，聽出是台灣的那個幫著齊女士尋親的瘦瘦的高老先生。

高老先生的聲音有些急，一急說話就有些打咟。

「安廠長，畢宇春不見了。除了手機，你還有他的別的聯繫方式嗎？」

「怎麼，你們還沒有見過面？」

「見倒是見了，但還沒來得及說話，他就跑了。」

「跑了？為什麼？」

高老先生說：「一言難盡。現在他已經關機了，聯繫不上他。安廠長，你看這樣好不好？我們現在就去你那裡，麻煩再幫我們想想辦法，一定要找到畢先生。」

安廠長看了一下錶，見快五點了，就說：「還是我去找你們吧，你們現在在哪裡？」

「太感謝了，我們在大觀園附近的泉城大酒店。」

半小時之後，風塵僕僕的安廠長趕到了泉城大酒店。一走進齊女士的房間，首先映入眼簾的就是那個放在窗台上的骨灰罐，這骨灰罐讓平日裡習慣大嗓門說話的安廠長瞬間變得聲音低沉。

聽完高老先生的敘述，安廠長也皺起了眉頭：「這個二百五，他這一跑還真是不好找。」

高秉涵焦急地說：「她們母女倆都來了，把李老先生的骨灰也請了回來，你知道他濟南的房子在哪裡嗎？」

「他廠裡的那套房子這次交了，好像聽說他還有一座別墅，但在什麼地方我還真不知道。」

齊美智一副愁眉苦臉的樣子，幽幽地說：「要是剛才不拍攝就好了。」

正說著，菏澤電視台的兩個記者進來了。小鄭說：「我們通過交通廣播台找到了那個計程車司機。」

齊美智眼睛一亮：「找到畢先生了？」

女記者小蘭喪氣地說：「沒有。司機師父說畢宇春到了人民商場就下車了，他也不知道他後來去了哪裡。」

安廠長突然想起什麼似的掏出手機撥了個號碼。電話接通了，他問對方知道不知道畢宇春的別墅在哪裡。

「你也沒有去過？只知道在千佛山南邊？」

放下手機，安廠長說：「這個人和畢宇春有些來往，但他也只知道畢宇春的別墅在千佛山南邊，具體在哪個社區他也不知道，千佛山南邊的別墅區可就多了。」

高秉涵和齊美智一直不停地撥打畢宇春的手機，手機一直處於關機狀態。皺著眉頭的高秉涵突然問安廠長：「千佛山南邊的山裡到底有多少別墅區？」

安廠長說：「少說也有十幾個吧。」

高秉涵站起來，佝僂著瘦瘦的身子說：「安廠長，天不早了，你先回去吧，我們去找，一個社區一個社區地挨個找。」

安廠長一驚，也站起來，說：「就你們這幾個人，什麼時候才能找得過來？這麼著吧，我找幾十個工人過去，一起幫著找。如果晚了，怕又讓他走了。」

看著安廠長，大家都感動得不知說什麼好。

安廠長說：「你們先走，我招呼上工人隨後就到，一會我們手機聯繫。」

這次回來，畢宇春一直住在城裡的賓館。他原本並沒打算到別墅裡來。別墅已經買了幾年了，是留著以後養老住的。南邊生意上的事情忙，幾年都不回來一次，別墅裡家具上蓋的報紙上已經積了厚厚的一層土，所以他每次回來都住賓館。

畢宇春到別墅裡來是因為要取一樣東西。

下午，從茶館氣沖沖出來後，畢宇春叫車走了。本來要直接回賓館的，可到了人民商場附近看到了一個賣機票和火車票的門臉就下了車。他打算買張機票立刻走人。為了滿足自己一時的好奇心，他已經在濟南多停留了一個星期。他不想再多做耽擱，如果有今天的機票那是最好。不巧的是，當天的機票沒有了，第二天的也沒有。他走到賣火車票的視窗一問，票倒是有，就是晚了一點，夜裡十二點的。他想了想，等也是等，乾脆坐夜車算了。於是，畢宇春買了一張半夜開往蘇州的火車票。

拿上票出了門，沿街是一溜小商鋪。路過一個胡同口時，畢宇春突然看到了一個賣染布服裝的小門臉，一股久違的染坊裡的熟悉氣息迎面撲來。畢宇春走過去，抓起一件衣服摸了摸。

「土布，又保健又環保，不給媳婦買一件？」女店主問。

畢宇春沒有給老婆買衣服的經歷和經驗，倉皇地走了。

就在這時，畢宇春瞬間想起了已故的父親和母親，也想起了這次回來前妹妹對他的交代。妹妹讓他把父母的照片帶一張到南方去。

畢宇春晚飯後從賓館叫車來到別墅。他讓出租司機在門口等著，自己進去取照片。小心地把鑲在玻璃框裡的父母合影照片放進手提箱，他剛要出門，茶几上的座機響了。電話鈴聲嚇得畢宇春一哆嗦。自己剛進來不到五分鐘，怎麼就有人打進電話來？難道是那個台灣女人找了來？那她也太神奇了！

被掩蓋在報紙下面的茶几上的電話還在不停地響著，畢宇春走過去揭開報紙。原來是大表哥家的號碼，他平靜了一下心情拿起話筒。

話筒裡大表哥說表姑找他，接著裡面傳來了表姑的聲音。

表姑問：「春，還沒走啊？」

畢宇春說：「馬上就走，十二點的火車。」

表姑停頓著不知再說什麼。

過了一會，表姑又問：「這些天，你都忙些什麼？」

畢宇春一下明白了表姑的意思。表姑是擔心他會去見那個台灣女人，於是忙說：「我又跑了幾個批發市場，還忙了一些別的事。」

停頓了片刻，表姑又問：「她們都走了嗎？」

畢宇春一愣，馬上明白了表姑說的這個「她們」的意思。表姑是在試探他。畢宇春遲疑了一下，說：「不知道，應該走了吧。」

表姑不說話，畢宇春摸不透表姑的心思。

過了一會，表姑說：「其實，她也怪不容易的。這麼大老遠的來了，就為送那個死鬼回家。」

畢宇春徹底不明白表姑的意思了，對著話筒發愣。

就在這時，外面的門鈴響了。

放下電話，走到門口打開門，眼前的情形讓畢宇春一下子愣住了。

幾十個人圍在他的家門口。站在最前邊的是花白頭髮的齊美智，她的旁邊是安廠長和那個瘦瘦的老先生。

第二天，兩個女人在濟南的泉城大酒店裡相見了。房間的沙發上，她們相擁而泣。齊美智拿出了那張丈夫臨終時交給她的照片。看著照片，年過古稀的劉仙玉撫摸著丈夫的骨灰罐邊哭邊罵：「你這個死鬼，當初為了八十石麥子就把自己賣了去當兵，你這一走害苦了我一輩子！」

又過了兩天，兩個女人一前一後出現在泰山桃花峪的大山裡。她們交替著抱著丈夫的骨灰罐，嘴裡不停地喚著：「家明，回家了。回家了，家明！」

秋天的風吹拂著山間兩個女人花白的頭髮。

看著這一幕，高秉涵流淚了。

山間不斷傳來回聲。

回家！回家！

20

回到台北，高秉涵一連睡了三天。

看到丈夫這副疲憊樣子，石慧麗又心疼又氣惱。

「這麼跑來跑去的，你說你到底圖個什麼？沙德庭在電話裡說你一到了那邊就渾身是勁，怎麼一回來就變成了個蔫茄子？」

特意回娘家看爸爸的士佩在一邊說：「媽，您可真的要當心了。我看老爸在大陸一準是有女朋友！」

士瑋開玩笑說：「有女朋友又怎麼了？這說明咱老爸有生活熱情！」

石慧麗把兒子女兒撥拉到一邊，給躺在沙發上的高秉涵身後墊了個靠墊：「好了，你們都別貧嘴了，讓你爸好好養養神。」

「媽，妳又不生老爸的氣了？」士佩問。

石慧麗不回答女兒的話，對丈夫說：「瞧瞧你這身子骨，就剩一把骨頭了，要是還想見到你未來的孫子，就別這麼胡折騰。」

高秉涵用枯槁蒼白的手扶著老伴的肩膀坐起來。他眨了眨乾澀的眼睛說：「士瑋，孩子的名字我已經想好了。你回去告訴千玉，生了男孩叫佑澤，生了女孩叫佑菏。」

士佩說：「老爸，我們剛才說的話你到底聽到沒聽到？」

石慧麗把茶水遞給高秉涵，氣惱地說：「我看你這輩子是忘不了那個菏澤了。」

高秉涵說：「菏澤是老家，怎麼能忘呢？」

石慧麗把高秉涵一推，說：「今年秋天你就別再往回跑了，我看要是再跑幾趟，你這身子骨就該散架了。」

夏天最炎熱的時候，兒媳婦何千玉生了個女孩。按照事先的盤算，高秉涵給孫女取名高佑菏。「菏」是菏澤的「菏」。對這個名字，親家一家也很滿意。親家姓何，與菏澤的「菏」諧音。「佑菏」也有了保佑何家的意思。

但去戶籍處上戶口時，卻有了麻煩。

登記員從台灣產的電腦裡找不到菏澤的「菏」，就用了荷花的「荷」來代替。在登記員看來，荷花的「荷」與菏澤的「菏」，無論是從視覺還是從心裡感覺上都沒有什麼太大的區別。

士瑋把戶口本拿回來時，高秉涵卻一眼就發現了這個問題。他毫不留情地數落兒子，命兒子馬上去改回來。兒子說，錯就錯了，將錯就錯也好，女孩子的名字有個荷花的「荷」字也不錯。

高秉涵卻死活不同意，拿著一張空光碟專門到電腦公司找專業人士複製了一個菏澤的「菏」字，然後又拿著戶口本親自跑了一趟戶籍登記處。

見這個老頭這麼較真，登記員也不好再堅持，只好不厭其煩地把荷花的「荷」改成了菏澤的「菏」。

拿著改過的戶籍冊，高秉涵開懷地笑了。

年輕的女登記員不解地問，為什麼如此喜歡這個她連認識都不認識的「菏」字？

當高秉涵告訴登記員，這個字是他大陸老家地名中的一個字時，年輕的女登記員驚訝地說：「真的？還有這麼個奇怪的地名呀？」

她似乎一下就理解了高秉涵的心情，默默地看著他。

孫女剛滿月，高秉涵就從事務所一樓的音像部裡買來了《三字經》的兒歌給她聽。小傢伙也真是奇怪，哭得正兇的時候，《三字經》歌一響起來，馬上就不哭了。

在滿屋子的《三字經》兒歌聲中，高秉涵不由自主地又開始想家了。

台灣沒有真正的秋天，是老家的秋天快到了。

高秉涵的內心掙扎著。他不知道是不是要在這個秋季裡再為自己找個回鄉的理由。過去的日子裡，如果隔幾個月沒回家，他就會沒事找事地替自己找個回家的理由。

但這個秋天，他卻有些猶豫了。

正在高秉涵矛盾猶豫時，回家的理由自己找上門來了。

八月的一天，高秉涵和諸位菏澤簡易師範的校友都相繼接到了老家菏澤一中寄來的邀請函，邀請他們這些菏澤一中的老校友回去參加百年校慶。

菏澤一中創建於一九〇三年，歷經清朝、民國和中華人民共和國，由曹州中學堂、山東省立第六中學、山東省立菏澤中學、菏澤簡易鄉村師範、冀魯豫邊區一中演變而來，在魯西南一帶，享有「江北第一名校」之美譽。

一九四八年，高秉涵剛剛接到菏澤鄉村簡易師範的錄取通知書就去了南京。雖然他沒有在菏澤鄉村簡易師範上過一天學，但卻至今仍在保險櫃裡保存著菏澤鄉村簡易師範發給他的錄取通知書。正是靠著這張錄取通知書，他才得以在台灣延續學業，一步步走到今天。他從心底裡感到菏澤一中是他人生求知的第一個階梯。

高秉涵決定回鄉參加母校的百年慶典。

和高秉涵一起由台灣回去的是一個叫朱克讓的校友。

收到邀請函的台灣校友都對這件事十分關心，但大家都年紀大了行動不便。於是諸位校友捐款買了賀禮，委託他倆當代表捎回去。

興衝衝拿著賀禮上飛機時，高秉涵並沒有料到這是他的一次傷心之旅。

還是住在天香村賓館。

這次回來，高秉涵覺得天香村賓館比以往任何一次都熱鬧。許多從外地趕來的校友都下榻在這裡。

剛進一樓大廳，高秉涵就被一個滿頭白髮的老人拉住了。老人高身量，身材挺拔，目光炯炯。

聲如洪鐘的老人問：「是高秉涵嗎？你還活著？」

高秉涵一愣，看著眼前的人也覺得面熟，再一回想這聲音，一下子回想起來：「你是孔慶榮！你也還活著？」

「哈哈，正是我！我還活著！」孔慶榮朗朗地說。

高秉涵的記憶在一點點復甦。他想起了一九四八年農曆八月初五早晨離開家鄉時的情形，也想起了在曹縣的村子外邊和孔慶榮分手時的情形。記憶裡，吃完村子裡共產黨武工隊送給他們的包子，兩個人就各自上了兩輛不同方向的汽輪馬車。

高秉涵繼續奔向南方，而孔慶榮則聽從共產黨武工隊的勸阻坐上了返回家鄉的馬車。

屈指算來，兩個人分別了整整五十五年。

當初兩個人還都是十幾歲的青春少年，如今見面卻都已是白髮老人。

兩個人不停地述說著各自的人生經歷。孔慶榮為高秉涵坎坷的旅台經歷唏噓不已，高秉涵也為孔慶榮的人生經歷連連稱奇。

當年，回到菏澤後不久，孔慶榮就和許多熱血青年一起參加了解放軍。解放後，孔慶榮被選送到解放軍通信學院讀書，畢業後一直在部隊從事通信工作，後來轉業被安排到中央人民廣播電台工作，退休後居住北京。

見孔慶榮拄著拐杖，高秉涵說：「你這麼好的身板，怎麼還要拄著拐？」

孔慶榮詭祕地一笑，說：「拄著拐才會有年輕人給你讓座。」

高秉涵哈哈大笑。

十月二日，校慶的前一天晚上，菏澤市一中校長儀忠民親自到天香村賓館看望諸位校友，對大家在百忙中抽出時間回老家參加校慶表示感謝。

來到高秉涵和朱克讓居住的房間時，儀校長更是感動。他拉著兩位老人的手，由衷地說：「這麼大老遠地趕回來，真是太感謝了。」

變故是十月三日校慶當天早晨發生的。

一大早，高秉涵就聽到有人敲門，打開房門，門口站著神色尷尬的儀校長。

高秉涵以為儀校長是來叫他們起床的，就說：「起來了。」

儀校長的神情似有難言之隱。

支吾了片刻，儀校長說：「高會長，實在對不起，接到上邊通知，校慶安排有點變動。」

「推遲了？」高秉涵問。

「不是。」儀校長神色尷尬。

「究竟是怎麼了？」

「菏澤鄉村簡師那一段，說是不讓納入菏澤一中的校史。」

高秉涵驚訝地問：「為什麼？」

儀校長臉上帶著歉意：「非常抱歉，上邊說那一段歷史是國民黨辦校時期，所以不能予以承認。因此，那時候的學生也就不能算做是一中的學生。」

高秉涵驚呆了，他沒有想到會發生這樣的事情。

不過儀校長又說：「高會長，這是上邊的決定，我無權更改，但我以校長的名義邀請你以台胞嘉賓的身分參加今天的校慶。」

「不用了。」高秉涵木然地說。說完，高秉涵就關上了房門，頹然坐進椅子裡。

朱克讓從洗手間裡出來了，高秉涵把變故說給他聽，他也當場愣住了。

「現在都什麼時候了，他們還搞這一套？」

是啊，兩岸都開放這麼多年了，怎麼在菏澤還會發生這樣的事情？這怎能不讓他們這些遠離家鄉的遊子傷感痛心？

這時，一直跟蹤採訪高秉涵的菏澤電視台記者小鄭進來了。他見高秉涵沉著臉，就問他是不是有什麼不高興的事。憤憤的朱克讓剛要開口，高秉涵就把他制止住，他不想讓這種事情通過媒體傳出去。

但事情還是很快就傳開了，大陸的簡師校友也無法接受這個事實。

孔慶榮說：「難道國民黨統治時期就不算歷史嗎？無論名字怎麼變，都是這所學校，校址沒變，教書育人的宗旨沒變。菏澤一中就是我們的母校，那段歷史是無法抹去的！」

菏澤一中校慶活動正在熱火朝天進行的時候，數十位來自各地的簡師校友聚集在天香村賓館起草抗議書。他們要向市委的陳書記反映這件事，不能讓這樣的事情再發生。

抗議書由當過記者的孔慶榮主筆，他在抗議書的最後引用了高秉涵的一段話……我們都有同一所母校，如同一母所生。多一位同學，就多一位兄弟，多一份手足，多一份力量。我們坦誠地疾呼，不能再讓兄弟相殘之事重演，不能再做仇者快、親者痛的事情。我們要摒棄成見，放寬心胸，不分你我，不分民族，不分黨派，團結海內外中華兒女，為祖國和家鄉的繁榮多出一把力。

回到台北半個月後，高秉涵收到了菏澤市委陳書記的親筆信。陳書記以前並不認識高秉涵，他是從菏澤電視台播出的節目中瞭解並認識高秉涵這個人的。

專題片裡的高秉涵，讓陳書記感動得流下了淚水。

而看著陳書記的信，台北的高秉涵也流下了感動的淚水……

到了年底，陳書記帶領的菏澤經貿考察團剛一離開台灣，高秉涵就從楊正民那裡聽到一個消息：王永慶的台塑集團要向大陸捐獻三十億人民幣，在大陸的一些貧困省分修建一萬所小學，學校統一用「明德小學」這個名字。

菏澤定陶籍的楊正民教授是王永慶的親家。

七十六歲的楊正民到事務所把這個消息告訴給高秉涵那天，外面正下著雨，他渾身都讓雨水淋濕了。

高秉涵聽到這個消息後，眼睛頓時就亮起來：「這是個大好事！教育是根本，王老先生真是有遠見！」

王永慶是台灣首富。高秉涵很早以前就聽說過一些關於他的事情，印象裡，王老先生十分節儉。聽說他外出吃飯，每次都會把不小心掉在桌子上的東西撿起來吃掉。他穿衣服也從來不講究品牌，實用結實就行。就是這樣一個在生活上異常節儉的人卻一下拿出三十億無償捐獻給大陸的教育事業，不能不令高秉涵對他刮目相看。

「好是好，可也不是沒有遺憾。」楊教授說。

高秉涵忙問：「什麼遺憾？」

楊正民這才把實情說出來。

原來，台塑集團捐獻的三十億主要是針對西部的一些貧困省分和地區。而做為沿海富裕省分的山東並沒有被劃進捐獻範圍之內。

高秉涵一聽，也有些著急。一著急，他的話就變得溜起來：「富省也有窮地方。我們菏澤就不富裕，經濟在全省排最後，教育上的投入更是匱乏，許多鄉村的校舍都很破舊，有的根本就是危房。孩童們在這樣的房子裡讀書，我們看著都心疼。楊教授，你無論如何要找親家做工作把我們山東劃進去，就是不把山東劃進去，也要把我們菏澤劃進去。」

楊正民沒有回答他的話，臉上顯出為難神色。

高秉涵知道楊正民是個清高而要面子的人，很少為自己的事情去求別人。對門第顯赫的親家，他更是很少開口給他們添麻煩。

過了一會兒，楊正民遲疑地說：「聽說第一批的造表都做完了，我再去找好嗎？」

「這有什麼不好的？又不是要錢給你自己，是他們不瞭解情況，才把我們菏澤漏掉的。」

楊正民還是很猶豫。高秉涵看得出，楊教授既不想錯過這個為老家做事的機會，又拉不下臉來去求情。

楊正民說：「秉涵，你看這樣好不好？我介紹你去找負責這個項目的長庚大學的包家駒校長。你去和他接洽，當面詳談。」

高秉涵說：「好，你聯繫好了，我就去找他。」

要獲得捐建，就要具備充足的捐建條件。

送走楊正民，高秉涵來不及吃午飯，就把電話打到了菏澤市教育局局長張修田的辦公室。他把情況大致對張局長做了介紹，讓他迅速準備一些小學校舍急需改建的資料快遞到台灣來。

二〇〇四年三月的一天，高秉涵帶著張局長寄來的資料去了長庚大學。

包校長用狐疑的眼神打量著眼前的這個瘦老頭。自從在大陸捐建小學的事情傳開以來，他就整日接待一些莫名其妙的來訪者。有的是來兜攬明德小學建築工程專案，有的是提議要在某地修建明德小學，只是說到最後就露了餡，要求把錢打到他的帳戶上，由他負責實施。還有的更為直接，乾脆就是要錢，說是家裡孩子多，上學供不起，既然台塑集團這麼重視教育，也要資助一下他。

來訪者都是通過各種熟人介紹來的，包校長也不能太駁人家的面子，只好耐著性子一一給予接待。

他拿不準眼前的這個瘦老頭葫蘆裡賣的究竟是什麼藥。

包校長看著高秉涵瘦得前胸貼後背的樣子，就暗地裡想，錢真的就有那麼大的吸引力嗎？都這麼大年紀了，還托了老董事長親家的關係找了來？

這個瘦老頭性子還挺急，不等包校長開口，就先把一大堆資料攤開來放到了他的辦公桌上。

「包校長，你看看這些。」

包校長先看資料，看完資料又看圖片。後來，他指著一張搖搖欲墜的校舍照片驚訝地問：「這真的是山東境內的小學嗎？」

「的確是。這個地方叫菏澤，在山東省的西南部，和河南、安徽搭界，經濟貧困，教育投資十分匱乏，許多小學都是這樣的危房。」

包校長內心對這個瘦老頭的看法已經有些改變，但他還是不敢肯定這個瘦老頭拿來的資料和圖片上反映的情況是真是假，於是就說了個活話，調查清楚了再給他答覆。

一個月後，高秉涵接到了包校長打來的電話。包校長告知他山東省的一些相對貧困地區已經被納入捐建範圍，其中就包括菏澤。

高秉涵高興得在電話裡笑起來。

這時，包校長突然向高秉涵問了一個一直讓他感到十分納悶的問題：「大陸那麼大，你為什麼偏偏對菏澤這個地方這麼關注？」

高秉涵又是一陣朗朗的笑：「因為菏澤是我的老家！」

一時間，「老家」兩個字似乎引起了高秉涵無盡的遐想，兩行淚水從他蒼老深陷的眼窩裡不由自主地流出來……

尾聲

國民黨主席連戰偕夫人訪問大陸兩年後，中國迎來了舉世矚目的二〇〇八年。

剛過完春節的一天，郵遞員給高秉涵家送來了一個郵件。當時只有石慧麗一個人在家。郵件是從大陸中央電視台寄來的。打開一看，是張光碟，石慧麗明白了是怎麼回事。

二〇〇七年，菏澤電視台台長劉付德親自率領攝製組來台灣給高秉涵拍攝專題片。解說詞由資深專業人士菏澤電視台副台長李慶華親自操刀。石慧麗記得，拍攝組一行臨離開台灣時，副台長李慶華曾經說過要把這個片子選送到中央電視台的《緣分》專題片部。

想不到，節目還真被《緣分》選上了。

石慧麗把光碟放進了DVD播放機。

平日裡，石慧麗很少動DVD播放機，搗鼓了半天也沒有播出影來。一著急，她就打電話把住在近處的兒媳婦何千玉叫了來。

螢幕上終於有了影。

專題片裡，台灣的鏡頭只有很少的幾個，大量講述的都是高秉涵這些年來在大陸所做的事情，不光給同鄉們送骨灰罐，還林林總總捐出去了一百多萬人民幣。

剛開始石慧麗還有點心疼錢，可看著看著她也被丈夫的行為感動了。專題片裡那一幕幕感人的場面，讓石慧麗紅了眼圈。

一邊的兒媳婦何千玉說：「媽，老爸做的事情很了不起，這不是可以用一個『錢』字來計算的。」

石慧麗還是覺得驚訝。她拿過茶几上的一張紙巾擦著眼睛說：「其實你爸不該做什麼都瞞著我，要是早就告訴我，我能不支持他嗎？」說著，石慧麗含著淚花笑了。

兒媳婦這才鬆了一口氣。

到了晚上，高秉涵剛一進門，石慧麗就把光碟遞給他，故意裝作生氣的樣子說：「看看吧，都是你的光輝事蹟。」

一看石慧麗的樣子，高秉涵就知道她已經看了光碟。

想不到，一轉眼石慧麗又撲哧一聲笑了。

「好像我是個鐵石心腸的惡魔似的，做這麼多好事也不讓我分享一點榮耀。」

高秉涵用驚訝的眼神打量著石慧麗。

石慧麗一笑，高秉涵似又看到了那個少女時代的石慧麗，率真、善良、心直口快。

過了沒幾天，高秉涵接二連三地接到了大姐、三姐和弟弟的電話。他們也都看了中央電視台播出的節目。驚訝的同時，他們也被深深地感動了。

弟弟秉濤說他最近又去北京看望姨媽。他給整整一百歲的姨媽播放了這個專題片。已經有些癡呆的姨媽不時地擦拭著眼裡的淚水，喃喃地說：「家！回家！」

離清明節還有一個月的時候，高秉涵接到了沙德庭的來電。沙德庭問高秉涵什麼時候回菏澤，高秉涵說老規矩還是四月。沙德庭在電話裡向高秉涵賣了個關子，說這次回來一定有個天大的新聞等著他。

高秉涵追問到底是什麼事，沙德庭說了句「無可奉告」就扣了電話。

四月初回大陸，高秉涵把第一站放在了廈門。和弟弟一起去給母親掃墓時，高秉涵心中突然冒出了一個想法，他要把母親的墳遷回老家去，與父親合葬在一起。老家才是母親永遠的歇息地。高秉涵把這個想法對弟弟說了，弟弟竟然同意。

他又給廣州的大姐和瀋陽的三姐去了電話，大家都表示同意。考慮到老家的風俗，大家一致同意把遷墳時間放在碩果累累的秋天。

回到菏澤，高秉涵問沙德庭究竟有什麼天大的新聞在等他。沙德庭還是給他賣關子，說要領他去見個人。

一路上，高秉涵一直在追問這個人是誰。沙德庭就是不說，誓死也要把這個祕密保留到最後。

汽車一直向西南方開去。兩個小時過去，就到了河南的地界。終於，汽車在一個村子的村頭停下了。留下司機在村頭看車，沙德庭帶著高秉涵向村子深處走去。

沙德庭在一座三間房的老房子門口停下來，輕輕用手敲著木質的大門。

門開了，門口站著一個個子不高的老太太。老太太八旬上下，衣著整潔，舉手投足間流露出一種與一般農村老太太迥然不同的風範。

這眉眼讓高秉涵覺得似曾相識，可一下又難以想起來究竟是誰。一看見高秉涵，老太太眉眼間瞬間就堆積了複雜的情感。

高秉涵正疑惑著，老太太一把拉過了他的一隻手，說：「春生，不認識我了，我是你的李大姐！」

李大姐！高秉涵一下被這個久遠的稱呼擊矇了，定定地看著這個眉眼似曾相識的老太太。那熟悉的聲音，那兩腮上已經被皺紋掩蓋了的酒窩，還有那停留在嘴角的一抹熟悉的笑容。穿過無情的歲月，高秉涵終於把眼前的這個滿臉皺紋的老太太與記憶中的那個如花似玉的李大姐聯繫到一起。

這一切來得實在太突然，高秉涵一下抱緊李大姐，失聲痛哭。

李大姐把高秉涵和沙德庭讓進了屋子裡。

高秉涵還只顧著抹眼淚，李大姐忙著給兩位客人燒水沏茶。

環顧李大姐的屋子，高秉涵似乎又聞到了一種似曾相識的氣味。那是李大姐身上的氣味，一直不曾改變的那種令他著迷的氣息。

李大姐的屋子收拾得乾淨而俐落。看著屋子裡不多的家具和佈置，高秉涵心裡陡然生出一種疑惑。

高秉涵忙問：「家裡的其他人呢？」

李大姐輕鬆地一笑，說：「沒有別人，就我自己。」

高秉涵再次驚呆了，眼睛定定地看著李大姐，嘴裡一個字也說不出來。

沙德庭對高秉涵說：「李大姐一直沒有結婚。」

沙德庭這才把事情的原委對高秉涵說明白。原來，李大姐也是從中央電視台的節目上看到高秉涵的。看完節目後，她就迫不及待地托人到菏澤的高莊打聽高秉涵的下落。那天，正趕上沙德庭去高莊給學生送學費。就這樣，沙德庭和那個受李大姐之托來高莊打聽高秉涵下落的人相遇了。當那個人向沙德庭打聽高秉涵的下落時，兩個人就攀談起來。沙德庭這才知道李大姐竟然還活著。

看著眼前已經七十六歲的李大姐，高秉涵感慨萬千。

帶著滿臉的淚水，高秉涵幾步奔到灶房間。他像小時候那樣，幫李大姐燒火。

水開了，灶台後的李大姐也像小時候那樣對他說：「春生，看到沒有，開鍋了，不要再燒了，再燒鍋就要乾了！」

高秉涵忙應著，帶著滿臉的淚水笑起來。

喝茶時，在高秉涵的一再追問下，李大姐把自己的經歷輕描淡寫地說了出來。原來，李大姐當年走投無路要自殺時，遇到了一個五十多歲的女人。是那個女人救了她。後來她就跟著那個女人回到了她的家。也就是現在李大姐的這個家。那女人也是因為成分不好一直沒有結婚。就這樣，李大姐成了那個女人的乾女兒。兩個女人就這樣相依為命了一輩子。前些年，李大姐的乾媽去世了，就剩下了李大姐一個人。

高秉涵又有一種進入夢境的感覺，覺得眼前的一切都不是真實的。

這時，高秉涵聽到李大姐用輕鬆的語氣說：「春生，下次來一定要把弟妹帶來給我看看，不帶來大姐可饒不了你！」

高秉涵先是一驚，接著，眼裡的淚水更兇猛地流下來。

他覺得，他有那麼多的話要對李大姐說，可一時間又不知從哪裡說起……

二〇〇八年十二月十五日，海峽兩岸實現大三通。月底，高秉涵率家人第一次不用通過香港轉機直飛大陸。

高秉涵這次回鄉為的是給父母合葬。

來參加高金錫和宋書玉夫婦合葬儀式的人很多。除了高秉涵姐弟四人，還有專程從河南趕來的李大姐，更多的是村上的鄉親和夫婦倆當年的學生。

當祭奠父母的黃表紙被點燃時，高秉涵突然從包裡拿出一根繩子扔進了火裡。

那是一根他保存了整整六十年的繩子。那繩子是他多年來的情感紀錄。為這根繩子，他曾經恨過、痛過、愛過、思念過……

火舌飛舞，繩子瞬間就被點燃了。

透過繩子劈啪燃燒的紅紅的火焰，高秉涵似乎透過歲月看到了遙遠的過去最後一次與父親在一起的那個早晨。他記起了父親最後一次看他的那種眼神。父親在那個早晨最後大聲對他說過的話此時又在耳邊響起：「孩子，小心點，不要忘記回家！」

當繩子化為灰燼時，高秉涵隱約聽到了父親在地下的笑聲。

高秉涵對地下的父母說：「爹，娘，我回家了，咱們都回家了！」

我寫《回家》的始末——代後序

張慧敏

這部小說能夠成書，是在很多巧合機緣下促成的。

二〇〇八年初夏，解放軍出版社副總編輯董保存先生問我願不願意給一家影視公司寫一部臺灣老兵題材的電視劇。一聽到「臺灣老兵」幾個字，湧現在心中的情愫比較複雜。這是一個特殊的生命群體，儘管以前對這個群體瞭解不是太多，但腦海卻瞬間浮現出這樣幾個辭彙——戰爭、死亡、離別、思念、故土、歸根。想到這幾個辭彙基本概括了文學的母體，於是就答應先寫寫試試。拿出影視提綱後，影視公司卻沒了下文。董副總鼓勵我乾脆寫個長篇，免得浪費掉搜集來的那些素材。就這樣，我開始了《回家》的寫作。但剛寫了幾萬字，就覺得不對勁，有種兩張皮的感覺。正舉步維艱之時，我愛人偶然從電視上看到了介紹高秉涵老先生的專題片，他拉我一起觀看。就這樣，我知道了高秉涵老先生這個人。採訪過他之後，經過再三考慮，我打算以他的人生大致脈絡來結構這部長篇。

高老先生的人生的確非常傳奇，那麼小就離開家鄉和親人，經歷了那麼多曲折和磨難能夠生存下來，這不得不說是一種奇蹟。

寫作時，我是把這部作品當做小說來寫的，從語言到結構我都是按小說的感覺來把握。高老先生和其家人的經歷本身就很像是一部精心結構的小說，有著太多的傳奇和感人細節。儘管這樣，如果完全按照紀實文學來寫，我覺得會留下許多小說藝術上的遺憾。曾經一度，我想不用真實的人名和地名，成為完全意義上的小說，那樣會好處理一些。我和高老先生說了我的想法。他老人家表態說允許我虛構，讓我就當成小說來寫，但請求我保留真實的人名和地名。為了表示對高老先生的尊重，我保留了真實的人名和地名。

在作品中，我虛構了十餘個比較重要的輔助性人物，比如朱大傑、孫大嘴、阿菊、韓良明、共產黨的大鬍子團長、臺北被國民黨懷疑通共的馬團長、王梅秀、齊美智、李大姐、緬泰邊境的許達輝等。特別是第三卷，故事基本都是從其他老兵資料那裡移植來的。即便是一些真實發生在高老先生身上的故事，我也是按照藝術規律把事件、時間打碎了再融合、再補充、再推進。我想這是一個文學化和藝術化的過程。

就拿在高老先生的人生經歷中，真實存在的那根繩子來說，事實上高老先生離家帶的那根繩子在南京就在混亂中丟失了。但從小說的技巧上來說，我讓這根繩子一直保留到了小說的最後。

高老先生的經歷中，最能打動我的應該是人世間的真善美，一個十三歲的孩子，在那樣殘酷的環境下能夠生存下來，這個奇蹟的背後閃爍著人性的光芒。書中在很多地方都描寫到這個孩子逢凶化吉、峰迴路轉的奇遇，這是最讓我感動的地方。

最初採訪高老先生時，打動我的就是一個個的感人細節，比如菏澤老鄉分發菏澤泥土，再比如高老先生離開大陸在廈門海灘登艦過程被李排長一把拉起來。正是發生在高老先生身上的這些真實的細節，引領我走進了歷史的真實，正是在這些細節的啟發下，我又想像、派生出更多的細節。我從來都特別看重作品中的細節，我認為細節是人物內心的真實體現，更是以小見大的最節儉的載體，我還認為細節是閃爍在歲月深處的最不容易被人遺忘的黑珍珠。

我還要提到的一點是流淌在小說字裡行間的一種氛圍。記得，剛動筆不久，有一次見到我的老師解放軍藝術學院副院長朱向前老師。我對他說到了正在寫著的這個小說。朱老師提醒我說，寫作中一定要「淡化意識形態，強化中華傳統」。他還刻意提醒我，不要忽視了「飲食結構」這個問題。朱老師說，一個人離開家鄉，思念家鄉首先是對家鄉獨有食物的思念，這種思念是流淌在血液裡的，是由內及外的，永遠揮之不去的。這是在後來的在寫作中，我反覆提到菏澤燒餅和耿餅的原因。

最後要說的是，我非常感謝這部小說的人物原型高秉涵老先生。應該說，如果不認識高秉涵老先生我就不可能寫出這樣一部書來，我很感謝高老先生毫無保留的對我講述了他的人生故事。

對於一個寫作者來說，這是一種機緣和幸運。而對於那段過去的歷史，我們終將還原一種客觀的理性和思考。

這是我所希望的。

二〇一〇年二月二日

國家圖書館出版品預行編目資料

回家／張慧敏著
——第一版—— 台北市：宇河文化出版；
紅螞蟻圖書發行，2010.7
面　　公分——(風潮；5)
ISBN 978-957-659-790-9 (平裝)

857.7　　　　99011253

風潮 5

回家

作　　者／張慧敏
美術構成／Chris' Office
校　　對／楊安妮、朱慧蒨
發 行 人／賴秀珍
榮譽總監／張錦基
總 編 輯／何南輝
出　　版／宇河文化出版有限公司
發　　行／紅螞蟻圖書有限公司
地　　址／台北市內湖區舊宗路二段121巷28號4F
網　　站／www.e-redant.com
郵撥帳號／1604621-1　紅螞蟻圖書有限公司
電　　話／(02)2795-3656（代表號）
傳　　真／(02)2795-4100
登 記 證／局版北市業字第1446號
港澳總經銷／和平圖書有限公司
地　　址／香港柴灣嘉業街12號百樂門大廈17F
電　　話／(852)2804-6687
法律顧問／許晏賓律師
印 刷 廠／鴻運彩色印刷有限公司
出版日期／2010年 7月　第一版第一刷

定價 320 元　港幣 107 元

ISBN 978-957-659-790-9　　**Printed in Taiwan**